中国古典神魔小说

[清]纪昀 著

阅微草堂笔记

河海大学出版社
·南京·

图书在版编目(CIP)数据

阅微草堂笔记 /（清）纪昀著． -- 南京：河海大学出版社，2025．8． --（中国古典神魔小说）． -- ISBN 978-7-5630-9603-9

Ⅰ．I242.1

中国国家版本馆 CIP 数据核字第 2025TZ4053 号

丛 书 名 / 中国古典神魔小说
书 　 名 / 阅微草堂笔记
　　　　　YUEWEICAOTANG BIJI
书 　 号 / ISBN 978-7-5630-9603-9
丛书策划 / 未来趋势
责任编辑 / 彭志诚
特约编辑 / 薛艳萍
特约校对 / 曹阳
装帧设计 / 未来趋势
出版发行 / 河海大学出版社
地 　 址 / 南京市西康路1号（邮编：210098）
电 　 话 / （025）83737852（总编室）
　　　　　/ （025）83722833（营销部）
经 　 销 / 全国新华书店
印 　 刷 / 三河市元兴印务有限公司
开 　 本 / 880 毫米×1230 毫米　1/32
印 　 张 / 18.125
字 　 数 / 554 千字
版 　 次 / 2025 年 8 月第 1 版
印 　 次 / 2025 年 8 月第 1 次印刷
定 　 价 / 99.00 元

前言

《阅微草堂笔记》是清代著名学者纪昀（晓岚）晚年所作的一部文言笔记小说，是清代文言小说的代表作之一。全书含故事1200余则，于清朝乾隆五十四年（1789年）至嘉庆三年（1798年）间陆续完成。

作者纪昀（1724年—1805年），字晓岚，晚号石云，道号观弈道人，献县（今属河北）人，清代著名学者。他生于清雍正二年（1724年）六月，卒于嘉庆十年（1805年）二月，历经雍正、乾隆、嘉庆三朝，享年八十二岁。纪昀学问渊博，长于考证训诂，乾隆年间修《四库全书》，任总纂官，并主持写定了《四库全书总目》200卷。因其"敏而好学可为文，授之以政无不达"（嘉庆帝御赐碑文），故卒后谥号"文达"，乡里世称文达公。

《阅微草堂笔记》采用晋宋笔记小说的笔法，叙述简淡，不作细节描写，也不求言辞华美，主要以篇幅短小的随笔杂记讲述狐鬼神怪故事，既有上层社会的故老遗闻、官场百态、人情世故、典章考证，也有下层百姓的曲巷琐谈、奇事异闻、医卜星相、神鬼狐魅。这些或雅或俗、亦正亦奇的故事，从多个角度反映出当时的社会生活，揭示了种种社会矛盾，也展示了不同阶层人物的善行与恶迹，作者对社会下层广大人民的悲惨境遇表达出深刻的同情与悲悯。小说承魏晋志怪遗风，其叙述简朴、笔法写真，展示了信雅并举的审美境界。

《阅微草堂笔记》比起以往的笔记小说特别是志怪类笔记小说，在许多方面都有所创新、发展。它以劝惩为宗旨，这就决定了作者必须认真考虑劝惩什么，也就是小说的主题。书中各篇的主题虽多是儒家伦理道德观念和佛教思想，但也有不少作品或讥刺道学先生的迂腐虚伪，或揭示世情的险恶卑俗，或阐发人生的智慧、经验，其主题逸出了忠孝节义、因果报应的藩篱，让人觉得意蕴悠远。

《阅微草堂笔记》中的小说类作品，多是笔记小说中的志怪一派。比起以往的同类作品，它们的突出特点是：作者不再单纯志怪，而是自觉地吸取志人小说《世说新语》善于写人的优长，往往能将异类以及同异类互相之间发生关系的世人写得个性鲜明、栩栩如生。小说中还有一些纯写世人世事的纪实作品，同样是个性鲜明，意味深长。

鲁迅在《中国小说史略》中对《阅微草堂笔记》有很高的评价："唯纪昀本长文笔，多见秘书，又襟怀夷旷，故凡测鬼神之情状，发人间之幽微，托狐鬼以抒己见者，隽思妙语，时足解颐；间杂考辨，亦有灼见。叙述复雍容淡雅，天趣盎然，故后来无人能夺其席，固非仅借位高望重以传者矣。"

在这次再版中，我们约请了相关学者对原书进行了大量的较为精细的校勘、补正和释义，尽量为读者扫除阅读障碍。由于时间仓促，水平有限，难免有疏漏之处，望各位专家及广大读者予以指正。

编者
2024 年 11 月

诗两首

纪昀

平生心力坐销磨，纸上烟云过眼多。
拟筑书仓今老矣，只应说鬼似东坡[1]。

前因后果验无差，琐记搜罗鬼一车。
传语洛闽[2]门弟子，稗官原不入儒家。

观弈道人自题

---

[1] 只应说鬼似东坡：苏轼（东坡）被贬黄州时，招客纵谈，客人有无可谈者，便强使其谈鬼。事见宋叶梦得《避暑录话》。
[2] 洛闽：洛，指宋洛阳人程颢、程颐等；闽，指宋代朱熹，朱曾在福建紫阳书院讲学，故称。程、朱俱为理学大师，此处代指正统儒学。

序

盛时彦

文以载道，儒者无不能言之。夫道岂深隐莫测，秘密不传，如佛家之心印，道家之口诀哉！万事当然之理，是即道矣。故道在天地，如乘泻地，颗颗皆圆；如月映水，处处皆见。大至于治国平天下，小至于一事一物，一动一言，无乎不在焉。文其道之一端也，文之大者为六经，固道所寄矣。降而为列朝之史，降而为诸子之书，降而为百氏之集，是又文中之一端，其言皆足以明道。再降而稗官小说，似无与于道矣；然《汉书·艺文志》列为一家，历代书目亦皆著录。岂非以荒诞悖妄者虽不足数，其近于正者，于人心世道亦未尝无所裨欤！河间先生以学问文章负天下重望，而天性孤直，不喜以心性空谈，标榜门户；亦不喜才人放诞，诗社酒社，夸名士风流。是以退食之余，唯耽怀典籍；老而懒于考索，乃采掇异闻，时作笔记，以寄所欲言。《滦阳消夏录》等五书，俶诡奇谲，无所不载；洸洋恣肆，无所不言。而大旨要归于醇正，欲使人知所劝惩。故诲淫导欲之书，以佳人才子相矜者，虽纸贵一时[1]，终渐归湮没。而先生之书，则梨枣屡镌[2]，久而不厌，是则华实不同之明验矣。顾翻刻者众，讹误实繁；且有妄为标目，如明人之刻《冷斋夜话》[3]者，读者病焉。时彦夙从先生游，尝刻先生《姑妄听之》，附跋书尾，先生颇以为知言。迩来诸板益漫漶，乃请于先生，合五书为一编，而仍各存其原第；篝灯手

---

[1] 纸贵一时：即洛阳纸贵。晋左思作《三都赋》，经当时学者皇甫谧为作序，张载、刘逵为作注，于是豪富之家争相传写，洛阳为之纸贵。事见《晋书·左思传》。
[2] 梨枣屡镌（juān）：指一再雕版印书。古人刻板，多用梨木、枣木；镌，雕刻。
[3] 《冷斋夜话》：宋释惠洪所撰诗话集。惠洪字觉范，亦称洪觉范。

校，不敢惮劳。又请先生检视一过，然后摹印。虽先生之著作不必藉此刻以传，然鱼鲁之舛[1]差稀，于先生教世之本志，或亦不无小补云尔。

嘉庆庚申（1800年）八月，门人北平盛时彦谨序。

---

[1] 鱼鲁之舛：鱼和鲁篆文字形相似，所以在抄写时容易抄错。舛，谬误。此句表示书籍在传抄、刊印过程中的文字错误。

序

郑开禧

河间纪文达公，久在馆阁，鸿文巨制，称一代手笔。或言公喜诙谐，嬉笑怒骂，皆成文章。今观公所著笔记，词意忠厚，体例谨严，而大旨悉归劝惩，殆所谓是非不谬于圣人者与！虽小说，犹正史也。公自云："不颠倒是非如《碧云騢》[1]，不怀挟恩怨如《周秦行纪》[2]，不描摹才子佳人如《会真记》[3]，不绘画横陈如《秘辛》[4]，冀不见摈于君子。"盖犹公之谦词耳。公之孙树馥，来官岭南。从索是书者众，因重锓板[5]。树馥醇谨有学识，能其官，不堕其家风云。

道光十五年（1835年）乙未春日，龙溪郑开禧识。

---

[1]《碧云騢（xiá）》：宋代杂记。该书"讥评巨公伟人阙失"，纪昀认为其颠倒是非。普遍认为是宋代魏泰托名梅尧臣作。
[2]《周秦行纪》：唐人韦瓘所撰，署牛僧孺名意在加害于他。
[3]《会真记》：唐人元稹所撰，后被元人王实甫改编为《西厢记》。
[4]《秘辛》：即《汉杂事秘辛》。汉代无名氏作。
[5]锓（qǐn）板：锓，雕刻。锓板，指雕版出书。

目录

卷 一	滦阳消夏录（一）	001
卷 二	滦阳消夏录（二）	024
卷 三	滦阳消夏录（三）	045
卷 四	滦阳消夏录（四）	066
卷 五	滦阳消夏录（五）	088
卷 六	滦阳消夏录（六）	108
卷 七	如是我闻（一）	129
卷 八	如是我闻（二）	156
卷 九	如是我闻（三）	181
卷 十	如是我闻（四）	207
卷十一	槐西杂志（一）	234
卷十二	槐西杂志（二）	268
卷十三	槐西杂志（三）	299
卷十四	槐西杂志（四）	331
卷十五	姑妄听之（一）	363
卷十六	姑妄听之（二）	392
卷十七	姑妄听之（三）	418
卷十八	姑妄听之（四）	446

卷 十 九　滦阳续录（一）……477
卷 二 十　滦阳续录（二）……492
卷二十一　滦阳续录（三）……507
卷二十二　滦阳续录（四）……522
卷二十三　滦阳续录（五）……537
卷二十四　滦阳续录（六）……553
附：纪汝佶六则……565

卷一

滦阳消夏录(一)

乾隆己酉[1]夏,以编排秘籍,于役滦阳[2]。时校理久竟,特督视官吏题签庋[3]架而已。昼长无事,追录见闻,忆及即书,都无体例。小说稗官,知无关于著述;街谈巷议,或有益于劝惩。聊付抄胥[4]存之,命曰《滦阳消夏录》云尔。

胡御史牧亭言:其里有人畜一猪,见邻叟辄瞋[5]目狂吼,奔突欲噬[6],见他人则否。邻叟初甚怒之,欲买而啖其肉;既而憬[7]然省曰:"此殆佛经所谓夙冤耶!世无不可解之冤。"乃以善价赎得,送佛寺为长生猪。后再见之,弭耳昵就[8],非复曩[9]态矣。尝见孙重画伏虎应真,有巴[10]西李衍题曰:"至人骑猛虎,驭之犹骐骥[11]。岂伊本驯良,道力消其鸷[12]。乃知天地间,有情皆可契。共保金石心,无为多畏忌。"可为此事作解也。

---

[1] 乾隆己酉:乾隆五十四年,即公元1789年。
[2] 滦阳:今河北省承德市。
[3] 庋(guǐ):放置。
[4] 抄胥:缮写的小官吏。
[5] 瞋(chēn):发怒时睁大眼睛。
[6] 噬(shì):咬。
[7] 憬:醒悟。
[8] 弭耳昵就:亲热的样子。
[9] 曩(nǎng):以往。
[10] 巴:地名,指现在川东、鄂西一带。
[11] 骐骥:骏马。
[12] 鸷(zhì):凶猛。

沧州刘士玉孝廉,有书室为狐所据,白昼与人对语,掷瓦石击人,但不睹其形耳。知州平原董思任,良吏也,闻其事,自往驱之。方盛陈人妖异路之理,忽檐际朗言曰:"公为官颇爱民,亦不取钱,故我不敢击公。然公爱民乃好名,不取钱乃畏后患耳,故我亦不避公。公休矣,毋多言取困。"董狼狈而归,咄咄[1]不怡者数日。刘一仆妇甚粗蠢,独不畏狐。狐亦不击之。或于对语时举以问狐。狐曰:"彼虽下役,乃真孝妇也。鬼神见之犹敛避,况我曹乎!"刘乃令仆妇居此室。狐是日即去。

爱堂先生言:闻有老学究夜行,忽遇其亡友。学究素刚直,亦不怖畏,问:"君何往?"曰:"吾为冥吏,至南村有所勾摄,适同路耳。"因并行,至一破屋,鬼曰:"此文士庐也。"问何以知之。曰:"凡人白昼营营,性灵汩没[2]。唯睡时一念不生,元神朗澈,胸中所读之书,字字皆吐光芒,自百窍而出,其状缥缈缤纷,烂如锦绣。学如郑、孔,文如屈、宋、班、马[3]者,上烛霄汉,与星月争辉。次者数丈,次者数尺,以渐而差,极下者亦荧荧如一灯,照映户牖[4];人不能见,唯鬼神见之耳。此室上光芒高七八尺,以是而知。"学究问:"我读书一生,睡中光芒当几许?"鬼嗫嚅良久曰:"昨过君塾,君方昼寝。见君胸中高头讲章[5]一部,墨卷[6]五六百篇,经文七八十篇,策略[7]三四十篇,字字化为黑烟,笼罩屋上。诸生诵读之声,如在浓云密雾中。实未见光芒,不敢妄语。"学究怒叱之。鬼大笑而去。

---

[1] 咄咄:感叹声,表示惊异。
[2] 汩(gǔ)没:埋没。
[3] 郑、孔、屈、宋、班、马:郑玄、孔安国、屈原、宋玉、班固、司马迁。
[4] 牖(yǒu):窗户。
[5] 高头讲章:明清之时八股文家解释经典的讲义。
[6] 墨卷:明清科举制度试卷名目之一。
[7] 策略:古代科举考试的一种文体。

东光李又聃先生，尝至宛平相国废园中，见廊下有诗二首。其一曰："飒飒西风吹破棂[1]，萧萧秋草满空庭。月光穿漏飞檐角，照见莓苔半壁青。"其二曰："耿耿疏星几点明，银河时有片云行。凭阑坐听谯楼鼓，数到连敲第五声。"墨痕惨淡，殆[2]不类人书。

董曲江先生，名元度，平原人。乾隆壬申进士，入翰林。散馆[3]改知县。又改教授[4]，移疾归。少年梦人赠一扇，上有三绝句曰："曹公饮马天池日，文采西园[5]感故知。至竟心情终不改，月明花影上旌旗。""尺五城南[6]并马来，垂杨一例赤鳞[7]开。黄金屈戌[8]雕胡[9]锦，不信陈王八斗才[10]。""箫鼓冬冬画烛楼，是谁亲按小凉州[11]？春风豆蔻[12]知多少，并作秋江一段愁。"语多难解，后亦卒无征验，莫明其故。

平定王孝廉执信，尝随父宦榆林。夜宿野寺经阁下，闻阁上有人絮语，似是论诗。窃讶此间少文士，那得有此。因谛听之，终不甚了了。后语声渐出阁廊下，乃稍分明。其一曰："唐彦谦[13]诗格不高，然'禾麻

---

[1] 棂（líng）：窗格。
[2] 殆（dài）：几乎，差不多。
[3] 散馆：清代翰林院设庶常馆，新进士考得庶吉士资格者入馆学习，学习期满称为"散馆"。
[4] 教授：学官名，掌管教育之职。
[5] 西园：园名，曹操所建。曹丕、曹植均有咏西园之诗。
[6] 尺五城南：唐有俚语曰："城南韦杜，去天尺五。"喻高贵门第。
[7] 赤鳞：鱼的赤色鳞片。亦指鳞片赤色的鱼。
[8] 屈戌：门窗上的环钩。
[9] 雕胡：菰（gū）米，可食。
[10] 陈王八斗才：陈王，指曹植。晋谢灵运曾说："天下才有一石，曹子建独占八斗，我得一斗，天下共分一斗。"
[11] 小凉州：曲名。
[12] 豆蔻（kòu）：植物名，喻未嫁少女。
[13] 唐彦谦：字茂业，号鹿门先生，晚唐诗人。

地废生边气,草木春寒起战声',却是佳句。"其一曰:"仆尝有句云:'阴碛[1]日光连雪白,风天沙气入云黄。'非亲至关外,不睹此景。"其一又曰:"仆亦有一联云:'山沉边气无情碧,河带寒声亘古[2]秋。'自谓颇肖边城日暮之状。"相与吟赏者久之。寺钟忽动,乃寂无声。天晓起视,则扃钥[3]尘封。"山沉边气"一联,后于任总镇遗稿见之。总镇名举,出师金川时,百战阵殁者也。"阴碛"一联,终不知为谁语。即其精灵长在,得与任公同游,亦决非常鬼矣。

沧州城南上河涯,有无赖吕四,凶横无所不为,人畏如狼虎。一日薄暮,与诸恶少村外纳凉。忽隐隐闻雷声,风雨且至。遥见似一少妇,避入河干古庙中。吕语诸恶少曰:"彼可淫也。"时已入夜,阴云黯黑。吕突入,掩其口。众共褫[4]衣沓嬲[5]。俄电光穿牖,见状貌似是其妻,急释手问之,果不谬。吕大恚[6],欲提妻掷河中。妻大号曰:"汝欲淫人,致人淫我,天理昭然,汝尚欲杀我耶?"吕语塞,急觅衣裤,已随风吹入河流矣。彷徨无计,乃自负裸妇归。云散月明,满村哗笑,争前问状。吕无可对,竟自投于河。盖其妻归宁[7],约一月方归。不虞母家遘[8]回禄[9],无屋可栖,乃先期返。吕不知,而遘此难。后妻梦吕来曰:"我业重,当永堕泥犁[10]。缘生前事母尚尽孝,冥官检籍,得受蛇身,今往生矣。汝后夫不久

---

[1] 碛(qì):沙漠。
[2] 亘(gèn)古:从古,自古。
[3] 扃(jiōng)钥:门户锁钥。
[4] 褫(chǐ):脱去。
[5] 沓嬲(niǎo):谓轮奸。
[6] 恚(huì):愤怒;怨恨。
[7] 归宁:回娘家。
[8] 遘(gòu):遭遇。
[9] 回禄:传说中的火神名,此处引申为火灾。
[10] 泥犁:梵语,意译为地狱。

至,善事新姑嫜[1];阴律不孝罪至重,毋自蹈冥司汤镬[2]也。"至妻再醮[3]日,屋角有赤练蛇垂首下视,意似眷眷。妻忆前梦,方举首问之。俄闻门外鼓乐声,蛇于屋上跳掷数四,奋然去。

献县周氏仆周虎,为狐所媚,二十余年如伉俪[4]。尝语仆曰:"吾炼形已四百余年,过去生中,于汝有业缘当补,一日不满,即一日不得生天。缘尽,吾当去耳。"一日,辴[5]然自喜,又泫[6]然自悲,语虎曰:"月之十九日,吾缘尽当别。已为君相一妇,可聘定之。"因出白金付虎,俾备礼。自是狎昵嬿婉,逾于平日,恒[7]形影不离。至十五日,忽晨起告别。虎怪其先期。狐泣曰:"业缘一日不可减,亦一日不可增,唯迟早则随所遇耳。吾留此三日缘,为再一相会地也。"越数年,果再至,欢洽三日而后去。临行呜咽曰:"从此终天诀矣!"陈德音先生曰:"此狐善留其有余,惜福者当如是。"刘季箴则曰:"三日后终须一别,何必暂留?此狐炼形四百年,尚未到悬崖撒手地位,临事者不当如是。"余谓二公之言,各明一义,各有当也。

献县令明晟,应山人。尝欲申雪一冤狱,而虑上官不允,疑惑未决。儒学门斗[8]有王半仙者,与一狐友,言小休咎多有验,遣往问之。狐正色曰:"明公为民父母,但当论其冤不冤,不当问其允不允。独不记制府[9]李公

---

[1] 姑嫜:古时妻子称丈夫的父母为姑嫜。
[2] 镬(huò):古代的大锅。
[3] 再醮(jiào):再嫁。
[4] 伉俪:指夫妻。
[5] 辴(chǎn):笑的样子。
[6] 泫(xuàn):流泪的样子。
[7] 恒:经常。
[8] 门斗:清代官学中的仆役。
[9] 制府:清代对总督的敬称。

之言乎？"门斗返报，明为悚[1]然。因言制府李公卫未达时，尝同一道士渡江。适有与舟子争诟者，道士叹息曰："命在须臾，尚较计数文钱耶！"俄其人为帆脚所扫，堕江死。李公心异之。中流风作，舟欲覆。道士禹步[2]诵咒，风止得济。李公再拜谢更生。道士曰："适堕江者，命也，吾不能救。公贵人也，遇厄得济，亦命也，吾不能不救，何谢焉。"李公又拜曰："领师此训，吾终身安命矣。"道士曰："是不尽然。一身之穷达，当安命，不安命则奔竞排轧，无所不至。不知李林甫、秦桧，即不倾陷善类，亦作宰相，徒自增罪案耳。至国计民生之利害，则不可言命。天地之生才，朝廷之设官，所以补救气数也。身握事权，束手而委命，天地何必生此才，朝廷何必设此官乎？晨门[3]曰：'是知其不可而为之。'诸葛武侯曰：'鞠躬尽瘁，死而后已。成败利钝，非所逆睹。'此圣贤立命之学，公其识之。"李公谨受教，拜问姓名。道士曰："言之恐公骇。"下舟行数十步，翳[4]然灭迹。昔在会城，李公曾话是事。不识此狐何以得知也。

北村郑苏仙，一日梦至冥府，见阎罗王方录囚。有邻村一媪至殿前，王改容拱手，赐以杯茗，命冥吏速送生善处。郑私叩冥吏曰："此农家老妇，有何功德？"冥吏曰："是媪一生无利己损人心。夫利己之心，虽贤士大夫或不免。然利己者必损人，种种机械[5]，因是而生，种种冤愆，因是而造；甚至贻臭万年，流毒四海，皆此一念为害也。此一村妇而能自制其私心，读书讲学之儒，对之多愧色矣。何怪王之加礼乎！"郑素有心计，闻之惕[6]然而寤。郑又言，此媪未至以前，有一官公服昂然入，自称所至但饮一杯水，今无愧鬼神。王哂曰："设官以治民，下至驿丞闸官，皆有利弊之当理。但不要钱即为好官，植木偶于堂，并水不饮，不更胜公乎？"

---

[1] 悚（sǒng）：恐惧。
[2] 禹步：道士作法时的一种步伐。
[3] 晨门：掌管城门开闭的人。
[4] 翳（yì）：隐没。
[5] 机械：巧诈。
[6] 惕：谨慎，小心。

官又辩曰:"某虽无功,亦无罪。"王曰:"公一生处处求自全,某狱某狱,避嫌疑而不言,非负民乎?某事某事,畏烦重而不举,非负国乎?三载考绩[1]之谓何?无功即有罪矣。"官大踧踖[2],锋棱顿减。王徐顾笑曰:"怪公盛气耳。平心而论,要是三四等好官,来生尚不失冠带。"促命即送转轮王[3]。观此二事,知人心微暖,鬼神皆得而窥,虽贤者一念之私,亦不免于责备。"相在尔室",其信然乎。

雍正壬子,有宦家子妇,素无勃豀[4]状。突狂电穿牖,如火光激射,雷楔贯心而入,洞左胁[5]而出。其夫亦为雷焰燔烧,背至尻皆焦黑,气息仅属。久之乃苏,顾妇尸泣曰:"我性刚劲,与母争论或有之。尔不过私诉抑郁,背灯掩泪而已,何雷之误中尔耶?"是未知律重主谋,幽明一也。

无云和尚,不知何许人。康熙中,挂单[6]河间资胜寺,终日默坐,与语亦不答。一日,忽登禅床,以界尺拍案一声,泊然化去。视案上有偈曰:"削发辞家净六尘[7],自家且了自家身。仁民爱物无穷事,原有周公孔圣人。"佛法近墨[8],此僧乃近于杨[9]。

---

[1] 三载考绩:《尚书·舜典》:"三载考绩,三考黜陟幽明,庶绩咸熙。"意为数次考察政绩。
[2] 踧踖(cù jí):恭敬而不安的样子。
[3] 转轮王:迷信传说中,地狱十殿阎王之一,掌管轮回之事。
[4] 勃豀(xī):争吵。
[5] 胁:指从腋下到腰上的部分。
[6] 挂单:指行脚僧到寺院投宿。
[7] 六尘:佛教用语,指声、色、香、味、触、法。
[8] 墨:指墨家。创始人墨子。以"兼爱""非攻""尚贤""尚同"等为核心观念。
[9] 杨:杨朱,战国时魏国人,主张"贵己""重生",重视个人生命的保存,反对别人对自己的侵夺,也反对侵夺别人。

宁波吴生，好作北里[1]游。后昵一狐女，时相幽会，然仍出入青楼间。一日，狐女请曰："吾能幻化，凡君所眷，吾一见即可肖其貌。君一存想，应念而至，不逾于黄金买笑乎？"试之，果顷刻换形，与真无二。遂不复外出。尝语狐女曰："眠花藉柳，实惬人心。惜是幻化，意中终隔一膜耳。"狐女曰："不然。声色之娱，本电光石火。岂特吾肖某某为幻化，即彼某某亦幻化也。岂特某某为幻化，即妾亦幻化也。即千百年来，名姬艳女，皆幻化也。白杨绿草，黄土青山，何一非古来歌舞之场。握雨携云[2]，与埋香葬玉、别鹤离鸾，一曲伸臂顷耳。中间两美相合，或以时刻计，或以日计，或以月计，或以年计，终有诀别之期。及其诀别，则数十年而散，与片刻暂遇而散者，同一悬崖撒手，转瞬成空。倚翠偎红，不皆恍如春梦乎？即凤契原深，终身聚首，而朱颜不驻，白发已侵，一人之身，非复旧态。则当时黛眉粉颊，亦谓之幻化可矣，何独以妾肖某某为幻化也。"吴洒然有悟。后数岁，狐女辞去。吴竟绝迹于狎游。

交河及孺爱、青县张文甫，皆老儒也，并授徒于献[3]。尝同步月南村北村之间，去馆稍远，荒原阒[4]寂，榛莽翳然。张心怖欲返，曰："墟墓间多鬼，曷可久留！"俄一老人扶杖至，揖二人坐曰："世间安得有鬼，不闻阮瞻[5]之论乎？二君儒者，奈何信释氏之妖妄。"因阐发程朱二气[6]屈伸之理，疏通证明，词条流畅。二人听之，皆首肯，共叹宋儒见理之真。递相酬对，竟忘问姓名。适大车数辆远远至，牛铎[7]铮然。老人振衣急起曰："泉下之人，岑寂久矣。不持无鬼之论，不能留二君作竟夕谈。今将别，

---

[1] 北里：指妓院所在地。
[2] 握雨携云：指男女欢合。典出宋玉《高唐赋》："旦为朝云，暮为行雨。"
[3] 献：献县，属河北省。
[4] 阒（qù）：形容没有声音。
[5] 阮瞻：晋代人，执无鬼论。
[6] 程朱二气：程颢、程颐为北宋理学家，其学说为南宋朱熹所继袭，后世并称程朱理学。二气，指阴阳之气。
[7] 铎：铃。

谨以实告，毋讶相戏侮也。"俯仰之顷，欻[1]然已灭。是间绝少文士，唯董空如先生墓相近，或即其魂欤。

河间唐生，好戏侮。土人至今能道之，所谓唐啸子者是也。有塾师好讲无鬼，尝曰："阮瞻遇鬼，安有是事，僧徒妄造蜚语耳。"唐夜洒土其窗，而呜呜击其户。塾师骇问为谁，则曰："我二气之良能也。"塾师大怖，蒙首股栗，使二弟子守达旦。次日委顿不起。朋友来问，但呻吟曰："有鬼。"既而知唐所为，莫不抚掌。然自是魅大作，抛掷瓦石，摇撼户牖，无虚夕。初尚以为唐再来，细察之，乃真魅。不胜其嬲，竟弃馆而去。盖震惧之后，益以惭恧[2]，其气已馁，狐乘其馁而中之也。妖由人兴，此之谓乎。

天津某孝廉，与数友郊外踏青，皆少年轻薄。见柳荫中少妇骑驴过，欺其无伴，邀众逐其后，嫚语调谑。少妇殊不答，鞭驴疾行。有两三人先追及，少妇忽下驴软语，意似相悦。俄某与三四人追及，审视，正其妻也。但妻不解骑，是日亦无由至郊外。且疑且怒，近前诃之。妻嬉笑如故。某愤气潮涌，奋掌欲掴其面。妻忽飞跨驴背，别换一形，以鞭指某数曰："见他人之妇，则狎亵百端；见是己妇，则恚恨如是。尔读圣贤书，一恕字尚不能解，何以挂名桂籍耶？"数讫径行。某色如死灰，僵立道左，殆不能去。竟不知是何魅也。

德州田白岩曰：有额都统者，在滇黔间山行，见道士按一丽女于石，欲剖其心。女哀呼乞救。额急挥骑驰及，遽格道士手。女嗷[3]然一声，化火光飞去。道士顿足曰："公败吾事！此魅已媚杀百余人，故捕诛

---

[1] 欻（xū）：忽然。
[2] 恧（nù）：惭愧。
[3] 嗷（jiào）：高呼声。

之以除害。但取精已多，岁久通灵，斩其首则神遁去，故必剖其心乃死。公今纵之，又贻患无穷矣。惜一猛虎之命，放置深山，不知泽麋林鹿，劘[1]其牙者几许命也！"匣其匕首，恨恨渡溪去。此殆白岩之寓言，即所谓一家哭，何如一路哭也[2]。姑容墨吏，自以为阴功，人亦多称为忠厚；而穷民之卖儿贴妇，皆未一思，亦安用此长者乎？

献县吏王某，工刀笔，善巧取人财。然每有所积，必有一意外事耗去。有城隍庙道童，夜行廊庑[3]间，闻二吏持簿对算。其一曰："渠[4]今岁所蓄较多，当何法以销之？"方沉思间，其一曰："一翠云足矣，无烦迂折也。"是庙往往遇鬼，道童习见，亦不怖，但不知翠云为谁，亦不知为谁销算。俄有小妓翠云至，王某大嬖[5]之，耗所蓄八九；又染恶疮，医药备至，比愈，则已荡然矣。人计其平生所取，可屈指数者，约三四万金。后发狂疾暴卒，竟无棺以殓。

陈云亭舍人言：有台湾驿使[6]宿馆舍，见艳女登墙下窥，叱索无所睹。夜半琅然有声，乃片瓦掷枕畔。叱问是何妖魅，敢侮天使？窗外朗应曰："公禄命重，我避公不及，致公叱索，惧干神谴，惴惴至今。今公睡中萌邪念，误作驿卒之女，谋他日纳为妾。人心一动，鬼神知之。以邪召邪，神不得而咎我，故投瓦相报。公何怒焉？"驿使大愧沮，未及天曙，促装去。

---

[1] 劘（mó）：切，削。
[2] 一家哭，何如一路哭也：此句出自朱熹《五朝名臣言行录》卷七，意谓罢免一个不称职的官，不过使他一家人哭，这点悲伤怎比得上一个地区的人民遭受其害的痛苦呢？路，宋代行政区域，相当于省。
[3] 庑（wǔ）：正房对面及两侧的小屋。
[4] 渠：方言，"他"的意思。
[5] 嬖（bì）：宠幸。
[6] 驿使：古代传送公文的人。

叶旅亭御史宅，忽有狐怪，白昼对语，迫叶让所居。扰攘戏侮，至杯盘自舞，几榻自行。叶告张真人。真人以委法官[1]，先书一符，甫张而裂。次牒都城隍，亦无验。法官曰："是必天狐[2]，非拜章[3]不可。"乃建道场七日。至三日，狐犹诟詈。至四日，乃婉词请和。叶不欲与为难，亦祈不竟其事。真人曰："章已拜，不可追矣。"至七日，忽闻格斗砰訇，门窗破隳[4]，薄暮尚未已。法官又檄他神相助，乃就擒，以罂[5]贮之，埋广渠门外。余尝问真人驱役鬼神之故，曰："我亦不知所以然，但依法施行耳。大抵鬼神皆受役于印，而符箓则掌于法官。真人如官长，法官如吏胥。真人非法官不能为符箓，法官非真人之印，其符箓亦不灵。中间有验有不验，则如各官司文移章奏，或准或驳，不能一一必行耳。"此言颇近理。又问设空宅深山，猝遇精魅，君尚能制伏否？曰："譬大吏经行，劫盗自然避匿。倘[6]或无知猖獗，突犯双旌[7]，虽手握兵符，征调不及，一时亦无如之何。"此言亦颇笃实。然则一切神奇之说，皆附会也。

朱子颖运使言：守泰安日，闻有士人至岱岳深处，忽人语出石壁中，曰："何处经香，岂有转世人来耶？"騞[8]然震响，石壁中开，贝阙琼楼，涌现峰顶，有耆儒冠带下迎。士人骇愕，问此何地。曰："此经香阁也。"士人叩经香之义。曰："其说长矣，请坐讲之。昔尼山[9]删定，垂教万年，大义微言，递相授受。汉代诸儒，去古未远，训诂笺注，类能窥先圣之心；又淳朴未漓[10]，无植党争名之习，唯各传师说，笃溯渊源。沿及有

---

[1] 法官：对道士的敬称。
[2] 天狐：传说狐狸活千岁即通天，称天狐。
[3] 拜章：此指上奏上天的章表。
[4] 隳（huī）：毁坏。
[5] 罂（yīng）：小口大肚的瓶子。
[6] 倘（tǎng）：倘若。
[7] 双旌：指高官。也作"双节"。
[8] 騞（huō）：象声词，形容东西破裂的声音。
[9] 尼山：指孔子。
[10] 漓：浇薄；浅薄。

唐，斯文未改。迨乎北宋，勒为注疏十三部[1]，先圣嘉焉。诸大儒虑新说日兴，渐成绝学，建是阁以贮之。中为初本，以五色玉为函，尊圣教也。配以历代官刊之本，以白玉为函，昭帝王表章之功也。皆南面。左右则各家私刊之本，每一部成，必取初印精好者，按次时代，庋置斯阁，以苍玉为函，奖汲古之勤也。皆东西面。并以珊瑚为签，黄金作锁钥。东西两庑以沉檀为几，锦绣为茵。诸大儒之神，岁一来视，相与列坐于斯阁。后三楹则唐以前诸儒经义，帙以纂组，收为一库。自是以外，虽著述等身，声华盖代，总听其自贮名山，不得入此门一步焉，先圣之志也。诸书至子刻午刻，一字一句，皆发浓香，故题曰经香。盖一元[2]斡运，二气纲缊[3]，阴起午中，阳生子半。圣人之心，与天地通。诸大儒阐发圣人之理，其精奥亦与天地通，故相感也。然必传是学者始闻之，他人则否。世儒于此十三部，或焚膏继晷[4]，钻仰终身；或锻炼苛求，百端掊击，亦各因其性识之所根耳。君四世前为刻工，曾手刊《周礼》半部，故余香尚在，吾得以知君之来。"因引使周览阁庑，款以茗果。送别曰："君善自爱，此地不易至也。"士人回顾，唯万峰插天，杳无人迹。案：此事荒诞，殆尊汉学者之寓言。夫汉儒以训诂专门，宋儒以义理相尚。似汉学粗而宋学精，然不明训诂，义理何自而知。概用诋排，视犹土苴[5]，未免既成大辂，追斥椎轮；得济迷川，遽焚宝筏。于是攻宋儒者又纷纷而起。故余撰《四库全书·诗部总叙》有曰：宋儒之攻汉儒，非为说经起见也，特求胜于汉儒而已。后人之攻宋儒，亦非为说经起见也，特不平宋儒之诋汉儒而已。韦苏州[6]诗曰："水性自云静，石中亦无声。如何两相激，雷转空山惊。"此之谓矣。平心而论，《易》自王弼[7]始变旧说，为宋学之萌芽。宋儒不

---

[1] 注疏十三部：指十三经注疏。十三经包括：《易》《诗》《书》《周礼》《仪礼》《礼记》《春秋左传》《春秋公羊传》《春秋穀梁传》《孝经》《论语》《孟子》《尔雅》。
[2] 一元：天地万物之开始。
[3] 缊缊（yīn yūn）：同氤氲。古代指阴阳二气相互作用而产生的状态。
[4] 晷（guǐ）：日影。
[5] 土苴（jū）：渣滓，糟粕。比喻微贱的东西。
[6] 韦苏州：指唐代诗人韦应物，曾任苏州刺史，故称。
[7] 王弼：三国时魏国经学家，撰有《周易注》十卷。

攻《孝经》，词义明显。宋儒所争，只今文古文字句，亦无关宏旨，均姑置弗议。至《尚书》《三礼》《三传》[1]《毛诗》《尔雅》诸注疏，皆根据古义，断非宋儒所能。《论语》《孟子》，宋儒积一生精力，字斟句酌，亦断非汉儒所及。盖汉儒重师传，渊源有自。宋儒尚心悟，研索易深。汉儒或执旧文，过于信传。宋儒或凭臆断，勇于改经。计其得失，亦复相当。唯汉儒之学，非读书稽古，不能下一语。宋儒之学，则人人皆可以空谈。其间兰艾同生，诚有不尽餍人心者，是嗤点之所自来。此种虚构之词，亦非无因而作也。

曹司农竹虚言：其族兄自歙[2]往扬州，途经友人家。时盛夏，延坐书屋，甚轩爽。暮欲下榻其中，友人曰："是有魅，夜不可居。"曹强居之。夜半，有物自门隙蠕蠕入，薄如夹纸。入室后，渐开展作人形，乃女子也。曹殊不畏。忽披发吐舌，作缢鬼状。曹笑曰："犹是发，但稍乱；犹是舌，但稍长。亦何足畏！"忽自摘其首置案上。曹又笑曰："有首尚不足畏，况无首耶！"鬼技穷，倏[3]然灭。及归途再宿，夜半门隙又蠕动。甫露其首，辄唾曰："又此败兴物耶！"竟不入。此与嵇中散事相类[4]。夫虎不食醉人，不知畏也。大抵畏则心乱，心乱则神涣，神涣则鬼得乘之。不畏则心定，心定则神全，神全则沴戾[5]之气不能干。故记中散是事者，称"神志湛然，鬼惭而去"。

董曲江言：默庵先生为总漕时，署有土神马神二祠，唯土神有配。其少子恃才兀傲，谓土神于思老翁，不应拥艳妇；马神年少，正为嘉

---

[1]《三礼》《三传》：指《周礼》《仪礼》《礼记》《春秋左传》《春秋公羊传》《春秋穀梁传》。
[2] 歙（shè）：歙县，在安徽省。
[3] 倏（shū）：极快。
[4]《说郛》中记载，嵇康（嵇中散）夜间弹琴，来了一个鬼，嵇康把灯吹灭说："予耻与鬼魅争光。"
[5] 沴（lì）戾：因气不和而生之灾害。引申为妖邪或瘟疫。

偶[1]。径移女像于马神祠。俄眩仆不知人。默庵先生闻其事,亲祷移还,乃苏。又闻河间学署有土神,亦配以女像。有训导[2]谓黉宫[3]不可塑妇人,乃别建一小祠迁焉。土神凭其幼孙语曰:"汝理虽正,而心则私,正欲广汝宅耳,吾不服也。"训导方侃侃谈古礼,猝中其隐,大骇,乃终任不敢居是室。二事相近。或曰:"训导迁庙犹以礼,董渎神甚矣,谴当重。"余谓董少年放诞耳。训导内挟私心,使己有利;外假公义,使人无词。微神发其阴谋,人尚以为能正祀典也。《春秋》诛心,训导谴当重于董。

戏术皆手法捷耳,然亦实有搬运术(宋人书搬运皆作般)。忆小时在外祖雪峰先生家,一术士置杯酒于案,举掌拍之,杯陷入案中,口与案平。然扪案下,不见杯底。少选[4]取出,案如故。此或障目法也。又举鱼脍一巨碗,抛掷空中不见。令其取回,则曰:"不能矣,在书室画厨夹屉中,公等自取耳。"时以宾从杂沓,书室多古器,已严扃;且夹屉高仅二寸,碗高三四寸许,断不可入,疑其妄。姑呼钥启视,则碗置案上,换贮佛手[5]五。原贮佛手之盘,乃换贮鱼脍,藏夹屉中,是非搬运术乎?理所必无,事所或有,类如此,然实亦理之所有。狐怪山魈,盗取人物不为异,能劾禁狐怪山魈者亦不为异。既能劾禁,即可以役使;既能盗取人物,即可以代人盗取物。夫又何异焉?

旧仆庄寿言:昔事某官,见一官侵晨至,又一官续至,皆契交也,其状若密递消息者。俄皆去,主人亦命驾递出。至黄昏乃归,车殆马烦,不胜困惫。俄前二官又至,灯下或附耳,或点首,或摇手,或蹙眉,或拊掌,不知所议何事。漏下二鼓,我遥闻北窗外吃吃有笑声,室中弗闻也。方

---

[1] 嘉偶:美好的伴侣。
[2] 训导:古代学官名。
[3] 黉(hóng)宫:古代的学官。
[4] 少选:隔一会儿,不多久。
[5] 佛手:即佛手柑,果名。

疑惑间，忽又闻长叹一声曰："何必如此！"始宾主皆惊，开窗急视，新雨后泥平如掌，绝无人踪。共疑为我呓语。我时因戒勿窃听，避立南荣外花架下，实未尝睡，亦未尝言，究不知其何故也。

永春邱孝廉二田，偶憩息九鲤湖道中。有童子骑牛来，行甚驶，至邱前小立，朗吟曰："来冲风雨来，去踏烟霞去。斜照万峰青，是我还山路。"怪村竖那得作此语，凝思欲问，则笠影出没杉桧间，已距半里许矣。不知神仙游戏，抑乡塾小儿闻人诵而偶记也。

莆田林教谕霈，以台湾俸满[1]北上。至涿州南，下车便旋[2]。见破屋墙匡外，有磁锋划一诗曰："骡纲[3]队队响铜铃，清晓冲寒过驿亭。我自垂鞭玩残雪，驴蹄缓踏乱山青。"款曰罗洋山人。读讫，自语曰："诗小有致。罗洋是何地耶？"屋内应曰："其语似是湖广人。"入视之，唯凝尘败叶而已。自知遇鬼，惕然登车。恒郁郁不适，不久竟卒。

景州李露园基塙，康熙甲午孝廉，余婿僚也。博雅工诗。需次[4]日，梦中作一联曰："鸾翮稔中散，蛾眉屈左徒[5]。"醒而自不能解。后得湖南一令，卒于官，正屈原行吟地也。

先祖母张太夫人，畜一小花犬。群婢患其盗肉，阴搕[6]杀之。中一

---

[1] 俸满：古代官员任职满一定年限可按例升调，称俸满，也称秩满。
[2] 便（biàn）旋：小便。
[3] 纲：旧时成批运送货物的组织。
[4] 需次：旧时指官员授职后，等待依次补缺。
[5] 屈左徒：屈原。
[6] 搕（è）：同"扼"，用力掐住。

婢曰柳意，梦中恒见此犬来啮，睡辄呓语。太夫人知之，曰："群婢共杀犬，何独衔冤于柳意？此必柳意亦盗肉，不足服其心也。"考问果然。

　　福建汀州试院，堂前二古柏，唐物也，云有神。余按临日，吏白当诣树拜。余谓木魅不为害，听之可也，非祀典所有，使者不当拜。树柯叶森耸，隔屋数重可见。是夕月明，余步阶上，仰见树杪[1]两红衣人，向余磬折[2]拱揖，冉冉渐没。呼幕友出视，尚见之。余次日诣树，各答以揖。为镌一联于祠门曰："参天黛色常如此，点首朱衣[3]或是君。"此事亦颇异。袁子才[4]尝载此事于《新齐谐》，所记稍异，盖传闻之误也。

　　德州宋清远先生言：吕道士，不知何许人，善幻术，尝客田山姜司农家。值朱藤盛开，宾客会赏。一俗士言词猥鄙，喋喋不休，殊败人意。一少年性轻脱，厌薄尤甚，斥勿多言。二人几攘臂。一老儒和解之，俱不听，亦愠形于色。满坐为之不乐。道士耳语小童，取纸笔，画三符焚之。三人忽皆起，在院中旋折数四。俗客趋东南隅坐，喃喃自语。听之，乃与妻妾谈家事。俄左右回顾若和解，俄怡色自辩，俄作引罪状，俄屈一膝，俄两膝并屈，俄叩首不已。视少年，则坐西南隅花栏上，流目送盼，妮妮软语。俄嬉笑，俄谦谢，俄低唱《浣纱记》，呦呦不已，手自按拍，备诸冶荡之态。老儒则端坐石磴上，讲《孟子》齐桓、晋文之事一章。字剖句析，指挥顾盼，如与四五人对语。忽摇首曰"不是"，忽瞋目曰"尚不解耶"，咯咯謦欬仍不止。众骇笑，道士摇手止之。比酒阑，道士又焚

---

[1] 树杪（miǎo）：树梢。
[2] 磬（qìng）折：磬，古代打击乐器，状如曲尺。身折如磬，表示恭敬。
[3] 点首朱衣：相传宋欧阳修主持贡院科举考试，每当阅卷时，觉座后有一朱衣人；朱衣人点头的，都是合格的文章。回头看，却又不见人。后则用"朱衣点首（头）"代称科举中选。事见明代陈耀文《天中记》。
[4] 袁子才：即清代文学家袁枚（字子才），著有笔记小说《新齐谐》，一名《子不语》。

三符。三人乃惘惘痴坐，少选始醒，自称不觉醉眠，谢无礼。众匿笑散。道士曰："此小术，不足道。叶法善引唐明皇入月宫，即用此符。当时误以为真仙，迂儒又以为妄语，皆井底蛙耳。"后在旅馆，符摄一过往贵人妾魂。妾苏后，登车识其路径门户，语贵人急捕之，已遁去。此《周礼》所以禁怪民欤！

交河老儒及润础，雍正乙卯乡试，晚至石门桥，客舍皆满，唯一小屋，窗临马枥，无肯居者，姑解装焉。群马跳踉，夜不得寐。人静后，忽闻马语。及爱观杂书，先记宋人说部中有堰下牛语事，知非鬼魅，屏息听之。一马曰："今日方知忍饥之苦。生前所欺隐草豆钱，竟在何处！"一马曰："我辈多由圉人[1]转生，死者方知，生者不悟，可为叹息！"众马皆呜咽。一马曰："冥判亦不甚公，王五何以得为犬？"一马曰："冥卒曾言之，渠一妻二女并淫滥，尽盗其钱与所欢，当罪之半矣。"一马曰："信然，罪有轻重，姜七堕豕身，受屠割，更我辈不若也。"及忽轻嗽，语遂寂。及恒举以戒圉人。

余一侍姬，平生未尝出詈语。自云亲见其祖母善詈，后了无疾病，忽舌烂至喉，饮食言语皆不能，宛转数日而死。

有某生在家，偶晏起，呼妻妾不至。问小婢，云并随一少年南去矣。露刃追及，将骈斩之。少年忽不见。有老僧衣红袈裟，一手托钵，一手振锡杖，格其刀曰："汝尚不悟耶？汝利心太重，忮忌[2]心太重，机巧心太重，而能使人终不觉。鬼神忌隐恶，故判是二妇，使作此以报汝。彼何罪焉？"言讫亦隐。生默然引归。二妇云："少年初不相识，亦未相悦。

---

[1] 圉（yǔ）人：养马的人。
[2] 忮（zhì）忌：嫉妒。

忽惘然如梦，随之去。"邻里亦曰："二妇非淫奔者，又素不相得，岂肯随一人？且淫奔必避人，岂有白昼公行，缓步待追者耶？其为神谴信矣。"然终不能明其恶，真隐恶哉！

事皆前定，岂不信然。戊子春，余为人题《蕃骑射猎图》曰："白草粘天野兽肥，弯弧爱尔马如飞。何当快饮黄羊血，一上天山雪打围。"是年八月，竟从军于西域[1]。又董文恪公尝为余作《秋林觅句图》。余至乌鲁木齐，城西有深林，老木参云，弥亘数十里，前将军伍公弥泰建一亭于中，题曰"秀野"。散步其间，宛然前画之景。辛卯还京，因自题一绝句曰："霜叶微黄石骨青，孤吟自怪太零丁。谁知早作西行谶[2]，老木寒云秀野亭。"

南皮疡医某，艺颇精，然好阴用毒药，勒索重资。不餍所欲，则必死。盖其术诡秘，他医不能解也。一日，其子雷震死。今其人尚在，亦无敢延之者矣。或谓某杀人至多，天何不殛[3]其身而殛其子？有佚罚焉。夫罪不至极，刑不及孥[4]；恶不至极，殃不及世。殛其子，所以明祸延后嗣也。

安中宽言：昔吴三桂之叛，有术士精六壬[5]，将往投之。遇一人，言亦欲投三桂，因共宿。其人眠西墙下，术士曰："君勿眠此，此墙亥刻当圮[6]。"其人曰："君术未深，墙向外圮，非向内圮也。"至夜果然。余谓此附会之谈也，是人能知墙之内外圮，不知三桂之必败乎？

---

[1]此指乾隆三十三年，作者因卢见曾事而被贬乌鲁木齐。
[2]谶（chèn）：迷信的人指将来要应验的预言、预兆。
[3]殛（jí）：杀死。
[4]孥（nú）：妻子和儿女。
[5]六壬：古代用阴阳五行占卜吉凶的一种方法。
[6]圮（pǐ）：毁坏；坍塌。

有僧游交河苏吏部次公家，善幻术，出奇不穷，云与吕道士同师。尝抟[1]泥为豕，咒之，渐蠕动。再咒之，忽作声。再咒之，跃而起矣。因付庖屠以供客，味不甚美。食讫，客皆作呕逆，所吐皆泥也。有一士因雨留同宿，密叩僧曰："《太平广记》载术士咒片瓦授人，划壁立开，可潜至人闺阁中。师术能及此否？"曰："此不难。"拾片瓦咒良久，曰："持此可往。但勿语，语则术败矣。"士试之，壁果开。至一处，见所慕，方卸妆就寝。守僧戒，不敢语，径掩扉，登榻狎昵。妇亦欢洽。倦而酣睡。忽开目，则眠妻榻上也。方互相疑诘，僧登门数之曰："吕道士一念之差，已受雷诛。君更累我耶！小术戏君，幸不伤盛德，后更无萌此念。"既而叹息曰："此一念，司命[2]已录之，虽无大谴，恐于禄籍[3]有妨耳。"士果蹭蹬[4]，晚得一训导，竟终于寒毡[5]。

　　康熙中，献县胡维华以烧香聚众谋不轨。所居由大城、文安一路行，去京师三百余里。由青县、静海一路行，去天津二百余里。维华谋分兵为二，其一出不意，并程抵京师；其一据天津，掠海舟。利则天津之兵亦北趋，不利则遁往天津，登舟泛海去。方部署伪官，事已泄。官军擒捕，围而火攻之，龆龀[6]不遗。初，维华之父雄于资，喜周穷乏，亦未为大恶。邻村老儒张月坪，有女艳丽，殆称国色。见而心醉。然月坪端方迂执，无与人为妾理。乃延之教读。月坪父母柩在辽东，不得返，恒戚戚。偶言及，即捐金使扶归，且赠以葬地。月坪田内有横尸，其仇也。官以谋杀勘。又为百计申辩得释。一日，月坪妻携女归宁，三子并幼，月坪

---

[1] 抟（tuán）：把东西揉捏成球状。
[2] 司命：神名。
[3] 禄籍：登记禄位的簿册。此处指仕途。
[4] 蹭蹬（cèng dèng）：遭遇挫折。
[5] 寒毡：杜甫《戏简郑广文虔，兼呈苏司业源明》："才名四十年，坐客寒无毡。"此指穷困潦倒。
[6] 龆龀（tiáo chèn）：指小孩子。

归家守门户，约数日返。乃阴使其党，夜键户[1]而焚其庐，父子四人并烬。阳为惊悼，代营丧葬，且时周其妻女，竟依以为命。或有欲聘女者，妻必与谋，辄阴沮[2]，使不就。久之，渐露求女为妾意。妻感其惠，欲许之。女初不愿。夜梦其父曰："汝不往，吾终不畅吾志也。"女乃受命。岁余，生维华，女旋病卒。维华竟覆其宗。

又去余家三四十里，有凌虐其仆夫妇死而纳其女者。女故慧黠，经营其饮食服用，事事当意。又凡可博其欢者，冶荡狎媟，无所不至。皆窃议其忘仇。蛊惑既深，唯其言是听。女始则导之奢华，破其产十之七八。又谗间其骨肉，使门以内如寇仇。继乃时说《水浒传》宋江、柴进等事，称为英雄，怂恿之交通[3]盗贼。卒以杀人抵法。抵法之日，女不哭其夫，而阴携卮[4]酒，酹其父母墓曰："父母恒梦中魇[5]我，意恨恨似欲击我。今知之否耶？"人始知其蓄志报复。曰：此女所为，非唯人不测，鬼亦不测也，机深哉！然而不以阴险论，《春秋》原心，本不共戴天者也。

余在乌鲁木齐，军吏具文牒数十纸，捧墨笔请判，曰："凡客死于此者，其棺归籍，例给牒，否则魂不得入关。"以行于冥司，故不用朱判，其印亦以墨。视其文，鄙诞殊甚。曰："为给照事：照得某处某人，年若干岁，以某年某月某日在本处病故。今亲属搬柩归籍，合行给照。为此牌仰沿路把守关隘鬼卒，即将该魂验实放行，毋得勒索留滞，致干未便。"余曰："此胥役托词取钱耳。"启将军除其例。旬日后，或告城西墟墓中鬼哭，无牒不能归故也。余斥其妄。又旬日，或告鬼哭已近城。斥之如故。越旬日，

---

[1] 键户：锁门。
[2] 沮（jǔ）：阻止。
[3] 交通：勾结。
[4] 卮（zhī）：盛酒的器皿。
[5] 魇（yǎn）：梦中惊吓。

余所居墙外䰛䰛有声。(《说文》曰:"䰛,鬼声。")余尚以为胥役所伪。越数日,声至窗外。时月明如昼,自起寻视,实无一人。同事观御史成曰:"公所持理正,虽将军不能夺也。然鬼哭实共闻,不得照者,实亦怨公。盍试一给之,姑间执谗慝[1]之口。倘鬼哭如故,则公益有词矣。"勉从其议。是夜寂然。又军吏宋吉禄在印房,忽眩仆。久而苏,云见其母至。俄台军以官牒呈,启视,则哈密报吉禄之母来视子,卒于途也。天下事何所不有,儒生论其常耳。余尝作乌鲁木齐杂诗一百六十首,中一首云:"白草飕飕接冷云,关山疆界是谁分?幽魂来往随官牒,原鬼昌黎[2]竟未闻。"即此二事也。

范蘅洲言:昔渡钱塘江,有一僧附舟,径置坐具,倚樯竿,不相问讯。与之语,口漫应,目视他处,神意殊不属。蘅洲怪其傲,亦不再言。时西风过急,蘅洲偶得二句,曰:"白浪簸船头,行人怯石尤[3]。"下联未属,吟哦数四。僧忽闭目微吟曰:"如何红袖女,尚倚最高楼?"蘅洲不省所云,再与语,仍不答。比系缆,恰一少女立楼上,正着红袖。乃大惊,再三致诘。曰:"偶望见耳。"然烟水渺茫,庐舍遮映,实无望见理。疑其前知,欲作礼,则已振锡[4]去。蘅洲惘然莫测,曰:"此又一骆宾王[5]矣!"

清苑张公铖,官河南郑州时,署有老桑树,合抱不交,云栖神物。恶而伐之。是夕,其女灯下睹一人,面目手足及衣冠色皆浓绿,厉声曰:"尔父太横,姑示警于尔!"惊呼媪婢至,神已痴矣。后归戈太仆仙舟,不

---

[1] 谗慝(tè):邪恶,奸佞。
[2] 原鬼昌黎:唐代韩愈(昌黎)著有《原鬼》。
[3] 石尤:逆风、顶头风。
[4] 锡:锡杖,和尚所持之杖。
[5] 骆宾王:唐代诗人,参与徐敬业讨伐武则天,失败后不知去向。唐代另一诗人宋之问游浙江灵隐寺,夜吟诗,遇一老僧为其续诗曰:"楼观沧海日,门对浙江潮。"有寺僧告知宋之问,此老僧即为骆宾王。事见《唐才子传》。

久下世。驱厉鬼,毁淫祠[1],正狄梁公、范文正公[2]辈事。德苟不足以胜之,鲜不取败。

钱文敏公曰:"天之祸福,不犹君之赏罚乎!鬼神之鉴察,不犹官吏之详议乎!今使有一弹章曰:'某立身无玷,居官有绩,然门径向凶方,营建犯凶日,罪当谪罚。'所司允乎?驳乎?又使有一荐牍曰:'某立身多瑕,居官无状,然门径得吉方,营建值吉日,功当迁擢。'所司又允乎?驳乎?官吏所必驳,而谓鬼神允之乎?故阳宅之说,余终不谓然。"此譬至明,以诘形家,亦无可置辩。然所见实有凶宅:京师斜对给孤寺道南一宅,余行吊者五;粉坊琉璃街极北道西一宅,余行吊者七。给孤寺宅,曹宗丞学闵尝居之,甫移入,二仆一夕并暴亡,惧而迁去。粉坊琉璃街宅,邵教授大生尝居之,白昼往往见变异,毅然不畏,竟殁其中。此又何理欤?刘文正公曰:"卜地见《书》,卜日见《礼》。苟无吉凶,圣人何卜?但恐非今术士所知耳。"斯持平之论矣。

沧州潘班,善书画,自称黄叶道人。尝夜宿友人斋中,闻壁间小语曰:"君今夕毋留人共寝,当出就君。"班大骇,移出。友人曰:"室旧有此怪,一婉娈[3]女子,不为害也。"后友人私语所亲曰:"潘君其终困青衿[4]乎?此怪非鬼非狐,不审何物,遇粗俗人不出,遇富贵人亦不出,唯遇才士之沦落者,始一出荐枕耳。"后潘果坎壈[5]以终。越十余年,忽夜闻斋中啜泣声。次日,大风折一老杏树,其怪乃绝。外祖张雪峰先生尝戏曰:"此怪大佳,其意识在绮罗人上。"

---

[1] 淫祠:不合礼义而设置的祠庙。
[2] 狄梁公、范文正公:唐代狄仁杰、宋代范仲淹。二人在政期间曾禁毁淫祠、淫祀。
[3] 婉娈:年少美丽的样子。
[4] 青衿:古代读书人的服装。代指未仕学子。
[5] 坎壈(lǎn):困顿,不得志。

陈枫崖光禄言：康熙中，枫泾一太学生，尝读书别业[1]。见草间有片石，已断裂剥蚀，仅存数十字，偶有一二成句，似是夭逝女子之碣也。生故好事，意其墓必在左右，每陈茗果于石上，而祝以狎词。越一载余，见丽女独步菜畦间，手执野花，顾生一笑。生趋近其侧，目挑眉语，方相引入篱后灌莽间。女凝立直视，若有所思，忽自批其颊曰："一百余年，心如古井，一旦乃为荡子所动乎？"顿足数四，奄然而灭。方知即墓中鬼也。蔡修撰季实曰："古称盖棺论定。观于此事，知盖棺犹难论定矣。是本贞魂，乃以一念之差，几失故步。"晦庵[2]先生诗曰："世上无如人欲险，几人到此误平生。"谅哉！

王孝廉金英言：江宁一书生，宿故家废园中。月夜有艳女窥窗。心知非鬼即狐，爱其姣丽，亦不畏怖。招使入室，即宛转相就。然始终无一语，问亦不答，唯含笑流盼而已。如是月余，莫喻其故。一日，执而固问之。乃取笔作字曰："妾前明某翰林侍姬，不幸夭逝。因平生巧于逸构，使一门骨肉如水火。冥司见谴，罚为喑[3]鬼，已沉沦二百余年。君能为书《金刚经》十部，得仗佛力，超拔苦海，则世世衔感矣。"书生如其所乞。写竣之日，诣书生再拜，仍取笔作字曰："借金经忏悔，已脱离鬼趣。然前生罪重，仅能带业往生，尚须三世作哑妇，方能语也。"

---

[1] 别业：别墅。
[2] 晦庵：南宋朱熹之号。
[3] 喑：哑，不能说话。

卷二

滦阳消夏录（二）

董文恪公为少司空时，云昔在富阳村居，有村叟坐邻家，闻读书声，曰："贵人也。"请相见。谛观再四，又问八字干支。沉思良久，曰："君命相皆一品。当某年得知县，某年署大县，某年实授，某年迁通判，某年迁知府，某年由知府迁布政，某年迁巡抚，某年迁总督。善自爱，他日知吾言不谬也。"后不再见此叟，其言亦不验。然细较生平，则所谓知县，乃由拔贡得户部七品官也。所谓调署大县，乃庶吉士也。所谓实授，乃编修也。所谓通判，乃中允也。所谓知府，乃侍读学士也。所谓布政使，乃内阁学士也。所谓巡抚，乃工部侍郎也。品秩皆符，其年亦皆符，特内外异途耳。是其言验而不验，不验而验，唯未知总督如何。后公以其年拜礼部尚书，品秩仍符。按推算干支，或奇验，或全不验，或半验半不验。余尝以闻见最确者，反复深思，八字贵贱贫富，特大概如是。其间乘除盈缩，略有异同。无锡邹小山先生夫人，与安州陈密山先生夫人，八字干支并同。小山先生官礼部侍郎，密山先生官贵州布政使，均二品也。论爵，布政不及侍郎之尊。论禄，则侍郎不及布政之厚。互相补矣。二夫人并寿考。陈夫人早寡，然晚岁康强安乐。邹夫人白首齐眉，然晚岁丧明，家计亦薄。又相补矣。此或疑地有南北，时有初正也。余第六侄与奴子刘云鹏，生时只隔一墙，两窗相对，两儿并落蓐[1]啼。非唯时同刻同，乃至分秒亦同。侄至十六岁而夭，奴子今尚在。岂非此命所赋之禄，只有此数。侄生长富贵，消耗先尽；奴子生长贫贱，消耗无多，禄尚未尽耶？盈虚消息，理似如斯，俟知命者更详之。

---

[1] 落蓐：指婴儿出生。

曾伯祖光吉公，康熙初官镇番守备。云有李太学妻，恒虐其妾，怒辄褫下衣鞭之，殆无虚日。里有老媪，能入冥，所谓走无常[1]者是也。规其妻曰："娘子与是妾有夙冤，然应偿二百鞭耳。今妒心炽盛，鞭之殆过十余倍，又负彼债矣。且良妇受刑，虽官法不褫衣。娘子必使裸露以示辱，事太快意，则干鬼神之忌。娘子与我厚，窃见冥籍，不敢不相闻。"妻哂曰："死媪谩语，欲我禳解取钱耶！"会经略莫洛遘王辅臣之变[2]，乱党蜂起。李殁于兵，妾为副将韩公所得。喜其明慧，宠专房。韩公无正室，家政遂操于妾。妻为贼所掠。贼破被俘，分赏将士，恰归韩公。妾蓄以为婢，使跪于堂而语之曰："尔能受我指挥，每日晨起，先跪妆台前，自褫下衣，伏地受五鞭，然后供役，则贷尔命。否则尔为贼党妻，杀之无禁，当寸寸脔[3]尔，饲犬豕。"妻惮死失志，叩首愿遵教。然妾不欲其遽死，鞭不甚毒，俾知痛楚而已。年余，乃以他疾死。计其鞭数，适相当。此妇真顽钝无耻哉！亦鬼神所忌，阴夺其魄也。此事韩公不自讳，且举以明果报。故人知其详。韩公又言：此犹显易其位也。明季尝游襄、邓间，与术士张鸳湖同舍。鸳湖稔知居停主人[4]妻虐妾太甚，积不平，私语曰："道家有借形法。凡修炼未成，气血已衰，不能还丹[5]者，则借一壮盛之躯，乘其睡，与之互易。吾尝受此法，姑试之。"次日，其家忽闻妻在妾房语，妾在妻房语。比出户，则作妻语者妾，作妾语者妻也。妾得妻身，但默坐。妻得妾身，殊不甘，纷纭争执，亲族不能判。鸣之官。官怒为妖妄，笞其夫，逐出。皆无可如何。然据形而论，妻实是妾，不在其位，威不能行，竟分宅各居而终。此事尤奇也。

相传有塾师，夏夜月明，率门人纳凉河间献王祠外田塍上。因共讲

---

[1] 走无常：迷信谓阴间地狱遇事多，吏不足，则勾摄生人顶替办事；事毕即放还，称为走无常。
[2] 王辅臣之变：康熙十二年（1673年），提督王辅臣起兵响应吴三桂叛变。
[3] 脔（luán）：碎割。
[4] 居停主人：寄居之处的主人。
[5] 还丹：道士炼丹之术。以九转丹再炼，化为还丹，认为吞服后能够白日升天。

《三百篇》[1]拟题，音琅琅如钟鼓。又令小儿诵《孝经》，诵已复讲。忽举首见祠门双古柏下，隐隐有人。试近之，形状颇异，知为神鬼。然私念此献王祠前，决无妖魅。前问姓名。曰毛苌、贯长卿、颜芝[2]，因谒王至此。塾师大喜，再拜请授经义。毛、贯并曰："君所讲适己闻，都非我辈所解，无从奉答。"塾师又拜曰："《诗》义深微，难授下愚。请颜先生一讲《孝经》可乎？"颜回面向内曰："君小儿所诵，漏落颠倒，全非我所传本。我亦无可著语处。"俄闻传王教曰："门外似有人醉语，聒耳已久，可驱之去。"余谓此与爱堂先生所言学究遇冥吏事，皆博雅之士，造戏语以诟俗儒也。然亦空穴来风，桐乳来巢[3]乎？

先姚安公性严峻，门无杂宾。一日，与一褴褛人对语，呼余兄弟与为礼，曰："此宋曼珠曾孙，不相闻久矣，今乃见之。明季兵乱，汝曾祖年十一，流离戈马间，赖宋曼珠得存也。"乃为委曲谋生计。因戒余兄弟曰："义所当报，不必谈因果。然因果实亦不爽。昔某公受人再生恩，富贵后，视其子孙零替，漠如陌路。后病困，方服药，恍惚见其人手授二札，皆未封。视之，则当年乞救书也。覆杯于地曰：'吾死晚矣！'是夕卒。"

宋按察蒙泉言：某公在明为谏官，尝扶乩[4]问寿数。仙判某年某月某日当死。计期不远，恒悒悒。届期乃无恙。后入本朝，至九列。适同僚家扶乩，前仙又降。某公叩以所判无验。又判曰："君不死，我奈何？"某公俯仰沉思，忽命驾去。盖所判正甲申三月十九日也[5]。

---

[1]《三百篇》：指《诗经》。
[2]毛苌、贯长卿、颜芝：俱为西汉时经学家。
[3]空穴来风，桐乳来巢：门有了孔洞才招进风来，有了梧桐树的果实鸟雀才来做巢。比喻事物自身存在着可乘之机。
[4]扶乩：旧时一种占卜方法。假借鬼神名义，两人合作，制丁字型木架，其直端顶部悬锥下垂，在沙盘上划字或画图。
[5]甲申三月十九日：明甲申三月十九日，李自成攻下北京，崇祯帝自缢。

沈椒园先生为鳌峰书院山长[1]时，见示高邑赵忠毅公[2]旧砚，额有"东方未明之砚"六字。背有铭曰："残月荧荧，太白睒睒，鸡三号，更五点，此时拜疏击大奄。事成策汝功，不成同汝贬。"盖劾魏忠贤时，用此砚草疏也。末有小字一行，题"门人王铎[3]书"。此行遗未镌，而黑痕深入石骨。干则不见，取水濯之，则五字炳然。相传初令铎书此铭，未及镌而难作。后在戍所，乃镌之，语工勿镌此一行。然阅一百余年，涤之不去，其事颇奇。或曰：忠毅嫉恶严，渔洋山人[4]笔记称铎人品日下，书品亦日下，然则忠毅先有所见矣。削其名，摈之也；涤之不去，欲著其尝为忠毅所摈也。天地鬼神，恒于一事偶露其巧，使人知警。是或然欤！

乾隆庚午，官库失玉器，勘诸苑户。苑户常明对簿时，忽作童子声曰："玉器非所窃，人则真所杀。我即所杀之魂也。"问官大骇，移送刑部。姚安公时为江苏司郎中，与余公文仪等同鞫[5]之。魂曰："我名二格，年十四，家在海淀。父曰李星望。前岁上元，常明引我观灯归。夜深人寂，常明戏调我。我力拒，且言归当诉诸父。常明遂以衣带勒我死，埋河岸下。父疑常明匿我，控诸巡城。送刑部，以事无左证，议别缉真凶。我魂恒随常明行，但相去四五尺，即觉炽如烈焰，不得近。后热稍减，渐近至二三尺。又渐近至尺许。昨乃都不觉热，始得附之。"又言初讯时，魂亦随至刑部，指其门乃广西司。按所言月日，果检得旧案。问其尸，云在河岸第几柳树旁。掘之亦得，尚未坏。呼其父使辨识，长恸曰："吾儿也！"以事虽幻杳，而证验皆真。且讯问时，呼常明名，则忽似梦醒，作常明语；呼二格名，则忽似昏醉，作二格语。互辩数四，始款伏。又父子絮语家事，一一分明。狱无可疑，乃以实状上闻。论如律。命下之日，魂喜甚。本

---

[1] 山长：古代山中学舍称书院，其主持书院教学、日常事务者称山长。
[2] 赵忠毅公：明代赵南星，熹宗时为吏部尚书，为魏忠贤所贬，死后谥"忠毅"。
[3] 王铎：清书法家。南明弘光帝时官礼部尚书、东阁大学士；降清后官至礼部尚书。工书画。
[4] 渔洋山人：清王士禛，渔洋山人为其自号。
[5] 鞫（jū）：审讯犯人。

卖糕为活，忽高唱"卖糕"一声。父泣曰："久不闻此，宛然生时声也。"问："儿当何往？"曰："吾亦不知，且去耳。"自是再问常明，不复作二格语矣。

南皮张副使受长，官河南开归道时，夜阅一谳[1]牍，沉吟自语曰："自到死者，刀痕当入重而出轻。今入轻出重，何也？"忽闻背后叹息曰："公尚解事。"回顾无一人。喟然曰："甚哉，治狱之可畏也！此幸不误，安保他日之不误耶？"遂移疾而归。

先叔母高宜人之父，讳荣祉，官山西陵川令。有一旧玉马，质理不甚白洁，而血浸斑斑。斫紫檀为座承之，恒置几上。其前足本为双跪欲起之形，一日，左足忽伸出于座外。高公大骇，阖署传视，曰："此物程朱不能格也。"一馆宾曰："凡物岁久则为妖。得人精气多，亦能为妖。此理易明，无足怪也。"众议碎之，犹豫未决。次日，仍屈还故形。高公曰："是真有知矣。"投炽炉中，似微有呦呦声。后无他异。然高氏自此渐式微[2]。高宜人云，此马煅三日，裂为二段，尚及见其半身。又武清王庆坨曹氏厅柱，忽生牡丹二朵，一紫一碧，瓣中脉络如金丝，花叶葳蕤[3]，越七八日乃萎落。其根从柱而出，纹理相连；近柱二寸许，尚是枯木，以上乃渐青。先太夫人，曹氏甥也，小时亲见之，咸曰瑞也。外祖雪峰先生曰："物之反常者为妖，何瑞之有！"后曹氏亦式微。

先外祖母言：曹化淳[4]死，其家以前明玉带殉。越数年，墓前恒见一白蛇。后墓为水啮，棺坏朽。改葬之日，他珍物具在，视玉带则亡矣。

---

[1] 谳（yàn）：审判定罪。
[2] 式微：《诗经·邶风·式微》："式微，式微，胡不归。"式微，天将黑的意思，后泛指事物由盛而衰。
[3] 葳蕤（wēi ruí）：草木茂盛的样子。
[4] 曹化淳：明末宦官，万历年间入宫。工儒业，善草隶。

蛇身节节有纹，尚似带形。岂其悍鸷之魄，托玉而化欤？

外祖张雪峰先生，性高洁，书室中几砚精严，图史整肃，恒鐍[1]其户，必亲至乃开。院中花木翳如，苺苔绿缛。僮婢非奉使令，亦不敢轻蹋一步。舅氏健亭公，年十一二时，乘外祖他出，私往院中树下纳凉。闻室内似有人行，疑外祖已先归，屏息从窗隙窥之。见竹椅上坐一女子，靓妆如画。椅对面一大方镜，高可五尺，镜中之影，乃是一狐。惧弗敢动，窃窥所为。女子忽自见其影，急起绕镜，四围呵之，镜昏如雾。良久归坐，镜上呵迹亦渐消。再视其影，则亦一好女子矣。恐为所见，蹑足而归。后私语先姚安公。姚安公尝为诸孙讲《大学·修身》章，举是事曰："明镜空空，故物无遁影。然一为妖气所翳，尚失真形。况私情偏倚，先有所障者乎！"又曰："非唯私情为障，即公心亦为障。正人君子，为小人乘其机而反激之，其固执决裂，有转致颠倒是非者。昔包孝肃[2]之吏，阳为弄权之状，而应杖之囚，反不予杖。是亦妖气之翳镜也。故正心诚意，必先格物致知[3]。"

有卖花老妇言：京师一宅近空圃，圃故多狐。有丽妇夜逾短垣，与邻家少年狎。惧事泄，初诡托姓名。欢昵渐洽，度不相弃，乃自冒为圃中狐女。少年悦其色，亦不疑拒。久之，忽妇家屋上掷瓦骂曰："我居圃中久，小儿女戏抛砖石，惊动邻里，或有之，实无冶荡蛊惑事。汝奈何污我？"事乃泄。异哉，狐媚恒托于人，此妇乃托于狐。人善媚者比之狐，此狐乃贞于人。

---

[1] 鐍（jué）：箱子上安锁的环状物。此处指锁上。
[2] 包孝肃：即宋代包拯，世称包公，"孝肃"为其谥号。
[3] 格物致知：中国古代哲学术语。《礼记·大学》："致知在格物。物格而后知至。"意思是推究事物的原理，才能获得知识。

有游士以书画自给,在京师纳一妾,甚爱之。或遇宴会,必袖果饵以贻。妾亦甚相得。无何病革[1],语妾曰:"吾无家,汝无归;吾无亲属,汝无依。吾以笔墨为活,吾死,汝琵琶别抱,势也,亦理也。吾无遗债累汝,汝亦无父母兄弟掣肘。得行己志,可勿受锱铢聘金;但与约,岁时许汝祭我墓,则吾无恨矣。"妾泣受教。纳之者亦如约,又甚爱之。然妾恒郁郁忆旧恩,夜必梦故夫同枕席,睡中或妮妮呓语。夫觉之,密延术士镇以符箓。梦语止,而病渐作,驯至绵惙[2]。临殁,以额叩枕曰:"故人情重,实不能忘,君所深知,妾亦不讳。昨夜又见梦曰:'久被驱遣,今得再来。汝病如是,何不同归?'已诺之矣。能邀格外之惠,还妾尸于彼墓,当生生世世,结草衔环[3]。不情之请,唯君图之。"语讫奄然。夫亦豪士,慨然曰:"魂已往矣,留此遗蜕何为?杨越公能合乐昌之镜[4],吾不能合之泉下乎!"竟如所请。此雍正甲寅、乙卯间事。余是年十一二,闻人述之,而忘其姓名。余谓再嫁,负故夫也;嫁而有二心,负后夫也。此妇进退无据焉。何子山先生亦曰:"忆而死,何如殉而死乎?"何励庵先生则曰:"《春秋》责备贤者,未可以士大夫之义律儿女子。哀其遇可也,悯其志可也。"

屠者许方,尝担酒二罂夜行,倦息大树下。月明如昼,远闻呜呜声,一鬼自丛薄中出,形状可怖。乃避入树后,持担以自卫。鬼至罂前,跃

---

[1] 病革(jí):病危。
[2] 绵惙(chuò):病危。
[3] 结草衔环:结草,《左传·宣公十五年》载,晋大夫魏武子临死时嘱咐他儿子魏颗杀死他的爱妾给他殉葬,魏颗却让其改嫁。后来魏颗与秦将杜回作战,看见一个老人结草,把杜回绊倒,杜回因此被擒。夜里魏颗梦见这个老人,说他是魏武子爱妾的父亲,特来报魏颗不杀他女儿之恩的。衔环,《续齐谐记》载,汉代杨宝为一黄雀治伤,黄雀夜里衔了四枚白环送给他。后用结草衔环表示生前死后报答恩德。
[4] 乐昌之镜:孟启《本事诗·情感》载,南朝陈乐昌公主嫁太子舍人徐德言。徐预知陈必亡,把家传宝镜分为两半,与公主各执一半。后陈果亡,德言与公主在兵乱中别离。经过一番周折,两人又破镜重圆。后以"乐昌之镜"比喻夫妻分离。

舞大喜，遽开饮，尽一罂，尚欲开其第二罂，缄甫半启，已颓然倒矣。许恨甚，且视之似无他技，突举担击之，如中虚空。因连与痛击，渐纵弛委地，化浓烟一聚。恐其变幻，更捶百余。其烟平铺地面，渐散渐开，痕如淡墨，如轻縠；渐愈散愈薄，以至于无。盖已渐灭矣。余谓鬼，人之余气也。气以渐而消，故《左传》称新鬼大，故鬼小。世有见鬼者，而不闻见羲、轩[1]以上鬼，消已尽也。酒，散气者也。故医家行血发汗、开郁驱寒之药，皆治以酒。此鬼以仅存之气，而散以满罂之酒，盛阳鼓荡，蒸铄微阴，其消尽也固宜。是渐灭于醉，非渐灭于捶也。闻是事时，有戒酒者曰："鬼善幻，以酒之故，至卧而受捶。鬼本人所畏，以酒之故，反为人所困。沉湎者念哉！"有耽酒者曰："鬼虽无形而有知，犹未免乎喜怒哀乐之心。今冥然醉卧，消归乌有，反其真矣。酒中之趣，莫深于是。佛氏以涅盘[2]为极乐，营营者恶乎知之！"庄子所谓"此亦一是非，彼亦一是非"欤？

献县田家牛产麟，骇而击杀。知县刘征廉收葬之，刊碑曰"见麟郊"。刘固良吏，此举何陋也！麟本仁兽，实非牛种。犊之麟而角，雷雨时蛟龙所感耳。

董文恪公未第时，馆于空宅，云常见怪异。公不信，夜篝灯以待。三更后，阴风飒然，庭户自启，有似人非人数辈，杂逻拥入。见公大骇曰："此屋有鬼！"皆狼狈奔出。公持梃[3]逐之。又相呼曰："鬼追至，可急走。"争逾墙去。公恒言及，自笑曰："不识何以呼我为鬼？"故城贾汉恒，时

---

[1] 羲、轩：羲，伏羲氏，传说中上古"三皇"之一。轩，轩辕，即黄帝，因居于轩辕之丘，故名。
[2] 涅盘：也作"涅槃"。梵语的音译，是佛教全部修习所要达到的最高理想，一般指熄灭生死轮回后的境界。
[3] 梃（tǐng）：棍棒。

从公受经,因举"《太平广记》载野叉欲啖哥舒翰[1]妾尸,翰方眠侧,野叉相语曰:'贵人在此,奈何?'翰自念呼我为贵人,击之当无害,遂起击之。野叉逃散。鬼贵音近,或鬼呼先生为贵人,先生听未审也。"公笑曰:"其然。"

庚午秋,买得《埤雅》[2]一部,中折叠绿笺一片,上有诗曰:"愁烟低幂朱扉双,酸风微戛玉女窗。青磷隐隐出古壁,土花蚀断黄金釭[3]。""草根露下阴虫急,夜深悄映芙蓉立。湿萤一点过空塘,幽光照见残红泣。"末题"靓云仙子降坛诗,张凝敬录"。盖扶乩者所书。余谓此鬼诗,非仙诗也。

沧州张铉耳先生,梦中作一绝句曰:"江上秋潮拍岸生,孤舟夜泊近三更。朱楼十二垂杨遍,何处吹箫伴月明?"自跋云:"梦如非想,如何成诗?梦如是想,平生未到江南,何以落想至此?莫明其故,姑录存之。桐城姚别峰,初不相识。新自江南来,晤于李锐巅家。所刻近作,乃有此诗。问其年月,则在余梦后岁余。开箧出旧稿示之,共相骇异。世间真有不可解事。宋儒事事言理,此理从何处推求耶?"又海阳李漱六,名承芳,余丁卯同年[4]也。余厅事挂渊明采菊图,是蓝田叔画。董曲江曰:"一何神似李漱六!"余审视信然。后漱六公车入都,乞此画去,云平生所作小照,都不及此。此事亦不可解。

景城西偏,有数荒冢,将平矣。小时过之,老仆施祥指曰:"是即周某子孙,以一善延三世者也。"盖前明崇祯末,河南、山东大旱蝗,草根

---

[1] 哥舒翰:唐代将领,突厥族突骑施哥舒部人。因战功封西平郡王,后投降安禄山,被杀。
[2]《埤雅》:宋代陆佃著的一部解释鱼、兽、鸟、虫、马、木、草、天等名物的书。
[3] 釭(gāng):古代宫室壁带上的环状金属物。
[4] 同年:明清之时称考试同榜登科者。

木皮皆尽，乃以人为粮，官吏弗能禁。妇女幼孩，反接鬻[1]于市，谓之菜人。屠者买去，如刲[2]羊豕。周氏之祖，自东昌商贩归，至肆午餐。屠者曰："肉尽，请少待。"俄见曳二女子入厨下，呼曰："客待久，可先取一蹄来。"急出止之，闻长号一声，则一女已生断右臂，宛转地上。一女战栗无人色。见周，并哀呼：一求速死，一求救。周恻然心动，并出资赎之。一无生理，急刺其心死。一携归，因无子，纳为妾。竟生一男，右臂有红丝，自腋下绕肩胛，宛然断臂女也。后传三世乃绝。皆言周本无子，此三世乃一善所延云。

青县农家少妇，性轻佻，随其夫操作，形影不离。恒相对嬉笑，不避忌人，或夏夜并宿瓜圃中。皆薄其冶荡。然对他人，则面如寒铁。或私挑之，必峻拒。后遇劫盗，身受七刃，犹诟詈，卒不污而死。又皆惊其贞烈。老儒刘君琢曰："此所谓质美而未学也。唯笃于夫妇，故矢死不二。唯不知礼法，故情欲之感，介于仪容；燕昵之私，形于动静。"辛彤甫先生曰："程子[3]有言，凡避嫌者，皆中不足。此妇中无他肠，故坦然径行不自疑。此其所以能守死也。彼好立崖岸者，吾见之矣。"先姚安公曰："刘君正论，辛君有激之言也。"后其夫夜守豆田，独宿团焦[4]中。忽见妇来，嬿婉如平日，曰："冥官以我贞烈，判来生中乙榜，官县令。我念君，不欲往，乞辞官禄为游魂，长得随君。冥官哀我，许之矣。"夫为感泣，誓不他偶。自是昼隐夜来，几二十载。儿童或亦窥见之。此康熙末年事。姚安公能举其姓名居址，今忘矣。

献县老儒韩生，性刚正，动必遵礼，一乡推祭酒[5]。一日，得寒疾。

---

[1] 鬻（yù）：卖。
[2] 刲（kuī）：割。
[3] 程子：指宋代理学家程颢、程颐。
[4] 团焦：圆形草屋。
[5] 祭酒：古代飨宴时酹酒祭神的长者，后泛指年长者或位尊者。

恍惚间，一鬼立前曰："城隍神唤。"韩念数尽当死，拒亦无益，乃随去。至一官署，神检籍曰："以姓同误矣。"杖其鬼二十，使送还。韩意不平，上请曰："人命至重，神奈何遣愦愦[1]之鬼，致有误拘？倘不检出，不竟枉死耶？聪明正直之谓何！"神笑曰："谓汝倔强，今果然。夫天行不能无岁差，况鬼神乎！误而即觉，是谓聪明；觉而不回护，是谓正直。汝何足以知之。念汝言行无玷，姑贷汝，后勿如是躁妄也。"霍然而苏。韩章美云。

先祖有小奴，名大月，年十三四。尝随村人罩鱼河中，得一大鱼，长几二尺。方手举以示众，鱼忽拨剌掉尾，击中左颊，仆水中。众怪其不起，试扶之，则血缕浮出。有破碗在泥中，锋铦如刃，刺其太阳穴死矣。先是其母梦是奴为人执缚俎上，屠割如羊豕，似尚有余恨。醒而恶之，恒戒以毋与人斗。不虞乃为鱼所击。佛氏所谓夙生中负彼命耶！

刘少宗伯青垣言：有中表涉元稹《会真》[2]之嫌者，女有孕，为母所觉。饰言夜恒有巨人来，压体甚重，而色黝黑。母曰："是必土偶为妖也。"授以彩丝，于来时阴系其足。女窃付所欢，系关帝祠周将军足上。母物色得之，拽其足几断。后复密会，忽见周将军击其腰，男女并僵卧不能起。皆曰污蔑神明之报也。夫专其利而移祸于人，其术巧矣。巧者，造物之所忌。机械万端，反而自及，天道也。神恶其崄巇[3]，非恶其污蔑也。

扬州罗两峰[4]，目能视鬼。曰："凡有人处皆有鬼。其横亡厉鬼，多

---

[1] 愦愦（kuì）：昏乱、糊涂的样子。
[2] 元稹《会真》：唐元稹作传奇《会真记》，写张生与崔莺莺恋爱故事，此处指男女私自结合。
[3] 崄巇（xiǎn xī）：阴险的样子。
[4] 罗两峰：罗聘，清代著名画家，号两峰，擅于画鬼。

年沉滞者，率在幽房空宅中，是不可近，近则为害。其憧憧往来之鬼，午前阳盛，多在墙阴；午后阴盛，则四散游行，可以穿壁而过，不由门户；遇人则避路，畏阳气也。是随处有之，不为害。"又曰："鬼所聚集，恒在人烟密簇处，僻地旷野，所见殊稀。喜围绕厨灶，似欲近食气。又喜入溷厕[1]，则莫明其故，或取人迹罕到耶？"所画有《鬼趣图》，颇疑其以意造作。中有一鬼，首大于身几十倍，尤似幻妄。然闻先姚安公言：瑶泾陈公，尝夏夜挂窗卧，窗广一丈。忽一巨面窥窗，阔与窗等，不知其身在何处。急掣剑刺其左目，应手而没。对屋一老仆亦见之，云从窗下地中涌出。掘地丈余，无所睹而止。是果有此种鬼矣。茫茫昧昧，吾乌乎质之！

奴子刘四，壬辰夏乞假归省。自御牛车载其妇。距家三四十里，夜将半，牛忽不行。妇车中惊呼曰："有一鬼，首大如瓮，在牛前。"刘四谛视，则一短黑妇人，首戴一破鸡笼，舞且呼曰："来来。"惧而回车，则又跃在牛前呼"来来"。如是四面旋绕，遂至鸡鸣。忽立而笑曰："夜凉无事，借汝夫妇消闲耳。偶相戏，我去后慎勿詈我，詈则我复来。鸡笼是前村某家物，附汝还之。"语讫，以鸡笼掷车上去。天曙抵家，夫妇并昏昏如醉。妇不久病死，刘四亦流落无人状。鬼盖乘其衰气也。

景城有刘武周[2]墓，《献县志》亦载。按武周山后马邑人，墓不应在是，疑为隋刘炫墓。炫，景城人，《一统志》载其墓在献县东八十里。景城距城八十七里，约略当是也。旧有狐居之，时或戏嬲[3]醉人。里有陈双，酒徒也，闻之愤曰："妖兽敢尔！"诣墓所，且数且詈。时耘者满野，皆见其父怒坐墓侧，双跳踉叫号。竟前呵曰："尔何醉至此，乃詈尔父！"

---

[1]溷（hùn）厕：厕所。
[2]刘武周：隋末河间景城（今河北沧县西）人，起兵反隋，自称皇帝，年号天兴。
[3]嬲（niǎo）：戏弄，纠缠。

双凝视,果父也,大怖叩首。父径趋归。双随而哀乞,追及于村外。方伏地陈说,忽妇媪环绕,哗笑曰:"陈双何故跪拜其妻?"双仰视,又果妻也,愕而痴立。妻亦径趋归。双惘惘至家,则父与妻实未尝出。方知皆狐幻化戏之也,惭不出户者数日。闻者无不绝倒。余谓双不罾狐,何至遭狐之戏,双有自取之道焉。狐不鹨人,何至遭双之罾,狐亦有自取之道焉。颠倒纠缠,皆缘一念之妄起。故佛言一切众生,慎勿造因。

方桂,乌鲁木齐流人子也。言尝牧马山中,一马忽逸去。蹑踪往觅,隔岭闻嘶声甚厉。寻声至一幽谷,见数物,似人似兽,周身鳞皴斑驳如古松,发蓬蓬如羽葆[1],目睛突出,色纯白,如嵌二鸡卵,共按马生啗其肉。牧人多携铳自防,桂故顽劣,因升树放铳。物悉入深林去,马已半躯被啖矣。后不再见,迄不知为何物也。

芮庶子[2]铁崖宅中一楼,有狐居其上,恒镝之。狐或夜于厨下治馔,斋中宴客,家人习见亦不讶。凡盗贼火烛,皆能代主人呵护,相安已久。后鬻宅于李学士廉衣。廉衣素不信妖妄,自往启视,则楼上三楹,洁无纤尘,中央一片如席大,藉以木板,整齐如几榻,余无所睹。时方修筑,因并毁其楼,使无可据,亦无他异。迨甫落成,突烈焰四起,顷刻无寸椽。而邻屋苦草无一茎被爇[3]。皆曰狐所为也。刘少宗伯青垣曰:"此宅自当是日焚耳,如数不当焚,狐安敢纵火?"余谓妖魅能一一守科律,则天无雷霆之诛矣。王法禁杀人,不敢杀者多,杀人抵罪者亦时有。是固未可知也。

---

[1] 羽葆:古时仪仗名,以鸟羽做成罗盖状。
[2] 庶子:官名,为太子属官。
[3] 爇(ruò):点燃、焚烧。

王少司寇兰泉言：梦午塘提学江南时，署后有高阜，恒夜见光怪。云有一雉一蛇居其上，皆岁久，能为魅。午塘少年盛气，集锸畚平之。众犹豫不举手，午塘方怒督。忽风飘片席蒙其首，急撤去；又一片蒙之，皆署中凉篷上物也。午塘觉其异，乃辍役。今尚岿然存。

老仆魏哲闻其父言：顺治初，有某生者，距余家八九十里，忘其姓名，与妻先后卒。越三四年，其妾亦卒。适其家佣工人，夜行避雨，宿东岳祠廊下。若梦非梦，见某生荷校[1]立庭前，妻妾随焉。有神衣冠类城隍，磬折对岳神语曰："某生污二人，有罪；活二命，亦有功，合相抵。"岳神怫然[2]曰："二人畏死忍耻，尚可贷。某生活二人，正为欲污二人。但宜科罪，何云功罪相抵也？"挥之出。某生及妻妾亦随出。悸不敢语。天曙归告家人，皆莫能解。有旧仆泣曰："异哉，竟以此事被录乎！此事唯吾父子知之。缘受恩深重，誓不敢言。今已隔两朝，始敢追述。两主母皆实非妇人也。前明天启中，魏忠贤杀裕妃，其位下宫女内监，皆密捕送东厂，死甚惨。有二内监，一曰福来，一曰双桂，亡命逃匿。缘与主人曾相识，主人方商于京师，夜投焉。主人引入密室，吾穴隙私窥。主人语二人曰：'君等声音状貌，在男女之间，与常人稍异，一出必见获。若改女装，则物色不及。然两无夫之妇，寄宿人家，形迹可疑，亦必败。二君身已净，本无异妇人；肯屈意为我妻妾，则万无一失矣。'二人进退无计，沉思良久，并曲从。遂为办女饰，钳其耳，渐可受珥。并市软骨药，阴为缠足。越数月，居然两好妇矣。乃车载还家，诡言在京所娶。二人久在宫禁，并白皙温雅，无一毫男子状。又其事迥出意想外，竟无觉者。但讶其不事女红，为恃宠骄惰耳。二人感主人再生恩，故事定后亦甘心偕老。然实巧言诱胁，非哀其穷，宜司命之见谴也。信乎，人可欺，鬼神不可欺哉！"

---

[1] 校（jiào）：古代枷械类刑具的统称。
[2] 怫（fú）然：不悦貌。怫，通"怫"。

乾隆己卯，余典山西乡试[1]，有二卷皆中式矣。一定四十八名，填草榜时，同考官万泉吕令滃，误收其卷于衣箱，竟觅不可得。一定五十三名，填草榜时，阴风灭烛者三四，易他卷乃已。揭榜后，拆视弥封[2]，失卷者范学敷，灭烛者李腾蛟也。颇疑二生有阴谴。然庚辰乡试，二生皆中式，范仍四十八名。李于辛丑成进士。乃知科名有命，先一年亦不可得，彼营营者何为耶？即求而得之，亦必其命所应有，虽不求亦得也。

先姚安公言：雍正庚戌会试，与雄县汤孝廉同号舍。汤夜半忽见披发女鬼，搴帘手裂其卷，如蛱蝶乱飞。汤素刚正，亦不恐怖，坐而问之曰："前生吾不知，今生则实无害人事。汝胡为来者？"鬼愕眙[3]却立曰："君非四十七号耶？"曰："吾四十九号。"盖前有二空舍，鬼除之未数也。谛视良久，作礼谢罪而去。斯须间，四十七号喧呼某甲中恶矣。此鬼殊愤愤，汤君可谓无妄之灾。幸其心无愧怍，故仓促间敢与诘辩，仅裂一卷耳。否亦殆哉。

顾员外德懋，自言为东岳冥官。余弗深信也。然其言则有理。曩在裘文达公家，尝谓余曰："冥司重贞妇，而亦有差等：或以儿女之爱，或以田宅之丰，有所系恋而弗去者，下也；不免情欲之萌，而能以礼义自克者，次也；心如枯井，波澜不生，富贵亦不睹，饥寒亦不知，利害亦不计者，斯为上矣。如是者千百不得一，得一则鬼神为起敬。一日，喧传节妇至，冥王改容，冥官皆振衣伫迓。见一老妇儽[4]然来，其行步步渐高，如蹑阶级。比到，则竟从殿脊上过，莫知所适。冥王怃然曰：'此已升天，不在吾鬼箓中矣。'"又曰："贤臣亦三等：畏法度者为下；爱名节者为次；乃心王室，

────────
[1] 乡试：明、清时期，每三年各省考生集中于省城考试，称乡试。
[2] 弥封：科举考试时，为防止作弊，试卷写姓名的地方由弥封官折叠或盖纸糊住。阅卷后，张榜公布取中者姓名时，始拆封。
[3] 眙（chì）：吃惊地看着。
[4] 儽（léi）：疲惫、颓丧的样子。

但知国计民生，不知祸福毁誉者为上。"又曰："冥司恶躁竞，谓种种恶业，从此而生。故多困踬之，使得不偿失。人心愈巧，则鬼神之机亦愈巧。然不甚重隐逸，谓天地生才，原期于世事有补。人人为巢、许[1]，则至今洪水横流，并挂瓢饮犊[2]之地，亦不可得矣。"又曰："阴律如《春秋》责备贤者，而与人为善。君子偏执害事，亦录以为过。小人有一事利人，亦必予以小善报。世人未明此义，故多疑因果或爽耳。"

内阁学士永公，讳宁，婴疾[3]，颇委顿。延医诊视，未遽愈。改延一医，索前医所用药帖，弗得。公以为小婢误置他处，责使搜索，云不得且笞汝。方倚枕憩息，恍惚有人跪灯下曰："公勿笞婢。此药帖小人所藏。小人即公为臬司时平反得生之囚也。"问："藏药帖何意？"曰："医家同类皆相忌，务改前医之方，以见所长。公所服药不误，特初试一剂，力尚未至耳。使后医见方，必相反以立异，则公殆矣。所以小人阴窃之。"公方昏闷，亦未思及其为鬼。稍顷始悟，悚然汗下。乃称前方已失，不复记忆，请后医别疏方。视所用药，则仍前医方也。因连进数剂，病霍然如失。公镇乌鲁木齐日，亲为余言之，曰："此鬼可谓谙悉世情矣。"

族叔楘庵言：肃宁有塾师，讲程朱之学。一日，有游僧乞食于塾外，木鱼琅琅，自辰逮午不肯息。塾师厌之，自出叱使去，且曰："尔本异端，愚民或受尔惑耳。此地皆圣贤之徒，尔何必作妄想？"僧作礼曰："佛之流而募衣食，犹儒之流而求富贵也，同一失其本来，先生何必定相苦？"

---

[1] 巢、许：巢父和许由，相传为尧时的隐士。
[2] 挂瓢饮犊：挂瓢，《太平御览》载："许由无杯器，常以手捧水。人以一瓢遗之，由操饮毕，以瓢挂树，风吹树，瓢动，历历有声，由以为烦扰，遂取捐之。"后世遂以挂瓢为隐居的典故。饮犊，晋皇甫谧《高士传·许由》载巢父牵犊于上游饮水之事，后以饮犊喻洁身自好、不求仕进。
[3] 婴疾：患病。

塾师怒，自击以夏楚[1]。僧振衣起曰："太恶作剧。"遗布囊于地而去。意必复来，暮竟不至。扪之，所贮皆散钱。诸弟子欲探取。塾师曰："俟其久而不来，再为计。然须数明，庶不争。"甫启囊，则群蜂坌涌[2]，塾师弟面目尽肿。号呼扑救，邻里咸惊问。僧忽排闼[3]入曰："圣贤乃谋匿人财耶？"提囊径行，临出，合掌向塾师曰："异端偶触忤圣贤，幸见恕。"观者粲然。或曰："幻术也。"或曰："塾师好辟佛，见僧辄诋。僧故置蜂于囊以戏之。"桀庵曰："此事余目击，如先置多蜂于囊，必有蠕动之状见于囊外，尔时殊未睹也。云幻术者为差近。"

朱青雷言：有避仇窜匿深山者，时月白风清，见一鬼徙倚白杨下，伏不敢起。鬼忽见之，曰："君何不出？"栗而答曰："吾畏君。"鬼曰："至可畏者莫若人，鬼何畏焉？使君颠沛至此者，人耶鬼耶？"一笑而隐。余谓此青雷有激之寓言也。

都察院库中有巨蟒，时或夜出。余官总宪时，凡两见。其蟠迹著尘处，约广二寸余，计其身当横径五寸。壁无罅[4]，门亦无罅，窗棂阔不及二寸，不识何以出入。大抵物久则能化形，狐魅能由窗隙往来，其本形亦非窗隙所容也。堂吏云：其出应休咎。殊无验，神其说耳。

幽明异路，人所能治者，鬼神不必更治之，示不渎也。幽明一理，人所不及治者，鬼神或亦代治之，示不测也。戈太仆仙舟言：有奴子尝醉寝城隍神案上，神拘去笞二十，两股青痕斑斑。太仆目见之。

---

[1] 夏楚：古时教学的体罚工具。
[2] 坌（bèn）涌：涌出。
[3] 闼（tà）：门。
[4] 罅（xià）：裂缝。

杜生村，距余家十八里。有贪富室之贿，鬻其养媳为妾者。其媳虽未成婚，然与夫聚已数年，义不再适。度事不可止，乃密约同逃。翁姑觉而追之。二人夜抵余村土神祠，无可栖止，相抱泣。忽祠内语曰："追者且至，可匿神案下。"俄庙祝踉跄醉归，横卧门外。翁姑追至，问踪迹。庙祝呓语应曰："是小男女二人耶？年约若干，衣履若何，向某路去矣。"翁姑急循所指路往。二人因得免，乞食至媳之父母家。父母欲讼官，乃得不鬻。尔时祠中无一人。庙祝曰："吾初不知是事，亦不记作是语。"盖皆土神之灵也。

乾隆庚子，京师杨梅竹斜街火，所毁殆百楹。有破屋岿然独存，四面颓垣，齐如界画，乃寡媳守病姑不去也。此所谓"孝悌之至，通于神明"。

于氏，肃宁旧族也。魏忠贤窃柄时，视王侯将相如土苴。顾以生长肃宁，耳濡目染，望于氏如王谢[1]。为侄求婚，非得于氏女不可。适于氏少子赴乡试，乃置酒强邀至家，面与议。于生念许之则祸在后日，不许则祸在目前，猝不能决。托言父在难自专。忠贤曰："此易耳。君速作札，我能即致太翁也。"是夕，于翁梦其亡父，督课如平日，命以二题：一为"孔子曰诺"，一为"归洁其身而已矣"。方构思，忽叩门惊醒。得子书，恍然顿悟。因覆书许姻，而附言病颇棘，促子速归。肃宁去京四百余里，比信返，天甫微明，演剧犹未散。于生匆匆束装，途中官吏迎候者已供帐相属。抵家后，父子俱称疾不出。是岁为天启甲子。越三载而忠贤败，竟免于难。事定后，于翁坐小车，遍游郊外，曰："吾三载杜门，仅博得此日看花饮酒，岂乎危哉！"于生濒行时，忠贤授以小像曰："先使新妇识我面。"于氏与余家为表戚，余儿时尚见此轴，貌修伟而秀削，面白色隐赤，两颧微露，颊微狭，目光如醉，卧蚕[2]以上，赭石薄晕如微肿。衣绯红。座旁几上，

---

[1] 王谢：六朝时王、谢为大族，常并称。后以之为高门世族的代称。
[2] 卧蚕：如卧蚕形的眉毛。又旧时相术者称眼眶下皱纹为卧蚕。

露列金印九。

杜林镇土神祠道士,梦土神语曰:"此地繁剧,吾失于呵护,致疫鬼误入孝子节妇家,损伤童稚。今镌秩[1]去矣。新神性严重,汝善事之,恐不似我姑容也。"谓春梦无凭,殊不介意。越数日,醉卧神座旁,得寒疾几殆。

景州戈太守桐园,官朔平时,有幕客夜中睡醒,明月满窗,见一女子在几侧坐。大怖,呼家奴。女子摇手曰:"吾居此久矣,君不见耳。今偶避不及,何惊骇乃尔?"幕客呼益急。女子哂曰:"果欲祸君,奴岂能救?"拂衣遽起,如微风之振窗纸,穿棂而逝。

颖州吴明经跃鸣言:其乡老儒林生,端人也。尝读书神庙中,庙故宏阔,僦居者多。林生性孤峭,率不相闻问。一日,夜半不寐,散步月下。忽一客来叙寒温。林生方寂寞,因邀入室共谈,甚有理致。偶及因果之事,林生曰:"圣贤之为善,皆无所为而为者也。有所为而为,其事虽合天理,其心已纯乎人欲矣。故佛氏福田[2]之说,君子弗道也。"客曰:"先生之言,粹然儒者之言也。然用以律己则可,用以律人则不可;用以律君子犹可,用以律天下之人则断不可。圣人之立教,欲人为善而已。其不能为者,则诱掖以成之;不肯为者,则驱策以迫之。于是乎刑赏生焉。能因慕赏而为善,圣人但与其善,必不责其为求赏而然也。能因畏刑而为善,圣人亦与其善,必不责其为避刑而然也。苟以刑赏使之循天理,而又责慕赏畏刑之为人欲,是不激劝于刑赏,谓之不善;激劝于刑赏,又谓之不善,人且无所措手足矣。况慕赏避刑,既谓之人欲,而又激劝以刑赏,人且

---

[1] 镌(juān)秩:降级或降职。
[2] 福田:佛教认为积善可得福报,好像播种田地,得到果实。

谓圣人实以人欲导民矣，有是理欤？盖天下上智少而凡民多，故圣人之刑赏，为中人以下设教。佛氏之因果，亦为中人以下说法。儒释之宗旨虽殊，至其教人为善，则意归一辙。先生执董子谋利计功之说[1]，以驳佛氏之因果，将并圣人之刑赏而驳之乎？先生徒见缁流[2]诱人布施，谓之行善，谓可得福。见愚民持斋烧香，谓之行善，谓可得福。不如是者，谓之不行善，谓必获罪。遂谓佛氏因果，适以惑众。而不知佛氏所谓善恶，与儒无异；所谓善恶之报，亦与儒无异也。"林生意不谓然，尚欲更申己意。俯仰之顷，天已将曙。客起欲去。固挽留之，忽挺然不动，乃庙中一泥塑判官。

族祖雷阳公言：昔有遇冥吏者，问："命皆前定，然乎？"曰："然。然特穷通寿夭之数，若唐小说所称预知食料，乃术士射覆[3]法耳。如人人琐记此等事，虽大地为架，不能庋此簿籍矣。"问："定数可移乎？"曰："可。大善则移，大恶则移。"问："孰定之？孰移之？"曰："其人自定自移，鬼神无权也。"问："果报何有验有不验？"曰："人世善恶论一生，祸福亦论一生。冥司则善恶兼前生，祸福兼后生，故若或爽也。"问："果报何以不同？"曰："此皆各因其本命。以人事譬之，同一迁官，尚书迁一级则宰相，典史迁一级，不过主簿耳。同一镌秩，有加级者抵，无加级，则竟镌矣。故事同而报或异也。"问："何不使人先知？"曰："势不可也。先知之，则人事息，诸葛武侯为多事，唐六臣[4]为知命矣。"问："何以又使人偶知？"曰："不偶示之，则恃无鬼神而人心肆，暧昧难知之处，将无不为矣。"先姚安公尝述之曰："此或雷阳所论，托诸冥吏也。然揆

---

[1]董子谋利计功之说：董子，汉代董仲舒。《汉书·董仲舒传》："夫仁人者，正其谊不谋其利，明其道不计其功。"意谓对于"仁人"来说，就是要端正自己的行为，使其合乎正义，不谋求个人的利益，要发扬"道"而不计较功用。
[2]缁流：僧尼之流。
[3]射覆：古时的一种猜物游戏，亦往往用已占卜。
[4]唐六臣：指唐哀帝李柷逊位后梁时，派往梁办理逊位事宜的中书令张文蔚、礼部尚书苏循、侍中杨涉、翰林学士张策、御史大夫薛贻矩、尚书左丞赵光逢等六位大臣。

之以理，谅亦不过如斯。"

先姚安公有仆，貌谨厚而最有心计。一日，乘主人急需，饰词邀勒，得赢数十金。其妇亦悻悻自好，若不可犯；而阴有外遇，久欲与所欢逃，苦无资斧。既得此金，即盗之同遁。越十余日捕获，夫妇之奸乃并败。余兄弟甚快之。姚安公曰："此事何巧相牵引，一至于斯！殆有鬼神颠倒其间也。夫鬼神之颠倒，岂徒博人一快哉！凡以示戒云尔。故遇此种事，当生警惕心，不可生欢喜心。甲与乙为友，甲居下口，乙居泊镇，相距三十里。乙妻以事过甲家，甲醉以酒而留之宿。乙心知之，不能言也，反致谢焉。甲妻渡河覆舟，随急流至乙门前，为人所拯。乙识而扶归，亦醉以酒而留之宿。甲心知之，不能言也，亦反致谢焉。其邻媪阴知之，合掌诵佛曰：'有是哉，吾知惧矣。'其子方佐人诬讼，急自往呼之归。汝曹如此媪可也。"

四川毛公振翊，任河间同知时，言其乡人有薄暮山行者，避雨入一废祠，已先有一人坐檐下。谛视，乃其亡叔也，惊骇欲避。其叔急止之曰："因有事告汝，故此相待。不祸汝，汝勿怖也。我殁之后，汝叔母失汝祖母欢，恒非理见棰挞。汝叔母虽顺受不辞，然心怀怨毒，于无人处窃诅詈。吾在阴曹为伍伯[1]，见土神牒报者数矣。凭汝寄语，戒其悛改。如不知悔，恐不免魂堕泥犁也。"语讫而灭。乡人归，告其叔母。虽坚讳无有，然悚然变色，如不自容。知鬼语非诬矣。

毛公又言：有人夜行，遇一人状似里胥，锁繋一囚，坐树下。因并坐暂息。囚啜泣不止，里胥鞭之。此人意不忍，从旁劝止。里胥曰："此桀黠之魁，生平所播弄倾轧者，不啻数百。冥司判七世受豕身，吾押之往生也。君何悯焉！"此人栗然而起。二鬼亦一时灭迹。

---

[1] 伍伯：役卒。

卷三

滦阳消夏录（三）

俞提督金鳌言：尝夜行辟展[1]戈壁中，（戈壁者，碎沙乱石不生水草之地，即瀚海也。）遥见一物，似人非人，其高几一丈，追之甚急。弯弧中其胸，踣而复起。再射之始仆。就视，乃一大蝎虎。竟能人立而行，异哉。

昌吉叛乱[2]之时，捕获逆党，皆戮于迪化城西树林中，（迪化即乌鲁木齐，今建为州。树林绵亘数十里，俗谓之树窝。）时戊子八月也。后林中有黑气数团，往来倏忽，夜行者遇之辄迷。余谓此凶悖之魄，聚为妖厉，犹蛇虺[3]虽死，余毒尚染于草木，不足怪也。凡阴邪之气，遇阳刚之气则消。遣数军士于月夜伏铳击之，应手散灭。

乌鲁木齐关帝祠有马，市贾所施以供神者也。尝自啮草山林中，不归皂枥。每至朔望祭神，必昧爽先立祠门外，屹如泥塑。所立之地，不失尺寸。遇月小建[4]，其来亦不失期。祭毕，仍莫知所往。余谓道士先引至祠外，神其说耳。庚寅二月朔，余到祠稍早，实见其由雪碛缓步而来，弭耳竟立祠门外。雪中绝无人迹，是亦奇矣。

淮镇在献县东五十五里，即《金史》所谓槐家镇也。有马氏者，家

---
[1] 辟展：地名，今新疆鄯善县。
[2] 昌吉叛乱：昌吉，新疆地名。叛乱发生于清乾隆三十三年（1768年）。
[3] 虺（huǐ）：古书上所说的一种毒蛇。
[4] 小建：指农历的小月。大月称大建。

忽见变异，夜中或抛掷瓦石，或鬼声呜呜，或无人处突火出，嬲岁余不止。祷禳亦无验。乃买宅迁居，有赁居者嬲如故，不久亦他徙。以是无人敢再问。有老儒不信其事，以贱价得之。卜日迁居，竟寂然无他，颇谓其德能胜妖。既而有猾盗登门与诟争，始知宅之变异，皆老儒贿盗夜为之，非真魅也。先姚安公曰："魅亦不过变幻耳。老儒之变幻如是，即谓之真魅可矣。"

己卯七月，姚安公在苑家口，遇一僧，合掌作礼曰："相别七十三年矣，相见不一斋乎？"适旅舍所卖皆素食，因与共饭。问其年，解囊出一度牒[1]，乃前明成化二年所给。问："师传此几代矣？"遽收之囊中，曰："公疑我，我不必再言。"食未毕而去，竟莫测其真伪。尝举以戒昀曰："士大夫好奇，往往为此辈所累。即真仙真佛，吾宁交臂失之。"

余家假山上有小楼，狐居之五十余年矣。人不上，狐亦不下，但时见窗扉无风自启闭耳。楼之北曰绿意轩，老树阴森，是夏日纳凉处。戊辰七月，忽夜中闻琴声棋声。奴子奔告姚安公。公知狐所为，了不介意，但顾奴子曰："固胜于汝辈饮博。"次日，告昀曰："海客无心，则白鸥可狎[2]。相安已久，唯宜以不闻不见处之。"至今亦绝无他异。

丁亥春，余携家至京师。因虎坊桥旧宅未赎，权住钱香树先生空宅中。云楼上亦有狐居，但扃锁杂物，人不轻上。余戏粘一诗于壁曰："草草移家偶遇君，一楼上下且平分。耽诗自是书生癖，彻夜吟哦莫厌闻。"一日，姬人启锁取物，急呼怪事。余走视之，则地板尘上，满画荷花，茎叶苕亭，具有笔致。因以纸笔置几上，又粘一诗于壁曰："仙人果是好楼居，文采风流我不如。新得吴笺三十幅，可能一一画芙蕖？"越数日启视，竟不举笔，

---

[1] 度牒：僧尼出家，由官府发给的凭证。
[2] 海客无心，则白鸥可狎：李白《江上吟》："仙人有待乘黄鹤，海客无心随白鸥。"

以告裘文达公，公笑曰："钱香树家狐，固应稍雅。"

河间冯树枏，粗通笔札，落拓京师十余年。每遇机缘，辄无成就；干祈于人，率口惠而实不至。穷愁抑郁，因祈梦于吕仙祠。夜梦一人语之曰："尔无恨人情薄，此因缘尔所自造也。尔过去生中，喜以虚词博长者名：遇有善事，心知必不能举也，必再三怂恿，使人感尔之赞成；遇有恶人，心知必不可贷也，必再三申雪，使人感尔之拯救。虽于人无所损益，然恩皆归尔，怨必归人，机巧已为太甚。且尔所赞成拯救，皆尔身在局外，他人任其利害者也。其事稍稍涉于尔，则退避唯恐不速，坐视其人之焚溺，虽一举手之力，亦惮烦不为。此心尚可问乎？由是思维，人于尔貌合而情疏，外关切而心漠视，宜乎不宜？鬼神之责人，一二行事之失，犹可以善抵。至罪在心术，则为阴律所不容。今生已矣，勉修未来可也。"后果寒饿以终。

史松涛先生，讳茂，华州人，官至太常寺卿，与先姚安公为契友。余十四五时，忆其与先姚安公谈一事曰：某公尝棰杀一干仆。后附一痴婢，与某公辩曰："奴舞弊当死。然主人杀奴，奴实不甘。主人高爵厚禄，不过于奴之受恩乎？卖官鬻爵，积金至巨万，不过于奴之受赂乎？某事某事，颠倒是非，出入生死，不过于奴之窃弄权柄乎？主人可负国，奈何责奴负主人？主人杀奴，奴实不甘。"某公怒而击之仆，犹呜呜不已。后某公亦不令终。因叹曰："吾曹断断不至是。然旅进旅退，坐食俸钱，而每责僮婢不事事，毋乃亦腹诽矣乎！"

束城李某，以贩枣往来于邻县，私诱居停主人少妇归。比至家，其妻先已偕人逃。自诧曰："幸携此妇来，不然，鳏矣。"人计其妻迁贿之期，正当此妇乘垣后日，适相报，尚不悟耶！既而此妇不乐居农家，复随一少年遁，始茫然自失。后其夫踪迹至束城，欲讼李。李以妇已他去，无佐证,坚不承。纠纷间,闻里有扶乩者,众曰:"盍质于仙?"仙判一诗曰:"鸳鸯梦好两欢娱,记否罗敷[1]自有夫。今日相逢须一笑,分明依样画壶卢。"其夫默然径返。两邑接壤,有知其事者曰:"此妇初亦其夫诱来者也。"

满媪,余弟乳母也,有女曰荔姐,嫁为近村民家妻。一日,闻母病,不及待婿同行,遽狼狈而来。时已入夜,缺月微明。顾见一人追之急,度是强暴,而旷野无可呼救。乃隐身古冢白杨下,纳簪珥怀中,解绦系颈,披发吐舌,瞪目直视以待。其人将近,反招之坐。及逼视,知为缢鬼,惊仆不起。荔姐竟狂奔得免。比入门,举家大骇,徐问得实,且怒且笑,方议向邻里追问。次日,喧传某家少年遇鬼中恶,其鬼今尚随之,已发狂谵语。后医药符箓皆无验,竟颠痫终身。此或由恐怖之余,邪魅乘机而中之,未可知也。或一切幻象,由心而造,未可知也。或明神殛恶,阴夺其魄,亦未可知也。然均可为狂且[2]戒。

制府唐公执玉,尝勘一杀人案,狱具矣。一夜秉烛独坐,忽微闻泣声,似渐近窗户。命小婢出视,噭然而仆。公自启帘,则一鬼浴血跪阶下。厉声叱之。稽颡[3]曰:"杀我者某,县官乃误坐某。仇不雪,目不瞑也。"公曰:"知之矣。"鬼乃去。翌日,自提讯。众供死者衣履,与所见合。信益坚,竟如鬼言改坐某。问官申辩百端,终以为南山可移,此案不动。其幕友疑有他故,微叩公。始具言始末,亦无如之何。一夕,幕友请见,曰:"鬼从何来?"曰:"自至阶下。""鬼从何去?"曰:"欻然越墙去。"幕友曰:"凡鬼有形而无质,去当奄然而隐,不当越墙。"因即越墙处寻视,虽甓瓦不裂,而新雨之后,数重屋上皆隐隐有泥迹,直至外垣而下。

---

[1]罗敷:古乐府《陌上桑》:"秦氏有好女,自名罗为敷。"罗敷非实有其名,古诗中作为美貌而有节操的妇女的通称。
[2]狂且:轻狂的人。《诗经·郑风·山有扶苏》:"不见子都,乃见狂且。"
[3]稽颡(sǎng):古代一种跪拜礼,屈膝下拜,以额触地,表示极度的虔诚。

指以示公曰："此必囚贿捷盗所为也。"公沉思恍然，仍从原谳[1]。讳其事，亦不复深求。

景城南有破寺，四无居人，唯一僧携二弟子司香火，皆蠢蠢如村佣，见人不能为礼。然谲诈殊甚，阴市松脂炼为末，夜以纸卷燃火撒空中，焰光四射。望见趋问，则师弟键户酣寝，皆曰不知。又阴市戏场佛衣，作菩萨罗汉形，月夜或立屋脊，或隐映寺门树下。望见趋问，亦云无睹。或举所见语之，则合掌曰："佛在西天，到此破落寺院何为？官司方禁白莲教[2]，与公无仇，何必造此语祸我？"人益信为佛示现，檀施日多。然寺日颓敝，不肯葺[3]一瓦一椽，曰："此方人喜作蜚语，每言此寺多怪异。再一庄严，惑众者益借口矣。"积十余年，渐致富。忽盗瞰其室，师弟并拷死，罄其资去。官检所遗囊箧，得松脂戏衣之类，始悟其奸。此前明崇祯末事。先高祖厚斋公曰："此僧以不蛊惑为蛊惑，亦至巧矣。然蛊惑所得，适以自戕，虽谓之至拙可也。"

有书生嬖一娈童，相爱如夫妇。童病将殁，凄恋万状，气已绝，犹手把书生腕，擘之乃开。后梦寐见之，灯月下见之，渐至白昼亦见之，相去恒七八尺。问之不语，呼之不前，即之则却退。缘是惘惘成心疾，符箓劾治无验。其父姑令借榻丛林，冀鬼不敢入佛地。至则见如故。一老僧曰："种种魔障，皆起于心。果此童耶？是心所招；非此童耶？是心所幻。但空尔心，一切俱灭矣。"又一老僧曰："师对下等人说上等法，渠无定力，心安得空？正如但说病症，不疏药物耳。"因语生曰："邪念纠结，如草生根，当如物在孔中，出之以楔，楔满孔则物自出。尔当思唯，此童殁后，其身渐至僵冷，渐至洪胀，渐至臭秽，渐至腐溃，渐至尸虫

---

[1] 谳（yàn）：议罪。
[2] 白莲教：混合有佛教、明教、弥勒教等内容的秘密宗教组织。始于宋代。清代由于该教号召推翻清朝统治，故遭清政府禁止取缔。
[3] 葺（qì）：用茅草覆盖房顶，指修理房屋。

蠕动，渐至脏腑碎裂，血肉狼藉，作种种色。其面目渐至变貌，渐至变色，渐至变相如罗刹，则恐怖之念生矣。再思唯此童如在，日长一日，渐至壮伟，无复媚态，渐至鬑鬑[1]有须，渐至修髯如戟，渐至面苍黳，渐至发斑白，渐至两鬓如雪，渐至头童齿豁，渐至伛偻劳嗽，涕泪涎沫，秽不可近，则厌弃之念生矣。再思唯此童先死，故我念彼。倘我先死，彼貌姣好，定有人诱，利饵势胁，彼未必守贞如寡女。一旦引去，荐彼枕席，我在生时对我种种淫语，种种淫态，俱回向是人，恣其娱乐；从前种种昵爱，如浮云散灭，都无余淬，则愤恚之念生矣。再思唯此童如在，或恃宠跋扈，使我不堪，偶相触忤，反面诟谇；或我财不赡，不餍所求，顿生异心，形色索漠；或彼见富贵，弃我他往，与我相遇如陌路人，则怨恨之念生矣。以是诸念起伏生灭于心中，则心无余闲。心无余闲，则一切爱根欲根无处容着，一切魔障不祛自退矣。"生如所教，数日或见或不见，又数日竟灭迹。病起往访，则寺中无是二僧。或曰古佛现化，或曰十方常住[2]，来往如云，萍水偶逢，已飞锡他往云。

先太夫人乳媪廖氏言：沧州马落坡，有妇以卖面为业，得余面以养姑。贫不能畜驴，恒自转磨，夜夜彻四鼓。姑殁后，上墓归，遇二少女于路，迎而笑曰："同住二十余年，颇相识否？"妇错愕不知所对。二女曰："嫂勿讶，我姊妹皆狐也。感嫂孝心，每夜助嫂转磨。不意为上帝所嘉，缘是功行，得证正果。今嫂养姑事毕，我姊妹亦登仙去矣。敬来道别，并谢提携也。"言讫，其去如风，转瞬已不见。妇归，再转其磨，则力几不胜，非宿昔之旋运自如矣。

乌鲁木齐，译言好围场也。余在是地时，有笔帖式[3]名乌鲁木齐。

---

[1] 鬑鬑（lián）：须发稀疏的样子。
[2] 十方常住：佛教语。四种常住之一。谓接待往来僧人的寺院。亦称庙产等物品。
[3] 笔帖式：官名。清代掌管翻译满汉奏章文籍等事。

计其命名之日，在平定西域前二十余年。自言初生时，父梦其祖语曰："尔所生子，当名乌鲁木齐。"并指画其字以示。觉而不省为何语；然梦甚了了，姑以名之。不意今果至此，意将终此乎？后迁印房主事，果卒于官。计其自从征至卒，始终未尝离是地。事皆前定，岂不信夫。

乌鲁木齐又言：有厮养曰巴拉，从征时，遇贼每力战。后流矢贯左颊，镞出于右耳之后，犹奋刀斫一贼，与之俱仆。后因事至孤穆第，（在乌鲁木齐、特纳格尔之间。）梦巴拉拜谒，衣冠修整，颇不类贱役。梦中忘其已死，问："向在何处，今将何往？"对曰："因差遣过此，偶遇主人，一展积恋耳。"问："何以得官？"曰："忠孝节义，上帝所重。凡为国捐生者，虽下至仆隶，生前苟无过恶，幽冥必与一职事；原有过恶者，亦消除前罪，向人道转生。奴今为博克达山神部将，秩如骁骑校也。"问："何往？"曰："昌吉。"问："何事？"曰："赍有文牒，不能知也。"霍然而醒，语音似犹在耳。时戊子六月。至八月十六日而有昌吉变乱之事，鬼盖不敢预泄云。

昌吉筑城时，掘土至五尺余，得红绉丝绣花女鞋一，制作精致，尚未全朽。余乌鲁木齐杂诗曰："筑城掘土土深深，邪许[1]相呼万杵音。怪事一声齐注目，半钩新月藓花侵。"咏此事也。入土至五尺余，至近亦须数十年，何以不坏？额鲁特女子不缠足，何以得作弓弯样，仅三寸许？此必有其故，今不得知矣。

郭六，淮镇农家妇，不知其夫氏郭父氏郭也，相传呼为郭六云尔。雍正甲辰、乙巳间，岁大饥。其夫度不得活，出而乞食于四方，濒行，对之稽颡曰："父母皆老病，吾以累汝矣。"妇故有姿，里少年瞰其乏食，

---

[1] 邪许（yé hǔ）：劳动时众人一齐用力所发出的呼声。

以金钱挑之，皆不应，唯以女工养翁姑。既而必不能赡，则集邻里叩首曰："我夫以父母托我，今力竭矣，不别作计，当俱死。邻里能助我，则乞助我；不能助我，则我且卖花，毋笑我。"（里语以妇女倚门为卖花。）邻里趑趄[1]嗫嚅，徐散去。乃恸哭白翁姑，公然与诸荡子游。阴蓄夜合之资，又置一女子，然防闲甚严，不使外人觌[2]其面。或曰，是将邀重价。亦不辩也。越三载余，其夫归，寒温甫毕，即与见翁姑，曰："父母并在，今还汝。"又引所置女见其夫曰："我身已污，不能忍耻再对汝。已为汝别娶一妇，今亦付汝。"夫骇愕未答，则曰："且为汝办餐。"已往厨下自刭矣。县令来验，目炯炯不瞑。县令判葬于祖茔，而不祔[3]夫墓，曰："不祔墓，宜绝于夫也；葬于祖茔，明其未绝于翁姑也。"目仍不瞑。其翁姑哀号曰："是本贞妇，以我二人故至此也。子不能养父母，反绝代养父母者耶？况身为男子不能养，避而委一少妇，途人知其心矣，是谁之过而绝之耶？此我家事，官不必与闻也。"语讫而目瞑。时邑人议论颇不一。先祖宠予公曰："节孝并重也，节孝又不能两全也。此一事非圣贤不能断，吾不敢置一词也。"

御史某之伏法也，有问官白昼假寐，恍惚见之，惊问曰："君有冤耶？"曰："言官受赂鬻章奏，于法当诛，吾何冤？"曰："不冤，何为来见我？"曰："有憾于君。"曰："问官七八人，旧交如我者亦两三人，何独憾我？"曰："我与君有宿隙，不过进取相轧耳，非不共戴天者也。我对簿时，君虽引嫌不问，而阳阳有德色；我狱成时，君虽虚词慰藉，而隐隐含轻薄。是他人据法置我死，而君以修怨快我死也。患难之际，此最伤人心，吾安得不憾！"问官惶恐愧谢曰："然则君将报我乎？"曰："我死于法，安得报君。君居心如是，自非载福之道，亦无庸我报。特意有不平，使君知之耳。"语讫，若睡若醒，开目已失所在，案上残茗尚微温。后所亲见其惘惘如失，

---

[1] 趑趄（zī jū）：向前进又不敢，形容疑惧不决。
[2] 觌（dí）：相见。
[3] 祔：合葬。

阴叩之，乃具道始末，喟然曰："幸哉我未下石也，其饮恨犹如是。曾子曰：'哀矜勿喜。'不其然乎！"所亲为人述之，亦喟然曰："一有私心，虽当其罪犹不服，况不当其罪乎！"

程编修鱼门曰："怨毒之于人甚矣哉！宋小岩将殁，以片札寄其友曰：'白骨可成尘，游魂终不散。黄泉业镜[1]台，待汝来相见。'余亲见之。其友将殁，以手拊床曰：'宋公且坐。'余亦亲见之。"

相传某公奉使归，驻节馆舍。时庭菊盛开，徘徊花下。见小童隐映疏竹间，年可十四五，端丽温雅如靓妆女子。问知为居停主人子。呼与语，甚慧黠，取一扇赠之。流目送盼，意似相就。某公亦爱其秀颖，与流连软语。适左右皆不在，童即跪引其裾曰："公如不弃，即不敢欺公：父陷冤狱，得公一语可活。公肯援手，当不惜此身。"方探袖出讼牒，忽暴风冲击，窗扉六扇皆洞开，几为驺从[2]所窥。心知有异，急挥之去，曰："俟夕徐议。"即草草命驾行。后廉知为土豪杀人，狱急不得解，赂胥吏引某公馆其家，阴市娈童，伪为其子；又赂左右，得至前为秦弱兰之计[3]。不虞冤魄之示变也。裘文达公尝曰："此公偶尔多事，几为所中。士大夫一言一动，不可不慎。使尔时面如包孝肃，亦何隙可乘。"

明崇祯末，孟村有巨盗肆掠，见一女有色，并其父母絷之。女不受污，则缚其父母加炮烙。父母并呼号惨切，命女从贼。女请纵父母去，乃肯从。贼知其绐[4]己，必先使受污而后释。女遂奋掷批贼颊，与父母俱死，弃尸于野。后贼与官兵格斗，马至尸侧，辟易不肯前，遂陷淖就擒。女亦有灵矣，惜其名氏不可考。论是事者，或谓女子在室，从父母之命者

---

[1] 业镜：佛教指地狱中照映众生善恶业的镜子。
[2] 驺从：古时官员出行，随行的骑马侍从。
[3] 秦弱兰之计：五代十国时后周翰林学士陶谷出使南唐，见女伎秦弱兰，误以为是驿官的女儿，便写了一首词勾引她。事见北宋惠洪《冷斋夜话》。
[4] 绐（dài）：欺骗。

也。父母命之从贼矣,成一己之名,坐视父母之惨酷,女似过忍。或谓命有治乱,从贼不可与许嫁比。父母命为倡,亦为倡乎?女似无罪。先姚安公曰:"此事与郭六正相反,均有理可执,而于心终不敢确信。不食马肝[1],未为不知味也。"

刘羽冲,佚其名,沧州人。先高祖厚斋公多与唱和。性孤僻,好讲古制,实迂阔不可行。尝倩董天士作画,倩厚斋公题。内《秋林读书》一幅云:"兀坐秋树根,块然无与伍。不知读何书,但见须眉古。只愁手所持,或是《井田谱》[2]。"盖规之也。偶得古兵书,伏读经年,自谓可将十万。会有土寇,自练乡兵与之角,全队溃覆,几为所擒。又得古水利书,伏读经年,自谓可使千里成沃壤。绘图列说于州官。州官亦好事,使试于一村。沟洫甫成,水大至,顺渠灌入,人几为鱼。由是抑郁不自得,恒独步庭阶,摇首自语曰:"古人岂欺我哉!"如是日千百遍,唯此六字。不久,发病死。后风清月白之夕,每见其魂在墓前松柏下,摇首独步。侧耳听之,所诵仍此六字也。或笑之,则欻隐。次日伺之,复然。泥古者愚,何愚乃至是欤!阿文勤公尝教昀曰:"满腹皆书能害事,腹中竟无一卷书,亦能害事。国弈不废旧谱,而不执旧谱;国医不泥古方,而不离古方。故曰:'神而明之,存乎其人。'又曰:'能与人规矩,不能使人巧。'"

明魏忠贤之恶,史册所未睹也。或言其知事必败,阴蓄一骡,日行七百里,以备逋逃;阴蓄一貌类己者,以备代死。后在阜城尤家店,竟用是私遁去。余谓此无稽之谈也。以天道论之,苟神理不诬,忠贤断无幸免理。以人事论之,忠贤擅政七年,何人不识?使窜伏旧党之家,小人之交,势败则离,有缚献而已矣。使潜匿荒僻之地,则耕牧之中,突来阉宦,异言异貌,骇视惊听,不三日必败。使远遁于封域之外,则严

---

[1] 不食马肝:古人认为马肝有毒,食之身亡。比喻不应研讨的事不去研讨。
[2]《井田谱》:书名。宋代夏休撰,二十卷。

世蕃尝通日本，仇鸾尝交谙达[1]，忠贤无是也。山海阻深，关津隔绝，去又将何往？昔建文[2]行遁，后世方且传疑。然建文失德无闻，人心未去，旧臣遗老，犹有故主之思。燕王称戈篡位，屠戮忠良，又天下之所不与。递相容隐，理或有之。忠贤虐焰熏天，毒流四海，人人欲得而甘心。是时距明亡尚十五年，此十五年中，安得深藏不露乎？故私遁之说，余断不谓然。文安王岳芳曰："乾隆初，县学中忽雷霆击格，旋绕文庙，电光激射，如掣赤练，入殿门复返者十余度。训导王著起曰，是必有异。冒雨入视，见大蜈蚣伏先师神位上。钳出掷阶前。霹雳一声，蜈蚣死而天霁。验其背上，有朱书魏忠贤字。"是说也，余则信之。

乌鲁木齐深山中，牧马者恒见小人高尺许，男女老幼，一一皆备。遇红柳吐花时，辄折柳盘为小圈，着顶上，作队跃舞，音呦呦如度曲。或至行帐窃食，为人所掩，则跪而泣。縶之，则不食而死。纵之，初不敢遽行，行数尺辄回顾。或追叱之，仍跪泣。去人稍远，度不能追，始蓦涧越山去。然其巢穴栖止处，终不可得。此物非木魅，亦非山兽，盖僬侥[3]之属。不知其名，以形似小儿，而喜戴红柳，因呼曰红柳娃。丘县丞天锦，因巡视牧厂，曾得其一，腊以归。细视其须眉毛发，与人无二。知《山海经》所谓诤人[4]，凿然有之。有极小必有极大，《列子》所谓龙伯[5]之国，亦必凿然有之。

塞外有雪莲，生崇山积雪中，状如今之洋菊，名以莲耳。其生必双，雄者差大，雌者小。然不并生，亦不同根，相去必一两丈。见其一，再

---
[1] 仇鸾尝交谙达：仇鸾，明代人。谙达，也称"俺答"，明鞑靼部落首领。
[2] 建文：明惠帝朱允炆年号，此指明惠帝。
[3] 僬侥（jiāo yáo）：古代传说中的矮人，因以为其国名。
[4] 诤人：古代传说中的一种矮人。
[5] 龙伯：古代神话中巨人国的人。

觅其一,无不得者。盖如兔丝茯苓[1],一气所化,气相属也。凡望见此花,默往探之则获。如指以相告,则缩入雪中,杳无痕迹。即劚[2]雪求之亦不获。草木有知,理不可解。土人曰,山神惜之。其或然欤?此花生极寒之地,而性极热。盖二气有偏胜,无偏绝,积阴外凝,则纯阳内结。坎卦以一阳陷二阴之中,剥复二卦,以一阳居五阴之上下,是其象也。然浸酒为补剂,多血热妄行。或用合媚药,其祸尤烈。盖天地之阴阳均调,万物乃生。人身之阴阳均调,百脉乃和。故《素问》[3]曰:"亢则害,承乃制。"自丹溪[4]立阳常有余阴常不足之说,医家失其本旨,往往以苦寒伐生气。张介宾[5]辈矫枉过直,遂偏于补阳,而参蓍桂附,流弊亦至于杀人。是未知发道扶阳,而乾之上九,亦戒以"亢龙有悔"[6]也。嗜欲日盛,羸弱者多,温补之剂易见小效,坚信者遂众。故余谓偏伐阳者,韩非刑名之学;偏补阳者,商鞅富强之术。初用皆有功,积重不返,其损伤根本,则一也。雪莲之功不补患,亦此理矣。

唐太宗《三藏圣教序》,称风灾鬼难之域,似即今辟展吐鲁番地。其地沙碛中,独行之人往往闻呼姓名,一应则随去不复返。又有风穴在南山,其大如井,风不时从中出。每出,则数十里外先闻波涛声,迟一二刻风乃至。所横径之路,阔不过三四里,可急行而避。避不及,则众车以巨绳连缀为一,尚鼓动颠簸,如大江浪涌之舟。或一车独遇,则人马辎重皆轻若片叶,飘然莫知所往矣。风皆自南而北,越数日自北而南,如呼吸之往返也。余在乌鲁木齐,接辟展移文,云军校雷庭,于某日人马皆风吹过

---

[1] 兔丝茯苓:兔丝与茯苓,俱植物名。《淮南子·说山训》:"千年之松,下有茯苓,上有兔丝。"
[2] 劚(zhǔ):掘,铲。
[3]《素问》:古代医书。为我国最早的中医理论著作。
[4] 丹溪:元代名医朱震亨的别号。
[5] 张介宾:明代名医。
[6] 亢龙有悔:出自《易·乾》。意思说,居高位的人要戒骄,否则就会有败亡的灾难来临。

岭北，无有踪迹。又昌吉通判报，某日午刻，有一人自天而下，乃特纳格尔遣犯徐吉，为风吹至。俄特纳格尔县丞报，徐吉是日逃。计其时刻，自巳正至午，已飞腾二百余里。此在彼不为怪，在他处则异闻矣。徐吉云，被吹时如醉如梦，身旋转如车轮，目不能开，耳如万鼓之鸣，口鼻如有物拥蔽，气不得出，努力良久，始能一呼吸耳。按《庄子》称"大块噫气，其名为风"。气无所不之，不应有穴。盖气所偶聚，因成斯异。犹火气偶聚于巴蜀，遂为火井。水脉偶聚于于阗，遂为河源云。

何励庵先生言：相传明季有书生，独行丛莽间，闻书声琅琅。怪旷野那得有是，寻之，则一老翁坐墟墓间，旁有狐十余，各捧书蹲坐。老翁见而起迎，诸狐皆捧书人立。书生念既解读书，必不为祸，因与揖让席地坐。问："读书何为？"老翁曰："吾辈皆修仙者也。凡狐之求仙有二途：其一采精气，拜星斗，渐至通灵变化，然后积修正果，是为由妖而求仙。然或入邪僻，则干天律。其途捷而危。其一先炼形为人，既得为人，然后讲习内丹[1]，是为由人而求仙。虽吐纳导引[2]，非旦夕之功，而久久坚持，自然圆满。其途纡而安。顾形不自变，随心而变，故先读圣贤之书，明三纲五常之理，心化则形亦化矣。"书生借视其书，皆五经、《论语》、《孝经》、《孟子》之类，但有经文而无注。问："经不解释，何由讲贯？"老翁曰："吾辈读书，但求明理。圣贤言语，本不艰深，口相授受，疏通训诂，即可知其义旨，何以注为？"书生怪其持论乖僻，惘惘莫对。姑问其寿。曰："我都不记。但记我受经之日，世尚未有印板[3]书。"又问："阅历数朝，世事有无同异？"曰："大都不甚相远。唯唐以前，但有儒者。北宋后，每闻某甲是圣贤，为小异耳。"书生莫测，一揖而别。后于途间遇此翁，欲与语，掉头径去。案此殆先生之寓言。先生尝曰："以讲经求科第，支离敷衍，其词愈美而经愈荒。以讲经立门户，纷纭辩驳，其说愈详而经亦愈荒。"语

---

[1] 内丹：道家称以自身的精气炼成的丹为内丹。
[2] 吐纳导引：道家及医学家通过呼吸及屈伸形体等活动进行的养生、修炼之术。
[3] 印板：谓用印板印刷。

意若合符节。又尝曰:"凡巧妙之术,中间必有不稳处。如步步踏实,即小有蹉失,终不至折肱伤足。"与所云修仙二途,亦同一意也。

有扶乩者,自江南来。其仙自称卧虎山人,不言休咎,唯与人唱和诗词,亦能作画。画不过兰竹数笔,具体而已。其诗清浅而不俗。尝面见下坛一绝云:"爱杀嫣红映水开,小停白鹤一徘徊。花神怪我衣襟绿,才藉莓苔稳睡来。"又咏舟,限车字。咏车,限舟字。曰:"浅水潺潺二尺余,轻舟来往兴何如?回头岸上春泥滑,愁杀疲牛薄笨车。""小车辂辘驾乌牛,载酒聊为陌上游。莫羡王孙金勒马,双轮徐转稳如舟。"其余大都类此。问其姓字,则曰:"世外之人,何必留名。必欲相迫,有杜撰应命而已。"甲与乙共学其符,召之亦至,然字多不可辨,扶乩者手不习也。一日,乙焚符,仙竟不降。越数日再召,仍不降。后乃降于甲家,甲叩乙召不降之故。仙判曰:"人生以孝弟为本,二者有惭,则不可以为人。此君近与兄析产,隐匿千金;又诡言父有宿逋[1],当兄弟共偿,实掩兄所偿为己有。吾虽方外闲身,不预人事,然义不与此等人作缘。烦转道意,后毋相渎。"又判示甲曰:"君近得新果,遍食儿女,而独忘孤侄,使啜泣竟夕。虽是无心,要由于意有歧视。后若再尔,吾亦不来矣。"先姚安公曰:"吾见其诗词,谓是灵鬼;观此议论,似竟是仙。"

广西提督田公耕野,初娶孟夫人,早卒。公官凉州镇时,月夜独坐衙斋,恍惚梦夫人自树杪翩然下,相劳苦如平生,曰:"吾本天女,宿命当为君妇,缘满仍归。今过此相遇,亦余缘之未尽者也。"公问:"我当终何官?"曰:"官不止此,行去矣。"问:"我寿几何?"曰:"此难言。公卒时不在乡里,不在官署,不在道途馆驿,亦不殁于战阵,时至自知耳。"问:"殁后尚相见乎?"曰:"此在君矣。君努力生天,即可见,否即不能也。"公后征叛苗,师还,卒于戎幕之下。

---

[1] 宿逋:拖欠未偿还人家的债务。

奴子魏藻，性佻荡，好窥伺妇女。一日，村外遇少女，似相识而不知其姓名居址。挑与语，女不答而目成，径西去。藻方注视，女回顾若招。即随以往，渐逼近。女面赧[1]，小语曰："来往人众，恐见疑。君可相隔小半里，俟到家，吾待君墙外车屋中，枣树下系一牛，旁有碌碡[2]者是也。"既而渐行渐远，薄暮将抵李家洼，去家三十里矣。宿雨初晴，泥将没胫，足趾亦肿痛。遥见女已入车屋，方窃喜，趋而赴。女方背立，忽转面乃作罗刹[3]形，锯牙钩爪，面如靛，目睒睒如灯。骇而返走，罗刹急追之。狂奔二十余里，至相国庄，已届亥初。识其妇翁门，急叩不已。门甫启，突然冲入，触一少女仆地，亦随之仆。诸妇怒噪，各持捣衣杵乱捶其股。气结不能言，唯呼"我我"。俄一媪持灯出，方知是婿，共相惊笑。次日以牛车载归，卧床几两月。当藻来去时，人但见其自往自还，未见有罗刹，亦未见有少女。岂非以邪召邪，狐鬼乘而侮之哉。先兄晴湖曰："藻自是不敢复冶游，路遇妇女，必俯首。是虽谓之神明示惩，可也。"

去余家十余里，有瞽[4]者姓卫。戊午除夕，遍诣常呼弹唱家辞岁，各与以食物，自负以归。半途，失足堕枯井中。既在旷野僻径，又家家守岁，路无行人，呼号嗌[5]干，无应者。幸井底气温，又有饼饵可食，渴甚则咀水果，竟数日不死。会屠者王以胜驱豕归，距井犹半里许，忽绳断豕逸，狂奔野田中，亦失足堕井。持钩出豕，乃见瞽者，已气息仅属矣。井不当屠者所行路，殆若或使之也。先兄晴湖问以井中情状。瞽者曰："是时万念皆空，心已如死，唯念老母卧病，待瞽子以养。今并瞽子亦不得，计此时恐已饿莩，觉酸彻肝脾，不可忍耳。"先兄曰："非此一念，王以胜所驱豕必不断绳。"

---

[1] 赧（nǎn）：因羞愧而难为情。
[2] 碌碡（liù zhou）：农具。将石头做成圆柱形，用来轧脱谷粒或轧平场院。
[3] 罗刹：佛经中恶鬼的通称。
[4] 瞽（gǔ）：眼睛瞎。
[5] 嗌（yì）：咽喉。

齐大，献县巨盗也。尝与众行劫，一盗见其妇美，逼污之。刃胁不从，反接其手，缚于凳，已褫下衣，呼两盗左右挟其足矣。齐大方看庄（盗语谓屋上瞭望以防救者为看庄），闻妇呼号，自屋脊跃下，挺刃突入曰："谁敢如是，吾不与俱生。"汹汹欲斗，目光如饿虎。间不容发之顷，竟赖以免。后群盗并就捕骈诛，唯齐大终不能弋获。群盗云，官来捕时，齐大实伏马槽下。兵役皆云，往来搜数过，唯见槽下朽竹一束，约十余竿，积尘污秽，似弃置多年者。

张明经晴岚言：一寺藏经阁上有狐居，诸僧多栖止阁下。一日，天酷暑，有打包僧[1]厌其嚣杂，径移坐具住阁上。诸僧忽闻梁上狐语曰："大众且各归房，我眷属不少，将移住阁下。"僧问："久居阁上，何忽又欲据此？"曰："和尚在彼。"问："汝避和尚耶？"曰："和尚佛子，安敢不避？"又问："我辈非和尚耶？"狐不答。固问之，曰："汝辈自以为和尚，我复何言！"从兄懋园闻之曰："此狐黑白太明，然亦可使三教中人，各发深省。"

甲见乙妇而艳之，语于丙。丙曰："其夫粗悍，可图也。如不吝挥金，吾能为君了此事。"乃择邑子冶荡者，饵以金而属之曰："尔白昼潜匿乙家，而故使乙闻。待就执，则自承欲盗。白昼非盗时，尔容貌衣服无盗状，必疑奸，勿承也。官再鞫而后承，罪不过枷杖。当设策使不竟其狱，无所苦也。"邑子如所教，狱果不竟。然乙竟出其妇。丙虑其悔，教妇家讼乙，又阴赂证佐，使不胜。乃恚而别嫁其女。乙亦决绝，听其嫁。甲重价买为妾。丙又教邑子反噬甲，发其阴谋，而教甲赂息。计前后干没千金矣。适闻家庙社会，力修供具赛神，将以祈福。先一夕，庙祝梦神曰："某金自何来？乃盛仪以飨我。明日来，慎勿令入庙。非礼之祀，鬼神且不受，况非义之祀乎？"丙至，庙祝以神语拒之。怒弗信，甫至阶，舁者[2]颠

---

[1]打包僧：云游四方的和尚。
[2]舁（yú）者：抬东西的人。

蹶，供具悉毁，乃悚然返。后岁余，甲死。邑子以同谋之故，时往来丙家，因诱其女逃去。丙亦气结死。妇携资改适。女至德州，人诘得奸状，牒送回籍，杖而官卖。时丙奸已露，乙憾甚，乃鬻产赎得女，使荐枕三夕，而转售于人。或曰，丙死时，乙尚未娶，丙妇因嫁焉。此故为快心之谈，无是事也。邑子后为丐，女流落为娼，则实有之。

益都李词畹言：秋谷先生[1]南游日，借寓一家园亭中。一夕就枕后，欲制一诗。方沉思间，闻窗外人语曰："公尚未睡耶？清词丽句，已心醉十余年。今幸下榻此室，窃听绪论，虽已经月，终以不得质疑问难为恨。虑或仓促别往，不罄所怀，便为平生之歉。故不辞唐突，愿隔窗听挥麈[2]之谈。先生能不拒绝乎？"秋谷问："君为谁？"曰："别馆幽深，重门夜闭，自断非人迹所到。先生神思夷旷，谅不恐怖，亦不必深求。"问："何不入室相晤？"曰："先生襟怀萧散，仆亦倦于仪文，但得神交，何必定在形骸之内耶？"秋谷因日与酬对，于六义[3]颇深。如是数夕，偶乘醉戏问曰："听君议论，非神非仙，亦非鬼非狐，毋乃山中木客解吟诗乎？"语讫寂然。穴隙窥之，缺月微明，有影蓬蓬然，掠水亭檐角而去。园中老树参云，疑其木魅矣。词畹又云：秋谷与魅语时，有客窃听。魅谓渔洋山人诗如名山胜水，奇树幽花，而无寸土艺五谷；如雕栏曲榭，池馆宜人，而无寝室庇风雨；如彝鼎罍洗[4]，斑斓满几，而无釜甑供炊爨；如纂组锦绣，巧出仙机，而无裘葛御寒暑；如舞衣歌扇，十二金钗[5]，而无主妇司中馈[6]；如梁园金谷[7]，雅客满堂，而无良友进规谏。秋谷极为击

---

[1] 秋谷先生：清代学者赵执信。
[2] 挥麈（zhǔ）：麈，俗称四不像，古时用其尾做拂尘，魏晋时士人清谈多执之。宋王明清有《挥麈录》。
[3] 六义：指《诗经》中的风、雅、颂、赋、比、兴。
[4] 彝鼎罍（léi）洗：彝，盛酒器；鼎，古代烹煮用的器物；罍，古代一种盛酒的器具，形状像壶；洗，洗涤用具。
[5] 十二金钗：古时妇女头上戴金钗十二行。
[6] 司中馈：主持家中事务。
[7] 梁园金谷：梁园，汉代梁孝王所建宫苑；金谷，晋代石崇之别墅，称金谷园。

节。又谓明季诗庸音杂奏,故渔洋救之以清新;近人诗浮响日增,故先生救之以刻露。势本相因,理无偏胜。窃意二家宗派,当调停相济,合则双美,离则两伤。秋谷颇不平之云。

乌鲁木齐有道士卖药于市。或曰,是有妖术,人见其夜宿旅舍中,临睡必探佩囊,出一小壶卢,倾出黑物二丸,即有二少女与同寝,晓乃不见。问之,则云无有。余忆《辍耕录》[1]周月惜事,曰:"此乃所采生魂[2]也,是法食马肉则破。"适中营有马死,遣吏密嘱旅舍主人,问适有马肉可食否?道士掉头曰:"马肉岂可食?"余益疑,拟料理之。同事陈君题桥曰:"道士携少女,公未亲见。不食马肉,公亦未亲见。周月惜事,出陶九成小说,未知真否。所云马肉破法,亦未知验否。公信传闻之词,据无稽之说,遽兴大狱,似非所宜。塞外不当留杂色人,饬所司驱之出境,足矣。"余乃止。后将军温公闻之曰:"欲穷治者太过。倘畏刑妄供别情,事关重大,又无确据,作何行止?驱出境者太不及。倘转徙别地,或酿事端,云曾在乌鲁木齐久住,谁职其咎?形迹可疑人,关隘例当盘诘搜检,验有实证,则当付所司;验无实证,则具牒递回原籍,使勿惑民,不亦善乎。"余二人皆服公之论。

庄学士本淳,少随父书石先生泊舟江岸。夜失足落江中,舟人弗知也。漂荡间,闻人语曰:"可救起福建学院,此有关系,勿草草。"不觉已还挂本舟舵尾上,呼救得免。后果督福建学政。赴任时,举是事语余曰:"吾其不返乎?"余以立命[3]之说勉之。竟卒于官。又其兄方耕少宗伯,雍正庚戌在京邸,遇地震,压于小弄中。适两墙对圮,相拄如人字帐形。坐其中一昼夜,乃得掘出。岂非死生有命乎。

---

[1]《辍耕录》:即《南村辍耕录》,元代陶宗仪撰的笔记体小说。
[2] 生魂:活人的魂魄。
[3] 立命:指修身以奉天命。《孟子·尽心上》:"夭寿不贰,修身以俟之,所以立命也。"

何励庵先生言：十三四时，随父罢官还京师。人多舟狭，遂布席于巨箱上寝。夜分，觉有一掌扪之，其冷如冰，魇良久乃醒。后夜夜皆然，谓是神虚，服药亦无效。至登陆乃已。后知箱乃其仆物。仆母卒于官署，厝郊外，临行阴焚其柩，而以衣包骨匿箱中。当由人眠其上，魂不得安，故作是变怪也。然则旅魂随骨返，信有之矣。

励庵先生又云：有友聂姓，往西山深处上墓返。天寒日短，翳然已暮。畏有虎患，竭蹶力行，望见破庙在山腹，急奔入。时已曛黑，闻墙隅人语曰："此非人境，檀越[1]可速去。"心知是僧，问师何在此暗坐？曰："佛家无诳语。身实缢鬼，在此待替。"聂毛骨悚栗，既而曰："与死于虎，无宁死于鬼。吾与师共宿矣。"鬼曰："不去亦可。但幽明异路，君不胜阴气之侵，我不胜阳气之烁，均刺促不安耳。各占一隅，毋相近可也。"聂遥问待替之故。鬼曰："上帝好生，不欲人自戕其命。如忠臣尽节，烈妇完贞，是虽横夭，与正命无异，不必待替。其情迫势穷，更无求生之路者，悯其事非得已，亦付转轮，仍核计生平，依善恶受报，亦不必待替。倘有一线可生，或小忿不忍，或借以累人，逞其戾气，率尔投缳，则大拂天地生物之心，故必使待替以示罚。所以幽囚沉滞，动至百年也。"问："不有诱人相替者乎？"鬼曰："吾不忍也。凡人就缢，为节义死者，魂自顶上升，其死速。为忿嫉死者，魂自心下降，其死迟。未绝之顷，百脉倒涌，肌肤皆寸寸欲裂，痛如脔割；胸膈肠胃中如烈焰燔烧，不可忍受。如是十许刻，形神乃离。思是楚毒，见缢者方阻之速返，肯相诱乎？"聂曰："师存是念，自必生天。"鬼曰："是不敢望，唯一意念佛，冀忏悔耳。"俄天欲曙，问之不言，谛视亦无所见。后聂每上墓，必携饮食纸钱祭之，辄有旋风绕左右。一岁，旋风不至，意其一念之善，已解脱鬼趣矣。

王半仙尝访其狐友，狐迎笑曰："君昨夜梦至范住家，欢娱乃尔。"

―――――――――
[1] 檀越：佛家称施主。

范住者,邑之名妓也。王回忆实有是梦,问何以知。曰:"人秉阳气以生,阳亲上,气恒发越于顶。睡则神聚于心,灵光与阳气相映,如镜取影。梦生于心,其影皆现于阳气中,往来生灭,倏忽变形一二寸小人,如画图,如戏剧,如虫之蠕动。即不可告人之事,亦百态毕露,鬼神皆得而见之,狐之通灵者亦得见之,但不闻其语耳。昨偶过君家,是以见君之梦。"又曰:"心之善恶,亦现于阳气中。生一善念,则气中一线如烈焰;生一恶心,则气中一线如浓烟。浓烟幂首,尚有一线之光,是畜生道[1]中人。并一线之光而无之,是泥犁狱中人矣。"王问:"恶人浓烟幂首,其梦影何由复见?"曰:"人心本善,恶念蔽之。睡时一念不生,则此心还其体,阳气仍自光明。即其初醒时,念尚未起,光明亦尚在。念渐起,则渐昏。念全起,则全昏矣。君不读书,试向秀才问之,孟子所谓夜气,即此是也。"王悚然曰:"鬼神鉴察,乃及于梦寐之中。"

雷出于地,向于福建白鹤岭上见之。岭高五十里,阴雨时俯视,浓云仅及山半,有气一缕,自云中涌出,直激而上。气之纤末,忽火光迸散,即砰然有声,与火炮全相似。至于击物之雷,则自天而下。戊午夏,余与从兄懋园、坦居读书崔庄三层楼上。开窗四望,数里可睹。时方雷雨,遥见一人自南来,去庄约半里许,忽跪于地。倏云气下垂,幂之不见。俄雷震一声,火光照眼如咫尺,云已敛而上矣。少顷,喧言高川李善人为雷所殛[2]。随众往视,遍身焦黑,仍拱手端跪,仰面望天。背有朱书,非篆非籀,非草非隶,点画缭绕,不能辨几字。其人持斋礼佛,无善迹,亦无恶迹,不知为夙业为隐慝也。其侄李士钦曰:"是日晨起,必欲赴崔庄,实无一事。竟冒雨而来,及于此难。"或曰:"是日崔庄大集,(崔庄市人交易,以一、六日大集,三、八日小集。)殆鬼神驱以来,与众见之。"

---

[1] 畜生道:佛教有六道之说,即天道、人道、阿修罗道、饿鬼道、畜生道、地狱道。
[2] 殛(jí):杀死。

余官兵部时，有一吏尝为狐所媚，尪[1]瘦骨立。乞张真人符治之。忽闻檐际人语曰："君为吏非理取财，当婴刑戮。我凤生曾受君再生恩，故以艳色蛊惑，摄君精气，欲君以瘵疾[2]善终。今被驱遣，是君业重不可救也。宜努力积善，尚冀万一挽回耳。"自是病愈。然竟不悛改。后果以盗用印信，私收马税伏诛。堂吏有知其事者，后为余述之云。

前母张太夫人，有婢曰绣鸾。尝月夜坐堂阶，呼之则东西廊皆有一绣鸾趋出，形状衣服无少异，乃至右襟反折其角，左袖半卷亦相同。大骇，几仆。再视之，唯存其一。问之，乃从西廊来。又问："见东廊人否？"云："未见也。"此七月间事。至十一月即谢世。殆禄已将尽，故魅敢现形欤！

沧州插花庙尼，姓董氏。遇大士[3]诞辰，治供具将毕，忽觉微倦，倚几暂憩。恍惚梦大士语之曰："尔不献供，我亦不忍饥；尔即献供，我亦不加饱。寺门外有流民四五辈，乞食不得，困饿将殂。尔辍供具以饭之，功德胜供我十倍也。"霍然惊醒，启门出视，果不谬。自是每年供具献毕，皆以施丐者，曰此菩萨意也。

先太夫人言：沧州有轿夫田某，母患臌将殂。闻景和镇一医有奇药，相距百余里。昧爽[4]狂奔去，薄暮已狂奔归，气息仅属。然是夕卫河暴涨，舟不敢渡。乃仰天大号，泪随声下。众虽哀之，而无如何。忽一舟子解缆呼曰："苟有神理，此人不溺。来来，吾渡尔。"奋然鼓楫，横冲白浪而行。一弹指顷，已抵东岸。观者皆合掌诵佛号。先姚安公曰："此舟子信道之笃，过于儒者。"

[1] 尪（wāng）：瘦弱。
[2] 瘵（zhài）疾：疫病。亦指痨病。
[3] 大士：指观音菩萨。
[4] 昧爽：拂晓。

卷四

滦阳消夏录（四）

卧虎山人降乩于田白岩家，众焚香拜祷。一狂生独倚几斜坐，曰："江湖游士，练熟手法为戏耳。岂有真仙日日听人呼唤？"乩即书下坛诗曰："鹈鴂[1]惊秋不住啼，章台回首柳萋萋[2]。花开有约肠空断，云散无踪梦亦迷。小立偷弹金屈戌[3]，半酣笑劝玉东西[4]。琵琶还似当年否？为问浔阳估客妻[5]。"狂生大骇，不觉屈膝。盖其数日前密寄旧妓之作，未经存稿者也。仙又判曰："此笺幸未达，达则又作步非烟[6]矣。此妇既已从良，即是窥人闺阁。香山居士偶作寓言，君乃见诸实事耶？大凡风流佳话，多是地狱根苗。昨见冥官录籍，故吾得记之。业海洪波，回头是岸。山人饶舌，实具苦心，先生勿讶多言也。"狂生鹄立案旁，殆无人色。后岁余，即下世。余所见扶乩者，唯此仙不谈休咎，而好规人过。殆灵鬼之耿介者耶！先姚安公素恶淫祀，唯遇此仙必长揖曰："如此方严，即鬼亦当敬。"

姚安公未第时，遇扶乩者，问有无功名。判曰："前程万里。"又问登第当在何年。判曰："登第却须候一万年。"意谓或当由别途进身。及癸巳万寿恩科[7]登第，方悟万年之说。后官云南姚安府知府，乞养归，

---

[1] 鹈鴂（tí jué）：杜鹃鸟。
[2] 此句化用唐人韩翃寄柳氏诗："章台柳，章台柳，昔日青青今在否？"韩、柳二人事见唐孟启《本事诗·情感》。
[3] 金屈戌：金属做成的门窗上的搭扣。
[4] 玉东西：玉酒杯。
[5] 此二句用白居易《琵琶行》诗典。估客，商人。
[6] 步非烟：唐人小说女性名。因恋邻居书生赵象，为其夫所杀。见皇甫枚《三水小牍·非烟传》。
[7] 恩科：清代于正常科举外，遇朝廷庆典，特开科考试，称恩科。

遂未再出。并前程万里之说亦验。大抵幻术多手法捷巧。唯扶乩一事，则确有所凭附，然皆灵鬼之能文者耳。所称某神某仙，固属假托；即自称某代某人者，叩以本集中诗文，亦多云年远忘记，不能答也。其扶乩之人，遇能书者则书工，遇能诗者即诗工，遇全不能诗能书者则虽成篇而迟钝。余稍能诗而不能书，从兄坦居能书而不能诗。余扶乩，则诗敏捷而书潦草。坦居扶乩，则书清整而诗浅率。余与坦居实皆未容心，盖亦借人之精神始能运动，所谓鬼不自灵，待人而灵也。蓍龟[1]本枯草朽甲，而能知吉凶，亦待人而灵耳。

先外祖居卫河东岸，有楼临水傍，曰"度帆"。其楼向西，而楼之下层门乃向东，别为院落，与楼不相通。先有仆人史锦捷之妇缢于是院，故久无人居，亦无扃钥。有僮婢不知是事，夜半幽会于斯。闻门外窸窣似人行，惧为所见，伏不敢动。窃于门隙窥之，乃一缢鬼步阶上，对月微叹。二人股栗，僵于门内，不敢出。门为二人所据，鬼亦不敢入，相持良久。有犬见鬼而吠，群犬闻声亦聚吠。以为有盗，竞明烛持械以往。鬼隐而童仆之奸败。婢愧不自容，追夕，亦往是院缢。觉而救苏，又潜往者再。还其父母乃已。因悟鬼非不敢入室也，将以败二人之奸，使愧缢以求代也。先外祖母曰："此妇生而阴狡，死尚尔哉，其沉沦也固宜。"先太夫人曰："此婢不作此事，鬼亦何自而乘？其罪未可委之鬼。"

辛彤甫先生官宜阳知县时，有老叟投牒曰："昨宿东城门外，见缢鬼五六，自门隙而入，恐是求代。乞示谕百姓，仆妾勿凌虐，债负勿逼索，诸事互让勿争斗，庶鬼无所施其技。"先生震怒，笞而逐之。老叟亦不怨悔，至阶下拊膝曰："惜哉，此五六命不可救矣！"越数日，城内报缢死者四。先生大骇，急呼老叟问之。老叟曰："连日昏昏，都不记忆，今乃知曾投此牒。岂得罪鬼神，使我受笞耶？"是时此事喧传，家家为

———
[1] 蓍龟：蓍草与龟甲，古代用以占卜之物。

备，缢而获解者果二：一妇为姑所虐，姑痛自悔艾；一迫于逋欠，债主立为焚券，皆得不死。乃知数虽前定，苟能尽人力，亦必有一二之挽回。又知人命至重，鬼神虽前知其当死，苟一线可救，亦必转借人力以救之。盖气运所至，如严冬风雪，天地亦不得不然。至披裘御雪，墐[1]户避风，则听诸人事，不禁其自为。

献县史某，佚其名，为人不拘小节，而落落有直气，视龌龊者蔑如也。偶从博场归，见村民夫妇子母相抱泣。其邻人曰："为欠豪家债，鬻妇以偿。夫妇故相得，子又未离乳，当弃之去，故悲耳。"史问："所欠几何？"曰："三十金。""所鬻几何？"曰："五十金，与人为妾。"问："可赎乎？"曰："券甫成，金尚未付，何不可赎！"即出博场所得七十金授之，曰："三十金偿债，四十金持以谋生，勿再鬻也。"夫妇德史甚，烹鸡留饮。酒酣，夫抱儿出，以目示妇，意令荐枕以报。妇颔之，语稍狎。史正色曰："史某半世为盗，半世为捕役，杀人曾不眨眼。若危急中污人妇女，则实不能为。"饮啖讫，掉臂径去，不更一言。半月后，所居村夜火。时秋获方毕，家家屋上屋下，柴草皆满，茅檐秫篱，斯须四面皆烈焰，度不能出，与妻子瞑坐待死。恍惚闻屋上遥呼曰："东岳有急牒，史某一家并除名。"骤然有声，后壁半圮。乃左挈妻，右抱子，一跃而出，若有翼之者。火熄后，计一村之中，爇死者九。邻里皆合掌曰："昨尚窃笑汝痴，不意七十金乃赎三命。"余谓此事见佑于司命，捐金之功十之四，拒色之功十之六。

姚安公官刑部日，德胜门外有七人同行劫，就捕者五矣，唯王五、金大牙二人未获。王五逃至潞县[2]，路阻深沟，唯小桥可通一人。有健牛怒目当道卧，近辄奋触。退觅别途，乃猝与逻者遇。金大牙逃至清河桥北，有牧童驱二牛挤仆泥中，怒而角斗。清河去京近，有识之者，告里胥，

---

[1] 墐：用泥涂塞。
[2] 潞县：地名。在今北京通州。

缚送官。二人皆回民，皆业屠牛，而皆以牛败。岂非宰割惨酷，虽畜兽亦含怨毒，厉气所凭，借其同类以报哉。不然，遇牛触仆，犹事理之常；无故而当桥，谁使之也？

宋蒙泉言：孙峨山先生，尝卧病高邮舟中。忽似散步到岸上，意殊爽适。俄有人导之行，恍惚忘所以，亦不问。随去至一家，门径甚华洁。渐入内室，见少妇方坐蓐[1]。欲退避，其人背后拊一掌，已昏然无知。久而渐醒，则形已缩小，绷置锦褓中。知为转生，已无可奈何。欲有言，则觉寒气自囟门入，辄噤不能出。环视室中，几榻器玩及对联书画，皆了了。至三日，婢抱之浴，失手坠地，复昏然无知，醒则仍卧舟中。家人云，气绝已三日，以四肢柔软，心膈尚温，不敢殓耳。先生急取片纸，疏所见闻，遣使由某路送至某门中，告以勿过挞婢。乃徐为家人备言。是日疾即愈，径往是家，见婢媪皆如旧识。主人老无子，相对惋叹，称异而已。近梦通政鉴溪亦有是事，亦记其道路门户。访之，果是日生儿即死。顷在直庐，图阁学时泉言其状甚悉，大抵与峨山先生所言相类。唯峨山先生记往不记返。鉴溪则往返俱分明，且途中遇其先亡夫人，到家入室时见夫人与女共坐，为小异耳。案轮回之说，儒者所辟。而实则往往有之，前因后果，理自不诬。唯二公暂入轮回，旋归本体，无故现此泡影，则不可以理推。"六合之外，圣人存而不论"，阙所疑可矣。

再从伯灿臣公言：曩有县令，遇杀人狱不能决，蔓延日众。乃祈梦城隍祠。梦神引一鬼，首戴磁盎，盎中种竹十余竿，青翠可爱。觉而检案中有姓祝者，祝竹音同，意必是也。穷治无迹。又检案中有名节者，私念曰："竹有节，必是也。"穷治亦无迹。然二人者九死一生矣。计无复之，乃以疑狱上，请别缉杀人者，卒亦不得。夫疑狱，虚心研鞫，或可得真情。祷神祈梦之说，不过慑伏愚民，绐之吐实耳。若以梦寐之恍惚，

---

[1] 坐蓐：旧时妇女分娩时身下铺草，故称临产为"坐蓐"。

加以射覆之揣测,据为信谳,鲜不谬矣。古来祈梦断狱之事,余谓皆事后之附会也。

雍正壬子六月,夜大雷雨,献县城西有村民为雷击。县令明公晟往验,饬棺殓矣。越半月余,忽拘一人讯之曰:"尔买火药何为?"曰:"以取鸟。"诘曰:"以铳击雀,少不过数钱,多至两许,足一日用矣。尔买二三十斤何也?"曰:"备多日之用。"又诘曰:"尔买药未满一月,计所用不过一二斤,其余今贮何处?"其人词穷。刑鞫之,果得因奸谋杀状,与妇并伏法。或问:"何以知为此人?"曰:"火药非数十斤不能伪为雷。合药必以硫磺。今方盛夏,非年节放爆竹时,买硫磺者可数。吾阴使人至市,察买硫磺者谁多。皆曰某匠。又阴察某匠卖药与何人。皆曰某人。是以知之。"又问:"何以知雷为伪作?"曰:"雷击人,自上而下,不裂地。其或毁屋,亦自上而下。今苫草屋梁皆飞起,土炕之面亦揭去,知火从下起矣。又此地去城五六里,雷电相同。是夜雷电虽迅烈,然皆盘绕云中,无下击之状。是以知之。尔时其妇先归宁,难以研问。故必先得是人,而后妇可鞫。"此令可谓明察矣。

戈太仆仙舟言:乾隆戊辰,河间西门外桥上雷震一人死,端跪不仆;手擎一纸裹,雷火弗爇。验之皆砒霜,莫明其故。俄其妻闻信至,见之不哭,曰:"早知有此,恨其晚矣!是尝诟谇老母,昨忽萌恶念,欲市砒霜毒母死。吾泣谏一夜,不从也。"

再从兄旭升言:村南旧有狐女,多媚少年,所谓二姑娘者是也。族人某,意拟生致之,未言也。一日,于废圃见美女,疑其即是。戏歌艳曲,欣然流盼,折草花掷其前。方欲俯拾,忽却立数步外,曰:"君有恶念。"逾破垣竟去。后有二生读书东岳庙僧房,一居南室,与之昵。一居北室,无睹也。南室生尝怪其晏至，戏之曰："左挹浮丘袖，右拍洪崖肩[1]耶？"狐女曰："君不以异类见薄，故为悦己者容。北室生心如木石，吾安敢近？"南室生曰："何不登墙一窥？未必即三年不许。[2]如使改节，亦免作程伊川[3]面向人。"狐女曰："磁石唯可引针，如气类不同，即引之不动。无多事，徒取辱也。"时同侍姚安公侧，姚安公曰："向亦闻此，其事在顺治末年。居北室者，似是族祖雷阳公。雷阳一老副榜[4]，八比[5]以外无寸长，只心地朴诚，即狐不敢近。知为妖魅所惑者，皆邪念先萌耳。"

先太夫人外家曹氏，有媪能视鬼。外祖母归宁时，与论冥事。媪曰："昨于某家见一鬼，可谓痴绝；然情状可怜，亦使人心脾凄动。鬼名某，住某村，家亦小康，死时年二十七八。初死百日后，妇邀我相伴。见其恒坐院中丁香树下。或闻妇哭声，或闻儿啼声，或闻兄嫂与妇诟谇声，虽阳气逼烁，不能近，然必侧耳窗外窃听，凄惨之色可掬。后见媒妁至妇房，愕然惊起，张手左右顾。后闻议不成，稍有喜色。既而媒妁再至，来往兄嫂与妇处，则奔走随之，皇皇如有失。送聘之日，坐树下，目直视妇房，泪涔涔如雨。自是妇每出入，辄随其后，眷恋之意更笃。嫁前一夕，妇整束奁具。复徘徊檐外，或倚柱泣，或俯首如有思；稍闻房内嗽声，辄从隙私窥，营营者彻夜。吾叹息曰：'痴鬼何必如是！'若弗闻也。娶者入，秉火前行。避立墙隅，仍翘首望妇。吾偕妇出，回顾，见其远远随至娶者家，为门尉所阻，稽颡哀乞，乃得入；入则匿墙隅，望妇行礼，凝立如醉状。妇入房，稍稍近窗，其状一如整束奁具时。至灭烛就寝，尚不

---

[1] 左挹浮丘袖，右拍洪崖肩：此二句为晋郭璞《游仙诗》句。浮丘、洪崖均为传说中的仙人名。
[2] 此二句用宋玉《登徒子好色赋》典。东邻女登墙偷看三年，男子没有动心。
[3] 程伊川：程颐，宋理学家，世称伊川先生。
[4] 副榜：科举时代考试取士分正榜、副榜；正式录取的称正榜，正榜之外另取若干的称副榜。清代只有乡试有副榜。
[5] 八比：即八股文。

去,为中霤神[1]所驱,乃狼狈出。时吾以妇嘱归视儿,亦随之返。见其直入妇室,凡妇所坐处眠处,一一视到。俄闻儿索母啼,趋出环绕儿四周,以两手相握,作无可奈何状。俄嫂出,挞儿一掌。便顿足拊心,遥作切齿状。吾视之不忍,乃径归,不知其后何如也。后吾私为妇述,妇啮齿自悔。里有少寡议嫁者,闻是事,以死自誓曰:'吾不忍使亡者作是状。'"嗟乎!君子义不负人,不以生死有异也。小人无往不负人,亦不以生死有异也。常人之情,则人在而情在,人亡而情亡耳。苟一念死者之情状,未尝不戚然感也。儒者见谄渎之求福,妖妄之滋惑,遂断断[2]持无鬼之论,失先王神道设教之深心,徒使愚夫愚妇,悍然一无所顾忌。尚不如此里妪之言,为动人生死之感也。

王兰泉少司寇言:胡中丞文伯之弟妇,死一日复苏,与家人皆不相识,亦不容其夫近前。细询其故,则陈氏女之魂,借尸回生。问所居,相去仅数十里。呼其亲属至,皆历历相认。女不肯留胡氏。胡氏持镜使自照,见形容皆非,乃无奈而与胡为夫妇。此与《明史·五行志》司牡丹事相同。当时官为断案,从形不从魂。盖形为有据,魂则无凭。使从魂之所归,必有诡托售奸者。故防其渐焉。

有山西商居京师信成客寓,衣服仆马皆华丽,云且援例报捐[3]。一日,有贫叟来访,仆辈不为通。自候于门,乃得见。神意索漠,一茶后别无寒温。叟徐露求助意。哂然曰:"此时捐项且不足,岂复有余力及君?"叟不平,因对众具道西商昔穷困,待叟举火者十余年;复助百金使商贩,渐为富人。今罢官流落,闻其来,喜若更生。亦无奢望,或得曩所助之数,稍偿负累,归骨乡井足矣。语讫絮泣。西商亦似不闻。忽同舍一江西人,自称姓杨,

---

[1]中霤(liù)神:宅神。
[2]断断(yín):争辩的样子。
[3]报捐:向朝廷缴纳一定钱物,谋得官职。此制度盛于明、清两朝。

揖西商而问曰:"此叟所言信否?"西商面赪曰:"是固有之,但力不能报为恨耳。"杨曰:"君且为官,不忧无借处。倘有人肯借君百金,一年内乃偿,不取分毫利,君肯举以报彼否?"西商强应曰:"甚愿。"杨曰:"君但书券,百金在我。"西商迫于公论,不得已书券。杨收券,开敝箧,出百金付西商。西商怏怏持付叟。杨更治具,留叟及西商饮。叟欢甚,西商草草终觞而已。叟谢去,杨数日亦移寓去,从此遂不相闻。后西商检箧中少百金,镮锁封识皆如故,无可致诘。又失一狐皮半臂,而箧中得质票一纸,题钱二千,约符杨置酒所用之数。乃知杨本术士,姑以戏之。同舍皆窃称快。西商惭沮,亦移去,莫知所往。

蒋编修菱溪,赤崖先生子也。喜吟咏,尝作七夕诗曰:"一霎人间箫鼓收,羊灯无焰三更碧。"又作中元[1]诗曰:"两岸红沙多旋舞,惊风不定到三更。"赤崖先生见之,愀然曰:"何忽作鬼语?"果不久下世。故刘文定公作其遗稿序曰:"就河鼓以陈词,三更焰碧;会盂兰[2]而说法,两岸沙红。诗谶先成,以君才过终军[3]之岁;谏词安属,顾我适当骑省之年[4]。"

农夫陈四,夏夜在团焦守瓜田,遥见老柳树下,隐隐有数人影,疑盗瓜者,假寐听之。中一人曰:"不知陈四已睡未?"又一人曰:"陈四不过数日,即来从我辈游,何畏之有?昨上直土神祠,见城隍牒矣。"又一人曰:"君不知耶?陈四延寿矣。"众问:"何故?"曰:"某家失钱二千文,其婢鞭捶数百未承。婢之父亦愤曰:'生女如是,不如无。倘果

---

[1] 中元:时节名,旧以农历七月十五日为中元节。
[2] 盂兰:即盂兰盆。旧俗农历七月十五日僧尼结盂兰盆会,诵经施食。
[3] 终军:西汉时人,曾自请入南越,说南越王入朝,后为越相吕嘉所害,死时年仅二十余岁。
[4] 骑省之年:晋潘岳《秋兴赋》序:"余春秋三十有二,始见二毛。以太尉掾兼虎贲中郎将,寓直于散骑之省。"

盗，吾必缢杀之。'婢曰：'是不承死，承亦死也。'呼天泣。陈四之母怜之，阴典衣得钱二千，捧还主人曰：'老妇昏瞆，一时见利取此钱，意谓主人积钱多，未必遽算出。不料累此婢，心实惶愧。钱尚未用，谨冒死自首，免结来世冤。老妇亦无颜居此，请从此辞。'婢因得免。土神嘉其不辞自污以救人，达城隍。城隍达东岳。东岳检籍，此妇当老而丧子，冻饿死。以是功德，判陈四借来生之寿于今生，俾养其母。尔昨下直，未知也。"陈四方窃愤母以盗钱见逐，至是乃释然。后九年母死，葬事毕，无疾而逝。

外舅马公周篆言：东光南乡有廖氏募建义冢，村民相助成其事，越三十余年矣。雍正初，东光大疫。廖氏梦百余人立门外，一人前致词曰："疫鬼且至，从君乞焚纸旗十余，银箔糊木刀百余。我等将与疫鬼战，以报一村之惠。"廖故好事，姑制而焚之。数日后，夜闻四野喧呼格斗声，达旦乃止。阖村果无一人染疫者。

沙河桥张某商贩京师，娶一妇归，举止有大家风。张故有千金产，经理亦甚有次第。一日，有尊官骑从甚盛，张杏黄盖，坐八人肩舆，至其门前问曰："此是张某家否？"邻里应曰："是。"尊官指挥左右曰："张某无罪，可缚其妇来。"应声反接是妇出。张某见势焰赫奕，亦莫敢支吾。尊官命褫妇衣，决臀三十，昂然竟行。村人随观之，至林木荫映处，转瞬不见，唯旋风滚滚，向西南去。方妇受杖时，唯叩首称死罪。后人问其故，妇泣曰："吾本侍郎某公妾，公在日，意图固宠，曾誓以不再嫁。今精魂昼见，无可复言也。"

王秃子幼失父母，迷其本姓。育于姑家，冒姓王。凶狡无赖，所至童稚皆走匿，鸡犬亦为不宁。一日，与其徒自高川醉归，夜经南横子丛冢间，为群鬼所遮。其徒股栗伏地，秃子独奋力与斗，一鬼叱曰："秃子不孝，吾尔父也，敢肆殴！"秃子固未识父，方疑惑间，又一鬼叱曰："吾亦尔父也,敢不拜!"群鬼又齐呼曰:"王秃子不祭尔母,致饥饿流落于此,为吾众人妻。吾等皆尔父也。"秃子愤怒,挥拳旋舞,所击如中空囊。跳踉至鸡鸣,无气以动,乃自仆丛莽间。群鬼皆嬉笑曰:"王秃子英雄尽矣,今日乃为乡党吐气。如不知悔,他日仍于此待尔。"秃子力已竭,竟不敢再语。天晓鬼散,其徒乃掖以归。自是豪气消沮,一夜携妻子遁去,莫知所终。此事琐屑不足道,然足见悍戾者必遇其敌,人所不能制者,鬼亦忌而共制之。

戊子夏,京师传言,有飞虫夜伤人。然实无受虫伤者,亦未见虫,徒以图相示而已。其状似蚕蛾而大,有钳距,好事者或指为射工[1]。按短蜮含沙射影,不云飞而螫人,其说尤谬。余至西域,乃知所画,即辟展之巴蜡虫。此虫秉炎炽之气而生,见人飞逐。以水噀之,则软而伏。或噀不及,为所中,急嚼茜草根敷疮则瘥,否则毒气贯心死。乌鲁木齐多茜草,山南辟展诸屯,每以官牒移取,为刈获者备此虫云。

乌鲁木齐虎峰书院,旧有遣犯妇缢窗枨上。山长前巴县令陈执礼,一夜明烛观书,闻窗内承尘上窸窣有声。仰视,见女子两纤足,自纸罅徐徐垂下,渐露膝,渐露股。陈先知是事,厉声曰:"尔自以奸败,愤恚死,将祸我耶?我非尔仇。将魅我耶?我一生不入花柳丛,尔亦不能惑。尔敢下,我且以夏楚扑尔。"乃徐徐敛足上,微闻叹息声。俄从纸罅露面下窥,甚姣好。陈仰面唾曰:"死尚无耻耶?"遂退入。陈灭烛就寝,袖刃以待其来,竟不下。次日,仙游陈题桥访之,话及是事,承尘上有声如裂帛,后不再见。然其仆寝于外室,夜恒呓语,久而渐病瘵。垂死时,陈以其相从二万里外,哭甚悲。仆挥手曰:"有好妇,尝私就我。今招我为婿,此去殊乐,勿悲也。"陈顿足曰:"吾自恃胆力,不移居,祸及汝矣。甚哉,客气之害事也!"后同年六安杨君逢源,代掌书院,避居他室,曰:

[1]射工:传说中的毒虫名,能口中嘘气射人影。

"孟子有言：'不立乎岩墙之下。'"[1]

德郎中亨，夏日散步乌鲁木齐城外，因至秀野亭纳凉。坐稍久，忽闻大声语曰："君可归，吾将宴客。"狼狈奔回，告余曰："吾其将死乎？乃白昼见鬼。"余曰："无故见鬼，自非佳事。若到鬼窟见鬼，犹到人家见人尔，何足怪焉。"盖亭在城西深林，万木参天，仰不见日。旅榇之浮厝[2]者，罪人之伏法者，皆在是地，往往能为变怪云。

武邑某公，与戚友赏花佛寺经阁前。地最豁厂，而阁上时有变怪，入夜即不敢坐阁下。某公以道学自任，夷然弗信也。酒酣耳热，盛谈《西铭》[3]万物一体之理，满座拱听，不觉入夜。忽阁上厉声叱曰："时方饥疫，百姓颇有死亡。汝为乡宦，既不思早倡义举，施粥舍药；即应趁此良夜，闭户安眠，尚不失为自了汉。乃虚谈高论，在此讲民胞物与[4]。不知讲至天明，还可作饭餐，可作药服否？且击汝一砖，听汝再讲邪不胜正。"忽一城砖飞下，声若霹雳，杯盘几案俱碎。某公仓皇走出，曰："不信程朱之学，此妖之所以为妖欤！"徐步叹息而去。

沧州画工伯魁，字起瞻。（其姓是此伯字，自称伯州犁之裔。友人或戏之曰："君乃不称二世祖太宰公？"近其子孙不识字，竟自称白氏矣。）尝画一仕女图，方钩出轮郭，以他事未竟，锁置书室中。越二日，欲补成之，则几上设色小碟，纵横狼藉，画笔亦濡染几遍，图已成矣。神采生动，有殊常格。魁大骇，以示先母舅张公梦征，魁所从学画者也。公曰："此非尔所及，亦非吾所及，殆偶遇神仙游戏耶？"时城守尉永公宁，颇好画，

---

[1] 语出《孟子·尽心章句上》。岩墙，高而危的墙。
[2] 浮厝：停柩未葬。
[3] 《西铭》：宋张载谈天道伦理的著作。
[4] 民胞物与：民为同胞，物皆同类，泛指爱一切人与物。出自《西铭》。

以善价取之。永公后迁四川副都统,携以往。将罢官前数日,画上仕女忽不见,唯隐隐留人影,纸色如新,余树石则仍黯旧。盖败征之先见也。然所以能化去之故,则终不可知。

佃户张天锡,尝于野田见髑髅,戏溺其口中。髑髅忽跃起作声曰:"人鬼异路,奈何欺我?且我一妇人,汝男子,乃无礼辱我,是尤不可。"渐跃渐高,直触其面。天锡惶骇奔归,鬼乃随至其家。夜辄在墙头檐际,责詈不已。天锡遂大发寒热,昏瞀[1]不知人。阖家拜祷,怒似少解。或叩其生前姓氏里居,鬼具自道。众叩首曰:"然则当是高祖母,何为祸于子孙?"鬼似凄咽,曰:"此故我家耶?几时迁此?汝辈皆我何人?"众陈始末。鬼不胜叹息曰:"我本无意来此,众鬼欲借此求食,怂恿我来耳。渠有数辈在病者房,数辈在门外。可具浆水一瓢,待我善遣之。大凡鬼恒苦饥,若无故作灾,又恐神责。故遇事辄生衅,求祭赛。尔等后见此等,宜谨避,勿中其机械。"众如所教。鬼曰:"已散去矣。我口中秽气不可忍,可至原处寻吾骨洗而埋之。"遂呜咽数声而寂。

又佃户何大金,夜守麦田。有一老翁来共坐。大金念村中无是人,意是行路者偶憩。老翁求饮,以罐中水与之。因问大金姓氏,并问其祖父。恻然曰:"汝勿怖,我即汝曾祖,不祸汝也。"细询家事,忽喜忽悲。临行,嘱大金曰:"鬼自伺放焰口[2]求食外,别无他事,唯子孙念念不能忘,愈久愈切。但苦幽明阻隔,不得音问。或偶闻子孙炽盛,辄跃然以喜者数日,群鬼皆来贺。偶闻子孙零替,亦悄然以悲者数日,群鬼皆来唁。较生人之望子孙,殆切十倍。今闻汝等尚温饱,吾又歌舞数日矣。"回顾再四,叮咛勉励而去。先姚安公曰:"何大金蠢然一物,必不能伪造斯言。闻之

---

[1] 瞀(mào):目眩,看不清楚。
[2] 放焰口:焰口,一种饿鬼。佛教密宗有专对此种饿鬼施食的经咒和念诵仪轨,其仪式一般称作"放焰口",亦为对死者追荐的佛事之一。

使人追远之心，油然而生。"

乾隆丙子，有闽士赴公车[1]。岁暮抵京，仓促不得栖止，乃于先农坛北破寺中僦一老屋。越十余日，夜半，窗外有人语曰："某先生且醒，吾有一言。吾居此室久，初以公读书人，数千里辛苦求名，是以奉让。后见先生日外出，以新到京师，当寻亲访友，亦不相怪。近见先生多醉归，稍稍疑之。顷闻与僧言，乃日在酒楼观剧，是一浪子耳。吾避居佛座后，起居出入，皆不相适，实不能隐忍让浪子。先生明日不迁，吾瓦石已备矣。"僧在对屋，亦闻此语，乃劝士他徙。自是不敢租是室。有来问者，辄举此事以告云。

申苍岭先生，名丹，谦居先生弟也。谦居先生性和易，先生性豪爽，而立身端介，则如一。里有妇为姑虐而缢者，先生以两家皆士族，劝妇父兄勿涉讼。是夜，闻有哭声，远远至，渐入门，渐至窗外，且哭且诉，词甚凄楚，深怨先生之息讼。先生叱之曰："姑虐妇死，律无抵法。即讼亦不能快汝意。且讼必检验，检验必裸露，不更辱两家门户乎？"鬼仍絮泣不已。先生曰："君臣无狱，父子无狱。人怜汝枉死，责汝姑之暴戾则可。汝以妇而欲讼姑，此一念已干名犯义[2]矣。任汝诉诸明神，亦决不直汝也。"鬼竟寂然去。谦居先生曰："苍岭斯言，告天下之为妇者可，告天下之为姑者则不可。"先姚安公曰："苍岭之言，子与子言孝。谦居之言，父与父言慈。"

董曲江游京师时，与一友同寓，非其侣也，姑省宿食之资云尔。友征逐富贵，多外宿。曲江独睡斋中。夜或闻翻动书册，摩弄器玩声，知

---

[1] 公车：举人入京应试。
[2] 干名犯义：以下讼上，触犯了纲常伦理。清代刑律中有"干名犯义律"。

京师多狐,弗怪也。一夜,以未成诗稿置几上,乃似闻吟哦声,问之弗答。比晓视之,稿上已圈点数句矣。然屡呼之,终不应。至友归寓,则竟夕寂然。友颇自诧有禄相,故邪不敢干。偶日照李庆子借宿,酒阑以后,曲江与友皆就寝。李乘月散步空圃,见一翁携童子立树下。心知是狐,翳身窃睨其所为。童子曰:"寒甚,且归房。"翁摇首曰:"董公同室固不碍。此君俗气逼人,哪可共处?宁且坐凄风冷月间耳。"李后泄其语于他友,遂渐为其人所闻,衔李次骨。竟为所排挤,狼狈负笈返。

余长女适德州卢氏,所居曰纪家庄。尝见一人卧溪畔,衣败絮呻吟。视之,则一毛孔中有一虱,喙皆向内,后足皆钩于败絮,不可解,解之则痛彻心髓。无可如何,竟坐视其死。此殆夙孽所报欤!

汪阁学晓园,僦居阎王庙街一宅。庭有枣树,百年以外物也。每月明之夕,辄见斜柯上一红衣女子垂足坐,翘首向月,殊不顾人。迫之则不见,退而望之,则仍在故处。尝使二人一立树下,一在室中,室中人见树下人手及其足,树下人固无所睹也。当望见时,俯视地上树有影,而女子无影。投以瓦石,虚空无碍。击以铳,应声散灭;烟焰一过,旋复本形。主人云,自买是宅,即有是怪。然不为人害,故人亦相安。夫木魅花妖,事所恒有,大抵变幻者居多。兹独不动不言,枯坐一枝之上,殊莫明其故。晓园虑其为患,移居避之。后主人伐树,其怪乃绝。

廖姥,青县人,母家姓朱,为先太夫人乳母。年未三十而寡,誓不再适,依先太夫人终其身。殁时年九十有六。性严正,遇所当言,必侃侃与先太夫人争。先姚安公亦不以常媪遇之。余及弟妹皆随之眠食,饥饱寒暑,无一不体察周至。然稍不循礼,即遭呵禁。约束仆婢,尤不少假借。故仆婢莫不阴憾之。顾司管钥,理庖厨,不能得其毫发私,亦竟无如何也。尝携一童子,自亲串家通问归,已薄暮矣。风雨骤至,趋避于废圃破屋中。

雨入夜未止，遥闻墙外人语曰："我方投汝屋避雨，汝何以冒雨坐树下？"又闻树下人应曰："汝毋多言，廖家节妇在屋内。"遂寂然。后童子偶述其事，诸仆婢皆曰："人不近情，鬼亦恶而避之也。"嗟乎，鬼果恶而避之哉！

安氏表兄，忘其名字，与一狐为友，恒于场圃间对谈。安见之，他人弗见也。狐自称生于北宋初。安叩以宋代史事，曰："皆不知也。凡学仙者，必游方之外，使万缘断绝，一意精修。如于世有所闻见，于心必有所是非。有所是非，必有所爱憎。有所爱憎，则喜怒哀乐之情，必迭起循生，以消铄其精气，神耗而形亦敝矣，乌能至今犹在乎？迨道成以后，来往人间，视一切机械变诈，皆如戏剧；视一切得失胜败，以至于治乱兴亡，皆如泡影。当时既不留意，又焉能一一而记之？即与君相遇，是亦前缘。然数百年来，相遇如君者，不知凡几，大都萍水偶逢，烟云倏散，曩昔笑言，亦多不记忆。则身所未接者，从可知矣。"时八里庄三官庙，有雷击蝎虎一事。安问以物久通灵，多婴[1]雷斧，岂长生亦造物所忌乎？曰："是有二端：夫内丹导引，外丹[2]服饵，皆艰难辛苦以证道，犹力田以致富，理所宜然。若媚惑梦魇，盗采精气，损人之寿，延己之年，事与劫盗无异，天律不容也。又或恣为妖幻，贻祸生灵，天律亦不容也。若其葆养元神，自全生命，与人无患，于世无争，则老寿之物，正如老寿之人耳，何至犯造物之忌乎？"舅氏实斋先生闻之，曰："此狐所言，皆老氏之粗浅者也。然用以自养，亦足矣。"

浙江有士人，夜梦至一官府，云都城隍庙也。有冥吏语之曰："今某公控其友负心，牵君为证。君试思尝有是事不？"士人追忆之，良是。俄闻都城隍升座，冥吏白某控某负心事，证人已至，请勘断。都城隍举案示士人，士人以实对。都城隍曰："此辈结党营私，朋求进取，以同异

---

[1] 婴：遭受。

[2] 外丹：道家烧炼的金丹，与"内丹"相对。

为爱恶,以爱恶为是非;势孤则攀附以求援,力敌则排挤以互噬:翻云覆雨,倏忽万端。本为小人之交,岂能责以君子之道。操戈入室,理所必然。根勘已明,可驱之去。"顾士人曰:"得无谓负心者有佚罚耶?夫种瓜得瓜,种豆得豆,因果之相偿也;花既结子,子又开花,因果之相生也。彼负心者,又有负心人蹑其后,不待鬼神之料理矣。"士人霍然而醒。后阅数载,竟如神之所言。

闽中某夫人喜食猫。得猫则先贮石灰于罂,投猫于内,而灌以沸汤。猫为灰气所蚀,毛尽脱落,不烦挦治[1];血尽归于脏腑,肉白莹如玉。云味胜鸡雏十倍也。日日张网设机,所捕杀无算。后夫人病危,呦呦作猫声,越十余日乃死。卢观察抡吉尝与邻居,抡吉子荫文,余婿也,尝为余言之。因言景州一宦家子,好取猫犬之类,拗折其足,捩之向后,观其孑孓[2]跳号以为戏,所杀亦多。后生子女,皆足踵反向前。又余家奴子王发,善鸟铳,所击无不中,日恒杀鸟数十。唯一子,名济宁州,其往济宁州时所生也。年已十一二,忽遍体生疮如火烙痕,每一疮内有一铁子,竟不知何由而入。百药不痊,竟以绝嗣。杀业至重,信夫!余尝怪修善果者,皆按日持斋,如奉律令,而居恒则不能戒杀。夫佛氏之持斋,岂以茹蔬啖果即为功德乎?正以茹蔬啖果即不杀生耳。今徒曰某日某日观音斋期,某日某日准提[3]斋期,是日持斋,佛大欢喜;非是日也,烹宰溢乎庖,肥甘罗乎俎,屠割惨酷,佛不问也。天下有是事理乎?且天子无故不杀牛,大夫无故不杀羊,士无故不杀犬豕,礼也。儒者遵圣贤之教,固万万无断肉理。然自宾祭以外,特杀亦万万不宜。以一脔之故,遽戕一命;以一羹之故,遽戕数十命或数百命。以众生无限怖苦无限惨毒,供我一瞬之适口,与按日持斋之心,无乃稍左乎?东坡先生向持此论,窃以为酌中之道。愿与修善果者一质之。

---

[1] 挦治:谓拔毛整治。
[2] 孑孓:形容肢体屈伸颠踬的样子。
[3] 准提:佛教菩萨名。

"六合之外,圣人存而不论。"[1] 然六合之中,实亦有不能论者。人之死也,如儒者之论,则魂升魄降已耳。即如佛氏之论,鬼亦收录于冥司,不能再至人世也。而世有回煞[2]之说;庸俗术士,又有一书,能先知其日辰时刻与所去之方向,此亦诞妄之至矣。然余尝于隔院楼窗中,遥见其去,如白烟一道,出于灶突之中,冉冉向西南而没。与所推时刻方向无一差也。又尝两次手自启钥,谛视布灰之处,手迹足迹,宛然与生时无二,所亲皆能辨识之。是何说欤?祸福有命,死生有数,虽圣贤不能与造物争。而世有蛊毒魇魅之术,明载于刑律。蛊毒余未见,魇魅则数见之。为是术者,不过瞽者巫者,与土木之工。然实能祸福死生人,历历有验。是天地鬼神之权,任其播弄无忌也。又何说欤?其中必有理焉,但人不能知耳。宋儒于理不可解者,皆臆断以为无是事。毋乃胶柱鼓瑟[3]乎。李又聃先生曰:"宋儒据理谈天,自谓穷造化阴阳之本;于日月五星,言之凿凿,如指诸掌。然宋历十变而愈差。自郭守敬[4]以后,验以实测,证以交食,始知濂、洛、关、闽[5],于此事全然未解。即康节[6]最通数学,亦仅以奇偶方圆,揣摩影响,实非从推步[7]而知。故持论弥高,弥不免郢书燕说[8]。夫七政[9]运行,有形可据,尚不能臆断以理,况乎太极先天,求诸无形之中者哉。先圣有言:'君子于不知,盖阙如也。'"

---

[1] 此句出自《庄子·齐物论》。六合,天地四方。
[2] 回煞:迷信按人死时年月时辰,推算魂气返舍时间,并认为返舍之日,伴有凶煞出现,称之回煞。
[3] 胶柱鼓瑟:用胶粘住瑟上调弦的短柱,柱不能动,就无法调整音高。比喻固执拘泥,不知变通。
[4] 郭守敬:元朝科学家,精通天文、水利、数学。
[5] 濂、洛、关、闽:宋代理学的主要学派,指濂溪周敦颐,洛阳程颢、程颐,关中张载,闽中朱熹。又称周、张、程、朱。
[6] 康节:宋代邵雍,死后谥康节,著有《皇极经世》等书。
[7] 推步:推算天文历法。
[8] 郢书燕说:《韩非子·外储说左上》载有燕相误解郢人误书举烛之意的故事。后用"郢书燕说"指穿凿附会,曲解原意。
[9] 七政:古天文术语。说法不一,一说为日、月和金、木、水、火、土五星。一说指北斗七星,以七星各主日、月、五星,故曰七政。

女巫郝媪，村妇之狡黠者也。余幼时，于沧州吕氏姑母家见之。自言狐神附其体，言人休咎。凡人家细务，一一周知。故信之者甚众。实则布散徒党，结交婢媪，代为刺探隐事，以售其欺。尝有孕妇，问所生男女。郝许以男。后乃生女，妇诘以神语无验。郝瞋目曰："汝本应生男，某月某日，汝母家馈饼二十，汝以其六供翁姑，匿其十四自食。冥司责汝不孝，转男为女。汝尚不悟耶？"妇不知此事先为所侦，遂惶骇服罪。其巧于缘饰皆类此。一日，方焚香召神，忽端坐朗言曰："吾乃真狐神也。吾辈虽与人杂处，实各自服气炼形，岂肯与乡里老妪为缘，预人家琐事？此妪阴谋百出，以妖妄敛财，乃托其名于吾辈。故今日真附其体，使共知其奸。"因缕数其隐恶，且并举其徒党姓名。语讫，郝霍然如梦醒，狼狈遁去。后莫知所终。

侍姬之母沈媪言：高川有丐者，与母妻居一破庙中。丐夏月拾麦斗余，嘱妻磨面以供母。妻匿其好面，以粗面溲秽水，作饼与母食。是夕大雷雨，黑暗中妻忽嗷然一声。丐起视之，则有巨蛇自口入，啮其心死矣。丐曳而埋之。沈媪亲见蛇尾垂其胸臆间，长二尺余云。

有两塾师邻村居，皆以道学自任。一日，相邀会讲，生徒侍坐者十余人。方辩论性天[1]，剖析理欲[2]，严词正色，如对圣贤。忽微风飒然，吹片纸落阶下，旋舞不止。生徒拾视之，则二人谋夺一寡妇田，往来密商之札也。此或神恶其伪，故巧发其奸欤。然操此术者众矣，固未尝一一败也。闻此札既露，其计不行，寡妇之田竟得保。当由茕嫠[3]苦节，感动幽冥，故示是灵异，以阴为呵护云尔。

---

[1] 性天：指人性和天命。为理学研讨的命题。
[2] 理欲：天理与私欲。
[3] 嫠（lí）：寡妇。

李孝廉存其言：蠡县有凶宅，一耆儒与数客宿其中。夜闻窗外拨剌声，耆儒叱曰："邪不干正，妖不胜德。余讲道学三十年，何畏于汝！"窗外似有女子语曰："君讲道学，闻之久矣。余虽异类，亦颇涉儒书。《大学》[1]扼要在诚意，诚意扼要在慎独。君一言一动，必循古礼，果为修己计乎？抑犹有几微近名者在乎？君作语录，龂龂与诸儒辩，果为明道计乎？抑犹有几微好胜者在乎？夫修己明道，天理也。近名好胜，则人欲之私也。私欲之不能克，所讲何学乎？此事不以口舌争，君扪心清夜，先自问其何如，则邪之敢干与否，妖之能胜与否，已了然自知矣。何必以声色相加乎？"耆儒汗下如雨，瑟缩不能对。徐闻窗外微哂曰："君不敢答，犹能不欺其本心。姑让君寝。"又拨剌一声，掠屋檐而去。

某公之卒也，所积古器，寡妇孤儿不知其值，乞其友估之。友故高其价，使久不售。俟其窘极，乃以贱价取之。越二载，此友亦卒。所积古器，寡妇孤儿亦不知其值，复有所契之友效其故智，取之去。或曰："天道好还，无往不复。效其智者罪宜减。"余谓此快心之谈，不可以立训也。盗有罪矣，从而盗之，可曰罪减于盗乎？

屠者许方，即前所记夜逢醉鬼者也。其屠驴先凿地为堑，置板其上，穴板四角为四孔，陷驴足其中。有买肉者，随所买多少，以壶注沸汤沃驴身，使毛脱肉熟，乃刲而取之。云必如是始脆美。越一两日，肉尽乃死。当未死时，捆其口不能作声，目光怒突，炯炯如两炬，惨不可视。而许恬然不介意。后患病，遍身溃烂无完肤，形状一如所屠之驴。宛转茵褥，求死不得，哀号四五十日，乃绝。病中痛自悔责，嘱其子志学急改业。方死之后，志学乃改而屠豕。余幼时尚见之，今不闻其有子孙，意已殄绝久矣。

---

[1]《大学》：《礼记》篇名，与《论语》《孟子》《中庸》合称"四书"。

边随园征君言：有入冥者，见一老儒立庑下，意甚惶遽。一冥吏似是其故人，揖与寒温毕，拱手对之笑曰："先生平日持无鬼论，不知先生今日果是何物？"诸鬼皆粲然。老儒猬缩而已。

东光马大还，尝夏夜裸卧资胜寺藏经阁。觉有人曳其臂曰："起起，勿亵佛经。"醒见一老人在旁，问："汝为谁？"曰："我守藏神也。"大还天性疏旷，亦不恐怖。时月明如昼，因呼坐对谈，曰："君何故守此藏？"曰："天所命也。"问："儒书汗牛充栋，不闻有神为之守，天其偏重佛经耶？"曰："佛以神道设教，众生或信或不信，故守之以神。儒以人道设教，凡人皆当敬守之，亦凡人皆知敬守之，故不烦神力。非偏重佛经也。"问："然则天视三教如一乎？"曰："儒以修己为体，以治人为用。道以静为体，以柔为用。佛以定为体，以慈为用。其宗旨各别，不能一也。至教人为善，则无异。于物有济，亦无异。其归宿则略同。天固不能不并存也。然儒为生民立命，而操其本于身。释道皆自为之学，而以余力及于物。故以明人道者为主，明神道者则辅之，亦不能专以释道治天下。此其不一而一，一而不一者也。盖儒如五谷，一日不食则饿，数日则必死。释道如药饵，死生得失之关，喜怒哀乐之感，用以解释冤愆、消除怫郁[1]，较儒家为最捷；其祸福因果之说，用以悚动下愚，亦较儒家为易入。特中病则止，不可专服常服，致偏胜为患耳。儒者或空谈心性，与瞿昙[2]、老聃混而为一；或排击二氏，如御寇仇，皆一隅之见也。"问："黄冠缁徒，恣为妖妄，不力攻之，不贻患于世道乎？"曰："此论其本原耳。若其末流，岂特释道贻患，儒之贻患岂少哉？即公醉而裸眠，恐亦未必周公、孔子之礼法也。"大还愧谢。因纵谈至晓，乃别去。竟不知为何神。或曰，狐也。

---

[1] 怫（fú）郁：忧郁的样子。
[2] 瞿昙：梵语音译，佛之代称。

百工技艺，各祠一神为祖。倡族祀管仲，以女闾三百也[1]。伶人祀唐玄宗，以梨园子弟也[2]。此皆最典。胥吏祀萧何、曹参[3]，木工祀鲁班，此犹有义。至靴工祀孙膑，铁工祀老君[4]之类，则荒诞不可诘矣。长随[5]所祀曰钟三郎，闭门夜奠，讳之甚深，竟不知为何神。曲阜颜介子曰："必中山狼[6]之转音也。"先姚安公曰："是不必然，亦不必不然。郢书燕说，固未为无益。"

　　先叔仪庵公，有质库在西城中。一小楼为狐所据，夜恒闻其语声，然不为人害，久亦相安。一夜，楼上诟谇鞭笞声甚厉，群往听之。忽闻负痛疾呼曰："楼下诸公，皆当明理，世有妇挞夫者耶？"适中一人方为妇挞，面上爪痕犹未愈，众哄然一笑曰："是固有之，不足为怪。"楼上群狐亦哄然一笑，其斗遂解。闻者无不绝倒。仪庵公曰："此狐以一笑霁威，犹可与为善。"

　　田村徐四，农夫也。父殁，继母生一弟，极凶悖。家有田百余亩，析产时，弟以赡母为词，取其十之八，曲从之。弟又择其膏腴者，亦曲从之。后弟所分荡尽，复从兄需索。乃举所分全付之，而自佃田以耕，意恬如也。一夜自邻村醉归，道经枣林，遇群鬼抛掷泥土，栗不敢行。群鬼啾啾，渐逼近，比及觌面，皆悚然辟易，曰："乃是让产徐四兄。"倏化黑烟四散。

---

[1] 倡族祀管仲，以女闾三百也：倡通娼。管仲，春秋时齐国之相。《战国策》曰"齐桓公宫中七市，女闾七百，国人非之。"后以女闾指娼妓所居之处。
[2] 伶人祀唐玄宗，以梨园子弟也：唐玄宗选坐部伎子弟数百人，教歌舞于梨园，称梨园子弟。后即以梨园弟子泛指戏剧艺人。
[3] 胥吏祀萧何、曹参：萧何、曹参俱为西汉时人，辅佐刘邦打天下，也为刘邦同乡，都曾任沛县小吏。
[4] 老君：即太上老君。道教对于老子的尊称。
[5] 长随：官宦之家雇用的仆役。
[6] 中山狼：明人马中锡《中山狼传》中凶狼而又忘恩负义的艺术形象。

白衣庵僧明玉言：昔五台一僧，夜恒梦至地狱，见种种变相。有老宿教以精意诵经，其梦弥甚，遂渐至委顿。又一老宿曰："是必汝未出家前，曾造恶业。出家后渐明因果，自知必堕地狱，生恐怖心；以恐怖心，造成诸相。故诵经弥笃，幻象弥增。夫佛法广大，容人忏悔，一切恶业，应念皆消。放下屠刀，立地成佛。汝不闻之乎？"是僧闻言，即对佛发愿，勇猛精进，自是宴然无梦矣。

沈观察夫妇并故，幼子寄食亲戚家，贫窭无人状。其妾嫁于史太常家，闻而心恻，时阴使婢媪，与以衣物。后太常知之，曰："此尚在人情天理中。"亦勿禁也。钱塘季沧洲因言：有孀妇病卧，不能自炊，哀呼邻媪代炊，亦不能时至。忽一少女排闼[1]入，曰："吾新来邻家女也，闻姊困苦乏食，意恒不忍。今告于父母，愿为姊具食，且侍疾。"自是日来其家，凡三四月。孀妇病愈，将诣门谢其父母。女泫然曰："不敢欺，我实狐也，与郎君在日最相昵。今感念旧情，又悯姊之苦节，是以托名而来耳。"置白金数铤于床，呜咽而去。二事颇相类。然则琵琶别抱[2]，掉首无情，非唯不及此妾，乃并不及此狐。

吴侍读颉云言：癸丑一前辈，偶忘其姓，似是王言敷先生，忆不甚真也。尝僦居海丰寺街，宅后破屋三楹，云有鬼，不可居。然不出为祟，但偶闻音响而已。一夕，屋中有诟谇声。伏墙隅听之，乃两妻争坐位，一称先来，一称年长，哓哓然不止。前辈不觉叹息曰："死尚不休耶？"再听之，遂寂。夫妻妾同居，隐忍相安者，十或一焉；欢然相得者，千百或一焉，以尚有名分相摄也。至于两妻并立，则从来无一相得者，亦从来无一相安者。无名分以摄之，则两不相下，固其所矣。又何怪于嚣争哉！

---
[1] 闼（tà）：门。
[2] 琵琶别抱：指改嫁。典出白居易《琵琶行》。

卷五

滦阳消夏录（五）

郑五，不知何许人，携母妻流寓河间，以木工自给。病将死，嘱其妻曰："我本无立锥地，汝又拙于女红，度老母必以冻馁死。今与汝约：有能为我养母者，汝即嫁之，我死不恨也。"妻如所约，母借以存活。或奉事稍怠，则室中有声，如碎磁折竹。一岁，棉衣未成，母泣号寒。忽大声如钟鼓，殷动墙壁。如是者七八年。母死后，乃寂。

佃户曹自立，粗识字，不能多也。偶患寒疾，昏愦中为一役引去。途遇一役，审为误拘，互诉良久，俾送还。经过一处，以石为垣，周里许，其内浓烟垒涌，紫焰赫然；门额六字，巨如斗。不能尽识，但记其点画而归。据所记偏旁推之，似是"负心背德之狱"也。

世称殇子为债鬼，是固有之。卢南石言：朱元亭一子病瘵，绵惙时，呻吟自语曰："是尚欠我十九金。"俄医者投以人参，煎成未饮而逝，其价恰得十九金。此近日事也。或曰："四海之中，一日之内，殇子不知其凡几，前生逋负者，安得如许之众？"夫死生转毂，因果循环，如恒河之沙，积数不可以测算；如太空之云，变态不可以思议。是诚难拘以一格。然计其大势，则冤愆纠结，生于财货者居多。老子曰："天下攘攘，皆为利往；天下熙熙，皆为利来。"人之一生，盖无不役志于是者。顾天地生财，只有此数，此得则彼失，此盈则彼亏。机械于是而生，恩仇于是而起。业缘报复，延及三生。观谋利者之多，可以知索偿者之不少矣。史迁有言："怨毒之于人，甚矣哉！"君子宁信其有，或可发人深省也。

里妇新寡,狂且赂邻媪挑之。夜入其闼,阖扉将寝,忽灯光绿暗,缩小如豆,俄爆然一声,红焰四射,圆如二尺许,大镜中现人面,乃其故夫也。男女并噭然仆榻下。家人惊视,其事遂败。或疑嫠妇堕节者众,何以此鬼独有灵?余谓鬼有强弱,人有盛衰。此本强鬼,又值二人之衰,故能为厉耳。其他茹恨黄泉,冤缠数世者,不知凡几,非竟神随形灭也。或又疑妖物所凭,作此变怪。是或有之。然妖不自兴,因人而兴。亦幽魂怨毒之气,阴相感召,邪魅乃乘而假借之。不然,陶婴[1]之室,何未闻黎丘之鬼[2]哉?

罗仰山通政在礼曹时,为同官所轧,动辄掣肘,步步如行荆棘中。性素迂滞,渐恚愤成疾。一日,郁郁枯坐,忽梦至一山,花放水流,风日清旷,觉神思开朗,礧块顿消。沿溪散步,得一茅舍。有老翁延入小坐,言论颇洽。老翁问何以有病容,罗具陈所苦。老翁叹息曰:"此有夙因,君所未解。君七百年前为宋黄筌,某即南唐徐熙也。徐之画品,本居黄上。黄恐夺供奉之宠,巧词排抑,使沉沦困顿,衔恨以终。其后辗转轮回,未能相遇。今世业缘凑合,乃得一快其宿仇。彼之加于君者,即君之曾加于彼者也,君又何憾焉。大抵无往不复者,天之道;有施必报者,人之情。既已种因,终当结果。其气机之感,如磁之引针:不近则已,近则吸而不解。其怨毒之结,如石之含火:不触则已,触则激而立生。其终不消释,如疾病之隐伏,必有骤发之日。其终相遇合,如日月之旋转,必有交会之躔。然则种种害人之术,适以自害而已矣。吾过去生中,与君有旧,因君未悟,故为述忧患之由。君与彼已结果矣,自今以往,慎勿造因可也。"罗洒然有省,胜负之心顿尽;数日之内,宿疾全除。此余十许岁时,闻霍易书先生言。或曰:"是卫公延璞事,先生偶误记也。"未知其审,并附识之。

---

[1] 陶婴:汉刘向《列女传》中的节妇,少寡,抚养孤儿,誓不再嫁。
[2] 黎丘之鬼:《吕氏春秋·疑似》载,黎丘有鬼,喜扮作别人的子侄昆弟以惑人。

田白岩言：康熙中，江南有征漕[1]之案，官吏伏法者数人。数年后，有一人降乩于其友人家，自言方在冥司讼某公。友人骇曰："某公循吏，且其总督两江，在此案前十余年，何以无故讼之？"乩又书曰："此案非一日之故矣。方其初萌，褫[2]一官，窜流一二吏，即可消患于未萌。某公博忠厚之名，养痈不治，久而溃裂，吾辈遂遘其难。吾辈病民蛊国，不能仇现在之执法者也。追原祸本，不某公之讼而谁讼欤？"书讫，乩遂不动。迄不知九幽之下，定谳如何。《金人铭》[3]曰："涓涓不壅，将为江河；毫末不札，将寻斧柯。"古圣人所见远矣。此鬼所言，要不为无理也。

里有姜某者，将死，嘱其妇勿嫁。妇泣诺。后有艳妇之色者，以重价购为妾。方靓妆登车，所蓄犬忽人立怒号，两爪抱持啮妇面，裂其鼻准，并盲其一目。妇容既毁，买者委之去。后亦更无觊觎者。此康熙甲午、乙未间事，故老尚有目睹者。皆曰："义哉此犬，爱主人以德；智哉此犬，能攻病之本。"余谓犬断不能见及此，此其亡夫厉鬼所凭也。

爱堂先生尝饮酒夜归，马忽惊逸。草树翳荟，沟塍凹凸，几蹶者三四。俄有人自道左出，一手挽辔，一手掖之下，曰："老母昔蒙拯济，今救君断骨之厄也。"问其姓名，转瞬已失所在矣。先生自忆生平未有是事，不知鬼何以云然。佛经所谓无心布施，功德最大者欤？

张福，杜林镇人也，以负贩为业。一日，与里豪争路，豪挥仆推堕石桥下。时河冰方结，瓵棱如锋刃，颅骨破裂，仅奄奄存一息。里胥故嗛豪，遽闻于官。官利其财，狱颇急。福阴遣母谓豪曰："君偿我命，与我何益？能为

---

[1] 征漕：征收漕粮。
[2] 褫（chǐ）：剥夺。
[3]《金人铭》：《孔子家语》载，孔子观周，入太祖后稷之庙，庙堂台阶之前有金人，三缄其口而铭其背。能为

我养老母幼子，则乘我未绝，我到官言失足堕桥下。"豪诺之。福粗知字义，尚能忍痛自书状。生供凿凿，官吏无如何也。福死之后，豪竟负约。其母屡控于官，终以生供有据，不能直。豪后乘醉夜行，亦马蹶堕桥死。皆曰："是负福之报矣。"先姚安公曰："甚哉，治狱之难也！而命案尤难：有顶凶者，甘为人代死；有贿和者，甘鬻其所亲，斯已猝不易诘矣。至于被杀之人，手书供状，云非是人之所杀。此虽皋陶[1]听之，不能入其罪也。倘非约不偿，致遭鬼殛，则竟以财免矣。讼情万变，何所不有，司刑者可据理率断哉！"

姚安公言：有孙天球者，以财为命，徒手积累至千金；虽妻子冻饿，视如陌路，亦自忍冻饿，不轻用一钱。病革时，陈所积于枕前，一一手自抚摩，曰："尔竟非我有乎？"呜咽而殁。孙未殁以前，为狐所飐，每摄其财货去，使窘急欲死；乃于他所复得之，如是者不一。又有刘某者，亦以财为命，亦为狐所飐。一岁除夕，凡刘亲友之贫者，悉馈数金。讶不类其平日所为。旋闻刘床前私箧，为狐盗去二百余金，而得谢柬数十纸。盖孙财乃辛苦所得，狐怪其悭啬，特戏之而已。刘财多由机巧剥削而来，故狐竟散之。其处置亦颇得宜也。

余督学闽中时，幕友钟忻湖言：其友昔在某公幕，因会勘宿古寺中，月色朦胧，见某公窗下有人影，徘徊良久，冉冉上钟楼去。心知为鬼魅，然素有胆，竟蹑往寻之。至则楼门锁闭，楼上似有二人语，其一曰："君何以空返？"其一曰："此地罕有官吏至，今幸两官共宿，将俟人静讼吾冤。顷窃听所言，非揣摩迎合之方，即消弭弥缝之术，是不足以办吾事，故废然返。"语毕，似有叹息声。再听之，竟寂然矣。次日，阴告主人。果变色摇手，戒勿多事。迄不知其何冤也。余谓此君友有嫌于主人，故造斯言，形容其巧于趋避，为鬼揶揄耳。若就此一事而论，鬼非目睹，语未耳闻，恍惚杳冥，茫无实据，虽阎罗包老，亦无可措手，顾乃责之于某公乎？

---

[1] 皋陶（gāo yáo）：传说中舜、禹之时专掌刑法之官。

平原董秋原言：海丰有僧寺，素多狐，时时掷瓦石矁人。一学究借东厢三楹授徒，闻有是事，自诣佛殿呵责之。数夕寂然，学究有德色。一日，东翁过谈，拱揖之顷，忽袖中一卷堕地。取视，乃秘戏图也。东翁默然去。次日生徒不至矣。狐未犯人，人乃犯狐，竟反为狐所中。君子之于小人，谨备之而已；无故而触其锋，鲜不败也。

关帝祠中，皆塑周将军，其名则不见于史传。考元鲁贞[1]《汉寿亭侯庙碑》，已有"乘赤兔兮从周仓"语，则其来已久，其灵亦最著。里媪有刘破车者，言其夫尝醉眠关帝香案前，梦周将军蹴之起，左股青痕，越半月乃消。

谓鬼无轮回，则自古至今，鬼日日增，将大地不能容。谓鬼有轮回，则此死彼生，旋即易形而去，又当世间无一鬼。贩夫田妇，往往转生，似无不轮回者。荒阡废冢，往往见鬼，又似有不轮回者。表兄安天石，尝卧疾，魂至冥府，以此问司籍之吏。吏曰："有轮回，有不轮回。轮回者三途：有福受报，有罪受报，有恩有怨者受报。不轮回者亦三途：圣贤仙佛不入轮回，无间地狱[2]不得轮回，无罪无福之人，听其游行于墟墓，余气未尽则存，余气渐消则灭。如露珠水泡，倏有倏无；如闲花野草，自荣自落，如是者无可轮回。或有无依魂魄，附人感孕，谓之偷生。高行缁黄，转世借形，谓之夺舍。是皆偶然变现，不在轮回常理之中。至于神灵下降，辅佐明时；魔怪群生，纵横杀劫。是又气数所成，不以轮回论矣。"天石固不信轮回者，病痊以后，尝举以告人曰："据其所言，乃凿然成理。"

星士虞春潭，为人推算，多奇中。偶薄游襄汉，与一士人同舟，论颇款洽。久而怪其不眠不食，疑为仙鬼。夜中密诘之。士人曰："我非

---

[1] 鲁贞：元代人，自号桐山老农，有《桐山老农集》四卷。
[2] 无间地狱：梵语"阿鼻地狱"。佛教八大地狱之一。

仙非鬼，文昌司禄[1]之神也，有事诣南岳。与君有缘，故得数日周旋耳。"虞因问之曰："吾于命理，自谓颇深。尝推某当大贵，而竟无验。君司禄籍，当知其由。"士人曰："是命本贵，以热中，削减十之七矣。"虞曰："仕宦热中，是亦常情，何冥谪若是之重？"士人曰："仕宦热中，其强悍者必怙权，怙权者必狠而愎；其孱弱者必固位，固位者必险而深。且怙权固位，是必躁竞，躁竞相轧，是必排挤。至于排挤，则不问人之贤否，而问党之异同；不计事之可否，而计己之胜负。流弊不可胜言矣。是其恶在贪酷上，寿且削减，何止于禄乎！"虞阴记其语。越两岁余，某果卒。

张铉耳先生之族，有以狐女为妾者，别营静室居之。床帷器具，与人无异，但自有婢媪，不用张之奴隶耳。室无纤尘，唯坐久觉阴气森然；亦时闻笑语，而不睹其形。张故巨族，每姻戚宴集，多请一见，皆不许。一日，张固强之。则曰："某家某娘子犹可，他人断不可也。"入室相晤，举止娴雅，貌似三十许人。诘以室中寒凛之故，曰："娘子自心悸耳，室故无他也。"后张诘以独见是人之故。曰："人阳类，鬼阴类，狐介于人鬼之间，然亦阴类也。故出恒以夜，白昼盛阳之时，不敢轻与人接也。某娘子阳气已衰，故吾得见。"张惕然曰："汝日与吾寝处，吾其衰乎？"曰："此别有故。凡狐之媚人有两途：一曰蛊惑，一曰夙因。蛊惑者阳为阴蚀，则病，蚀尽则死；夙因则人本有缘，气自相感，阴阳翕合，故可久而相安。然蛊惑者十之九，夙因者十之一。其蛊惑者亦必自称夙因，但以伤人不伤人知其真伪耳。"后见之人果不久下世。

罗与贾比屋而居，罗富贾贫。罗欲并贾宅，而勒其值；以售他人，罗又阴挠之。久而益窘，不得已减值售罗。罗经营改造，土木一新。落成之日，盛筵祭神。纸钱甫燃，忽狂风卷起，著梁上，烈焰骤发，烟煤迸散如雨落。弹指间，寸椽不遗，并其旧庐爇焉。方火起时，众手交救，

---

[1] 文昌司禄：传说为文昌宫第六星，掌人间功名、利禄之事。

罗拊膺止之,曰:"顷火光中,吾恍惚见贾之亡父。是其怨毒之所为,救无益也。吾悔无及矣。"急呼贾子至,以腴田二十亩书券赠之。自是改行从善,竟以寿考终。

沧州樊氏扶乩,河工某官在焉。降乩者关帝也,忽大书曰:"某来前!汝具文忏悔,语多回护。对神尚尔,对人可知。夫误伤人者,过也,回护则恶矣。天道宥过而殛恶,其听汝巧辩乎?"其人伏地惕息,挥汗如雨。自是怏怏如有失,数月病卒。竟不知所忏悔者何事也。

褚寺农家有妇姑同寝者,夜雨墙圮,泥土簌簌下。妇闻声急起,以背负墙而疾呼姑醒。姑甫匍匐堕炕下,妇竟压焉,其尸正当姑卧处。是真孝妇,以微贱无人闻于官,久而并佚其姓氏矣。相传妇死之后,姑哭之恸。一日,邻人告其姑曰:"夜梦汝妇冠帔[1]来曰:'传语我姑,无哭我。我以代死之故,今已为神矣。'"乡之父老皆曰:"吾夜所梦亦如是。"或曰:"妇果为神,何不示梦于其姑?此乡邻欲缓其恸,造是言也。"余谓忠孝节义,殁必为神。天道昭昭,历有证验。此事可以信其有。即曰一人造言,众人附和,"天视自我民视,天听自我民听"。人心以为神,天亦必以为神矣,何必又疑其妄焉。

长山聂松岩,以篆刻游京师。尝馆余家,言其乡有与狐友者,每宾朋宴集,招之同坐。饮食笑语,无异于人,唯闻声而不睹其形耳。或强使相见,曰:"对面不睹,何以为相交?"狐曰:"相交者交以心,非交以貌也。夫人心叵测,险于山川,机阱万端,由斯隐伏。诸君不见其心,以貌相交,反以为密;于不见貌者,反以为疏。不亦悖乎?"田白岩曰:"此狐之阅世深矣。"

---

[1] 冠帔(pèi):古代妇女的服饰。冠、帽子。帔,披肩。

肃宁老儒王德安，康熙丙戌进士也，先姚安公从受业焉。尝夏日过友人家，爱其园亭轩爽，欲下榻于是，友人以夜有鬼物辞。王因举所见一事曰："江南岑生，尝借宿沧州张蝶庄家。壁张钟馗[1]像，其高如人。前复陈一白鸣钟。岑沉醉就寝，皆未及见。夜半酒醒，月明如昼，闻机轮格格，已诧甚；忽见画像，以为奇鬼，取案上端砚仰击之。大声砰然，震动户牖。童仆排闼入视，则墨沈[2]淋漓，头面俱黑；画前钟及玉瓶磁鼎，已碎裂矣。闻者无不绝倒。然则动云见鬼，皆人自胆怯耳，鬼究在何处耶？"语甫脱口，墙隅忽应声曰："鬼即在此，夜当拜谒，幸勿以砚见击。"王默然竟出。后尝举以告门人曰："鬼无白昼对语理，此必狐也。吾德恐不足胜妖，是以避之。"盖终持无鬼之论也。

明器，古之葬礼也，后世复造纸车纸马。孟云卿[3]《古挽歌》曰："冥冥何所须？尽我生人意。"盖姑以缓恸云耳。然长儿汝佶病革时，其女为焚一纸马，汝佶绝而复苏，曰："吾魂出门，茫茫然不知所向。遇老仆王连升牵一马来，送我归。恨其足跛，颇颠簸不适。"焚马之奴泫然曰："是奴罪也。举火时实误折其足。"又六从舅母常氏弥留时，喃喃自语曰："适往看新宅颇佳，但东壁损坏，可奈何？"侍疾者往视其棺，果左侧朽穿一小孔，匠与督工者尚均未觉也。

李又聃先生言：昔有寒士下第者，焚其遗卷，牒诉于文昌祠。夜梦神语曰："尔读书半生，尚不知穷达有命耶？"尝侍先姚安公，偶述是事。先姚安公怫然曰："又聃应举之士，传此语则可。汝辈手掌文衡者，传此语则不可。聚奎堂柱有熊孝感相国题联曰：'赫赫科条，袖里常存唯白

---

[1] 钟馗：传说故事中人物，能捉鬼。旧时民俗于端午节多悬其像，称能驱除邪祟。
[2] 墨沈：墨汁。
[3] 孟云卿：唐代诗人，河南（治今河南洛阳）人。代宗时官校书郎。

简[1]；明明案牍，帘前何处有朱衣[2]？'汝未之见乎？"

海阳李玉典前辈言：有两生读书佛寺，夜方媟狎，忽壁上现大圆镜，径丈余，光明如昼，毫发毕睹。闻檐际语曰："佛法广大，固不汝嗔。但汝自视镜中，是何形状？"余谓幽期密约，必无人在旁，是谁见之？两生断无自言理，又何以闻之？然其事为理所宜有，固不必以子虚乌有视之。玉典又言：有老儒设帐废圃中。一夜闻垣外吟哦声，俄又闻辩论声，又闻嚣争声，又闻诟詈声，久之遂闻殴击声。圃后旷无居人，心知为鬼。方战栗间，已斗至窗外。其一盛气大呼曰："渠评驳吾文，实为冤愤！今同就正于先生。"因朗吟数百言，句句手自击节。其一且呻吟呼痛，且微哂之。老儒惕息不敢言。其一厉声曰："先生究以为何？"老儒嗫嚅久之，以额叩枕曰："鸡肋不足以当尊拳。"其一大笑去，其一往来窗外，气咻咻然，至鸡鸣乃寂。云闻之胶州法黄裳。余谓此亦黄裳寓言也。

天津孟生文熺，有隽才，张石邻先生最爱之。一日，扫墓归，遇孟于路旁酒肆。见其壁上新写一诗，曰："东风翦翦漾春衣，信步寻芳信步归。红映桃花人一笑，绿遮杨柳燕双飞。徘徊曲径怜香草，惆怅乔林挂落晖。记取今朝延伫处，酒楼西畔是柴扉。"诘其所以，讳不言。固诘之，始云适于道侧见丽女，其容绝代，故坐此冀其再出。张问其处，孟手指之。张大骇曰："是某家坟院，荒废久矣，安得有是？"同往寻之，果马鬣[3]蓬科，杳无人迹。

余在乌鲁木齐时，一日，报军校王某差运伊犁军械，其妻独处。今

---

[1] 白简：古御史有所弹劾奏闻，用白简。用竹、木片做成。后也称弹劾官员的奏章为白简。
[2] 朱衣：古代官员的服饰。
[3] 马鬣（liè）：马鬃。此处指坟墓的封土如马鬣的形状。

日过午，门不启，呼之不应，当有他故。因檄迪化同知木金泰往勘。破扉而入，则男女二人共枕卧，裸体相抱，皆剖裂其腹死。男子不知何自来，亦无识者。研问邻里，茫无端绪，拟以疑狱结案矣。是夕女尸忽呻吟，守者惊视，已复生。越日能言，自供与是人幼相爱，既嫁犹私会。后随夫驻防西域，是人念之不释，复寻访而来；甫至门，即引入室。故邻里皆未觉。虑暂会终离，遂相约同死。受刃时痛极昏迷，倏如梦觉，则魂已离体。急觅是人，不知何往，唯独立沙碛中，白草黄云，四无边际。正彷徨间，为一鬼缚去。至一官府，甚见诘辱，云是虽无耻，命尚未终；叱杖一百，驱之返。杖乃铁铸，不胜楚毒，复晕绝。及渐苏，则回生矣。视其股，果杖痕重叠。驻防大臣巴公曰："是已受冥罚，奸罪可勿重科矣。"余乌鲁木齐杂诗有曰："鸳鸯毕竟不双飞，天上人间旧愿违。白草萧萧埋旅榇，一生肠断《华山畿》[1]。"即咏此事也。

朱青雷言：尝与高西园散步水次，时春冰初泮，净绿瀛溶。高曰："忆晚唐有'鱼鳞可怜紫，鸭毛自然碧'句，无一字言春水，而晴波滑笏之状，如在目前。惜不记其姓名矣。"朱沉思未对，闻老柳后有人语曰："此初唐刘希夷诗，非晚唐也。"趋视无人。朱悚然曰："白日见鬼矣。"高微笑曰："如此鬼，见亦大佳，但恐不肯相见耳。"对树三揖而行。归检刘诗，果有此二语。余偶以告戴东原，东原因言：有两生烛下对谈，争《春秋》周正夏正，往复甚苦。窗外忽叹息言曰："左氏周人，不容不知周正朔。二先生何必词费也？"出视窗外，唯一小僮方酣睡。观此二事，儒者日谈考证，讲"曰若稽古"[2]，动至十四万言。安知冥冥之中，无在旁揶揄者乎？

---

[1]《华山畿》：古乐府《吴声歌曲》名。相传南朝宋时，有一读书人路经华山（在今江苏句容），途中恋客舍一女子，后思疾死。枢车至客舍前不动，女子歌曰："华山畿，君既为侬死，独生为谁施？欢若见怜时，棺木为侬开。"棺应声开，女遂入，乃合葬。

[2] 曰若稽古：《尚书·尧典》等篇都以"曰若稽古"开端。据说汉代经学家解说这四个字，用了三万言的篇幅。此处为考证古事之意。

聂松岩言：即墨于生，骑一驴赴京师。中路憩息高岗上，系驴于树，而倚石假寐。忽见驴昂首四顾，浩然叹曰："不至此地数十年，青山如故，村落已非旧径矣。"于故好奇，闻之跃然起曰："此宋处宗长鸣鸡[1]也，日日乘之共谈，不患长途寂寞矣。"揖而与言，驴啮草不应。反复开导，约与为忘形交，驴亦若勿闻。怒而痛鞭之，驴跳掷狂吼，终不能言。竟榼折一足，鬻于屠肆，徒步以归。此事绝可笑，殆睡梦中误听耶？抑此驴夙生冤谴，有物凭之，以激于之怒杀耶？

三叔父仪南公，有健仆毕四，善弋猎，能挽十石弓。恒捕鹑于野。凡捕鹑者必以夜，先以藁秸插地，如禾陇之状，而布网于上；以牛角作曲管，肖鹑声吹之。鹑既集，先微惊之，使渐次避入藁秸中；然后大声惊之，使群飞突起，则悉触网矣。吹管时，其声凄咽，往往误引鬼物至，故必筑团焦自卫，而携兵仗以备之。一夜，月明之下，见老叟来作礼曰："我狐也，儿孙与北村狐构衅，举族械战。彼阵擒我一女，每战必反接驱出以辱我；我亦阵擒彼一妾，如所施报焉。由此仇益结，约今夜决战于此。闻君义侠，乞助一臂力，则没齿感恩。持铁尺者彼，持刀者我也。"毕故好事，忻然随之往，翳丛薄间。两阵既交，两狐血战不解，至相抱手搏。毕审视既的，控弦一发，射北村狐踣。不虞弓劲矢铦，贯腹而过，并老叟洞腋殪焉。两阵各惶遽，夺尸弃俘囚而遁。毕解二狐之缚，且告之曰："传语尔族，两家胜败相当，可以解冤矣。"先是北村每夜闻战声，自此遂寂。此与李冰事[2]相类；然冰战江神为捍灾御患，此狐逞其私愤，两斗不已，卒至两伤。是亦不可以已乎。

姚安公在滇时，幕友言署中香橼树下，月夜有红裳女子靓妆立，见

---

[1] 宋处宗长鸣鸡：南朝宋刘义庆《幽明录》载，晋兖州刺史宋处宗得到了一只长鸣鸡，后鸡竟能开口说话，与之谈玄。
[2] 李冰事：战国秦李冰为蜀郡守，相传当地有蛟龙作祟，李冰变牛与之斗，不胜，后选数百勇士一齐协力把蛟龙射死。事见《成都记》。

人则冉冉没土中。众议发视之。姚安公携卮酒浇树下,自祝之曰:"汝见人则隐,是无意于为祟也;又何必屡现汝形,自取暴骨之祸?"自是不复出。又有书斋甚轩敞,久无人居。舅氏安公五章,时相从在滇,偶夏日裸寝其内。梦一人揖而言曰:"与君虽幽明异路,然眷属居此,亦有男女之别。君奈何不以礼自处?"矍然醒,遂不敢再往。姚安公尝曰:"树下之鬼可谕之以理,书斋之魅能以理谕人。此郡僻处万山中,风俗质朴,浑沌未凿,故异类亦淳良如是也。"

余两三岁时,尝见四五小儿,彩衣金钏,随余嬉戏,皆呼余为弟,意似甚相爱。稍长时,乃皆不见。后以告先姚安公。公沉思久之,爽然曰:"汝前母恨无子,每令尼媪以彩丝系神庙泥孩归,置于卧内,各命以乳名,日饲果饵,与哺子无异。殁后,吾命人瘗楼后空院中,必是物也。恐后来为妖,拟掘出之,然岁久已迷其处矣。"前母即张太夫人姊。一岁忌辰,家祭后,张太夫人昼寝,梦前母以手推之曰:"三妹太不经事,利刃岂可付儿戏?"愕然惊醒,则余方坐身旁,掣姚安公革带佩刀出鞘矣。始知魂归受祭,确有其事。古人所以事死如生也。

表叔王碧伯妻丧,术者言某日子刻回煞,全家皆避出。有盗伪为煞神,逾垣入,方开箧攫簪珥。适一盗又伪为煞神来,鬼声呜呜渐近。前盗惶遽避出,相遇于庭,彼此以为真煞神,皆悸而失魂,对仆于地。黎明,家人哭入,突见之,大骇,谛视乃知为盗。以姜汤灌苏,即以鬼装缚送官。沿路聚观,莫不绝倒。据此一事,回煞之说当妄矣。然回煞形迹,余实屡目睹之。鬼神茫昧,究不知其如何也。

益都朱天门言:甲子夏,与数友夜集明湖侧,召妓侑觞[1]。饮方酣,

---

[1] 侑觞(yòu shāng):劝人饮酒。

妓素不识字,忽援笔书一绝句曰:"一夜潇潇雨,高楼怯晓寒;桃花零落否?呼婢卷帘看。"掷于一友之前。是人观讫,遽变色仆地。妓亦仆地。顷之妓苏,而是人不苏矣。后遍问所亲,迄不知其故。

癸巳、甲午间,有扶乩者自正定来,不谈休咎,唯作书画。颇疑其伪托。然见其为曹慕堂作着色山水长卷及醉钟馗像,笔墨皆不俗;又见赠董曲江一联曰:"黄金结客心犹热,白首还乡梦更游。"亦酷肖曲江之为人。

佃户曹二妇悍甚,动辄诃詈风雨,诟谇鬼神;乡邻里闬,一语不合,即揎袖露臂,携二捣衣杵,奋呼跳掷如虓虎。一日,乘阴雨出窃麦。忽风雷大作,巨雹如鹅卵,已中伤仆地。忽风卷一五斗栲栳[1]堕其前,顶之得不死。岂天亦畏其横欤?或曰:"是虽暴戾,而善事其姑。每与人斗,姑叱之,辄弭伏;姑批其颊,亦跪而受。然则遇难不死,有由矣。"孔子曰:"夫孝,天之经也,地之义也。"岂不然乎!

癸亥夏,高川之北堕一龙,里人多目睹之。姚安公命驾往视,则已乘风雨去。其蜿蜒攫拿之迹,蹂躏禾稼二亩许,尚分明可见。龙,神物也,何以致堕?或曰:"是行雨有误,天所谪也。"按世称龙能致雨,而宋儒谓雨为天地之气,不由于龙。余谓礼称"天降时雨,山川出云",故《公羊传》谓触石而出,肤寸[2]而合,不崇朝而雨天下者,唯泰山之云。是宋儒之说所本也。《易·文言·传》称云从龙,故董仲舒祈雨法召以土龙,此世俗之说所本也。大抵有天雨,有龙雨:油油而云,潇潇而雨者,天雨也;疾风震雷,不久而过者,龙雨也。观触犯龙潭者,立致风雨,天地之气

---

[1] 栲栳(kǎo lǎo):用柳条或竹子编成的器具,形状如斗,用以盛物。
[2] 肤寸:古代长度单位,一指宽为一寸,四指为肤,后比喻微小。肤寸而合,形容云气密布。

能如是之速合乎？洗鲊答[1]诵梵咒者，亦立致风雨，天地之气能如是之刻期乎？故必两义兼陈，其理始备。必规规然胶执一说，毋乃不通其变欤！

里人王驴耕于野，倦而枕块以卧。忽见肩舆从西来，仆马甚众，舆中坐者先叔父仪南公也。怪公方卧疾，何以出行。急近前起居。公与语良久，乃向东北去。归而闻公已逝矣。计所见仆马，正符所焚纸器之数。仆人沈崇贵之妻，亲闻驴言之。后月余，驴亦病卒。知白昼遇鬼，终为衰气矣。

余第三女，许婚戈仙舟太仆子。年十岁，以庚戌夏至卒。先一日，病已革。时余以执事在方泽，女忽自语曰："今日初八，吾当明日辰刻去，犹及见吾父也。"问何以知之，瞑目不言。余初九日礼成归邸，果及见其卒。卒时壁挂洋钟恰铮然鸣八声，是亦异矣。

膳夫杨义，粗知文字。随姚安公在滇时，忽梦二鬼持朱票来拘，标名曰杨乂。义争曰："我名杨义，不名杨乂，尔定误拘。"二鬼皆曰："乂字上尚有一点，是省笔义字。"义又争曰："从未见义字如此写，当仍是乂字误滴一墨点。"二鬼不能强而去。同寝者闻其呓语，殊甚了了。俄姚安公终养归，义随至平彝，又梦二鬼持票来，乃明明楷书"杨义"字。义仍不服曰："我已北归，当属直隶城隍。尔云南城隍，何得拘我？"喧诟良久。同寝者呼之乃醒，自云二鬼甚愤，似必不相舍。次日，行至滇南胜境坊下，果马蹶堕地卒。

余在乌鲁木齐，畜数犬。辛卯赐环[2]东归，一黑犬曰四儿，恋恋随行，

---
[1] 鲊（zhǎ）答：某些兽畜的内脏结石。
[2] 赐环：旧时放逐之臣，遇赦诏还谓"赐环"

挥之不去，竟同至京师。途中守行箧甚严，非余至前，虽童仆不能取一物。稍近，辄人立怒啮。一日，过辟展七达坂，（达坂译言山岭，凡七重，曲折陡峻，称为天险。）车四辆，半在岭北，半在岭南，日已曛黑，不能全度。犬乃独卧岭巅，左右望而护视之，见人影辄驰视。余为赋诗二首曰："归路无烦汝寄书，风餐露宿且随予。夜深奴子酣眠后，为守东行数辆车。""空山日日忍饥行，冰雪崎岖百廿程。我已无官何所恋，可怜汝亦太痴生。"纪其实也。至京岁余，一夕，中毒死。或曰："奴辈病其司夜严，故以计杀之，而托词于盗。"想当然矣。余收葬其骨，欲为起冢，题曰"义犬四儿墓"；而琢石象出塞四奴之形，跪其墓前，各镌姓名于胸臆，曰赵长明，曰于禄，曰刘成功，曰齐来旺。或曰："以此四奴置犬旁，恐犬不屑。"余乃止。仅题额诸奴所居室，曰"师犬堂"而已。初，翟孝廉赠余此犬时，先一夕梦故仆宋遇叩首曰："念主人从军万里，今来服役。"次日得是犬，了然知为遇转生也。然遇在时阴险狡黠，为诸仆魁，何以作犬反忠荩？岂自知以恶业堕落，悔而从善欤？亦可谓善补过矣。

狐能化形，故狐之通灵者，可往来于一隙之中，然特自化其形耳。宋蒙泉言：其家一仆妇为狐所媚，夜辄褫衣无寸缕，自窗棂舁出，置于廊下，共相戏狎。其夫露刃追之，则门键不可启；或掩扉以待，亦自能坚闭，仅于窗内怒詈而已。一日，阴藏鸟铳，将隔窗击之。临期觅铳不可得。次日，乃见在钱柜中。铳长近五尺，而柜口仅尺余，不知何以得入，是并能化他形矣。宋儒动言格物，如此之类，又岂可以理推乎？姚安公尝言：狐居墟墓，而幻化室庐；人视之如真，不知狐自视如何。狐具毛革，而幻化粉黛；人视之如真，不知狐自视又如何。不知此狐所幻化，彼狐视之更当如何。此真无从而推究也。

乌鲁木齐把总蔡良栋言：此地初定时，尝巡瞭至南山深处。（乌鲁木齐在天山北，故呼曰南山。）日色薄暮，似见隔涧有人影，疑为玛哈沁，（额鲁特语谓劫盗曰玛哈沁，营伍中袭其故名。）伏丛莽中密侦之。见一人戎装坐磐石上,数卒侍立,貌皆狰狞;其语稍远不可辨。唯见指挥一卒,自石洞中呼六女子出,并姣丽白皙;所衣皆缯彩,各反缚其手,觳觫[1]俯首跪。以次引至坐者前,褫下裳伏地,鞭之流血,号呼凄惨,声彻林谷。鞭讫,径去。六女战栗跪送,望不见影,乃呜咽归洞。其地一射可及,而涧深崖陡,无路可通。乃使弓力强者,攒射对崖一树,有两矢著树上,用以为识。明日,迂回数十里寻至其处,则洞口尘封;秉炬而入,曲折约深四丈许,绝无行迹。不知昨所遇者何神,其所鞭者又何物。生平所见奇事,此为第一。考《太平广记》,载老僧见天人追捕飞天夜叉事,夜叉正是一好女。蔡所见似亦其类欤!

六畜充庖,常理也;然杀之过当,则为恶业。非所应杀之人而杀之,亦能报冤。乌鲁木齐把总茹大业言:吉木萨游击遣奴入山寻雪莲,迷不得归。一夜梦奴浴血来曰:"在某山遇玛哈沁为脔食,残骸犹在桥南第几松树下,乞往迹之。"游击遣军校寻至树下,果血污狼藉,然视之皆羊骨。盖围卒共盗一官羊,杀于是也。犹疑奴或死他所。越两日,奴得遇猎者引归。始知羊假奴之魂,以发围卒之罪耳。

李媪,青县人。乾隆丁巳、戊午间,在余家司爨。言其乡有农家,居邻古墓。所畜二牛,时登墓蹂践。夜梦有人呵责之。乡愚粗戆,置弗省。俄而家中怪大作,夜见二物,其巨如牛,蹴踏跳掷,院中盎瓮皆破碎。如是数夕,至移碌碡于房上,砰然滚落,火焰飞腾,击捣衣砧为数段。农家恨甚,乃多借鸟铳,待其至,合手击之,两怪并应声踣。农家大喜,急秉火出视,乃所畜二牛也。自是怪不复作,家亦渐落。凭其牛以为妖,俾自杀之,可谓巧于播弄矣;要亦乘其犷悍之气,故得以假手也。

---

[1] 觳觫(hú sù):因恐惧而发抖。

献县城东双塔村，有两老僧共一庵。一夕，有两老道士叩门借宿。僧初不允。道士曰："释道虽两教，出家则一。师何所见之不广？"僧乃留之。次日至晚，门不启，呼亦不应。邻人越墙入视，则四人皆不见；而僧房一物不失，道士行囊中藏数十金，亦具在。皆大骇，以闻于官。邑令粟公千钟来验，一牧童言村南十余里外枯井中似有死人。驰往视之，则四尸重叠在焉，然皆无伤。粟公曰："一物不失，则非盗；年皆衰老，则非奸；邂逅留宿，则非仇；身无寸伤，则非杀。四人何以同死？四尸何以并移？门扃不启，何以能出？距井窎远[1]，何以能至？事出情理之外。吾能鞫人，不能鞫鬼。人无可鞫，唯当以疑案结耳。"径申上官。上官亦无可驳诘，竟从所议。应山明公晟，健令也，尝曰："吾至献，即闻是案；思之数年，不能解。遇此等事，当以不解解之。一作聪明，则决裂百出矣。人言粟公愦愦，吾正服其愦愦也。"

《左传》言："深山大泽，实生龙蛇。"小奴玉保，乌鲁木齐流人[2]子也。初隶特纳格尔军屯。尝入谷追亡羊，见大蛇巨如柱，盘于高岗之顶，向日晒鳞：周身五色烂然，如堆锦绣；顶一角，长尺许。有群雉飞过，张口吸之，相距四五丈，皆翩然而落，如矢投壶。心知羊为所吞矣，乘其未见，循涧逃归，恐怖几失魂魄。军吏邬图麟因言此蛇至毒，而其角能解毒，即所谓吸毒石[3]也。见此蛇者，携雄黄数斤，于上风烧之，即委顿不能动。取其角，锯为块，痈疽初起时，以一块著疮顶，即如磁吸铁，相粘不可脱。待毒气吸出，乃自落。置人乳中，浸出其毒，仍可再用。毒轻者乳变绿，稍重者变青黯，极重者变黑紫。乳变黑紫者，吸四五次乃可尽，余一二次愈矣。余记从兄懋园家有吸毒石，治痈疽颇验；其质非木非石，至是乃知为蛇角矣。

---

[1] 窎（diào）远：深远。
[2] 流人：流亡于外的人。此处指犯罪被流放的人。
[3] 吸毒石：道光《广东通志·舆地略》："吸毒石，西洋岛中毒蛇脑中石也。大如扁豆，能吸一切肿毒，即发背亦可治。"其也名骨咄犀、国咄犀等。

正乙真人，能作催生符，人家多有之。此非祷雨驱妖，何与真人事？殊不可解。或曰："道书载有二鬼：一曰语忘，一曰敬遗，能使人难产。知其名而书之纸，则去。符或制此二鬼欤？"夫四海内外，登产蓐者，殆恒河沙数，其天下只此语忘、敬遗二鬼耶？抑一处各有二鬼，一家各有二鬼，其名皆曰语忘、敬遗也？如天下只此二鬼，将周游奔走而为厉，鬼何其劳？如一处各有二鬼，一家各有二鬼，则生育之时少，不生育之时多，扰扰千百亿万，鬼无所事事，静待人生育而为厉，鬼又何其冗闲无用乎？或曰："难产之故多端，语忘、敬遗其一也。不能必其为语忘、敬遗，亦不能必其非语忘、敬遗，故召将试勘焉。"是亦一解矣。第以万一或然之事，而日日召将试勘，将至而有鬼，将驱之矣；将至而非鬼，将且空返，不渎神矣乎？即神不嫌渎，而一符一将，是炼无数之将，使待幽王之烽火[1]；上帝且以真人一符，增置一神。如诸符共一将，则此将虽千手千目，亦疲于奔命；上帝且以真人诸符，特设以无量化身之神，供捕风捉影之役矣。能乎不能？然赵鹿泉前辈有一符，传自明代，曰高行真人精炼刚气之所画也。试之，其验如响。鹿泉非妄语者，是则吾无以测之矣。

俗传张真人厮役皆鬼神。尝与客对谈，司茶者雷神也。客不敬，归而震霆随之，几不免。此齐东语也。忆一日与余同陪祀，将入而遗其朝珠，向余借。余戏曰："雷部鬼律令行最疾，何不遣取？"真人为辗[2]然。然余在福州使院时，老仆魏成夜夜为祟扰。一夜乘醉怒叱曰："吾主素与天师善，明日寄一札往，雷部立至矣。"应声而寂。然则狐鬼亦习闻是语也。

奴子王廷佐，夜自沧州乘马归。至常家砖河，马忽辟易[3]。黑暗中见

---

[1] 幽王之烽火：周幽王宠褒姒，褒姒不笑，周幽王遍举烽火，使诸侯匆忙赶来，褒姒见诸侯受戏弄，才破颜一笑。事见《史记·周本纪》。
[2] 辗（chǎn）：笑的样子。
[3] 辟易：退避；避开。

大树阻去路,素所未有也。勒马旁过,此树四面旋转,当其前。盘绕数刻,马渐疲,人亦渐迷。俄所识木工国姓、韩姓从东来,见廷佐痴立,怪之。廷佐指以告。时二人已醉,齐呼曰:"佛殿少一梁,正觅大树。今幸而得此,不可失也。"各持斧锯奔赴之。树倏化旋风去。《阴符经》[1]曰:"禽之制在气。"木妖畏匠人,正如狐怪畏猎户,积威所劫,其气焰足以慑伏之,不必其力之相胜也。

宁津苏子庚言:丁卯夏,张氏姑妇同刈麦。甫收拾成聚,有大旋风从西来,吹之四散。妇怒,以镰掷之,洒血数滴渍地上。方共检寻所失,妇倚树忽似昏醉,魂为人缚至一神祠。神怒叱曰:"悍妇乃敢伤我吏!速受杖。"妇性素刚,抗声曰:"贫家种麦数亩,资以活命。烈日中妇姑辛苦,刈甫毕,乃为怪风吹散。谓是邪祟,故以镰掷之。不虞伤大王使者。且使者来往,自有官路;何以横经民田,败人麦?以此受杖,实所不甘。"神俯首曰:"其词直,可遣去。"妇苏而旋风复至,仍卷其麦为一处。说是事时,吴桥王仁趾曰:"此不知为何神?不曲庇其私昵,谓之正直可矣;先听肤受之诉[2],使妇几受刑,谓之聪明则未也。"景州戈荔田曰:"妇诉其冤,神即能鉴,是亦聪明矣。倘诉者哀哀,听者愦愦,君更谓之何?"子庚曰:"仁趾责人无已时。荔田言是。"

四川藩司张公宝南,先祖母从弟也。其太夫人喜鳖臛。一日,庖人得巨鳖,甫断其首,有小人长四五寸,自颈突出,绕鳖而走。庖人大骇仆地。众救之苏,小人已不知所往。及剖鳖,乃仍在鳖腹中,已死矣。先祖母曾取视之,先母时尚幼,亦在旁目睹:装饰如《职贡图》[3]中回回状,帽

---

[1]《阴符经》:相传黄帝撰,多为后人假托。言虚无之道、修炼之术。有太公、范蠡、鬼谷子、张良、诸葛亮、李筌六家注。
[2] 肤受之诉:切身所遭受的诬告。典见《论语·颜渊》。
[3]《职贡图》:书名。清乾隆时,傅恒等奉旨撰《皇清职贡图》八卷,绘外国及藩属男女图像,并附简短说明。

黄色，褶蓝色，带红色，靴黑色，皆纹理分明如绘；面目手足，亦皆如刻画。馆师岑生识之，曰："此名鳖宝，生得之，剖臂纳肉中，则啖人血以生。人臂有此宝，则地中金银珠玉之类，隔土皆可见。血尽而死，子孙又剖臂纳之，可以世世富。"庖人闻之大懊悔，每一念及，辄自批其颊。外祖母曹太夫人曰："据岑师所云，是以命博财也。人肯以命博财，则其计多矣，何必剖臂养鳖！"庖人终不悟，竟自恨而卒。

孤树上人，不知何许人，亦不知其名。明崇祯末，居景城破寺中。先高祖厚斋公，尝赠以诗。一夜灯下诵经，窗外窸窣有声，似人来往。呵问为谁。朗应曰："身是野狐，为听经来此。"问："某刹法筵最盛，何不往听？"曰："渠是有人处诵经，师是无人处诵经也。"后为厚斋公述之，厚斋公曰："师以此语告我，亦是有人处诵经矣。"孤树怃然[1]者久之。

李太白梦笔生花，特睡乡幻景耳。福建陆路提督马公负书，性耽翰墨，稍暇即临池。一日，所用巨笔悬架上，忽吐焰，光长数尺，自毫端倒注于地，复逆卷而上，蓬蓬然逾刻乃敛。署中弁卒皆见之。马公画为小照，余尝为题诗。然马公竟卒于官，则亦妖而非瑞矣。

史少司马抑堂，相国文靖公次子也。家居时，忽无故眩瞀，觉魂出门外，有人掖之登肩舆，行数里矣。复有肩舆自后追至，疾呼且住。视之，则文靖公也。抑堂下舆叩谒，文靖公语之曰："尔尚有子孙未出世，此时讵可前往？"挥舁者送归。霍然而醒，时年七十四。次年举一子，越两年又举一子，果如文靖公之言。此抑堂七十八岁时至京师，亲为余言。

---

[1] 怃（wǔ）然：失望的样子。

卷六

滦阳消夏录（六）

乌什回部将叛[1]时，城西有高阜，云其始祖墓也。每日将暮，辄见巨人立墓上，面阔逾一尺，翘首向东，若有所望。叛党殄灭后，乃不复见。或曰："是知劫运将临，待收其子孙之魂也。"或曰："东望者，示其子孙，有兵自东来，早为备也。"或曰："回部为西域。向东者，面内也，示其子孙不可叛也。"是皆不可知。其为乌什将灭之妖孽，则无疑也。

宏恩寺僧明心言：上天竺有老僧，尝入冥。见狰狞鬼卒，驱数千人在一大公廨外，皆褫衣反缚。有官南面坐，吏执簿唱名，一一选择精粗，揣量肥瘠，若屠肆之鬻羊豕。意大怪之。见一吏去官稍远，是旧檀越，因合掌问讯："是悉何人？"吏曰："诸天[2]魔众，皆以人为粮。如来运大神力，摄伏魔王，皈依五戒[3]。而部族繁夥，叛服不常，皆曰自无始以来，魔众食人，如人食谷。佛能断人食谷，我即不食人。如是哓哓，即彼魔王亦不能制。佛以孽海洪波，沉沦不返，无间地狱，已不能容。乃牒下阎罗，欲移此狱囚，充彼啖噬；彼腹得果，可免荼毒生灵。十王共议，以民命所关，无如守令，造福最易，造祸亦深。唯是种种冤愆，多非自作；冥司业镜，罪有攸归。其最为民害者，一曰吏，一曰役，一曰官之亲属，一曰官之仆隶。是四种人，无官之责，有官之权。官或自顾考成，彼则唯知牟利，依草附木，怙势作威，足使人敲髓洒膏，吞声泣血。四大洲[4]内，

---

[1] 乌什回部将叛：乌什，地名，在新疆。叛乱发生于乾隆三十年。
[2] 诸天：佛教语。佛经言欲界有六天，色界之四禅有十八天，无色界之四处有四天，其他尚有日天、月天、韦驮天等诸天神，总称之曰诸天。
[3] 五戒：佛家五种戒律，即不杀生、不偷盗、不淫邪、不妄语、不饮酒。
[4] 四大洲：佛经称东胜神洲、南赡部洲、西牛贺洲、北俱芦洲为四大洲。

唯此四种恶业至多。是以清我泥犁,供其汤鼎。以白皙者、柔脆者、膏腴者充魔王食,以粗材充众魔食。故先为差别,然后发遣。其间业稍轻者,一经脔割烹炮,即化为乌有。业重者,抛余残骨,吹以业风,还其本形,再供刀俎;自二三度至千百度不一。业最重者,乃至一日化形数度,刲剔燔炙,无已时也。"僧额手曰:"诚不如削发出尘,可无此虑。"吏曰:"不然,其权可以害人,其力即可以济人。灵山会上,原有宰官;即此四种人,亦未尝无逍遥莲界者也。"语讫忽寤。僧有侄在一县令署,急驰书促归,劝使改业。此事即僧告其侄,而明心在寺得闻之。虽语颇荒诞,似出寓言;然神道设教,使人知畏,亦警世之苦心,未可绳以妄语戒也。

沧州瞽者刘君瑞,尝以弦索来往余家。言其偶有林姓者,一日薄暮,有人登门来唤曰:"某官舟泊河干,闻汝善弹词,邀往一试,当有厚赉[1]。"即促抱琵琶,牵其竹杖导之往。约四五里,至舟畔。寒温毕,闻主人指挥曰:"舟中炎热,坐岸上奏技,吾倚窗听之可也。"林利其赏,竭力弹唱。约略近三鼓,指痛喉干,求滴水不可得。侧耳听之,四围男女杂坐,笑语喧嚣,觉不似仕宦家,又觉不似在水次,辍弦欲起。众怒曰:"何物盲贼,敢不听使令!"众手交搥,痛不可忍。乃哀乞再奏。久之,闻人声渐散,犹不敢息。忽闻耳畔呼曰:"林先生何故日尚未出,坐乱冢间演技,取树下早凉耶?"矍然惊问,乃其邻人早起贩鬻过此也。知为鬼弄,狼狈而归。林姓素多心计,号曰"林鬼"。闻者咸笑曰:"今日鬼遇鬼矣。"

先姚安公曰:里有白以忠者,偶买得役鬼符咒一册,冀借此演搬运法,或可谋生。乃依书置诸法物,月明之夜,作道士装,至墟墓间试之。据案对书诵咒,果闻四面啾啾声。俄暴风突起,卷其书落草间,为一鬼跃出攫去。众鬼哗然并出,曰:"尔恃符咒拘遣我,今符咒已失,不畏尔矣。"聚而攒击,以忠踉跄奔逃,背后瓦砾如骤雨,仅得至家。是夜疟疾大作,

---

[1] 赉(lài):赏赐。

困卧月余，疑亦鬼为祟也。一日诉于姚安公，且惭且愤。姚安公曰："幸哉，尔术不成，不过成一笑柄耳。倘不幸术成，安知不以术贾祸？此尔福也，尔又何尤焉！"

从侄虞惇所居宅，本村南旧圃也。未筑宅时，四面无居人。一夕，灌圃者田大卧井旁小室，闻墙外诟争声，疑为村人，隔墙问曰："尔等为谁？夜深无故来扰我。"其一呼曰："一事求大哥公论：不知何处客鬼，强入我家调我妇，天下有是理耶？"其一呼曰："我自携钱赴闻家庙，此妇见我嬉笑，邀我入室；此人突入夺我钱，天下又有是理耶？"田知是鬼，噤不敢应。二鬼并曰："此处不能了此事，当诉诸土地耳。"喧喧然向东北去。田次日至土地祠问庙祝，乃寂无所闻，皆疑田妄语。临清李名儒曰："是不足怪，想此妇和解之矣。"众为粲然。

乾隆己未，余与东光李云举、霍养仲同读书生云精舍。一夕偶论鬼神，云举以为有，养仲以为无。正辩诘间，云举之仆卒然曰："世间原有奇事，傥奴不身经，虽奴亦不信也。尝过城隍祠前丛冢间，失足踏破一棺。夜梦城隍拘去，云有人诉我毁其室。心知是破棺事，与之辩曰：'汝室自不合当路，非我侵汝。'鬼又辩曰：'路自上我屋，非我屋故当路也。'城隍微笑顾我曰：'人人行此路，不能责汝；人人踏之不破，何汝踏破？亦不能竟释汝。当偿之以冥镪[1]。'既而曰：'鬼不能自葺棺。汝覆以片板，筑土其上可也。'次日如神教，仍焚冥镪，有旋风卷其灰去。一夜复过其地，闻有人呼我坐。心知为曩鬼，疾驰归。其鬼大笑，音磔磔如枭鸟。迄今思之，尚毛发悚立也。"养仲谓云举曰："汝仆助汝，吾一口不胜两口矣，然吾终不能以人所见为我所见。"云举曰："使君鞫狱，将事事目睹而后信乎？抑以取证众口乎？事事目睹无此理，取证众口，不以人所见为我所见乎？君何以处焉？"相与一笑而罢。

---

[1] 冥镪（qiǎng）：即纸钱。

莆田林教授清标言：郑成功据台湾时，有粤东异僧泛海至，技击绝伦，袒臂端坐，斫以刃，如中铁石；又兼通壬遁风角[1]。与论兵，亦娓娓有条理。成功方招延豪杰，甚敬礼之。稍久，渐骄蹇。成功不能堪，且疑为间谍，欲杀之而惧不克。其大将刘国轩曰："必欲除之，事在我。"乃诣僧款洽，忽请曰："师是佛地位人，但不知遇摩登伽[2]还受摄否？"僧曰："参寥和尚久已似沾泥絮矣[3]。"刘因戏曰："欲以刘王大体双一验道力，使众弥信心可乎？"乃选娈童倡女姣丽善淫者十许人，布茵施枕，恣为嫖狎于其侧，柔情曼态，极天下之妖惑。僧谈笑自若，似无见闻；久忽闭目不视。国轩拔剑一挥，首已欻然落矣。国轩曰："此术非有鬼神，特炼气自固耳。心定则气聚，心一动则气散矣。此僧心初不动，故敢纵观。至闭目不窥，知其已动而强制，故刃一下而不能御也。"所论颇入微。但不知椎埋恶少，何以能见及此。其纵横鲸窟十余年，盖亦非偶矣。

牛公悔庵，尝与五公山人散步城南，因坐树下谈《易》。忽闻背后语曰："二君所论，乃术家[4]《易》，非儒家《易》也。"怪其适自何来。曰："已先坐此，二君未见耳。"问其姓名。曰："江南崔寅。今日宿城外旅舍，天尚未暮，偶散闷闲行。"山人爱其文雅，因与接膝，究术家儒家之说。崔曰："圣人作《易》，言人事也，非言天道也；为众人言也，非为圣人言也。圣人从心不逾矩，本无疑惑，何待于占？唯众人昧于事几，每两歧罔决，故圣人以阴阳之消长，示人事之进退，俾知趋避而已。此儒家之本旨也。顾万物万事，不出阴阳。后人推而广之，各明一义。杨简、王宗传[5]阐

---

[1] 壬遁风角：壬，六壬；遁，奇门遁甲。六壬、奇门遁甲、风角俱为古代占卜之术。
[2] 摩登伽：摩登伽女，曾蛊惑高僧阿难。此处指女人。
[3] "参寥和尚"句：《说郛》引宋朱弁《续骫骳说》载，苏轼遣官妓往见和尚道潜（号参寥子）求诗，道潜笑作绝句，有"禅心已作沾泥絮，不逐春风上下狂"之语。
[4] 术家：特指操占验、阴阳等方术的人。
[5] 杨简、王宗传：均为宋代研究《易》的学者。杨有《杨氏易传》、王有《童溪易传》。

发心学，此禅家之《易》，源出王弼[1]者也。陈抟、邵康节[2]推论先天，此道家之《易》，源出魏伯阳[3]者也。术家之《易》衍于管、郭[4]，源于焦、京[5]，即二君所言是矣。《易》道广大，无所不包，见智见仁，理原一贯。后人忘其本始，反以旁义为正宗。是圣人作《易》，但为一二上智设，非千万世垂教之书，千万人共喻之理矣。经者常也，言常道也；经者径也，言人所共由也。曾是《六经》之首，而诡秘其说，使人不可解乎？"二人喜其词致，谈至月上未已。诘其行踪，多世外语。二人谢曰："先生其儒而隐者乎？"崔微哂曰："果为隐者，方韬光晦迹之不暇，安得知名？果为儒者，方反躬克己之不暇，安得讲学？世所称儒称隐，皆胶胶扰扰者也。吾方恶此而逃之。先生休矣，毋污吾耳。"骧然长啸，木叶乱飞，已失所在矣。方知所见非人也。

南皮许南金先生，最有胆。在僧寺读书，与一友共榻。夜半，见北壁燃双炬。谛视，乃一人面出壁中，大如箕，双炬其目光也。友股栗欲死。先生披衣徐起曰："正欲读书，苦烛尽。君来甚善。"乃携一册背之坐，诵声琅琅。未数页，目光渐隐；拊壁呼之，不出矣。又一夕如厕，一小童持烛随。此面突自地涌出，对之而笑。童掷烛仆地。先生即拾置怪顶，曰："烛正无台，君来又甚善。"怪仰视不动。先生曰："君何处不可往，乃在此间？海上有逐臭之夫[6]，君其是乎？不可辜君来意。"即以秽纸拭其口。怪大呕吐，狂吼数声，灭烛而没。自是不复见。先生尝曰："鬼魅皆真有之，亦时或见之；唯检点生平，无不可对鬼魅者，则此心自不动耳。"

---

[1] 王弼：三国魏玄学家。
[2] 陈抟、邵康节：陈抟，五代宋初道士。邵康节，邵雍，北宋理学家。
[3] 魏伯阳：东汉炼丹术家。
[4] 管、郭：三国魏管辂与晋郭璞。
[5] 焦、京：西汉焦延寿与京房。
[6] 海上有逐臭之夫：《吕氏春秋·遇合》载，一人身上有臭味，亲友不与他在一起，他无奈住在海上，而海上人却喜欢他的臭味，因而昼夜跟着他。

戴东原言：明季有宋某者，卜葬地，至歙县深山中。日薄暮，风雨欲来，见岩下有洞，投之暂避。闻洞内人语曰："此中有鬼，君勿入。"问："汝何以入？"曰："身即鬼也。"宋请一见。曰："与君相见，则阴阳气战，君必寒热小不安。不如君爇火自卫，遥作隔座谈也。"宋问："君必有墓，何以居此？"曰："吾神宗时为县令，恶仕宦者货利相攘，进取相轧，乃弃职归田。殁而祈于阎罗，勿轮回人世。遂以来生禄秩，改注阴官。不虞幽冥之中，相攘相轧，亦复如此，又弃职归墓。墓居群鬼之间，往来嚣杂，不胜其烦，不得已避居于此。虽凄风苦雨，萧索难堪，较诸宦海风波，世途机阱，则如生忉利天[1]矣。寂历空山，都忘甲子。与鬼相隔者，不知几年；与人相隔者，更不知几年。自喜解脱万缘，冥心造化。不意又通人迹，明朝当即移居。武陵渔人，勿再访桃花源也。[2]"语讫不复酬对。问其姓名，亦不答。宋携有笔砚，因濡墨大书"鬼隐"两字于洞口而归。

阳曲王近光言：冀宁道赵公孙英有两幕友，一姓乔，一姓车，合雇一骡轿回籍。赵公戏以其姓作对曰："乔、车二幕友，各乘半轿而行。"恰皆轿之半字也。时署中召仙，即举以请对。乩判曰："此是实人实事，非可强凑而成。"越半载，又召仙，乩忽判曰："前对吾已得之矣：卢、马两书生，共引一驴而走。"又判曰："四日后，辰巳之间，往南门外候之。"至期遣役侦视，果有卢、马两生，以一驴负新科墨卷，赴会城出售。赵公笑曰："巧则诚巧，然两生之受侮深矣。"此所谓箭在弦上，不得不发，虽仙人亦忍俊不禁也。

先祖有庄，曰厂里，今分属从弟东白家。闻未析箸[3]时，场中一柴垛，有年矣，云狐居其中，人不敢犯。偶佃户某醉卧其侧，同辈戒勿触仙家怒。

---

[1] 忉（dāo）利天：梵语的音意兼译。即三十三天。六欲天之一。
[2] "武陵渔人"句：晋陶渊明《桃花源记》中载武陵人因打鱼迷路，到一世外桃源处，后复寻，已不知何处。
[3] 析箸：分家。

某不听，反肆詈。忽闻人语曰："汝醉，吾不较。且归家睡可也。"次日，诣园守瓜。其妇担饭来馌，遥望团焦中，一红衫女子与夫坐，见妇惊起，仓卒逾垣去。妇故妒悍，以为夫有外遇也；愤不可忍，遽以担痛击。某百口不能自明，大受捶楚。妇手倦稍息，犹喃喃毒詈。忽闻树杪大笑声，方知狐戏报之也。

吴惠叔言：其乡有巨室，唯一子，婴疾甚剧。叶天士[1]诊之，曰："脉现鬼证，非药石所能疗也。"乃请上方山道士建醮。至半夜，阴风飒然，坛上烛光俱暗碧。道士横剑瞑目，若有所睹。既而拂衣竟出，曰："妖魅为厉，吾法能祛。至夙世冤愆，虽有解释之法，其肯否解释，仍在本人。若伦纪所关，事干天律，虽绿章[2]拜奏，亦不能上达神霄。此祟乃汝父遗一幼弟，汝兄遗二孤侄，汝蚕食鲸吞，几无余沥。又茕茕孩稚，视若路人，至饥饱寒温，无可告语；疾痛疴痒，任其呼号。汝父茹痛九原，诉于地府。冥官给牒，俾取汝子以偿冤。吾虽有术，只能为人驱鬼，不能为子驱父也。"果其子不久即逝。后终无子，竟以侄为嗣。

护持寺在河间东四十里。有农夫于某，家小康。一夕，于外出。劫盗数人从屋檐跃下，挥巨斧破扉，声丁丁然。家唯妇女弱小，伏枕战栗，听所为而已。忽所畜二牛，怒吼跃入，奋角与盗斗。梃刃交下，斗愈力。盗竟受伤，狼狈去。盖乾隆癸亥，河间大饥，畜牛者不能刍秣，多鬻于屠市。是二牛至屠者门，哀鸣伏地，不肯前。于见而心恻，解衣质钱赎之，忍冻而归。牛之效死固宜；唯盗在内室，牛在外厩，牛何以知有警？且牛非矫捷之物，外扉坚闭，何以能一跃逾墙？此必有使之者矣，非鬼神之为而谁为之？此乙丑冬在河间岁试，刘东堂为余言。东堂即护持寺人，云亲见二牛，各身被数刃也。

---

[1]叶天士：清代名医。
[2]绿章：即青词。道士用青藤纸撰文，用以启奏天神的奏章。

芝称瑞草，然亦不必定为瑞。静海元中丞在甘肃时，署中生九芝，因以自号。然不久即罢官。舅氏安公五占，停柩在室，忽柩上生一芝。自是子孙式微，今已无踣齿。盖祸福将萌，气机先动；非常之兆，理不虚来。第为休为咎，则不能预测耳。先兄晴湖则曰："人知兆发于鬼神，而人事应之。不知实兆发于人事，而鬼神应之。亦未始不可预测也。"

大学士伍公弥泰言：向在西藏，见悬崖无路处，石上有天生梵字大悲咒。字字分明，非人力所能，亦非人迹所到。当时曾举其山名，梵音难记，今忘之矣。公一生无妄语，知确非虚构。天地之大，无所不有。宋儒每于理所无者，即断其必无。不知无所不有，即理也。

喇嘛有二种：一曰黄教，一曰红教，各以其衣别之也。黄教讲道德，明因果，与禅家派别而源同。红教则唯工幻术。理藩院[1]尚书留公保住，言驻西藏时，曾忤一红教喇嘛。或言登山时必相报。公使肩舆鸣驺先行，而阴乘马随其后。至半山，果一马跃起压肩舆上，碎为齑粉。此留公自言之。曩从军乌鲁木齐时，有失马者，一红教喇嘛取小木凳咒良久，凳忽反复折转，如翻桔槔[2]。使失马者随行，至一山谷，其马在焉。此余亲睹之。考西域吞刀吞火之幻人，自前汉已有。此盖其相传遗术，非佛氏本法也。故黄教谓红教曰魔。或曰："是即波罗门[3]，佛经所谓邪师外道者也。"似为近之。

巴里坤、辟展[4]、乌鲁木齐诸山，皆多狐，然未闻有祟人者。唯根克忒有小儿夜捕狐，为一黑影所扑，堕崖伤足，皆曰狐为妖。此或胆怯目

---
[1] 理藩院：清代官署名，掌管蒙古、西藏、新疆、四川各地少数民族事务的机构。
[2] 桔槔（gāo）：井上汲水的工具。
[3] 波罗门：婆罗门印度古代宗教之一。
[4] 巴里坤、辟展：均为新疆地名。

眩,非狐为妖也。大抵自突厥、回鹘以来,即以弋猎为事。今日则投荒者、屯戍者、开垦者、出塞觅食者搜岩剔穴,采捕尤多,狐恒见伤夷,不能老寿,故不能久而为魅欤!抑僻在荒徼,人已不知导引炼形术,故狐亦不知欤!此可见风俗必有所开,不开则不习;人情沿于所习,不习则不能。道家化性起伪之说,要不为无见。姚安公谓滇南僻郡,鬼亦淳良。即此理也。

副都统刘公鉴言:曩在伊犁,有善扶乩者,其神自称唐燕国公张说[1]。与人唱和诗文,录之成帙。性嗜饮,每降坛,必焚纸钱而奠以大白[2]。不知龙沙葱雪[3]之间,燕公何故而至是?刘公诵其数章,词皆浅陋。殆打油、钉铰[4]之流,客死冰天,游魂不返,托名以求食欤!

里人张某,深险诡谲,虽至亲骨肉,不能得其一实语。而口舌巧捷,多为所欺。人号曰"秃项马"。马秃项为无鬃,鬃踪同音,言其恍惚闪烁,无踪可觅也。一日,与其父夜行迷路,隔陇见数人团坐,呼问当何向。数人皆应曰:"向北。"因陷深淖中。又遥呼问之。皆应曰:"转东。"乃几至灭顶,蹩𨅪[5]泥涂,困不能出。闻数人拊掌笑曰:"秃项马,尔今知妄语之误人否?"近在耳畔,而不睹其形。方知为鬼所绐也。

妖由人兴,往往有焉。李云举言:一人胆至怯,一人欲戏之。其奴手黑如墨,使藏于室中,密约曰:"我与某坐月下,我惊呼有鬼,尔即从

---

[1] 张说:唐代文学家,玄宗时任中书令,封燕国公。擅长文辞,与许国公苏颋并称"燕许大手笔"。
[2] 大白:酒。
[3] 龙沙葱雪:泛指边塞荒漠之地。
[4] 打油、钉铰:钉铰,一种金属零件。据传唐代张打油、胡钉铰二人,俱能吟咏,但诗作中俗语较多,后用指作俗诗者。
[5] 蹩𨅪(bié xiè):尽力前进的样子。

窗隙伸一手。"届期呼之,突一手探出,其大如箕,五指挺然如舂杵。宾主俱惊,仆众哗曰:"奴其真鬼耶?"秉炬持仗入,则奴昏卧于壁角。救之苏,言暗中似有物以气嘘我,我即迷闷。族叔楘庵言:二人同读书佛寺,一人灯下作缢鬼状,立于前;见是人惊怖欲绝,急呼:"是我,尔勿畏。"是人曰:"固知是尔,尔背后何物也?"回顾乃一真缢鬼。盖机械一萌,鬼遂以机械之心从而应之。斯亦可为螳螂黄雀之喻矣。

余八九岁时,在从舅实斋安公家,闻苏丈东皋言:交河某令,蚀官帑数千,使其奴赍还。奴半途以黄河覆舟报,而阴遣其重台[1]携归。重台又窃以北上,行至兖州,为盗所劫杀。从舅咋舌曰:"可畏哉!此非人之所为,而鬼神之所为也。夫鬼神岂必白昼现形,左悬业镜[2],右持冥籍,指挥众生,轮回六道[3],而后见善恶之报哉?此足当森罗铁榜[4]矣。"苏丈曰:"令不窃赀,何至为奴乾没?奴不乾没,何至为重台效尤?重台不效尤,何至为盗屠掠?此仍人之所为,非鬼神之所为也。如公所言,是令当受报,故遣奴窃赀。奴当受报,故遣重台效尤。重台当受报,故遣盗屠掠。鬼神既遣之报,人又从而报之,不已颠乎?"从舅曰:"此公无碍之辩才,非正理也。然存公之说,亦足于相随波靡之中,劝人以自立。"

刘乙斋廷尉为御史时,尝租西河沿一宅。每夜有数人击柝,声琅琅彻晓;其转更攒点,一一与谯鼓相应。视之则无形,聒耳至不得片刻睡。乙斋故强项,乃自撰一文,指陈其罪,大书粘壁以驱之。是夕遂寂。乙斋自诧不减昌黎之驱鳄[5]也。余谓:"君文章道德似尚未敌昌黎,然性刚

---

[1] 重台:奴婢的奴婢。
[2] 业镜:佛教称地狱中能照见鬼魂生前善恶的大镜。
[3] 六道:佛教用语,指天道、人道、阿修罗道、饿鬼道、畜生道、地狱道。
[4] 铁榜:铁质的榜牌,用于刻记姓名或文告。
[5] 昌黎之驱鳄:昌黎,唐韩愈。韩愈被贬潮州,潮州人民为鳄鱼所患,韩愈撰《祭鳄文》,从驱赶鳄鱼。

气盛,平生尚不作暧昧事,故敢悍然不畏鬼。又拮据迁此宅,力竭不能再徙,计无复之,唯有与鬼以死相持。此在君为困兽犹斗,在鬼为穷寇勿追耳。君不记《太平广记》载周书记与鬼争宅,鬼惮其木强而去乎?"乙斋笑击余背曰:"魏收轻薄[1]哉!然君知我者。"

余督学福建时,署中有"笔捧楼",以左右挟两浮图也。使者居下层,其上层则复壁曲折,非正午不甚睹物。旧为山魈所据,虽不睹独足反踵[2]之状,而夜每闻声。偶忆杜工部[3]"山精白日藏"句,悟鬼魅皆避明而就晦,当由曲房幽隐,故此辈潜踪。因尽撤墙垣,使四面明窗洞启,三山翠霭,宛在目前。题额曰"浮青阁",题联曰:"地迥不遮双眼阔,窗虚只许万峰窥。"自此山魈迁于署东南隅会经堂。堂故久废,既于人无害,亦听其匿迹,不为已甚矣。

徐公景熹官福建盐道时,署中箧笥每火自内发,而扃钥如故。又一夕,窃剪其侍姬发,为祟殊甚。既而徐公罢归,未及行而卒。山鬼能知一岁事,故乘其将去肆侮也。徐公盛时,销声匿迹;衰气一至,无故侵陵。此邪魅所以为邪魅欤!

余乡青苗被野时,每夜田陇间有物,不辨头足,倒掷而行,筑地登登如杵声。农家习见不怪,谓之青苗神。云常为田家驱鬼,此神出,则诸鬼各归其所,不敢散游于野矣。此神不载于古书,然确非邪魅。从兄懋园尝于李家洼见之,月下谛视,形如一布囊,每一翻折,则一头着地,行颇迟重云。

---

[1] 魏收轻薄:《北齐书·魏收传》载魏收于洛阳,为人轻浮,人称之为"魏收惊蛱蝶"。
[2] 独足反踵:《抱朴子·登涉》载,山精形如小孩,独足向后(反踵),名为魈。
[3] 杜工部:唐代大诗人杜甫。

先祖宠予公，原配陈太夫人，早卒。继配张太夫人，于归日，独坐室中，见少妇揭帘入，径坐床畔，著玄帔黄衫，淡绿裙，举止有大家风。新妇不便通寒温，意谓是群从娣姒或姑姊妹耳。其人絮絮言家务得失、婢媪善恶，皆委曲周至。久之，仆妇捧茶入，乃径出。后阅数日，怪家中无是人；细诘其衣饰，即陈太夫人敛时服也。死生相妒，见于载籍者多矣。陈太夫人已掩黄垆[1]，犹虑新人未谙料理，现身指示，无间幽明，此何等居心乎？今子孙登科第、历仕宦者，皆陈太夫人所出也。

伯高祖爱堂公，明季有声黉序[2]间。刻意郑、孔[3]之学，无间冬夏，读书恒至夜半。一夕，梦到一公廨，榜额曰"文仪"；班内十许人治案牍，一一恍惚如旧识。见公皆讶曰："君尚迟七年乃当归，今犹早也。"霍然惊寤，自知不永，乃日与方外游。偶遇道士，论颇洽，留与共饮。道士别后，途遇奴子胡门德，曰："顷一书忘付汝主，汝可携归。"公视之，皆驱神役鬼符咒也。闭户肄习，尽通其术，时时用为戏剧，以消遣岁月。越七年，至崇祯丁丑，果病卒。卒半日复苏，曰："我以亵用五雷法，获阴谴。冥司追还此书，可急焚之。"焚讫复卒。半日又苏曰："冥司查检，阙三页，饬归取。"视灰中，果三页未烬；重焚之，乃卒。此事姚安公附载家谱中。公闻之先曾祖，曾祖闻之先高祖，高祖即手焚是书者也。孰谓竟无鬼神乎？

余族所居，曰景城，宋故县也。城址尚依稀可辨。或偶于昧爽时遥望烟雾中，现一城影，楼堞宛然，类乎蜃气。此事他书多载之，然莫明其理。余谓凡有形者，必有精气。土之厚处，即地之精气所聚处，如人之有魂魄也。此城周回数里，其形巨矣。自汉至宋千余年，为精气所聚已久，如人之取多用宏，其魂魄独强矣。故其形虽化，而精气之盘结者非一日之所蓄，

---

[1] 黄垆：指地下。犹言黄泉。
[2] 黉（hóng）序：古代的学校。
[3] 郑、孔：东汉郑玄、唐代孔颖达，俱为著名学者。

即非一日所能散。偶然现象，仍作城形，正如人死鬼存，鬼仍作人形耳。然古城郭不尽现形，现形者又不常见，其故何欤？人之死也，或有鬼，或无鬼；鬼之存也，或见，或不见，亦如是而已矣。

南宫鲍敬之先生言：其乡有陈生，读书神祠。夏夜袒裼[1]睡庑下，梦神召至座前，诃责甚厉。陈辩曰："殿上先有贩夫数人睡，某避于庑下，何反获谴？"神曰："贩夫则可，汝则不可。彼蠢蠢如鹿豕，何足与较？汝读书而不知礼乎？盖《春秋》责备贤者，理如是矣。故君子之于世也，可随俗者随，不必苟异；不可随俗者不随，亦不苟同。世于违礼之事，动曰某某曾为之。夫不论事之是非，但论事之有无，自古以来，何事不曾有人为之，可一一据以借口乎？"

渔洋山人记张巡妾转世索命事[2]，余不谓然。其言曰："君为忠臣，我则何罪，而杀以飨士？"夫孤城将破，巡已决志捐生。巡当殉国，妾不当殉主乎？古来忠臣仗节，覆宗族縻妻子者，不知凡几。使人人索命，天地间无纲常矣。使容其索命，天地间亦无神理矣。王经[3]之母含笑受刃，彼何人乎！此或妖鬼为祟，托一古事求祭飨，未可知也。或明季诸臣，顾惜身家，偷生视息，造作是言以自解，亦未可知也。儒者著书，当存风化，虽齐谐志怪，亦不当收悖理之言。

族叔楘庵言：景城之南，恒于日欲出时见一物，御旋风东驰。不见其身，

---

[1] 袒裼（xī）：敞开或脱去上衣，露出身体的一部分。
[2] 渔洋山人：清诗人王士祯号。张巡：唐代人，兵守睢阳抵抗安禄山叛军，后城破被杀。
[3] 王经：魏高贵乡公曹髦心腹大臣，因谋讨司马昭，事泄，全家遭杀。

唯昂首高丈余，长鬣鬖鬖[1]，不知何怪。或曰："冯道[2]墓前石马，岁久为妖也。"考道所居，今曰相国庄。其妻家，今曰夫人庄。皆与景城相近。故先高祖诗曰："青史空留字数行，书生终是让侯王。刘光伯[3]墓无寻处，相国夫人各有庄。"其墓则县志已不能确指。北村之南，有地曰石人洼。残缺翁仲[4]，犹有存者。土人指为道墓，意或有所传欤。董空如尝乘醉夜行，便旋其侧，倏阴风横卷，沙砾乱飞，似隐隐有怒声。空如叱曰："长乐老顽钝无耻！七八百年后岂尚有神灵？此定邪鬼依托耳。敢再披猖，且日日来溺汝。"语讫而风止。

南村董天士，不知其名，明末诸生，先高祖老友也。《花王阁剩稿》[5]中，有哭天士诗四首，曰："事事知心自古难，平生二老对相看。飞来遗札惊投箸，哭到荒村欲盖棺。残稿未收新画册，（原注：天士以画自给。）余资唯卖破儒冠。布衾两幅无妨敛，在日黔娄[6]不畏寒。""五岳填胸气不平，谈锋一触便纵横。不逢黄祖[7]真天幸，曾怪嵇康太世情。开牖有时邀月入，杖藜到处避人行。料应尘海无堪语，且试骖鸾向紫清。""百结悬鹑两鬓霜，自餐冰雪润空肠。一生唯得秋冬气，到死不知罗绮香。（原注：天士不娶。）寒赁村醪才破戒，老栖僧舍是还乡。只今一瞑无余事，未要青蝇作吊忙[8]。""廿年相约谢风尘，天地无情殒此人。乱世逃禅聊解脱，衰年哭友倍酸辛。关河汍澜连兵气，齿发沧浪寄病身。泉下有灵应念我，

---

[1] 鬖鬖（sān）：毛发散乱或下垂貌。
[2] 冯道：五代人，自号长乐老，历事后唐、后晋、后汉、后周四朝十君，在相位二十余年，新、旧《五代史》有传。
[3] 刘光伯：隋代经学家，名炫。
[4] 翁仲：传说秦始皇初兼天下，有长人见于临洮，其长五丈，足迹六尺，仿写其形，铸金人以象之，称为"翁仲"。
[5]《花王阁剩稿》：明代纪坤（作者高祖）撰。
[6] 黔娄：战国时齐国隐士，家贫，不求仕进，死时衾不蔽体。
[7] 黄祖：三国时刘表部将。
[8] 未要青蝇作吊忙：《三国志·吴书·虞翻传》载，虞翻被贬南方，自恨犯上获罪，当长没海隅，生无可以语，死以青蝇为吊客。

白杨孤冢亦伤神。"天士之生平,可以想见。县志不为立传,盖未见先高祖诗也。相传天士殁后,有人见其骑驴上泰山,呼之不应;俄为老树所遮,遂不见。意或尸解登仙欤!抑貌偶似欤!迹其孤僻之性,似于仙为近也。

先高祖集有《快哉行》一篇,曰:"一笑天地惊,此乐古未有。平生不解饮,满引亦一斗。老革昔媚珰,正士皆碎首。宁知时势移,人事反复手。当年金谷[1]花,今日章台柳。巧哉造物心,此罚胜柳杻。酒酣谈旧事,因果信非偶。淋漓挥醉墨,神鬼运吾肘。姓名讳不书,聊以存忠厚。时皇帝十载,太岁在丁丑。恢台仲夏月,其日二十九。同观者六人,题者河间叟。"盖为许显纯[2]诸姬流落青楼作也。初,诸姬隶乐籍时,有以死自誓者。夜梦显纯浴血来曰:"我死不蔽辜,故天以汝等示身后之罚。汝若不从,吾罪益重。"诸姬每举以告客,故有"因果信非偶"句云。

先四叔父栗甫公,一日往河城探友。见一骑飞驰向东北,突挂柳枝而堕。众趋视之,气绝矣。食顷,一妇号泣来,曰:"姑病无药饵,步行一昼夜,向母家借得衣饰数事。不料为骑马贼所夺。"众引视堕马者,时已复苏。妇呼曰:"正是人也。"其袱掷于道旁,问袱中衣饰之数,堕马者不能答;妇所言,启视一一合。堕马者乃服罪。众以白昼劫夺,罪当缳首,将执送官。堕马者叩首乞命,愿以怀中数十金,予妇自赎。妇以姑病危急,亦不愿涉讼庭,乃取其金而纵之去。叔父曰:"果报之速,无速于此事者矣。每一念及,觉在在处处有鬼神。"

齐舜庭,前所记剧盗齐大之族也。最剽悍,能以绳系刀柄,掷伤人于两三丈外。其党号之曰"飞刀"。其邻曰张七,舜庭故奴视之,强售其

---

[1] 金谷:即金谷园,晋石崇所建。
[2] 许显纯:明代宦官魏忠贤死党,屡兴大狱,逼杀左光斗、周顺昌等大臣十余人。

住屋广马厩;且使其党恐之曰:"不速迁,祸立至矣。"张不得已,携妻女仓皇出,莫知所适,乃诣神祠祷曰:"小人不幸为剧盗逼,穷迫无路。敬植杖神前,视所向而往。"杖仆向东北。乃逶迤行乞至天津,以女嫁灶丁,助之晒盐,粗能自给。三四载后,舜庭劫饷事发,官兵围捕,黑夜乘风雨脱免。念其党有在商舶者,将投之泛海去。昼伏夜行,窃瓜果为粮,幸无觉者。一夕,饥渴交迫,遥望一灯荧然。试叩门,一少妇凝视久之,忽呼曰:"齐舜庭在此。"盖追缉之牒,已急递至天津,立赏格募捕矣。众丁闻声毕集。舜庭手无寸刃,乃弭首就擒。少妇即张七之女也。使不追逐七至是,则舜庭已变服,人无识者;地距海口仅数里,竟扬帆去矣。

王兰洲尝于舟次买一童,年十三四,甚秀雅,亦粗知字义。云父殁,家中落,与母兄投亲不遇,附舟南还,行李典卖尽,故鬻身为道路费。与之语,羞涩如新妇,固已怪之。比就寝,竟弛服横陈。王本买供使令,无他念;然宛转相就,亦意不自持。已而童伏枕暗泣。问:"汝不愿乎?"曰:"不愿。"问:"不愿何以先就我?"曰:"吾父在时,所畜小奴数人,无不荐枕席。有初来愧拒者,辄加鞭笞曰:'思买汝何为?愤愤乃尔!'知奴事主人,分当如是;不如是则当捶楚。故不敢不自献也。"王蹶起推枕曰:"可畏哉!"急呼舟人鼓楫,一夜追及其母兄,以童还之,且赠以五十金。意不自安,复于悯忠寺礼佛忏悔。梦伽蓝语曰:"汝作过改过在顷刻间,冥司尚未注籍,可无庸渎世尊也。"

戈东长前辈官翰林时,其太翁傅斋先生市上买一惨绿袍。一日镝户出,归失其钥。恐误遗于床上,隔窗视之,乃见此袍挺然如人立,闻惊呼声乃仆。众议焚之。刘啸谷前辈时同寓,曰:"此必亡人衣,魂附之耳。鬼为阴气,见阳光则散。"置烈日中反复曝数日,再置室中,密觇之,不复为祟矣。又东长头早童,恒以假发续辫。将罢官时,假发忽舒展蜿蜒,如蛇掉尾。不久即归田。是亦亡人之发,感衰气而变幻也。

德清徐编修开厚,亦壬戌前辈。初入馆时,每夜读书,则宅后空屋中有读书声,与琅琅相答。细听所诵,亦馆阁律赋也。启户则无睹。一夕,蹑足屏息窥之,见一少年,着青半臂,蓝绫衫,携一卷背月坐,摇首吟哦,若有余味,殊不似为祟者。后亦无休咎。唐小说载天狐超异科,策[1]二道,皆四言韵语,文颇古奥。或此狐亦应举者欤!此戈东长前辈说;戈,徐同年进士也。

乌鲁木齐八蜡祠道士,年八十余。一夕,以钱七千布荐下,卧其上而死。众议以是钱营葬。夜见梦于工房吏邬玉麟曰:"我守官庙,棺应官给。钱我辛苦所积,乞纳棺中,俟来生我自取。"玉麟悯而从之。葬讫,叹息曰:"以钱贮棺,埋于旷野,是以璠玙[2]敛也,必暴骨。"余曰:"以钱买棺,尚能见梦;发棺攘夺,其为厉必矣。谁能为七千钱以性命与鬼争?必无恙。"众皆辗然。然玉麟正论也。

辛卯春,余自乌鲁木齐归。至巴里坤,老仆咸宁据鞍睡,大雾中与众相失。误循野马蹄迹,入乱山中,迷不得出,自分必死。偶见崖下伏尸,盖流人逃窜冻死者;背夹布橐,有糇粮。宁藉以疗饥,因拜祝曰:"我埋君骨,君有灵,其导我马行。"乃移尸岩窦中,运乱石坚窒。惘惘然信马行。越十余日,忽得路,出山,则哈密境矣。哈密游击徐君,在乌鲁木齐旧相识。因投其署以待余。余迟两日始至,相见如隔世。此不知鬼果有灵,导之出;或神以一念之善,佑之使出;抑偶然侥幸而得出。徐君曰:"吾宁归功于鬼神,为掩胔[3]埋胳者劝也。"

---

[1] 策:策问。古代考试,把政事、经义等问题写在简策上,令考生对答。
[2] 璠玙(fán yú):美玉。
[3] 胔(zì):本意为腐烂的肉,此处指尸体。

董曲江前辈言：顾侠君刻《元诗选》成，家有五六岁童子，忽举手外指曰："有衣冠者数百人，望门跪拜。"嗟乎，鬼尚好名哉！余谓剔抉幽沉，搜罗放佚，以表章之力，发冥漠之光，其衔感九泉，固理所宜有。至于交通声气，号召生徒，祸枣灾梨[1]，递相神圣，不但有明末造，标榜多诬；即月泉吟社[2]诸人，亦病未离乎客气。盖植党者多私，争名者相轧。即盖棺以后，论定犹难；况乎文酒流连，唱予和汝之日哉！《昭明文选》以何逊[3]见存，遂不登一字。古人之所见远矣。

余次女适长山袁氏，所居曰焦家桥。今岁归宁，言：距所居二三里许，有农家女归宁，其父送之还夫家。中途入墓林便旋，良久乃出。父怪其形神稍异，听其语音亦不同，心窃有疑，然无以发也。至家后，其夫私告父母曰："新妇相安久矣，今见之心悸，何也？"父母斥其妄，强使归寝。所居与父母隔一墙。夜忽闻颠扑膈膊声，惊起窃听，乃闻子大号呼。家众破扉入，则一物如黑驴冲人出，火光爆射，一跃而逝。视其子，唯余残血。天曙，往觅其妇，竟不可得。疑亦为所啖矣。此与《太平广记》所载罗刹鬼事全相似，殆亦是鬼欤！观此知佛典不全诬。小说稗官，亦不全出虚构。

河间一妇，性佚荡。然貌至陋，日靓妆倚门，人无顾者。后其夫随高叶飞官天长，甚见委任；豪夺巧取，岁以多金寄归。妇借其财，以招诱少年，门遂如市。迨叶飞获谴，其夫遁归，则囊箧全空，器物斥卖亦略尽，唯存一丑妇，淫疮遍体而已。人谓其不拥厚资，此妇万无堕节理。

---

[1] 祸枣灾梨：枣、梨即枣木、梨木，古时刻书常用材料。因谓滥刻无用的书为"祸枣灾梨"。
[2] 月泉吟社：南宋亡后遗民所立诗社名，由吴渭所创。于元世祖至元二十三年（1286年）出题征诗，品评后中选之诗刊行于世。有《月泉吟社诗》集。
[3] 何逊：南朝梁诗人。其诗以炼字炼句见称，杜甫有"颇学阴（铿）何（逊）苦用心"之句，对其颇为推重。

岂非天道哉！

伯祖湛元公、从伯君章公、从兄旭升，三世皆以心悸不寐卒。旭升子汝允，亦患是疾。一日治宅，匠睨[1]楼角而笑曰："此中有物。"破之则甃砖如小龛，一故灯檠在焉。云此物能使人不寐，当时圬者之魇术也。汝允自是遂愈。丁未春，从侄汝伦为余言之。此何理哉？然观此一物藏壁中，即能操主人之生死。则宅有吉凶，其说当信矣。

戴户曹临，以工书供奉内廷。尝梦至冥司，遇一吏，故友也，留与谈。偶揭其簿，正见己名，名下朱笔草书，似一"犀"字。吏夺而掩之，意似薄怒，问之亦不答。忽惶遽而醒，莫测其故。偶告裘文达公，文达沉思曰："此殆阴曹简便之籍，如部院之略节。户、中二字，连写颇似犀字。君其终于户部郎中乎？"后竟如文达之言。

东光霍易书先生，雍正甲辰举于乡。留滞京师，未有所就。祈梦吕仙祠中，梦神示以诗曰："六瓣梅花插满头，谁人肯向死前休？君看矫矫云中鹤，飞上三台阅九秋。"至雍正五年，初定帽顶之制，其铜盘六瓣如梅花，始悟首句之意。窃谓仙鹤为一品服，三台为宰相位，此句既验，末二句亦必验矣。后由中书舍人官至奉天府尹，坐谴谪军台，其地曰葵苏图，实第三台也。官牒省笔，皆书"臺"为"台"，适符诗语。果九载乃归。在塞外日，自署别号曰"云中鹤"，用诗中语也。后为姚安公述之。姚安公曰："'霍'字上为'雲'字头，下为'鹤'字之半，正隐君姓，亦非泛语。"先生喟然曰："岂但是哉！早年气盛，锐于进取，自谓卿相可立致，卒致颠踬。职是之由，第二句神戒我矣，惜是时未思也。"

---

[1] 睨（nì）：斜着眼睛看。

古以龟卜。孔子系《易》，极言蓍德，而龟渐废。《火珠林》[1]始以钱代蓍，然犹烦六掷。《灵棋经》[2]始一掷成卦，然犹烦排列。至神祠之签，则一掣而得，更简易矣。神祠率有签，而莫灵于关帝；关帝之签，莫灵于正阳门侧之祠。盖一岁中，自元旦至除夕，一日中，自昧爽至黄昏，摇筒者恒琅琅然。一筒不给，置数筒焉。杂遝纷纭，倏忽万状，非唯无暇于检核，亦并不容于思议。虽千手千目，亦不能遍应也。然所得之签，皆验如面语，是何故欤？其最奇者，乾隆壬申乡试，一南士于三月朔日斋沐以祷，乞示试题。得一签曰："阴里相看怪尔曹，舟中敌国笑中刀。藩篱剖破浑无事，一种天生惜羽毛。"是科《孟子》题为"曹交问曰，'人皆可以为尧舜'"至"汤九尺"，应首句也。《论语》题为"夫子莞尔而笑曰，'割鸡焉用牛刀'"，应第二句也。《中庸》题为"故天之生物，必因其材而笃焉"，应第四句也。是真不可测矣。

孙虚船先生言：其友尝患寒疾，昏愦中觉魂气飞越，随风飘荡。至一官署，谛视门内皆鬼神，知为冥府。见有人自侧门入，试随之行，无呵禁者。又随众坐庑下，亦无诘问者。窃睨堂上，讼者如织。冥王左检籍，右执笔，有一两言决者，有数十言数百言乃决者，与人世刑曹无少异。琅珰引下，皆帖伏无后言。忽见前辈某公盛服入，冥王延坐，问讼何事。则诉门生故吏之辜恩，所举凡数十人，意颇恨恨。冥王颜色似不谓然，俟其语竟，拱手曰："此辈奔竞排挤，机械万端，天道昭昭，终罹冥谪。然神殛之则可，公责之则不可。种桃李者得其实，种蒺藜者得其刺，公不闻乎？公所赏鉴，大抵附势之流；势去之后，乃责之以道义，是凿冰而求火也。公则左矣，何暇尤人？"某公怃然久之，逡巡竟退。友故与相识，欲近前问讯。忽闻背后叱叱声，一回顾间，悚然已醒。

---

[1]《火珠林》：卜卦之书，署名"麻衣道者"撰。
[2]《灵棋经》：卜卦之书，它为后代术数中影响最大的"签书"的产生和发展开辟了路径。

董文恪公老仆王某,性谦谨,善应门,数十年未忤一人,所谓"王和尚"者是也。言尝随文恪公宿博将军废园,月夜据石纳凉。遥见一人仓皇隐避,一人邀遮而止之,捉其臂共坐树下,曰:"以为汝生天久矣,乃在此相遇耶?"因先述相交之契厚,次责任事之负心,曰:"某事乘我急需,故难其词以勒我,中饱几何。某事欺我不谙,虚张其数以绐我,乾没又几何。"如是数十事,每一事一批其颊,怒气坌涌,似欲相吞噬。俄一老叟自草间出,曰:"渠今已堕饿鬼道,君何必相凌?且负债必还,又何必太遽?"其一人弥怒曰:"既已饿鬼,何从还债?"老叟曰:"业有满时,则债有还日。冥司定律,凡称贷子母之钱,来生有禄则偿,无禄则免,为其限于力也。若胁取诱取之财,虽历万劫,亦须填补。其或无禄可抵,则为六畜以偿;或一世不足抵,则分数世以偿。今夕董公所食之豚,非其干仆某之十一世身耶?"其一人怒似略平,乃释手各散。老叟意其土神也。所言干仆,王某犹及见之,果最有心计云。

福建曹藩司绳柱言:一岁司道会议臬署,上食未毕。一仆携小儿过堂下,小儿惊怖不前,曰:"有无数奇鬼,皆身长丈余,肩承梁柱。"众闻号叫,方出问,则承尘上落土簌簌,声如撒豆;急跃而出,已栋摧仆地矣。咸额手谓鬼神护持也。湖广定制府长,时为巡抚,闻话是事,喟然曰:"既在在处处有鬼神护持,自必在在处处有鬼神鉴察。"

卷七

如是我闻（一）

　　曩撰《滦阳消夏录》，属草未定，遽为书肆所窃刊，非所愿也。然博雅君子，或不以为纰缪，且有以新事续告者。因补缀旧闻，又成四卷。欧阳公曰："物尝聚于所好。"岂不信哉！缘是知一有偏嗜，必有浸淫而不自已者，天下事往往如斯，亦可以深长思也。

　　　　　　　　　　　辛亥七月二十一日题。

　　太原折生遇兰言：其乡有扶乩者，降坛大书一诗曰："一代英雄付逝波，壮怀空握鲁阳戈。庙堂有策军书急，天地无情战骨多。故垒春滋新草木，游魂夜览旧山河。陈涛十郡良家子，杜老酸吟意若何[1]？"署名曰"柿园败将"。皆悚然知为白谷孙公也。柿园之役[2]，败于中旨之促战，罪不在公。诗乃以房琯车战自比，引为己过。正人君子之用心，视王化贞[3]辈偾辕[4]误国，犹百计卸责于人者，真三光之于九泉矣。大同杜生宜滋，亦录有此诗，"空握"作"辜负"，"春滋"作"春添"，"意若何"作"竟若何"，凡四字不同。盖传写偶异，大旨则无殊也。

---

[1]"陈涛十郡"句：唐肃宗至德元年，中书令房琯自请兵讨安禄山叛乱，于陈涛斜（也作"陈陶斜"）一战，全军覆没。杜甫因此作《悲陈陶》一诗。此诗即咏陈涛斜兵败事。
[2]柿园之役：明孙传庭（白谷孙公）坚决主张镇压李自成农民起义，崇祯十五年，于河南郏县与起义军战，大败。是役中，官军粮草不济，士卒采青柿为食，时称"柿园之败"以讽之。
[3]王化贞：明天启年间任广宁（今辽宁北镇）巡抚，轻视大敌，好谩语，不受熊廷弼调度，致大败于后金军队。
[4]偾（fèn）辕：覆车。比喻覆败。

许南金先生言：康熙乙未，过阜城之漫河。夏雨泥泞，马疲不进；息路旁树下，坐而假寐。恍惚见女子拜言曰："妾黄保宁妻汤氏也，在此为强暴所逼，以死捍拒，卒被数刃以死。官虽捕贼骈诛，然以妾已被污，竟不旌表。冥官哀其贞烈，俾居此地，为横死诸魂长，今四十余年矣。夫异乡丐妇，踽踽独行，猝遇三健男子，执缚于树，肆其淫毒；除骂贼求死，别无他术。其啮齿受玷，由力不敌，非节之不固也。司谳者苛责无已，不亦冤乎？公状貌似儒者，当必明理，乞为白之。"梦中欲询其里居，霍然已醒。后问阜城士大夫，无知其事者；问诸老吏，亦不得其案牍。盖当时不以为烈妇，湮没久矣。

京师某观，故有狐。道士建醮[1]，醵[2]多金。蒇[3]事后，与其徒在神座灯前，会计出入。尚阙数金，师谓徒乾没，徒谓师误算，盘珠格格，至三鼓未休。忽梁上语曰："新秋凉爽，我倦欲眠，汝何必在此相聒？此数金，非汝欲买媚药，置怀中过后巷刘二姐家，二姐索金指环，汝乘醉探付彼耶？何竟忘也？"徒转面掩口。道士乃默然敛簿出。剃工魏福，时寓观内，亲闻之。言其声咿咿呦呦，如小儿女云。

旱魃为虐，见《云汉》[4]之诗，是事出经典矣。《山海经》实以女魃，似因诗语而附会。然据其所言，特一妖神耳。近世所云旱魃，则皆僵尸。掘而焚之，亦往往致雨。夫雨为天地之䜣合，一僵尸之气焰，竟能弥塞乾坤，使隔绝不通乎？雨亦有龙所作者，一僵尸之伎俩，竟能驱逐神物，使畏避不前乎，是何说以解之？又狐避雷劫，自宋以来，见于杂说者不一。夫狐无罪欤，雷霆克期而击之，是淫刑也，天道不如是也。狐有罪欤，何时不可以诛，而必限以某日某刻，使先知早避？即一时暂免，又何时不可以诛，乃过此一

---

[1] 建醮：旧时僧道为禳除灾祟、祈福而设的道场。
[2] 醵（jù）：募集（钱财）。
[3] 蒇（chǎn）：完成。
[4] 《云汉》：《诗经·大雅》篇名。

时，竟不复追理？是佚罚也，天道亦不如是也。是又何说以解之？偶阅近人《夜谈丛录》，见所载焚旱魃一事、狐避劫二事，因记所疑，俟格物穷理者详之。

虎坊桥西一宅，南皮张公子畏故居也，今刘云房副宪居之。中有一井，子、午二时汲则甘，余时则否，其理莫明。或曰："阴起午中，阳生子半，与地气应也。"然元气昆仑，充满大地，何他井不与地气应，此井独应乎？西土最讲格物学，《职方外纪》[1]载其地有水，一日十二潮，与晷漏不差秒忽。有欲穷其理者，构庐水侧，昼夜测之，迄不能喻，至恚而自沉。此井抑亦是类耳！

张读[2]《宣室志》曰：俗传人死数日，当有禽自柩中出，曰煞。太和中，有郑生者，网得一巨鸟，色苍，高五尺余，忽无所见。访里中民讯之，有对者曰："里中有人死，且数日。卜者言，今日煞当去。其家伺而视之，有巨鸟色苍，自柩中出。君所获果是乎？"此即今所谓煞神也。徐铉[3]《稽神录》曰：彭虎子少壮，有膂力。尝谓无鬼神。母死，俗巫诫之曰："某日殃煞当还，重有所杀，宜出避之。"合家细弱，悉出逃隐。虎子独留不去。夜中有人推门入，虎子惶遽无计，先有一瓮，便入其中，以板盖头。觉母在板上，有人问："板下无人耶？"母曰："无。"此即今所谓回煞也。俗云殇子未生齿者，死无煞；有齿者即有煞。巫觋[4]能预克其期。家奴孙文举、宋文皆通是术。余尝索视其书，特以年月日时干支推算，别无奇奥。其某日逢某凶煞，当用某符禳解，则诡词取财而已。或有室庐逼仄，无地避煞者，又有压制之法，使伏而不出，谓之斩殃，尤为荒诞。然家奴宋遇妇死，遇召巫斩殃；

---

[1]《职方外纪》：明代来华意大利人艾儒略撰。主要介绍五大洲各国文化、宗教、风土、习俗等。
[2] 张读：唐代小说家。曾撰传奇小说《宣室志》，多记仙灵鬼怪故事。
[3] 徐铉：五代宋初文学家。初仕南唐，后归宋，官至散骑常侍。与弟锴齐名，号称"大小儿徐"。
[4] 巫觋（xí）：古代称女巫为巫，男巫为觋，合称为"巫觋"。

迄今所居室中,夜恒作响,小儿女亦多见其形。似又不尽诬矣。天地之大,何所不有;幽明之理,莫得而穷。不必曲为之词,亦不必力攻其说。

人死者,魂隶冥籍矣。然地球圆九万里,径三万里,国土不可以数计,其人当百倍中土,鬼亦当百倍中土。何游冥司者,所见皆中土之鬼,无一徼外之鬼耶?其在在各有阎罗王耶?顾郎中德懋,摄阴官者也。尝以问之,弗能答。人不死者,名列仙籍矣。然赤松、广成[1],闻于上古;何后代所遇之仙,皆出近世?刘向[2]以下之所记,悉无闻耶?岂终归于尽,如朱子之论魏伯阳耶?娄真人近垣,领道教者也。尝以问之,亦弗能答。

里人阎勋,疑其妻与表弟通,遂携铳击杀其表弟。复归而杀妻,刏[3]刃于胸,格格然如中铁石,迄不能伤。或曰:"是鬼神悯其枉死,阴相之也。"然枉死者多,鬼神何不尽阴相欤?当由别有善行,故默邀护佑耳。

景州申君学坤,谦居先生子也。纯厚朴拙,不坠家风,信道学甚笃。尝谓从兄懋园曰:"曩在某寺,见僧以福田诱财物,供酒肉资。因著一论,戒勿施舍。夜梦一神,似彼教所谓伽蓝者,与余侃侃争曰:'君勿尔也。以佛法论,广大慈悲,万物平等。彼僧尼非万物之一耶?施食及于鸟鸢,爱惜及于虫鼠,欲其生也。此辈藉施舍以生,君必使之饥而死,曾视之不若鸟鸢虫鼠耶?其间破坏戒律,自堕泥犁者,诚比比皆是。然因有枭鸟[4],而尽戮羽族;因有破镜,而尽戕兽类,有是理耶?以世法论,田不足授,不能不使百姓自谋食。彼僧尼亦百姓之一种,募化亦谋食之一道耳。必以其

---

[1] 赤松、广成:传说中的仙人名。
[2] 刘向:西汉经学家、目录学家、文学家。东晋葛洪《抱朴子》及《隋书·经籍志》等均谓《列仙传》为刘向撰,宋以后则多疑为东汉人伪托。
[3] 刏(zì):刺。
[4] 枭鸟:与后文的"破镜"均为传说中不孝的鸟、兽。

不耕不织为蠹国耗民,彼不耕不织而蠹国耗民者,独僧尼耶?君何不一一著论禁之也?且天下之大,此辈岂止数十万。一旦绝其衣食之源,羸弱者转乎沟壑,姑勿具论;桀黠者铤而走险,君何以善其后耶?昌黎辟佛,尚曰鳏寡孤独废疾者有养。君无策以养,而徒朘其生,岂但非佛意,恐亦非孔孟意也。驷不及舌,君其图之。'余梦中欲与辩,倏然已觉。其语历历可忆。公以所论为何如?"懋园沉思良久曰:"君所持者正,彼所见者大。然人情所向,'匪今斯今',岂君一论所能遏?此神刺刺不休,殊多此一争耳。"

同年金门高,吴县人。尝夜泊淮扬之间,见岸上二叟相遇,就坐水次草亭上。一叟曰:"君近何事?"一叟曰:"主人避暑园林,吾日日入其水阁,观活秘戏图;百媚横生,亦殊可玩。其第五姬尤妖艳。见其与主人剪发为誓,约他年燕子楼中作关盼盼[1];又约似玉箫再世,重侍韦皋[2]。主人为之感泣。然偶闻其与母窃议,则谓主人已老,宜早储金帛,为琵琶别抱计也。君谓此辈可信乎?"相与叹息久之。一叟又曰:"闻其嫡甚贤,信乎?"一叟掉头曰:"天下之善妒人也,何贤之云!夫妒而嚣争,是为渊驱鱼者也。此妇于妾媵之来,弱者抚之以恩,纵其出入冶游,不复防制,使流于淫佚。其夫自愧而去之。强者待之以礼,阳尊之与己匹,而阴导之与夫抗,使养成骄悍,其夫不堪而去之。有二术所不能饵者,则密相煽构,务使参商两败者,又多有之。幸不即败,而一门之内,诟谇时闻,使其夫入妾之室则怨语愁颜,入妻之室乃柔声怡色。其去就不问而知矣。此天下之善妒人也,何贤之云!"门高窃听所言,服其中理;而不解其日入水阁语。方凝思间,有官舫鸣钲来,收帆欲泊。二叟转瞬已不见。乃悟其非人也。

先兄晴湖曰:"饮卤汁者,血凝而死,无药可医。里有妇人饮此者,

---

[1] 关盼盼:唐代张建封的姬妾,张为其建燕子楼,让其居住其中。
[2] 韦皋:见唐代范摅《云溪友议》卷三载玉箫两世姻缘,与韦皋相合之事。

方张皇莫措。忽一媪排闼入，曰：'可急取隔壁卖腐家所磨豆浆灌之。卤得豆浆，则凝浆为腐而不凝血。我是前村老狐，曾闻仙人言此方也。'语讫不见。试之果得苏。刘涓子有鬼遗方，此可称狐遗方也。"

客作秦尔严，尝御车自李家洼往淮镇。遇持铳击鹊者，马皆惊逸。尔严仓皇堕车下，横卧辙中，自分无生理。而马忽不行。抵暮归家，沽酒自庆，灯下与侪辈话其异。闻窗外人语曰："尔谓马自不行耶？是我二人掣其辔也。"开户出视，寂无人迹。明日，因赍酒脯，至堕处祭之。先姚安公闻之，曰："鬼如此求食，亦何恶于鬼！"

里人王五贤，（幼时闻呼其字是此二音，不知即此二字否也？）老塾师也。尝夜过古墓，闻鞭扑声，并闻责数曰："尔不读书识字，不能明理，将来何事不可为？至上干天律时，尔悔迟矣。"谓深更旷野，谁人在此教子弟。谛听乃出狐窟中。五贤喟然曰："不图此语闻之此间。"

先叔仪南公，有质库[1]在西城。客作陈忠，主买菜蔬。侪辈皆谓其近多余润，宜飨众。忠讳无有。次日，箧钥不启，而所蓄钱数千，唯存九百。楼上故有狐，恒隔窗与人语，疑所为。试往叩之，果朗然应曰："九百钱是汝雇值，分所应得，吾不敢取。其余皆日日所乾没，原非汝物。今日端阳，已为汝买粽若干，买酒若干，买肉若干，买鸡鱼及瓜菜果实各若干，并泛酒雄黄，亦为买得，皆在楼下空屋中。汝宜早烹炮，迟则天暑，恐腐败。"启户视之，累累具在。无可消纳，竟与众共餐。此狐可谓恶作剧，然亦颇快人意也。

[1] 质库：当铺。

亥有二首六身，是拆字之权舆矣。汉代图谶，多离合点画。至宋谢石辈，始以是术专门，然亦往往有奇验。乾隆甲戌，余殿试后，尚未传胪[1]，在董文恪公家，偶遇一浙士，能拆字。余书一"墨"字。浙士曰："龙头竟不属君矣。里字拆之为二甲，下作四点，其二甲第四乎？然必入翰林。四点庶字脚，士吉字头，是庶吉士矣。"后果然。又戊子秋，余以漏言获谴，狱颇急，日以一军官伴守。一董姓军官云能拆字。余书"董"字使拆。董曰："公远戍矣。是千里万里也。"余又书"名"字。董曰："下为口字，上为外字偏旁，是口外矣。日在西为夕，其西域乎？"问："将来得归否？"曰："字形类君，亦类召，必赐环也。"问："在何年？"曰："口为四字之外围，而中缺两笔，其不足四年乎？今年戊子，至四年为辛卯，夕字卯之偏旁，亦相合也。"果从军乌鲁木齐，以辛卯六月还京。盖精神所动，鬼神通之；气机所萌，形象兆之。与揲蓍灼龟[2]事同一理，似神异而非神异也。

医者胡宫山，不知何许人。或曰："本姓金，实吴三桂之间谍。三桂败，乃变易姓名。"事无左证，莫之详也。余六七岁时及见之，年八十余矣。轻捷如猿猱，技击绝伦。尝舟行，夜遇盗，手无寸刃，唯倒持一烟筒，挥霍如风，七八人并刺中鼻孔仆。然最畏鬼，一生不敢独睡。言少年尝遇一僵尸，挥拳击之，如中木石，几为所搏，幸跃上高树之顶。尸绕树踊距，至晓乃抱木不动。有铃驮群过，始敢下视。白毛遍体，目赤如丹砂，指如曲钩，齿露唇外如利刃。怖几失魂。又尝宿山店，夜觉被中蠕蠕动，疑为蛇鼠；俄枝梧撑拄，渐长渐巨，突出并枕，乃一裸妇人。双臂抱持，如巨绠束缚，接吻嘘气，血腥贯鼻，不觉晕厥。次日得灌救，乃苏。自是胆裂，黄昏以后，遇风声月影，即惴惴却步云。

南皮令居公铉，在州县幕二十年，练习案牍，聘币无虚岁。拥资既厚，

---

[1] 传胪：科举时代，殿试以后揭晓唱名的一种仪式。
[2] 揲（shé）蓍灼龟：揲蓍，用蓍草占卦。灼龟，烧龟甲占卦。

乃援例得官，以为驾轻车就熟路也。比莅任，乃愦愦如木鸡；两造争辩，辄面赪语涩，不能出一字；见上官，进退应对，无不颠倒。越岁余，遂以才力不及劾。解组[1]之日，梦蓬首垢面人长揖曰："君已罢官，吾从此别矣。"霍然惊醒，觉心境顿开。贫无归计，复理旧业，则精明果决，又判断如流矣。所见者其夙冤耶？抑即昌黎所送之穷鬼[2]耶？

裘文达公言：官詹事时，遇值日，五鼓赴圆明园。中途见路旁高柳下，灯火围绕，似有他故。至则一护军缢于树，众解而救之。良久得苏，自言过此暂憩，见路旁小室中有灯光，一少妇坐圆窗中招我。逾窗入，甫一俯首，项已被挂矣。盖缢鬼变形求代也。此事所在多有，此鬼乃能幻屋宇，设绳索，为可异耳。又先农坛西北文昌阁之南（文昌阁俗曰高庙），汇有积水，亦往往有溺鬼诱人。余十三四时，见一人无故入水，已没半身。众噪而挽之，始强回；痴坐良久，渐有醒意。问何所苦而自沉。曰："实无所苦。但渴甚，见一茶肆，趋往求饮，犹记其门悬匾额，粉板青字，曰'对瀛馆'也。"命名颇有文义，谁题之、谁书之乎？此鬼更奇矣。

山东刘君善谟，余丁卯同年也。以其黠巧，皆戏呼曰"刘鬼谷"。刘故诙谐，亦时以自称。于是鬼谷名大著，而其字若别号，人转不知。乾隆辛未，僦校尉营一小宅。田白岩偶过闲话，四顾慨然曰："此凤眼张三旧居也，门庭如故，埋香黄土已二十余年矣。"刘骇然曰："自卜此居，吾数梦艳妇来往堂庑间，其若人乎？"白岩问其状，良是。刘沉思久之，拊几曰："何物淫鬼，敢魅刘鬼谷！果现形，必痛抶之。"白岩曰："此妇在时，真鬼谷子，捭阖百变，为所颠倒者多矣。假鬼谷子何足云！京师大矣，何必定与鬼同住？"力劝之别徙。余亦尝访刘于此，忆斜对戈芥舟宅约六七家。今不能指其处矣。

---

[1] 解组：解下印绶，即辞去官职。
[2] 昌黎所送之穷鬼：唐韩愈（昌黎）有《送穷文》。

史太常松涛言：初官户部主事时，居安南营，与一孀妇邻。一夕盗入孀妇家，穴壁已穿矣。忽大呼曰："有鬼！"狼狈越墙去。迄不知其何所见也。岂神或哀其茕独，阴相之欤！又戈东长前辈一日饭罢，坐阶下看菊。忽闻大呼曰："有贼！"其声喑呜，如牛鸣盎中。举家骇异。俄连呼不已，谛听乃在庑下炉坑内。急邀逻者来，启视，则儳然一饿夫，昂首长跪。自言前两夕乘暗阑入，伏匿此坑，冀夜深出窃。不虞二更微雨，夫人命移腌齑[1]两瓮置坑板上，遂不能出。尚冀雨霁移下，乃两日不移。饥不可忍，自思出而被执，罪不过杖；不出则终为饿鬼。故反作声自呼耳。其事极奇，而实为情理所必至。录之亦足资一粲也。

河间府吏刘启新，粗知文义。一日问人曰："枭鸟、破镜是何物？"或对曰："枭鸟食母，破镜食父，均不孝之物也。"刘拊掌曰："是矣。吾患寒疾，昏愦中魂至冥司，见二官连几坐。一吏持牍请曰：'某处狐为其孙啮杀，禽兽无知，难责以人理。今唯议抵，不科不孝之罪。'左一官曰：'狐与他兽有别。已炼形成人者，宜断以人律；未炼形成人者，自宜仍断以兽律。'右一官曰：'不然。禽兽他事与人殊，至亲属天性，则与人一理。先王诛枭鸟、破镜，不以禽兽而贷也。宜仍科不孝，付地狱。'左一官首肯曰：'公言是。'俄吏抱牍下，以掌掴吾，悸而苏。所言历历皆记，唯不解枭鸟、破镜语。窃疑为不孝之鸟兽，今果然也。"案此事新奇，故阴府亦烦商酌。知狱情万变，难执一端。据余所见，事出律例之外者：一人外出，讹传已死。其父母因鬻妇为人妾。夫归，迫于父母，弗能讼也。潜至娶者家，伺隙一见，竟携以逃。越岁缉获，以为非奸，则已别嫁；以为奸，则本其故夫。官无律可引也。又，劫盗之中，别有一类，曰赶蛋。不为盗，而为盗之盗。每伺盗外出，或袭其巢，或要诸路，夺所劫之财。一日互相格斗，并执至官。以为非盗，则实强掠；以为盗，则所掠乃盗赃。官亦无律可引也。又，有奸而怀孕者，决罚后，官依律判生子还奸夫。后生子，本夫恨而杀之。奸夫控故杀其子。虽有律可引，而终觉奸夫所诉，有理无情；本夫所为，有

---

[1] 腌齑（jī）：用醋、酱拌和，切成碎末的菜或肉。

情无理。无以持其平也。不知彼地下冥官，遇此等事，又作何判断耳？

丰宜门外风氏园古松，前辈多有题咏。钱香树先生尚见之，今已薪矣。何华峰云：相传松未枯时，每风静月明，或闻丝竹。一巨公偶游其地，偕宾友夜往听之。二鼓后，有琵琶声，似出树腹，似在树杪。久之，小声缓唱曰："人道冬夜寒，我道冬夜好。绣被暖如春，不愁天不晓。"巨公叱曰："何物老魅，敢对我作此淫词！"戛然而止。俄登登复作，又唱曰："郎似桃李花，妾似松柏树。桃李花易残，松柏常如故。"巨公点首曰："此乃差近风雅。"余音摇曳之际，微闻树外悄语曰："此老殊易与，但作此等语言，便生欢喜。"拨剌一响，有如弦断。再听之，寂然矣。

佃户卜晋宝，息耕陇畔，枕块暂眠。朦胧中闻人语曰："昨官中有何事？"一人答曰："昨勘某人继妻，予铁杖百。虽是病容，尚眉目如画，肌肉如凝脂。每受一杖，哀呼宛转，如风引洞箫，使人心碎。吾手颤不得下，几反受鞭。"问者叹息曰："唯其如是之妖媚，故蛊惑其夫，荼毒前妻儿女，造种种恶业也。"晋宝私念：是何官府，乃用铁杖？欲起问之。欠伸拭目，乃荒烟蔓草，四顾阒然。

故城贾汉恒言：张二酉、张三辰，兄弟也。二酉先卒，三辰抚侄如己出，理田产，谋婚娶，皆殚竭心力。侄病瘵，经营医药，殆废寝食。侄殁后，恒忽忽如有失。人皆称其友爱。越数岁，病革，昏瞀中自语曰："咄咄怪事！顷到冥司，二兄诉我杀其子，斩其祀，岂不冤哉？"自是口中时喃喃，不甚可辨。一日稍苏，曰："吾之过矣。兄对阎罗数我曰：'此子非不可化诲者，汝为叔父，去父一间耳。乃知养而不知教，纵所欲为，恐拂其意。使恣情花柳，得恶疾以终。非汝杀之而谁乎？'吾茫然无以应也，吾悔晚矣。"反手自椎而殁。三辰所为，亦末俗之所难。坐以杀侄，《春秋》责备贤者耳；然要不得谓二酉苛也。平定王执信，余己卯所取士也。乞余志其继母墓,称母生一弟,曰执蒲;庶出一弟,曰执璧。平时饮食衣服,三子无所异;遇有过,责詈捶楚,亦三子无所异也。贤哉,数语尽之矣。

钱遵王《读书敏求记》载:赵清常殁,子孙鬻其遗书,武康山中,白昼鬼哭。聚必有散,何所见之不达耶?明寿宁侯故第在兴济,斥卖略尽,唯厅事仅存。后鬻其木于先祖。拆卸之日,匠者亦闻柱中有泣声。千古痴魂,殆同一辙。余尝与董曲江言:"大地山河,佛氏尚以为泡影,区区者复何足云。我百年后,傥图书器玩,散落人间,使赏鉴家指点摩挲曰:'此纪晓岚故物。'是亦佳话,何所恨哉!"曲江曰:"君作是言,名心尚在。余则谓消闲遣日,不能不借此自娱。至我已弗存,其他何有?任其饱虫鼠,委泥沙耳。故我书无印记,砚无铭识,正如好花朗月,胜水名山,偶与我逢,便为我有。迨云烟过眼,不复问为谁家物矣。何能镌号题名,为后人作计哉!"所见尤脱洒也。

职官奸仆妇,罪止夺俸,以家庭暱近,幽暧难明。律意深微,防诬蔑反噬之渐也。然横干强迫,阴谴实严。戴遂堂先生言:康熙末,有世家子挟污仆妇。仆气结成噎膈。时妇已孕,仆临殁,以手摩腹曰:"男耶?女耶?能为我复仇耶?"后生一女,稍长,极慧艳。世家子又纳为妾,生一子。文园[1]消渴,俄夭天年。女帷薄不修,竟公庭涉讼,大损家声。十许年中,妇缟袂扶棺,女青衫对簿,先生皆目见之,如相距数日耳。岂非怨毒所钟,生此尤物以报哉?

遂堂先生又言:有调其仆妇者,妇不答。主人怒曰:"敢再拒,棰汝死。"泣告其夫,方沉醉,又怒曰:"敢失志,且刲刃汝胸。"妇愤曰:"从不从皆死,

---

[1] 文园:原为汉文帝墓园,司马相如曾为文园令,后以文园指司马相如。唐杜牧《为人题赠》云:"文园终病渴,休咏白头吟。"

无宁先死矣。"竟自缢。官来勘验，尸无伤，语无证，又死于夫侧，无所归咎，弗能究也。然自是所缢之室，虽天气晴明，亦阴阴如薄雾；夜辄有声如裂帛。灯前月下，每见黑气，摇漾似人影，即之则无。如是十余年，主人殁，乃已。未殁以前，昼夜使人环病榻，疑其有所见矣。

乌鲁木齐军吏邬图麟言：其表兄某，尝诣泾县访友。遇雨，夜投一废寺。颓垣荒草，四无居人，唯山门尚可栖止，姑留待霁。时云黑如墨，暗中闻女子声曰："怨鬼叩头，求赐纸衣一袭，白骨衔恩。"某怖不能动，然度无可避，强起问之。鬼泣曰："妾本村女，偶独经此寺，为僧所遮留。妾哭詈不从，怒而见杀。时衣已尽裼，遂被裸埋。今百余年矣。虽在冥途，情有廉耻。身无寸缕，愧见神明。故宁抱沉冤，潜形不出。今幸逢君子，傥取数番彩楮，剪作裙襦，焚之寺门，使幽魂蔽体，便可诉诸地府，再入转轮。唯君哀而垂拯焉。"某战栗诺之。泣声遂寂。后不能再至其地，竟不果焚。尝自谓负此一诺，使此鬼茹恨黄泉，恒耿耿不自安也。

于道光言：有士人夜过岳庙，朱扉严闭，而有人自庙中出。知是神灵，膜拜呼上圣。其人引手掖之曰："我非贵神，右台司镜之吏，赍文簿到此也。"问："司镜何义？其业镜也耶？"曰："近之，而又一事也。业镜所照，行事之善恶耳。至方寸微暧，情伪万端，起灭无恒，包藏不测，幽深邃密，无迹可窥，往往外貌麟鸾，中韬鬼蜮，隐匿未形，业镜不能照也。南北宋后，此术滋工，涂饰弥缝，或终身不败。故诸天合议，移业镜于左台，照真小人；增心镜于右台，照伪君子。圆光对映，灵府洞然：有拗捩者，有偏倚者，有黑如漆者，有曲如钩者，有拉杂如粪壤者，有混浊如泥滓者，有城府险阻千重万掩者，有脉络屈盘左穿右贯者，有如荆棘者，有如刀剑者，有如蜂虿者，有如狼虎者，有现冠盖影者，有现金银气者。甚有隐隐跃跃，现秘戏图者；而回顾其形，则皆岸然道貌也。其圆莹如明珠，清澈如水晶者，千百之一二耳。如是者，吾立镜侧，籍而记之，三月一达于岳帝，定罪福焉。

大抵名愈高则责愈严，术愈巧则罚愈重。春秋二百四十年，瘅[1]恶不一，唯震夷伯之庙，天特示谴于展氏，隐慝故也。子其识之。"士人拜受教，归而乞道光书额，名其室曰"观心"。

有歌童扇上画鸡冠，于筵上求李露园题。露园戏书绝句曰："紫紫红红胜晚霞，临风亦自弄夭斜。枉教蝴蝶飞千遍，此种原来不是花。"皆叹其运意双关之巧。露园赴任湖南后，有扶乩者，或以鸡冠请题，即大书此诗。余骇曰："此非李露园作耶？"乩忽不动，扶乩者狼狈去。颜介子叹曰："仙亦盗句。"或曰："是扶乩者本伪托，已屡以盗句败矣。"

从兄坦居言：昔闻刘馨亭谈二事。其一，有农家子为狐媚，延术士劾治。狐就擒，将烹诸油釜。农家子叩额乞免，乃纵去。后思之成疾，医不能疗。狐一日复来，相见悲喜。狐意殊落落，谓农家子曰："君苦相忆，只为悦我色耳，不知是我幻相也。见我本形，则骇避不遑矣。"欻然扑地，苍毛修尾，鼻息咻咻，目睒睒如炬，跳掷上屋，长嗥数声而去。农家子自是病瘳。此狐可谓能报德。其一亦农家子为狐媚，延术士劾治。法不验，符箓皆为狐所裂，将上坛殴击。一老媪似是狐母，止之曰："物惜其群，人庇其党。此术士道虽浅，创之过甚，恐他术士来报复。不如且就尔婿眠，听其逃避。"此狐可谓能虑远。

康熙癸巳，先姚安公读书于厂里，（前明土贡澄浆砖，此地砖厂故址也。）偶折杏花插水中。后花落，结二杏如豆，渐长渐巨，至于红熟，与在树无异。是年逢万寿恩科，遂举于乡。王德安先生时同住，为题额曰"瑞杏轩"。此庄后分属从弟东白。乾隆甲申，余自福建归，问此匾，已不存矣。拟倩刘石庵补书，而代葺此屋，作记刻石龛于壁，以存先世之迹，因循未果，不识何日偿此愿也。

---

[1] 瘅（dàn）：憎恨。

先姚安公言：雍正初，李家洼佃户董某父死，遗一牛，老且跛，将鬻于屠肆。牛逸，至其父墓前，伏地僵卧，牵挽鞭捶皆不起，唯掉尾长鸣。村人闻是事，络绎来视。忽邻叟刘某愤然至，以杖击牛曰："渠父堕河，何预于汝？使随波漂没，充鱼鳖食，岂不大善？汝无故多事，引之使出，多活十余年。致渠生奉养，病医药，死棺敛，且留此一坟，岁需祭扫，为董氏子孙无穷累。汝罪大矣，就死汝分，牟牟者何为？"盖其父尝堕深水中，牛随之跃入，牵其尾得出也。董初不知此事，闻之大惭，自批其颊曰："我乃非人！"急引归。数月后，病死，泣而埋之。此叟殊有滑稽风，与东方朔救汉武帝乳母事[1]竟暗合也。

姨丈王公紫府，文安旧族也。家未落时，屠肆架上一豕首，忽脱钩落地，跳掷而行。市人噪而逐之，直入其门而止。自是日见衰谢，至饘粥不供。今子孙无孑遗矣。此王氏姨母自言之。又姚安公言：亲表某氏家，（岁久忘其姓氏，唯记姚安公言此事时，称曰汝表伯。）清晓启户，有一兔缓步而入，绝不畏人，直至内寝床上卧。因烹食之。数年中死亡略尽，宅亦拆为平地矣。是皆衰气所召也。

王菊庄言：有书生夜泊鄱阳湖，步月纳凉。至一酒肆，遇数人，各道姓名，云皆乡里。因沽酒小饮，笑言既洽，相与说鬼。搜异抽新，多出意表。一人曰："是固皆奇，然莫奇于吾所见矣。曩在京师，避嚣寓丰台花匠家，邂逅一士共谈。吾言此地花事殊胜，唯墟墓间多鬼可憎。士曰：'鬼亦有雅俗，未可概弃。吾曩游西山，遇一人论诗，殊多精诣，自诵所作，有曰：深山迟见日，古寺早生秋。又曰：钟声散墟落，灯火见人家。又曰：猿声临水断，人语入烟深。又曰：林梢明远水，楼角挂斜阳。又曰：

---

[1] 东方朔救汉武帝乳母事：见南朝宋刘义庆《世说新语》。

苔痕侵病榻，雨气入昏灯。又曰：鸺鹠[1]岁久能人语，魍魉山深每昼行。又曰：空江照影芙蓉泪，废苑寻春蛱蝶魂。皆楚楚有致。方拟问其居停，忽有铃驭琅琅，欻然灭迹。此鬼宁复可憎耶？'吾爱其脱洒，欲留共饮。其人振衣起曰：'得免君憎，已为大幸，宁敢再入郇厨[2]？'一笑而隐。方知说鬼者即鬼也。"书生因戏曰："此称奇绝，古所未闻。然阳羡鹅笼，幻中出幻[3]，乃辗转相生，安知说此鬼者，不又即鬼耶？"数人一时色变，微风飒起，灯光黯然，并化为薄雾轻烟，蒙蒙四散。

庚午四月，先太夫人病革时，语子孙曰："旧闻地下眷属，临终时一一相见，今日果然。幸我平生尚无愧色。汝等在世，家庭骨肉，当处处留将来相见地也。"姚安公曰："聪明绝特之士，事事皆能知，而独不知人有死；经纶开济之才，事事皆能计，而独不能为死时计。使知人有死，一切作为，必有索然自返者；使能为死时计，一切作为，必有悚然自止者。惜求诸六合之外，失诸眉睫之前也。"

一南士以文章游公卿间。偶得一汉玉璜，质理莹白，而血斑彻骨，尝用以镇纸。一日，借寓某公家。方灯下构一文，闻窗隙有声，忽一手探入。疑为盗，取铁如意欲击；见其纤削如春葱，瑟缩而止。穴纸窃窥，乃一青面罗刹鬼。怖而仆地。比苏，则此璜已失矣。疑为狐魅幻形，不复追诘。后于市上偶见，询所从来。辗转经数主，竟不能得其端绪。久乃知为某公家奴伪作鬼装所取。董曲江戏曰："渠知君是惜花御史，故敢

---

[1] 鸺鹠（xiū liú）：鸱鸺的一种，捕食鼠、兔等，对农业有益，但在古书中却常常被视为不祥之鸟。
[2] 郇（xún）厨：即郇公厨。唐韦陟袭封郇国公，厨食奢靡，人称"郇公厨"。后以郇厨称赞膳食精美的人家。
[3] 阳羡鹅笼，幻中出幻：南朝梁吴均《续齐谐记》记阳羡许彦负鹅笼而行，遇书生求寄鹅笼之中。书生擅幻术，能口中吐人及各种食物。后人把"阳羡鹅笼"作为幻中生幻、变化无穷的典故。

露此柔荑[1]。使遇我辈粗材，断不敢自取断腕。"余谓此奴伪作鬼装，一以使不敢揽执，一以使不复追求。又灯下一掌破窗，恐遭捶击，故伪作女手，使知非盗；且引之窥见恶状，使知非人，其运意亦殊周密。盖此辈为主人执役，即其钝如椎；至作奸犯科，则奇计环生，如鬼如蜮。大抵皆然，不独此一人一事也。

朱竹坪御史尝小集阁梨村尚书家，酒次，竹坪慨然曰："清介是君子分内事。若恃其清介以凌物，则殊嫌客气不除。昔某公为御史时，居此宅，坐间或言及狐魅，某公痛詈之。数日后，月下见一盗逾垣入。内外搜捕，皆无迹。扰攘彻夜。比晓，忽见厅事上卧一老人，欠伸而起曰：'长夏溽暑，（长夏字出黄帝《素问》，谓六月也。王太仆注："读上声。"杜工部"长夏江村事事幽"句，皆读平声，盖注家偶未考也。）偶投此纳凉，致主人竟夕不安，殊深惭愧。'一笑而逝。盖无故侵狐，狐以是戏之也。岂非自取侮哉！

朱天门家扶乩，好事者多往看。一狂士自负书画，意气傲睨，旁若无人，至对客脱袜搔足垢，向乩哂曰："且请示下坛诗。"乩即题曰："回头岁月去骎骎[2]，几度沧桑又到今。曾见会稽王内史，亲携宾客到山阴。"众曰："然则仙及见右军耶？"乩书曰："岂但右军，并见虎头。"[3]狂生闻之，起立曰："二老风流，既曾亲睹；此时群贤毕至，古今人相去几何？"又书曰："二公虽绝艺入神，然意存冲挹[4]，雅人深致，使见者意消；与骂座灌夫[5]，

---

[1] 柔荑：柔软的茅草嫩芽。用以形容女子纤细白嫩的手。
[2] 骎（qīn）骎：马跑得很快的样子。
[3] 王内史、右军、虎头：晋书法家王羲之曾任右军将军、会稽内史。虎头，晋书画家顾恺之的小名。
[4] 冲挹（yì）：谦虚自抑。
[5] 骂座灌夫：《史记》卷一百七载，西汉燕相灌夫为人刚直不阿，使酒骂座，为人所弹劾。

自别是一流人物。离之双美，何必合之两伤？"众知有所指，相顾目笑。回视狂生，已著袜欲遁矣。此不识是何灵鬼，作此虐谑。惠安陈舍人云亭，尝题此生《寒山老木图》，曰："憔悴人间老画师，平生有恨似徐熙[1]。无端自写荒寒景，皱出秋山鬓已丝。""使酒淋漓礼数疏，谁知侠气属狂奴。他年傥续《宣和谱》[2]，画史如今有灌夫。"乩所云骂座灌夫，当即指此。又不识此鬼何以知此诗也。

舅氏张公梦征言：儿时闻沧州有太学生，居河干。一夜，有吏持名刺叩门，言新太守过此，闻为此地巨室，邀至舟相见。适主人以会葬宿姻家，相距十余里。阍者[3]持刺奔告，亟命驾返，则舟已行。乃饬车马，具贽币，沿岸急追。昼夜驰二百余里，已至山东德州界。逢人询问，非唯无此官，并无此舟。乃狼狈而归，惘惘如梦者数日。或疑其家多资，劫盗欲诱而执之，以他出幸免。又疑其视贫亲友如仇，而不惜多金结权贵，近村故有狐魅，特恶而戏之。皆无左证。然乡党喧传，咸曰："某太学遇鬼。"先外祖雪峰公曰："是非狐非鬼亦非盗，即贫亲友所为也。"斯言近之矣。

俗传鹊蛇斗处为吉壤，就斗处点穴，当大富贵，谓之龙凤地。余十一二岁时，淮镇孔氏田中，尝有是事，舅氏安公实斋亲见之。孔用以为坟，亦无他验。余谓鹊以虫蚁为食，或见小蛇啄取；蛇蜿蜒拒争，有似乎斗。此亦物态之常。必当日曾有地师为人卜葬，指鹊蛇斗处是穴，如陶侃[4]葬母，仙人指牛眠处是穴耳。后人见其有验，遂传闻失实，谓鹊蛇斗处必吉。然则因陶侃事，谓凡牛眠处必吉乎？

---
[1]徐熙：五代南唐著名画家，与后蜀黄筌并称"黄徐"。
[2]《宣和谱》：即《宣和画谱》。宋代宣和年间由官方主持编撰的宫廷所藏绘画作品的著作。
[3]阍者：看门的人。
[4]陶侃：东晋庐江寻阳（江西九江西南）人，官至刺史，曾平定苏峻叛乱。为陶渊明曾祖父。

庆云、盐山间，有夜过墟墓者，为群狐所遮。裸体反接，倒悬树杪。天晓人始见之，掇梯解下，视背上大书三字，曰"绳还绳"，莫喻其意。久乃悟二十年前，曾捕一狐倒悬之，今修怨也。胡厚庵先生仿西涯[1]新乐府，中有《绳还绳》一篇曰："斜柯三丈不可登，谁蹑其杪如猱升？谛而视之儿倒绷，背题字曰绳还绳。问何以故心憎腾，恍然忽省蹶然兴，束缚阿紫当年曾。旧事过眼如风灯，谁期狭路遭其朋。吁嗟乎！人妖异路炭与冰，尔胡肆暴先侵陵？使衔怨毒伺隙乘。吁嗟乎！无为祸首兹可惩。"即此事也。

刘香畹言：沧州近海处，有牧童年十四五，虽农家子，颇白皙。一日，陂畔午睡醒，觉背上似负一物。然视之无形，扪之无质，问之亦无声。怖而返，以告父母，无如之何。数日后，渐似拥抱，渐似抚摩，既而渐似梦魇，遂为所污。自是媟狎无时。而无形无质无声，则仍如故。时或得钱物果饵，亦不甚多。邻塾师语其父曰："此恐是狐，宜藏猎犬，俟闻媚声时排闼哄攫之。"父如所教。狐嗷然破窗出，在屋上跳掷，骂童负心。塾师呼与语曰："君幻化通灵，定知世事。夫男女相悦，感以情也。然朝盟同穴，夕过别船者，尚不知其几。至若娈童，本非女质，抱衾荐枕，不过以色为市耳。当其傅粉熏香，含娇流盼，缠头万锦，买笑千金，非不似碧玉多情，回身就抱。迨富者资尽，贵者权移，或掉臂长辞，或倒戈反噬，翻云覆雨，自古皆然。萧韶之于庾信[2]，慕容冲之于苻坚[3]，载在史册，其尤著者也。其所施者如彼，其所报者尚如此。然则与此辈论交，如抟沙作饭矣。况君所赠，曾不及五陵豪贵之万一，而欲此童心坚金石，不亦颠乎？"语讫寂然。良久，忽闻顿足曰："先生休矣。吾今乃始知吾痴。"浩叹数声而去。

---

[1] 西涯：明代重臣李东阳的号。
[2] 萧韶之于庾信：萧韶年轻时受到庾信宠爱，后任郢州刺史，对庾信却很冷淡。见《南史》卷五十一。
[3] 慕容冲之于苻坚：慕容冲幼时与其姐得苻坚专宠；淝水之役苻坚兵败之后，慕容冲却乘机起兵称帝。见《晋书·苻坚载记》。

姜白岩言：有士人行桐柏山中，遇卤簿[1]前导，衣冠形状，似是鬼神，暂避林内。舆中贵官已见之，呼出与语，意殊亲洽。因拜问封秩。曰："吾即此山之神。"又拜问："神生何代？冀传诸人世，以广见闻。"曰："子所问者人鬼，吾则地祇也。夫玄黄剖判，融结万形。形成聚气，气聚藏精，精凝孕质，质立含灵。故神祇与天地并生，唯圣人通造化之原，故燔柴、瘗玉，载在六经。自稗官琐记，创造鄙词，曰刘、曰张，谓天帝有废兴；曰吕、曰冯，谓河伯有夫妇。儒者病焉。紫阳[2]崛起，乃以理诘天，并皇矣之下临，亦斥为乌有。而鬼神之德，遂归诸二气之屈伸矣。夫木石之精，尚生夔罔；雨土之精，尚生羵羊[3]。岂有乾坤斡运，元气鸿洞，反不能聚而上升，成至尊之主宰哉。观子衣冠，当为文士。试传吾语，使儒者知圣人飨报之由。"士人再拜而退。然每以告人，辄疑以为妄。余谓此言推鬼神之本始，植义甚精。然自白岩寓言，托诸神语耳。赫赫灵祇，岂屑与讲学家争是非哉？

裘编修超然言：丰宜门内玉皇庙街，有破屋数间，锁闭已久，云中有狐魅。适江西一孝廉与数友过夏，（唐举子下第后，读书待再试，谓之过夏。）取其地幽僻，僦舍于旁。一日，见幼妇立檐下，态殊妩媚，心知为狐。少年豪宕，意殊不惧。黄昏后，诣门作礼，祝以媟词。夜中闻床前窸窣有声，心知狐至，暗中举手引之。纵体入怀，遽相狎昵，冶荡万状，奔命殆疲。比月上窗明，谛视乃一白发媪，黑陋可憎。惊问："汝谁？"殊不愧赧，自云："本城楼上老狐，娘子怪我饕餮而惰作，斥居此屋，寂寞已数载。感君垂爱，故冒耻自献耳。"孝廉怒，搏其颊，欲缚捶之。撑拄摆拨间，同舍闻声，皆来助捉。忽一脱手，已琤然破窗遁。次夕，自坐屋檐，作软语相唤。孝廉诟詈，忽为飞瓦所击。又一夕，揭帷欲寝，乃裸卧床上，笑而招手。抽刃向击，始泣骂去。惧其复至，移寓

---

[1] 卤簿：古时帝王出行时扈从的仪仗队。
[2] 紫阳：紫阳之学，即朱子（熹）之学。宋代朱熹于福建崇安时，将其听事堂名紫阳书堂，后人以"紫阳"为朱熹别称。
[3] 羵（fén）羊：传说中土中所生的精怪。

避之。登车顷,突见前幼妇自内走出。密遣小奴访问,始知居停主人之甥女,昨偶到街买花粉也。

琴工钱生(以鼓琴客裘文达公家,滑稽善谐戏。因面有癜风,皆呼曰"钱花脸"。来往数年,竟不能举其里居名字也。)言:一选人居会馆,于馆后墙缺见一妇,甚有姿首,衣裳故敝,而修饰甚整洁。意颇悦之。馆人有母年五十余,故大家婢女,进退语言,均尚有矩度,每代其子应门。料其有干才,赂以金,祈谋一晤。对曰:"向未见此,似是新来。姑试侦探,作万一想耳。"越十许日,始报曰:"已得之矣。渠本良家,以贫故,忍耻出此。然畏人知,俟夜深月黑,乃可来。乞勿秉烛,勿言勿笑,勿使童仆及同馆闻声息,闻钟声即勿留。每夕赠以二金足矣。"选人如所约,已往来月余。一夜,邻弗戒于火。选人惶遽起。童仆皆入室救囊箧;一人急搴帐曳茵褥,訇然有声,一裸妇堕榻下,乃馆人母也。莫不绝倒。盖京师媒妁最奸黠,遇选人纳媵,多以好女引视,而临期阴易以下材,觉而涉讼者有之。幂首入门,背灯障扇,俟定情后始觉,委曲迁就者亦有之。此媪狃于乡风,竟以身代也。然事后访问四邻,墙缺外实无此妇。或曰:"魅也。"裘文达公曰:"是此媪引致一妓,炫诱选人耳。"

安氏从舅善鸟铳,郊原逐兔,信手而发,无得脱者,所杀殆以千百计。一日,遇一兔,人立而拱,目炯炯如怒。举铳欲发,忽炸而伤指,兔已无迹。心知为兔鬼报冤,遂辍其事。又尝从禽晚归,渐已昏黑。见小旋风裹一物,火光荧荧,旋转如轮。举铳中之,乃秃笔一枝,管上微有血渍。明人小说载牛天锡供状事,言凡物以庚申日得人血,皆能成魅。是或然欤!

奴子王廷佑之母言:青县一民家,岁除日,有卖通草花者,叩门呼曰:"伫立久矣,何花钱尚不送出耶?"诘问家中,实无人买花。而卖者坚执一垂髫女子持入。正纷扰间,闻一媪急呼曰:"真大怪事,厕中敝帚柄上,竟插花数朵也。"取验，果适所持入。乃锉而焚之，呦呦有声，血出如缕。此魅既解化形，即应潜养灵气，何乃作此变异，使人知而歼除，岂非自取其败耶？天下未有所成，先自炫耀；甫有所得，不自韬晦者，类此帬也夫！

外祖雪峰张公家奴子王玉善射。尝自新河携盐租返，遇三盗，三矢仆之，各唾面纵去。一日，携弓矢夜行，见黑狐人立向月拜。引满一发，应弦饮羽。归而寒热大作。是夕，绕屋有哭声曰："我自拜月炼形，何害于汝？汝无故见杀，必相报恨。汝未衰，当诉诸司命耳。"数日后，窗棂上铿然有声，愕眙惊问。闻窗外语曰："王玉我告汝：我昨诉汝于地府，冥官检籍，乃知汝过去生中，负冤论辩，我为刑官，阴庇私党，使汝理直不得申，抑郁愤恚，自刺而死。我堕身为狐，此一矢所以报也。因果分明，我不怨汝。唯当日违心枉拷，尚负汝笞掠百余。汝肯发愿免偿，则阴曹销籍，来生拜赐多矣。"语讫，似闻叩额声。王叱曰："今生债尚不了了，谁能索前生债耶？妖鬼速去，无扰我眠。"遂寂然。世见作恶无报，动疑神理之无据。乌知冥冥之中，有如是之委曲哉。

雍正甲寅，余初随姚安公至京师。闻御史某公性多疑，初典永光寺一宅，其地空旷。虑有盗，夜遣家奴数人，更番司铃柝；犹防其懈，虽严寒溽暑，必秉烛自巡视。不胜其劳，别典西河沿一宅，其地市廛[1]栉比。又虑有火，每屋储水瓮。至夜铃柝巡视，如在永光寺时，不胜其劳。更典虎坊桥东一宅，与余邸隔数家。见屋宇幽邃，又疑有魅。先延僧诵经，放焰口，钹鼓琤琤者数日，云以度鬼；复延道士设坛召将，悬符持咒，钹鼓琤琤者又数日，云以驱狐。宅本无他，自是以后，魅乃大作，抛掷砖瓦，攘窃器物，夜夜无宁居。婢媪仆隶，因缘为奸，所损失无算。论者皆谓妖由人兴。居未一载，又典绳匠胡同一宅。去后不通闻问，不知

---

[1] 市廛（chán）：市中店铺。

其作何设施矣。姚安公尝曰:"天下本无事,庸人自扰之。"其此公之谓乎。

钱塘陈乾纬言:昔与数友,泛舟至西湖深处,秋雨初晴,登寺楼远眺。一友偶吟"举世尽从忙里老,谁人肯向死前休"句,相与慨叹。寺僧微哂曰:"据所闻见,盖死尚不休也。数年前,秋月澄明,坐此楼上。闻桥畔有诟争声,良久愈厉。此地无人居,心知为鬼。谛听其语,急遽搀夺,不甚可辨,似是争墓田地界。俄闻一人呼曰:'二君勿喧,听老僧一言可乎?夫人在世途,胶胶扰扰,缘不知此生如梦耳。今二君梦已醒矣,经营百计,以求富贵,富贵今安在乎?机械万端,以酬恩怨,恩怨今又安在乎?青山未改,白骨已枯,孑然唯剩一魂。彼幻化黄粱,尚能省悟;何身亲阅历,反不知万事皆空?且真仙真佛以外,自古无不死之人;大圣大贤以外,自古亦无不消之鬼。并此孑然一魂,久亦不免于澌灭。顾乃于电光石火之内,更兴蛮触[1]之兵戈,不梦中梦乎?'语讫,闻呜呜饮泣声,又闻浩叹声曰:'哀乐未忘,宜乎其未齐得丧。如斯挂碍,老僧亦不能解脱矣。'遂不闻再语,疑其难未已也。"乾纬曰:"此自师粲花[2]之舌耳。然默验人情,实亦为理之所有。"

陈竹吟尝馆一富室。有小女奴,闻其母行乞于道,饿垂毙,阴盗钱三千与之。为侪辈所发,鞭捶甚苦。富室一楼,有狐借居,数十年未尝为祟。是日女奴受鞭时,忽楼上哭声鼎沸。怪而仰问。同声应曰:"吾辈虽异类,亦具人心。悲此女年未十岁,而为母受捶,不觉失声。非敢相扰也。"主人投鞭于地,面无人色者数日。

---

[1] 蛮触:《庄子·则阳》载,蜗之左角为触氏国,右角为蛮氏国;两国相与争地而战,伏尸数万。后常以喻指为小事而争斗者。
[2] 粲花:称赞言论的典雅高妙。

竹吟与朱青雷游长椿寺，于鬻书画处，见一卷擘窠书[1]曰："梅子流酸溅齿牙，芭蕉分绿上窗纱。日长睡起无情思，闲看儿童捉柳花。"款题"山谷道人[2]"。方拟议真伪，一丐者在旁睨视，微笑曰："黄鲁直乃书杨诚斋[3]诗，大是异闻。"掉臂竟去。青雷讶曰："能作此语，安得乞食？"竹吟叹息曰："能作此语，又安得不乞食！"余谓此竹吟愤激之谈，所谓名士习气也。聪明颖隽之士，或恃才兀傲，久而悖谬乖张，使人不敢向迩者，其势可以乞食。或有文无行，久而秽迹恶声，使人不屑齿录者，其势亦可以乞食。是岂可赋《感士不遇》[4]哉！

一宦家子，赀巨万。诸无赖伪相亲昵，诱之冶游，饮博歌舞。不数载，炊烟竟绝，颣頷[5]以终。病革时，语其妻曰："吾为人蛊惑以至此，必讼诸地下。"越半载，见梦于妻曰："讼不胜也。冥官谓妖童倡女，本捐弃廉耻，借声色以养生；其媚人取财，如虎豹之食人，鲸鲵之吞舟也。然人不入山，虎豹乌能食？舟不航海，鲸鲵乌能吞？汝自就彼，彼何尤焉？唯淫朋狎客，如设阱以待兽，不入不止；悬饵以钓鱼，不得不休。是宜阳有明刑，阴有业报耳。"又闻有书生昵一狐女，病瘵死。家人清明上冢，见少妇奠酒焚楮钱，伏哭甚哀。其妻识是狐女，遥骂曰："死魅害人，雷行且诛汝！尚假慈悲耶？"狐女敛衽徐对曰："凡我辈女求男者，是为采补；杀人过多，天律不容也。男求女者，是为情感；耽玩过度，用致伤生。正如夫妇相悦，成疾夭折，事由自取，鬼神不追理其衽席也。姊何责耶？"此二事足相发明也。

干宝《搜神记》载马势妻蒋氏事，即今所谓走无常也。武清王庆坨曹氏，

---

[1] 擘窠书：指大字。写字、篆刻时，为求字体大小匀整，以横直界限分格，叫"擘窠"。
[2] 山谷道人：北宋诗人黄庭坚号"山谷道人"。
[3] 杨诚斋：南宋诗人杨万里。
[4] 《感士不遇》：晋陶渊明撰有《感士不遇赋》。
[5] 颣頷（kǎn hàn）：形容因为饥饿而脸色枯槁的样子。

有佣媪充此役。先太夫人尝问以冥司追摄,岂乏鬼卒,何故须汝辈。曰:"病榻必有人环守,阳光炽盛,鬼卒难近也。又或有真贵人,其气旺;有真君子,其气刚。尤不敢近。又或兵刑之官,有肃杀之气;强悍之徒,有凶戾之气。亦不能近。唯生魂体阴而气阳,无虑此数事,故必携之以为备。"语颇近理,似非村媪所能臆撰也。

河间一旧家,宅上忽有鸟十余,哀鸣旋绕,其音甚悲,若曰"可惜!可惜!"知非佳兆,而莫测兆何事。数日后,乃知其子鬻宅偿博负。鸟啼之时,即书券之时也。岂其祖父之灵所凭欤!为人子孙者,闻此宜怆然思矣。

有游士借居万柳堂。夏日,湘帘棐几,列古砚七八,古玉器、铜器、瓷器十许,古书册画卷又十许,笔床、水注、酒盏、茶瓯、纸扇、棕拂之类,皆极精致。壁上所粘,亦皆名士笔迹。焚香宴坐,琴声铿然,人望之若神仙。非高轩驷马,不能登其堂也。一日,有道士二人,相携游览,偶过所居,且行且言曰:"前辈有及见杜工部者,形状殆如村翁。吾曩在汴京,见山谷、东坡[1],亦都似措大[2]风味。不及近日名流,有许多家事。"朱导江时偶同行,闻之怪讶,窃随其后。至车马丛杂处,红尘涨合,倏已不见。竟不知是鬼是仙。

乌鲁木齐遣犯刘刚,骁健绝伦。不耐耕作,伺隙潜逃。至根克忒,将出境矣。夜遇一叟,曰:"汝逋亡者耶?前有卡伦,(卡伦者,戍守瞭望之地也。)恐不得过。不如暂匿我屋中,俟黎明耕者毕出,可杂其中以脱也。"刚从之。比稍辨色,觉恍如梦醒,身坐老树腹中。再视叟,亦非昨貌;谛审之,乃刚所手刃弃尸深涧者也。错愕欲起,逻骑已至,乃

---

[1] 山谷、东坡:北宋诗人黄庭坚、苏轼。
[2] 措大:旧指贫寒失意的读书人。

弭首就擒。军屯法：遣犯私逃，二十日内自归者，尚可贷死。刚就擒在二十日将曙，介在两歧[1]，屯官欲迁就活之。刚自述所见，知必不免，愿早伏法。及送辕行刑。杀人于七八年前，久无觉者；而游魂为厉，终索命于二万里外。其可畏也哉！

日南坊守栅兵王十，姚安公旧仆夫也。言乾隆辛酉夏夜，坐高庙纳凉，暗中见二人坐阁下，疑为盗，静伺所往。时绍兴会馆西商放债者演剧赛神，金鼓声未息。一人曰："此辈殊快乐，但巧算剥削，恐造业亦深。"一人曰："其间亦有差等。昔闻判司论此事，凡选人[2]或需次多年，旅食匮乏；或赴官远地，资斧[3]艰难，此不得已而举债。其中苦况，不可殚陈。如或乘其急迫，抑勒多端，使进退触藩，茹酸书券。此其罪与劫盗等，阳律不过笞杖，阴律则当堕泥犁。至于冶荡性成，骄奢习惯，预期到官之日，可取诸百姓以偿补。遂指以称贷，肆意繁华。已经负债如山，尚复挥金似土。致渐形竭蹶，日见追呼。铨授[4]有官，逋逃无路，不得不吞声饮恨，为几上之肉，任若辈之宰割。积数既多，取偿难必。故先求重息，以冀得失之相当。在彼为势所必然，在此为事由自取。阳官科断，虽有明条，鬼神固不甚责之也。"王闻是语，疑不类生人。俄歌吹已停，二人并起，不待启钥，已过栅门。旋闻道路喧传，酒阑客散，有一人中暑暴卒。乃知二人为追摄之鬼也。

莆田林生霈言：闽一县令，罢官居馆舍。夜有群盗破扉入。一媪惊呼，刃中脑仆地。童仆莫敢出。巷有逻者，素弗善所为，亦坐视。盗遂肆意搜掠。其幼子年十四五，以锦衾蒙首卧。盗搴取衾，见姣丽如好女，嘻笑抚摩，似欲为无礼。中刃媪突然跃起，夺取盗刀，径负是子夺门出。追者皆被

---
[1] 两歧：意见不能一致或事物介在两可之间。
[2] 选人：候补、候选的官员。
[3] 资斧：旅费、盘缠。
[4] 铨授：选拔任命（官吏）。

伤，乃仅捆载所劫去。县令怪媪已六旬，素不闻其能技击，何勇鸷乃尔。急往寻视，则媪挺立大言曰："我某都某甲也，曾蒙公再生恩。殁后执役土神祠，闻公被劫，特来视。宦资是公刑求所得，冥判饱盗橐，我不敢救。至侵及公子，则盗罪当诛。故附此媪与之战。公努力为善。我去矣。"遂昏昏如醉卧。救苏问之，憪然不忆。盖此令遇贫人与贫人讼，剖断亦颇公明，故卒食其报云。

　　州县官长随，姓名籍贯皆无一定，盖预防奸赃败露，使无可踪迹追捕也。姚安公尝见房师石窗陈公一长随，自称山东朱文；后再见于高淳令梁公润堂家，则自称河南李定。梁公颇倚任之。临启程时，此人忽得异疾，乃托姚安公暂留于家，约痊时续往。其疾自两足趾寸寸溃腐，以渐而上，至胸膈穿漏而死。死后检其囊箧，有小册作蝇头字，记所阅凡十七官，每官皆疏其阴事，详载某时某地，某人与闻，某人旁睹，以及往来书札、谳断案牍，无一不备录。其同类有知之者，曰："是尝挟制数官矣。其妻亦某官之侍婢，盗之窃逃，留一函于几上。官竟弗敢追也。今得是疾，岂非天道哉！"霍丈易书曰："此辈依人门户，本为舞弊而来。譬彼养鹰，断不能责以食谷，在主人善驾驭耳。如喜其便捷，委以耳目腹心，未有不倒持干戈，授人以柄者。此人不足责，吾责彼十七官也。"姚安公曰："此言犹未揣其本。使十七官者绝无阴事之可书，虽此人日日橐笔[1]，亦何能为哉？"

　　理所必无者，事或竟有；然究亦理之所有也，执理者自太固耳。献县近岁有二事：一为韩守立妻俞氏，事祖姑至孝。乾隆庚辰，祖姑失明，百计医祷，皆无验。有黠者绐以刲肉燃灯，祈神佑，则可速愈。妇不知其绐也，竟刲肉燃之。越十余日，祖姑目竟复明。夫受绐亦愚矣，然唯愚故诚，唯诚故鬼神为之格。此无理而有至理也。一为丐者王希圣，足

---

[1] 橐笔：古代书史小吏，手持橐橐，簪笔于头，侍立于帝王大臣左右，以备随时记事，称作持橐簪笔，简称"橐笔"后亦以指文士的笔墨耕耘。

双挛,以股代足,以肘撑之行。一日,于路得遗金二百,移橐匿草间,坐守以待觅者。俄商家主人张际飞仓皇寻至,叩之,语相符,举以还之。际飞请分取,不受。延至家,议养赡终其身。希圣曰:"吾形残废,天所罚也。违天坐食,将必有大咎。"毅然竟去。后困卧裴圣公祠下,(裴圣公不知何时人,志乘亦不能详。土人云,祈雨时有验。)忽有醉人曳其足,痛不可忍。醉人去后,足已伸矣。由是遂能行。至乾隆己卯乃卒。际飞故先祖门客,余犹及见。自述此事甚详。盖希圣为善宜受报,而以命自安,不受人报,故神代报焉。非似无理而亦有至理乎!戈芥舟前辈尝载此二事于县志,讲学家颇病其语怪。余谓芥舟此志,唯乩仙联句及王生殇子二条,偶不割爱耳。全书皆体例谨严,具有史法。其载此二事,正以见匹夫匹妇,足感神明,用以激发善心,砥砺薄俗,非以小说家言滥登舆记也。汉建安中,河间太守刘照妻葳蕤锁事,载《录异传》;晋武帝时,河间女子剖棺再活事,载《搜神记》。皆献邑故实,何尝不删薙其文哉!

外叔祖张公紫衡,家有小圃,中筑假山,有洞曰"泄云"。洞前为艺菊地,山后养数鹤。有王昊庐先生集欧阳永叔、唐彦谦[1]句题联曰:"秋花不比春花落,尘梦哪知鹤梦长。"颇为工切。一日,洞中笔砚移动,满壁皆摹仿此十四字,拗捩欹斜,不成点画;用笔或自下而上,自右而左,或应连者断,应断者连,似不识字人所书。疑为童稚游戏,重垩[2]而锸其户。越数日,启视复然,乃知为魅。一夕闻格格磨墨声,持刃突入掩之。一老猴跃起冲人去。自是不复见矣。不知其学书何意也。余尝谓小说载异物能文翰者,唯鬼与狐差可信,鬼本人,狐近于人也。其他草木鸟兽,何自知声病?至于浑家门客[3]并苍蝇草帚亦俱能诗,即属寓言,亦不应荒诞至此。此猴岁久通灵,学人涂抹,正其顽劣之本色,固不必有所取义耳。

---

[1] 欧阳永叔、唐彦谦:欧阳永叔,宋欧阳修;唐彦谦,唐代诗人。
[2] 垩(è):用白土刷墙。
[3] 浑家门客:唐牛僧孺《玄怪录》载,滕某到洛阳,住宿在一户人家中。主人不在,家中有一人自称是这家的门客,姓麻。两人吟诗谈对,甚为投机。当主人回来喊滕某之时,滕某发觉自己在厕所里,墙边只有一把秃扫帚,上面趴着一只苍蝇。

卷八

如是我闻（二）

先叔仪南公言：有王某、曾某，素相善。王艳曾之妇，乘曾为盗所诬引，阴贿吏毙于狱。方营求媒妁，意忽自悔，遂辍其谋。拟为作功德解冤，既而念佛法有无未可知，乃迎曾父母妻子于家，奉养备至。如是者数年，耗其家资之半。曾父母意不自安，欲以妇归王。王固辞，奉养益谨。又数年，曾母病。王侍汤药，衣不解带。曾母临殁，曰："久荷厚恩，来世何以为报乎？"王乃叩首流血，具陈其实，乞冥府见曾为解释。母慨诺。曾父亦手作一札，纳曾母袖中曰："死果见儿，以此付之。如再修怨，黄泉下无相见也。"后王为曾母营葬，督工劳倦，假寐圹侧。忽闻耳畔大声曰："冤则解矣。尔有一女，忘之乎？"惕然而寤，遂以女许嫁其子。后竟得善终。以必不可解之冤，而感以不能不解之情，真狡黠人哉！然如是之冤犹可解，知无不可解之冤矣。亦足为悔罪者劝也。

从兄旭升言：有丐妇甚孝其姑，尝饥踣于路，而手一盂饭不肯释，曰："姑未食也。"自云初亦仅随姑乞食，听指挥而已。一日，同栖古庙，夜闻殿上厉声曰："尔何不避孝妇，使受阴气发寒热？"一人称手捧急檄，仓促未及睹。又闻叱责曰："忠臣孝子，顶上神光照数尺。尔岂盲耶？"俄闻鞭捶呼号声，久之乃寂。次日至村中，果闻一妇馌田，为旋风所扑，患头痛。问其行事，果以孝称。自是感动，事姑恒恐不至云。

旭升又言：县吏李懋华，尝以事诣张家口。于居庸关外，夜失道，暂憩山畔神祠。俄灯火晃耀，遥见车骑杂沓，将至祠门。意是神灵，伏匿庑下。见数贵官并入祠坐，左侧似是城隍，中四五座则不识何神。数吏抱簿陈案上，一一检视。窃听其语，则勘验一郡善恶也。一神曰："某妇事亲无失礼，然文至而情不至。某妇亦能得姑舅欢，然退与其夫有怨言。"一神曰："风俗日偷[1]，神道亦与人为善。阴律孝妇延一纪。此二妇减半可也。"金曰："善。"俄一神又曰："某妇至孝而至淫，何以处之？"一神曰："阳律犯淫罪止杖，而不孝则当诛。是不孝之罪，重于淫也。不孝之罪重，则能孝者福亦重。轻罪不可削重福，宜舍淫而论其孝。"一神曰："服劳奉养，孝之小者；亏行辱亲，不孝之大者。小孝难赎大不孝，宜舍孝而科其淫。"一神曰："孝，大德也，非他恶所能掩。淫，大罚也，非他善所能赎。宜罪福各受其报。"侧坐者磬折请曰："罪福相抵可乎？"神掉首曰："以淫而削孝之福，是使人疑孝无福也；以孝而免淫之罪，是使人疑淫无罪也。相抵恐不可。"一神隔坐言曰："以孝之故，虽至淫而不加罪，不使人愈知孝乎？以淫之故，虽至孝而不获福，不使人愈戒淫乎？相抵是。"一神沉思良久曰："此事出入颇重大，请命于天曹可矣。"语讫俱起，各命驾而散。李故老吏，娴案牍，阴记其语；反复思之，不能决。不知天曹作何判断也。

　　董曲江言：陵县一嫠妇[2]，夏夜为盗撬窗入，乘其睡污之。醒而惊呼，则逸矣。愤恚病卒，竟不得贼之主名。越四载余，忽村民李十雷震死。一媪合掌诵佛曰："某妇之冤雪矣。当其呼救之时，吾亲见李十逾墙出。畏其悍而不敢言也。"

　　西城将军教场一宅，周兰坡学士尝居之。夜或闻楼上吟哦声，知为狐，弗讶也。及兰坡移家，狐亦他徙。后田白岩僦居，数月狐乃复归。白岩祭以酒脯，并陈祝词于几曰："闻此蜗庐[3]，曾停鹤驭[4]。复闻飘然远引，

---

[1] 偷：浇薄、不厚道。
[2] 嫠（lí）妇：寡妇。
[3] 蜗庐：形似蜗牛的简易庐舍，亦泛指简陋的房屋。
[4] 鹤驭：仙人多骑鹤。此处称狐以仙，是敬称之词。

似桑下浮图[1]。鄙人鲍系一官,萍飘十载,拮据称贷,卜此一廛。数夕来咳笑微闻,似仙舆复返。岂鄙人德薄,故尔见侵?抑夙有因缘,来兹聚处欤?既承惠顾,敢拒嘉宾!唯冀各守门庭,使幽明异路,庶均归宁谧,异苔不害于同岑。敬布腹心,伏唯鉴烛。"次日楼前飘堕一帖云:"仆虽异类,颇悦诗书雅,不欲与俗客伍。此宅数十年来皆词人栖息,惬所素好,故挈族安居。自兰坡先生恝然[2]舍我,后来居者,目不胜驵侩[3]之容,耳不胜歌吹之音,鼻不胜酒肉之气。迫于无奈,窜迹山林。今闻先生山薮之季子,文章必有渊源,故望影来归,非期相扰。自今以往,或检书獭祭[4],偶动芸签[5];借笔鸦涂[6],暂磨鸲眼[7]。此外如一毫陵犯,任先生诉诸明神。愿廓清襟,勿相疑贰。"末题"康默顿首顿首"。从此声息不闻矣。白岩尝以此帖示客,斜行淡墨,似匆匆所书。或曰:"白岩托迹微官,滑稽玩世,故作此以寄诙嘲。寓言十九,是或然欤!"然此与李庆子遇狐叟事大旨相类,不应俗人雅魅,叠见一时,又同出于山左。或李因田事而附会,或田因李事而推演,均未可知。传闻异词,姑存其砭世之意而已。

　　一故家子,以奢纵撄法网。殁后数年,亲串中有召仙者,忽附乩自道姓名,且陈愧悔;既而复书曰:"仆家法本严。仆之罹祸,以太夫人过于溺爱,养成骄恣之性,故蹈陷阱而不知耳。虽然,仆不怨太夫人。仆于过去生中,负太夫人命,故今以爱之者杀之,隐偿其冤。因果牵缠,非偶然也。"观者皆为叹息。夫偿冤而为逆子,古有之矣。偿冤而为慈母,

---

[1] 桑下浮图:浮图,梵语音译,对佛或佛教徒的称呼,也做"浮屠"。《后汉书·襄楷裂》:"浮屠不三宿桑下,不欲久生恩爱,精之至也。"言佛不在一个地方长住,否则会心生留恋情意。这里指漂移不定。
[2] 恝(jiá)然:漠不关心貌。
[3] 驵侩:市场经纪人。此处指市侩。
[4] 獭祭:獭捕得鱼,于水边排列,如祭祀。此处指翻阅书本。
[5] 芸签:书签。亦借指书籍。
[6] 鸦涂:涂鸦,指胡乱写作,多用作谦词。
[7] 鸲(qú)眼:原指石上的圆形斑点,因其像鸲鹆(鸟名,即八哥)之眼而得名。此处指砚台。

载籍之所未睹也。然据其所言，乃凿然中理。

宛平何华峰，官宝庆同知时，山行疲困，望水际一草庵，投之暂憩。榜曰"孤松庵"，门联曰："白鸟多情留我住，青山无语看人忙。"有老僧应门，延入具茗，颇香洁；而落落无宾主意。室三楹，亦甚朴雅。中悬画佛一轴，有八分书题曰："半夜钟磬寂，满庭风露清。琉璃青黯黯，静对古先生。"不署姓名，印章亦模糊不辨。旁一联曰："花幽防引蝶，云懒怯随风。"亦不题款。指问："此师自题耶？"漠然不应，以手指耳而已。归途再过其地，则波光岚影，四顾萧然，不见向庵所在。从人记遗烟筒一枝，寻之，尚在老柏下。竟不知是佛祖是鬼魅也。华峰画有《佛光示现卷》，并自记始末甚悉。华峰殁后，想已云烟过眼矣。

族兄次辰言：其同年康熙甲午孝廉某，尝游嵩山，见女子汲溪水。试求饮，欣然与一瓢；试问路，亦欣然指示。因共坐树下语，似颇涉翰墨，不类田家妇。疑为狐魅，爱其娟秀，且相款洽。女子忽振衣起曰："危乎哉！吾几败。"怪而诘之，赧然曰："吾从师学道百余年，自谓此心如止水。师曰：'汝能不起妄念耳，妄念故在也。不见可欲故不乱，见则乱矣。平沙万顷中，留一粒草子，见雨即芽。汝魔障将至，明日试之，当自知。'今果遇君，问答留连，已微动一念；再片刻则不自持矣。危乎哉！吾几败。"踊身一跃，直上木杪，瞥如飞鸟而去。

次辰又言：族祖徵君公讳炅，康熙己未举博学鸿词[1]。以天性疏放，恐妨游览，称疾不预试。尝至登州观海市，过一村塾小憩。见案上一旧端砚，背刻狂草十六字，曰："万木萧森，路古山深；我坐其间，写《上堵吟》。"侧书"惜哉此叟"四字，盖其号也。问所自来。塾师云："村南林中有厉鬼，

---

[1] 博学鸿词：科举名目的一种。

夜行者遇之辄病。一日,众伺其出,持兵仗击之,追至一墓而灭。因共发掘,于墓中得此砚。吾以粟一斗易之也。"案,《上堵吟》乃孟达作。是必胜国[1]旧臣,降而复叛,败窜入山以死者。生既进退无据,殁又不自潜藏,取暴骨之祸。真顽梗不灵之鬼哉!

海之有夜叉,犹山之有山魈,非鬼非魈,乃自一种类,介乎人物之间者也。刘石庵参知言:诸城滨海处,有结寮捕鱼者。一日,众皆棹舟出,有夜叉入其寮中,盗饮其酒,尽一罂,醉而卧。为众所执,束缚捶击,毫无灵异,竟困踣而死。

族侄贻孙言:昔在潼关,宿一驿。月色满窗,见两人影在窗上,疑为盗;谛视,则腰肢纤弱,鬟髻宛然,似一女子将一婢。穴纸潜觑,乃不睹其形。知为妖魅,以佩刀隔棂斫之。有黑烟两道,声如鸣镝,越屋脊而去。虑其次夜复来,戒仆借鸟铳以俟。夜半果复见影,乃二虎对蹲。与仆发铳并击,应声而灭。自是不复至。疑本游魂,故无形质;阳光震烁,消散不能聚矣。

献县王生相御,生一子,有抱之者,辄空中掷与数十钱。知县杨某自往视,乃掷下白金五星[2]。此子旋夭亡,亦无他异。或曰:"王生倩作戏术者搬运之,将托以箕敛[3]。"或曰:"狐所为也。"是皆不可知。然居官者遇此等事,即确有鬼凭,亦当禁治,使勿荧[4]民听,正不必论其真妄也。

李又聃先生言:雍正末年,东光城内忽一夜家家犬吠,声若潮涌。

---

[1] 胜国:被灭亡的国家。此指明朝。
[2] 星:量词。用于金、银。
[3] 箕敛:聚敛钱财。
[4] 荧:蛊惑。

皆相惊出视，月下见一人披发至腰，衰衣麻带，手执巨袋，袋内有千百鹅鸭声，挺立人家屋脊上，良久又移过别家。次日，凡所立之处，均有鹅鸭二三只，自檐掷下。或烹而食，与常畜者味无异，莫知何怪。后凡得鹅鸭之家，皆有死丧，乃知为凶煞偶现也。先外舅马公周箓家，是夜亦得二鸭。是岁，其弟靖逆同知庚长公卒。信又聃先生语不谬。顾自古及今，遭丧者恒河沙数，何以独示兆于是夜？是夜之中，何以独示兆于是地？是地之中，何以独示兆于数家？其示兆皆掷以鹅鸭，又义何所取？鬼神之故，有可知有不可知，存而不论可矣。

道士王昆霞言：昔游嘉禾，新秋爽朗，散步湖滨。去人稍远，偶遇宦家废圃，丛篁老木，寂无人踪。徙倚其间，不觉昼寝。梦古衣冠人长揖曰："岑寂荒林，罕逢嘉客；既见君子，实慰素心。幸勿以异物见摈。"心知是鬼，姑诘所从来。曰："仆耒阳张湜，元季流寓此邦，殁而旅葬。爱其风土，无复归思。园林凡易十余主，栖迟未能去也。"问："人皆畏死而乐生，何独耽鬼趣？"曰："死生虽殊，性灵不改，境界亦不改。山川风月，人见之，鬼亦见之；登临吟咏，人有之，鬼亦有之。鬼何不如人？且幽深险阻之胜，人所不至，鬼得以魂游；萧寥清绝之景，人所不睹，鬼得以夜赏。人且有时不如鬼。彼夫畏死而乐生者，由嗜欲撄心，妻孥结恋，一旦舍之入冥漠，如高官解组，息迹林泉，势不能不戚戚。不知本住林泉者，耕田凿井，恬熙相安，原无所戚戚于中也。"问："六道轮回，事有主者，何以竟得自由？"曰："求生者如求官，唯人所命。不求生者如逃名，唯己所为。苟不求生，神不强也。"又问："寄怀既远，吟咏必多。"曰："兴之所至，或得一联一句，率不成篇。境过即忘，亦不复追索。偶然记忆，可质高贤者，才三五章耳。"因朗吟曰："残照下空山，瞑色苍然合。"昆霞击节。又吟曰："黄叶……。"甫得二字，忽闻噪叫声，霍然而寤，则渔艇打桨相呼也。再倚柱瞑坐，不复成梦矣。

昆霞又言：其师精晓六壬，而不为人占。昆霞为童子时，一日早起，以小札付之，曰："持此往某家借书。定以申刻至，先期后期皆笞汝。"相去七八十里，竭蹶仅至，则某家兄弟方阋墙[1]。启视其札，唯小字一行曰："借《晋书·王祥传》[2]一阅。"兄弟相顾默然，斗遂解。盖其弟正继母所生云。

嘉峪关外有戈壁，径一百二十里，皆积沙无寸土。唯居中一巨阜，名"天生墩"，戍卒守之。冬积冰，夏储水，以供驿使之往来。初，威信公岳公钟琪西征时，疑此墩本一土山，为飞沙所没，仅露其顶。既有山，必有水。发卒凿之，穿至数十丈，忽持锸者皆堕下。在穴上者俯听之，闻风声如雷吼，乃辍役。穴今已圮，余出塞时，仿佛尚见其遗迹。案佛氏有地水风火之说。余闻陕西有迁葬者，启穴时，棺已半焦。茹千总大业亲见之。盖地火所灼。又献县刘氏，母卒合葬，启穴不得其父棺。迹之，乃在七八步外，倒植土中。先姚安公亲见之。彭芸楣参知亦云，其乡有迁葬者，棺中之骨攒聚于一角，如积薪然。盖地风所吹也。是知大气斡运于地中，阴气化水，阳气则化风化火。水土同为阴类，一气相生，故无处不有。阳气则包于阴中，其微者，烁动之性为阴所解；其稍壮者，聚而成硫磺、丹砂、礜石[3]之属；其最盛者，郁而为风为火。故恒聚于一所，不处处皆见耳。

伊犁城中无井，皆出汲于河。一佐领曰："戈壁皆积沙无水，故草木不生。今城中多老树，苟其下无水，树安得活？"乃拔木就根下凿井，果皆得泉，特汲须修绠耳。知古称雍州土厚水深，灼然不谬。徐舍人蒸远曾预斯役，尝为余言："此佐领可云格物。"蒸远能举其名，惜忘之矣。后乌鲁木齐筑城时，鉴伊犁之无水，乃卜地通津以就流水。余作是地杂诗，有曰："半城高阜半城低，城内清泉尽向西。金井银床无用处，随心引取到花畦。"纪其实也。然或雪消水涨，则南门为之不开。又北山支麓，

---

[1] 阋（xì）墙：兄弟相争于内。
[2]《晋书·王祥传》载王祥事继母至孝，而继母要毒死他；继母之子百般保护王祥，才使继母打消了加害王祥的念头。
[3] 礜（yù）石：一种性热含毒的矿石，即硫砒铁矿。也叫毒砂。

逼近谯楼，登冈顶关帝祠戏楼，则城中纤微皆见。故余诗又曰："山围芳草翠烟平，迢递新城接旧城。行到丛祠歌舞处，绿氍毹[1]上看棋枰。"巴公彦弼镇守时，参将海起云请于山麓坚筑小堡，为犄角之势。巴公曰："汝但能野战，殊不知兵。北山虽俯瞰城中，然敌或结栅，可筑炮台仰击。火性炎上，势便而利；地势逼近，取准亦不难。彼决不能屯聚也。如筑小堡于上，兵多则地狭不能容，兵少则力弱不能守，为敌所据，反资以保障矣。"诸将莫不叹服。因记伊犁凿井事，并附录之。

乌鲁木齐泉甘土沃，虽花草亦皆繁盛。江西蜡五色毕备，朵若巨杯，瓣葳蕤如洋菊。虞美人花大如芍药。大学士温公以仓场侍郎出镇时，阶前虞美人一丛，忽变异色，瓣深红如丹砂，心则浓绿如鹦鹉，映日灼灼有光；似金星隐耀，虽画工设色不能及。公旋擢福建巡抚去。余以彩线系花梗，秋收其子，次岁种之，仍常花耳。乃知此花为瑞兆，如扬州芍药偶开金带围也。

辛彤甫先生记异诗曰："六道谁言事杳冥，人羊转毂迅无停。三弦弹出边关调，亲见青骡侧耳听。"康熙辛丑，馆余家日作也。初，里人某货郎，逋[2]先祖多金不偿，且出负心语。先祖性豁达，一笑而已。一日午睡起，谓姚安公曰："某货郎死已久，顷忽梦之，何也？"俄圉人报马生一青骡，咸曰："某货郎偿夙逋也。"先祖曰："负我偿者多矣，何独某货郎来偿？某货郎负人亦多矣，何独来偿我？事有偶合，勿神其说，使人子孙蒙耻也。"然圉人每戏呼某货郎，辄昂首作怒状。平生好弹三弦，唱边关调。或对之作此曲，辄耸耳以听云。

---
[1] 氍毹（qú shū）：毛织的地毯。
[2] 逋：拖欠。

古书字以竹简，误则以刀削改之，故曰刀笔。黄山谷名其尺牍曰刀笔，已非本义。今写讼牒者称刀笔，则谓笔如刀耳，又一义矣。余督学闽中时，一生以导人诬告戍边。闻其将败前，方为人构词，手中笔爆然一声，中裂如劈；恬不知警，卒及祸。又，文安王岳芳言：其乡有构陷善类者，方具草，讶字皆赤色。视之，乃血自毫端出。投笔而起，遂辍是业，竟得令终。余亦见一善讼者，为人画策，诬富民诱藏其妻。富民几破家，案尚未结；而善讼者之妻，真为人所诱逃。不得主名，竟无所用其讼。

天道乘除[1]，不能尽测。善恶之报，有时应，有时不应，有时即应，有时缓应，亦有时示以巧应。余在乌鲁木齐时，吉木萨报遣犯刘允成，为逋负过多，迫而自缢。余饬吏销除其名籍，见原案注语云："为重利盘剥，逼死人命事。"

乌鲁木齐巡检所驻，曰呼图壁。呼图译言鬼，呼图壁译言有鬼也。尝有商人夜行，暗中见树下有人影，疑为鬼，呼问之。曰："吾日暮抵此，畏鬼不敢前，待结伴耳。"因相趋共行，渐相款洽。其人问："有何急事，冒冻夜行？"商人曰："吾夙负一友钱四千，闻其夫妇俱病，饮食药饵恐不给，故往送还。"是人却立树背，曰："本欲祟公，求小祭祀。今闻公言，乃真长者。吾不敢犯公，愿为公前导可乎？"不得已，姑随之。凡道路险阻，皆预告。俄缺月微升，稍能辨物。谛视，乃一无首人，栗然却立。鬼亦奄然而灭。

冯巨源官赤城教谕时，言赤城山中一老翁，相传元代人也。巨源往见之，呼为仙人。曰："我非仙，但吐纳导引，得不死耳。"叩其术。曰："不离乎《丹经》而非《丹经》所能尽，其分寸节度，妙极微芒。苟无口诀真传，但依法运用，如检谱对弈，弈必败；如拘方治病，病必殆。缓

---

[1] 乘除：乘与除互相抵消。此处作发展、运行解。

急先后,稍一失调,或结为痈疽,或滞为拘挛;甚或精气瞀乱,神不归舍,竟至于颠痫。是非徒无益已也。"问:"容成、彭祖[1]之术,可延年乎?"曰:"此邪道也,不得法者,祸不旋踵;真得法者,亦仅使人壮盛。壮盛之极,必有决裂横溃之患。譬如悖理聚财,非不骤富,而断无终享之理。公毋为所惑也。"又问:"服食延年,其法如何?"曰:"药所以攻伐疾病,调补气血,而非所以养生。方士所饵,不过草木金石。草木不能不朽腐,金石不能不消化。彼且不能自存,而谓借其余气,反长存乎?"又问:"得仙者,果不死欤?"曰:"神仙可不死,而亦时时可死。夫生必有死,物理之常。炼气存神,皆逆而制之者也。逆制之力不懈,则气聚而神亦聚;逆制之力或疏,则气消而神亦消。消则死矣。如多财之家,勤俭则常富,不勤不俭则渐贫;再加以奢荡,则贫立至。彼神仙者,固亦兢兢然恐不自保,非内丹一成,即万劫不坏也。"巨源请执弟子礼。曰:"公于此道无缘,何必徒荒其本业?不如其已。"巨源怅然而返。景州戈鲁斋为余述之,称其言皆笃实,不类方士之炫惑云。

先姚安公言:有扶乩治病者,仙自称芦中人[2]。问:"岂伍相国耶?"曰:"彼自隐语,吾真以此为号也。"其方时效时不效,曰:"吾能治病,不能治命。"一日,降牛丈希英,(姚安公称牛丈,字作此二字音,未知是此二字否。牛丈讳瑛,娶前母安太夫人之从妹。)家,有乞虚损方者。仙判曰:"君病非药所能治,但遏除嗜欲,远胜于草根树皮。"又有乞种子方者。仙判曰:"种子有方,并能神效。然有方与无方同,神效亦与不效同。夫精血化生,中含欲火,尚毒发为痘,十中必损其一二。况助以热药,抟结成胎,其蕴毒必加数倍。故每逢生痘,百不一全。人徒于夭折之时,惜其不寿;而不知未生之日,已先伏必死之机。生如不生,亦何贵乎种耶?此理甚明,而昔贤未悟。山人志存济物,不忍以此术欺人也。"其说中理,

---

[1] 容成、彭祖:传说中的古仙人,擅采阴补阳之术。事见《列仙传》等。
[2] 芦中人:即春秋时伍子胥。伍子胥逃难于芦苇中,渔人给他饭吃,呼他为"芦中人"。事见《吴越春秋》。

皆医家所不肯言，或真有灵鬼凭之欤！又闻刘季箴先生尝与论医。乩仙曰："公补虚好用参。夫虚证种种不同，而参之性则专有所主，不通治各证。以藏府而论，参唯至上焦中焦，而下焦不至焉。以荣卫而论，参唯至气分，而血分不至焉。肾肝虚与阴虚，而补以参，庸有济乎？岂但无济，亢阳不更煎铄乎？且古方有生参熟参之分，今采参者得即蒸之，何处得有生参乎？古者参出于上党，秉中央土气，故其性温厚，先入中官。今上党气竭，唯用辽参，秉东方春气，故其性发生，先升上部。即以药论，亦各有运用之权。愿公审之。"季箴极不以为然。余不知医，并附录之，待精此事者论定焉。

歙人蒋紫垣，流寓献县程家庄，以医为业。有解砒毒方，用之十全。然必邀取重资，不满所欲，则坐视其死。一日暴卒，见梦于居停主人曰："吾以耽利之故，误人九命矣。死者诉于冥司，冥司判我九世服砒死。今将赴转轮，赂鬼卒得来见君，以此方奉授。君能持以活一人，则我少受一世业报也。"言讫，泣涕而去曰："吾悔晚矣！"其方以防风一两研为末，水调服之而已，无他秘药也。又闻诸沈丈丰功曰："冷水调石青，解砒毒如神。"沈丈平生不妄语，其方当亦验。

老儒刘挺生言：东城有猎者，夜半睡醒，闻窗纸渐渐作响，俄又闻窗下窸窣声，披衣叱问。忽答曰："我鬼也。有事求君，君勿怖。"问其何事。曰："狐与鬼自古不并居，狐所窟穴之墓，皆无鬼之墓也。我墓在村北三里许，狐乘我他往，聚族据之，反驱我不得入。欲与斗，则我本文士，必不胜。欲讼诸土神，即幸而得申，彼终亦报复，又必不胜。唯得君等行猎时，或绕道半里，数过其地，则彼必恐怖而他徙矣。然傥有所遇，勿遽殪获[1]，恐事机或泄，彼又修怨于我也。"猎者如其言。后梦其来谢。夫鹊巢鸠据，事理本直。然力不足以胜之，则避而不争；力足

---

[1] 殪（yì）获：捕杀。

以胜之，又长虑深思而不尽其力。不求幸胜，不求过胜，此其所以终胜欤！孱弱者遇强暴，如此鬼可矣。

舅氏张公健亭言：沧州牧王某，有爱女撄疾沉困。家人夜入书斋，忽见其对月独立花荫下，悚然而返。疑为狐魅托形，嗾犬扑之，倏然灭迹。俄室中病者语曰："顷梦至书斋看月，意殊爽适。不虞有猛虎突至，几不得免。至今犹悸汗。"知所见乃其生魂也。医者闻之，曰："是形神已离，虽卢扁[1]莫措矣。"不久果卒。

闽有方竹，燕山之柿形微方，此各一种也。山东益都有方柏，盖一株偶见，他柏树则皆不方。余八九岁时，见外祖家介祉堂中有菊四盆，开花皆正方，瓣瓣整齐如裁剪。云得之天津查氏，名黄金印。先姚安公乞其根归，次岁花渐圆，再一岁则全圆矣。或曰："花原常菊，特种者别有法。如靛浸莲子，则花青；墨揉玉簪之根，则花黑也。"是或一说欤！

家奴宋遇病革时，忽张目曰："汝兄弟辈来耶，限在何日？"既而自语曰："十八日亦可。"时一讲学者馆余家，闻之哂曰："谵语也。"届期果死。又哂曰："偶然耳。"申铁蟾方与共食，投箸叹息曰："公可谓笃信程朱矣！"

奇节异烈，湮没无传者，可胜道哉。姚安公闻诸云台公曰："明季避乱时，见夫妇同逃者，其夫似有腰缠。一贼露刃追之急。妇忽回身屹立，待贼至，突抱其腰。贼以刃击之，血流如注，坚不释手。比气绝而仆，则其夫脱去久矣。惜不得其名姓。"又闻诸镇番公曰："明季，河北五省皆大饥，至屠人鬻肉，官弗能禁。有客在德州、景州间，入逆旅午餐，见少妇裸

---

[1] 卢扁：卢国人扁鹊，为春秋战国时名医。

体伏俎上，绷其手足，方汲水洗涤。恐怖战栗之状，不可忍视。客心悯恻，倍价赎之；释其缚，助之着衣，手触其乳。少妇艴[1]然曰：'荷君再生，终身贱役无所悔。然为婢媪则可，为妾媵则必不可。吾唯不肯事二夫，故鬻诸此也。君何遽相轻薄耶？'解衣掷地，仍裸体伏俎上，瞑目受屠。屠者恨之，生割其股肉一脔。哀号而已，终无悔意。惜亦不得其姓名。"

肃宁王太夫人，姚安公姨母也。言其乡有嫠妇，与老姑抚孤子，七八岁矣。妇故有色，媒妁屡至，不肯嫁。会子患痘甚危，延某医诊视。某医遣邻妪密语曰："是症吾能治。然非妇荐枕，决不往。"妇与姑皆怒詈。既而病将殆，妇姑皆牵于溺爱，私议者彻夜，竟饮泣曲从。不意施治已迟，迄不能救，妇悔恨投缳殒。人但以为痛子之故，不疑有他。姑亦深讳其事，不敢显言。俄而某医死，俄而其子亦死，室弗戒于火，不遗寸缕。其姑流落入青楼，乃偶以告所欢云。

余布衣萧客言：有士人宿会稽山中，夜闻隔涧有讲诵声。侧耳谛听，似皆古训诂。次日越涧寻访，杳无踪迹。徘徊数日，冀有所逢。忽闻木杪人语曰："君嗜古乃尔，请此相见。"回顾之顷，石室洞开，室中列坐数十人，皆掩卷振衣，出相揖让。士人视其案上，皆诸经注疏。居首坐者拱手曰："昔尼山[2]奥旨，传在经师；虽旧本犹存，斯文未丧；而新说叠出，嗜古者稀。先圣恐久而渐绝，乃搜罗鬼录，征召幽灵。凡历代通儒，精魂尚在者，集于此地，考证遗文；以次转轮，生于人世。冀递修古学，延杏坛[3]一线之传。子其记所见闻，告诸同志，知孔孟所式凭，在此不在彼也。"士人欲有所叩，倏似梦醒，乃倚坐老松之下。萧客闻之，裹粮而往。攀萝扪葛，一月有余，无所睹而返。此与朱子颖所述经香阁事，大旨相类。或曰："萧

---

[1] 艴（bó）：不高兴、生气的样子。
[2] 尼山：即孔子。
[3] 杏坛：孔子授徒讲学之处。此处指正统儒学。

客喜谈古义,尝撰《古经解钩沈》,故士人投其所好以戏之。"是未可知。或曰:"萧客造作此言,以自托降生之一。"亦未可知也。

姚安公官刑部日,同官王公守坤曰:"吾夜梦人浴血立,而不识其人,胡为乎来耶?"陈公作梅曰:"此君恒恐误杀人,惴惴然如有所歉,故缘心造象耳。本无是鬼,何由识其为谁?且七八人同定一谳牍,何独见梦于君?君勿自疑。"佛公伦曰:"不然。同事则一体,见梦于一人,即见梦于人人也。我辈治天下之狱,而不能虑天下之冤。据纸上之供词,以断生死,何自识其人哉?君宜自儆,我辈皆宜自儆。"姚安公曰:"吾以佛公之论为然。"

吕太常含辉言:京师有富室娶妇者,男女并韶秀,亲串皆望若神仙。窥其意态,夫妇亦甚相悦。次日天晓,门不启。呼之不应,穴窗窥之,则左右相对缢。视其衾,已合欢矣。婢媪皆曰:"是昨夕已卸妆,何又著盛服而死耶?"异哉,此狱虽皋陶不能听矣。

里胥宋某,所谓东乡太岁者也。爱邻童秀丽,百计诱与狎。为童父所觉,迫童自缢。其事隐密,竟无人知。一夕,梦被拘至冥府,云为童所诉。宋辩曰:"本出相怜,无相害意。死由尔父,实出不虞。"童言:"尔不相诱,我何缘受淫?我不受淫,何缘得死?推原祸本,非尔其谁?"宋又辩曰:"诱虽由我,从则由尔。回眸一笑,纵体相就者谁乎?本未强干,理难归过。"冥官怒叱曰:"稚子无知,陷尔机阱。饵鱼充馔,乃反罪鱼耶?"拍案一呼,栗然惊寤。后官以贿败,宋名丽案中,祸且不测。自知业报,因以梦备告所亲。逮及狱成,乃仅拟城旦[1]。窃谓梦境无凭也。比三载释

---

[1] 城旦:古代刑罚名,一种筑城四年的劳役。后以指流放或徒刑。

归,则邻叟恨子之被污,乘其妇独居,饵以重币,已"见金夫不有躬"[1]矣。宋畏人多言,竟惭而自缢。然则前之幸免,岂非留以有待,示所作所受,如影随形哉!

旧仆邹明言:昔在丹阳县署,夜半如厕。过一空屋,闻中有男女媟狎声,以为内衙僮婢,幽会于斯。惧为累,潜踪而返。后月夜复闻之,从窗隙窃窥,则内衙无此人;又时方冱冻[2],乃裸无寸缕。疑为妖魅,于窗外轻嗽。倏然灭迹。偶与同伴话及,一火夫曰:"此前官幕友某所居。幕友有雕牙秘戏像一盒,腹有机轮,自能运动。恒置枕函中,时出以戏玩。一日失去,疑为同事者所藏。后终无迹。岂此物为祟耶?"遍索室中,迄不可得。以不为人害,亦不复追求。殆常在茵席之间,得人精气,久而幻化欤!

外祖雪峰张公家,牡丹盛开。家奴李桂,夜见二女凭阑立。其一曰:"月色殊佳。"其一曰:"此间绝少此花,唯佟氏园与此数株耳。"桂知是狐,掷片瓦击之,忽不见。俄而砖石乱飞,窗棂皆损。雪峰公自往视之,拱手曰:"赏花韵事,步月雅人,奈何与小人较量,致杀风景?"语讫寂然。公叹曰:"此狐不俗。"

佃户张九宝言:尝夏日锄禾毕,天已欲暝,与众同坐田塍上。见火光一道如赤练,自西南飞来。突堕于地,乃一狐,苍白色,被创流血,卧而喘息。急举锄击之。复努力跃起,化火光投东北去。后牵车贩鬻至枣强,闻人言某家妇为狐所媚,延道士劾治,已捕得封罂中。儿童辈私揭其符,欲视狐何状。竟破罂飞去。问其月日,正见狐堕之时也。此道

---

[1] "见金夫不有躬":语出《周易》卷一。意谓其妇已被邻叟重金诱惑而失身。
[2] 冱(hù)冻:天寒地冻。

士咒术可云有验，然无奈骏稚[1]之窃窥。古来竭力垂成，而败于无知者之手，类如斯也夫。

老仆刘琪言：其妇弟某，尝独卧一室，榻在北牖。夜半觉有手扪捴[2]，疑为盗。惊起谛视，其臂乃从南牖探入，长殆丈许。某故有胆，遽捉执之。忽一臂又破棂而入，径批其颊，痛不可忍。方回手支拒，所捉臂已掣去矣。闻窗外大声曰："尔今畏否？"方忆昨夕林下纳凉，与同辈自称不畏鬼也。鬼何必欲人畏？能使人畏，鬼亦复何荣？以一语之故，寻衅求胜，此鬼可谓多事矣。裘文达公尝曰："使人畏我，不如使人敬我。敬发乎人之本心，不可强求。"惜此鬼不闻此语也。

宗室瑶华道人言：蒙古某额驸尝射得一狐，其后两足着红鞋，弓弯与女子无异。又沈少宰云椒言：李太仆敬堂，少与一狐女往来。其太翁疑为邻女，布灰于所经之路。院中足印作兽迹，至书室门外，则足印作纤纤样矣。某额驸所射之狐，了无他异。敬堂所眷之狐，居数岁别去。敬堂问："何时当再晤？"曰："君官至三品，当来迎。"此语人多知之。后来果验。

外叔祖张公雪堂言：十七八岁时，与数友月夜小集。时霜蟹初肥，新筥[3]亦熟，酣洽之际，忽一人立席前，著草笠，衣石蓝衫，蹑镶云履，拱手曰："仆虽鄙陋，然颇爱把酒持螯。请附末坐可乎？"众错愕不测，姑揖之坐。问姓名，笑不答。但痛饮大嚼，都无一语。醉饱后，蹶然起曰："今朝相遇，亦是前缘。后会茫茫，不知何日得酬高谊。"语讫，耸身一跃，

---

[1] 骏（ái）稚：幼稚无知。此处指不懂事的孩子。
[2] 扪捴（sūn）：摸索。
[3] 筥（chōu）：原为滤酒的器具。此处指酒。

屋瓦无声，已莫知所在。视椅上有物粲然，乃白金一饼，约略敌是日之所费。或曰："仙也。"或曰："术士也。"或曰："巨盗也。"余谓巨盗之说为近之。小时见李金梁辈，其技可以至此。又闻窦二东之党，（二东，献县巨盗。其兄曰大东，皆逸其名，而以乳名传。他书记载，或作窦尔敦，音之转耳。）每能夜入人家，伺妇女就寝，胁以刃，禁勿语，并衾褥卷之，挟以越屋数十重。晓钟将动，仍卷之送还。被盗者惘惘如梦。一夕，失妇家伏人于室，俟其送还，突出搏击。乃一手挥刀格斗，一手掷妇于床上，如风旋电掣，倏已无踪。殆唐代剑客之支流乎？

奇门遁甲之书，所在多有，然皆非真传。真传不过口诀数语，不著诸纸墨也。德州宋清远先生言：曾访一友，（清远曾举其姓名，岁久忘之。清远称雨后泥泞，借某人一驴骑往。则所居不远矣。）友留之宿，曰："良夜月明，观一戏剧可乎？"因取凳十余，纵横布院中，与清远明烛饮堂上。二鼓后，见一人逾垣入，环转阶前，每遇一凳，辄蹒跚，努力良久乃跨过。始而顺行，曲踊一二百度；转而逆行，又曲踊一二百度。疲极踣卧，天已向曙矣。友引至堂上，诘问何来。叩首曰："吾实偷儿，入宅以后，唯见层层皆短垣，愈越愈不能尽；窘而退出，又愈越愈不能尽，故困顿见擒。死生唯命。"友笑遣之。谓清远曰："昨卜有此偷儿来，故戏以小术。"问："此何术？"曰："奇门法也。他人得之恐召祸，君真端谨，如愿学，当授君。"清远谢不愿。友叹息曰："愿学者不可传，可传者不愿学，此术其终绝矣乎！"意若有失，怅怅送之返。

有故家子，日者推其命大贵，相者亦云大贵，然垂老官仅至六品。一日扶乩，问仕路崎岖之故。仙判曰："日者不谬，相者亦不谬。以太夫人偏爱之故，削减官禄至此耳。"拜问："偏爱诚不免，然何至削减官禄？"仙又判曰："礼云继母如母，则视前妻之子当如子；庶子为嫡母服三年，则视庶子亦当如子。而人情险恶，自设町畦[1]，所生与非所生，厘然[2]如水火不相入。私心一起，机械万端。小而饮食起居，大而货财田宅，无一不所生居于厚，非所生者居于薄，斯已干造物之忌矣。甚或离间谗构，密运阴谋，诟谇嚚陵，罔循礼法，使罹毒者吞声，旁观者切齿，犹哓哓称所生者之受抑。鬼神怒视，祖考怨恫，不祸谴其子，何以见天道之公哉？且人之受享，只有此数，此赢彼缩，理之自然。既于家庭之内，强有所增；自于仕宦之途，阴有所减。子获利于兄弟多矣，物不两大，亦何憾于坎坷乎？"其人悚然而退。后亲串中一妇闻之，曰："悖哉此仙！前妻之子，恃其年长，无不吞噬其弟者；庶出之子，恃其母宠，无不凌轹其兄者。非有母为之撑拄，不尽为鱼肉乎？"姚安公曰："是虽妒口，然不可谓无此事也。世情万变，治家者平心处之可矣。"

族祖黄图公言：顺治康熙间，天下初定，人心未一。某甲阴为吴三桂谍，以某乙骁健有心计，引与同谋。既而枭獍[3]伏诛，鲸鲵[4]就筑，亦既洗心悔祸，无复逆萌。而来往秘札，多在乙处。书中故无乙名，乙胁以讦发，罪且族灭。不得已以女归乙，赘于家。乙得志益骄，无复人理，迫淫其妇女殆遍，乃至女之母不免；女之幼弟才十三四，亦不免。皆饮泣受污，惴惴然恐失其意。甲抑郁不自聊，恒避于外。一日，散步田间，遇老父对语，怪附近村落无此人。老父曰："不相欺，我天狐也。君固有罪，然乙逼君亦太甚，吾窃不平。今盗君秘札奉还。彼无所挟，不驱自去矣。"因出十余纸付甲。甲验之良是，即毁裂吞之，归而以实告乙。乙防甲女窃取，密以铁瓶瘗[5]他处。潜往检视，果已无存。乃跟跄引女去。女日与诟谇，旋亦仳离。后其事渐露，两家皆不齿于乡党，各携家远遁。夫明季之乱极矣，圣朝荡涤洪炉，拯民水火。甲食毛践土已三十余年，当吴三桂拒命之时，

---

[1] 町畦：田界，此指界限。
[2] 厘然：清楚、分明。
[3] 枭獍：枭，恶鸟；獍，恶兽。旧说其生而食母、食父。常以比喻不孝之人。
[4] 鲸鲵：鲸鱼。旧说雄为鲸，雌为鲵。比喻凶恶的敌人。
[5] 瘗（yì）：埋藏。

彼已手戮桂王,断不得称楚之三户[1]。则甲阴通三桂,亦不能称殷之顽民。即阖门骈戮,亦不为冤。乙从而污其闺帏,较诸荼毒善良,其罪似应末减。然乙初本同谋,罪原相埒[2];又操戈挟制,肆厥凶淫,罪实当加甲一等。虽后来食报,无可证明,天道昭昭,谅必无幸免之理也。

姚安公读书舅氏陈公德音家。一日早起,闻人语喧阗,曰客作张珉,昨夜村外守瓜田,今早已失魂不语矣。灌救百端,至夕乃苏。曰:"二更以后,遥见林外有火光,渐移渐近。比至瓜田,乃一巨人,高十余丈,手执烛笼,大如一间屋,立团焦前,俯视良久。吾骇极晕绝,不知其何时去也。"或曰:"罔两[3]。"或曰:"当是主夜神。"案《博物志》[4]载主夜神咒曰"婆珊婆演底",诵之可以辟恶梦,止恐怖。不应反现异状,使人恐怖。疑罔两为近之。

姚安公又言:一夕,与亲友数人,同宿舅氏斋中。已灭烛就寝矣,忽大声如巨炮,发于床前,屋瓦皆震。满堂战栗,嗫不能语,有耳聋数日者。时冬十月,不应有雷霆;又无焰光冲击,亦不似雷霆。公同年高丈尔珰曰:"此为鼓妖,非吉征也。主人宜修德以禳之。"德音公亦终日栗栗,无一事不谨慎。是岁家有缢死者,别无他故。殆戒惧之力欤!

姚安公闻先曾祖润生公言:景城有姜三莽者,勇而戆。一日,闻人说宋定伯卖鬼得钱事[5],大喜曰:"吾今乃知鬼可缚。如每夜缚一鬼,唾使变羊,晓而牵卖之屠市,足供一日酒肉资矣。"于是夜夜荷梃执绳,潜

---

[1] 楚之三户:《史记·项羽本纪》:"楚虽三户,亡秦必楚。"
[2] 埒(liè):等同。
[3] 罔两:传说中山川的精怪。也作"魍魉"。
[4] 《博物志》:西晋张华编撰的志怪小说。
[5] 宋定伯卖鬼得钱事:《搜神记》载,宋定伯路遇鬼,后设法把鬼诳至宛市,使其化为羊,卖得钱千五百。

行墟墓间，如猎者之伺狐兔，竟不能遇。即素称有鬼之处，佯醉寝以诱致之，亦寂然无睹。一夕，隔林见数磷火，踊跃奔赴；未至间，已星散去。懊恨而返。如是月余，无所得，乃止。盖鬼之侮人，恒乘人之畏。三莽确信鬼可缚，意中已视鬼蔑如矣，其气焰足以慑鬼，故鬼反避之也。

益都朱天门言：有书生僦住京师云居寺，见小童年十四五，时来往寺中。书生故荡子，诱与狎，因留共宿。天晓，有客排闼入。书生窘愧，而客若无睹。俄僧送茶入，亦若无睹。书生疑有异，客去，拥而固问之。童曰："公勿怖，我实杏花之精也。"书生骇曰："子其魅我乎？"童曰："精与魅不同：山魈厉鬼，依草附木而为祟，是之谓魅。老树千年，英华内聚，积久而成形，如道家之结圣胎，是之谓精。魅为人害，精则不为人害也。"问："花妖多女子，子何独男？"曰："杏有雌雄，吾故雄杏也。"又问："何为而雌伏？"曰："前缘也。"又问："人与草木安有缘？"惭沮良久，曰："非借人精气，不能炼形故也。"书生曰："然则子仍魅我耳。"推枕遽起。童亦赧然去。此书生悬崖勒马，可谓大智慧矣。其人盖天门弟子，天门不肯举其名云。

申铁蟾，名兆定，阳曲人。以庚辰举人官知县，主余家最久。庚戌秋，在陕西试用，忽寄一札与余诀。其词恍惚迷离，抑郁幽咽，都不省为何语。而铁蟾固非不得志者，疑不能明也。未几，讣音果至。既而见邵二云赞善，始知铁蟾在西安，病数月。病愈后，入山射猎，归而目前见二圆物如球，旋转如风轮，虽瞑目亦见之。如是数日，忽爆然裂，二小婢从中出，称仙女奉邀。魂不觉随之往。至则琼楼贝阙，一女子色绝代，通词自媒。铁蟾固谢，托以不惯居此宅。女子薄怒，挥之出，霍然而醒。越月余，目中见二圆物如前，爆出二小婢亦如前，仍邀之往。已别构一宅，幽折窈窱[1]，颇可爱。问："此何地？"曰："佛桑。"请题堂额。因为八分书"佛桑香界"字。女子再申前议。意不自持，遂定情。自是恒梦游。久而女

---

[1] 窈窱（yǎo tiǎo）：同"窈窕"幽远深邃的样子。

子亦昼至,禁铁蟾勿与所亲通。遂渐病。病剧时,方士李某以赤丸饵之,呕逆而卒。其事甚怪。始知前札乃得心疾时作也。铁蟾聪明绝特,善诗歌,又工八分,驰骋名场,翛然以风流自命。与人交,意气如云,邮筒走天下。中年忽慕神仙,遂生是魔障,迷罔以终。妖以人兴,象由心造。才高意广,翻以好异陨生,其可惜也夫。

崔庄旧宅,厅事西有南北屋各三楹,花竹翳如,颇为幽僻。先祖在时,奴子张云会夜往取茶具,见垂鬟女子,潜匿树下,背立向墙隅。意为宅中小婢于此幽期,遽捉其臂,欲有所挟。女子突转其面,白如傅粉,而无耳目口鼻。绝叫仆地。众持烛至,则无睹矣。或曰:"旧有此怪。"或曰:"张云会一时目眩。"或曰:"实一黠婢,猝为人阻,弗能遁,以素巾幕面,伪为鬼状以自脱也。"均未知审。然自此群疑不释,宿是院者恒凛凛,夜中亦往往有声。盖人避弗居,斯狐鬼入之耳。又宅东一楼,明隆庆初所建。右侧一小屋,亦云有魅。虽不为害,然婢媪或见之。姚安公一日检视废书,于簏[1]下捉得二獾。金曰:"是魅矣。"姚安公曰:"獾弭首为童子缚,必不能为魅。然室无人迹,至使野兽为巢穴,则有魅也亦宜。斯皆空穴来风之义也。"后西厅析属从兄坦居,今归从侄汝伺。楼析属先兄晴湖,今归侄汝份。子姓日繁,家无隙地,魅皆不驱自去矣。

甲与乙相善,甲延乙理家政。及官抚军,并使佐官政,唯其言是从。久而资财皆为所乾没,始悟其奸,稍稍谯责之。乙挟甲阴事,遽反噬。甲不胜愤,乃投牒诉城隍。夜梦城隍语之曰:"乙险恶如是,公何以信任不疑?"甲曰:"为其事事如我意也。"神喟然曰:"人能事事如我意,可畏甚矣。公不畏之而反喜之,不公之绐而绐谁耶?渠恶贯将盈,终必食报。若公则自贻伊戚,可无庸诉也。"此甲亲告姚安公者。事在雍正末年。甲滇人,乙越人也。

---

[1] 簏(lù):竹箱。

《杜阳杂编》[1]记李辅国香玉辟邪事，殊怪异，多疑为小说荒唐。然世间实有香玉。先外祖母有一苍玉扇坠，云是曹化淳故物，自明内府窃出。制作朴略，随其形为双螭纠结状。有血斑数点，色如熔蜡。以手摩热，嗅之作沉香气；如不摩热，则不香。疑李辅国玉，亦不过如是，记事者点缀其词耳。先太夫人尝密乞之，外祖母曰："我死则传汝。"后外祖母殁，舅氏疑在太夫人处。太夫人又疑在舅氏处。卫氏姨母曰："母在时佩此不去身，殆携归黄壤矣。"侍疾诸婢皆言殓时未见。因此又疑在卫氏姨母处。今姨母久亡，卫氏式微已甚，家藏玩好，典卖略尽，终未见此物出鬻。竟不知其何往也。

有客携柴窑片磁，索数百金，云嵌于胄，临阵可以辟火器。然无由知确否。余曰："何不绳悬此物，以铳发铅丸击之。如果辟火，必不碎，价数百金不为多；如碎，则辟火之说不确，理不能索价数百金也。"鬻者不肯，曰："公于赏鉴非当行，殊杀风景。"急怀之去。后闻鬻于贵家，竟得百金。夫君子可欺以其方，难罔以非其道。炮火横冲，如雷霆下击，岂区区片瓦所能御？且雨过天青，不过泑[2]色精妙耳，究由人造，非出神功，何断裂之余，尚有灵如是耶？余作《旧瓦砚歌》有云："铜雀台[3]址颓无遗，何乃剩瓦多如斯？文士例有好奇癖，心知其妄姑自欺。"柴片亦此类而已矣。

嘉峪关外有阔石图岭，为哈密、巴尔库尔界。阔石图，译言碑也。有唐太宗时侯君集[4]平高昌碑，在山脊。守将砌以砖石，不使人读，云读之则风雪立至，屡试皆不爽。盖山有神，木石有精，示怪异以要血食，

---

[1]《杜阳杂编》：唐苏鹗撰笔记小说集。
[2] 泑（yōu）：古同"釉"。
[3] 铜雀台：汉末曹操所建。
[4] 侯君集：唐太宗时人，凌烟阁二十四功臣之一，曾任交河道行军总管，率兵平高昌。

理固有之。巴尔库尔又有汉顺帝时裴岑破呼衍王碑,在城西十里海子上,则随人拓摹,了无他异。唯云海子为冷龙所居,城中不得鸣夜炮,鸣夜炮则冷龙震动,天必奇寒。是则不可以理推矣。

李老人,不知何许人,自称年已数百岁,无可考也。其言支离荒杳,殆前明醒神之流。曩客先师钱文敏公家,余曾见之。符药治病,亦时有小验。文敏次子寓京师水月庵,夜饮醉归,见数十厉鬼遮路,因发狂自劙[1]其腹。余偕陈裕斋、倪余疆往视,血肉淋漓,仅存一息,似万万无生理。李忽自来异去,疗半月而创合。人颇以为异。然文敏公误信祝由[2],割指上疣赘,创发病卒,李疗之竟无验。盖符箓烧炼之术,有时而效,有时而不效也。先师刘文正公曰:"神仙必有,然必非今之卖药道士;佛菩萨必有,然必非今之说法禅僧。"斯真千古持平之论矣。

杨主事藭,余甲辰典试所取士也。相法及推算八字五星,皆有验。官刑部时,与阮吾山共事。忽语人曰:"以我法论,吾山半月内当为刑部侍郎。然今刑部侍郎不缺员,是何故耶?"次日堂参后,私语同官曰:"杜公缺也。"既而杜凝台果有伊犁之役。一日,仓皇乞假归,来辞余。问:"何匆遽乃尔?"曰:"家唯一子侍老父,今推子某月当死,恐老父过哀,故急归耳。"是时尚未至死期。后询其乡人,果如所说。尤可异也。余尝问以子平[3]家谓命有定,堪舆家[4]谓命可移,究谁为是。对曰:"能得吉地即是命,误葬凶地亦是命,其理一也。"斯言可谓得其通矣。

---

[1] 劙(lí):劈割。
[2] 祝由:古代以祝祷符咒治病的方术,后世称用符咒禳病者为"祝由科"。
[3] 子平:徐子平,中国民间传说中的人物。五代或宋人。传撰有《徐氏珞琭子赋注》二卷。以人出生年月,推断人的吉凶祸福。后以"子平"指星明之学。
[4] 堪舆家:古时为占候卜筮者之一种。后专称以相地看风水为职业者,俗称"风水先生"。

昌吉遣犯彭杞，一女年十七，与其妻皆病瘵。妻先殁，女亦垂尽。彭有官田耕作，不能顾女，乃弃置林中，听其生死。呻吟凄楚，见者心恻。同遣者杨熺语彭曰："君大残忍，世宁有是事！我愿舁归疗治，死则我葬，生则为我妻。"彭曰："大善。"即书券付之。越半载，竟不起。临殁，语杨曰："蒙君高义，感沁心脾。缘伉俪之盟，老亲慨诺，故饮食寝处，不畏嫌疑；搔抑抚摩，都无避忌。然病骸憔悴，迄未能一荐枕衾，实多愧负。若殁而无鬼，夫复何言；若魂魄有知，当必有以奉报。"呜咽而终。杨涕泣葬之。葬后，夜夜梦女来，狎昵欢好，一若生人；醒则无所睹。夜中呼之，终不出；才一交睫，即弛服横陈矣。往来既久，梦中亦知是梦，诘以不肯现形之由。曰："吾闻诸鬼矣：人阳而鬼阴，以阴侵阳，必为人害。唯睡则敛阳而入阴，可以与鬼相见，神虽遇而形不接，乃无害也。"此丁亥春事，至辛卯春四年矣。余归之后，不知其究竟如何。夫卢充金碗[1]，于古尝闻；宋玉瑶姬[2]，偶然一见。至于日日相觌[3]，皆在梦中，则载籍之所希睹也。

　　有孟氏媪清明上冢归，渴就人家求饮。见女子立树下，态殊婉娈，取水饮媪毕，仍邀共坐，意甚款洽。媪问其父母兄弟，对答具有条理。因戏问："已许嫁未？我为汝媒。"女面赪避入，呼之不出。时已日暮，乃不别而行。越半载，有为媪子议婚者，询知即前女，大喜过望，急促成之。于归后，媪抚其肩曰："数月不见，汝更长成矣。"女错愕不知所对。细询始末，乃知女十岁失母，鞠于外氏五六年，纳币[4]后始迎归。媪上冢时，原未尝至家也。女家故小姓，又颇窭乏，非媪亲见其明慧，姻未必成。不知是何鬼魅，托形以联其好；又不知鬼魅何所取义，必托形以联其好。事有不可理推者，此类是矣。

---

[1] 卢充金碗：晋干宝《搜神记》记卢充与崔少府女幽婚，女魂赠卢充金碗事。
[2] 宋玉瑶姬：瑶姬即宋玉《高唐赋》中的巫山神女。
[3] 觌（dí）：相见。
[4] 纳币：古代婚礼六礼之一。男家送聘礼于女家称纳币。

交河苏斗南,雍正癸丑会试归。至白沟河,与一友遇于酒肆中。友方罢官,饮酣后,牢骚抑郁,恨善恶之无报。适一人褶裤急装,系马于树,亦就对坐。侧听良久,揖其友而言曰:"君疑因果有爽耶?夫好色者必病,嗜博者必贫,势也;劫财者必诛,杀人者必抵,理也。同好色而禀有强弱,同嗜博而技有工拙,则势不能齐;同劫财而有首有从,同杀人而有误有故,则理宜别论。此中之消息微矣。其间功过互偿,或以无报为报;罪福未尽,或有报而不即报。毫厘比较,益微乎微矣。君执目前所见,而疑天道之难明,不亦颠乎?且君亦何可怨天道,君命本当以流外[1]出身,官至七品。以君机械多端,伺察多术,工于趋避,而深于挤排,遂削减为八品。君迁八品之时,自谓以心计巧密,由九品而升。不知正以心计巧密,由七品而降也。"因附耳密语,语讫,大声曰:"君忘之乎?"友骇汗浃背,问何以能知。微笑曰:"岂独我知,三界孰不知?"掉头上马。唯见黄尘滚滚然,斯须灭迹。

乾隆壬戌、癸亥间,村落男妇往往得奇疾。男子则尻骨生尾,如鹿角,如珊瑚枝。女子则患阴挺,如葡萄,如芝菌。有能医之者,一割立愈。不医则死。喧言有妖人投药于井,使人饮水成此病,因以取利。内阁学士永公,时为河间守。或请捕医者治之。公曰:"是事诚可疑,然无实据。一村不过三两井,严守视之,自无所施其术。傥一逮问,则无人复敢医此证,恐死者多矣。凡事宜熟虑其后,勿过急也。"固不许。患亦寻息。郡人或以为镇定,或以为纵奸。后余在乌鲁木齐,因牛少价昂,农颇病。遂严禁屠者,价果减。然贩牛者闻牛贱,皆不肯来。次岁牛价乃倍贵。弛其禁,始渐平。又深山中盗采金者,殆数百人。捕之恐激变,听之又恐养痈。因设策断其粮道,果饥而散出。然散出之后,皆穷而为盗。巡防察缉,竟日纷纭。经理半载,始得靖。乃知天下事但知其一,不知其二,多有收目前之效而贻后日之忧者。始服永公"熟虑其后"一言,真"瞻言百里"也。

---

[1] 流外:九品以下的职官。

卷九

如是我闻（三）

　　王征君载扬言：尝宿友人蔬圃中，闻窗外人语曰："风雪寒甚，可暂避入空屋。"又闻一人语曰："后垣半圮，偷儿阑入，将奈何？食人之食，不可不事人之事。"意谓童仆之守夜者。天晓启户，地无人迹，唯二犬偃卧墙缺下，雪没腹矣。嘉祥曾映华曰："此载扬寓言，以愧童仆之负心者也。"余谓犬之为物，不烦驱策而警夜不失职，宁忍寒饿而恋主不他往，天下为童仆者，实万万不能及。其足使人愧，正不在能语不能语耳。

　　从孙翰清言：南皮赵氏子为狐所媚，附于其身，恒在襟袂间与人语。偶悬钟馗小像于壁，夜闻室中跳掷声，谓驱之去矣。次日，语如故。诘以曾睹钟馗否。曰："钟馗甚可怖，幸其躯干仅尺余，其剑仅数寸。彼上床则我下床，彼下床则我上床，终不能击及我耳。"然则画像果有灵欤？画像之灵，果躯干皆如所画欤？设画为径寸之像，亦执针锋之剑，蠕蠕然而斩邪欤？是真不可解矣。

　　乾隆戊午夏，献县修城。役夫数百，拆故堞破砖掷城下。城下役夫数百，运以荆筐。炊熟则鸣柝聚食，方聚食间，役夫辛五告人曰："顷运砖时，忽闻耳畔大声曰：'杀人偿命，欠债还钱。汝知之乎？'回顾无所睹，殊可怪也。"俄而众手合作，砖落如雹，一砖适中辛五，脑裂死。惊呼扰攘，竟不得击者主名。官司莫能诘，仅断令役夫之长出钱十千，棺敛而已。乃知辛五夙生负击者命，役夫长夙生负辛五钱，因果牵缠，终相填补。微鬼神先告，几何不以为偶然耶！

诸桐屿言：其乡旧家有书楼，恒镭钥。每启视，必见凝尘之上有女子足迹，纤削仅二寸有奇，知为鬼魅。然数十年寂无形声，不知何怪也。里人刘生，性轻脱，妄冀有王轩之遇[1]。祈于主人，独宿楼上，具茗果酒肴，焚香切祝，明烛就寝。屏息以伺，亦无所见闻，唯渐觉阴森之气砭入肌骨，目能视，耳能听，而口不能言，四肢不能动。久而寒沁肺腑，如卧层冰积雪中，苦不可忍。至天晓，乃能出语，犹若冻僵。至是无敢复下榻者。此怪行踪可云隐秀，即其料理刘生，不动声色，亦有雅人深致也。

顾非熊再生事，见段成式《酉阳杂俎》[2]，又见孙光宪《北梦琐言》[3]；其父顾况集中，亦载是诗，当非诬造。近沈云椒少宰撰其母陆太夫人志，称太夫人于归，甫匝岁，赠公即卒，遗腹生子恒，周三岁亦殇。太夫人哭之恸，曰："吾之为未亡人也，以有汝在；今已矣，吾不忍吾家之宗祀，自此而绝也。"于其敛，以朱志其臂，祝曰："天不绝吾家，若再生以此为验。"时雍正己酉十二月也。是月族人有比邻而居者，生一子，臂朱灼然。太夫人遂抚之以为后，即少宰也。余官礼部尚书时，与少宰同事。少宰为余口述尤详。盖释氏书中，诞妄者原有；其徒张皇罪福，诱人施舍，诈伪者尤多。唯轮回之说，则凿然有证。司命者每因一人一事，偶示端倪，彰神道之教。少宰此事，即借转生之验，以昭苦节之感者也。儒者盛言无鬼，又乌乎知之。

伶人方俊官，幼以色艺擅场，为士大夫所赏。老而贩鬻古器，时来往京师。尝览镜自叹曰："方俊官乃作此状！谁信曾舞衫歌扇，倾倒一时耶！"

---

[1] 王轩之遇：唐范摅《云溪友议》载王轩泊舟苎萝山，在西施石上题诗，与西施邂逅。
[2] 段成式，唐文学家，字柯古，临淄（今山东淄博市临淄区北）人。所撰《酉阳杂俎》，所记奇且繁，或录秘藏，或叙异事，道佛人鬼、灾祥灵验及琐闻杂事，无不毕具。
[3] 孙光宪，五代宋初文学家，字孟文，号葆光子。陵州贵平（今四川仁寿东北）人。其所撰笔记《北梦琐言》，记载唐五代朝野遗闻、士大夫言行和社会风俗，其中颇多诗人逸事。

倪余疆感旧诗曰："落拓江湖鬓欲丝，红牙按曲记当时。庄生蝴蝶归何处？惆怅残花剩一枝。"即为俊官作也。俊官自言本儒家子，年十三四时，在乡塾读书。忽梦为笙歌花烛拥入闺阃，自顾则绣裙锦帔，珠翠满头；俯视双足，亦纤纤作弓弯样，俨然一新妇矣。惊疑错愕，莫知所为。然为众手挟持，不能自主，竟被扶入帏中，与一男子并肩坐；且骇且愧，悸汗而寤。后为狂且所诱，竟失身歌舞之场。乃悟事皆前定也。余疆曰："卫洗马问乐令梦，乐云是想。[1] 汝殆积有是想，乃有是梦。既有是想是梦，乃有是堕落。果自因生，因由心造，安可委诸夙命耶？"余谓此辈沉沦贱秽，当亦前身业报，受在今生，未可谓全无冥数。余疆所言，特正本清源之论耳。后苏杏村闻之，曰："晓岚以三生论因果，惕以未来。余疆以一念论因果，戒以现在。虽各明一义，吾终以余疆之论，可使人不放其心。"

族祖黄图公言：尝访友至北峰，夏夜散步村外，不觉稍远。闻秣田中有呻吟声，寻声往视，乃一童子裸体卧。询其所苦，言薄暮过此，遇垂髫艳女。招与语，悦其韶秀，就与调谑。女言父母皆外出，邀到家小坐。引至秣叶深处，有屋三楹，阒无一人。女阖其户，出瓜果共食。笑言既洽，弛衣登榻。比拥之就枕，则女忽变形为男子，状貌狰狞，横施强暴。怖不敢拒，竟受其污。蹂躏楚毒，至于晕绝。久而渐苏，则身卧荒烟蔓草间，并室庐失所在矣。盖魅悦此童之色，幻女形以诱之也。见利而趋，反为利饵，其自及也宜矣。

先师赵横山先生，少年读书于西湖，以寺楼幽静，设榻其上。夜闻室中窸窣声，似有人行，叱问："是鬼是狐，何故扰我？"徐闻嗫嚅而对曰："我亦鬼亦狐。"又问："鬼则鬼，狐则狐耳。何亦鬼亦狐也？"良久，复对曰："我本数百岁狐，内丹已成，不幸为同类所搤杀，盗我丹去。幽魂

---

[1] "卫洗马"句：《世说新语·文学》载晋卫玠总角时问乐令梦的事情，乐令回答："是想。"

沉滞，今为狐之鬼也。"问："何不诉诸地下？"曰："凡丹由吐纳导引而成者，如血气附形，融合为一，不自外来，人弗能盗也。其由采补而成者，如劫夺之财，本非己物，故人可杀而吸取之。吾媚人取精，所伤害多矣。杀人者死。死当其罪，虽诉神，神不理也。故宁郁郁居此耳。"问："汝据此楼，作何究竟？"曰："本匿影韬声，修太阴炼形之法。以公阳光熏烁，阴魄不宁，故出而乞哀，求幽明各适。"言讫，唯闻搏颡[1]声，问之不复再答。先生次日即移出。尝举以告门人曰："取非所有者，终不能有，且适以自戕也。可畏哉！"

从兄万周言：交河有农家妇，每归宁，辄骑一驴往。驴甚健而驯，不待人控引即知路。或其夫无暇，即自骑以行，未尝有失。一日，归稍晚，天阴月黑，不辨东西。驴忽横逸，载妇径入秫田中；密叶深丛，迷不得返。半夜，乃抵一破寺，唯二丐者栖庑下。进退无计，不得已，留与共宿。次日，丐者送之还。其夫愧焉，将鬻驴于屠肆。夜梦人语曰："此驴前世盗汝钱，汝捕之急，逃而免。汝嘱捕役絷其妇，羁留一夜。今为驴者，盗钱报；载汝妇入破寺者，絷妇报也。汝何必又结来世冤耶？"惕然而寤，痛自忏悔。驴是夕忽自毙。

奴子任玉病革时，守视者夜闻窗外牛吼声，玉骇然而殁。次日，共话其异。其妇泣曰："是少年尝盗杀数牛，人不知也。"

余某者，老于幕府，司刑名四十余年。后卧病濒危，灯前月下，恍惚似有鬼为厉者。余某慨然曰："吾存心忠厚，誓不敢妄杀一人，此鬼胡为乎来耶？"夜梦数人浴血立，曰："君知刻酷之积怨，不知忠厚亦能积怨也。夫茕茕孱弱，惨被人戕，就死之时，楚毒万状；孤魂饮泣，衔恨

---

[1] 搏颡（sǎng）：叩头。

九泉，唯望强暴就诛，一申积愤。而君但见生者之可悯，不见死者之可悲，刀笔舞文，曲相开脱。遂使凶残漏网，白骨沉冤。君试设身处地：如君无罪无辜，受人屠割，魂魄有知，旁观谳是狱者改重伤为轻，改多伤为少，改理曲为理直，改有心为无心，使君切齿之仇，纵容脱械，仍纵横于人世，君感乎怨乎？不是之思，而诩诩以纵恶为阴功。彼枉死者，不仇君而仇谁乎？"余某惶怖而寤，以所梦备告其子，回手自挝曰："吾所见左矣！吾所见左矣！"就枕未安而殁。

沧州刘太史果实，襟怀夷旷，有晋人风。与饴山老人[1]、莲洋山人[2]皆友善，而意趣各殊。晚岁家居，以授徒自给。然必孤贫之士，乃容执贽。脩脯[3]皆无几，箪瓢屡空，晏如也。尝买米斗余，贮罂中，食月余不尽，意甚怪之。忽闻檐际语曰："仆是天狐，慕公雅操，日日私益之耳。勿讶也。"刘诘曰："君意诚善。然君必不能耕，此粟何来？吾不能饮盗泉也，后勿复尔。"狐叹息而去。

亡侄汝备，字理含。尝梦人对之诵诗，醒而记其一联曰："草草莺花春似梦，沉沉风雨夜如年。"以告余，余讶其非佳谶。果以戊辰闰七月夭逝。后其妻武强张氏，抚弟之子为嗣，苦节终身，凡三十余年，未尝一夕解衣睡。至今婢媪能言之。乃悟二语为孀闺独宿之兆也。

雍正丙午、丁未间，有流民乞食过崔庄，夫妇并病疫。将死，持券哀呼于市，愿以幼女卖为婢，而以卖价买二棺。先祖母张太夫人为葬其夫妇，而收养其女，名之曰连贵。其券署父张立、母黄氏，而不著籍贯，

---

[1] 饴山老人：清代赵执信晚号饴山老人。
[2] 莲洋山人：清代吴雯号莲洋。
[3] 脩脯：脩，干肉。旧时指致送老师的薪金。

问之已不能语矣。连贵自云,家在山东,门临驿路,时有大官车马往来,距此约行一月余。而不能举其县名。又云,去年曾受对门胡家聘。胡家亦乞食外出,不知所往。越十余年,杳无亲戚来寻访,乃以配围人刘登。登自云山东新泰人,本胡姓。父母俱殁,有刘氏收养之,因从其姓。小时闻父母为聘一女,但不知其姓氏。登既胡姓,新泰又驿路所经,流民乞食,计程亦可以月余,与连贵言皆符。颇疑其乐昌之镜,离而复合,但无显证耳。先叔栗甫公曰:"此事稍为点缀,竟可以入传奇。惜此女蠢若鹿豕,唯知饱食酣眠,不称点缀,可恨也。"边随园征君曰:"'秦人不死,信苻生之受诬;蜀老犹存,知诸葛之多枉。'(四语乃刘知几《史通》之文。苻生事见《洛阳伽蓝记》,诸葛事见《魏书·毛修之传》。浦二田注《史通》以为未详,盖偶失考。)史传不免于缘饰,况传奇乎?《西楼记》称穆素晖艳若神仙,吴林塘言其祖幼时及见之,短小而丰肌,一寻常女子耳。然则传奇中所谓佳人,半出虚说。此婢虽粗,傥好事者按谱填词,登场度曲,他日红氍毹上,何尝不莺娇花媚耶?先生所论,犹未免于尽信书也。"

聂松岩言:胶州一寺,经楼之后有蔬圃。僧一夕开牖纳凉,月明如昼,见一人徙倚老树下。疑窃蔬者,呼问为谁。磬折而对曰:"师勿讶,我鬼也。"问:"鬼何不归尔墓?"曰:"鬼有徒党,各从其类。我本书生,不幸葬丛冢间,不能与马医夏畦[1]伍。此辈亦厌我非其族。落落难合,故宁避嚣于此耳。"言讫,冉冉没。后往往遥见之,然呼之不应矣。

福州学使署,本前明税珰署[2]也。奄人[3]暴横,多潜杀不辜,故至今犹往往见变怪。余督闽学时,奴辈每夜惊。甲申夏,先姚安公至署,闻某室有鬼,辄移榻其中,竟夕晏然。昀尝乘间微谏,请勿以千金之躯与

---

[1] 夏畦:夏天在田地里干活的人。也指一般体力劳动者。
[2] 税珰署:珰,宦官的代称。为宦官掌管税收的官署。
[3] 奄人:指宦官。

鬼角。因诲昀曰："儒者谓无鬼，迂论也，亦强词也。然鬼必畏人，阴不胜阳也；其或侵人，必阳不足以胜阴也。夫阳之盛也，岂特血气之壮与性情之悍哉？人之一心，慈祥者为阳，惨毒者为阴；坦白者为阳，深险者为阴；公直者为阳，私曲者为阴。故易象以阳为君子，阴为小人。苟立心正大，则其气纯乎阳刚，虽有邪魅，如幽室之中鼓洪炉而炽烈焰，冱冻自消。汝读书亦颇多，曾见史传中有端人硕士为鬼所击者耶？"昀再拜受教。至今每忆庭训[1]，辄悚然如侍左右也。

束州邵氏子，性佻荡。闻淮镇古墓有狐女甚丽，时往伺之。一日，见其坐田塍上，方欲就通款曲。狐女正色曰："吾服气炼形，已二百余岁，誓不媚一人。汝勿生妄念。且彼媚人之辈，岂果相悦哉？特摄其精耳。精竭则人亡，遇之未有能免者。汝何必自投陷阱也！"举袖一挥，凄风飒然，飞尘眯目，已失所在矣。先姚安公闻之，曰："此狐乃能作此语，吾断其后必生天。"

献县李金梁、李金柱兄弟，皆巨盗也。一夕，金梁梦其父语曰："夫盗有败有不败，汝知之耶？贪官墨吏，刑求威胁之财；神奸巨蠹，豪夺巧取之财；父子兄弟，隐匿偏得之财；朋友亲戚，强求诱诈之财；黠奴干役，侵渔乾没之财；巨商富室，重息剥削之财；以及一切刻薄计较、损人利己之财，是取之无害。罪恶重者，虽至杀人亦无害。其人本天道之所恶也。若夫人本善良，财由义取，是天道之所福也；如干犯之，是为悖天。悖天者终必败。汝兄弟前劫一节妇，使母子冤号，鬼神怒视。如不悛改，祸不远矣。"后岁余，果并伏法。金梁就狱时，自知不免，为刑房吏史真儒述之。真儒余里人也，尝举以告姚安公，谓盗亦有道。又述巨盗李志鸿之言曰：吾鸣骹[2]跃马三十年，所劫夺多矣，见人劫夺亦

---

[1] 庭训：指接受父辈的教育。典出《论语·季氏》。
[2] 鸣骹（xiāo）：响箭。

多矣；盖败者十之二三，不败者十之七八。若一污人妇女，屈指计之，从无一人不败者。故恒以是戒其徒。盖天道祸淫，理固不爽云。

辛卯夏，余自乌鲁木齐从军归，僦居珠巢街路东一宅，与龙泉司承祖邻。第二重室五楹，最南一室，帘恒飚起尺余，若有风鼓之者；余四室之帘则否。莫喻其故。小儿女入室，辄惊啼，云床上坐一肥僧，向之嬉笑。缁徒厉鬼，何以据人家宅舍？尤不可解也。又三鼓以后，往往闻龙氏宅中有女子哭声；龙氏宅中亦闻之，乃云声在此宅。疑不能明，然知其凿然非善地，遂迁居柘南先生双树斋。后居是二宅者，皆不吉。白环九司寇，无疾暴卒，即在龙氏宅也。凶宅之说，信非虚语矣。先师陈白崖先生曰："居吉宅者未必吉，居凶宅者则无不凶。如和风温煦，未必能使人袪病；而严寒渗厉，一触之则疾生。良药滋补，未必能使人骤健；而峻剂攻伐，一饮之则洞泄。"此亦确有其理，未可执定命与之争。孟子有言："是故知命者，不立乎岩墙之下。"

洛阳郭石洲言：其邻县有翁姑受富室二百金，鬻寡媳为妾者。至期，强被以彩衣，掖之登车。妇不肯行，则以红巾反接其手，媒媪拥之坐车上。观者多叹息不平。然妇母族无一人，不能先发也。仆夫振辔之顷，妇举声一号，旋风暴作，三马皆惊逸不可止。不趋其家而趋县城，飞渡泥淖，如履康庄，虽仄径危桥，亦不倾覆。至县衙，乃屹然立。其事遂败。用知庶女呼天，雷电下击，非典籍之虚词。

从舅安公介然曰："厉鬼还冤，见于典记者不一，得于传闻者亦不一。癸未五月，自盐山耿家庵还崔庄，乃亲见之。其人年约五十余，戴草笠，著苎衫，以一驴驮襆被，系河干柳树下，倚树而坐。余亦系马小憩。忽其人蹶然而起，以手作撑拒状，曰：'害汝命，偿汝命耳，何必若是相殴也！'支拄良久，语渐模糊不可辨；忽踊身一跃，已汩没于波浪中矣。同见者十余人，咸合掌诵佛。虽不知所报何冤，然害命偿命，则其人所自道也。"

戊子夏，小婢玉儿病瘵死。俄复苏曰："冥役遣我归索钱。"市冥镪焚之，乃死。俄又复苏曰："银色不足，冥役弗受也。"更市金银箔折锭焚之，则死不复苏矣。因忆雍正壬子，亡弟映谷濒危时，亦复类是。然则冥镪果有用耶？冥役需索如是，冥官又所司何事耶？

胡牧亭侍御言：其乡有生为冥官者，述冥司事甚悉。不能尽忆，大略与传记载同。唯言六道轮回，不烦遣送，皆各随平生之善恶，如水之流湿，火之就燥，气类相感，自得本途。语殊有理，从来论鬼神者未道也。

狐之媚人，为采补计耳，非渔色也；然渔色者亦偶有之。表兄安溪北言：有人夜宿深林中，闻草间人语曰："君爱某家小童，事已谐否？此事亢阳熏烁，消蚀真阴，极能败道。君何忽动此念耶？"又闻一人答曰："劳君规戒。实缘爱其美秀，遂不能忘情。然此童貌虽艳冶，心无邪念，吾于梦中幻诸淫态诱之，漠然不动。竟无如之何，已绝是想矣。"其人觉有异，潜往窥视，有二狐跳踉去。

泰州任子田，名大椿，记诵博洽，尤长于《三礼》[1]注疏，六书[2]训诂。乾隆己丑登二甲一名进士，浮沉郎署。晚年始得授御史，未上而卒。自开国以来，二甲一名进士，不入词馆者仅三人，子田实居其一。自言十五六时，偶为从父侍姬以宫词书扇。从父疑之，致侍姬自经死。其魂讼于地下，子田奄奄卧疾，魂亦为追去考问。阅四五年，冥官庭鞫七八度，

---

[1]《三礼》：即《周礼》《仪礼》《礼记》的合称。
[2] 六书：古人分析汉字造字的理论，即象形、指事、会意、形声、转注、假借。

始辨明出于无心；然卒坐以过失杀人，减削官禄。故仕途偃蹇如斯。贾钝夫舍人曰："治是狱者即顾郎中德懋。二人先不相知；一日相见，彼此如旧识。时同在座亲见其追话冥司事，子田对之，犹栗栗然也。"

即墨杨槐亭前辈言：济宁一童子为狐所昵，夜必同衾枕。至年二十余，犹无虚夕。或教之留须，须稍长，辄睡中为狐剃去，更为傅脂粉。屡以符箓驱遣，皆不能制。后正乙真人舟过济宁，投词乞劾治。真人牒于城隍，狐乃诣真人自诉。不睹其形，然旁人皆闻其语。自言过去生中为女子，此童为僧。夜过寺门，被劫闭窟室中，隐忍受污者十七载，郁郁而终。诉于地下主者，判是僧地狱受罪毕，仍来生偿债。会我以他罪堕狐身，窜伏山林百余年，未能相遇。今炼形成道，适逢僧后身为此童，因得相报。十七年满自当去，不烦驱遣也。真人竟无如之何。后不知期满果去否。然据其所言，足知人有所负，虽隔数世犹偿也。

同年项君廷模言：昔尝馆翰林某公家，相见辄讲学。一日，其同乡为外吏者，有所馈赠。某公自陈平生俭素，雅不需此。见其崖岸高峻，遂逡巡携归。某公送宾之后，徘徊厅事前，怅怅惘惘，若有所失，如是者数刻。家人请进内午餐，大遭诟怒。忽闻有数人吃吃窃笑，视之无迹，寻之声在承尘上。盖狐魅云。

陈少廷尉耕岩，官翰林时，为魅所扰。避而迁居，魅辄随往。多掷小帖道其阴事，皆外人不及知者。益悚惧，恒虔祀之。一日掷帖，责其待侄之薄，且曰："不厚资助，祸且至。"众缘是窃疑其侄，密约伺察。夜闻击损器物声，突出掩执，果其侄也。耕岩天性长厚，尤笃于骨肉，但曰："尔需钱可告我，何必乃尔？"笑遣之归寝，由是遂安。后吴编修朴园突遭回禄[1]，莫知火之自来。凡再徙居而再焚，余意亦当如耕岩事。朴园曰："固亦疑之。"然第三次迁泉州会馆时，适与客坐厅事中，忽烈焰赫然，自承尘下射。是非人所能上，亦非人所能入也，殆真魅所为矣。

程也园舍人居曹竹虚旧宅中。一夕，弗戒于火，书画古器，多遭焚毁。中褚河南[2]临《兰亭》一卷，乃五百金所质，方虑来赎时轇轕[3]；忽于灰烬中拣得，匣及袱并爇，而书卷无一字之损。表弟张桂岩馆也园家，亲见之。白香山[4]所谓"在在处处有神物护持"者耶？抑成毁各有定数，此卷不在此火劫中耶？然事则奇矣，亦将来赏鉴家一佳话也。

同年柯禺峰，官御史时，尝借宿内城友人家。书室三楹，东一室隔以纱橱，扃不启。置榻外室南牖下，睡至夜半，闻东室有声如鸭鸣，怪而谛视。时明月满窗，见黑烟一道，从东室门隙出，著地而行，长可丈余，蜿蜒如巨蟒；其首乃一女子，鬅鬙俨然，昂而仰视，盘旋地上，作鸭鸣不止。禺峰素有胆，拊榻叱之。徐徐却行，仍从门隙敛而入。天晓，以告主人。主人曰："旧有此怪，或数年一出，不为害，亦无他休咎。"或曰："未买是宅前，旧主有侍姬幽死此室。"未知其审也。

胥魁[5]有善博者，取人财犹探物于囊，犹不持兵而劫夺也。其徒党密相羽翼，意喻色授，机械百出，犹臂指之相使，犹呼吸之相通也。骇

---

[1] 回禄：传说中的火神，后用以指火灾。
[2] 褚河南：褚遂良，唐大臣，书法家。封河南郡公，人称"褚河南"。
[3] 轇轕（jiāo gé）：交错、纠葛。
[4] 白香山：白居易，唐代大诗人，号香山居士。因称"白香山"。
[5] 胥魁：官府差役的头目。

竖[1]多财者,则犹鱼吞饵,犹雉遇媒[2]耳。如是近十年,橐金巨万,俾其子贾于长芦,规什一之利。子亦狡黠,然冶荡好渔色。有堕其术而破家者,衔之次骨。乃乞与偕往,而阴导之为北里[3]游。舞衫歌扇,耽玩忘归,耗其资十之九。胥魁微有所闻,自往检校,已不可收拾矣。论者谓是虽人谋,亦有天道:仇者之动此念,殆神启其心欤?不然,何前愚而后智也!

故城刁飞万言:其乡有与狐女生子者,其父母怒谇之。狐女泣涕曰:"舅姑见逐,义难抗拒。但子未离乳,当且携去耳。"越两岁余,忽抱子诣其夫曰:"儿已长,今还汝。"其夫遵父母戒,掉首不与语。狐女叹息抱之去。此狐殊有人理,但抱去之儿,不知作何究竟。将人所生者仍为人,庐居火食,混迹闾阎欤?抑妖所生者即为妖,幻化通灵,潜踪墟墓欤?或虽为妖而犹承父姓,长育子孙,在非妖非人之界欤?虽为人而犹依母党,往来窟穴,在亦人亦妖之间欤?惜见首不见尾,竟莫得而质之。

同年蒋心余编修言:其乡有故家废宅,往往见艳女靓妆,登墙外视。武生王某,粗豪有胆,径携被独宿其中,冀有所遇。至夜半寂然,乃拊枕自语曰:"人言此宅有狐女,今何往耶?"窗外小声应曰:"六娘子知君今日来,避往溪头看月矣。"问:"汝为谁?"曰:"六娘子之婢。"又问:"何故独避我?"曰:"不知何故,但云畏见此腹负将军[4]。"亦不解为何语也。王后每举以问人曰:"腹负将军是武职几品?"莫不粲然。后问其乡人,曰:"实有其人,亦实有其事;然仅傍徨竟夜,一无所见耳。其语则心余所点缀也。"心余性好诙谐,理或然欤!

---

[1] 骇竖(ái shù):愚蠢、见识短浅之人。
[2] 犹雉遇媒:猎人驯养雏雉,用以招引野雉。
[3] 北里:唐代长安平康里位于城北,亦称北里。其地为妓院所在地,后世遂以"北里"称妓女所在地。
[4] 腹负将军:古代俗语,称只会吃饭而别无他能的人。

先母张太夫人，尝雇一张媪司炊，房山人也，居西山深处。言其乡有贫极弃家觅食者，素未外出，行半日即迷路，石径崎岖，云阴晦暗，莫知所适，姑枯坐树下，俟天晴辨南北。忽一人自林中出，三四人随之，并狰狞伟岸，有异常人。心知非山灵即妖魅，度不能隐避，乃投身叩拜，泣诉所苦。其人恻然曰："尔勿怖，不汝害也。我是虎神，今为诸虎配食料。待虎食人，尔收其衣物，足自活矣。"因引至一处，嗷然长啸，众虎岔集。其人举手指挥，语唧唎不可辨。俄俱散去，唯一虎留伏丛莽间。俄有荷担度岭者，虎跃起欲搏，忽辟易而退。少顷，一妇人至，乃搏食之。捡其衣带，得数金，取以付之，且告曰："虎不食人，唯食禽兽。其食人者，人而禽兽者耳。大抵人天良未泯者，其顶上必有灵光，虎见之即避。其天良澌灭者，灵光全息，与禽兽无异，虎乃得而食之。顷前一男子，凶暴无人理；然攘夺所得，犹恤其寡嫂孤侄，使不饥寒。以是一念，灵光煜煜如弹丸，故虎不敢食。后一妇人，弃其夫而私嫁，又虐其前妻之子，身无完肤；更盗后夫之金，以贻前夫之女，即怀中所携是也。以是诸恶，灵光消尽，虎视之，非复人身，故为所啖。尔今得遇我，亦以善事继母，辍妻子之食以养，顶上灵光高尺许；故我得而佑之，非以尔叩拜求哀也。勉修善业，当尚有后福。"因指示归路，越一日夜得至家。张媪之父与是人为亲串，故得其详。时家奴之妇，有虐使其七岁孤侄者，闻张媪言，为之少戢[1]。圣人以神道设教，信有以夫。

磷为鬼火，《博物志》谓战血所成，非也，安得处处有战血哉！盖鬼者，人之余气也，鬼属阴，而余气则属阳。阳为阴郁，则聚而成光，如雨气至阴而萤火化，海气至阴而阴火然也。多见于秋冬，而隐于春夏；秋冬气凝，春夏气散故也。其或见于春夏者，非幽房废宅，必深岩幽谷，皆阴气常聚故也。多在平原旷野，薮泽沮洳[2]，阳寄于阴，地阴类，水亦阴类，从其本类故也。先兄晴湖，尝同沈丰功年丈夜行，见磷火在高树巅，

---

[1] 戢（jí）：收敛。
[2] 沮洳（jù rù）：低湿之地。

青荧如炬，为从来所未闻。李长吉诗曰："多年老鸮成木魅，笑声碧火巢中起。"疑亦曾睹斯异，故有斯咏。先兄所见，或木魅所为欤！

贾人持巨砚求售，色正碧而红斑点点如血沁。试之，乃滑不受墨。背镌长歌一首，曰："祖龙[1]奋怒鞭顽石，石上血痕胭脂赤。沧桑变幻几度经，水舂沙蚀存盈尺。飞花点点粘落红，芳草茸茸接嫩碧。海人漉得出银涛，鲛客咨嗟龙女惜。云何强遣充砚材，如以嫱施司洴澼[2]。凝脂原不任研磨，镇肉翻成遭弃掷。（原注：客问镇肉事，判曰："出《梦溪笔谈》。"）音难见赏古所悲，用弗量才谁之责。案头米老[3]玉蟾蜍，为汝伤心应泪滴。"后题："康熙己未重九，餐花道人降乩，偶以顽砚请题，立挥长句。因镌诸砚背以记异。"款署"奕烽"二字，不著其姓，不知为谁，餐花道人亦无考。其词感慨抑郁，不类仙语，疑亦落拓之才鬼也。索价十金，酬以四金不肯售。后再问之，云四川一县令买去矣。

奴子纪昌，本姓魏，用黄犊子[4]故事，从主姓。少喜读书，颇娴文艺，作字亦工楷。最有心计，平生无一事失便宜。晚得奇疾：目不能视，耳不能听，口不能言，四肢不能动，周身并痿痹，不知痛痒；仰置榻上，块然如木石，唯鼻息不绝。知其未死，按时以饮食置口中，尚能咀咽而已。诊之乃六脉平和，毫无病状，名医亦无所措手。如是数年，乃死。老僧果成曰："此病身死而心生，为自古医经所不载，其业报欤？"然此奴亦无大恶，不过务求自利，算无遗策耳。巧者造物之所忌，谅哉！

---

[1] 祖龙：指秦始皇。
[2] 嫱施司司洴澼（píng pì）：嫱，王嫱，即王昭君；施，西施。洴澼，漂洗（衣物）。
[3] 米老：宋代书画家米芾。
[4] 黄犊子：隋代京兆人韦衮的奴仆，原名桃符（无姓），后因有功被释去奴隶身份。桃符成家立业后宰杀黄公牛奉给韦衮，韦衮让他随自己姓，桃符不敢直呼"韦桃符"，自称"黄犊于韦"。唐代张𬸦《朝野佥载》有相关记载。

奴子李福之妇，悍戾绝伦，日咩其姑舅，面詈背诅，无所不至。或微讽以不孝有冥谪，辄掉头哂曰："我持观音斋，诵观音咒，菩萨以甚深法力，消灭罪愆，阎罗王其奈我何？"后婴恶疾，楚毒万端，犹曰："此我诵咒未漱口，焚香用灶火，故得此报，非有他也。"愚哉！

蔡太守必昌，尝判冥事。朱石君中丞问以佛法忏悔，有无利益。蔡曰："寻常冤谴，佛能置讼者于善处。彼得所欲，其怨自解。如人世之有和息也。至重业深仇，非人世所可和息者，即非佛所能忏悔，释迦牟尼亦无如之何。"斯言平易而近理。儒者谓佛法为必无，佛者谓种种罪恶皆可消灭，盖两失之。

余家距海仅百里，故河间古谓之瀛州。地势趋东，以渐而高，故海岸绝陟，潮不能出，水亦不能入。九河皆在河间，而大禹导河，不直使入海，引之北行数百里，自碣石乃入，职是故也。海中每数岁或数十岁，遥见水云澒洞[1]中，红光烛天，谓之烧海。辄有断椽折栋，随潮而上。人取以为薪。越数日，必互言某匠某匠，为神召去营龙宫。然无亲睹其人，话鲛宫贝阙之状者，第传闻而已。余谓是殆重洋巨舶，弗戒于火，水光映射，空无障翳，故千百里外皆可见；梁柱之类，舶上皆有，亦不必定属殿材也。

献县捕役某，尝奉差捕巨盗，就絷矣。盗妇有色，盗乞以妇侍寝而纵之逃，某弗许。后以积蠹多赃坐斩。行刑前二日，狱舍墙圮，压而死。狱吏叶某，坐不早葺治，得重杖。先是叶某梦身立堂下，闻堂上官吏论捕役事。官指挥曰："一善不能掩千恶，千恶亦不能掩一善。免则不可，减则可。"既而吏抱牍出，殊不相识，谛视其官，亦不识，方悟所到非县署。醒而阴贺捕役，谓且减死；不知神以得保首领为减也。人计捕役生平，

---

[1]澒（hòng）洞：弥漫无际。

只此一善，而竟得免刑。天道昭昭，何尝不许人晚盖哉！

吴江吴林塘言：其亲表有与狐女遇者，虽无疾病，而惘惘恒若神不足。父母忧之，闻有游僧能劾治，试往祈请。僧曰："此魅与郎君夙缘，无相害意。郎君自耽玩过度耳。然恐魅不害郎君，郎君不免自害。当善遣之。"乃夜诣其家，趺坐诵梵咒。家人遥见烛光下似绣衫女子，冉冉再拜。僧举拂子曰："留未尽缘作来世欢，不亦可乎！"欻然而隐，自是遂绝。林塘知其异人，因问以神仙感遇之事。僧曰："古来传记所载，有寓言者，有托名者，有借抒恩怨者，有喜谈诙诡以诧异闻者，有点缀风流以为佳话，有本无所取而寄情绮语，如诗人之拟艳词者；大都伪者十八九，真者十一二。此一二真者，又大都皆才鬼灵狐，花妖木魅，而无一神仙。其称神仙必诡词。夫神正直而聪明，仙冲虚而清静，岂有名列丹台，身依紫府，复有荡姬佚女，参杂其间，动入桑中之会哉？"林塘叹其精识，为古所未闻。说是事时，林塘未举其名字。后以问林塘子钟侨，钟侨曰："见此僧时，才五六岁，当时未闻呼名字，今无可问矣。唯记其语音，似杭州人也。"

李芍亭家扶乩，其仙自称邱长春[1]。悬笔而书，疾于风雨，字如颠、素之狂草。客或拜求丹方，乩判曰："神仙有丹诀，无丹方，丹方是烧炼金石之术也。《参同契》[2]炉鼎铅汞，皆是寓名，非言烧炼。方士转相附会，遂贻害无穷。夫金石燥烈，益以火力，亢阳鼓荡，血脉偾张，故筋力似倍加强壮；而消铄真气，伏祸亦深。观艺花者，培以硫磺，则冒寒吐蕊；然盛开之后，其树必枯。盖郁热蒸于下，则精华涌于上，涌尽则立槁耳。何必纵数年之欲，掷千金之躯乎？"其人悚然而起。后芍亭以告田白岩，白岩曰："乩仙大抵皆托名。此仙能作此语，或真是邱长春欤！"

---

[1] 邱长春：元代道士邱处机。
[2]《参同契》：又名《周易参同契》，旧题汉魏伯阳撰。

吴云岩家扶乩,其仙亦云邱长春。一客问曰:"《西游记》[1]果仙师所作,以演金丹奥旨乎?"批曰:"然。"又问:"仙师书作于元初,其中祭赛国之锦衣卫,朱紫国之司礼监,灭法国之东城兵马司,唐太宗之太学士、翰林院中书科,皆同明制,何也?"乩忽不动。再问之,不复答。知已词穷而遁矣。然则《西游记》为明人依托无疑也。

文安王氏姨母,先太夫人第五妹也。言未嫁时,坐度帆楼中,遥见河畔一船,有宦家中年妇,伏窗而哭,观者如堵。乳媪启后户往视,言是某知府夫人,昼寝船中,梦其亡女为人执缚宰割,呼号惨切。悸而寤,声犹在耳,似出邻船。遣婢寻视,则方屠一豚子,沥血于盎,未竟也。梦中见女缚足以绳,缚手以红带。复视其前足,信然,益悲怆欲绝,乃倍价赎而瘗之。其童仆私言:此女十六而殁。存日极柔婉,唯嗜食鸡,每饭必具;或不具,则不举箸。每岁恒割鸡七八百。盖杀业云。

交河有书生,日暮独步田野间。遥见似有女子,避入秫田,疑荡妇之赴幽期者。逼往视之,寂无所睹,疑其窜伏深丛,不复追迹。归而大发寒热,且作谵语曰:"我饿鬼也,以君有禄相,不敢触忤,故潜匿草间。不虞忽相顾盼,枉步相寻。既尔有情,便当从君索食,乞惠薄奠,即从此辞。"其家为具纸钱肴酒,霍然而愈。苏进士语年曰:"此君本无邪心,以偶尔多事,遂为此鬼所乘。小人之于君子,恒伺隙而中之也。言动可不慎哉!"

炎凉转瞬,即鬼魅亦然。程鱼门编修曰:"王文庄公遇陪祀北郊,必借宿安定门外一坟园。园故有祟,文庄弗睹也。一岁,灯下有所睹,越半载而文庄卒矣。所谓山鬼能知一岁事耶!"

---

[1]《西游记》:此处应指元李志常撰《长春真人西游记》,非吴承恩的《西游记》。

太原申铁蟾言：昔自苏州北上，以舵牙触损，泊舟兴济之南。荒塍野岸，寂无一人，而夜闻草际有哦诗声。心知是鬼，与其友谛听之。所诵凡数十篇，幽咽断续，不甚可辨。铁蟾唯听得一句，曰"寒星炯炯生芒角"，其友听得二句，曰"夜深翁仲语，月黑鬼车来"。

张完质舍人，僦居一宅，或言有狐。移入之次日，书室笔砚皆开动，又失红枣一方。纷纭询问间，忽一钱铮然落几上，若偿红枣之值也。俄喧言所失红枣，粘宅后空屋。完质往视，则楷书"内室止步"四字，亦颇端正。完质曰："此狐狡狯。"恐其将来恶作剧，乃迁去。闻此宅在保安寺街，疑即翁覃溪宅也。

李又聃先生言：东光某氏宅有狐，一日，忽掷砖瓦，伤盆盎。某氏詈之。夜闻人叩窗语曰："君睡否？我有一言：邻里乡党，比户而居，小儿女或相触犯，事理之常，可恕则恕之，必不可恕，告其父兄，自当处置。遽加以恶声，于理毋乃不可。且我辈出入无形，往来不测，皆君闻见所不及，提防所不到。而君攘臂与为难，庸有幸乎？于势亦必不敌，幸熟计之。"某氏披衣起谢，自是遂相安。会亲串中有以童仆微衅，酿为争斗，几成大狱者，又聃先生叹曰："殊令人忆某氏狐。"

北河总督署，有楼五楹，为蝙蝠所据多年矣。大小不知凡几万，一白者巨如车轮，乃其魁也，能为变怪。历任总督，皆扃钥弗居。福建李公清时，延正一真人劾治，果皆徙去。不久，李公卒，蝙蝠复归。自是无敢问之者。余谓汤文正公驱五通神[1]，除民害也。蝙蝠自处一楼，与人无患，李公此举，诚为可已而不已。至于猝捐馆舍，则适值其时，不得谓蝙蝠为祟。

---

[1] 五通神：鬼神名，明清两代江浙一带多设祠祭祀。

修短[1]有数，岂妖魅能操其权乎！

余七八岁时，见奴子赵平自负其胆，老仆施祥摇手曰："尔勿恃胆，吾已以恃胆败矣。吾少年气最盛，闻某家凶宅无人敢居，径携襆被卧其内。夜将半，騞然有声，承尘中裂，忽堕下一人臂，跳掷不已；俄又堕一臂，又堕两足，又堕其身，最后乃堕其首，并满屋迸跃如猿猱。吾错愕不知所为，俄已合为一人，刀痕杖迹，腥血淋漓，举手直来搤吾颈。幸夏夜纳凉，挂窗未阖，急自窗跃出，狂奔而免。自是心胆并碎，至今犹不敢独宿也。汝恃胆不已，无乃不免如我乎！"平意不谓然，曰："丈原大误，何不先捉其一段，使不能凑合成形？"后夜饮醉归，果为群鬼所遮，掖入粪坑中，几于灭顶。

同年钟上庭言：官宁德日，有幕友病亟。方服药，恍惚见二鬼曰："冥司有某狱，待君往质。药可勿服也。"幕友言："此狱已五十余年，今何尚未了？"鬼曰："冥司法至严，而用法至慎。但涉疑似，虽明知其事，证人不具，终不为狱成。故恒待至数十年。"问："如是不稽延拖累乎？"曰："此亦千万之一，不恒有也。"是夕果卒。然则果报有时不验，或缘此欤？又小说所载，多有生魂赴鞫者，或宜迟宜速，各因其轻重缓急欤？要之早晚虽殊，神理终不愦愦，则凿然可信也。

田氏媪诡言其家事狐神，妇女多焚香问休咎，颇获利。俄而群狐大集，需索酒食，罄所获不足供。乃被击破瓮盎，烧损衣物。哀乞不能遣，怖而他投。濒行时，闻屋上大笑曰："尔还敢假名敛财否？"自是遂寂，亦遂不徙。然并其先有之资，耗大半矣。此余幼时闻先太夫人说。又有道士称奉王灵官，掷钱卜事，时有验，祈祷亦盛。偶恶少数辈，挟妓入庙，为所阻。乃阴从伶人假灵官鬼卒衣冠，乘其夜醮，突自屋脊跃下，据坐

---

[1] 修短：指寿命长短。晋王羲之《兰亭集序》："修短随化，终期于尽。"

诃责其惑众；命鬼卒缚之，持铁蒺藜将拷问。道士惶怖服罪，具陈虚诳取钱状。乃哄堂一笑，脱衣冠高唱而出。次日，觅道士，则已窜矣。此雍正甲寅七月事。余随先姚安公宿沙河桥，闻逆旅主人说。

安邑宋半塘，尝官鄞县。言鄞有一生，颇工文，而偃蹇不第。病中梦至大官署，察其形状，知为冥司。遇一吏，乃其故人，因叩以此病得死否。曰："君寿未尽而禄尽，恐不久来此。"生言："平生以馆谷糊口，无过分之暴殄，禄何以先尽？"吏叹息曰："正为受人馆谷而疏于训课，冥司谓无功窃食，即属虚縻。销除其应得之禄，补所探支，故寿未尽而禄尽也。盖'在三'[1]之义，名分本尊。利人修脯，误人子弟，谴责亦最重。有官禄者减官禄，无官禄者则减食禄，一锱一铢，计较不爽。世徒见才士通儒，或贫或夭，动言天道之难明，乌知自误生平，罪多坐此哉！"生怅然而寤，病果不起。临殁，举以戒所亲，故人得知其事云。

道士庞斗枢，雄县人。尝客献县高鸿胪家。先姚安公幼时，见其手撮棋子布几上，中间横斜萦带，不甚可辨；外为八门，则井然可数。投一小鼠，从生门入，则曲折寻隙而出；从死门入，则盘旋终日不得出。以此信鱼腹阵图[2]，定非虚语。然斗枢谓此特戏剧耳。至国之兴亡，系乎天命；兵之胜败，在乎人谋。一切术数，皆无所用。从古及今，有以壬遁星禽成事者耶？即如符咒厌劾，世多是术，亦颇有验时。然数千年来，战争割据之世，是时岂竟无传？亦未闻某帝某王某将某相死于敌国之魇魅也，其他可类推矣。姚安公曰："此语非术士所能言，此理亦非术士所能知。"

[1] 在三：古谓最受敬重的三种人，指父、师、君。《世说新语·言语》注云："在三之义，人之所重。"
[2] 鱼腹阵图：即八阵图。

从舅安公介然言：仙户刘子明，家粗裕。有狐居其仓屋中，数十年一无所扰，唯岁时祭以酒五琖[1]，鸡子数枚而已。或遇火盗，辄叩门窗作声，使主人知之。相安已久，一日，忽闻吃吃笑不止。问之不答，笑弥甚。怒而词之。忽应曰："吾自笑厚结盟之兄弟，而疾其亲兄弟者也。吾自笑厚其妻前夫之子，而疾其前妻之子者也。何预于君，而见怒如是？"刘大惭，无以应。俄闻屋上朗诵《论语》曰："法语之言，能无从乎？改之为贵。巽语[2]之言，能无说乎？绎之为贵。"叹息数声而寂。刘自是稍改其所为。后余以告邵闇谷，闇谷曰："此至亲密友所难言，而狐能言之；此正言庄论所难入，而狐以诙谐悟之。东方曼倩[3]何加焉！予傥到刘氏仓屋，当向门三揖之。"

玛纳斯有遣犯之妇，入山樵采，突为玛哈沁所执。玛哈沁者，额鲁特[4]之流民，无君长，无部族，或数十人为队，或数人为队；出没深山中，遇禽食禽，遇兽食兽，遇人即食人。妇为所得，已褫衣缚树上，炽火于旁，甫割左股一脔。倏闻火器一震，人语喧阗，马蹄声殷动林谷。以为官军掩至，弃而遁。盖营卒牧马，偶以鸟枪击雉子，误中马尾。一马跳掷，群马皆惊，相随逸入万山中，共噪而追之也。使少迟须臾，则此妇血肉狼藉矣，岂非若或使之哉！妇自此遂持长斋，尝谓人曰："吾非佞佛求福也。天下之痛苦，无过于脔割者；天下之恐怖，亦无过于束缚以待脔割者。吾每见屠宰，辄忆自受楚毒时；思彼众生，其痛苦恐怖，亦必如我。故不能下咽耳。"此言亦可告世之饕餮[5]者也。

奴子刘琪，畜一牛一犬。牛见犬辄触，犬见牛辄噬，每斗至血流不止。

---

[1] 琖（zhǎn）：小杯子。
[2] 巽语：谦逊和婉的言语。
[3] 东方曼倩：即汉代东方朔。
[4] 额鲁特：清时西部蒙古各部的称呼。
[5] 饕餮（tāo tiè）：比喻贪得无厌者，贪残者。

然牛唯触此犬,见他犬则否;犬亦唯噬此牛,见他牛则否。后系置两处,牛或闻犬声,犬或闻牛声,皆昂首瞑视。后先姚安公官户部,余随至京师,不知二物究竟如何也。或曰:"禽兽不能言者,皆能记前生。此牛此犬殆佛经所谓夙冤,今尚相识欤?"余谓夙冤之说,凿然无疑。谓能记前生,则似乎未必。亲串中有姑嫂相恶者,嫂与诸小姑皆睦,唯此小姑则如仇;小姑与诸嫂皆睦,唯此嫂则如仇。是岂能记前生乎?盖怨毒之念,根于性识,一朝相遇,如相反之药,虽枯根朽草,本自无知,其气味自能激斗耳。因果牵缠,无施不报。三生一瞬,可快意于睚眦[1]哉!

从伯君章公言:前明青县张公,十世祖赞祁公之外舅也。尝与邑人约,连名讼县吏。乘马而往,经祖墓前,有旋风扑马首。惊而堕,从者舁以归。寒热陡作,忽迷忽醒,恍惚中似睹鬼物。将延巫禳解,忽起坐,作其亡父语曰:"尔勿祈祷,扑尔马者我也。凡讼无益:使理曲,何可讼?使理直,公论具在,人人为扼腕,是即胜矣,何必讼?且讼役讼吏,为患尤大:讼不胜,患在目前;幸而胜,官有来去,此辈长子孙必相报复,患在后日。吾是以阻尔行也。"言讫,仍就枕,汗出如雨。比睡醒,则霍然矣。既而连名者皆败,始信非谵语也。此公闻于伯祖湛元公者。湛元公一生未与人涉讼,盖守此戒云。

世有圆光术:张素纸于壁,焚符召神,使五六岁童子视之。童子必见纸上突现大圆镜,镜中人物,历历示未来之事,犹卦影也。但卦影隐示其像,此则明著其形耳。庞斗枢能此术,某生素与斗枢狎,尝觊觎一妇,密祈斗枢圆光,观谐否。斗枢骇曰:"此事岂可渎鬼神。"固强之。不得已勉为焚符,童子注视良久曰:"见一亭子,中设一榻,三娘子与一少年坐其上。"三娘子者,某生之亡妾也。方诟责童子妄语,斗枢大笑曰:"吾亦见之。亭中尚有一匾,童子不识字耳。"怒问:"何字?"曰:"'己所不欲'

---

[1] 睚眦(yá zì):小怨小忿。

四字也。"某生默然，拂衣去。或曰："斗枢所焚实非符，先以饼饵诱童子，教作是语。"是殆近之。虽曰恶谑，要未失朋友规过之义也。

先太夫人言：外祖家恒夜见一物，舞蹈于楼前，见人则窜避。月下循窗隙窥之，衣惨绿衫，形蠢蠢如巨鳖，见其手足而不见其首，不知何怪。外叔祖紫衡公遣健仆数人，持刀杖绳索伏门外，伺其出，突掩之。踉跄逃入楼梯下。秉火照视，则墙隅绿锦袱包一银船，左右有四轮；盖外祖家全盛时儿童戏剧之物。乃悟绿衫其袱，手足其四轮也。熔之得三十余金。一老媪曰："吾为婢时，房中失此物，同辈皆大遭棰楚。不知何人窃置此间，成此魅也。"《搜神记》载孔子之言曰："夫六畜之物、龟蛇鱼鳖草木之属，神皆能为妖怪，故谓之五酉。五行之方，皆有其物。酉者老也，故物老则为怪矣。杀之则已，夫何患焉！"然则物久而幻形，固事理之常耳。

两世夫妇，如韦皋、玉箫者，盖有之矣。景州李西崖言：乙丑会试，见贵州一孝廉，述其乡民家生一子，甫能言，即云我前生某氏之女，某氏之妻，夫名某字某；吾卒时夫年若干，今年当若干；所居之地，距民家四五日程耳。此语渐闻。至十四五岁时，其故夫知有是说，径来寻问。相见涕泗，述前生事悉相符。是夕竟抱被同寝。其母不能禁，疑而窃听，灭烛以后，已妮妮儿女语矣。母怒，逐其故夫去。此子愤悒不食，其故夫亦栖迟旅舍不肯行。一日防范偶疏，竟相偕遁去，莫知所终。异哉此事！古所未闻也。此谓发乎情而不止乎礼矣。

东光霍从占言：一富室女，五六岁时，因夜出观剧，为人所掠卖。越五六年，掠卖者事败，供曾以药迷此女。移檄来问，始得归。归时视其肌肤，鞭痕、杖痕、剪痕、锥痕、烙痕、烫痕、爪痕、齿痕遍体如刻画，其母抱之泣数日，每言及，辄沾襟。先是女自言主母酷暴无人理，幼时不知所为，战栗待死而已；年渐长，不胜其楚，思自裁。夜梦老人曰：

"尔勿短见,再烙两次,鞭一百,业报满矣。"果一日缚树受鞭,甫及百而县吏持符到。盖其母御婢极残忍,凡爇棘而侍立者,鲜不带血痕;回眸一视,则左右无人色。故神示报于其女也。然竟不悛改,后疽发于项死。子孙今亦式微。从占又云:一宦家妇,遇婢女有过,不加鞭搒,但裭下衣,使露体伏地。自云如蒲鞭之示辱也。后患颠痫,每防守稍疏,辄裸而舞蹈云。

及孺爱先生言:其仆自邻村饮酒归,醉卧于路。醒则草露沾衣,月向午矣。欠伸之顷,见一人瑟缩立树后,呼问:"为谁?"曰:"君勿怖,身乃鬼也。此间群鬼喜嬲醉人,来为君防守耳。"问:"素昧生平,何以见护?"曰:"君忘之耶?我殁之后,有人为我妇造蜚语,君不平而白其诬,故九泉衔感也。"言讫而灭,竟不及问其为谁,亦不自记有此事。盖无心一语,黄壤已闻;然则有意造言者,冥冥之中宁免握拳啮齿耶!

河间献王墓在献县城东八里。墓前有祠,祠前二柏树,传为汉物,未知其审,疑后人所补种。左右陪葬二墓,县志称左毛苌[1],右贯长卿;然任丘又有毛苌墓,亦莫能详也。或曰:"苌宋代追封乐寿伯,献县正古乐寿地。任丘毛公墓,乃毛亨也。"理或然欤!从舅安公五占言:康熙中,有群盗觊觎玉鱼之藏,乃种瓜墓旁,阴于团焦中穿地道。将近墓,探以长锥,有白气随锥射出,声若雷霆,冲诸盗皆仆。乃不敢掘。论者谓王墓封闭二千载,地气久郁,故遇隙涌出,非有神灵。余谓王功在六经,自当有鬼神呵护。穿古冢者多矣,何他处地气不久郁而涌乎?

鬼魅在人腹中语,余所闻见,凡三事:一为云南李编修衣山,因扶乩与狐女唱和。狐女姊妹数辈,并入居其腹中,时时与语。正一真人劾治弗能遣,竟颠痫终身。余在翰林目睹之。一为宛平张丈鹤友,官南汝光道时,与史姓幕友宿驿舍。有客投刺谒史,对语彻夜。比晓,客及其

---

[1] 毛苌:汉代研究《诗经》学者。

仆皆不见，忽闻语出史腹中。后拜斗祓之去。俄仍归腹中，至史死乃已。疑其凤冤也。闻金听涛少宰言之。一为平湖一尼，有鬼在腹中，谈休咎多验，檀施[1]鳞集。鬼自云凤生负此尼钱，以此为偿。如《北梦琐言》所记田布事。人侧耳尼腋下，亦闻其语，疑为樟柳神也。闻沈云椒少宰言之。

晋杀秦谍，六日而苏，或由缢杀杖杀，故能复活；但不识未苏以前，作何情状。诂经有体，不能如小说琐记也。佃户张天锡，尝死七日，其母闻棺中击触声，开视，已复生。问其死后何所见，曰："无所见，亦不知经七日，但倏如睡去，倏如梦觉耳。"时有老儒馆余家，闻之，拊髀雀跃曰："程朱圣人哉！鬼神之事，孔孟犹未敢断其无，唯二先生敢断之。今死者复生，果如所论，非圣人能之哉！"余谓天锡自以气结尸厥，瞀不知人，其家误以为死耳，非真死也。虢太子事，载于《史记》，此翁未见耶？

帝王以刑赏劝人善，圣人以褒贬劝人善。刑赏有所不及，褒贬有所弗恤者，则佛以因果劝人善。其事殊，其意同也。缁徒执罪福之说，诱胁愚民，不以人品邪正分善恶，而以布施有无分善恶。福田之说兴，瞿昙[2]氏之本旨晦矣。闻有走无常者，以《血盆经》忏有无利益问冥吏。冥吏曰："无是事也。夫男女构精，万物化生，是天地自然之气，阴阳不息之机也。化生必产育，产育必秽污，虽淑媛贤母，亦不得不然，非自作之罪也。如以为罪，则饮食不能不便溺，口鼻不能不涕唾，是亦秽污，是亦当有罪乎？为是说者，盖以最易惑者唯妇女，而妇女所必不免者唯产育，以是为有罪，以是罪为非忏不可；而闺阁之财，无不充功德之费矣。尔出入冥司，宜有闻见，血池果在何处？堕血池者果有何人？乃犹疑而问之欤！"走无常后以告人，人讫无信其言者。积重不返，此之谓矣。

[1] 檀施：布施。
[2] 瞿昙：梵语译音。代指佛。

释明玉言：西山有僧，见游女踏青，偶动一念。方徙倚凝想间，有少妇忽与目成，渐相软语，云："家去此不远，夫久外出。今夕当以一灯在林外相引。"叮咛而别。僧如期往，果荧荧一灯，相距不半里，穿林渡涧，随之以行，终不能追及。既而或隐或见，倏左倏右，奔驰辗转，道路遂迷，困不能行，踣卧老树之下。天晓谛观，仍在故处。再视林中，则苍藓绿莎，履痕重叠。乃悟彻夜绕此树旁，如牛旋磨也。自知心动生魔，急投本师忏悔。后亦无他。又言：山东一僧，恒见经阁上有艳女下窥，心知是魅；然私念魅亦良得，径往就之，则一无所睹，呼之亦不出。如是者凡百余度，遂惘惘得心疾，以至于死。临死乃自言之。此或夙世冤愆，借以索命欤？然二僧究皆自败，非魔与魅败之也。

吴惠叔言：医者某生，素谨厚。一夜有老媪持金钏一双，就买堕胎药。医者大骇，峻拒之。次夕，又添持珠花两枝来。医者益骇，力挥去。越半载余，忽梦为冥司所拘，言有诉其杀人者。至则一披发女子，项勒红巾，泣陈乞药不与状。医者曰："药以活人，岂敢杀人以渔利！汝自以奸败，于我何尤？"女子曰："我乞药时，孕未成形，倘得堕之，我可不死。是破一无知之血块，而全一待尽之命也。既不得药，不能不产，以致子遭扼杀，受诸痛苦，我亦见逼而就缢。是汝欲全一命，反戕两命矣。罪不归汝，反归谁乎？"冥官喟然曰："汝之所言，酌乎事势；彼所执者，则理也。宋以来，固执一理而不揆事势之利害者，独此人也哉？汝且休矣！"拊几有声，医者悚然而寤。

惠叔又言：有疫死还魂者，在冥司遇其故人，褴褛荷校[1]。相见悲喜，不觉握手叹息曰："君一生富贵，竟不能带至此耶？"其人蹙然曰："富贵皆可带至此，但人不肯带耳。生前有功德者，至此何尝不富贵耶？寄语世人，早作带来计可也。"李南涧曰："善哉斯言，胜于谓富贵皆空也。"

---

[1] 荷校（hè jiào）：以肩荷枷。即颈上带枷。

卷十

如是我闻（四）

长山聂松岩言：安丘张卯君先生家，有书楼为狐所据，每与人对语。媪婢童仆，凡有隐慝，必对众暴之。一家畏若神明，惕惕然不敢作过。斯亦能语之绳规，无形之监史矣。然奸黠者或敬事之，则讳其所短，不肯质言。盖聪明有余，正直则不足也。斯狐之所以为狐欤！

沧州插花庙老尼董氏言：尝夜半睡醒，闻佛殿磬声铿然，如有人礼拜者。次日，告其徒。曰："师耳鸣也。"至夜复然，乃潜起蹑足窥之。佛火青荧，依稀辨物，见击磬者乃其亡师，一少妇对佛长跪，喁喁絮祝。回面向内，不识为谁。细听所祝，则为夫病祈福也。恐怖失措，触朱槅[1]有声。阴气冥濛，灯光骤暗。再明，则已无睹矣。先外祖雪峰张公曰："此少妇已入黄泉，犹忧夫病，闻之使人增伉俪之情。"董尼又言：近一卖花媪，夜经某氏墓，突见某夫人魂立树下，以手招之。无路可避，因战栗拜谒。某夫人曰："吾夜夜在此，待一相识人寄信，望眼几穿，今乃见尔。归告我女我婿：一切阴谋，鬼神皆已全知，无更枉抛心力。吾在冥府，大受鞭笞；地下先亡，更人人唾詈。无地自容，日唯避此树边，苦雨凄风，酸辛万状。尚不知沉沦几载，得付转轮。似闻须所夺小郎资财耗散都尽，始冀有生路也。又婿有密札数纸，病中置螺甸[2]小箧中。嘱其检出毁灭，免为他日口实。"叮咛再三，呜咽而灭。媪潜告其女，女怒曰："为小郎游说耶！"迨于箧中见前札，乃始悚然。后女家日渐消败。亲串中知其事者，皆合掌曰：

---

[1] 槅（gé）：窗上用木条做成的格子。
[2] 螺甸：即螺钿，一种手工艺品，用螺蛳壳或贝壳镶嵌在漆器、硬木家具或雕镂器物的表面，做成有天然彩色光泽的花纹、图形。

"某夫人生路近矣。"

乌鲁木齐提督巴公彦弼言：昔从征乌什时，梦至一处山麓，有六七行幄，而不见兵卫；有数十人出入往来，亦多似文吏。试往窥视，遇故护军统领某公，（某名凡五字，公以滚舌音急呼之，今不能记。）握手相劳苦，问："公久逝，今何事到此？"曰："吾以平生拙直，得授冥官。今随军籍记战殁者也。"见其几上诸册，有黄色、红色、紫色、黑色数种。问："此以旗分耶？"微哂曰："安有紫旗、黑旗，（按：旧制本有黑旗，以黑色夜中难辨，乃改为蓝旗。此公盖偶未知也。）此别甲乙之次第耳。"问："次第安在？"曰："赤心为国，奋不顾身者，登黄册。恪遵军令，宁死不挠者，登红册。随众驱驰，转战而殒者，登紫册。仓皇奔溃，无路求生，蹂践裂尸，追歼断脰[1]者，登黑册。"问："同时授命，血溅尸横，岂能一一区分，毫无舛误？"曰："此唯冥官能辨矣。大抵人亡魂在，精气如生。应登黄册者，其精气如烈火炽腾，蓬蓬勃勃。应登红册者，其精气如烽烟直上，风不能摇。应登紫册者，其精气如云漏电光，往来闪烁。此三等中，最上者为明神，最下者亦归善道。至应登黑册者，其精气瑟缩摧颓，如死灰无焰。在朝廷褒崇忠义，自一例哀荣；阴曹则以常鬼视之，不复齿数矣。"巴公侧耳敬听，悚然心折。方欲自问将来，忽炮声惊觉。后常以告麾下曰："吾临阵每忆斯语，便觉捐身锋镝，轻若鸿毛。"

《夜灯丛录》载谢梅庄戆子事，而不知戆子姓卢名志仁，盖未见梅庄自作《戆子传》，仅据传闻也。霍京兆易书，戍葵苏图时，轿夫王二，与戆子事相类。后殁于塞外，京兆哭之恸。一夕，忽闻帐外语曰："羊被盗矣，可急向西北追。"出视果然。听其语音，灼然王二之魂也。京兆有一仆，方辞归，是日睹此异，遂解装不行，谓其曹曰："恐冥冥中王二笑人。"

---

[1] 断脰（dòu）：身首异处。

沧州瞽者蔡某，每过南山楼下，即有一叟邀之弹唱，且对饮。渐相狎，亦时到蔡家共酌。自云姓蒲，江西人，因贩瓷到此。久而觉其为狐，然契分甚深，狐不讳，蔡亦不畏也。会有以闺阃[1]蜚语涉讼者，众议不一。偶与狐言及，曰："君既通灵，必知其审。"狐艴然曰："我辈修道人，岂干预人家琐事？夫房帏秘地，男女幽期，暧昧难明，嫌疑易起。一犬吠影，每至于百犬吠声。即使果真，何关外人之事？乃快一时之口，为人子孙数世之羞，斯已伤天地之和，召鬼神之忌矣。况杯弓蛇影，恍惚无凭，而点缀铺张，宛如目睹。使人忍之不可，辩之不能，往往致抑郁难言，含冤毕命。其怨毒之气，尤历劫难消。苟有幽灵，岂无业报？恐刀山剑树之上，不能不为是人设一坐也。汝素朴诚，闻此事自当掩耳；乃考求真伪，意欲何为？岂以失明不足，尚欲犁舌乎？"投杯径去，从此遂绝。蔡愧悔，自批其颊。恒述以戒人，不自隐匿也。

舅氏张公梦征言：所居吴家庄西，一丐者死于路，所畜犬守之不去。夜有狼来啖其尸，犬奋啮不使前；俄诸狼大集，犬力尽踣，遂并为所啖。唯存其首，尚双目怒张，眦如欲裂。有佃户守瓜田者亲见之。又程易门在乌鲁木齐，一夕，有盗入室，已逾垣将出。所畜犬追啮其足。盗抽刃斫之，至死啮终不释。因就擒。时易门有仆，曰龚起龙，方负心反噬。皆曰程太守家有二异：一人面兽心，一兽面人心。

余在乌鲁木齐日，骁骑校萨音绰克图言：曩守红山口卡伦，一日将曙，有乌哑哑对户啼。恶其不吉，引骹矢射之。欻然有声，掠乳牛背上过。牛骇而奔，呼数卒急追。入一山坳，遇耕者二人，触一人仆。扶视无大伤，唯足跛难行。问其家不远，共舁送归。入室坐未定，闻小儿连呼有贼。同出助捕，则私逃遣犯韩云，方逾垣盗食其瓜，因共执焉。使乌不对户啼，则萨音绰克图不射；萨音绰克图不射，则牛不惊逸；牛不惊逸，则不触

---

[1] 闺阃（kǔn）：妇女的居室。

人仆;不触人仆,则数卒不至其家;徒一小儿见人盗瓜,其势必不能执缚:乃辗转相引,终使受絷伏诛。此乌之来,岂非有物凭之哉!盖云本巨寇,所劫杀者多矣。尔时虽无所睹,实与刘刚遇鬼因果相同也。

又佐领额尔赫图言:曩守吉木萨卡伦,夜闻团焦外呜呜有声。人出逐,则渐退;人止则止,人返则复来。如是数夕。一戍卒有胆,竟操刃随之,寻声迤逦[1]入山中,至一僵尸前而寂。视之有野兽啮食痕,已久枯矣。卒还以告,心知其求瘗也。具棺葬之,遂不复至。夫神识已离,形骸何有?此鬼沾沾于遗蜕,殊未免作茧自缠。然蝼蚁鱼鳖之谈,自庄生之旷见;岂能使含生之属,均如太上忘情。观于兹事,知棺衾必慎,孝子之心;胔骼必藏,仁人之政。圣人通鬼神之情状,何尝谓魂升魄降,遂冥漠无知哉!

献县令某,临殁前,有门役夜闻书斋人语曰:"渠数年享用奢华,禄已耗尽。其父诉于冥司,探支来生禄一年,治未了事。未知许否也?"俄而令暴卒。董文恪公尝曰:"天道凡事忌太甚。故过奢过俭,皆足致不祥。然历历验之,过奢之罚,富者轻而贵者重;过俭之罚,贵者轻而富者重。盖富而过奢,耗己财而已;贵而过奢,其势必至于贪婪。权力重,则取求易也。贵而过俭,守己财而已;富而过俭,其势必至于刻薄,计较明则机械多也。士大夫时时深念,知益己者必损人。凡事留其有余,则召福之道矣。"

小奴玉保言:特纳格尔农家,忽一牛入其牧群,甚肥健。久而无追寻者,询访亦无失牛者,乃留畜之。其女年十三四,偶跨此牛往亲串家。牛至半途,不循蹊径,负女度岭蓦涧,直入乱山。崖陡谷深,堕必糜碎,唯抱牛颈呼号。

---

[1] 迤逦(yǐ lǐ):曲折连绵的样子。

樵牧者闻声追视,已在万峰之顶,渐灭没于烟霭间。其或饲虎狼,或委溪壑,均不可知矣。皆咎其父贪攘此牛,致罹大害。余谓此牛与此女,合是夙冤,即驱逐不留,亦必别有以相报也。

故城刁飞万言:一村有二塾师,雨后同步至土神祠,踞砌对谈,移时未去。祠前地净如掌,忽见垒起似字迹。共起视之,则泥上杖画十六字曰:"不趁凉爽,自课生徒;溷[1]人书馆,不亦愧乎?"盖祠无居人,狐据其中,怪二人久聒也。时程试方增律诗,飞万戏曰:"随手成文,即四言叶韵。我愧此狐。"

飞万又言:一书生最有胆,每求见鬼不可得。一夕,雨霁月明,命小奴携罂酒诣丛冢间,四顾呼曰:"良夜独游,殊为寂寞。泉下诸友,有肯来共酌者乎?"俄见磷火荧荧,出没草际。再呼之,呜呜环集,相距丈许,皆止不进。数其影约十余,以巨杯挹酒洒之,皆俯嗅其气。有一鬼称酒绝佳,请再赐。因且洒且问曰:"公等何故不轮回?"曰:"善根在者转生矣,恶贯盈者堕狱矣。我辈十三人,罪限未满,待轮回者四;业报沉沦,不得轮回者九也。"问:"何不忏悔求解脱?"曰:"忏悔须及未死时,死后无着力处矣。"酒洒既尽,举罂示之,各踉跄去。中一鬼回首叮咛曰:"饿魂得沃壶觞,无以报德。谨以一语奉赠:忏悔须及未死时也。"

翰林院笔帖式伊实从征伊犁时,血战突围,身中七矛死。越两昼夜,复苏;疾驰一昼夜,犹追及大兵。余与博晰斋同在翰林时,见有伤痕,细询颠末。自言被创时,绝无痛楚,但忽如沉睡。既而渐有知觉,则魂已离体,四顾皆风沙滪洞,不辨东西,了然自知为已死。倏念及子幼家贫,酸彻心骨,便觉身如一叶,随风漾漾欲飞。倏念及虚死不甘,誓为厉鬼杀贼,

---

[1] 溷(hùn):渎犯;打扰。

即觉身如铁柱,风不能摇。徘徊伫立间,方欲直上山巅,望敌兵所在;俄如梦醒,已僵卧战血中矣。晰斋叹息曰:"闻斯情状,使人觉战死无可畏。然则忠臣烈士,正复易为,人何惮而不为也!"

里有古氏,业屠牛,所杀不可缕数。后古叟目双瞽。古妪临殁时,肌肤溃烈,痛苦万状,自言冥司仿屠牛之法宰割我。呼号月余乃终。侍姬之母沈媪,亲睹其事。杀业至重,牛有功于稼穑,杀之业尤重。《冥祥记》[1]载晋庾绍之事,已有"宜勤精进,不可杀生;若不能都断,可勿宰牛"之语,此牛戒之最古者。《宣室志》载夜叉与人杂居则疫生,唯避不食牛人。《酉阳杂俎》亦载之。今不食牛人,遇疫实不传染,小说固非尽无据也。

海宁陈文勤公言:昔在人家遇扶乩,降坛者安溪李文贞公也。公拜问涉世之道,文贞判曰:"得意时毋太快意,失意时毋太快口,则永保终吉。"公终身诵之。尝诲门人曰:"得意时毋太快意,稍知利害者能之;失意时毋太快口,则贤者或未能。夫快口岂特怨尤哉,夷然不屑,故作旷达之语,其招祸甚于怨尤也。"余因忆先高祖《花王阁剩稿》中载宋盛阳先生(讳大壮,河间诸生,先高祖之外舅也。)赠诗曰:"狂奴犹故态,旷达是牢骚。"与公所论,殆似重规叠矩矣。

有额鲁特女,为乌鲁木齐民间妇,数年而寡。妇故有姿首,媒妁日叩其门。妇谢曰:"嫁则必嫁。然夫死无子,翁已老,我去将谁依?请待养翁事毕,然后议。"有欲入赘其家代养其翁者,妇又谢曰:"男子性情不可必,万一与翁不相安,悔且无及。亦不可。"乃苦身操作,翁温饱安乐,竟胜于有子时。越六七年,翁以寿终。营葬毕,始痛哭别墓,易彩服升车去。论者惜其不贞,而不能不谓之孝。内阁学士永公时镇其地,闻之叹曰:"此

---

[1]《冥祥记》:南朝齐王琰撰。内容皆有关佛事,主旨在于戒恶劝善。

所谓质美而未学。"

新城王符九言：其友人某，选贵州一令。贷于西商，抑勒剥削，机械百出。某迫于程限，委曲迁就；而西商枝节益多。争论至夜分，始茹痛书券。计券上百金，实得不及三十金耳。西商去后，持金贮箧。方独坐叹息，忽闻檐上人语曰："世间无此不平事！公太柔懦，使人愤填胸臆。吾本意来盗公，今且一惩西商，为天下穷官吐气也。"某悸不敢答。俄屋角窸窣有声，已越垣径去。次日，闻西商被盗，并箧中新旧借券，皆席卷去矣。此盗殊多侠气，然亦西商所为太甚，干造物之忌，故鬼神巧使相值也。

许文木言：其亲串有新得官者，盛具牲醴享祖考。有巫能视鬼，窃语人曰："某家先灵受祭时，皆颜色惨沮，如欲下泪。而后巷某甲之鬼，乃坐对门屋脊上，翘足而笑。是何故也？"后其人到官未久，即伏法。始悟其祖考悲泣之由。而某甲之喜，则终不解。久而有知其阴事者曰："某甲女有色，是尝遣某姬诱以金珠，同宿数夕。人不知而鬼知也，谁谓冥冥中可堕行哉！"

王梅序孝廉言：交河城西有古墓，林木丛杂，云藏妖魅，犯之者多患寒热，樵牧弗敢近。一老儒耿直负气，由所居至县城，其地适中，过必憩息，偃蹇傲睨，竟无所见闻。如是数年。一日，又坐墓侧，袒裼纳凉。归而发狂，谵语曰："曩以汝为古君子，故任汝放诞，未敢侮汝。汝近乃作负心事，知从前规言矩步，皆貌是心非，今不复畏汝矣。"其家再三拜祷，昏瞆数日始痊。自是索然气馁，每经其地，辄俯首疾趋。观此知魅不足畏，心苟无邪，虽凌之而不敢校；亦观此而知魅大可畏，行苟有玷，虽秘之而皆能窥。

门人萧山汪生辉祖，字焕曾，乾隆乙未进士，今为湖南宁远县知县。未第时，久于幕府，撰《佐治药言》二卷，中载近事数条，颇足以资法戒。其一曰：孙景溪先生，讳尔周。令吴桥时，幕客叶某一夕方饮酒，偃仆于地，历二时而苏。次日闭户书黄纸疏，赴城隍庙拜毁，莫喻其故。越六日，又偃仆如前，良久复起，则请迁居于署外。自言八年前在山东馆陶幕，有士人告恶少调其妇。本拟请主人专惩恶少，不必妇对质。而同事谢某，欲窥妇姿色，怂恿传讯。致妇投缳，恶少亦抵法。今恶少控于冥府，谓妇不死，则渠无死法；而妇死由内幕之传讯。馆陶城隍神移牒来拘，昨具疏申辩，谓妇本应对质；且造意者为谢某。顷又移牒，谓："传讯之意，在窥其色，非理其冤；念虽起于谢，笔实操于叶。谢已摄至，叶不容宽。"余必不免矣。越夕而殒。其一曰：浙江臬司同公言，乾隆乙亥秋审时，偶一夜潜出，察诸吏治事状。皆已酣寝，唯一室灯独明。穴窗窃窥，见一吏方理案牍，几前立一老翁、一少妇。心甚骇异，姑视之。见吏初草一签，旋毁稿更书，少妇敛衽退。又抽一卷，沉思良久，书一签，老翁亦揖而退。传诘此吏，则先理者为台州因奸致死一案。初拟缓决，旋以身列青衿，败检酿命，改情实。后抽之卷为宁波叠殴致死一案。初拟情实，旋以索逋理直，死由还殴，改缓决。知少妇为捐生之烈魄，老翁为累囚之先灵矣。其一曰：秀水县署有爱日楼，板梯久毁，阴雨辄闻鬼泣声。一老吏言：康熙中，令之母喜诵佛号，因建此楼。雍正初，有令挈幕友胡姓来，盛夏不欲见人，独处楼中；案牍饮食，皆缒而上下。一日，闻楼上惨号声。从者急梯而上，则胡裸体浴血，自刺其腹，并碎劙周身如刻画。自云曩在湖南某县幕，有奸夫杀本夫者，奸妇首于官。吾恐主人有失察咎，以访拿报，妇遂坐磔。顷见一神引妇来，剚刃于吾腹，他不知也。号呼越夕而死。其一曰：吴兴某，以善治钱谷有声。偶为当事者所慢，因密讦其侵盗阴事于上官，竟成大狱。后自啮其舌而死。又无锡张某，在归安令裘鲁青幕，有奸夫杀本夫者，裘以妇不同谋，欲出之。张大言曰："赵盾不讨贼为弑君[1]，许止不尝药为弑父[2]，《春秋》有诛

---

[1] 赵盾事见《左传·宣公二年》。
[2] 许止事见《春秋·昭公十九年》。

意之法。是不可纵也。"妇竟论死。后张梦一女子,被发持剑,搏膺而至曰:"我无死法,汝何助之急也?"以刃刺之。觉而刺处痛甚。自是夜夜为厉,以至于死。其一曰:萧山韩其相先生,少工刀笔,久困场屋[1],且无子,已绝意进取矣。雍正癸卯,在公安县幕,梦神人语曰:"汝因笔孽多,尽削禄嗣。今治狱仁恕,赏汝科名及子,其速归。"未以为信,次夕梦复然。时已七月初旬,答以试期不及。神曰:"吾能送汝也。"寤而急理归装,江行风利,八月初二日竟抵杭州,以遗才入闱中式。次年,果举一子。焕曾笃实有古风,其所言当不妄。又所记《囚关绝祀》一条曰:平湖杨研耕在虞乡县幕时,主人兼署临晋,有疑狱,久未决。后鞫实为弟殴兄死,夜拟谳牍毕,未及灭烛而寝。忽闻床上钩鸣,帐微启,以为风也。少顷复鸣,则帐悬钩上,有白须老人跪床前叩头,叱之不见,而几上纸翻动有声。急起视,则所拟谳牍也。反复详审,罪实无枉。唯其家四世单传,至其父始生二子,一死非命,一又伏辜,则五世之祀斩矣。因毁稿存疑如故,盖以存疑为是也。余谓以王法论,灭伦者必诛;以人情论,绝祀者亦可悯。生与杀皆碍,仁与义竟两妨矣。如必委曲以求通,则谓杀人者抵,以申死者之冤也。申己之冤以绝祖父之祀,其兄有知,必不愿;使其竟愿,是无人心矣。虽不抵不为枉,是一说也。或又谓情者一人之事,法者天下之事也。使凡仅兄弟二人者,弟杀其兄,哀其绝祀,皆不抵,则夺产杀兄者多矣,何法以正伦纪乎?是又未尝非一说也。不有皋陶,此狱实为难断,存以待明理者之论定可矣。

姚安公言:昔在舅氏陈公德音家,遇骤雨,自巳到午乃息,所雨皆沤麻水也。时西席一老儒方讲学,众因叩曰:"此雨究竟是何理?"老儒掉头面壁曰:"子不语怪[2]。"

---

[1] 场屋:指考场。久困场屋,指科举考试一直失利。
[2] "子不语怪":语出《论语·述而》:"子不语怪,力,乱,神。"

刘香畹言：曩客山西时，闻有老儒经古冢，同行者言中有狐。老儒詈之，亦无他异。老儒故善治生，冬不裘，夏不绨[1]，食不肴，饮不舛[2]，妻子不宿饱。铢积锱累，得四十金，熔为四铤，秘缄之。而对人自诉无担石。自詈狐后，所储金或忽置屋颠树梢，使梯而取。或忽在淤泥浅水，使濡而求。甚或忽投圊溷[3]，使探而濯。或移易其地，大索乃得。或失去数日，从空自堕。或与客对坐，忽纳于帽檐。或对人拱揖，忽铿然脱袖。千变万化，不可思议。一日，忽四铤跃掷空中，如蛱蝶飞翔，弹丸击触，渐高渐远，势将飞去。不得已，焚香拜祝，始自投于怀。自是不复相嬲，而讲学之气焰已索然尽矣。说是事时，一友曰："吾闻以德胜妖，不闻以詈胜妖也。其及也固宜。"一友曰："使周、张、程、朱詈，妖必不兴。惜其古貌不古心也。"一友曰："周、张、程、朱必不轻詈。唯其不足于中，故悻悻于外耳。"香畹首肯曰："斯言洞见症结矣。"

香畹又言：一孝廉颇善储蓄，而性啬。其妹家至贫，时逼除夕，炊烟不举。冒风雪徒步数十里，乞贷三五金，期明春以其夫馆谷偿。坚以窘辞。其母涕泣助请，辞如故。母脱簪珥付之去，孝廉如弗闻也。是夕，有盗穴壁入，罄所有去。迫于公论，弗敢告官捕。越半载，盗在他县败，供曾窃孝廉家，其物犹存十之七。移牒来问，又迫于公论，弗敢认。其妇惜财不能忍，阴遣子往认焉。孝廉内愧，避弗见客者半载。夫母子天性，兄妹至情；以啬之故，漠如陌路。此真闻之扼腕矣。乃盗遽乘之，使人一快；失而弗敢言，得而弗敢取，又使人再快。至于椎心茹痛，自匿其瑕，复败于其妇，瑕终莫匿，更使人不胜其快。颠倒播弄，如是之巧，谓非若或使之哉！然能愧不见客，吾犹取其足为善。充此一愧，虽以孝友闻可也。

---

[1] 绨（chī）：细葛布。
[2] 舛（chuǎn）：茶。
[3] 圊溷（qīng hùn）：厕所。

卢霁渔编修患寒疾，误延读《景岳全书》[1]者投人参，立卒。太夫人悔焉，哭极恸。然每一发声，辄闻板壁格格响；夜或绕床呼阿母，灼然辨为霁渔声。盖不欲高年之过哀也。悲哉！死而犹不忘亲乎。

海阳鞠前辈庭和言：一宦家妇临卒，左手挽幼儿，右手挽幼女，呜咽而终，力擘之乃释，目炯炯尚不瞑也。后灯前月下，往往遥见其形，然呼之不应，问之不言，招之不来，即之不见。或数夕不出，或一夕数出，或望之在某人前，而某人反无睹；或此处方睹，而彼处又睹。大抵如泡影空花，电光石火，一转瞬而即灭，一弹指而倏生。虽不为害，而人人意中有一先亡夫人在。故后妻视其子女，不敢生分别心；婢媪童仆视其子女，亦不敢生凌侮心。至男婚女嫁，乃渐不睹。然越数岁或一见，故一家恒惴惴栗栗，如时在其旁。或疑为狐魅所托，是亦一说。唯是狐魅扰人，而此不近人。且狐魅又何所取义，而辛苦十余年，为时时作此幻影耶？殆结恋之极，精灵不散耳。为人子女者，知父母之心，殁而弥切如是也。其亦可以怆然感乎？

庭和又言：有兄死而吞噬其孤侄者，追胁侵蚀，殆无以自存。一夕，夫妇方酣眠，忽梦兄仓皇呼曰："起起，火已至。"醒而烟焰迷漫，无路可脱，仅破窗得出。喘息未定，室已崩摧。缓须臾，则灰烬矣。次日，急召其侄，尽还所夺。人怪其数朝之内，忽跖忽夷[2]。其人流涕自责，始知其故。此鬼善全骨肉，胜于为厉多多矣。

高淳令梁公钦官户部额外主事时，与姚安公同在四川司。是时六部

---
[1]《景岳全书》：医书。明代张介宾（景岳）撰。
[2] 忽跖忽夷：跖（zhí），盗跖，相传为春秋战国之际人，后代为坏人代称；伯夷，商末孤竹君长子，封建时代作为高尚守节的典型。忽跖忽夷指一会儿为坏人，一会儿为好人。

规制严,凡有故不能入署者,必遣人告掌印,掌印移牒司务,司务每日汇呈堂,谓之出付;不能无故不至也。一日,梁公不入署,而又不出付,众疑焉。姚安公与福建李公根侯,寓皆相近,放衙后同往视之。则梁公昨夕睡后,忽闻砰訇[1]撞触声,如怒马腾踏。呼问无应者,悸而起视,乃二仆一御者裸体相搏,捶击甚苦,然皆缄口无一言。时四邻已睡,寓中别无一人。无可如何,坐视其斗。至钟鸣乃并仆,迨晓而苏,伤痕鳞叠,面目皆败。问之都不自知,唯忆是晚同坐后门纳凉,遥见破屋址上有数犬跳踉,戏以砖掷之,嗥而逃。就寝后遂有是变。意犬本是狐,月下视之未审欤!梁公泰和人,与正一真人为乡里,将往陈诉。姚安公曰:"狐自游戏,何预于人?无故击之,曲不在彼。袒曲而攻直,于理不顺。"李公亦曰:"凡仆隶与人争,宜先克己;理直尚不可纵使有恃而妄行,况理曲乎?"梁公乃止。

乾隆己未会试前,一举人过永光寺西街,见好女立门外;意颇悦之,托媒关说,以三百金纳为妾。因就寓其家,亦甚相得。迨出闱返舍,则破窗尘壁,阒无一人,污秽堆积,似废坏多年者。访问邻家,曰:"是宅久空,是家来住仅月馀,一夕自去,莫知所往矣。"或曰:"狐也,小说中盖尝有是事。"或曰:"是以女为饵,窃资远遁,伪为狐状也。"夫狐而伪人,斯亦黠矣;人而伪狐,不更黠乎哉!余居京师五六十年,见类此者不胜数,此其一耳。

汪御史香泉言:布商韩某,昵一狐女,日渐尪羸[2]。其侣求符箓劾禁,暂去仍来。一夕,与韩共寝,忽披衣起坐曰:"君有异念耶?何忽觉刚气砭人,刺促不宁也?"韩曰:"吾无他念。唯邻人吴某,迫于债负,鬻其子为歌童。吾不忍其衣冠之后沦下贱,措四十金欲赎之,故辗转未眠耳。"

---

[1] 砰訇(pēng hōng):象声词,碰撞的声音。
[2] 尪羸(wāng léi):瘦弱。

狐女蹶然推枕曰："君作是念，即是善人。害善人者有大罚，吾自此逝矣。"以吻相接，嘘气良久，乃挥手而去。韩自是壮健如初。

戴遂堂先生曰：尝见一巨公，四月八日在佛寺礼忏放生。偶散步花下，遇一游僧，合掌曰："公至此何事？"曰："作好事也。"又问："何为今日作好事？"曰："佛诞日也。"又问："佛诞日乃作好事，余三百五十九日皆不当作好事乎？公今日放生，是眼见功德；不知岁岁庖厨之所杀，足当此数否乎？"巨公猝不能对。知客僧代叱曰："贵人护法，三宝[1]增光。穷和尚何敢妄语！"游僧且行且笑曰："紫衣和尚不语，故穷和尚不得不语也。"掉臂径出，不知所往。一老僧窃叹曰："此阇黎[2]大不晓事；然在我法中，自是突闻狮子吼[3]矣。"昔五台僧明玉尝曰："心心念佛，则恶意不生，非日念数声即为功德也。日日持斋，则杀业永除，非月持数日即为功德也。燔炙肥甘，晨昏餍饫，而月限某日某日不食肉，谓之善人。然则苞苴[4]公行，簠簋不饬[5]，而月限某日某日不受钱，谓之廉吏乎？"与此游僧之言，若相印合。李杏浦总宪则曰："此为彼教言之耳。士大夫终身茹素，势必不行。得数日持月斋，则此数日可减杀；得数人持月斋，则此数人可减杀。不愈于全不持乎？"是亦见智见仁，各明一义。第不知明玉傥在，尚有所辩难否耳？

恒王府长史东鄂洛，（据《八旗氏族谱》，当为董鄂，然自书为东鄂。案牍册籍亦书为东鄂。《公羊传》所谓"名从主人也"。）谪居玛纳斯，乌鲁木齐之支属也。一日，诣乌鲁木齐。因避暑夜行，息马树下。遇一人

---

[1] 三宝：佛教以佛、法、僧为三宝，后以指佛教。
[2] 阇（shé）黎：梵语，意谓高僧，亦泛指僧。
[3] 狮子吼：佛教语。比喻佛菩萨说法时威慑一切外道邪说的神威。亦泛指传经说法。
[4] 苞苴（bāo jū）：以财物行贿。
[5] 簠簋（fǔ guǐ）不饬：对为官不廉正的一种婉转的说法。不饬，不整饬。

半跪问起居,云是戍卒刘青。与语良久,上马欲行。青曰:"有琐事,乞公寄一语:印房官奴喜儿,欠青钱三百。青今贫甚,宜见还也。"次日,见喜儿,告以青语。喜儿骇汗如雨,面色如死灰。怪诘其故,始知青久病死,;初死时,陈竹山闵其勤慎,以三百钱付喜儿市酒脯楮钱奠之。喜儿以青无亲属,遂尽乾没。事无知者,不虞鬼之见索也。竹山素不信因果,至是悚然曰:"此事不诬,此语当非依托也。吾以为人生作恶,特畏人知;人不及知之处,即可为所欲为耳。今乃知无鬼之论,竟不足恃。然则负隐慝者,其可虑也夫!"

昌吉平定后,以军俘逆党子女分赏诸将。乌鲁木齐参将某,实司其事。自取最丽者四人,教以歌舞,脂香粉泽,彩服明珰,仪态万方,宛然娇女,见者莫不倾倒。后迁金塔寺副将,戒期启行,诸童检点衣装,忽箧中绣履四双,翩然跃出,满堂翔舞,如蛱蝶群飞。以杖击之乃堕地,尚蠕蠕欲动,呦呦有声。识者讶其不详。行至辟展,以鞭挞台员为镇守大臣所劾,论戍伊犁,竟卒于谪所。

至危至急之地,或忽出奇焉;无理无情之事,或别有故焉。破格而为之,不能胶柱而断之也。吾乡一媪,无故率媪妪数十人,突至邻村一家,排闼强劫其女去。以为寻衅,则素不往来;以为夺婚,则媪又无子。乡党骇异,莫解其由。女家讼于官,官出牒拘摄,媪已携女先逃,不能踪迹;同行婢妪,亦四散逋亡。累缧多人,辗转推鞫,始有一人吐实,曰:"媪一子,病瘵垂殁,媪抚之恸曰:'汝死自命,惜哉不留一孙,使祖父竟为馁鬼也。'子呻吟曰:'孙不可必得,然有望焉。吾与某氏女私昵,孕八月矣,但恐产必见杀耳。'子殁后,媪咄咄独语十余日,突有此举,殆劫女以全其胎耶?"官怃然曰:"然则是不必缉,过两三月自返耳。"届期果抱孙自首,官无如之何,仅断以不应重律,拟杖纳赎而已。此事如兔起鹘落,稍纵即逝。此媪亦捷疾若神矣。安静涵言:其携女宵遁时,以三车载婢妪,与己分四路行,故莫测所在。又不遵官路,横斜曲折,歧复有歧,故莫知所向。

且晓行夜宿,不淹留一日,俟分娩乃税宅,故莫迹所居停。其心计尤周密也。女归,为父母所弃,遂偕媪抚孤,竟不再嫁。以其初涉溱洧[1],故旌典不及,今亦不著其氏族焉。

李庆子言:尝宿友人斋中,天欲晓,忽二鼠腾掷相逐,满室如飚轮旋转,弹丸迸跃,瓶彝罍洗,击触皆翻,砰铿碎裂之声,使人心骇。久之,一鼠踊起数尺,复堕于地,再踊再仆,乃僵。视之七窍皆血流,莫测其故。急呼其家僮收检器物,见柈[2]中所晾媚药数十丸,啮残过半。乃悟鼠误吞此药,狂淫无度,牝不胜嬲而窜避,牡无所发泄,蕴热内燔以毙也。友人出视,且骇且笑,既而悚然曰:"乃至是哉,吾知惧矣!"尽覆所蓄药于水。夫燥烈之药,加以锻炼,其力既猛,其毒亦深。吾见败事者多矣,盖退之硫磺,贤者不免。庆子此友,殆数不应尽,故鉴于鼠而忽悟欤!

张𬸣《朝野佥载》曰:唐青州刺史刘仁轨,以海运失船过多,除名为民,遂辽东效力。遇病,卧平壤城下,搴[3]幕看兵士攻城。有一兵直来前头背坐,叱之不去。须臾城头放箭,正中而死。微此兵,仁轨几为流矢所中。大学士温公征乌什时,为领队大臣。方督兵攻城,渴甚,归帐饮。适一侍卫亦来求饮,因让茵与坐。甫拈碗,贼突发巨炮,一铅丸洞其胸死。使此人缓来顷刻,则必不免矣。此公自为余言,与刘仁轨事绝相似。后公征大金川,卒战殁于木果木。知人之生死,各有其地,虽命当阵殒者,苟非其地,亦遇险而得全。然则畏缩求免者,不徒多一趋避乎哉!

人物异类,狐则在人物之间;幽明异路,狐则在幽明之间;仙妖异

---

[1] 溱洧:《诗经·郑风》篇名,写男女到溱、洧水边相会,互通幽情。
[2] 柈(pán):盘子。
[3] 搴(qiān):撩开。

途,狐则在仙妖之间。故谓遇狐为怪可,谓遇狐为常亦可。三代以上无可考,《史记·陈涉世家》称篝火作狐鸣曰:"大楚兴,陈胜王。"必当时已有是怪,是以托之。吴均《西京杂记》称广川王发栾书冢,击伤冢中狐,后梦见老翁报冤。是幻化人形,见于汉代。张鷟《朝野佥载》称唐初以来,百姓多事狐神,当时谚曰:"无狐魅,不成村。"是至唐代乃最多。《太平广记》载狐事十二卷,唐代居十之九,是可以证矣。诸书记载不一,其源流始末,则刘师退先生所述为详。盖旧沧州南一学究与狐友,师退因介学究与相见,躯干短小,貌如五六十人,衣冠不古不今,乃类道士;拜揖亦安详谦谨。寒温毕,问枉顾意。师退曰:"世与贵族相接者,传闻异词,其间颇有所未明。闻君豁达不自讳,故请祛所惑。"狐笑曰:"天生万品,各命以名。狐名狐,正如人名人耳。呼狐为狐,正如呼人为人耳。何讳之有?至我辈之中,好丑不一,亦如人类之内,良莠不齐。人不讳人之恶,狐何必讳狐之恶乎?第言无隐。"师退问:"狐有别乎?"曰:"凡狐皆可以修道,而最灵者曰狉[1]狐。此如农家读书者少,儒家读书者多也。"问:"狉狐生而皆灵乎?"曰:"此系乎其种类。未成道者所生,则为常狐;已成道者所生,则自能变化也。"问:"既成道矣,自必驻颜。而小说载狐亦有翁媪,何也?"曰:"所谓成道,成人道也。其饮食男女,生老病死,亦与人同。若夫飞升霞举,又自一事。此如千百人中,有一二人求仕宦。其炼形服气者,如积学以成名;其媚惑采补者,如捷径以求售。然游仙岛、登天曹者,必炼形服气乃能;其媚惑采补,伤害或多,往往干天律也。"问:"禁令赏罚,孰司之乎?"曰:"小赏罚统于其长,大赏罚则地界鬼神鉴察之。苟无禁令,则来往无形,出入无迹,何事不可为乎!"问:"媚惑采补,既非正道,何不列诸禁令,必俟伤人乃治乎?"曰:"此譬诸巧诱人财,使人喜助,王法无禁也。至夺财杀人,斯论抵耳。《列仙传》载酒家妪,何尝干冥诛乎!"问:"闻狐为人生子,不闻人为狐生子,何也?"微哂曰:"此不足论。盖有所取无所与耳。"问:"支机别赠,不

---

[1] 狉(pī):传说中的兽名。

惮牵牛妒乎[1]？"又哂曰："公太放言，殊未知其审。凡女则如季姬鄫子之故事[2]，可自择配。妇则既有定偶，弗敢逾防。若夫赠芍采兰[3]，偶然越礼，人情物理，大抵不殊，固可比例而知耳。"问："或居人家，或居旷野，何也？"曰："未成道者未离乎兽，利于远人，非山林弗便也。已成道者事事与人同，利于近人，非城市弗便也。其道行高者，则城市山林皆可居。如大富大贵家，其力百物皆可致，住荒村僻壤与通都大邑一也。"师退与纵谈，其大旨唯劝人学道，曰："吾曹辛苦一二百年，始化人身。公等现是人身，功夫已抵大半，而悠悠忽忽，与草木同朽，殊可惜也。"师退腹笥三藏[4]，引与谈禅。则谢曰："佛家地位绝高，然或修持未到，一入轮回，便迷却本来面目。不如且求不死，为有把握。吾亦屡逢善知识，不敢见异而迁也。"师退临别曰："今日相逢，亦是天幸。君有一言赠我乎？"踌躇良久，曰："三代以下恐不好名，此为下等人言。自古圣贤，却是心平气和，无一毫做作。洛、闽诸儒，撑眉努目，便生出如许葛藤。先生其念之。"师退怃然自失。盖师退崖岸[5]太峻，时或过当云。

裘文达公言：尝闻诸石东村曰，有骁骑校，颇读书，喜谈文义。一夜寓直宣武门城上，乘凉散步。至丽谯之东，见二人倚堞相对语；心知为狐鬼，屏息伺之。其一举手北指曰："此故明首善书院，今为西洋天主堂矣。其推步星象，制作器物，实巧不可阶。其教则变换佛经，而附会以儒理。吾曩往窃听，每谈至无归宿处，辄以天主解结，故迄不能行。然观其作事，心计亦殊黠。"其一曰："君谓其黠，我则怪其太痴。彼奉

---

[1] "支机别赠"句：典出《集林》。有人寻河源，见妇人浣纱，问之曰，此天河，并赠与一石。后问卜家严君平，严君平说："这是织女支机石。"后喻分情于别人。
[2] 季姬鄫子之故事：《春秋·鲁僖公十四年》载："夏六月，季姬与鄫子遇于防。"《公羊传》认为鄫子来朝鲁僖公是为了得到鲁僖公的爱女季姬。后以此喻男女自由择配。
[3] 赠芍采兰：典出《诗经·郑风·溱洧》，男女互赠兰芍，表达爱慕之情。
[4] 腹笥三藏：笥，藏书之器，以腹比笥，表示胸中学识丰富。三藏，佛教以经、律、论为三藏。此句言师退对佛教经典的学习颇有造诣。
[5] 崖岸：山崖、堤岸。后因以喻人高傲、不易接近。

其国王之命,航海而来,不过欲化中国为彼教。揆度事势,宁有是理!而自利玛窦[1]以后,源源续至,不偿其所愿终不止,不亦颠欤?"其一又曰:"岂但此辈痴,即彼建首善书院者亦复大痴。奸党柄国,方阴伺君子之隙,肆其诋排。而群聚清谈,反予以钩党之题目,一网打尽,亦复何尤!且三千弟子,唯孔子则可,孟子揣不及孔子,所与讲肄[2]者公孙丑、万章等数人而已。洛闽诸儒,无孔子之道德,而亦招聚生徒,盈千累百,枭鸾并集,门户交争,遂酿为朋党,而国随以亡。东林[3]诸儒,不鉴覆辙,又骛[4]虚名而受实祸。今凭吊遗踪,能无责备于贤者哉!"方相对叹息,忽回顾见人,翳然而灭。东村曰:"天下趋之若鹜,而世外之狐鬼,乃窃窃不满也。人误耶?狐鬼误耶?"

王西园先生守河间时,人言献县八里庄河夜行者多遇鬼,唯县役冯大邦过,则鬼不敢出。有遇鬼者,或诈称冯姓名,鬼亦却避。先生闻之曰:"一县役能使鬼畏,此必有故矣。"密访将惩之,或为解曰:"本无是事,百姓造言耳。"先生曰:"县役非一,而独为冯大邦造言,此亦必有故矣。"仍檄拘之。大邦惧而亡去。此庚午、辛未间事,先生去郡后数载,大邦尚未归。今不知如何也。

里有崔某者,与豪强讼,理直而弗能伸也;不胜其愤,殆欲自戕。夜梦其父语曰:"人可欺,神则难欺。人有党,神则无党。人间之屈弥甚,则地下之伸弥畅。今日之纵横如志者,皆十年外业镜台前觳觫对簿者也。吾为冥府司茶吏,见判司注籍矣,汝何恚焉!"崔自是怨尤都泯,更不复一言。

---

[1] 利马窦(1552—1610):意大利人。于明朝万历十年(1582年)来华,传播西方天主教,为中西文化交流、宣传科学、传播技术,做出过一定贡献。
[2] 讲肄:讲习。
[3] 东林:指明末东林党人。
[4] 骛(wù):追求。

有善讼者，一日为人书讼牒，将罗织多人。端绪缴绕，猝不得分明，欲静坐构思。乃戒毋通客，并妻亦避居别室。妻先与邻子目成，家无隙所，窥伺岁余，无由一近也，至是乃得间焉。后每构思，妻辄嘈杂以乱之，必叱使避出，袭为例。邻子乘间而来，亦袭为例，终其身不败。殁后岁余，妻以私孕为怨家所讦。官鞫外遇之由，乃具吐实。官拊几喟然曰："此生刀笔巧矣，乌知造物更巧乎！"

必不能断之狱，不必在情理外也；愈在情理中，乃愈不能明。门人吴生冠贤，为安定令时，余自西域从军还，宿其署中。闻有幼女幼男皆十六七岁，并呼冤于舆前。幼男曰："此我童养之妇。父母亡，欲弃我别嫁。"幼女曰："我故其胞妹。父母亡，欲占我为妻。"问其姓，犹能记。问其乡里，则父母皆流丐，朝朝转徙，已不记为何处人矣。问同丐者，则曰："是到此甫数日，即父母并亡，未知其始末。但闻其以兄妹称。然小家童养媳，与夫亦例称兄妹，无以别也。"有老吏请曰："是事如捉影捕风，查无实证；又不可以刑求。断合断离，皆难保不误。然断离而误，不过误破婚姻，其失小；断合而误，则误乱人伦，其失大矣。盍断离乎！"推研再四，无可处分，竟从老吏之言。因忆姚安公官刑部时，织造海保方籍没，官以三步军守其宅。宅凡数百间，夜深风雪，三人坚扃外户，同就暖于邃密寝室中，篝灯共饮。沉醉以后，偶剔灯灭，三人暗中相触击，因而互殴。殴至半夜，各困踣卧。至曙，则一人死焉。其二人一曰戴符，一曰七十五，伤亦深重，幸不死耳。鞫讯时，并云共殴致死，论抵无怨。至是夜昏黑之中，觉有扭者即相扭，觉有殴者即还殴，不知谁扭我谁殴我，亦不知我所扭为谁所殴为谁；其伤之重轻，与某伤为某殴，非唯二人不能知，即起死者问之，亦断不能知也。既一命不必二抵，任官随意指一人，无不可者。如必研讯为某人，即三木严求，亦不过妄供耳。竟无如之何。相持月余，会戴符病死，藉以结案。姚安公尝曰："此事坐罪起衅者，亦可以成狱；然核其情词，起衅者实不知谁。锻炼而求，更不如随意指也。迄今反复追思，究不得一推鞫法。刑官岂易为哉！"

文安王岳芳言：其乡有女巫，能视鬼。尝至一宦家，私语其仆妇曰："某娘子床前，一女鬼著惨绿衫，血渍胸臆，颈垂断而不殊，反折其首，倒悬于背后，状甚可怖。殆将病乎？"俄而寒热大作。仆妇以女巫言告。具楮钱酒食送之，顷刻而瘥。余尝谓风寒暑暍，皆可作疾，何必定有鬼为祟。一女巫曰："风寒暑暍之疾，其起也以渐而作，其愈也以渐而减。鬼病则陡然而起，急然而止。以此为别，历历不失也。"此言似亦近理。

陈石闾言：有旧家子偕数客观剧九如楼。饮方酣，忽一客中恶仆地。方扶掖灌救，突起坐张目直视，先拊膺痛哭，责其子之冶游；次啮齿握拳，数诸客之诱引。词色俱厉，势若欲相搏噬。其子识是父语声，蒲伏战栗，殆无人色。诸客皆瑟缩潜遁，有踉跄失足破额者。四坐莫不叹息。此雍正甲寅事，石闾曾目击之，但不肯道其姓名耳。先师阿文勤公曰："人家不通宾客，则子弟不亲士大夫，所见唯妪婢僮奴，有何好样？人家宾客太广，必有淫朋匪友参杂其间，狎昵濡染，贻子弟无穷之害。"数十年来，历历验所见闻，知公言真药石也。

五军塞王生言：有田父夜守枣林，见林外似有人影。疑为盗，密伺之。俄一人自东来，问："汝立此有何事？"其人曰："吾就木时，某在旁窃有幸词，衔之二十余年矣。今渠亦被摄，吾在此待其缧绁[1]过也。"怨毒之于人甚矣哉！

甲与乙有隙，甲妇弗知也。甲死，妇议嫁，乙厚币娶焉。三朝后，共往谒兄嫂，归而迂道至甲墓，对诸耕者馌者拍妇肩呼曰："某甲，识汝妇否耶？"妇恚，欲触树。众方牵挽，忽旋飙飒然，尘沙眯目，则夫妇

---

[1] 缧绁（léi xiè）：捆绑犯人的绳索。此处指被阴府所拘。

已并似失魂矣。扶回后,倏迷倏醒,竟终身不瘥[1]。外祖家老仆张才,其至戚也,亲目睹之。夫以直报怨,圣人弗禁,然已甚则圣人所不为。《素问》曰:"亢则害。"《家语》[2]曰:"满则覆。"乙亢极满极矣,其及也固宜。

僧所诵焰口经,词颇俚;然闻其召魂施食诸梵咒,则实佛所传。余在乌鲁木齐,偶与同人论是事,或然或否。印房官奴白六,故巨盗遣戍者也,卒然曰:"是不诬也。曩遇一大家放焰口,欲伺其匆扰取事,乃无隙可乘。伏卧高楼檐角上,俯见摇铃诵咒时,有黑影无数,高可二三尺,或逾垣入,或由窦入,往来摇漾,凡无人处皆满。迨撒米时,倏聚倏散,倏前倏后,如环绕攘夺,并仰接俯拾之态,亦仿佛依稀。其色如轻烟,其状略似人形,但不辨五官四体耳。然则鬼犹求食,不信有之乎?"

后汉敦煌太守裴岑《破呼衍王碑》,在巴里坤海子上关帝祠中,屯军耕垦,得之土中也。其事不见《后汉书》,然文句古奥,字划浑朴,断非后人所依托。以僻在西域,无人摹拓,石刻锋棱犹完整。乾隆庚寅,游击[3]刘存存(此是其字,其名偶忘之。武进人也。)摹刻一木本,洒火药于上,烧为斑驳,绝似古碑。二本并传于世,赏鉴家率以旧石本为新,新木本为旧。与之辩,傲然弗信也。以同时之物,有目睹之人,而真伪颠倒尚如此,况于千百年外哉!《易》之象数,《诗》之小序[4],《春秋》之三传,或亲见圣人,或去古未远,经师授受,端绪分明。宋儒曰:"汉以前人皆不知,吾以理知之也。"其类此夫。

---

[1] 瘥(chài):瘥愈。
[2]《家语》:即《孔子家语》,传为魏王肃所撰。
[3] 游击:官名。清代绿营兵设游击,职位乃次于参将。
[4]《诗》之小序:《诗经》各篇之前解释本诗主题意义者为小序。

康熙十四年，西洋贡狮，馆阁前辈多有赋咏。相传不久即逸去，其行如风，巳刻绝锁，午刻即出嘉峪关。此齐东语[1]也。圣祖南巡，由卫河回銮，尚以船载此狮。先外祖母曹太夫人，曾于度帆楼窗罅窥之，其身如黄犬，尾如虎而稍长，面圆如人，不似他兽之狭削。系船头将军柱上，缚一豕饲之。豕在岸犹号叫，近船即噤不出声。及置狮前，狮俯首一嗅，已怖而死。临解缆时，忽一震吼声，如无数铜钲[2]陡然合击。外祖家厩马十余，隔垣闻之，皆战栗伏枥下；船去移时，尚不敢动。信其为百兽王矣。狮初至，时吏部侍郎阿公礼稗，画为当代顾、陆[3]，曾橐笔对写一图，笔意精妙。旧藏博晰斋前辈家，阿公手赠其祖者也。后售于余，尝乞一赏鉴家题签。阿公原未署名，以元代曾有献狮事，遂题曰"元人狮子真形图"。晰斋曰："少宰丹青，原不在元人下。此赏鉴未为谬也。"

乾隆庚辰，戈芥舟前辈扶乩，其仙自称唐人张紫鸾，将访刘长卿[4]于瀛洲岛，偕游天姥。或叩以事，书一诗曰："身从异域来，时见瀛州岛。日落晚风凉，一雁入云杳。"隐示以鸿冥物外，不预人世之是非也。芥舟与论诗，即欣然酬答，以所游名胜《破石崖》《天姥峰》《庐山联句》三篇而去。芥舟时修《献县志》，因附录志末。其《破石崖》一篇，前为五言律诗八韵，对偶声病俱谐；第九韵以下，忽作鲍参军[5]《行路难》、李太白《蜀道难》体。唐三百年诗人无此体裁，殊不入格。其以东、冬、庚、青四韵通押，仿昌黎"此日足可惜"诗；以穿鼻声七韵为一部例，又似稍读古书者。盖略涉文翰之鬼，伪托唐人也。

---

[1] 齐东语：即齐东野人语。齐国东边边远地区老百姓的话。意谓不足征信。语出《孟子·万章上》："此非君子之言，齐东野人之语也。"
[2] 钲（zhēng）：一种古代乐器。形似钟而狭长，有柄，击之发声，用铜制成。
[3] 顾、陆：东晋画家顾恺之，南朝宋明帝时画家陆探微。
[4] 刘长卿：唐代诗人。
[5] 鲍参军：南朝宋诗人鲍照。

河城（在县东十五里，随乐寿县故城也。）西村民，掘地得一镜。广丈余，已触碎其半。见者人持一片去，置室中，每夕吐光。凡数家皆然。是亦王度神镜[1]，应月盈亏之类。但残破之余，尚能如是，更异耳。或疑镜何以如此之大，余谓此必河间王宫殿中物。陆机与弟云[2]书曰："仁寿殿中有大方镜，广丈余，过之辄写人影。"是晋代犹沿此制也。

乾隆己卯、庚辰间，献县掘得唐张君平墓志。大中七年明经刘伸撰，字画尚可观，文殊鄙俚。余拓示李廉衣前辈，曰："公谓古人事事胜今人，此非唐文耶？天下率以名相耀耳。如核其实，善笔札者必称晋，其时亦必有极拙之字。善吟咏者必称唐，其时亦必有极恶之诗。非晋之厮役皆羲、献[3]，唐之屠沽皆李、杜[4]也。西子、东家[5]实为一姓，盗跖、柳下[6]乃是同胞，岂能美则俱美，贤则俱贤耶？赏鉴家得一宋砚，虽滑不受墨，亦宝若球图；得一汉印，虽谬不成文，亦珍逾珠璧。问何所取，曰取其古耳。东坡诗曰：'嗜好与俗殊酸咸。'斯之谓欤！"

交河老儒刘君琢，名璞，素谨厚，以长者称。在余家设帐二十余年，从兄懋园（坦居）、从弟东白（羲轩），皆其弟子也。尝自河间岁试归，中途遇雨，借宿民家。主人曰："家唯有屋两楹，尚可栖止；然素有魅，不知狐与鬼也。君能不畏，则请解装。"不得已宿焉。灭烛以后，承尘上轰轰震响，如怒马奔腾。君琢起着衣冠，长揖仰祝曰："偃蹇寒儒，偶然宿此，欲祸我耶？我非君仇；欲戏我耶？与君素不狎昵；欲逐我耶？今

---

[1] 王度神镜：隋唐间人王度撰传奇小说《古镜记》，言得一面神镜，能治妖显灵，变化无穷。
[2] 陆机与弟云：指西晋文学家陆机与其弟陆云，二人并称为"二陆"。
[3] 羲、献：东晋书法家王羲之、王献之父子，世人合称"二王"。
[4] 李、杜：唐诗人李白、杜甫。
[5] 西子、东家：西施与东施。西施为美人，东施为丑女。
[6] 盗跖、柳下：柳下即柳下惠。盗跖为坏人代称，柳下惠为贤良之人的代称。

夜必不能行,明朝亦必不能住,何必多此扰攘耶?"俄闻承尘上似老媪语曰:"客言殊有理,尔辈勿太造次。"闻足音橐橐然,向西北隅去,顷刻寂然矣。君琢尝以告门人曰:"遇意外之横逆,平心静气,或有解时。当时如怒詈之,未必不抛砖掷瓦。"又刘景南尝僦一寓,迁入之夕,大为狐扰。景南诃之曰:"我自出钱租宅,汝何得鸠占鹊巢?"狐厉声答曰:"使君先居此,我续来争,则曲在我。我居此宅五六十年,谁不知者。君何处不可租宅,而必来共住?是恃气相凌也,我安肯让君?"景南次日遂移去。何励庵先生曰:"君琢所遇之狐,能为理屈;景南所遇之狐,能以理屈人。"先兄晴湖曰:"屈狐易,能屈于狐难。"

道家有太阴炼形法,葬数百年,期满则复生。此但有是说,未睹斯事。古以水银敛者,尸不朽,则凿然有之。董曲江曰:"凡罪应戮尸者,虽葬多年,尸不朽。吕留良[1]焚骨时,开其棺,貌如生,刃之尚有微血。盖鬼神留使伏诛也。某人(是曲江之亲族,当时举其字,今忘之矣。)时官浙江,奉檄莅其事,亲目击之。然此类皆不为祟。其为祟者曰僵尸。僵尸有二:其一新死未敛者,忽跃起搏人;其一久葬不腐者,变形如魑魅,夜或出游,逢人即攫。或曰:'旱魃即此。'莫能详也。夫人死则形神离矣,谓神不附形,安能有知觉运动?谓神仍附形,是复生矣,何又不为人而为妖?且新死尸厥者,并其父母子女或抱持不释,十指拔入肌骨。使无知,何以能踊跃?使有知,何以一息才绝,即不识其所亲?是殆别有邪物凭之,戾气感之,而非游魂之为变欤!袁子才[2]前辈《新齐谐》载南昌士人行尸夜见其友事,始而祈请,继而感激,继而凄恋,继而忽变形搏噬。谓人之魂善而魄恶,人之魂灵而魄愚,其始来也,一灵不泯,魄附魂以行;其既去也,心事既毕,魂一散而魄滞。魂在则为人也,魂去则非其人也。世之移尸走影,皆魄为之。唯有道之人,为能制魄。"语亦凿凿有精理。然管窥之见,终疑其别有故也。

---

[1] 吕留良:明清之际理学家。明亡,不愿仕进,图谋复兴,备尝艰苦。死后由于曾静文字狱牵连,竟被剖棺戮尸。
[2] 袁子才:即清代学者袁枚。

任子田言：其乡有人夜行，月下见墓道松柏间，有两人并坐：一男子年约十六七，韶秀可爱；一妇人白发垂项，佝偻携杖，似七八十以上人。倚肩笑语，意若甚相悦。窃讶何物淫妪，乃与少年儿狎昵。行稍近，冉冉而灭。次日，询是谁家冢，始知某早命夭折，其妇孀守五十余年，殁而合窆[1]于是也。《诗》曰："谷则异室，死则同穴[2]。"情之至也。《礼》曰："殷人之祔也离[3]之，周人之祔也合之。善夫！"圣人通幽明之礼，故能以人情知鬼神之情也。不近人情，又乌知《礼》意哉！

族侄肇先言：有书生读书僧寺，遇放焰口。见其威仪整肃，指挥号令，若可驱役鬼神。喟然曰："冥司之敬彼教，乃过于儒。"灯影朦胧间，一叟在旁语曰："经纶宇宙，唯赖圣贤，彼仙佛特以神道补所不及耳。故冥司之重圣贤，在仙佛上，然所重者真圣贤。若伪圣伪贤，则阴干天怒，罪亦在伪仙伪佛上。古风淳朴，此类差稀。四五百年以来，累囚日众，已别增一狱矣。盖释道之徒，不过巧陈罪福，诱人施舍。自妖党聚徒谋为不轨外，其伪称我仙我佛者，千万中无一。儒则自命圣贤者，比比皆是。民听可惑，神理难诬。是以生拥皋比[4]，殁沉阿鼻[5]，以其贻害人心，为圣贤所恶故也。"书生骇愕，问："此地府事，公何由知？"一弹指间，已无所睹矣。

甲乙有宿怨，乙日夜谋倾甲。甲知之，乃阴使其党某以他途入乙家，凡为乙谋，皆算无遗策；凡乙有所为，皆以甲财密助其费，费省而功倍。越一两岁，大见信，素所倚任者皆退听。乃乘间说乙曰："甲昔阴调我妇，讳弗敢言，然衔之实次骨。以力弗敌，弗敢婴。闻君亦有仇于甲，故效

---

[1] 合窆（biǎn）：合葬。
[2] "谷则异室，死则同穴"：即生前分室而居，死后同穴而葬。
[3] 祔：合葬。离，两棺之间隔一物。
[4] 皋比：铺设虎皮的坐椅。古人坐虎皮讲学，后因以指讲席。
[5] 阿鼻：即阿鼻地狱。

犬马于门下。所以尽心于君者，固以报知遇，亦为是谋也。今有隙可抵，盍图之。"乙大喜过望，出多金使谋甲。某乃以乙金为甲行赂，无所不曲到。阱既成，伪造甲恶迹及证佐姓名以报乙，使具牒。比庭鞫，则事皆子虚乌有，证佐亦莫不倒戈，遂一败涂地，坐诬论戍。愤恚甚，以昵某久，平生阴事皆在其手，不敢再举，竟气结死。死时誓诉于地下，然越数十年卒无报。论者谓难端发自乙，甲势不两立，乃铤而走险，不过自救之兵，其罪不在甲。某本为甲反间，各忠其所事，于乙不为负心，亦不能甚加以罪，故鬼神弗理也。此事在康熙末年。《越绝书》[1]载子贡谓越王曰："夫有谋人之心，而使人知之者，危也。"岂不信哉！

里人范鸿禧，与一狐友昵。狐善饮，范亦善饮，约为兄弟，恒相对醉眠。忽久不至，一日遇于秋田中，问："何忽见弃？"狐掉头曰："亲兄弟尚相残，何有于义兄弟耶！"不顾而去。盖范方与弟讼也。杨铁崖[2]《白头吟》曰："买妾千黄金，许身不许心。使君自有妇，夜夜白头吟。"与此狐所见正同。

献县捕役樊长，与其侣捕一巨盗。盗跳免，繋其妇于官店。（捕役拷盗之所，谓之官店，实其私居也。）其侣拥之调谑，妇畏棰楚，噤不敢动，唯俯首饮泣。已缓结矣，长突见之，怒曰："谁无妇女，谁能保妇女不遭患难落人手？汝敢如是，吾此刻即鸣官。"其侣戄而止。时雍正四年七月十七日戌刻也。长女嫁为农家妇，是夜为盗所劫，已褫衣反缚，垂欲受污，亦为一盗呵而止。实在子刻，中间仅仅隔一亥刻耳。次日，长闻报，仰面视天，舌挢不能下也。

---

[1]《越绝书》：书名，亦称《越绝纪》。作者有春秋时伍子胥、子贡，东汉袁康和吴平诸说，然均证据不足。书记春秋吴越国事。
[2] 杨铁崖：即杨维桢，元末明初文学家。

裘文达公赐第，在宣武门内石虎胡同。文达之前，为右翼宗学。宗学之前，为吴额驸府。吴额驸之前，为前明大学士周延儒第。阅年既久，又窈窔闳深，故不免时有变怪，然不为人害也。厅事西小屋两楹，曰"好春轩"，为文达燕见宾客地。北壁一门，又横通小屋两楹。童仆夜宿其中，睡后多为魅异出，不知是鬼是狐，故无敢下榻其中者。琴师钱生独不畏，亦竟无他异。钱面有癜风，状极老丑。蒋春农戏曰："是尊容更胜于鬼，鬼怖而逃耳。"一日，键户外出，归而几上得一雨缨帽，制作绝佳，新如未试。互相传视，莫不骇笑。由此知是狐非鬼，然无敢取者。钱生曰："老病龙钟，多逢厌贱。自司空以外，（文达公时为工部尚书。）怜念者曾不数人。我冠诚敝，此狐哀我贫也。"欣然取著，狐亦不复摄去。其果赠钱生耶？赠钱生者又何意耶？斯真不可解矣。

尝与杜少司寇凝台同宿南石槽，闻两家轿夫相语曰："昨日怪事：我表兄朱某在海淀为人守墓，因入城未返，其妻独宿。闻园中树下有斗声，破窗纸窃窥，见二人攘臂奋击，一老翁举杖隔之，不能止。俄相搏仆地，并现形为狐，跳踉摆拨，触老翁亦仆。老翁蹶起，一手按一狐呼曰：'逆子不孝！朱五嫂可助我。'朱伏不敢出，老翁顿足曰：'当诉诸土神。'恨恨而散。次夜，闻满园锒铛声，似有所搜捕。觉几上瓦瓶似微动，怪而视之，瓶中小语曰：'乞勿言，当报恩。'朱怒曰：'父母恩且不肯报，何有于我！'与瓶掷门外碑趺上，訇然而碎。即闻嗷嗷有声，意其就执矣。"一轿夫曰："斗触父母倒是何大事，乃至为土神捕捉？殊可怖也。"凝台顾余笑曰："非轿夫不能作此言。"

里有张媪，自云尝为走无常，今告免矣。昔到阴府，曾问冥吏："事佛有益否？"吏曰："佛只是劝人为善，为善自受福，非佛降福也。若供养求佛降福，则廉吏尚不受赂，曾佛受赂乎？"又问："忏悔有益否？"吏曰："忏悔须勇猛精进，力补前愆。今人忏悔，只是自首求免罪，又安有益耶？"此语非巫者所肯言，似有所受之。

卷十一

槐西杂志（一）

余再掌乌台[1]，每有法司会谳事，故寓直西苑之日多。借得袁氏婿数楹，榜曰"槐西老屋"。公余退食，辄憩息其间。距城数十里，自僚属白事外，宾客殊稀。昼长多暇，晏坐而已。旧有《滦阳消夏录》《如是我闻》二书，为书肆所刊刻。缘是友朋聚集，多以异闻相告。因置一册于是地，遇轮直则忆而杂书之，非轮直之日则已，其不能尽忆则亦已。岁月骎寻[2]，不觉又得四卷，孙树馨录为一帙，题曰《槐西杂志》；其体例则犹之前二书耳。自今以往，或竟懒而辍笔欤，则以为《挥麈》[3]之三录可也；或老不能闲，又有所缀欤，则以为《夷坚》[4]之丙志亦可也。

壬子六月，观弈道人识。

《隋书》载兰陵公主死殉后夫，登于《列女传》之首。颇乖史法。（祖君彦《檄隋文》称兰陵公主逼幸告终。盖欲甚炀帝之恶，当以史文为正。）沧州医者张作霖言：其乡有少妇，夫死未周岁辄嫁。越两岁，后夫又死，乃誓不再适，竟守志终身。尝问一邻妇病，邻妇忽瞑目作其前夫语曰："尔甘为某守，不为我守何也？"少妇毅然对曰："尔不以结发视我，三年曾无一肝鬲语，我安得为尔守！彼不以再醮轻我，两载之中，恩深义

---

[1] 乌台：御史台。
[2] 骎（qīn）寻：渐进貌。
[3]《挥麈》：《挥麈录》，南宋王明清撰，系有关宋代政事、制度等的札记，对两宋国故旧闻考辨甚详。
[4]《夷坚》：《夷坚志》，南宋洪迈撰，所记多为神怪故事，和异闻杂录，也记载了一些当时的市民生活。

重,我安得不为彼守!尔不自反,乃敢咎人耶?"鬼竟语塞而退。此与兰陵公主事相类。盖亦豫让[1]"众人遇我,众人报之;国士遇我,国士报之"之意也。然五伦[2]之中,唯朋友以义合:不计较报施,厚道也;即计较报施,犹直道也。兄弟天属,已不可言报施;况君臣父子夫妇,义属三纲哉。渔洋山人作《豫让桥》诗曰:"国士桥边水,千年恨不穷。如闻柱厉叔[3],死报莒敖公。"自谓可以敦薄,斯言允矣。然柱厉叔以不见知而放逐,乃挺身死难,以愧人君不知其臣者,(事见刘向《说苑》。)是犹怨怼之意;特与君较是非,非为君捍社稷也。其事可风,其言则未协乎义。或记载者之失乎?

江宁王金英,字菊庄,余壬午分校所取士也。喜为诗,才力稍弱,然秀削不俗,颇近宋末四灵[4]。尝画艺菊小照,余戏仿其体格题之,有"以菊为名字,随花入画图"句,菊庄大喜。则所尚可知矣。撰有诗话数卷,尚未成书,霜凋夏绿,其稿不知流落何所。犹记其中一条云:江宁一废宅,壁上微有字迹。拂尘谛视,乃绝句五首。其一曰:"新绿渐长残红稀,美人清泪沾罗衣。蝴蝶不管春归否,只趁菜花黄处飞。"其二曰:"六朝燕子年年来,朱雀桥圮花不开。未须惆怅问王谢,刘郎一去何曾回。"[5]其三曰:"荒池废馆芳草多,踏青年少时行歌。谯楼鼓动人去后,回风袅袅吹女萝。"其四曰:"土花漠漠围颓垣,中有桃叶桃根魂。夜深踏遍阶下月,可怜罗袜终无痕。"其五曰:"清明处处啼黄鹂,春风不上枯柳枝。唯应夹陛[6]双石兽,记汝曾挂黄金丝。"字极怪伟,不著姓名,不知为人语鬼语。

---

[1] 豫让:春秋末战国初刺客。事迹见《史记·刺客列传》。
[2] 五伦:封建礼教称君臣、父子、兄弟、夫妇、朋友之间的五种关系。
[3] 柱厉叔:春秋时莒人,为莒敖公臣。因不被莒敖公信任而远走海上。后敖公有难,柱厉叔乃赶来相救,以身殉主。事迹最早见于《吕氏春秋·恃君览》。
[4] 四灵:南宋诗人徐照字灵晖,徐玑号灵渊,翁卷字灵舒,赵师秀号灵秀,都是浙江永嘉人,称"永嘉四灵"。
[5] 此诗化用唐刘禹锡《乌衣巷》及《再游玄都观》诗意。
[6] 陛(shì):堂前阶石的两端。

余谓此福王[1]破灭以后前明故老之词也。

董秋原言：昔为钜野学官时，有门役典守节孝祠，即携家居祠侧。一日秋祀，门役夜起洒扫，其妻犹寝。梦中见妇女数十辈，联袂入祠。心知神降，亦不恐怖。忽见所识二贫媪亦在其中，再三审视，真不谬。怪问其未邀旌表，何亦同来。一媪答曰："人世旌表，岂能遍及穷乡蔀屋？湮没不彰者，在在有之。鬼神愍其茶苦，虽祠不设位，亦招之来飨。或藏瑕匿垢，冒滥馨香，虽位设祠中，反不容入。故我二人得至此也。"此事颇创闻，然揆以神理，似当如是。又，献县礼房吏魏某，临终喃喃自语曰："吾处闲曹，自谓未尝作恶业；不虞贫妇请旌，索其常例，冥谪如是其重也。"二事足相发明。信忠孝节义，感天地动鬼神矣！

族叔行止言：有农家妇，与小姑并端丽。月夜纳凉，共睡檐下。突见赤发青面鬼，自牛栏后出，旋舞跳掷，若将搏噬。时男子皆外出守场圃，姑嫂悸不敢语。鬼一一攫搦强污之，方跃上短墙，忽嗷然失声，倒投于地。见其久不动，乃敢呼人。邻里趋视，则墙内一鬼，乃里中恶少某，已昏仆不知人事；墙外一鬼屹然立，则社公祠中土偶也。父老谓社公有灵，议至晓报赛。一少年哑然曰："某甲恒五鼓出担粪，吾戏抱神祠鬼卒置路侧，使骇走，以博一笑；不虞遇此伪鬼，误为真鬼惊踣也。社公何灵哉！"中一叟曰："某甲日日担粪，尔何他日不戏之而此日戏之也？戏之术亦多矣，尔何忽抱此土偶也？土偶何地不可置，尔何独置此家墙外也？此其间神实凭之，尔自不知耳。"乃共酿金以祀。其恶少为父母舁去，困卧数日，竟不复苏。

---

[1] 福王：明藩王。明神宗之朱常洵，崇祯十四年（1641年）李自成攻破洛阳，将他处死。其子朱由崧逃出，继承王位，明亡后在南京建立南明政权，即弘光帝。

山西太谷县西南十五里白城村，有糊涂神祠，土人奉事之甚严。云稍不敬，辄致风雹。然不知神何代人，亦不知何以得此号。后检通志，乃知为狐突祠，元中统三年敕建，本名利应狐突神庙。"狐""糊"同音；北人读入声皆似平，故"突"转为"涂"也。是又一杜十姨矣[1]。

石中物象，往往有之。姜绍书《韵石轩笔记》[2]言见一石子，作太极图。是犹纹理旋螺，偶分黑白也。颜介子[3]尝见一英德砚山，上有白脉，作"山高月小"四字，炳然分明；其脉直透石背，尚依稀似字之反面，但模糊散漫，不具点画波磔耳。谛视，非嵌非雕，亦非渍染，真天成也。不更异哉！夫山与地俱有，石与山俱有，岂开辟以来，即预知有程邈隶书[4]欤？即预知有东坡《赤壁赋》欤？即曰山孕此石，在宋以后。又谁使仿此字，谁使题此语欤？然则天工之巧，无所不有，精华蟠结，自成文章，非常理所可测矣。世传河图、洛书[5]，出于北宋，唐以前所未见也。河图作黑白圈五十五，洛书作黑白圈四十五。考孔安国[6]《论语注》，称河图即八卦。（孔安国《论语注》今已不传，此条乃何晏《论语集解》所引。）是孔氏之门，本无此五十五点之图矣，陈抟[7]何自而得之？至洛书既谓之书，当有文字，乃亦四十五圈，与河图相同，是宜称洛图不得称书。《系辞》又何以别之曰书乎？刘向、刘歆、班固[8]并称洛书有文，孔颖达[9]《尚书正义》并详载其字数。（《洪范》"初一曰五行"一章疏曰，《五行志》全载此一章，云此六十五字皆洛书本文。计天言简要，必无次第之数。"初一曰"等二十七字，是禹加之也："其敬用农用"等一十八

---

[1] 明冯梦龙《古今谭概》载，民间有杜拾遗庙，当地人因读音之讹，呼为杜十姨庙。
[2] 姜绍书《韵石轩笔记》：姜绍书，明末藏书家；《韵石轩笔记》一作《韵石斋笔谈》。
[3] 颜介子：即北朝文学家颜之推。
[4] 程邈隶书：程邈，秦代下邽人，相传为隶书的创造者。
[5] 河图、洛书：古代儒家关于《周易》卦形来源及《尚书·洪范》"九畴"创作过程的传说。《易·系辞》："河出图，洛出书，圣人则之。"
[6] 孔安国：汉代学者。
[7] 陈抟：五代宋初道士。据传《河洛真数》一书为其所撰。
[8] 刘向、刘歆：父子俩，西汉经学家。班固：东汉史学家。
[9] 孔颖达：唐代学者。

字，大刘及顾氏以为龟背先有总三十八字，小刘以为"敬用"等皆禹所叙第，其龟文唯有二十字云云。虽所说字数不同，而足见由汉至唐，洛书无黑白点之伪图也。）观此砚山，知石纹成字，凿然不诬，未可执卢辩晚出之说，（明堂九室法龟文，始见北齐卢辩《大戴礼注》。朱子以为郑康成说，偶误记也。）遂以太乙九宫真为神禹所受也。（今术家所用洛书，乃太乙行九宫法，出于《易纬·乾凿度》，即《汉书·艺文志》所谓太乙家，当时原不称为洛书也。）

表兄刘香畹言：昔官闽中，闻有少妇素幽静，殁葬山麓。每月明之夕，辄遥见其魂，反接缚树上，渐近则无睹。莫喻其故也。余曰："此有所示也：人莫喻其受谴之故，而必使人见其受谴，示人所不知，鬼神知之也。"

陈太常枫崖言：一童子年十四五，每睡辄作呻吟声，疑其病也。问之，云无有。既而时作呓语，呼之不醒。其语颇了了，谛听皆媟狎之词，其呻吟亦受淫声也。然问之终不言。知为魅，牒于社公。夜梦社公曰："魅诚有之，非吾力所能制也。"乃牒于城隍。越一宿，城隍祠中泥塑控马卒无故首自陨，始悟社公所谓力不能制也。然一驺耳，未必城隍之所爱；即城隍之所爱，神正直而聪明，亦必不以所爱之故，曲法庇一驺。牒一陈而伏冥诛，城隍之心事昭然矣。彼社公者乃揣摩顾畏，隐忍而不敢言，其视城隍何如也！城隍之视此社公，又何如也！

赵太守书三言：有夜遇狐女者，近前挑之，忽不见。俄飞瓦击落其帽。次日睡起，见窗纸细书一诗，曰："深院满枝花，只应蝴蝶采。喓喓[1]草下虫，尔有蓬蒿在。"语殊轻薄，然风致楚楚，宜其不爱纨绔儿。

---

[1] 喓喓（yāo）：虫叫的声音。

田白岩言：尝与诸友扶乩，其仙自称真山民，宋末隐君子也。（按：山民有诗集，今著录《四库全书》中。）倡和方洽，外报某客某客来，乩忽不动。他日复降，众叩昨遽去之故。乩判曰："此二君者，其一世故太深，酬酢[1]太熟，相见必有谀词数百句。云水散人，拙于应对，不如避之为佳。其一心思太密，礼数太明，其与人语恒字字推敲，责备无已。闲云野鹤，岂能耐此苛求，故逋逃尤恐不速耳。"后先姚安公闻之，曰："此仙究狷介之士，器量未宏。"

从兄懋园言：乾隆丙辰乡试，坐秋字号中。续一人入号，号军问姓名籍贯，拱手致贺曰："昨梦女子持杏花一枝插号舍上，告我曰：'明日某县某人至，为言杏花在此也。'君名姓籍贯适符，岂非佳兆哉！"其人愕然失色，竟不解考具，称疾而出。乡人有知其事者曰："此生有小婢名杏花，逼乱之而终弃之，竟流落不知所终，意其赍恨以殁矣。"

从孙树森言：晋人有以资产托其弟而行商于外者，客中纳妇，生一子。越十余年，妇病卒，乃携子归。弟恐其索还资产也，诬其子抱养异姓，不得承父业。纠纷不决，竟鸣于官。官故愦愦，不牒其商所问真赝，而依古法滴血试；幸血相合，乃笞逐其弟。弟殊不信滴血事，自有一子，刺血验之，果不合。遂执以上诉，谓县令所断不足据。乡人恶其贪媢[2]无人理，金曰："其妇夙与某私昵，子非其子，血宜不合。"众口分明，具有征验，卒证实奸状。拘妇所欢鞫之，亦俯首引伏。弟愧不自容，竟出妇逐子，窜身逃走，资产反尽归其兄。闻者快之。按，陈业滴血[3]，见《汝南先贤传》[4]，则自汉已有此说。然余闻诸老吏曰："骨肉滴血必相合，论其常也。或冬月以器置冰雪上，冻使极冷；或夏月以盐醋拭器，使有

---
[1]酬酢：交往应酬。
[2]媢（mào）：嫉妒。
[3]滴血：旧时用血辨别亲属真伪的方法。据说至亲之血，共滴于水中则相凝合。
[4]《汝南先贤传》：魏周斐撰。

酸咸之味；则所滴之血，入器即凝，虽至亲亦不合。故滴血不足成信谳。"然此令不刺血，则商之弟不上诉，商之弟不上诉，则其妇之野合生子亦无从而败。此殆若或使之，未可全咎此令之泥古矣。

都察院蟒，余载于《滦阳消夏录》中，尝两见其蟠迹，非乌有子虚也。吏役畏之，无敢至库深处者。壬子二月，奉旨修院署。余启库检视，乃一无所睹。知帝命所临，百灵慴伏矣。院长舒穆噜公因言内阁学士札公祖墓亦有巨蟒，恒遥见其出入曝鳞，墓前两槐树，相距数丈，首尾各挂于一树，其身如彩虹横亘也。后葬母卜圹，适当其地，祭而祝之，果率其族类千百蜿蜒去。葬毕，乃归。去时其行如风，然渐行渐缩，乃至长仅数尺。盖能大能小，已具神龙之技矣。乃悟都察院蟒，其围如柱，而能出入窗棂中，隙才寸许，亦犹是也。是月，与汪蕉雪副宪同在山西马观察家，遇内务府一官，言西十库贮硫磺处亦有二蟒，皆首矗一角，鳞甲作金色。将启钥，必先鸣钲。其最异者，每一启钥，必见硫磺堆户内，磊磊如假山，足供取用，取尽复然。意其不欲人入库，人亦莫敢入也。或曰即守库之神，理或然欤！《山海经》载诸山之神，蛇身鸟首，种种异状，不必定作人形也。

先兄晴湖言：有王震升者，暮年丧爱子，痛不欲生。一夜偶过其墓，徘徊凄恋，不能去。忽见其子独坐陇头，急趋就之。鬼亦不避。然欲握其手，辄引退。与之语，神意索漠，似不欲闻。怪问其故，鬼哂曰："父子宿缘也，缘尽，则尔为尔我为我矣，何必更相问讯哉！"掉头竟去。震升自此痛念顿消。客或曰："使西河[1]能知此义，当不丧明。"先兄曰："此孝子至情，

---

[1] 西河：孔子弟子子夏，讲学于西河。据《史记·仲尼弟子传》载，子夏因子早死，痛哭失明。

作此变幻，以绝其父之悲思，如郗超[1]密札之意耳，非正理也。使人存此见，父子兄弟夫妇，均视如萍水之相逢，不日趋于薄哉！"

某公纳一姬，姿采秀艳，言笑亦婉媚，善得人意。然独坐则凝然若有思，习见亦不讶也。一日，称有疾，键户昼卧。某公穴窗纸窥之，则涂脂傅粉，钗钏衫裙，一一整饬，然后陈设酒果，若有所祀者。排闼入问，姬蹙然敛衽跪曰："妾故某翰林之宠婢也。翰林将殁，度夫人必不相容，虑或鬻入青楼，乃先遣出。临别，切切私嘱曰：'汝嫁我不恨，嫁而得所我更慰。唯逢我忌日，汝必于密室靓妆私祭我；我魂若来，以香烟绕汝为验也。'"某公曰："徐铉[2]不负李后主，宋主弗罪也。吾何妨听汝。"姬再拜炷香，泪落入俎。烟果袅袅然三绕其颊，渐蜿蜒绕至足。温庭筠《达摩支曲》曰："捣麝成尘香不灭，拗莲作寸丝难绝。"此之谓欤！虽琵琶别抱，已负旧恩，然身去而心留，不犹愈于同床各梦哉。

交河一节妇建坊，亲串毕集。有表姊妹自幼相谑者，戏问曰："汝今白首完贞矣，不知此四十余年中，花朝月夕，曾一动心否乎？"节妇曰："人非草木，岂得无情。但觉礼不可逾，义不可负，能自制不行耳。"一日，清明祭扫毕，忽似昏眩，喃喃作呓语。扶掖归，至夜乃苏，顾其子曰："顷恍惚见汝父，言不久相迎，且劳慰甚至，言人世所为，鬼神无不知也。幸我平生无瑕玷，否则黄泉会晤，以何面目相对哉！"越半载，果卒。此王孝廉梅序所言，梅序论之曰："佛戒意恶，是铲除根本工夫，非上流人不能也。常人胶胶扰扰，何念不生？但有所畏而不敢为，抑亦贤矣。此妇子孙，颇讳此语。余亦不敢举其氏族。然其言光明磊落，如白日青天，所谓皎然不自欺也，又何必讳之！"

---
[1] 郗超：东晋时人，字景兴，一字嘉宾。官至中书侍郎等职。桓温专权，他参与废立密谋。临死时，留给其父一箱装有自己参与谋反的信札，以激怒其父，使之不再痛念他。事见《晋书·郗超传》。
[2] 徐铉：五代南唐至北宋初人，事见《宋史·文苑传》。

姚安公监督南新仓时,一廒[1]后壁无故圮。掘之,得死鼠近一石,其巨者形几如猫。盖鼠穴壁下,滋生日众,其穴亦日廓;廓至壁下全空,力不任而覆压也。公同事福公海曰:"方其坏人之屋,以广己之宅,殆忘其宅之托于屋也耶?"余谓李林甫、杨国忠[2]辈尚不明此理,于鼠乎何尤。

先曾祖润生公,尝于襄阳见一僧,本惠登相之幕客也,述流寇事颇悉,相与叹劫数难移。僧曰:"以我言之,劫数人所为,非天所为也。明之末年,杀戮淫掠之惨,黄巢流血三千里,不足道矣。由其中叶以后,官吏率贪虐,绅士率暴横,民俗亦率奸盗诈伪,无所不至。是以下伏怨毒,上干神怒,积百年冤愤之气,而发之一朝。以我所见闻,其受祸最酷者,皆其稔恶最甚者也。是可曰天数耶?昔在贼中,见其缚一世家子,跪于帐前,而拥其妻妾饮酒,问:'敢怒乎?'曰:'不敢。'问:'愿受役乎?'曰:'愿。'则释缚使行酒于侧。观者或叹息不忍。一老翁陷贼者曰:'吾今乃始知因果。'是其祖尝调仆妇,仆有违言,搒而缚之槐,使旁观与妇卧也。即是一端,可类推矣。"座有豪者曰:"巨鱼吞细鱼,鸷鸟搏群鸟,神弗怒也,何独于人而怒之?"僧掉头曰:"彼鱼鸟耳,人鱼鸟也耶?"豪者拂衣起。明日,邀客游所寓寺,欲挫辱之。已打包去,壁上大书二十字曰:"尔亦不必言,我亦不必说。楼下寂无人,楼上有明月。"疑刺豪者之阴事也。后豪者卒覆其宗。

有郎官覆舟于卫河,一姬溺焉。求得其尸,两掌各握粟一掬[3],咸以为怪。河干一叟曰:"是不足怪也。凡沉于水者,上视暗而下视明,惊惶瞀乱,必反从明处求出,手皆掊土。故检验溺人,以十指甲有泥无泥别生投死弃也。此先有运粟之舟沉于水底,粟尚未腐,故掊之盈手耳。"此

---

[1] 廒(áo):粮仓。
[2] 李林甫、杨国忠:唐玄宗时奸相。
[3] 掬:用手捧(东西)。此处作量词用。

论可谓入微,唯上暗下明之故,则不能言其所以然。按,张衡《灵宪》曰:"日譬犹火,月譬犹水。火则外光,水则含景。"又刘邵[1]《人物志》曰:"火日外照,不能内见;金水内映,不能外光。"然则上暗下明,固水之本性矣。

程念伦,名思孝,乾隆癸酉、甲戌间,来游京师,弈称国手。如皋冒祥珠曰:"是与我皆第二手,时无第一手,遽自雄耳。"一日,门人吴惠叔等扶乩,问:"仙善弈否?"判曰:"能。"问:"肯与凡人对局否?"判曰:"可。"时念伦寓余家,因使共弈。(凡弈谱,以子记数。象戏谱,以路记数。与乩仙弈,则以象戏法行之。如纵第九路横第三路下子,则判曰:"九三。"余皆仿此。)初下数子,念伦茫然不解,以为仙机莫测也,深恐败名,凝思冥索,至背汗手颤,始敢应一子,意犹惴惴。稍久,似觉无他异,乃放手攻击。乩仙竟全局覆没,满室哗然。乩忽大书曰:"吾本幽魂,暂来游戏,托名张三丰[2]耳。因粗解弈,故尔率答。不虞此君之见困,吾今逝矣。"惠叔慨然曰:"长安道上,鬼亦诳人。"余戏曰:"一败即吐实,犹是长安道上钝鬼也。"

景州申廉居先生,讳诩,姚安公癸巳同年也。天性和易,平生未尝有忤色,而孤高特立,一介不取,有古狷者风。衣必缊袍,食必粗粝。偶门人馈祭肉,持至市中易豆腐,曰:"非好苟异,实食之不惯也。"尝从河间岁试归,使童子控一驴;童子行倦,则使骑而自控之。薄暮遇雨,投宿破神祠中。祠止一楹,中无一物,而地下芜秽不可坐,乃摘板扉一扇,横卧户前。夜半睡醒,闻祠中小声曰:"欲出避公,公当户不得出。"先生曰:"尔自在户内,我自在户外,两不相害,何必避?"久之,又小声曰:"男女有别,公宜放我出。"先生曰:"户内户外即是别,出反无别。"转身酣睡。至晓,有村民见之,骇曰:"此中有狐,尝出媚少年人,入祠辄被瓦砾击。

---

[1] 刘邵:三国魏学者。
[2] 张三丰:明代道士。《明史》有传。

公何晏然也?"后偶与姚安公语及,掀髯笑曰:"乃有狐欲媚申谦居,亦大异事。"姚安公戏曰:"狐虽媚尽天下人,亦断不到君。当是诡状奇形,狐所未睹,不知是何怪物,故惊怖欲逃耳。"可想见先生之为人矣。

董曲江前辈言:乾隆丁卯乡试,寓济南一僧寺。梦至一处,见老树下破屋一间,欹斜欲圮。一女子靓妆坐户内,红愁绿惨,摧抑可怜。疑误入人内室,止不敢进。女子忽向之遥拜,泪涔涔沾衣袂,然终无一言。心悸而悟。越数夕,梦复然,女子颜色益戚,叩额至百余。欲逼问之,倏又醒。疑不能明,以告同寓,亦莫解。一日,散步寺园,见庑下有故柩,已将朽。忽仰视其树,则宛然梦中所见也。询之寺僧,云是某官爱妾,寄停于是,约来迎取。至今数十年,寂无音问。又不敢移瘗,傍徨无计者久矣。曲江豁然心悟。故与历城令相善,乃醵金市地半亩,告于官而迁葬焉。用知亡人以入土为安,停搁非幽灵所愿也。

朱青雷言:高西园尝梦一客来谒,名刺为司马相如。惊怪而寤,莫悟何祥。越数日,无意得司马相如一玉印,古泽斑驳,篆法精妙,真昆吾[1]刀刻也。恒佩之不去身,非至亲昵者不能一见。官盐场时,德州卢丈雅雨为两淮运使,闻有是印,燕见时偶索观之。西园离席半跪,正色启曰:"凤翰一生结客,所有皆可与朋友共。其不可共者唯二物:此印及山妻也。"卢丈笑遣之曰:"谁夺尔物者,何痴乃尔耶!"西园画品绝高,晚得末疾,右臂偏枯,乃以左臂挥毫。虽生硬倔强,乃弥有别趣。诗格亦脱洒。虽托迹微官,蹉跎以殁,在近时士大夫间,犹能追前辈风流也。

杨铁崖词章奇丽,虽被文妖之目,不损其名。唯鞋杯[2]一事,猥亵淫秽,

---

[1] 昆吾:古代宝刀名。
[2] 鞋杯:置杯于女鞋以行酒。

可谓不韵之极，而见诸赋咏，传为佳话。后来狂诞少年，竞相依仿，以为名士风流，殊不可解。闻一巨室，中元家祭，方举酒置案上，忽一杯声如爆竹，骙然中裂，莫解何故。久而知数日前其子邀妓，以此杯效铁崖故事也。

太常寺仙蝶、国子监瑞柏，仰邀圣藻，人尽知之。翰林院金槐，数人合抱，瘿磊砢[1]如假山，人亦或知之。礼部寿草，则人不尽知也。此草春开红花，缀如火齐，秋结实如珠。《群芳谱》[2]《野菜谱》[3]皆未之载，不知其名。或曰："即田塍公道老。"（此草种两家田塍上，用识界限。犁不及则一茎不旁生，犁稍侵之，即蔓延不止，反过所侵之数。故得此名。）余谛审之，叶作锯齿，略相似，花则不似，其说非也。在穿堂之北，治事处阶前甬道之西。相传生自国初，岁久渐成藤本。今则分为二歧，枝格权桠，挺然老木矣。曹地山先生名之曰"长春草"。余官礼部尚书时，作木栏护之。门人陈太守淏，时官员外，使为之图。盖酝化湛深，和气涵育，虽一草一虫，亦各遂其生若此也。礼部又有连理槐，在斋戒处南荣下。邹小山先生官侍郎，尝绘图题诗。今尚贮库中。然特大小二槐相并而生，枝干互相缠抱耳，非真连理也。

道家言祈禳，佛家言忏悔，儒家则言修德以胜妖：二氏治其末，儒者治其本也。族祖雷阳公畜数羊，一羊忽人立而舞。众以为不祥，将杀羊。雷阳公曰："羊何能舞，有凭之者也。石言于晋[4]，《左传》之义明矣。祸已成欤，杀羊何益？祸未成而鬼神以是警余也，修德而已，岂在杀羊？"自是一言一动，如对圣贤。后以顺治乙酉拔贡，戊子中副榜，终于通判，

---

[1] 磊砢：众多委积貌。
[2] 《群芳谱》：明王象晋撰。
[3] 《野菜谱》：明王磐撰。
[4] 石言于晋：《左传·昭公八年》载，石言于晋魏榆（地名），表示上天对晋侯执政的不满。

讫无纤芥之祸。

三从兄晓东言：雍正丁未会试归，见一丐妇，口生于项上，饮啜如常人。其人妖也耶？余曰："此偶感异气耳，非妖也。骈拇枝指，亦异于众，可曰妖乎哉！余所见有豕两身一首者，有牛背生一足者。又于闻家庙社会见一人，右手掌大如箕，指大如椎，而左手则如常。日以右手操笔鬻字画。使谈谶纬者见之，必曰此豕祸，此牛祸，此人疴也，是将兆某患；或曰，是为某事之应。然余所见诸异，讫毫无征验也。故余于汉儒之学，最不信《春秋》阴阳、《洪范五行传》[1]；于宋儒之学，最不信河图洛书、《皇极经世》[2]。"

房师孙端人先生，文章淹雅，而性嗜酒。醉后所作，与醒时无异。馆阁诸公，以为斗酒百篇[3]之亚也。督学云南时，月夜独饮竹丛下，恍惚见一人注视壶盏，状若朵颐[4]。心知鬼物，亦不恐怖，但以手按盏曰："今日酒无多，不能相让。"其人瑟缩而隐。醒而悔之，曰："能来猎酒，定非俗鬼。肯向我猎酒，视我亦不薄。奈何辜其相访意。"市佳酿三巨碗，夜以小几陈竹间。次日视之，酒如故。叹曰："此公非但风雅，兼亦狷介。稍与相戏，便涓滴不尝。"幕客或曰："鬼神但歆其气，岂真能饮！"先生慨然曰："然则饮酒宜及未为鬼时，勿将来徒歆其气。"先生侄渔珊，在福建学幕，为余述之。觉魏晋诸贤，去人不远也。

钱塘俞君祺，（偶忘其字，似是佑申也。）乾隆癸未，在余学署。偶见其《野泊不寐》诗曰："芦荻荒寒野水平，四围唧唧夜虫声。长眠人亦眠难稳，独倚枯松看月明。"余曰："杜甫诗曰：'巴童浑不寝，夜半有行

---

[1]《洪范五行传》：汉刘向撰，已佚，基本内容存于《汉书·五行志》。
[2]《皇极经世》：宋代邵雍撰。
[3] 斗酒百篇：典出杜甫《饮中八仙歌》："李白斗酒诗百篇，长安市上酒家眠。"
[4] 朵颐：鼓动腮颊，嚼食的样子。

舟。'张继诗曰：'姑苏城外寒山寺，夜半钟声到客船。'均从对面落笔，以半夜得闻，写出未睡，非咏巴童舟、寒山寺钟也。君用此法，可谓善于夺胎。然杜、张所言是眼前景物，君忽然说鬼，不太鹘兀乎？"俞君曰："是夕实遥见月下一人倚树立，似是文士。拟就谈以破岑寂，相去十余步，竟冉冉没，故有此语。"钟忻湖戏曰："'云中鸡犬刘安过，月里笙歌炀帝归[1]。'唐人谓之见鬼诗，犹嫌假借。如公此作，乃真不愧此名。"

霍丈易书言：闻诸海大司农曰："有世家子，读书坟园。园外居民数十家，皆巨室之守墓者也。一日，于墙缺见丽女露半面，方欲注视，已避去。越数日，见于墙外采野花，时时凝睇望墙内，或竟登墙缺，露其半身，以为东家之窥宋玉[2]也，颇萦梦想。而私念居此地者皆粗材，不应有此艳质；又所见皆荆布，不应此女独靓妆，心疑为狐鬼。故虽流目送盼，而未通一词。一夕，独立树下，闻墙外二女私语。一女曰：'汝意中人方步月，何不就之？'一女曰：'彼方疑我为狐鬼，何必徒使惊怖！'一女又曰：'青天白日，安有狐鬼？痴儿不解事至此。'世家子闻之窃喜，褰衣欲出，忽猛省曰：'自称非狐鬼，其为狐鬼也确矣。天下小人未有自称小人者，岂唯不自称，且无不痛诋小人以自明非小人者。此魅用此术也。'掉臂竟返。次日密访之，果无此二女。此二女亦不再来。"

吴林塘言：曩游秦陇，闻有猎者在少华山麓，见二人儽[3]然卧树下。呼之犹能强起，问："何困踬于此？"其一曰："吾等皆为狐魅者也。初，我夜行失道，投宿一山家，有少女绝妍丽，伺隙调我。我意不自持，即

---

[1]"云中鸡犬刘安过，月里笙歌炀帝归"："云中鸡犬"句，指汉淮南王刘安成仙，其所服仙药还搁在院子里，鸡犬舐啄之，尽得升天。事见东晋葛洪《神仙传》。"月里笙歌"句，暗用典故。《隋书·炀帝纪》云："上于景华宫征求萤火，得数斛，夜出游山，放之，光遍岩谷。"
[2]东家之窥宋玉：见宋玉《登徒子好色赋》。
[3]儽(lěi)：憔悴、颓丧的样子。

相嫖狎。为其父母所窥，甚见詈辱。我拜跪，始免捶挞。既而闻其父母絮絮语，若有所议者。次日，竟纳我为婿，唯约山上有主人，女须更番执役，五日一上直，五日乃返。我亦安之。半载后，病瘵，夜嗽不能寝，散步林下。闻有笑语声，偶往寻视，见屋数楹，有人拥我妇坐石看月。不胜恚忿，力疾欲与角。其人亦怒曰：'鼠辈乃敢瞰我妇！'亦奋起相搏。幸其亦病惫，相牵并仆。妇安坐石上，嬉笑曰：'尔辈勿斗，吾明告尔：吾实往来于两家，皆托云上直，使尔辈休息五日，蓄精以供采补耳。今吾事已露，尔辈精亦竭，无所用尔辈。吾去矣。'奄忽不见。两人迷不能出，故饿踣于此，幸遇君等得拯也。"其一人语亦同。猎者食以干糒[1]，稍能举步，使引视其处。二人共诧曰："向者墙垣故土，梁柱故木，门故可开合，窗故可启闭，皆确有形质，非幻影也。今何皆土窟耶？院中地平如砥，净如拭。今何土窟以外，崎岖不容足耶？窟广不数尺，狐自容可矣，何以容我二人？岂我二人之形亦为所幻化耶？"一人见对面崖上有破瓷，曰："此我持以登楼失手所碎，今峭壁无路，当时何以上下耶？"四顾徘徊，皆惘惘如梦。二人恨狐女甚，请猎者入山捕之。猎者曰："邂逅相遇，便成佳偶，世无此便宜事。事太便宜，必有不便宜者存。鱼吞钩，贪饵故也；猩猩刺血[2]，嗜酒故也。尔二人宜自恨，亦何恨于狐？"二人乃悯默而止。

林塘又言：有少年为狐所媚，日渐羸困，狐犹时时来。后复共寝，已疲顿不能御女。狐乃披衣欲辞去，少年泣涕挽留，狐殊不顾。怒责其寡情，狐亦怒曰："与君本无夫妇义，特为采补来耳。君膏髓已竭，吾何所取而不去！此如以势交者，势败则离；以财交者，财尽则散。当其委曲相媚，本为势与财，非有情于其人也。君于某家某家，皆向日附门墙，今何久绝音问耶？乃独责我！"其音甚厉，侍疾者闻之皆叹息。少年乃反面向内，寂无一言。

---

[1] 干糒（bèi）：干粮。
[2] 猩猩刺血：据传猩血可以当染料，故人用酒灌醉猩猩，捉其放血。

汪旭初言：见扶乩者，其仙自称张紫阳[1]。叩以《悟真篇》，弗能答也，但判曰"金丹大道，不敢轻传"而已。会有仆妇窃资逃，仆叩问："尚可追捕否？"仙判曰："尔过去生中，以财诱人，买其妻；又诱之饮博，仍取其财。此人今世相遇，诱汝妇逃者，买妻报；并窃资者，取财报也。冥数先定，追捕亦不得，不如已也。"旭初曰："真仙自不妄语。然此论一出，凡奸盗皆诿诸夙因，可勿追捕，不推波助澜乎？"乩不能答。有疑之者曰："此扶乩人多从狡狯恶少游，安知不有人匿仆妻而教之作此语？"阴使人侦之。薄暮，果赴一曲巷。登屋脊密伺，则聚而呼卢，仆妇方艳饰行酒矣。潜呼逻卒围所居，乃弭首就缚。律禁师、巫，为奸民窜伏其中也。蓝道行[2]尝假此术以败严嵩，论者不甚以为非，恶嵩故也。然杨、沈诸公[3]，喋血碎首而不能争者，一方士从容谈笑，乃制其死命，则其力亦大矣。幸所排者为嵩，使因而排及清流，虽韩、范、富、欧阳[4]，能与枝梧乎？故乩仙之术，士大夫偶然游戏，倡和诗词，等诸观剧则可；若借卜吉凶，君子当怵其卒也。

从叔梅庵公曰："淮镇人家有空屋五间，别为院落，用以贮杂物。儿童多往嬉游，跳掷践踏，颇为喧扰。键户禁之，则窃逾短墙入。乃大书一帖粘户上，曰：'此房狐仙所住，毋得秽污！'姑以怖儿童云尔。数日后，夜闻窗外语：'感君见招，今已移入，当为君坚守此院也。'自后人有入者，辄为砖瓦所击，并僮奴运杂物者亦不敢往。久而不治，竟全就圮颓，狐仙乃去。此之谓'妖由人兴'。"

余有庄在沧州南，曰上河涯，今鬻之矣。旧有水明楼五楹，下瞰卫河。帆樯来往栏桥下，与外祖雪峰张公家度帆楼，皆游眺佳处。先祖母太夫

————
[1] 张紫阳：宋代人，名伯端，号紫阳。
[2] 蓝道行：明代方士。
[3] 杨、沈：明代名臣杨继盛、沈炼，为严嵩迫害致死。
[4] 韩、范、富、欧阳：北宋名臣韩琦、范仲淹、富弼、欧阳修。

人夏月每居是纳凉,诸孙更番随侍焉。一日,余推窗南望,见男妇数十人,登一渡船,缆已解。一人忽奋拳击一叟落近岸浅水中,衣履皆濡。方坐起愤詈,船已鼓棹去。时卫河暴涨,洪波直泻,汹涌有声。一粮艘张双帆顺流来。急如激箭,触渡船,碎如柿[1]。数十人并没,唯此叟存,乃转怒为喜,合掌诵佛号。问其何适。曰:"昨闻有族弟得二十金,鬻童养媳为人妾,以今日成券,急质田得金如其数,赍之往赎耳。"众同声曰:"此一击神所使也。"促换渡船送之过。时余方十岁,但闻为赵家庄人,惜未问其名姓。此雍正癸丑事。又,先太夫人言:沧州人有逼嫁其弟妇而鬻两侄女于青楼者,里人皆不平。一日,腰金贩绿豆泛巨舟诣天津,晚泊河干,坐船舷濯足。忽西岸一盐舟纤索中断,横扫而过,两舷相切,自膝以下,筋骨糜碎如割截,号呼数日乃死。先外祖一仆闻之,急奔告曰:"某甲得如是惨祸,真大怪事!"先外祖徐曰:"此事不怪。若竟不如此,反是怪事。"此雍正甲辰、乙巳间事。

交河王洪绪言:高川刘某,住屋七楹:自居中三楹,东厢二楹,以妻殁无葬地,停柩其中;西厢二楹,幼子与其妹居之。一夕,闻儿啼甚急,而不闻妹语。疑其在灶室未归,从窗罅视已熄灯否,月明之下,见黑烟一道,蜿蜒从东厢户下出,萦绕西厢窗下,久之不去。追妹醒拊儿,黑烟乃冉冉敛入东厢去。心知妻之魂也。自后每月夜闻儿啼,潜起窥视,所见皆然。以语其妹,妹为之感泣。悲哉,父母之心,死尚不忘其子乎!人子追念其父母,能如是否乎?

先师桂林吕公闇斋言:其乡有官邑令者,莅任之日,梦其房师某公,容色憔悴,若重有忧者。邑令蹙然迎拜曰:"旅榇未归,是诸弟子之过也,然念之未敢忘。今幸托荫得一官,将拮据营窀穸[2]矣。"盖某公卒于戍所,

---

[1] 柿(fèi):削下来的木片、木皮。
[2] 窀穸(zhūn xī):墓穴。

尚浮厝僧院也。某公曰："甚善。然归我之骨，不如归我之魂。子知我骨在滇南，不知我魂羁于此也。我初为此邑令，有试垦污莱[1]者，吾误报升科[2]。诉者纷纷，吾心知其词直，而恐干吏议，百计回护，使不得申，遂至今为民累。土神诉与东岳，岳神谓事由疏舛，虽无自利之心，然恐以检举妨迁擢，则其罪与自利等。牒摄吾魂，羁留于此，待此浮粮减免，然后得归。困苦饥寒，所不忍道。回思一时爵禄，所得几何？而业海茫茫，竟杳无崖岸，诚不胜泣血椎心。今幸子来官此，傥念平生知遇，为呼请蠲除，则我得重入转轮，脱离鬼趣。虽生前遗蜕，委诸蝼蚁，亦非所憾矣。"邑令检视旧牍，果有此事。后为宛转请豁，又恍惚梦其来别云。

交河及方言曰："说鬼者多诞，然亦有理似可信者。雍正乙卯七月，泊舟静海之南。微月朦胧，散步岸上，见二人坐柳下对谈。试往就之，亦欣然延坐。谛听所说，乃皆幽冥事。疑其为鬼，瑟缩欲遁。二人止之曰：'君勿讶，我等非鬼：一走无常，一视鬼者也。'问：'何以能视鬼？'曰：'生而如是，莫知所以然。'又问：'何以走无常？'曰：'梦寝中忽被拘役，亦莫知所以然也。'共话至二鼓，大抵缕陈报应。因问：'冥司以儒理断狱耶？以佛理断狱耶？'视鬼者曰：'吾能见鬼，而不能与鬼语，不知此事。'走无常曰：'君无须问此，只问己心。问心无愧，即阴律所谓善；问心有愧，即阴律所谓恶。公是公非，幽明一理，何分儒与佛乎？'其说平易，竟不类巫觋语也。"

里有视鬼者曰："鬼亦恒憧憧扰扰，若有所营，但不知所营何事；亦有喜怒哀乐，但不知其何由。大抵鬼与鬼竞，亦如人与人竞耳。然微阴不足敌盛阳，故莫不畏人。其不畏人者，一由人据所居，鬼刺促不安，

---

[1] 污莱：积水的洼地与杂草丛生的高地。指荒地。
[2] 升科：清代新开垦荒地，在一定年限之内不纳税；过一定年限后才按照一般田地征收钱粮，叫升科。

故现变相驱之去；一由祟人求祭享；一由桀骜强魂，戾气未消。如人世无赖，横行为暴，皆遇气旺者避，遇运蹇者乃敢侵。或有冤魂厉魄，得请于神，报复以申积恨者，不在此数。若夫欲心所感，淫鬼应之；杀心所感，厉鬼应之；愤心所感，怨鬼应之，则皆由其人之自召，更不在此数矣。我尝清明上冢，见游女踏青，其妖媚弄姿者，诸鬼随之嬉笑；其幽闲贞静者，左右无一鬼。又尝见学宫有数鬼，教谕鲍先生出，（先生讳梓，南宫人，官献县教谕。载县志《循吏传》。）则瑟缩伏草间；训导某先生出，则跳掷自如。然则鬼之敢侮与否，尤视乎其人哉！"

侍姬之母沈媪言：盐山有刘某者，患癃[1]闭，百药不验。一夕，梦神语曰："铜头煅灰，酒服之，即通。"问："铜头何物？"曰："汝辈所谓蟪蛄也。"试之果愈。余谓此湿热蕴结，以湿热攻湿热，借其窜利下行之性耳。若州都之官，气不能化，则求之于本原，非此物所能导也。

梁铁幢副宪言：有夜行者，于竹林边见一物，似人非人，蠢蠢然摸索而行。叱之不应，知为精魅，拾瓦石击之。其物化为黑烟，缩入林内，啾啾作声曰："我缘宿业，堕饿鬼道中，既瞽且聋，艰苦万状。公何忍复相逼？"乃委之而去。余《滦阳消夏录》中，记王菊庄所言女鬼以巧于逸构受哑报，此鬼受聋瞽报，其聪明过甚者乎？

先师汪文端公言：有欲谋害异党者，苦无善计。有黠者密侦知之，阴裹药以献，曰："此药入腹即死，然死时情状，与病卒无异；虽蒸骨验之，亦与病卒无异也。"其人大喜，留之饮。归则以是夕卒矣。盖先以其药饵之，为灭口计矣。公因叹息曰："献药者杀人以媚人，而先自杀也。用其药者，先杀人以灭口，而口终不可灭也。纷纷机械何为乎？"张樊川前辈时在

---

[1] 癃（lóng）：小便不通。

座,因言有好娈童者,悦一宦家子。度无可得理,阴属所爱姬托媒妪招之,约会于别墅,将执而胁污焉。届期,闻已至,疾往掩捕。突失足堕荷塘板桥下,几于灭顶。喧呼掖出,则宦家子已遁,姬已鬓乱钗横矣。盖是子美秀甚,姬亦悦之故也。后无故开阁放此姬,婢妪乃稍泄其事。阴谋者鬼神所忌,殆不虚矣。

卖花者顾媪,持一旧瓷器求售:似笔洗而略浅,四周内外及底皆有泑色,似哥窑[1]而无冰纹,中平如砚,独露瓷骨[2],边线界画甚明,不出入毫发,殊非剥落。不知何器,以无用还之。后见《广异志》[3]载嵇胡见石室道士案头朱笔及杯语,《乾䱷子》[4]载何元让所见天狐有朱盏笔砚语,又《逸史》[5]载叶法善有持朱钵画符语,乃悟唐以前无朱砚,点勘文籍,则研朱于杯盏;大笔濡染,则贮朱于钵。杯盏略小而口哆,以便添笔;钵稍大而口敛,以便多注浓瀋也。顾媪所持,盖即朱盏,向来赏鉴家未及见耳。急呼之来,问:"此盏何往?"曰:"本以三十钱买得,云出自井中。因公斥为无用,以二十钱卖诸杂物摊上。今将及一年,不能复问所在矣。"深为惋惜。世多以高价市赝物,而真古器或往往见摈。余尚非规方竹漆断纹[6]者,而交臂失之尚如此。然则蕴宝不彰者,可胜数哉。(余后又得一朱盏,制与此同,为陈望之抚军持去。乃知此物世尚多有,第人不识耳。)

先师介公野园言:亲串中有不畏鬼者,闻有凶宅,辄往宿。或言西

---

[1] 哥窑:宋瓷窑名。地址在浙江龙泉县南。
[2] 瓷骨:瓷器上无釉之处。
[3] 《广异志》:唐代戴孚撰。
[4] 《乾䱷子》:唐代温庭筠撰。
[5] 《逸史》:唐代卢肇撰。
[6] 规方竹漆断纹:方竹,外形微方的竹子;断纹,断纹的古琴。二者都是珍奇之物。把方竹削圆,把古琴重新上漆,比喻不识货。

山某寺后阁,多见变怪。是岁值乡试,因僦住其中。奇形诡状,每夜环绕几榻间,处之恬然,然亦弗能害也。一夕月明,推窗四望,见艳女立树下,哑然曰:"怖我不动,来魅我耶?尔是何怪,可近前。"女亦然曰:"尔固不识我,我尔祖姑也,殁葬此山。闻尔日日与鬼角,尔读书十余年,将徒博一不畏鬼之名耶?抑亦思奋身科目,为祖父光、为门户计耶?今夜而斗争,昼而倦卧,试期日近,举业全荒,岂尔父尔母遣尔裹粮入山之本志哉?我虽居泉壤,于母家不能无情,故正言告尔。尔试思之。"言讫而隐。私念所言颇有理,乃束装归。归而详问父母,乃无是祖姑。大悔,顿足曰:"吾乃为黠鬼所卖。"奋然欲再往。其友曰:"鬼不敢以力争,而幻其形以善言解,鬼畏尔矣,尔何必追穷寇!"乃止。此友可谓善解纷矣。然鬼所言者正理也,正理不能禁,而权词能禁之,可以悟销熔刚气之道也。

前记阁学札公祖墓巨蟒事,据总宪舒穆噜公之言也。壬子三月初十日,蒋少司农戟门邀看桃花,适与札公联坐,因叩其详。知舒穆噜公之语不诬。札公又曰:"尚有一轶事,舒穆噜公未知也。守墓者之妻刘媪,恒与此蟒同寝处,蟠其榻上几满。来必饮以火酒,注巨碗中,蟒举首一嗅,酒减分许,所余已味淡如水矣。凭刘媪与人疗病,亦多有验。一旦,有欲买此蟒者,绐刘媪钱八千,乘其醉而舁之去。去后,媪忽发狂曰:'我待汝不薄,汝乃卖我。我必褫汝魄。'自挝不止。媪之弟奔告札公。札公自往视,亦无如何。逾数刻竟死。夫妖物凭附女巫,事所恒有;忤妖物而致祸,亦事所恒有。唯得钱卖妖,其事颇奇;而有人出钱以买妖,尤奇之奇耳。此蟒今犹在,其地在西直门外,土人谓之红果园。"

育婴堂、养济院,是处有之。唯沧州别有一院养瞽者,而不隶于官。瞽者刘君瑞曰:"昔有选人陈某,过沧州,资斧匮竭,无可告贷,进退无路,将自投于河。有瞽者悯之,倾囊以助其行。选人入京,竟得官,荐至州牧。念念不能忘瞽者,自赍数百金,将申漂母之报[1]。而偏觅瞽者不可得,并其姓名无知者。乃捐金建是院,以收养瞽者。此瞽者与此选人,均可谓古之人矣。"君瑞又言:"众瞽者留室一楹,且夕炷香拜陈公。"余谓陈公之侧,瞽者亦宜设一坐。君瑞嗫嚅曰:"瞽者安可与官坐?"余曰:"如以其官而祀之,则瞽者自不可坐。如以其义而祀之,则瞽者之义与官等,何不可坐耶?"此事在康熙中,君瑞告余在乾隆乙亥、丙子间,尚能举居是院者为某某。今已三十余年,不知其存与废矣。

明季兵乱,曾伯祖镇番公年甫十一,被掠至临清。遇旧客作李守敬,以独轮车送归。崎岖戎马之间,濒危者数,终不舍去也。时宋太夫人在,酬以金。先顿首谢,然后置金于案曰:"故主流离,心所不忍,岂为求赏来耶!"泣拜而别,自后不复再至矣。守敬性戆直,侪辈有作奸者,辄断断与争,故为众口所排去。而患难之际,不负其心乃如此。

事有先兆,莫知其然。如日将出而霞明,雨将至而础润,动乎彼则应乎此也。余自四岁至今,无一日离笔砚。壬子三月初二日,偶在直庐,戏语诸公曰:"昔陶靖节[2]自作挽歌,余亦自题一联曰:'浮沉宦海如鸥鸟,生死书丛似蠹鱼。'百年之后,诸公书以见挽足矣。"刘石庵参知曰:"上句殊不类公,若以挽陆耳山,乃确当耳。"越三日而耳山讣音至,岂非机之先见欤!

申苍岭先生言:有士人读书别业,墙外有废冢,莫知为谁。园丁言夜中或有吟哦声,潜听数夕,无所闻。一夕,忽闻之。急持酒往浇冢上曰:

---

[1] 漂母之报:漂母,在河边漂洗衣服的老妇人。《史记·淮阴侯列传》载韩信穷困之时,漂母与他饭食,后韩信为楚王,赐漂母以千金。
[2] 陶靖节:晋陶渊明,私谥靖节。

"泉下苦吟,定为词客。幽明虽隔,气类不殊。肯现身一共谈乎?"俄有人影冉冉出树荫中,忽掉头竟去。殷勤拜祷,至再至三。微闻树外人语曰:"感君见赏,不敢以异物自疑。方拟一接清谈,破百年之岑寂。及遥观丰采,乃衣冠华美,翩翩有富贵之容,与我辈缊袍,殊非同调。士各有志,未敢相亲。唯君委曲谅之。"士人怅怅而返,自是并吟哦亦不闻矣。余曰:"此先生玩世之寓言耳。此语既未亲闻,又旁无闻者,岂此士人为鬼揶揄,尚肯自述耶?"先生掀髯曰:"鉏麑槐下之词[1],浑良夫梦中之噪[2],谁闻之欤?子乃独诘老夫也!"

邱孝廉二田言:永春山中有废寺,皆焦土也。相传初有僧居之,僧善咒术。其徒夜或见山魈,请禁制之。僧曰:"人自人,妖自妖,两无涉也。人自行于昼,妖自行于夜,两无害也。万物并生,各适其适。妖不禁人昼出,而人禁妖夜出乎?"久而昼亦蹶人,僧寮无宁宇,始施咒术。而气候已成,党羽已众,竟不可禁制矣。愤而云游,求善劾治者偕之归。登坛檄将,雷火下击,妖歼而寺亦烬焉。僧拊膺曰:"吾之罪也!夫吾咒术始足以胜之,而弗肯胜也;吾道力不足以胜之,而妄欲胜也。博善化之虚名,溃败决裂乃至此。养痈贻患,我之谓也夫!"

飞车刘八,从孙树珊之御者也。其御车极鞭策之威,尽驰驱之力,遇同行者,必骞越其前而后已,故得此名。马之强弱所不问,马之饥饱所不问,马之生死亦所不问也。历数主,杀马颇多。一日,御树珊往群从家,以空车返。中路马轶,为轮所轧,仆辙中。其伤颇轻,竟昏瞀不知人,舁归则气已绝矣。好胜者必自及,不仁者亦必自及。东野稷[3]以

---

[1] 鉏麑槐下之词:鉏麑为春秋时晋国大力士,晋灵公残暴,命其往杀赵盾;鉏麑见赵盾贤明,不忍杀,触庭槐自杀。事见《左传·宣公二年》。
[2] 浑良夫梦中之噪:《左传·哀公十七年》:"卫侯梦于北宫,见人登昆吾之观,被发北面而噪曰:'……余为浑良夫,叫天无辜。'"
[3] 东野稷:《庄子·达生》中所称善于骑马驾车者。

善御名一国，而极马之力，终以败驾。况此役夫哉！自陨其生，非不幸也。

先祖光禄公，有庄在沧州卫河东。以地恒积潦，其水左右斜衺如人字，故名人字汪。后土语讹人字曰银子，又转汪为洼，以吹唇声轻呼之，音乃近娃，弥失其真矣。土瘠而民贫，凋敝日甚。庄南八里为狼儿口。（土语以狼儿二字合声吹唇呼之，音近辣，平声。）光禄公曰："人对狼口，宜其不蕃也。"乃改庄门背向。直北五里曰木沽口，（沽字土音在果、戈之间。）自改门后，人字汪渐富腴，而木沽口渐凋敝矣。其地气转移欤？抑孤虚之说竟真有之？

人字汪场中有积柴，（俗谓之垛。）多年矣。土人谓中有灵怪，犯之多致灾祸；有疾病，祷之亦或验。莫敢撷一茎，拈一叶也。雍正乙巳，岁大饥，光禄公捐粟六千石，煮粥以赈。一日，柴不给，欲用此柴，而莫敢举手。乃自往祝曰："汝既有神，必能达理。今数千人枵腹待毙，汝岂无恻隐心？我拟移汝守仓，而取此柴活饥者，谅汝不拒也。"祝讫，麇众拽取，毫无变异。柴尽，得一秃尾巨蛇，蟠伏不动；以巨畚舁入仓中，斯须不见。从此亦遂无灵。然迄今六七十年，无敢窃入盗粟者，以有守仓之约故也。物至毒而不能不为理所屈，妖不胜德，此之谓矣。

从孙树宝言：韩店史某，贫彻骨。父将殁，家唯存一青布袍，将以殓。其母曰："家久不举火，持此易米，尚可多活月余，何为委之土中乎？"史某不忍，卒以殓。此事人多知之。会有失银钏者，大索不得。史某忽得于粪壤中。皆曰："此天偿汝衣，旌汝孝也。"失钏者以钱六千赎之，恰符衣价。此近日事。或曰："偶然也。"余曰："如以为偶，则王祥[1]固

---

[1] 王祥：西晋人，事继母至孝，民间"二十四孝"有王祥卧冰求鲤的故事。

不再得鱼，孟宗[1]固不再生笋也。幽明之感应，恒以一事示其机耳。汝乌乎知之！"

景州李晴嶙言：有刘生训蒙于古寺，一夕，微月之下，闻窗外窸窣声；自隙窥之，墙缺似有二人影，急呼有盗。忽隔墙语曰："我辈非盗，来有求于君者也。"骇问："何求？"曰："猥以凡业，堕饿鬼道中，已将百载。每闻僧厨炊煮，辄饥火如焚。窥君似有慈心，残羹冷粥，赐一浇奠可乎？"问："佛家经忏，足济冥途，何不向寺僧求超拔？"曰："鬼逢超拔，是亦前因。我辈过去生中，营营仕宦，势盛则趋附，势败则掉臂如路人。当其得志，本未扶穷救厄，造有善因；今日势败，又安能遇是善缘乎？所幸货赂丰盈，不甚爱惜，孤寒故旧，尚小有周旋。故或能时遇矜怜，得一沾余沥。不然，则如目犍连母[2]在大地狱中，食至口边，皆化猛火，虽佛力亦无如何矣。"生恻然悯之，许如所请，鬼感激呜咽去。自是每以残羹剩酒浇墙外，亦似有肸蠁[3]，然不见形，亦不闻语。越岁余，夜闻墙外呼曰："久叨嘉惠，今来别君。"生问："何往？"曰："我二人无计求脱，唯思作善以自拔。此林内野鸟至多，有弹射者，先惊之使高飞；有网罟者，先驱之使勿入。以是一念，感动神明，今已得付转轮也。"生尝举以告人曰："沉沦之鬼，其力犹可以济物。人奈何诿不能乎？"

族兄中涵知旌德县时，近城有虎暴，伤猎户数人，不能捕。邑人请曰："非聘徽州唐打猎，不能除此患也。"（休宁戴东原曰："明代有唐某，甫新婚而戕于虎。其妇后生一子，祝之曰：'尔不能杀虎，非我子也；后世

---

[1] 孟宗：三国时吴人，事母至孝，其母嗜笋，值冬天无笋，孟宗入竹林哭泣，笋为之生。事见《三国志·吴书·孙皓传》注引《楚国先贤传》。
[2] 目犍连母：目犍连，亦作"目犍连"传说为释迦牟尼十大弟子之一。其母死，坠入地狱饿鬼道中，目犍连入地狱救母。此为民间流行较广的佛教故事。唐敦煌变文《目连变文》即叙述这一故事。
[3] 肸蠁（xī xiǎng）：弥漫、散布（指声响或气体）。

子孙如不能杀虎,亦皆非我子孙也。'故唐氏世世能捕虎。")乃遣吏持币往。归报唐氏选艺至精者二人,行且至。至则一老翁,须发皓然,时咯咯作嗽;一童子十六七耳。大失望,姑命具食。老翁察中涵意不满,半跪启曰:"闻此虎距城不五里,先往捕之,赐食未晚也。"遂命役导往。役至谷口,不敢行。老翁哂曰:"我在,尔尚畏耶?"入谷将半,老翁顾童子曰:"此畜似尚睡,汝呼之醒。"童子作虎啸声。果自林中出,径搏老翁。老翁手一短柄斧,纵八九寸,横半之,奋臂屹立。虎扑至,侧首让之。虎自顶上跃过,已血流仆地。视之,自颔下至尾闾,皆触斧裂矣。乃厚赠遣之。老翁自言炼臂十年,炼目十年。其目以毛帚扫之不瞬,其臂使壮夫攀之,悬身下缒不能动。《庄子》曰:"习伏众神,巧者不过习者之门。"信夫。尝见史舍人嗣彪,暗中捉笔书条幅,与秉烛无异。又闻静海励文恪公,剪方寸纸一百片,书一字其上,片片向日叠映,无一笔丝毫出入。均习而已矣,非别有谬巧也。

李庆子言:山东民家,有狐居其屋数世矣。不见其形,亦不闻其语;或夜有火烛盗贼,则击扉撼窗,使主人知觉而已。屋或漏损,则有银钱铿然坠几上。即为修葺,计所给恒浮所费十之二。若相酬者,岁时必有小馈遗置窗外。或以食物答之,置其窗下,转瞬即不见矣。从不出魇人,儿童或反魇之,戏以瓦砾掷窗内,仍自窗还掷出。或欲观其掷出,投之不已,亦掷出不已,终不怒也。一日,忽檐际语曰:"君虽农家,而子孝弟友,妇姑娣姒皆婉顺,恒为善神所护,故久住君家避雷劫。今大劫已过,敬谢主人,吾去矣。"自此遂绝。从来狐居人家,无如是之谨饬者,其有得于老氏"和光[1]"之旨欤!卒以谨饬自全,不遭劾治之祸,其所见加人一等矣。

---

[1] 和光:和光同尘。指不露锋芒,与世无争的消极处事态度。也比喻同流合污。《老子》:"和其光,同其尘。"

从侄虞惇,从兄懋园之子也。壬子三月,随余勘文渊阁书,同住海淀槐西老屋。(余婿袁煦之别业,余葺治之,为轮对上直憩息之地。)言懋园有朱漆藤枕,崔庄社会之所买,有年矣。一年夏日,每枕之,辄嗡嗡有声,以为作劳耳鸣也。旬余后,其声渐厉,似飞虫之振羽。又月余,声达于外,不待就枕始闻矣。疑而剖视,则一细腰蜂鼓翼出焉。枕四围无针芥隙,蜂何能遗种于内?如未漆时先遗种,何以越数岁乃生?或曰:"化生也。"然蜂生以蛹,不以化。即果化生,何以他处不化而化于枕?他枕不化而化于此枕?枕中不饮不食,何以两月余犹活?设不剖出,将不死乎?此理殊不可晓也。

虞惇又言:掖县林知州禹门,其受业师也。自言其祖年八十余,已昏耄不识人,亦不能步履,然犹善饭。唯枯坐一室,苦郁郁不适。子孙恒以椅舁至门外延眺,以为消遣。一日,命侍者入取物,独坐以俟。侍者出,则并椅失之矣。合家悲泣惶骇,莫知所为;裹粮四出求之,亦无踪迹。会有友人自崂山来,途遇禹门,遥呼曰:"若非觅若祖乎?今在山中某寺,无恙也。"急驰访之,果然。其地距掖数百里,僧不知其何以至。其祖但觉有二人舁之飞行,亦不知其为谁也。此事极怪而非怪,殆山魈狐魅播弄老人以为游戏耳。

戈孝廉廷模,字式之,芥舟前辈长子也。天姿朗彻,诗格书法,并有父风。于父执中独师事余。余期以远到,乃年四十余,始选一学官。后得心疾,忽发忽止,竟夭天年。余深悲之,偶与从孙树珏谈及。树珏因言其未殁以前,读书至夜半,偶即景得句曰:"秋入幽窗灯黯淡。"属对未就,忽其友某揭帘入,延与坐谈,因告以此句。其友曰:"何不对以'魂归故里月凄清'。"式之愕然曰:"君何作鬼语?"转瞬不见,乃悟其非人。

盖衰气先见,鬼感衰气应之也。故式之不久亦下世。与《灵怪集》[1]载曹唐《江陵佛寺》诗"水底有天春漠漠"一联事颇相类。

曹慕堂宗丞言:有夜行遇鬼者,奋力与角。俄群鬼大集,或抛掷沙砾,或牵拽手足。左右支吾,大受捶击,颠踣者数矣。而愤恚弥甚,犹死斗不休。忽坡上有老僧持灯呼曰:"檀越且止!此地鬼之窟宅也,檀越虽猛士,已陷重围。客主异形,众寡异势,以一人气血之勇,敌此辈无穷之变幻,虽贲、育[2]无幸胜也,况不如贲、育者乎?知难而退,乃为豪杰。何不暂忍一时,随老僧权宿荒刹耶!"此人顿悟,奋身脱出,随其灯影而行。群鬼渐远,老僧亦不知所往。坐息至晓,始觅得路归。此僧不知是人是鬼,可谓善知识耳。

海淀人捕得一巨鸟,状类苍鹅,而长喙利吻,目睛突出,眈眈可畏。非鸷非鹳,非鸨非鸬鹚,莫能名之,无敢买者。金海住先生时寓直澄怀园,独买而烹之,味不甚佳。甫食一二脔,觉胸膈间冷如冰雪,坚如铁石;沃以烧春[3],亦无暖气。委顿数日,乃愈。或曰:"张读《宣室志》载,俗传人死数日后,当有禽自柩中出,曰'杀'。有郑生者,尝在隰川,与郡官猎于野,网得巨鸟,色苍,高五尺余;解而视之,忽然不见。里中人言有人死且数日,卜者言此日'杀'当去。其家伺而视之,果有巨鸟苍色自柩中出。"又"《原化记》[4]载,韦滂借宿人家,射落'杀'鬼,烹而食之,味极甘美。先生所食,或即'杀'鬼所化,故阴凝之气如是欤!"倪余疆时方同直,闻之笑曰:"是又一终南进士[5]矣。"

---

[1]《灵怪集》:唐代张荐作,已佚。
[2] 贲、育:孟贲、夏育,古代勇士。
[3] 烧春:酒名。
[4]《原化记》:唐皇甫氏撰。
[5] 终南进士:指钟馗。

自黄村至丰宜门,(俗谓之南西门。)凡四十里。泉源水脉,络带钩连,积雨后污潦沮洳,车马颇为阻滞。有李秀者,御空车自固安返。见少年约十五六,娟丽如好女,蹩躠泥涂,状甚困惫。时日已将没,见秀行过,有欲附载之色,而愧沮不言。秀故轻薄,挑与语,邀之同车。忸怩而上。沿途市果饵食之,亦不甚辞。渐相软款,间以调谑。面赧微笑而已。行数里后,视其貌似稍苍,尚不以为意。又行十余里,暮色昏黄,觉眉目亦似渐改。将近南苑之西门,则广颡高颧,鬖鬖有须矣。自讶目眩,不敢致诘。比至逆旅下车,乃须鬓皓白,成一老翁,与秀握手作别曰:"蒙君见爱,怀感良深。唯暮齿衰颜,今夕不堪同榻,愧相负耳。"一笑而去,竟不知为何怪也。秀表弟为余厨役,尝闻秀自言之;且自悔少年无状,致招狐鬼之侮云。

文安王岳芳言:有杨生者,貌姣丽,自虑或遇强暴,乃精习技击,十六七时,已可敌数十人。会诣通州应试,暂住京城。偶独游陶然亭,遇二囘人强邀入酒肆。心知其意,姑与饮啖,且故索珍味食。二囘人喜甚,因诱至空寺,左右挟坐,遽拥于怀。生一手按一人,并踣于地,以足踏背,各解带反接,抽刀拟颈曰:"敢动者死!"褫其下衣,并淫之;且数之曰:"尔辈年近三十,岂足供狎昵!然尔辈污人多矣,吾为孱弱童子复仇也。"徐释其缚,掉臂径出。后与岳芳同行,遇其一于途,顾之一笑。其人掩面鼠窜去。乃为岳芳具道之。岳芳曰:"戕命者使还命,攘财者使还财,律也,此当相偿者也。唯淫人者有治罪之律,无还使受淫之律,此不当偿者也。子之所为,谓之快心则可,谓之合理则未也。"

从孙树藌言:南村戈孝廉仲坊,至遵祖庄(土语呼榛子庄,遵、榛叠韵之讹,祖、子双声之转也。相近又有念祖桥,今亦讹为埝左。)会曹氏之葬。闻其邻家鸡产一卵,入夜有光。仲坊偕数客往观,时已昏暮,灯下视之,无异常卵;撤去灯火,果吐光荧荧,周卵四围如盘盂。置诸室隅,立门外视之,则一室照耀如昼矣。客或曰:"是鸡为蛟龙所感,故生卵有是变怪。恐久而破壳出,不利主人。"仲坊次日即归,不知其究竟如何也。案木华[1]《海赋》曰："阳冰不冶,阴火潜然。"盖阳气伏积阴之内,则郁极而外腾。《岭南异物志》[2]称海中所生鱼鰕,置阴处有光。《岭表录异》[3]亦称黄蜡鱼头,夜有光如笼烛,其肉亦片片有光。水之所生,与水同性故也。必海水始有火,必海错始有光者,积水之所聚,即积阴之所凝,故百川不能郁阳气,唯海能郁也。至暑月腐草之为萤,以层阴积雨,阳气蒸而化为虫。塞北之夜亮木,以冰谷雪岩,阳气聚而附于木。萤不久即死,夜亮木移植盆盎,越一两岁亦不生明。出潜离隐,气得舒则渐散耳。唯鸡卵夜光则理不可晓,蛟龙所感之说,亦未必然。按段成式《酉阳杂俎》称岭南毒菌夜有光,杀人至速。盖瘴疠所钟,以温热发为阳焰。此卵或沴疠之气,偶聚于鸡;或鸡多食毒虫,久而蕴结,如毒菌有光之类,亦未可知也。

从侄虞惇言:闻诸任丘刘宗万曰:"有旗人赴任丘催租,适村民夜演剧,观至二鼓乃散。归途酒渴,见树旁茶肆,因系马而入。主人出,言火已熄,但冷茶耳。入室良久,捧茶半杯出,色殷红而稠粘,气似微腥。饮尽,更求益。曰:'瓶已罄矣,当更觅残剩。须坐此稍待,勿相窥也。'既而久待不出,潜窥门隙,则见悬一裸女子,破其腹,以木撑之,而持杯刮取其血。惶骇退出,乘马急奔。闻后有追索茶钱声,沿途不绝。比至居停,已昏瞀坠仆。居停闻马声出视,扶掖入。次日乃苏,述其颠末。共往迹之,至系马之处,唯平芜老树,荒冢累累,丛棘上悬一蛇,中裂其腹,横支以草茎而已。此与裴铏[4]《传奇》载卢涵遇盟器婢子杀蛇为酒事相类。然婢子留宾,意在求偶。此鬼鬻茶胡为耶?鬼所需者冥镪,又向人索钱何为耶?"

---

[1] 木华:西晋辞赋家。
[2]《岭南异物志》:唐孟琯撰,已佚。
[3]《岭表录异》:唐刘恂撰。
[4] 裴铏:唐代传奇小说家。

田香谷言：景河镇西南有小村，居民三四十家。有邹某者，夜半闻犬声，披衣出视。微月之下，见屋上有一巨人坐。骇极惊呼，邻里并出。稍稍审谛，乃所畜牛昂首而蹲，不知其何以上也。顷刻喧传，男妇皆来看异事。忽一家火发，焰猛风狂，合村几尽为焦土。乃知此为牛祸，兆回禄也。姚安公曰："时方纳稼，豆秸谷草，堆秋篱茅屋间，袤延相接。农家作苦，家家夜半皆酣眠。突尔遭焚，则此村无噍类矣。天心仁爱，以此牛惊使梦醒也。何反以为妖哉！"

同郡某孝廉未第时，落拓不羁，多来往青楼中。然倚门者视之，漠然也。唯一妓名椒树者（此妓佚其姓名，此里巷中戏谐之称也。）独赏之，曰："此君岂长贫贱者哉！"时邀之狎饮，且以夜合资供其读书。比应试，又为捐金治装，且为其家谋薪米。孝廉感之，握臂与盟曰："吾傥得志，必纳汝。"椒树谢曰："所以重君者，怪姊妹唯识富家儿；欲人知脂粉绮罗中，尚有巨眼人耳。至白头之约，则非所敢闻。妾性冶荡，必不能作良家妇；如已执箕帚，仍纵怀风月，君何以堪！如幽闭闺阁，如坐囹圄，妾又何以堪！与其始相欢合，终致仳离，何如各留不尽之情，作长相思哉！"后孝廉为县令，屡招之不赴。中年以后，车马日稀，终未尝一至其署。亦可云奇女子矣。使韩淮阴[1]能知此意，乌有"鸟尽弓藏"之憾哉！

胶州法南野，飘泊长安，穷愁颇甚。一日，于李符千御史座上，言曾于浉口旅舍见二诗，其一曰："流落江湖十四春，徐娘半老尚风尘。西楼一枕鸳鸯梦，明月窥窗也笑人。"其二曰："含情不忍诉琵琶，几度低头掠鬓鸦[2]。多谢西川贵公子，肯持红烛赏残花。"不署年月姓名，不知谁作也。余曰："此君自寓坎坷耳。然五十六字足抵一篇《琵琶桊》矣。"

---

[1] 韩淮阴：韩信，西汉初军事家，封淮阴侯。
[2] 鬓鸦：指妇女发髻。

益都李生文渊，南涧弟也。嗜古如南涧，而博辩则过之。不幸夭逝，南涧乞余志其墓。匆匆未果，并其事状失之，至今以为憾也。一日，在余生云精舍讨论古礼，因举所闻一事曰：博山有书生，夜行林莽间，见贵官坐松下，呼与语。谛视，乃其已故表丈某公也，不得已近前拜谒。问家事甚悉。生因问："古称体魄藏于野，而神依于庙主。丈人有家祠，何为在此？"某公曰："此泥于古不墓祭之文也。夫庙祭地也，主祭位也，神之来格，以是地是位为依归焉耳。如神常居于庙，常附于主，是世世祖妣与子孙人鬼杂处也。且有庙有主，为有爵禄者言之耳。今一邑一乡之中，能建庙者万家不一二，能立祠者千家不一二，能设主者百家不一二。如神依主而不依墓，是百千亿万贫贱之家，其祖妣皆无依之鬼也，有是理耶？知鬼神之情状者，莫若圣人。明器之礼，自夏后氏以来矣。使神在主而不在墓，则明器当设于庙。乃皆瘗之于墓中，是以器供神而置于神所不至也，圣人顾若是颠耶？卫人之祔离之，殷礼也；鲁人之祔合之，周礼也。孔子善周。使神不在墓，则墓之分合，了无所异，有何善不善耶？《礼》曰：'父殁而不忍读父之书，手泽存焉尔；母亡而不忍用其杯棬，口泽存焉尔。'一物之微，尚且如是。顾以先人体魄，视如无物；而别植数寸之木，曰此吾父吾母之神也。毋乃不知类耶？寺钟将动，且与子别。子今见吾，此后可毋为竖儒所惑矣。"生匆遽起立，东方已白。视之正其墓道前也。

陈裕斋言：有僦居道观者，与一狐女狎，靡夕不至。忽数日不见，莫测何故。一夜，搴帘含笑入。问其旷隔之由。曰："观中新来一道士，众目曰仙。虑其或有神术，姑暂避之。今夜化形为小鼠，自壁隙潜窥，直大言欺世者耳。故复来也。"问："何以知其无道力？"曰："伪仙伪佛，技止二端：其一故为静默，使人不测；其一故为颠狂，使人疑其有所托。然真静默者，必淳穆安恬，凡矜持者伪也。真托于颠狂者，必游行自在，凡张皇者伪也。此如君辈文士，故为名高，或迂僻冷峭，使人疑为狷；或纵酒骂坐，使人疑为狂，同一术耳。此道士张皇甚矣，足知其无能为也。"

时共饮钱稼轩先生家,先生曰:"此狐眼光如镜,然词锋太利,未免不留余地矣。"

司炊者曹媪,其子僧也。言尝见粤东一宦家,到寺营斋,云其妻亡已十九年。一夕,灯下见形曰:"自到黄泉,无时不忆,尚冀君百年之后,得一相见。不意今配入转轮,从此茫茫万古,无复会期。故冒冥司之禁,赂监送者来一取别耳。"其夫骇痛,方欲致词,忽旋风入室卷之去,尚隐隐闻泣声。故为饭僧礼忏,资来世福也。此夫此妇,可谓两不相负矣。《长恨歌》[1]曰:"但令心如金钿坚,天上人间会相见。"安知不以此一念,又种来世因耶!

《桂苑丛谈》[2]记李卫公以方竹杖赠甘露寺僧,云此竹出大宛国,坚实而正方,节眼须牙,四面对出云云。案,方竹今闽、粤多有,不为异物。大宛即今哈萨克,已隶职方,其地从不产竹,乌有所谓方者哉!又《古今注》[3]载乌孙有青田核,大如六升瓠,空之以盛水,俄而成酒。案,乌孙即今伊犁地,问之额鲁特,皆云无此。又《杜阳杂编》[4]载元载造芸晖堂于私第。芸香,草名也,出于阗国,其香洁白如玉,入土不朽烂;春之为屑,以涂其壁,故号曰芸晖。于阗即今和阗地,亦未闻此物。唯西域有草名玛努,根似苍术,番僧焚以供佛,颇为珍贵;然色不白,亦不可泥壁。均小说附会之词也。

黎荇塘言:有少年,其父商于外,久不归。无所约束,因为囊家所诱,

---
[1]《长恨歌》:长诗,唐代白居易撰。
[2]《桂苑丛谈》:唐代冯翊子撰。或云作者当为五代严子休。
[3]《古今注》:晋代崔豹撰。
[4]《杜阳杂编》:唐代苏鹗撰。

博负数百金。囊家议代出金偿众,而勒写鬻宅之券。不得已从之。虑无以对母妻,遂不返其家,夜入林自缢。甫结带,闻马蹄隆隆,回顾,乃其父归也。骇问:"何以作此计?"度不能隐,以实告。父殊不怒,曰:"此亦常事,何至于此!吾此次所得尚可抵。汝自归家,吾自往偿金索券可也。"时囊家博未散,其父突排闼入。本皆相识,一一指呼姓字,先斥其诱引之非,次责以逼迫之过。众错愕无可置词。既而曰:"既不肖子写宅券,吾亦难以博诉官。今偿汝金,汝明日分给众人,还我宅券可乎?"囊家知理屈,愿如命。其父乃解腰缠付囊家,一一验入。得券即就灯焚之,愤然而出。其子还家具食,待至晓不归。至囊家侦探,曰:"已焚券去。"方虑有他故。次日,囊家发箧,乃皆纸铤。金所亲收,众目共睹,无以自白,竟出己橐以偿,颇自疑遇鬼。后旬余,讣音果至,殁已数月矣。

李樵风言:杭州涌金门外,有渔舟泊神祠下,闻祠中人语嘈杂。既而神诃曰:"汝曹野鬼,何辱文士?罪当笞。"又闻辩诉曰:"人静月明,诸幽魂暂游水次,稍释羁愁。此二措大[1]独讲学谈诗,刺刺不止。众皆不解,实所厌闻。窃相耳语,微示不满,稍稍引去则有之,非敢有所触犯也。"神默然,少顷,曰:"论文雅事,亦当择地择人。先生休矣。"俄而磷火如萤,自祠中出。遥闻吃吃笑不已,四散而去。

刘熥,沧州人。其母以康熙壬申生,至乾隆壬子,年一百一岁,尚强健善饭。屡逢恩诏,里胥欲为报官支粟帛,辄固辞弗愿。去岁,欲为请旌建坊,亦固辞弗愿。或询其弗愿之故。慨然曰:"贫家嫠妇,赋命寒薄,正以颠连困苦,为神道所怜,得此寿耳。一邀过分之福,则死期至矣。"此媪所见殊高。计其生平,必无胶胶扰扰分外之营求,宜其恬然冲静,颐养天和,得以保此长龄矣。

---

[1] 措大:指贫寒失意的读书人。

卷十二

槐西杂志（二）

安中宽言：有人独行林莽间，遇二人，似是文士，吟哦而行。一人怀中落一书册，此人拾得。字甚拙涩，波磔[1]皆不甚具，仅可辨识。其中或符箓、或药方、或人家春联，纷糅无绪，亦间有经书古文诗句。展阅未竟，二人遽追来夺去，倏忽不见。疑其狐魅也。一纸条飞落草间，俟其去远，觅得之。上有字曰："《诗经》于字皆音乌，《易经》无字左边无点。"余谓此借言粗材之好讲文艺者也，然能刻意于是，不愈于饮博游冶乎！使读书人能奖励之，其中必有所成就。乃薄而挥之，斥而笑之，是未思圣人之待互乡、阙党[2]二童子也。讲学家崖岸过峻，使人甘于自暴弃，皆自沽己名，视世道人心如膜外耳。

景州甯逊公，能以琉璃春碎调漆，堆为擘窠书[3]。凹凸皴皱，俨若石纹。恒挟技游富贵家，喜索人酒食。或闻燕集，必往搀末席。一日，值吴桥社会，以所作对联匾额往售。至晚，得数金。忽遇十数人邀之，曰："我辈欲君殚一月工，堆字若干，分赠亲友，冀得小津润。今先屈先生一餐，明日奉迎至某所。"甯大喜，随入酒肆，共恣饮啖。至漏下初鼓，主人促闭户。十数人一时不见，座上唯甯一人。无可置辩，乃倾囊偿值，懊恼而归。不知为幻术为狐魅也。李露园曰："此君自宜食此报。"

---

[1] 波磔（zhé）：书法左撇称波，右捺称磔。
[2] 互乡、阙党：古地名，不详所在。孔子待二童子之事，分别见《论语·述而》、《论语·宪问》。
[3] 擘窠书：指大字。

某公眷一娈童,性柔婉,无市井态,亦无恃宠骄纵意。忽泣涕数日,目尽肿。怪诘其故,慨然曰:"吾日日荐枕席,殊不自觉。昨寓中某与某童狎,吾穴隙窃窥,丑难言状,与横陈之女迥殊。因自思吾一男子而受污如是,悔不可追,故愧愤欲死耳。"某公譬解百方,终怏怏不释。后竟逃去。或曰:"已改易姓名,读书游泮[1]矣。"梅禹金[2]有《青泥莲花记》,若此童者,亦近于青泥莲花欤!又奴子张凯,初为沧州隶,后夜闻罪人暗泣声,心动辞去,鬻身于先姚安公。年四十余,无子。一日,其妇临蓐,凯愀然曰:"其女乎!"已而果然。问:"何以知之?"曰:"我为隶时,有某控其妇与邻人张九私。众知其枉,而事涉暧昧,无以代白也。会官遣我拘张九。我禀曰:'张九初五日以逋赋拘,初八日笞十五去矣。今不知所往,乞宽其限。'官检征比册,良是,怒某曰:'初七日张九方押禁,何由至汝妇室乎?'杖而遣之。其实别一张九,吾借以支吾得免也。去岁,闻此妇死。昨夜梦其向我拜,知其转生为我女也。"后此女嫁为贾人妇,凯夫妇老且病,竟赖其孝养以终。杨椒山[3]有《罗刹成佛记》。若此奴者,亦近于罗刹成佛欤!

冯平宇言:有张四喜者,家贫佣作。流转至万全山中,遇翁妪留治圃。爱其勤苦,以女赘之。越数岁,翁妪言往塞外省长女,四喜亦挈妇他适。久而渐觉其为狐,耻与异类偶,伺其独立,潜弯弧射之,中左股。狐女以手拔矢,一跃直至四喜前,持矢数之曰:"君太负心,殊使人恨!虽然,他狐媚人,苟且野合耳。我则父母所命,以礼结婚,有夫妇之义焉。三纲所系,不敢仇君;君既见弃,亦不敢强住聒君。"握四喜之手痛哭,逾数刻,乃蹶然逝。四喜归,越数载,病死,无棺以敛。狐女忽自外哭入,拜谒姑舅,具述始末。且曰:"儿未嫁,故敢来也。"其母感之,詈四喜无良。狐女俯不语。邻妇不平,亦助之詈。狐女瞋视曰:"父母詈儿,无不可者。

---

[1] 游泮:泮,泮宫,古代学宫。明清时州县考试录取为生员而学的,称游泮,也称入泮。
[2] 梅禹金:明代梅鼎祚。
[3] 杨椒山:明代杨继盛。

汝奈何对人之妇，罟人之夫！"振衣竟出，莫知所往。去后，于四喜尸旁得白金五两，因得成葬。后四喜父母贫困，往往于盎中箧内无意得钱米，盖亦狐女所致也。皆谓此狐非唯形化人，心亦化人矣。或又谓狐虽知礼，不至此。殆平宇故撰此事，以愧人之不如者。姚安公曰："平宇虽村叟，而立心笃实，平生无一字虚妄；与之谈，讷讷不出口，非能造作语言者也。"

卢观察执吉言：茌平有夫妇相继死，遗一子，甫周岁。兄嫂咸不顾恤，饿将死。忽一少妇排门入，抱儿于怀，詈其兄嫂曰："尔弟夫妇尸骨未寒，汝等何忍心至此！不如以儿付我，犹可觅一生活处也。"挈儿竟出，莫知所终。邻里咸目睹之。有知其事者曰："其弟在日，常昵一狐女。意或不忘旧情，来视遗孤乎？"是亦张四喜妇之亚也。

乌鲁木齐多狭斜，小楼深巷，方响[1]时闻。自谯鼓初鸣，至寺钟欲动，灯火恒荧荧也。冶荡者唯所欲为，官弗禁，亦弗能禁。有宁夏布商何某，年少美风姿，资累千金，亦不甚吝，而不喜为北里游。唯畜牝豕十余，饲极肥，濯极洁，日闭门而沓淫之。豕亦相摩相倚，如昵其雄。仆隶恒窃窥之，何弗觉也。忽其友乘醉戏诘，乃愧而投井死。迪化厅同知木金泰曰："非我亲鞫是狱，虽司马温公[2]以告我，我弗信也。"余作是地杂诗，有曰："石破天惊事有无，后来好色胜登徒[3]。何郎甘为风情死，才信刘郎爱媚猪[4]。"即咏是事。人之性癖，有至于如此者！乃知以理断天下事，不尽其变；即以情断天下事，亦不尽其变也。

张一科，忘其何地人。携妻就食塞外，佣于西商。西商昵其妻，

---

[1] 方响：古代打击乐器。此处代指乐曲。
[2] 司马温公：即宋代司马光，封温国公。后世称温公。
[3] 好色胜登徒：语出宋玉《登徒子好色赋》。
[4] 媚猪：五代南汉后主刘鋹得一波斯女，称媚猪。事见《清异录》。

挥金如土，不数载资尽归一科，反寄食其家。妻厌薄之，诟谇使去。一科曰："微是人无此日，负之不详。"坚不可。妻一日持梃逐西商，一科怒詈。妻亦反詈曰："彼非爱我，昵我色也。我亦非爱彼，利彼财也。以财博色，色已得矣，我原无所负于彼；以色博财，财不继矣，彼亦不能责于我。此而不遣，留之何为？"一科益愤，竟抽刃杀之，先以百金赠西商，而后自首就狱。又一人忘其姓名，亦携妻出塞。妻病卒，困不能归，且行乞。忽有西商招至肆，赠五十金。怪其太厚，固诘其由。西商密语曰："我与尔妇最相昵，尔不知也。尔妇垂殁，私以尔托我。我不忍负于死者，故资尔归里。"此人怒掷于地，竟格斗至讼庭。二事相去不一月。相国温公，时镇乌鲁木齐。一日，宴僚佐于秀野亭，座间论及。前竹山令陈题桥曰："一不以贫富易交，一不以死生负约，是虽小人，皆古道可风也。"公颦蹙曰："古道诚然。然张一科曷可风耶？"后杀妻者拟抵，而谳语甚轻；赠金者拟杖，而不云枷示。公沉思良久，慨然曰："皆非法也。然人情之薄久矣，有司如是上，即如是可也。"

嘉祥曾映华言：一夕秋月澄明，与数友散步场圃外。忽旋风滚滚，自东南来，中有十余鬼，互相牵曳，且殴且詈。尚能辨其一二语，似争朱、陆[1]异同也。门户之祸，乃下彻黄泉乎！

"去去复去去，凄恻门前路。行行重行行，辗转犹含情。含情一回首，见我窗前柳；柳北是高楼，珠帘半上钩。昨为楼上女，帘下调鹦鹉；今为墙外人，红泪沾罗巾。墙外与楼上，相去无十丈；云何咫尺间，如隔千重山？悲哉两决绝，从此终天别。别鹤空徘徊，谁念鸣声哀！徘徊日欲晚，决意投身返。手裂湘裙裾，泣寄稿砧[2]书。可怜帛

---

[1] 朱、陆：即南宋朱熹、陆九渊。二人俱为理学家，但意见、理论多有不合。
[2] 稿砧：丈夫的代称。典见《玉台新咏·古绝句》之一。

一尺,字字血痕赤。一字一酸吟,旧爱牵人心。君如收覆水[1],妾罪甘鞭捶。不然死君前,终胜生弃捐。死亦无别语,愿葬君家土。傥化断肠花,犹得生君家。"右见《永乐大典》,题曰《李芳树刺血诗》,不著朝代,亦不详芳树始末。不知为所自作,如窦玄妻诗[2];为时人代作,如焦仲卿妻诗[3]也。世无传本,余校勘《四库》偶见之。爱其缠绵悱恻,无一毫怨怒之意,殆可泣鬼神。令馆吏录出一纸,久而失去。今于役滦阳,检点旧帙,忽于小箧内得之。沉湮数百年,终见于世,岂非贞魂怨魄,精贯三光[4],有不可磨灭者乎!陆耳山副宪曰:"此诗次韩蕲王[5]孙女诗前;彼在宋末,则芳树必宋人。"以例推之,想当然也。

舅氏安公实斋,一夕就寝,闻室外叩门声。问之不答,视之无所见。越数夕,复然。又数夕,他室亦复然。如是者十余度,亦无他故。后村中获一盗,自云我曾入某家十余次,皆以人不睡而返。问其日皆合,始知鬼报盗警也。故瑞不必为祥,妖不必为灾,各视乎其人。

明永乐二年,迁江南大姓实畿辅[6]。始祖椒坡公,自上元徙献县之景城。后子孙繁衍,析居崔庄,在景城东三里。今士人以仕宦科第,多在崔庄,故皆称崔庄纪,举其盛也。而余族则自称景城纪,不忘本也。椒坡公故宅,在景城、崔庄间,兵燹久圮,其址属族叔楘庵家。楘庵从余受经,以乾隆丙子举乡试,拟筑室移居于是。先姚安公为预题一联曰:"当年始

---

[1] 覆水:覆水难收,比喻夫妻离异难以复合。据传汉代朱买臣因家贫而妻子与之离异,后朱得中高官,妻子又想来复合;朱嘱人在马首之前泼了一盆水,问其妻子能不能把水收回去?其妻自知复合无望,羞愧而死。
[2] 窦玄妻诗:窦玄,汉代人,相貌绝异,皇帝要把公主许配给他,他的妻子写了一首《古怨歌》给他,怨恨之情,溢于言表。事见陆昶《历朝名媛诗词》。
[3] 焦仲卿妻诗:即《孔雀东南飞》。
[4] 三光:指日、月、星。
[5] 韩蕲王:宋韩世忠,死后被追封蕲王。
[6] 畿辅:指京城地区。

祖初迁地，此日云孙再造家。"后室不果筑，而姚安公以甲申八月弃诸孤。卜地唯是处吉，因割他田易诸槃庵而葬焉。前联如公自谶也。事皆前定，岂不信哉！

侍姬沈氏，余字之曰明玕。其祖长洲人，流寓河间，其父因家焉。生二女，姬其次也。神思朗彻，殊不类小家女。常私语其姊曰："我不能为田家妇。高门华族，又必不以我为妇。庶几其贵家媵乎？"其母微闻之，竟如其志。性慧黠，平生未尝忤一人。初归余时，拜见马夫人。马夫人曰："闻汝自愿为人媵，媵亦殊不易为。"敛衽对曰："唯不愿为媵，故媵难耳。既愿为媵，则媵亦何难！"故马夫人始终爱之如娇女。尝语余曰："女子当以四十以前死，人犹悼惜。青裙白发，作孤雏腐鼠，吾不愿也。"亦竟如其志，以辛亥四月二十五日卒，年仅三十。初仅识字，随余检点图籍，久遂粗知文义，亦能以浅语成诗。临终，以小照付其女，口诵一诗，请余书之，曰："三十年来梦一场，遗容手付女收藏。他时话我生平事，认取姑苏沈五娘。"泊然而逝。方病剧时，余以侍值圆明园，宿海淀槐西老屋。一夕，恍惚两梦之，以为结念所致耳。既而知其是夕晕绝，移二时乃苏，语其母曰："适梦至海淀寓所，有大声如雷霆，因而惊醒。"余忆是夕，果壁上挂瓶绳断堕地，始悟其生魂果至矣。故题其遗照有曰："几分相似几分非，可是香魂月下归？春梦无痕时一瞥，最关情处在依稀。"又曰："到死春蚕尚有丝[1]，离魂倩女不须疑[2]。一声惊破梨花梦，恰记铜瓶坠地时。"即记此事也。

相去数千里，以燕赵之人，谈滇黔之俗，而谓居是土者，不如吾所知之确。然耶否耶？晚出数十年，以髫龀之子，论耆旧之事，而曰见其人者，

---

[1] 唐李商隐《无题》："春蚕到死丝方尽。"
[2] 唐陈玄祐有传奇小说《离魂记》，叙张倩娘魂化为两体事。元杂剧据此题材有《迷青琐倩女离魂》。

不如吾所知之确。然耶否耶？左丘明身为鲁史，亲见圣人；其于《春秋》，确有源委。至唐中叶，陆淳辈始持异论。宋孙复以后，哄然佐斗，诸说争鸣，皆曰左氏不可信，吾说可信。何以异于是耶！盖汉儒之学务实，宋儒则近名，不出新义，则不能耸听；不排旧说，则不能出新义。诸经训诂，皆可以口辩相争；唯《春秋》事迹厘然，难于变乱。于是谓左氏为楚人、为七国初人、为秦人，而身为鲁史、亲见圣人之说摇。既非身为鲁史、亲见圣人，则传中事迹，皆不足据，而后可唯所欲言矣。沿及宋季，赵鹏飞作《春秋经筌》，至不知成风为僖公生母，尚可与论名分、定褒贬乎？元程端学推波助澜，尤为悍戾。偶在五云多处（即原心亭。）检校端学《春秋解》，周编修书昌因言：有士人得此书，珍为鸿宝。一日，与友人游泰山，偶谈经义，极称其论叔姬归酅[1]一事，推阐至精。夜梦一古妆女子，仪卫尊严，厉色诘之曰："武王元女，实主东岳。上帝以我艰难完节，接迹共姜[2]，俾隶太姒为贵神，今二千余年矣。昨尔述竖儒之说，谓我归酅为淫于纪季，虚辞诬诋，实所痛心！我隐公七年归纪，庄公二十年归酅，相距三十四年，已在五旬以外矣。以斑白之嫠妇，何由知季必悦我？越国相从，《春秋》之法，非诸侯夫人不书，亦如非卿不书也。我待年之媵，例不登诸简策，徒以矢心不二，故仲尼有是特笔。程端学何所依凭而造此暧昧之谤耶？尔再妄传，当脔尔舌，命从神以骨朵[3]击之。"狂叫而醒，遂毁其书。余戏谓书昌曰："君耽宋学，乃作此言！"书昌曰："我取其所长，而不敢讳所短也。"是真持平之论矣。

杨令公祠在古北口内，祀宋将杨业。顾亭林[4]《昌平山水记》，据《宋史》谓业战死长城北口，当在云中，非古北口也。考王曾[5]《行程录》，已云

---

[1] 酅（xī）：古地名。
[2] 共姜：周时卫世子共伯妻，共伯早死，父母夺其志，使改嫁，共姜誓死不从。见《毛诗序》。
[3] 骨朵：古代棍棒类兵器。
[4] 顾亭林：明末清初思想家顾炎武。
[5] 王曾：宋代学者。

古北口内有业祠。盖辽人重业之忠勇，为之立庙。辽人亲与业战，曾奉使时，距业仅数十年，岂均不知业殁于何地？《宋史》则元季托克托所修，（托克托旧作脱脱，盖译音未审。今从《三史国语解》。）距业远矣，似未可据后驳前也。

余校勘秘籍，凡四至避暑山庄：丁未以冬、戊申以秋、己酉以夏、壬子以春，四时之胜胥览焉。每泛舟至文津阁，山容水意，皆出天然，树色泉声，都非尘境；阴晴朝暮，千态万状，虽一鸟一花，亦皆入画。其尤异者，细草沿坡带谷，皆茸茸如绿罽[1]，高不数寸，齐如裁剪，无一茎参差长短者。苑丁谓之规矩草。出宫墙才数步，即鬖髿[2]滋蔓矣。岂非天生嘉卉，以待宸游哉！

李又聃先生言：有张子克者，授徒村落，岑寂寡俦。偶散步场圃间，遇一士，甚温雅。各道姓名，颇相款洽。自云家住近村，里巷无可共语者，得君如空谷之足音也。因共至塾，见童子方读《孝经》。问张曰："此书有今文古文，以何为是？"张曰："司马贞[3]言之详矣。近读《吕氏春秋》，见《审微》篇中引诸侯一章，乃是今文。七国时人所见如是，何处更有古文乎？"其人喜曰："君真读书人也。"自是屡至塾。张欲报谒，辄谢以贫无栖止，夫妇赁住一破屋，无地延客。张亦遂止。一夕，忽问："君畏鬼乎？"张曰："人未离形之鬼，鬼已离形之人耳，虽未见之，然觉无可畏。"其人怃然曰："君既不畏，我不欺君，身即是鬼。以生为士族，不能逐焰口争钱米。叨为气类，求君一饭可乎？"张契分既深，亦无疑惧，即为具食，且邀使数来。考论图籍，殊有端委。偶论太极无极之旨，其人怫然曰："于传有之：'天道远，人事迩。'《六经》所论皆人事，即《易》

---

[1] 罽（jì）：一种毛织品。
[2] 鬖髿（sān shā）：散乱、参差不齐的样子。
[3] 司马贞：唐代学者。

阐阴阳,亦以天道明人事也。舍人事而言天道,已为虚杳;又推及先天之先,空言聚讼,安用此为?谓君留心古义,故就君求食。君所见乃如此乎?"拂衣竟起,倏已影灭。再于相遇处候之,不复睹矣。

余督学闽中时,院吏言:雍正中,学使有一姬堕楼死,不闻有他故,以为偶失足也。久而有泄其事者,曰姬本山东人,年十四五,嫁一窭人子[1]。数月矣,夫妇甚相得,形影不离。会岁饥,不能自活,其姑卖诸贩鬻妇女者。与其夫相抱,泣彻夜,啮臂为志而别。夫念之不置,沿途乞食,兼程追及贩鬻者,潜随至京师。时于车中一觑面,幼年怯懦,惧遭诃詈,不敢近,相视挥涕而已。既入官媒家,时时候于门侧,偶得一睹,彼此约勿死,冀天上人间,终一相见也。后闻为学使所纳,因投身为其幕友仆,共至闽中。然内外隔绝,无由通问,其妇不知也。一日病死,妇闻婢媪道其姓名、籍贯、形状、年齿,始知之。时方坐笔捧楼上,凝立良久,忽对众备言始末,长号数声,奋身投下死。学使讳言之,故其事不传。然实无可讳也。大抵女子殉夫,其故有二:一则搘[2]纲常,宁死不辱。此本乎礼教者也。一则忍耻偷生,苟延一息,冀乐昌破镜,再得重圆;至望绝势穷,然后一死以明志。此生于情感者也。此女不死于贩鬻之手,不死于媒氏之家,至玉玷花残,得故夫凶问而后死,诚为太晚。然其死志则久定矣,特私爱缠绵,不能自割。彼其意中,固不以当死不死为负夫之恩,直以可待不待为辜夫之望。哀其遇,悲其志,惜其用情之误,则可矣;必执《春秋》大义,责不读书之儿女,岂与人为善之道哉!

壬申七月,小集宋蒙泉家,偶谈狐事。聂松岩曰:贵族有一事,君知之乎?曩以乡试在济南,闻有纪生者,忘其为寿光为胶州也。尝暮遇女子独行,泥泞颠踬,倩之扶掖。念此必狐女,姑试与昵,亦足以知妖

---

[1] 窭(jù)人子:贫穷人家子弟。
[2] 搘(zhī)柱:支撑,拄持。

魅之情状。因语之曰："我识尔,尔勿诳我。然得妇如尔亦自佳。人静后可诣书斋,勿在此相调,徒多迂折。"女子笑而去。夜半果至,狎媟者数夕,觉渐为所惫,因拒使勿来。狐女怨詈不肯去。生正色曰："勿如是也。男女之事,权在于男。男求女,女不愿,尚可以强暴得;女求男,男不愿,则心如寒铁,虽强暴亦无所用之。况尔为盗我精气来,非以情合,我不为负尔情。尔阅人多矣,难以节言,我亦不为堕尔节。始乱终弃,君子所恶,为人言之,不为尔曹言之也。尔何必恋恋于此,徒为无益?"狐女竟词穷而去。乃知一受蛊惑,缠绵至死,符箓不能驱遣者,终由情欲牵连,不能自割耳。使泊然不动,彼何所取而不去哉!

法南野又说一事曰:里有恶少数人,闻某氏荒冢有狐,能化形媚人。夜携罝布穴口,果掩得二牝狐。防其变幻,急以锥刺其髀,贯之以索,操刃胁之曰:"尔果能化形为人,为我辈行酒,则贷尔命。否则立磔尔!"二狐嗥叫跳掷,如不解者。恶少怒,刺杀其一。其一乃人语曰:"我无衣履,及化形为人,成何状耶?"又以刃拟颈。乃宛转成一好女子,裸无寸缕。众大喜,迭肆无礼,复拥使侑觞,而始终掣索不释手。狐妮妮软语,祈求解索。甫一脱手,已瞥然逝。归未到门,遥见火光,则数家皆焦土,杀狐者一女焚焉。知狐之相报也。狐不扰人,人乃扰狐,"多行不义"[1],其及也宜哉。

田白岩说一事曰:某继室少艾[2],为狐所媚,劾治无验。后有高行道士,檄神将缚至坛,责令供状。金闻狐语曰:"我豫产也,偶挞妇,妇潜窜至此,与某昵。我衔之次骨,是以报。"某忆幼时果有此,然十余年矣。道士曰:"结恨既深,自宜即报,何迟迟至今?得无刺知此事,假借藉口耶?"曰:"彼前妇贞女也,惧干天罚,不敢近。此妇轻佻,乃得诱狎。因果相偿,

---

[1] 多行不义:"多行不义必自毙"的省称。
[2] 艾:美好、漂亮。

鬼神弗罪，师又何责焉？"道士沉思良久，曰："某昵尔妇几日？"曰："一年余。""尔昵此妇几日？"曰："三年余。"道士怒曰："报之过当，曲又在尔，不去，且檄尔付雷部！"狐乃服罪去。清远先生（蒙泉之父。）曰："此可见邪正之念，妖魅皆得知。报施之理，鬼神弗能夺也。"

清远先生亦说一事曰：朱某一婢，粗材也。稍长，渐慧黠，眉目亦渐秀媚，因纳为妾。颇有心计，摒挡井井，米盐琐屑，家人纤毫不敢欺，欺则必败。又善居积，凡所贩鬻，来岁价必贵。朱以渐裕，宠之专房。一日，忽谓朱曰："君知我为谁？"朱笑曰："尔颠耶？"因戏举其小名曰："尔非某耶？"曰："非也，某逃去久矣，今为某地某人妇，生子已七八岁。我本狐女，君九世前为巨商，我为司会计。君遇我厚，而我乾没君三千余金。冥谪堕狐身，炼形数百年，幸得成道。然坐此负累，终不得升仙。故因此婢之逃，幻其貌以事君。计十余年来，所入足以敌所逋。今尸解去矣。我去之后，必现狐形。君可付某仆埋之，彼必裂尸而取革，君勿罪彼。彼四世前为饿殍时，我未成道，曾啖其尸。听彼碎磔我，庶冤可散也。"俄化狐仆地，有好女长数寸，出顶上，冉冉去；其貌则别一人矣。朱不忍而自埋之，卒为此仆窃发，剥卖其皮。朱知为夙业，浩叹而已。

从孙树棂言：高川贺某，家贫甚。逼除夕，无以卒岁，诣亲串借贷无所得，仅沽酒歅之。贺抑郁无聊，姑浇块垒，遂大醉而归。时已昏夜，遇老翁负一囊，蹩躠不进，约贺为肩至高川，酬以雇值。贺诺之，其囊甚重。贺私念方无度岁资，若攘夺而逸，龙钟疲曳，必不能追及。遂尽力疾趋，翁自后追呼，不应。狂奔七八里，甫得至家，掩门急入。呼灯视之，乃新斫杨木一段，重三十余斤，方知为鬼所弄。殆其贪狡之性，久为鬼恶，故乘其窘而侮之。不然，则来往者多，何独戏贺？是时未见可欲，尚未生盗心，何已中途相待欤？

树棪又言：垛庄张子仪，性嗜饮，年五十余，以寒疾卒。将殁矣，忽苏曰："我病愈矣。顷至冥司，见贮酒巨瓮三，皆题'张子仪封'字；其一已启封，尚存半瓮，是必皆我之食料，须饮尽方死耳。"既而果愈，复纵饮二十余年。一日，谓所亲曰："我其将死乎！昨又梦至冥司，见三瓮酒俱尽矣。"越数日，果无疾而卒。然则《补录纪传》载李卫公食羊之说，信有之乎！

　　宝坻王孝廉锦常言：宝坻旧城圮坏，水啮雨穿，多成洞穴，妖物遂窟宅其中。后修城时，毁其旧垣，失所凭依，遂散处空宅古寺，四出祟人，男女多为所媚。忽来一道士，教人取黑豆四十九粒，持咒炼七日，以击妖物，应手死。锦堂家多空屋，遂为所据；一仆妇亦为所媚。以道人所炼豆击之，忽风声大作，似有多人喧呼曰："太夫人被创死矣！"趋视，见一巨蛇，豆所伤处，如铳炮铅丸所中。因问道士："凡媚女者必男妖，此蛇何呼太夫人？"道士曰："此雌蛇也。蛇之媚人，其首尾皆可以嘘精气，不必定相交接也。"旋有人但闻风声，即似梦魇，觉有吸其精者，精即涌溢。则道士之言信矣。又一人突见妖物，豆在纸裹中，猝不及解，并纸掷之，妖物亦负创遁。又一人为女妖所媚，或授以豆。耽其色美，不肯击，竟以陨身。夫妖物之为祟，事所恒有，至一时群聚而肆毒，则非常之恶，天道所不容矣。此道士不先不后，适以是时来，或亦神所假手欤！

　　某侍郎夫人卒，盖棺以后，方陈祭祀，忽一白鸽飞入帏，寻视无睹。俶扰间，烟焰自棺中涌出，连甍累栋，顷刻并焚。闻其生时，御下严：凡买女奴，成券入门后，必引使长跪，先告戒数百语，谓之教导；教导后，即褫衣反接，挞百鞭，谓之试刑。或转侧，或呼号，挞弥甚。挞至不言不动，格格然如击木石，始谓之知畏，然后驱使。安州陈宗伯夫人，先太夫人姨也，曾至其家。常曰其童仆婢媪，行列进退，虽大将练兵，无如是之整齐也。又余常至一亲串家，丈人行也，入其内室，见门左右悬二鞭，穗皆有血迹，柄皆光泽可鉴。闻其每将就寝，诸婢一一缚于凳，然后覆之以衾，防其私遁或自戕也。后死时，两股疽溃露骨，一若杖痕。

刑曹案牍，多被殴后以伤风死者，在保辜[1]限内，于律不能不拟抵。吕太常含晖，尝刊秘方：以荆芥、黄蜡、鱼鳔三味（鱼鳔炒黄色。）各五钱，艾叶三片，入无灰酒一碗，重汤煮一炷香，热饮之，汗出立愈；唯百日以内，不得食鸡肉。后其子慕堂，登庚午贤书，人以为刊方之报也。

《酉阳杂俎》载骰子咒曰："伊帝弥帝，弥揭罗帝。"诵至十万遍，则六子皆随呼而转。试之，或验或不验。余谓此犹诵驴字治病耳。大抵精神所聚，气机应之。气机所感，鬼神通之。所谓"至诚则金石为开"也。笃信之则诚，诚则必动；姑试之则不诚，不诚则不动。凡持炼之术，莫不如是，非独此咒为然矣。

旧仆兰桂言：初至京师，随人住福清会馆，门以外皆丛冢也。一夜月黑，闻汹汹喧呶声、哭泣声，又有数人劝谕声。念此地无人，是必鬼斗；自门隙窃窥，无所睹。屏息谛听，移数刻，乃一人迁其妇柩，误取他家柩去。妇故有夫，葬亦相近，谓妇为此人所劫，当以此人妇相抵。妇不从而诟争也。会逻者鸣金过，乃寂无声。不知其作何究竟，又不知此误取之妇他年合窆又作何究竟也。然则谓鬼附主而不附墓，其不然乎！

虞惇有佃户孙某，善鸟铳，所击无不中。尝见一黄鹂，命取之。孙启曰："取生者耶？死者耶？"问："铁丸冲击，安能预决其生死？"曰："取死者直中之耳，取生者则惊使飞而击其翼。"命取生者。举手铳发，黄鹂果堕。视之，一翼折矣。其精巧如此。适一人能诵放生咒，与约曰："我诵咒三遍，尔百击不中也。"试之果然。后屡试之，无不验。然其词鄙俚，殆可笑噱，不识何以能禁制。又凡所闻禁制诸咒，其鄙俚大抵皆似此，而实皆有验，均不测其所以然也。

---

[1]保辜：古代规定打人致伤，打人者需在一定时间内为被打者治伤，叫保辜。

蔡葛山先生曰:"吾校四库书,坐讹字夺俸者数矣,唯一事深得校书力。吾一幼孙,偶吞铁钉,医以朴硝等药攻之,不下,日渐尪弱。后校《苏沈良方》[1],见有小儿吞铁物方,云剥新炭皮研为末,调粥三碗,与小儿食,其铁自下。依方试之,果炭屑裹铁钉而出。乃知杂书亦有用也。此书世无传本,唯《永乐大典》收其全部。余领书局时,属王史亭排纂成帙。苏沈者,苏东坡、沈存中也,二公皆好讲医药。宋人集其所论,为此书云。"

叶守甫,德州老医也,往来余家,余幼时犹及见之。忆其与先姚安公言:常从平原诣海丰,夜行失道,仆从皆迷。风雨将至,四无村墟,望有废寺,往投暂避。寺门虚掩,而门扉隐隐有白粉大书字。敲火视之,则"此寺多鬼,行人勿住"二语也。进退无路,乃推门再拜曰:"过客遇雨,求神庇荫;雨止即行,不敢久稽。"闻承尘板上语曰:"感君有礼。但今日大醉,不能见客,奈何!君可就东壁坐,西壁蝎窟,恐遭其螫;渴勿饮檐溜,恐有蛇涎;殿后酸梨已熟,可摘食也。"毛发植立,噤不敢语。雨稍止,即惶遽拜谢出,如脱虎口焉。姚安公曰:"题门榜示,必伤人多矣。而君得无恙,且得其委曲告语。盖以礼自处,无不可以礼服者;以诚相感,无不可以诚动者。虽异类无间也。君非唯老于医,抑亦老于涉世矣。"

朱导江言:新泰一书生,赴省乡试。去济南尚半日程,与数友乘凉早行。黑暗中有二驴追逐行,互相先后,不以为意也。稍辨色后,知为二妇人。既而审视,乃一妪,年约五六十,肥而黑;一少妇,年约二十,甚有姿首。书生频目之。少妇忽回顾失声曰:"是几兄耶!"生错愕不知所对。少妇曰:"我即某氏表妹也。我家法中表兄妹不相见,故兄不识妹。妹则尝于帘隙窥兄,故相识也。"书生忆原有表妹嫁济南,因相款语。问:"早行何适?"曰:"昨与妹婿往问舅母疾,本拟即日返。舅母有讼事,浼妹婿入京,不能即

---

[1]《苏沈良方》:古代医书。宋人合沈括著《沈存中良方》与苏轼医药杂说,编撰而成。

归;妹早归为治装也。"流目送盼,情态嫣然,且微露十余岁时一见相悦意。书生心微动。至路歧,邀至家具一饭。欣然从之,约同行者晚在某所候。至钟动不来。次日,亦无耗。往昨别处,循歧路寻之,得其驴于野田中,鞍尚未解。遍物色村落间,绝无知此二妇者。再询,访得其表妹家,则表妹殁已半年余。其为鬼所惑、怪所唉,抑或为盗所诱,均不可知。而此人遂长已矣。此亦足为少年佻薄者戒也。时方可村在座,言:"游秦陇时,闻一事与此相类,后有合窆于妻墓者,启圹,则有男子尸在焉。不知地下双魂,作何相见。焦氏[1]《易林》曰:'两夫共妻,莫适为雌。'若为此占矣。"戴东原亦在座,曰:"《后汉书》尚有三夫共妻事,君何见不广耶?"余戏曰:"二君勿喧。山阴公主面首三十人,独忘之欤!然彼皆不畏其夫者。此鬼私藏少年,不虑及后来之合窆,未免纵欲忘患耳。"东原喟然曰:"纵欲忘患,独此鬼也哉!"

杂说称娈童始黄帝,(钱詹事辛楣如此说,辛楣能举其书名,今忘之矣。)殆出依托。比顽童始见《商书》,然出梅赜[2]伪古文,亦不足据。《逸周书》[3]称"美男破老",殆指是乎?《周礼》有不男之讼,注谓天阉不能御女者。然自古及今,未有以不能御女成讼者;经文简质,疑其亦指此事也。凡女子淫佚,发乎情欲之自然。娈童则本无是心,皆幼而受绐,或势劫利饵言。相传某巨室喜狎狡童,而患其或愧拒,乃多买端丽小儿未过十岁者;与诸童媟戏时,使执烛侍侧。种种淫状,久而见惯,视若当然。过三数年,稍长可御,皆顺流之舟矣。有所供养僧规之曰:"此事世所恒有,不能禁檀越不为,然因其自愿。譬诸挟妓,其过尚轻;若处心积虑,凿赤子之天真,则恐干神怒。"某不能从,后卒罹祸。夫术取者造物所忌,况此事而以术取哉!

---

[1] 焦氏:西汉焦赣,又名延寿。
[2] 梅赜:晋元帝时豫章内史。曾献出古文二十五篇,经后人考证,为伪作。
[3]《逸周书》:旧题《汲冢周书》,为晋太康汲郡人得于魏安釐王冢中。

东光有王莽河，即胡苏河也。旱则涸，水则涨，每病涉焉。外舅马公周箓言：雍正末，有丐妇一手抱儿，一手扶病姑涉此水。至中流，姑蹶而仆。妇弃儿于水，努力负姑出。姑大诟曰："我七十老妪，死何害！张氏数世，待此儿延香火，尔胡弃儿以拯我？斩祖宗之祀者尔也！"妇泣不敢语，长跪而已。越两日，姑竟以哭孙不食死。妇呜咽不成声，痴坐数日，亦立槁。不知其何许人，但于其姑詈妇时，知为姓张耳。有著论者，谓儿与姑较，则姑重；姑与祖宗较，则祖宗重。使妇或有夫，或尚有兄弟，则弃儿是。既两世穷嫠，止一线之孤子，则姑所责者是，妇虽死有余悔焉。姚安公曰："讲学家责人无已时。夫急流汹涌，少纵即逝，此岂能深思长计时哉！势不两全，弃儿救姑，此天理之正，而人心之所安也。使姑死而儿存，终身宁不耿耿耶？不又有责以爱儿弃姑者耶？且儿方提抱，育不育未可知。使姑死而儿又不育，悔更何如耶？此妇所为，超出恒情已万万。不幸而其姑自殒，以死殉之，其亦可哀矣！犹沾沾焉而动其喙，以为精义之学，毋乃白骨衔冤，黄泉赍恨乎！孙复[1]作《春秋尊王发微》，二百四十年内，有贬无褒；胡致堂[2]作《读史管见》，三代以下无完人。辨则辨矣，非吾之所欲闻也。"

郭石洲言：朱明经静园，与一狐友。一日，饮静园家，大醉，睡花下。醒而静园问之曰："吾闻贵族醉后多变形，故以衾覆君而自守之。君竟不变，何也？"曰："此视道力之浅深矣。道力浅者能化形幻形耳，故醉则变，睡则变，仓皇惊怖则变；道力深者能脱形，犹仙家之尸解，已归人道，人其本形矣，何变之有！"静园欲从之学道。曰："公不能也。凡修道人易而物难，人气纯，物气驳也；成道物易而人难，物心一，人心杂也。炼形者先炼气，炼气者先炼心，所谓志气之帅也。心定则气聚而形固，心摇则气涣而形萎。广成子之告黄帝[3]，乃道家之秘要，非庄叟[4]寓言也。

---

[1] 孙复：宋代学者。
[2] 胡致堂：胡寅，宋代学者。
[3] 广成子：传说古代仙人。
[4] 庄叟：即庄子。

深岩幽谷，不见不闻，唯凝神导引，与天地阴阳往来消息，阅百年如一日，人能之乎？"朱乃止。因忆丁卯同年某御史，尝问所昵伶人曰："尔辈多矣，尔独擅场，何也？"曰："吾曹以其身为女，必并化其心为女，而后柔情媚态，见者意消。如男心一线犹存，则必有一线不似女，乌能争蛾眉曼睩[1]之宠哉？若夫登场演剧，为贞女则正其心，虽笑谑亦不失其贞；为淫女则荡其心，虽庄坐亦不掩其淫；为贵女则尊重其心，虽微服而贵气存；为贱女则敛抑其心，虽盛妆而贱态在；为贤女则柔婉其心，虽怒甚无遽色；为悍女则拗戾其心，虽理诎无巽词[2]。其他喜怒哀乐，恩怨爱憎，一一设身处地，不以为戏而以为真，人视之竟如真矣。他人行女事而不能存女心，作种种女状而不能有种种女心，此我所以独擅场也。"李玉典曰："此语猥亵不足道，而其理至精；此事虽小，而可以喻大。天下未有心不在是事而是事能诣极者，亦未有心心在是事而是事不诣极者。心心在一艺，其艺必工；心心在一职，其职必举。小而僚之丸[3]、扁之轮[4]，大而皋、夔、稷、契[5]之营四海，其理一而已矣。此与炼气炼心之说，可互相发明也。"

石洲又言：一书生家有园亭，夜雨独坐。忽一女子搴帘入，自云家在墙外，窥宋[6]已久，今冒雨相就。书生曰："雨猛如是，尔衣履不濡，何也？"女词穷，自承为狐。问："此间少年多矣，何独就我？"曰："前缘。"问："此缘谁所记载？谁所管领？又谁以告尔？尔前生何人？我前生何人？其结缘以何事？在何代何年？请道其详。"狐仓促不能对，嗫嚅久之，曰："子千百日不坐此，今适坐此；我见千百人不相悦，独见君相悦。其为前缘审矣，请勿拒。"书生曰："有前缘者必相悦。吾方坐此，尔适自来，而吾漠然心不动，则无缘审矣，请勿留。"女趦趄间，闻窗外呼曰：

---

[1] 蛾眉曼睩：女子顾盼撩人。语出《楚辞·招魂》。
[2] 巽词：和婉恭谦的言词。
[3] 僚之丸：僚，宜僚，春秋楚国勇士，善于用丸，事见《左传·哀公十六年》。
[4] 扁之轮：扁，轮扁，古代造轮的名匠。见《庄子·天道》。
[5] 皋、夔、稷、契：上古虞舜时的大臣。
[6] 窥宋：用宋玉《登徒子好色赋》典。指女子对男子的爱慕。

"婢子不解事，何必定觅此木强人！"女子举袖一挥，灭灯而去。或云是汤文正公[1]少年事。余谓狐魅岂敢近汤公，当是曾有此事，附会于公耳。

乌鲁木齐多野牛，似常牛而高大，千百为群，角利如矛矟[2]；其行以强壮者居前，弱小者居后。自前击之，则驰突奋触，铳炮不能御，虽百炼健卒，不能成列合围也；自后掠之，则绝不反顾。中推一最巨者，如蜂之有王，随之行止。常有一为首者，失足落深涧，群牛俱随之投入，重叠殪焉。又有野骡野马，亦作队行，而不似野牛之悍暴，见人辄奔。其状真骡真马也，唯被以鞍勒，则伏不能起。然时有背带鞍花者，（鞍所磨伤之处，创愈则毛作白色，谓之鞍花。）又有蹄嵌蹉铁者，或曰山神之所乘，莫测其故。久而知为家畜骡马逸入山中，久而化为野物，与之同群耳。骡肉肥脆可食，马则未见食之者。又有野羊，《汉书·西域传》所谓羱羊也，食之与常羊无异。又有野猪，猛鸷亚于野牛，毛革至坚，枪矢弗能入，其牙铦于利刃，马足触之皆中断。吉木萨山中有老猪，其巨如牛，人近之辄被伤；常率其族数百，夜出暴禾稼。参领额尔赫图牵七犬入山猎，猝与遇，七犬立为所噬，复厉齿向人。鞭马狂奔，乃免。余拟植木为栅，伏巨炮其中，伺其出击之。或曰："傥击不中，则其牙拔栅如拉朽，栅中人危矣。"余乃止。又有野驼，止一峰，脔之极肥美。杜甫《丽人行》所谓"紫驼之峰出翠釜"，当即指此。今人以双峰之驼为八珍之一，失其实矣。

景城之北，有横冈坡陀，形家谓余家祖茔之来龙。其地属姜氏，明末，姜氏妒余族之盛，建真武祠于上，以厌胜之。崇祯壬午，兵燹，余家不绝如线。后祠渐圮，余族乃渐振，祠圮尽而复盛焉。其地今鬻于从侄信夫。时乡中故老已稀，不知旧事，误建土神祠于上，又稍稍不靖。余知之，

---

[1] 汤文正公：清代汤斌，字孔伯，官至工部尚书，谥文正公。
[2] 矟（shuò）：古兵器，矛的一种。

急属信夫迁去，始安。相地之说，或以为有，或以为无。余谓刘向校书，已列此术为一家，安得谓之全无；但地师[1]所学必不精，又或缘以为奸利，所言尤不足据，不宜溺信之耳。若其凿然有验者，固未可诬也。

《象经》始见《庾开府[2]集》，然所言与今法不相符。《太平广记》载棋子为怪事，所言略近今法，而亦不同。北人喜为此戏，或有耽之忘寝食者。景城真武祠未圮时，中一道士酷好此，因共以"棋道士"呼之，其本姓名乃转隐。一日，从兄方洲入所居，见几上置一局，止三十一子，疑其外出，坐以相待。忽闻窗外喘息声，视之，乃二人四手相持，共夺一子，力竭并踣也。癖嗜乃至于此！南人则多嗜弈，亦颇有废时失事者。从兄坦居言：丁卯乡试，见场中有二士，画号板为局，拾碎炭为黑子，剔碎石灰块为白子，对著不止，竟俱曳白[3]而出。夫消闲遣日，原不妨偶一为之；以此为得失喜怒，则可以不必。东坡诗曰："胜固欣然，败亦可喜。"荆公[4]诗曰："战罢两奁收白黑，一枰何处有亏成？"二公皆有胜心者，迹其生平，未能自践此言，然其言则可深思矣。辛卯冬，有以"八仙对弈图"求题者，画为韩湘、何仙姑对局，五仙旁观，而铁拐李枕一壶卢睡。余为题曰："十八年来阅宦途，此心久似水中凫。如何才踏春明路，又看仙人对弈图。""局中局外两沉吟，犹是人间胜负心。哪似顽仙痴不省，春风蝴蝶睡乡深。"今老矣，自迹生平，亦未能践斯言，盖言则易耳。

明天启中，西洋人艾儒略[5]作《西学》，凡一卷。言其国建学育才之法，凡分六科：勒铎理加者，文科也；斐录所费哑者，理科也；默弟济纳者，医科也；勒斯义者，法科也；加诺搦斯者，教科也；陡禄日亚者，道科也。

---

[1] 地师：指风水家。
[2] 庾开府：南北朝文学家庾信，官至开府仪同三司。
[3] 曳白：指考试交白卷。
[4] 荆公：王荆公，北宋文学家王安石，封荆国公。
[5] 艾儒略：意大利人，明万历年间来华的传教士。

其教授各有次第，大抵从文入理，而理为之纲。文科如中国之小学[1]，理科如中国之大学[2]，医科、法科、教科皆其事业，道科则彼法中所谓尽性至命之极也。其致力亦以格物穷理为要，以明体达用为功，与儒学次序略似；特所格之物皆器数之末，所穷之理又支离怪诞而不可诘，是所以为异学耳。末附《唐碑》一篇，明其教之久入中国。碑称贞观十二年，大秦国阿罗木远将经像来献，即于义宁坊敕造大秦寺一所，度僧二十一人云云。考《西溪丛语》[3]，贞观五年，有传法穆护何禄，将祆教诣阙奏闻。敕令长安崇化坊立祆寺，号大秦寺，又名波斯寺。至天宝四年七月，敕波斯经教，出自大秦，传习而来，久行中国。爰初建寺，因以为名；将以示人，必循其本，其两京波斯寺，并宜改为大秦寺。天下诸州县有者准此。《册府元龟》[4]载，开元七年，吐火罗鬼王上表献解天文人大慕阇，智慧幽深，问无不知。伏乞天恩唤取问诸教法，知其人有如此之艺能；请置一法堂，依本教供养。段成式《酉阳杂俎》载，孝亿国界三千余里，举俗事祆，不识佛法。有祆祠三千余所。又载德建国乌浒河中有火祆祠，相传其神本自波斯国来。祠内无像，于大屋下作小庐舍向西，人向东礼神。有一铜马，国人言自天而下。据此数说，则西洋人即所谓波斯，天主即所谓祆神，中国具有记载，不但此碑也。又杜预[5]注《左传》次睢之社曰："睢受汴，东经陈留，是谯彭城入泗。此水次有祆神，皆社祠之。"顾野王[6]《玉篇》亦有祆字，音阿怜切，注为祆神。徐铉据以增入《说文》。宋敏求[7]《东京记》载宁远坊有祆神庙，注曰："《四夷朝贡图》云：'康国有神名祆毕，国有火祆祠，或传石勒时立此。'"是祆教其来已久，亦不始于唐。岳珂[8]《程史》记番禺海獠，其最豪者号白番人，本占城之贵人，留中国以通往来

---

[1] 小学：古代指训诂学、文字学、音韵学等。
[2] 大学：原为《礼记》篇名，后为"四书"（《论语》《孟子》《中庸》《大学》）之一。此处之"大学"，应为性理学、道学等哲学代称，如宋明时期的理学。
[3]《西溪丛语》：宋姚宽撰。
[4]《册府元龟》：宋王钦若、杨亿、钱唯演等奉敕编撰。
[5] 杜预：晋代人。
[6] 顾野王：南朝梁代人。
[7] 宋敏求：宋代人。
[8] 岳珂：南宋人，岳飞孙子。

之货,屋室侈靡逾制。性尚鬼而好洁,平居终日,相与膜拜祈福。有堂焉以祀,如中国之佛,而实无像设,称为鳌牙。亦莫能晓,竟不知为何神。有碑高袤数丈,上皆刻异书如篆籀,是为像主,拜者皆向之。是祆教至宋之末年,尚由贾舶达广州。而利玛窦之初来,乃诧为亘古未有。艾儒略既援唐碑以自证,其为祆教更无疑义。乃当时无一人援据古事,以决源流。盖明自万历以后,儒者早年攻八比,晚年讲心学,即尽一生之能事,故征实之学全荒也。

田氏姊言:赵庄一佃户,夫妇甚相得。一旦,妇微闻夫有外遇,未确也。妇故柔婉,亦不甚愠,但戏语其夫:"尔不爱我而爱彼,吾且缢矣。"次日,馌田间,遇一巫能视鬼,见之骇曰:"尔身后有一缢鬼,何也?"乃知一语之戏,鬼已闻之矣。夫横亡者必求代,不知阴律何所取,殆恶其轻生,使不得速入转轮;且使世人闻之,不敢轻生欤?然而又启鬼瞰之渐,并闻有缢鬼诱人自裁者。故天下无无弊之法,虽神道无如何也。

戈荔田言:有妇为姑所虐,自缢死。其室因废不居,用以贮杂物。后其翁纳一妾,更悍于姑,翁又爱而阴助之;家人喜其遇敌也,又阴助之。姑窘迫无计,亦恚而自缢;家无隙所,乃潜诣是室。甫启钥,见妇披发吐舌当户立。姑故刚悍,了不畏,但语曰:"尔勿为厉,吾今还尔命。"妇不答,径前扑之。阴风飒然,倏已昏仆。俄家人寻视,扶救得苏,自道所见。众相劝慰,得不死。夜梦其妇曰:"姑死我当得代;然子妇无仇姑理,尤无以姑为代理,是以拒姑返。幽室沈沦,凄苦万状,姑慎勿蹈此辙也。"姑哭而醒,愧悔不自容;乃大集僧徒,为作道场七日。戈傅斋曰:"此妇此念,自足生天,可无烦追荐也。"此言良矣。然傅斋、荔田俱不肯道其姓氏,余有嗛焉。

姚安公言：霸州有老儒，古君子也，一乡推祭酒[1]。家忽有狐祟，老儒在家则寂然，老儒出则撼窗扉、毁器物、掷污秽，无所不至。老儒缘是不敢出，闭户修省而已。时霸州诸生以河工事愬州牧，期会于学宫，将以老儒列牒首。老儒以狐祟不至，乃别推一王生。自后王生坐聚众抗官伏法，老儒得免焉。此狱兴而狐去，乃知为尼其行也。是故小人无瑞，小人而有瑞，天所以厚其毒；君子无妖，君子而有妖，天所以示之警。

前母安太夫人家有小书室，寝是室者，中夜开目，见壁上恍惚有火光，如燃香状，谛视则无。久而光渐大，闻人声，乃徐徐隐。后数岁，谛视之竟不隐，乃壁上悬一画猿，光自猿目中出也。金曰："此画宝矣。"外祖安公（讳国维，佚其字号。今安氏零落殆尽，无可问矣。）曰："是妖也，何宝之有？为魅弗摧，为蛇奈何？不知后日作何变怪矣！"举火焚之，亦无他异。

崔媪家在西山中，言其邻子在深谷樵采，忽见虎至，上高树避之。虎至，昂首作人语曰："尔在此耶，不识我矣！我今堕落作此形，亦不愿尔识也。"俯首呜咽良久。既而以爪掊地，曰："悔不及矣。"长号数声，奋然掉首去。

杨槐亭言：即墨有人往劳山，寄宿山家。所住屋有后门，门外缭以短墙为菜圃。时日已薄暮，开户纳凉，见墙头一靓妆女子，眉目姣好，仅露其面，向之若微笑。方凝视间，闻墙外众童子呼曰："一大蛇身蟠于树，而首阁于墙上。"乃知蛇妖幻形，将诱而吸其血也。仓皇闭户，亦不知其几时去。设近之，则危矣。

---

[1] 祭酒：此处指乡里德高望重者。

琴工钱生（钱生尝客裘文达公家，日相狎习，而忘问名字乡里。）言：其乡有人，家酷贫，佣作所得，悉以与其寡嫂，嫂竟以节终。一日，在烛下拈纻线，见窗隙一人面，其小如钱，目炯炯内视。急探手攫得之，乃一玉孩，长四寸许，制作工巧，土蚀斑然。乡僻无售者，仅于质库[1]得钱四千。质库置椟中，越日失去，深惧其来赎。此人闻之，曰："此本怪物，吾偶攫得，岂可复胁取人财！"具述本末，还其质券。质库感之，常呼令佣作，倍酬其直，且岁时周恤之，竟以小康。裘文达公曰："此天以报其友爱也。不然，何在其家不化去，到质库始失哉？至慨还质券，尤人情所难，然此人之绪余耳。世未有锲薄[2]奸黠而友于兄弟者，亦未有友于兄弟而锲薄奸黠者也。"

王庆坨一媪，恒为走无常。（即《滦阳消夏录》所记见送妇再醮之鬼者。）有贵家姬问之曰："我辈为妾媵，是何因果？"曰："冥律小善恶相抵，大善恶则不相掩。姨等皆积有小善业，故今生得入富贵家；又兼有恶业，故使有一线之不足也。今生如增修善业，则恶业已偿，善业相续，来生益全美矣。今生如增造恶业，则善业已销，恶业又续，来生恐不可问矣。然增修善业，非烧香拜佛之谓也，孝亲敬嫡，和睦家庭，乃真善业耳。"一姬又问："有子无子，是必前定，祈一检问。如冥籍不注，吾不更作痴梦矣。"曰："此不必检，但常作有子事，虽注无子，亦改注有子；若常作无子事，虽注有子，亦改注无子也。"先外祖雪峰张公，为王庆坨曹氏婿，平生严正，最恶六婆[3]，独时时引与语，曰："此妪所言，虽未必皆实，然从不劝妇女布施佞佛，是可取也。"

翰林院供事茹某（忘其名，似是茹铤。）言：曩访友至邯郸，值主人未归，

---

[1] 质库：即当铺。
[2] 锲薄：刻薄。
[3] 六婆：旧时指牙婆、媒婆、师婆（巫婆）、虔婆、药婆、稳婆。

暂寓城隍祠。适有卖瓜者，息担横卧神座前。一卖线叟寓祠内，语之曰："尔勿若是，神有灵也。"卖瓜者曰："神岂在此破屋内？"叟曰："在也。吾常夜起纳凉，闻殿中有人声。蹑足潜听，则有狐陈诉于神前，大意谓邻家狐媚一少年，将死未绝之顷，尚欲取其精。其家愤甚，伏猎者以铳矢攻之。狐骇，现形奔。众噪随其后。狐不投己穴，而投里许外一邻穴。众布网穴外，熏以火，阖穴皆殪，而此狐反乘隙遁。故讼其嫁祸。城隍曰：'彼杀人而汝受祸，讼之宜也。然汝子孙亦有媚人者乎？'良久，应曰：'亦有。'亦曾杀人乎？'又良久，应曰：'或亦有。''杀几人乎？'狐不应。城隍怒，命批其颊。乃应曰：'实数十人。'城隍曰：'杀数十命，偿以数十命，适相当矣。此怨魄所凭，假手此狐也。尔何讼焉？'命检籍示之。狐乃泣去。尔安得谓神不在乎？"乃知祸不虚生，虽无妄之灾，亦必有所以致之；但就事论事者，不能一一知其故耳。

汪主事康谷言：有在西湖扶乩者，降坛诗曰："我游天目还，跨鹤看龙井。夕阳没半轮，斜照孤飞影。飘然一片云，掠过千峰顶。"未及题名，一客窃议曰："夕阳半没，乃是反照，司马相如所谓凌倒景也。何得云斜照？"乩忽震撼久之，若有怒者，大书曰："小儿无礼！"遂不再动。余谓客论殊有理，此仙何太护前，独不闻古有一字师乎？

俞君祺言：向在姚抚军署，居一小室。每灯前月下，睡欲醒时，恍惚见人影在几旁，开目则无睹。自疑目眩，然不应夜夜目眩也。后伪睡以伺之，乃一粗婢，冉冉出壁角；侧听良久，乃敢稍移步。人略转，则已缩入矣。乃悟幽魂滞此不能去，又畏人不敢近，意亦良苦。因私计彼非为祟，何必逼近使不安，不如移出。才一举念，已仿佛见其遥拜。可见人心一动，鬼神皆知；"十目十手"，岂不然乎！次日，遂托故移出。后在余幕中，乃言其实，曰："不欲惊怖主人也。"余曰："君一生缜密，然殊未了此鬼事。后来必有居者，负其一拜矣。"

族侄肇先言：曩中涵叔官旌德时，有掘地遇古墓者，棺骸俱为灰土，唯一心存，血色犹赤，惧而投诸水。有石方尺余，尚辨字迹。中涵叔闻而取观。乡民惧为累，碎而沈之，讳言无是事，乃里巷讹传。中涵叔罢官后，始购得录本，其文曰："白璧有瑕，黄泉蒙耻。魂断水湄，骨埋山趾。我作誓词，祝霾圹底。千百年后，有人发此。尔不贞耶，消为泥滓。尔傥衔冤，心终不死。"末题"壬申三月，耕石翁为第五女作。"盖其女冤死，以此代志。观心仍不朽，知受枉为真。然翁无姓名，女无夫族，岁月无年号，不知为谁。无从考其始末，遂令奇迹不彰，其可惜也夫！

许文木言：康熙末年，鬻古器李鹭汀，其父执也。善六壬，唯晨起自占一课，而不肯为人卜，曰："多泄未来，神所恶也。"有以康节比之者。曰："吾才得六七分耳。尝占得某日当有仙人扶竹杖来，饮酒题诗而去。焚香候之。乃有人携一雕竹纯阳像求售，侧倚一贮酒壶卢，上刻'朝游北海'一诗也。康节安有此失乎？"年五十余无子，唯蓄一妾。一日，许父造访，闻其妾泣，且絮语曰："此何事而以戏人，其试我乎？"又闻鹭汀力辩曰："此真实语，非戏也。"许父叩反目之故。鹭汀曰："事殊大奇！今日占课，有二客来市古器：一其前世夫，尚有一夕缘；一其后夫，结好当在半年内，并我为三，生在一堂矣。吾以语彼，彼遽恚怒。数定无可移，我不泣而彼泣，我不讳而彼讳之，岂非痴女子哉！"越半载，鹭汀果死。妾鬻于一翰林家，嫡不能容，过一夕即遣出。再鬻于一中书舍人家，乃相安云。

庞雪崖初婚日，梦至一处，见青衣高髻女子，旁一人指曰："此汝妇也。"醒而恶之。后再婚殷氏，宛然梦中之人。故《丛碧山房集》中有悼亡诗曰："漫说前因与后因，眼前业果定谁真？与君琴瑟初调日，怪煞箜篌入梦人。"记此事也。按箜篌入梦凡二事：其一为《仙传拾遗》载薛肇摄陆长源女见崔宇，其一为《逸史》载卢二舅摄柳氏女见李生，皆以人未婚之妻作伎侑酒，殊太恶作剧。近时所闻吕道士等，亦有此术。（语详《滦阳消夏录》。）

叶旅亭言：其祖犹及见刘石渠。一日，夜饮，有契友逼之召仙女。石渠命扫一室，户悬竹帘，燃双炬于几。众皆移席坐院中，而自禹步[1]持咒，取界尺拍案一声，帘内果一女子亭亭立。友视之，乃其妾也，奋起欲殴。石渠急拍界尺一声，见火光蜿蜒如掣电，已穿帘去矣。笑语友曰："相交二十年，岂有真以君妾为戏者。适摄狐女，幻形激君一怒为笑耳。"友急归视，妾乃刺绣未辍也。如是为戏，庶乎在不即不离间矣。余因思李少君致李夫人[2]，但使远观而不使相近，恐亦是摄召精魅，作是幻形也。

费长房[3]劾治百鬼，乃后失其符，为鬼所杀。明崇俨[4]卒，剚[5]刃陷胸，莫测所自。人亦谓役鬼太苦，鬼刺之也。恃术者终以术败，盖多有之。刘香畹言：有僧善禁咒，为狐诱至旷野，千百为群，嗥叫搏噬。僧运金杵，击踣人形一老狐，乃溃围出。后遇于途，老狐投地膜拜，曰："曩蒙不杀，深自忏悔。今愿皈依受五戒。"僧欲摩其顶，忽掷一物幂僧面，遁形而去。其物非帛非革，色如琥珀，粘若漆，牢不可脱。瞀闷不可忍，使人奋力揭去，则面皮尽剥，痛晕殆绝。后痂落，无复人状矣。又一游僧，榜门曰"驱狐"。亦有狐来诱，僧识为魅，摇铃诵梵咒。狐骇而逃。旬月后，有媪叩门，言家近墟墓，日为狐扰，乞往禁治。僧出小镜照之，灼然人也，因随往。媪导至堤畔，忽攫其书囊掷河中，符箓法物，尽随水去。妪亦奔匿秫田中，不可踪迹。方懊恼间，瓦砾飞击，面目俱败；幸赖梵咒自卫，狐不能近，狼狈而归。次日，即愧遁。久乃知妪即土人，其女与狐昵；因其女，赂以金，使盗其符耳。此皆术足以胜狐，卒为狐算。狐有策而僧无备，狐有党而僧无助也。况术不足胜而轻与妖物角乎！

---

[1] 禹步：道士作法时的步伐。
[2] 李少君致李夫人：汉武帝姬李夫人病亡，汉武帝非常想念她。一位叫少翁的道士为汉武帝召来李夫人的魂灵，让他们相见。事见《汉书·外戚传》。
[3] 费长房东汉汝南人，为鬼所杀事见《后汉书·方术列传》。
[4] 明崇俨：唐代人。学招鬼术，后夜中于厅堂被刺身亡，有人说是他被招来的鬼所杀。
[5] 剚（zì）：刺。

舅氏五占安公言：留福庄木匠某，从卜者问婚姻。卜者戏之曰："去此西南百里，某地某甲今将死，其妻数合嫁汝。急往访求，可得也。"匠信之，至其地，宿村店中。遇一人，问："某甲居何处？"其人问："访之何为？"匠以实告。不虞此人即某甲也，闻之恚愤，掣佩刀欲刺之。匠逃入店后，逾垣遁。是人疑主人匿室内，欲入搜。主人不允，互相格斗，竟杀主人，论抵伏法。而匠之名姓里居，则均未及问也。后年余，有妪同一男一妇过献县，云叔及寡嫂也。妪暴卒，无以敛，叔乃议嫁其嫂。嫂无计，亦曲从。匠尚未娶，众为媒合焉。后询其故夫，正某甲也。异哉，卜者不戏，匠不往；匠不往，无从与某甲斗；无从与某甲斗，则主人不死；主人不死，则某甲不论抵；某甲不论抵，此妇无由嫁此匠也。乃无故生波，卒辗转相牵，终成配偶，岂非数使然哉！又闻京师西四牌楼，有卜者日设肆于衢。雍正庚戌闰六月，忽自卜十八日横死。相距一两日耳，自揣无死法，而爻象甚明。乃于是日键户不出，观何由横死。不虞忽地震，屋圮压焉。使不自卜，是日必设肆通衢中，乌由覆压？是亦数不可逃，使转以先知误也。

画士张无念，寓京师樱桃斜街，书斋以巨幅阔纸为窗幀[1]，不著一棂，取其明也。每月明之夕，必有一女子全影在幀心。启户视之，无所睹，而影则如故。以不为祸祟，亦姑听之。一夕谛视，觉体态生动，宛然入画。戏以笔四围钩之，自是不复见；而墙头时有一女子露面下窥。忽悟此鬼欲写照，前使我见其形，今使我见其貌也。与语不应，注视之，亦不羞避，良久乃隐。因补写眉目衣纹，作一仕女图。夜闻窗外语曰："我名亭亭。"再问之，已寂。乃并题于幀上，后为一知府买去。（或曰，是李中山。）或曰："狐也，非鬼也，于事理为近。"或曰："本无是事，无念神其说耳。"是亦不可知。然香魂才鬼，恒欲留名于后世。由今溯古，结习相同，固亦理所宜有也。

---

[1] 幀（zhèng）：同"帧"。画幅。

姚安公官刑部江苏司郎中时，西城移送一案，乃少年强污幼女者。男年十六，女年十四。盖是少年游西顶归，见是女撷菜圃中，因相逼胁。逻卒闻女号呼声，就执之。讯未竟，两家父母俱投词：乃其未婚妻，不相知而误犯也。于律未婚妻和奸有条，强奸无条。方拟议间，女供亦复改移，称但调谑而已。乃薄责而遣之。或曰："是女之父母受重赂，女亦爱此子丰姿；且家富，故造此虚词以解纷。"姚安公曰："是未可知。然事止婚姻，与贿和人命，冤沉地下者不同。其奸未成无可验，其贿无据难以质。女子允矣，父母从矣，媒保有确证，邻里无异议矣，两造之词亦无一毫之抵牾矣，君子可欺以其方，不能横加锻炼，入一童子远戍也。"

某公夏日退朝，携婢于静室昼寝。会阍者启事，问："主人安在？"一僮故与阍者戏，漫应曰："主人方拥尔妇睡某所。"妇适至前，怒而诟詈。主人出问，答逐此僮。越三四年，阍者妇死。会此婢以抵触失宠，主人忘前语，竟以配阍者。事后忆及，乃浩然叹曰："岂偶然欤！"

文水李华廷言：去其家百里一废寺，云有魅，无敢居者。有贩羊者十余人，避雨宿其中。夜闻呜呜声，暗中见一物，臃肿团圞，不辨面目，蹒跚而来，行甚迟重。众皆无赖少年，殊不恐怖，共以破砖掷。击中声铮然，渐缩退欲却。觉其无能，噪而追之。至寺门坏墙侧，屹然不动。逼视，乃一破钟，内多碎骨，意其所食也。次日，告土人，冶以铸器。自此怪绝。此物之钝极矣，而亦出飐人，卒自碎其质。殆见夫善幻之怪，有为祟者，从而效之。余家一婢，沧州山果庄人也。言是庄故盗薮，有人见盗之获利，亦从之行。捕者急，他盗格斗跳免，而此人就执伏法焉。其亦此钟之类也夫。

舅氏安公介然言：有柳某者，与一狐友，甚昵。柳故贫，狐恒周其衣食。又负巨室钱，欲质其女。狐为盗其券，事乃已。时来其家，妻子皆与相问答,但唯柳见其形耳。狐媚一富室女,符箓不能遣,募能劾治者予百金。柳夫妇素知其事。妇利多金,怂恿柳伺隙杀狐。柳以负心为歉。妇谇曰:"彼能媚某家女,不能媚汝女耶?昨以五金为汝女制冬衣,其意恐有在。此患不可不除也。"柳乃阴市砒霜,沽酒以待。狐已知之。会柳与乡邻数人坐,狐于檐际呼柳名,先叙相契之深,次陈相周之久,次乃一一发其阴谋曰:"吾非不能为尔祸,然周旋已久,宁忍便作寇仇?"又以布一匹、棉一束自檐掷下,曰:"昨尔幼儿号寒苦,许为作被,不可失信于孺子也。"众意不平,咸诮让[1]柳。狐曰:"交不择人,亦吾之过。世情如是,亦何足深尤?吾姑使知之耳。"叹息而去。柳自是不齿于乡党,亦无肯资济升斗者。挈家夜遁,竟莫知所终。

舅氏张公梦征言:沧州佟氏园未废时,三面环水,林木翳如,游赏者恒借以宴会。守园人每闻夜中鬼唱曰:"树叶儿青青,花朵儿层层。看不分明,中间有个佳人影。只望见盘金衫子,裙是水红绫。"如是者数载。后一妓为座客殴辱,恚而自缢于树。其衣色一如所唱,莫喻其故。或曰:"此缢鬼候代,先知其来代之人,故喜而歌也。"

青县一农家,病不能力作。饿将殍,欲鬻妇以图两活。妇曰:"我去,君何以自存?且金尽仍饿死。不如留我侍君,庶饮食医药,得以检点,或可冀重生。我宁娼耳。"后十余载,妇病垂死,绝而复苏曰:"顷恍惚至冥司,吏言娼女当堕为雀鸽;以我一念不忘夫,犹可生人道也。"

侍姬郭氏,其父大同人,流寓天津。生时,其母梦鬻端午彩符者,买得一枝,因以为名。年十三,归余。生数子,皆不育;唯一女,适德州卢荫文,晖吉观察子也。晖吉善星命,尝推其命,寿不能四十。果

---

[1] 诮让:谴责。

三十七而卒。余在西域时，姬已病瘵，祈签关帝，问："尚能相见否？"得一签曰："喜鹊檐前报好音，知君千里有归心。绣帏重结鸳鸯带，叶落霜雕寒色侵。"谓余即当以秋冬归，意甚喜。时门人邱二田在寓，闻之，曰："见则必见，然末句非吉语也。"后余辛卯六月还，姬病良已。至九月，忽转剧，日渐沈绵，遂以不起。殁后，晒其遗箧，余感赋二诗，曰："风花还点旧罗衣，惆怅酴醾[1]片片飞。恰记香山居士语'春随樊素一时归[2]。'"（姬以三月三十日亡，恰送春之期也。）"百折湘裙登画栏，临风还忆步珊珊。明知神谶曾先定，终惜'芙蓉不耐寒'。"（"未必长如此，芙蓉不耐寒"，寒山子诗也。）即用签中意也。

世传推命始于李虚中[3]，其法用年月日而不用时，盖据昌黎所作虚中墓志也。其书《宋史•艺文志》著录，今已久佚，唯《永乐大典》载虚中《命书》三卷，尚为完帙。所说实兼论八字，非不用时，或疑为宋人所伪托，莫能明也。然考虚中墓志，称其最深于五行，书以人始生之年月日，所直日辰，支干相生，胜衰死生，互相斟酌，推人寿夭贵贱、利不利云云。按天有十二辰，故一日分为十二时，日至某辰，即某时也，故时亦谓之日辰。《国语》"星与日辰之位，皆在北维"是也。《诗》："跂彼织女，终日七襄。"孔颖达疏："从旦暮七辰一移，因谓之七襄。"是日辰即时之明证。《楚辞》"吉日兮辰良"，王逸注："日谓甲乙，辰谓寅卯。"以辰与日分言，尤为明白。据此以推，似乎"所直日辰"四字，当连上年月日为句。后人误属下文为句，故有不用时之说耳。余撰《四库全书总目》，亦谓虚中推命不用时，尚沿旧说。今附著于此，以志余过。至五星之说，世传起自张果。其说不见于典籍。考《列子》称禀天命，属星辰，值吉则吉，值凶则凶，受命既定，即鬼神不能改易，而圣智不能回。王充《论衡》称天施气而众星布精。天施气而众星之气在其中矣，含气而长，得贵则贵，得贱则贱。贵或秩

---

[1] 酴醾（tú mí）：花名，色似酴醾酒。
[2] 樊素：唐代白居易之女伎。
[3] 李虚中：唐朝人。

有高下，富或资有多少，皆星位大小尊卑之所授。是以星言命，古已有之，不必定始于张果。又韩昌黎《三星行》曰："我生之辰，月宿南斗，牛奋其角，箕张其口。"杜樊川自作墓志曰："余生于角星昴毕，于角为第八宫，曰疾厄宫，亦曰八杀宫，土星在焉，火星继木星土。杨晞曰：'木在张，于角为第十一福德宫。木为福德大，君子无虞也。'余曰：'湖守不周岁迁舍人，木还福于角足矣，火土还死于角宜哉。'"是五星之说，原起于唐，其法亦与今不异。术者托名张果，亦不为无因。特其所托之书，词皆鄙俚，又在李虚中命书之下，决非唐代文字耳。

霍养仲言：一旧家壁悬仙女骑鹿图，款题赵仲穆，不知确否也。（仲穆名雍，松雪之子也。）每室中无人，则画中人缘壁而行，如灯戏之状。一日，预系长绳于轴首，伏人伺之。俟其行稍远，急掣轴出，遂附形于壁上，彩色宛然。俄而渐淡，俄而渐无，越半日而全隐。疑其消散矣。余尝谓画无形质，亦无精气，通灵幻化，似未必然；古书所谓画妖，疑皆有物凭之耳。后见林登《博物志》载北魏元兆，捕得云门黄花寺画妖，兆诘之曰："尔本虚空，画之所作，奈何有此妖形？"画妖对曰："形本是画，画以像真；真之所示，即乃有神。况所画之上，精灵有凭可通。此臣之所以有感，感而幻化。臣实有罪"云云。其言似亦近理也。

骁骑校萨音绰克图与一狐友，一日，狐仓皇来曰："家有妖祟，拟借君坟园栖眷属。"怪问："闻狐祟人，不闻有物更祟狐，是何魅欤？"曰："天狐也，变化通神，不可思议；鬼出电入，不可端倪。其祟人，人不及防；或祟狐，狐亦弗能睹也。"问："同类何不相惜欤？"曰："人与人同类，强凌弱，智绐愚，宁相惜乎？"魅复遇魅，此事殊奇。天下之势，辗转相胜；天下之巧，层出不穷。千变万化，岂一端所可尽乎！

卷十三

槐西杂志（三）

丁卯同年郭彤纶，戊辰上公车[1]，宿新中驿旅舍。灯下独坐吟哦，闻窗外语曰："公是文士，西壁有一诗请教。"出视无所睹；至西壁拂尘寻视，有旅邸卧病诗八句，词甚凄苦，而鄙俚不甚成句。岂好疥壁人[2]死尚结习未忘耶？抑欲彤纶传其姓名，俾人知某甲旅卒于是，冀家人归其骨也？

奴子宋遇凡三娶：第一妻自合卺即不同榻，后竟仳离。第二妻子必挛生，恶其提携之烦，乳哺之不足，乃求药使断产；误信一王媪言，舂砺石为末服之，石结聚肠胃死。后遇病革时，口喃喃如与人辩。稍苏，私语其第三妻曰："吾出初妻时，吾父母已受人聘，约日迎娶。妻尚未知，吾先一夕引与狎。妻以为意转，欣然相就。五更尚拥被共眠，鼓吹已至，妻恨恨去。然媒氏早以未尝同寝告后夫，吾母兄亦皆云尔。及至彼，非完璧，大遭疑诟，竟郁郁卒。继妻本不肯服石，吾痛搥使咽尽。殁后惧为厉，又贿巫斩殃。今并恍惚见之，吾必不起矣。"已而果然。又奴子王成，性乖僻。方与妻嬉笑，忽叱使伏受鞭；鞭已，仍与嬉笑。或方鞭时，忽引起与嬉笑；既而曰："可补鞭矣。"仍叱使伏受鞭。大抵一日夜中，喜怒反复者数次。妻畏之如虎，喜时不敢不强欢，怒时不敢不顺受也。一日，泣诉先太夫人。呼成问故。成跪启曰："奴不自知，亦不自由。但忽觉其可爱，忽觉其可憎耳。"先太夫人曰："此无人理，殆佛氏所谓夙冤耶！"虑其妻或轻生，并遣之去。后闻成病死，其妻竟著红衫。夫夫为妻纲，天之经也。然尊究不及君，亲究不及父，故妻又训齐，有敌体之义焉。

---

[1] 公车：指举子上京参加会试。
[2] 疥壁人：在壁上乱涂乱画的人。语出唐段成式《酉阳杂俎·语资》。

则其相与，宜各得情理之平。宋遇第二妻，误杀也，罪止太悍。其第一妻，既已被出而受聘，则恩义已绝，不当更以夫妇论，直诱污他人未婚妻耳。因而致死，其取偿也宜矣。王成酷暴，然未致妇于死也，一日居其室，则一日为所天。殁不制服，反而从吉，是悖理乱常也。其受虐固无足悯焉。

吴惠叔言：太湖有渔户嫁女者，舟至波心，风浪陡作，舵师失措，已欹仄欲沈。众皆相抱哭，突新妇破帘出，一手把舵，一手牵篷索，折戗[1]飞行，直抵婿家，吉时犹未过也。洞庭人传以为奇。或有以越礼讥者，惠叔曰："此本渔户女，日日船头持篙橹，不能责以必为宋伯姬[2]也。"又闻吾郡有焦氏女，不记何县人，已受聘矣。有谋为媵者，中以蜚语，婿家欲离婚。父讼于官，而谋者陷阱已深，非唯证佐凿凿，且有自承为所欢者。女见事急，竟倩邻媪导至婿家，升堂拜姑曰："女非妇比，贞不贞有明证也。儿与其献丑于官媒，仍为所诬，不如献丑于母前。"遂阖户弛服，请姑验。讼立解。此较操舟之新妇更越礼矣，然危急存亡之时，有不得不如是者。讲学家动以一死责人，非通论也。

杨雨亭言：劳山深处，有人兀坐木石间，身已与木石同色矣。然呼吸不绝，目炯炯尚能视。此婴儿炼成，而闭不能出者也。不死不生，亦何贵于修道，反不如鬼之逍遥矣。大抵仙有仙骨，质本清虚；仙有仙缘，诀逢指授。不得真传而妄意冲举，因而致害者不一，此人亦其明鉴也。或曰："以刃破其顶，当兵解[3]去。"此亦臆度之词，谈何容易乎！

---

[1] 戗（qiāng）：逆。此指逆风。
[2] 宋伯姬：《春秋公羊传·襄公三十年》载，宋伯家失火，有人劝其姬出去，姬曰妇人之义，傅母不在不下堂。遂被烧死。
[3] 兵解：道家称学道的人死于兵器为兵解。

古者大夫祭五祀[1]，今人家唯祭灶神。若门神、若井神、若厕神、若中霤神，或祭或不祭矣。但不识天下一灶神欤？一城一乡一灶神欤？抑一家一灶神欤？如天下一灶神，如火神之类，必在祀典，今无此祀典也。如一城一乡一灶神，如城隍社公之类，必有专祠，今未见处处有专祠也。然则一家一灶神耳，又不识天下人家，如恒河沙数；天下灶神，亦当如恒河沙数；此恒河沙数之灶神，何人为之？何人命之？神不太多耶？人家迁徙不常，兴废亦不常，灶神之闲旷者何所归？灶神之新增者何自来？日日铨除移改，神不又太烦耶？此诚不可以理解。然而遇灶神者，乃时有之。余小时，见外祖雪峰张公家一司爨妪，好以秽物扫入灶。夜梦乌衣人呵之，且批其颊。觉而颊肿成痈，数日巨如杯，脓液内溃，从口吐出；稍一呼吸，辄入喉呕哕欲死。立誓虔祷，乃愈。是又何说欤？或曰："人家立一祀，必有一鬼凭之。祀在则神在，祀废则神废，不必一一帝所命也。"是或然矣。

孙协飞先生夜宿山家，闻了鸟（了鸟，门上铁系也。李义山诗作此二字。）丁东声，问为谁？门外小语曰："我非鬼非魅，邻女欲有所白也。"先生曰："谁呼汝为鬼魅而先辩非鬼非魅也？非欲盖弥彰乎！"再听之，寂无声矣。

崔崇屼，汾阳人，以卖丝为业。往来于上谷、云中有年矣。一岁，折阅[2]十余金，其曹偶有怨言。崇纤恚愤，以刃自剖其腹，肠出数寸，气垂绝。主人及其未死，急呼里胥与其妻至，问："有冤耶？"曰："吾拙于贸易，致亏主人资。我实自愧，故不欲生，与人无预也。其速移我返，毋以命案为人累。"主人感之，赠数十金为棺敛费，奄奄待尽而已。有医缝其肠，纳之腹中。敷药结痂，竟以渐愈。唯遗矢从刀伤处出，穀道[3]闭矣。

---

[1] 五祀：古代祭礼名。帝、郊、宗、祖、报称五祀。
[2] 折阅：亏损。
[3] 穀道：指直肠。

后贫甚,至鬻其妻。旧共卖丝者怜之,各赠以丝,俾拈线自给。渐以小康,复娶妻生子。至乾隆癸巳、甲午间,年七十乃终。其乡人刘炳为作传。曹受之侍御录以示余,因撮记其大略。夫贩鬻丧资,常事也。以十余金而自戕,崇屽可谓轻生矣。然其本志,则以本无毫发私,而其迹有似于乾没,心不能白,以死自明,其平生之自好可知矣。濒死之顷,对众告明里胥,使官府无可疑;切嘱其妻,使眷属无可讼,用心不尤忠厚欤!当死不死,有天道焉。事似异而非异也。

文安王丈紫府言:灞州一宦家娶妇,甫却扇[1],新婿失声狂奔出。众追问故。曰:"新妇青面赤发。状如奇鬼,吾怖而走。"妇故中人姿[2],莫解其故。强使复入,所见如前。父母迫之归房,竟伺隙自缢。既未成礼,女势当归。时贺者尚满堂,其父引之遍拜诸客,曰:"小女诚陋,然何至惊人致死哉!"《幽怪录》[3]载卢生娶弘农令女事,亦同于此,但婿未死耳。此殆夙冤,不可以常理论也。自讲学家言之,则必曰:"是有心疾,神虚目眩耳。"

李主事再瀛,汉三制府之孙也。在礼部时为余属。气宇朗彻,余期以远到[4]。乃新婚未几,遽夭天年。闻其亲迎时,新妇拜神,怀中镜忽堕地,裂为二,已讶不祥;既而鬼声啾啾,彻夜不息。盖衰气之所感,先兆之矣。

选人某,在虎坊桥租一宅。或曰:"中有狐,然不为患,入居者祭之则安。"某性啬不从,亦无他异。既而纳一妾,初至日,独坐房中。闻窗

---

[1] 却扇:拆开头巾。
[2] 中人姿:中等相貌。
[3]《幽怪录》:唐牛僧孺撰。卢生故事见唐李复言《续幽怪录》。
[4] 远到:前途远大。

外帘隙有数十人悄语,品评其妍媸[1]。忸怩不敢举首。既而灭烛就寝,满室吃吃作笑声,(吃吃笑不止,出《飞燕外传》。或作嗤嗤,非也。又有作咥咥者,盖据毛亨《诗传》。然《毛传》咥咥乃笑貌,非笑声也。)凡一动作,辄高唱其所为。如是数夕不止。诉于正乙真人。其法官汪某曰:"凡魅害人,乃可劾治;若止嬉笑,于人无损。譬互相戏谑,未酿事端,即非王法之所禁。岂可以猥亵细事,渎及神明!"某不得已,设酒肴拜祝。是夕寂然。某喟然曰:"今乃知应酬之礼不可废。"

王符九言:凤皇店民家,有儿持其母履戏,遗后圃花架下,为其父所拾。妇大遭诟诘,无以自明,拟就缢。忽其家狐祟大作,妇女近身之物,多被盗掷于他处,半月余乃止。遗履之疑,遂不辩而释,若阴为此妇解结者,莫喻其故。或曰:"其姑性严厉,有婢私孕,惧将投缳。妇窃后圃钥纵之逃。有是阴功,故神遣狐救之欤!"或又曰:"既为神佑,何不遣狐先收履,不更无迹乎?"符九曰:"神正以有迹明因果也。"余亦以符九之言为然。

胡太虚抚军能视鬼,云尝以葺屋巡视诸仆家,诸室皆有鬼出入,唯一室阒然。问之,曰:"某所居也。"然此仆蠢蠢无寸长,其妇亦常奴耳。后此仆死,其妇竟守节终身。盖烈妇或激于一时,节妇非素有定志必不能。饮冰茹蘖[2]数十年,其胸中正气,蓄积久矣,宜鬼之不敢近也。又闻一视鬼者曰:"人家恒有鬼往来,凡闺房媟狎,必诸鬼聚观,指点嬉笑,但人不见不闻耳。鬼或望而引避者,非他年烈妇、节妇,即孝妇、贤妇也。"与胡公所言,若重规叠矩矣。

朱定远言:一士人夜坐纳凉,忽闻屋上有噪声。骇而起视,则两女

---

[1] 妍媸(yán chī):美丑。
[2] 蘖(niè):树枝砍去后又长出来的新芽,泛指植物由茎的基部长出的分枝。

自檐际格斗堕,厉声问曰:"先生是读书人,姊妹共一婿,有是礼耶?"士人嗫不敢语。女又促问。战栗嗫嚅曰:"仆是人,仅知人礼。鬼有鬼礼,狐有狐礼,非仆之所知也。"二女唾曰:"此人模棱不了事,当别问能了事人耳。"仍纠结而去。苏味道[1]模棱,诚自全之善计也。然以推诿偾事,获谴者亦在在有之。盖世故太深,自谋太巧,恒并其不必避者而亦避,遂于其必当为者而亦不为,往往坐失事机,留为祸本,决裂有不可收拾者。此士人见诮于狐,其小焉者耳。

济南朱青雷言:其乡民家一少年与邻女相悦,时相窥也。久而微露盗香迹,女父疑焉,夜伏墙上,左右顾视两家,阴伺其往来。乃见女室中有一少年,少年室中有一女,衣饰形貌皆无异。始知男女皆为狐媚也。此真黎丘之技[2]矣。青雷曰:"以我所见,好事者当为媒合,亦一佳话。然闻两家父母皆患甚,各延巫驱狐。时方束装北上,不知究竟如何也。"

有视鬼者曰:"人家继子,凡异姓者,虽女之子,妻之侄,祭时皆所生来享,所后者弗来也。凡同族者,虽五服[3]以外,祭时皆所后来享,所生者虽亦来,而配食于侧,弗敢先也。唯于某抱养张某子,祭时乃所后来享。久而知其数世前本于氏妇怀孕嫁张生,是于之祖也。此何义欤?"余曰:"此义易明。铜山西崩,洛钟东应[4],不以远而阻也。琥珀拾芥不引针,磁石引针不拾芥[5],不以近而合也。一本者气相属,二本者气不属耳。观此使人睦族之心,油然而生,追远之心,亦油然而生。一身歧为四肢,

---

[1] 苏味道:唐代人,官至宰相。
[2] 黎丘之技:黎丘之鬼常幻化出来戏弄人。典见《吕氏春秋·疑似》。
[3] 五服:古代为死者服丧服,按亲疏分为斩衰、齐衰、大功、小功、缌麻五种名称,统称五服。
[4] 铜山西崩,洛钟东应:洛钟,洛阳宫中之钟。语出《易·乾》唐孔颖达正义。
[5] 琥珀拾芥不引针,磁石引针不拾芥:琥珀摩擦能吸引草,但不能吸引针;磁石能够吸引针,但不能吸引草。语出《易·乾》唐孔颖达疏。

四肢各歧为五指，是别为二十歧矣；然二十歧之痛痒，吾皆能觉，一身故也。莫昵近于妻妾，妻妾之痛痒，苟不自言，吾终不觉，则两身而已矣。"

宋子刚言：一老儒训蒙乡塾，塾侧有积柴，狐所居也。乡人莫敢犯，而学徒顽劣，乃时秽污之。一日，老儒往会葬，约明日返。诸儿因累几为台，涂朱墨演剧。老儒突返，各挞之流血，恨恨复去。众以为诸儿大者十一二，小者七八岁耳，皆怪师太严。次日，老儒返，云昨实未归。乃知狐报怨也。有欲讼诸土神者，有议除积柴者，有欲往诉署者；中一人曰："诸儿实无礼，挞不为过，但太毒耳。吾闻胜妖当以德，以力相角，终无胜理。冤冤相报，吾虑祸不止此也。"众乃已。此人可谓平心，亦可谓远虑矣。

雍正乙卯，佃户张天锡家生一鹅，一身而两首。或以为妖。沈丈丰功曰："非妖也。人有孪生，卵亦有双黄；双黄者，雏必枳首。吾数见之矣。"与从侄虞惇偶话及此。虞惇曰："凡鹅一雄一雌者，生十卵即得十雏。两雄一雌者，十卵必鰕[1]一二，父气杂也。一雄两雌者，十卵亦必鰕一二，父气弱也。鸡鹜则不妨，物各一性尔。"余因思鹅鸭皆不能自伏卵，人以鸡代伏之。天地生物之初，羽族皆先以气化，后以卵生，不待言矣。（凡物皆先气化而后形交，前人先有鸡先有卵之争，未之思也。）第不知最初卵生之时，上古之民淳淳闷闷，谁知以鸡代伏也？鸡不代伏，又何以传种至今也？此真百思不得其故矣。

刘友韩侍御言：向寓山东一友家，闻其邻女为狐媚。女父迹知其穴，百计捕得一小狐，与约曰："能舍我女，则舍尔子。"狐诺之。舍其子而狐仍至。詈其负约。则谢曰："人之相诳者多矣，而责我辈乎！"女父恨甚，使女阳劝之饮，而阴置砒焉。狐中毒，变形踉跄去。越一夕，家中瓦砾交飞，

---

[1] 鰕（duàn）：卵坏，孵不出禽鸟。

窗扉震撼，群狐合噪来索命。女父厉声道始末，闻似一老狐语曰："悲哉！彼徒见人皆相诳，从而效尤。不知天道好还，善诳者终遇诳也。主人词直，犯之不祥。汝曹随我归矣。"语讫寂然。此狐所见，过其子远矣。

季廉夫言：泰兴旧宅后，有楼五楹，人迹罕至。廉夫取其僻静，恒独宿其中。一夕，甫启户，见板阁上有黑物，似人非人，鬅鬙长毳如蓑衣，扑灭其灯，长吼冲人去。又在扬州宿舅氏家，朦胧中见红衣女子推门入。心知鬼物，强起叱之。女子跪地，若有所陈，俄仍冉冉出门去。次日，问主人，果有女缢此室，时为祟也。盖幽房曲室，多鬼魅所藏。黑物殆精怪之未成者，潜伏已久，是夕猝不及避耳。缢鬼长跪，或求解脱沈沦乎？廉夫壮年气盛，故均不能近而去也。俚巫言，凡缢死者著红衣，则其鬼出入房闼，中霤神[1]不禁。盖女子不以红衣殓，红为阳色，犹似生魂故也。此语不知何本。然妇女信之甚深，故衔愤死者多红衣就缢，以求为祟。此鬼红衣，当亦由此云。

先兄晴湖言：沧州吕氏姑家，（余两胞姑皆适吕氏，此不知为二姑家、五姑家也。）门外有巨树，形家[2]言其不利。众议伐之，尚未决。夜梦老人语曰："邻居二三百年，忍相戕乎？"醒而悟为树之精，曰："不速伐，且为妖矣。"议乃定。此树如不自言，事尚未可知也。天下有先期防祸，弥缝周章[3]，反以触发祸机者，盖往往如是矣。（闻李太仆敬堂某科磨勘试卷，忽有举人来投刺，敬堂拒未见。然私讶曰："卷其有疵乎？"次日检之，已勘过无签；覆加详核，竟得其谬，累停科。此举人如不干谒，已漏网矣。）

---

[1] 中霤神：迷信称宅神。
[2] 形家：风水先生。
[3] 弥缝周章：弥补、缝合得非常周到详密。

奴子王敬，王连升之子也。余旧有质库在崔庄，从官久，折阅都尽，群从鸠资[1]复设之，召敬司夜焉。一夕，自经于楼上，虽其母其弟莫测何故也。客作胡兴文，居于楼侧，其妻病剧。敬魂忽附之语，数其母弟之失，曰："我自以博负死，奈何多索主人棺殓费，使我负心！此来明非我志也。"或问："尔怨索负者乎？"曰："不怨也。使彼负我，我能无索乎？"又问："然则怨诱博者乎？"曰："亦不怨也。手本我手，我不博，彼能握我手博乎？我安意候代而已。"初附语时，人以为病者呓乱耳；既而序述生平、寒温故旧，语音宛然敬也。皆叹曰："此鬼不昧本心，必不终沦于鬼趣。"

李玉典言：有旧家子，夜行深山中，迷不得路。望一岩洞，聊投憩息，则前辈某公在焉。惧不敢进，然某公招邀甚切。度无他害，姑前拜谒。寒温劳苦如平生，略问家事，共相悲慨。因问："公佳城在某所，何独游至此？"某公喟然曰："我在世无过失，然读书第随人作计，为官第循分供职，亦无所树立。不意葬数年后，墓前忽见一巨碑，螭额[2]篆文，是我官阶姓字；碑文所述，则我皆不知，其中略有影响者，又都过实。我一生朴拙，意已不安；加以游人过读，时有讥评；鬼物聚观，更多姗笑。我不耐其聒，因避居于此。唯岁时祭扫，到彼一视子孙耳。"士人曲相宽慰曰："仁人孝子，非此不足以荣亲。蔡中郎[3]不免愧词，韩吏部[4]亦尝谀墓。古多此例，公亦何必介怀。"某公正色曰："是非之公，人心具在；人即可诳，自问已惭。况公论具存，诳亦何益？荣亲当在显扬，何必以虚词招谤乎？不谓后起胜流，所见皆如是也。"拂衣竟起。士人惘惘而归。余谓此玉典寓言也。其妇翁田白岩曰："此事不必果有，此论则不可不存。"

交河老儒刘君琢，居于闻家庙，而设帐于崔庄。一日，夜深饮醉，

---

[1] 鸠资：集资、筹资。鸠：聚集，纠集。
[2] 螭额：碑额上刻有螭（传说中无角的龙）头的装饰。
[3] 蔡中郎：东汉蔡邕，官至中郎将。
[4] 韩吏部：唐韩愈，曾官吏部侍郎。

忽自归家。时积雨之后，道途间两河皆暴涨，亦竟忘之。行至河干，忽又欲浴，而稍惮波浪之深。忽旁有一人曰："此间原有可浴处，请导君往。"至则有盘石如渔矶，因共洗濯。君琢酒少解，忽叹曰："此去家不十余里，水阻迂折，当多行四五里矣。"其人曰："此间亦有可涉处，再请导君。"复摄衣径渡。将至家，其人匆匆作别去。叩门入室，家人骇路阻何以归。君琢自忆，亦不知所以也。揣摩其人，似高川贺某，或留不住（村名，其取义则未详。）赵某。后遣子往谢，两家皆言无此事；寻河中盘石，亦无踪迹。始知遇鬼。鬼多媟醉人，此鬼独扶导醉人。或君琢一生循谨，有古君子风，醉涉层波，势必危，殆神阴相而遣之欤！

奴子董柱言：景河镇某甲，其兄殁，寡嫂在母家。以农忙，与妻共诣之，邀归助馌饷。至中途，憩破寺中。某甲使妇守寺门，而入与嫂调谑。嫂怒叱，竟肆强暴。嫂抎拒呼救，去人窎远，无应者。妇自入沮解，亦不听。会有馌妇踣于途，碎其瓶罍，客作五六人，皆归就食。适经过，闻声趋视。具陈状。众共愤怒，纵其嫂先行；以二人更番持某甲，裸其妇而迭淫焉。濒行，叱曰："尔淫嫂，有我辈证，尔当死。我辈淫尔妇，尔嫂决不为证也。任尔控官，我辈午餐去矣。"某甲反叩额于地，祈众秘其事。此所谓假公济私者也，与前所记杨生事，同一非理，而亦同一快人意。后乡人皆知，然无肯发其事者：一则客作皆流民，一日耘毕，得值即散，无从知为谁何；一则恶某甲故也。皆曰："馌妇之踣，不先不后，岂非若或使之哉！"

缢鬼溺鬼皆求代，见说部者不一。而自刎自鸩以及焚死压死者，则古来不闻求代事，是何理欤？热河罗汉峰，形酷似趺坐老僧，人多登眺。近时有一人坠崖死，俄而市人时有无故发狂，奔上其顶，自倒掷而陨者。皆曰："鬼求代也。"延僧礼忏，无验。官守以逻卒，乃止。夫自戕之鬼候代，为其轻生也。失足而死，非其自轻生。为鬼所迷而自投，尤非其自轻生。必使辗转相代，是又何理欤？余谓是或冤谴，或山鬼为祟，求祭享耳，未可概目以求代也。

余乡产枣，北以车运供京师，南随漕舶以贩鬻于诸省，土人多以为恒业。枣未熟时，最畏雾，雾浥之则瘠而皱，存皮与核矣。每雾初起，或于上风积柴草焚之，烟浓而雾散；或排鸟铳迎击，其散更速。盖阳气盛则阴霾消也。凡妖物皆畏火器。史丈松涛言：山陕间每山中黄云暴起，则有风雹害稼。以巨炮迎击，有堕虾蟆如车轮大者。余督学福建时，山魈或夜行屋瓦上，格格有声。遇辕门鸣炮，则跟跄奔进，顷刻寂然。鬼亦畏火器。余在乌鲁木齐，曾以铳击厉鬼，不能复聚成形。（语详《滦阳消夏录》。）盖妖鬼亦皆阴类也。

董秋原言：东昌一书生，夜行郊外。忽见甲第甚宏壮，私念此某氏墓，安有是宅，殆狐魅所化欤？稔闻《聊斋志异》青凤、水仙诸事，冀有所遇，踯躅不行。俄有车马从西来，服饰甚华，一中年妇揭帏指生曰："此郎即大佳，可延入。"生视车后一幼女，妙丽如神仙，大喜过望。既入门，即有二婢出邀。生既审为狐，不问氏族，随之入。亦不见主人出，但供张甚盛，饮馔丰美而已。生候合卺，心摇摇如悬旌。至夕，箫鼓喧阗，一老翁搴帘揖曰："新婿入赘，已到门。先生文士，定习婚仪，敢屈为傧相，三党[1]有光。"生大失望，然原未议婚，无可复语；又饫其酒食，难以遽辞。草草为成礼，不别而归。家人以失生一昼夜，方四出觅访。生愤愤道所遇，闻者莫不拊掌曰："非狐戏君，乃君自戏也。"余因言有李二混者，贫不自存，赴京师谋食。途遇一少妇骑驴，李趁与语，微相调谑。少妇不答亦不嗔。次日，又相遇，少妇掷一帕与之，鞭驴径去，回顾曰："吾今日宿固安也。"李启其帕，乃银簪珥数事。适资斧竭，持诣质库；正质库昨夜所失，大受拷掠，竟自诬为盗。是乃真为狐戏矣。秋原曰："不调少妇，何缘致此？仍谓之自戏可也。"

莆田李生裕绅言：有陈至刚者，其妇死，遗二子一女。岁余，至刚

---

[1] 三党：指三族：父族、母族、妻族。

又死。田数亩、屋数间,俱为兄嫂收去。声言以养其子女,而实虐遇之。俄而屋后夜夜闻鬼哭,邻人久不平,心知为至刚魂也,登屋呼曰:"何不祟尔兄?哭何益!"魂却退数丈外,呜咽应曰:"至亲者兄弟,情不忍祟;父之下,兄为尊矣,礼亦不敢祟。吾乞哀而已。"兄闻之感动,詈其嫂曰:"尔使我不得为人也。"亦登屋呼曰:"非我也。嫂也。"魂又呜咽曰:"嫂者兄之妻,兄不可祟,嫂岂可祟也!"嫂愧不敢出。自是善视其子女,鬼亦不复哭矣。使遭兄弟之变者,尽如是鬼,尚有阋墙之衅乎?

卫媪,从侄虞惇之乳母也。其夫嗜酒,恒在醉乡。一夕,键户自出,莫知所往。或言邻圃井畔有履,视之,果所著;窥之,尸亦在。众谓墙不甚短,醉人岂能逾;且投井何必脱履?咸大惑不解。询守圃者,则是日卖菜未归,唯妇携幼子宿,言夜闻墙外有二人邀客声,继又闻牵拽固留声,又訇然一声,如人自墙跃下者,则声在墙内矣;又闻延坐屋内声,则声在井畔矣;俄闻促客解履上床声,又訇然一声,遂寂无音响。此地故多鬼,不以为意,不虞此人之入井也,其溺鬼求代者乎?遂堙是井。后亦无他。

族叔楘庵言:尝见旋风中有一女子张袖而行,迅如飞鸟,转瞬已在数里外。又尝于大槐树下见一兽跳掷,非犬非羊,毛作褐色,即之隐。均不知何物。余曰:"叔平生专意研经,不甚留心于子、史。此二物,古书皆载之。女子乃飞天夜叉,《博异传》载唐薛淙于卫州佛寺见老僧言居延海上见天神追捕者是也。褐色兽乃树精,《史记·秦本纪》二十七年,伐南山大梓,丰大特。注曰:'今武都故道,有怒特祠,图大牛上生树本,有牛从木中出,复见于丰水之中。'《列异传》:秦文公时,梓树化为牛。以骑击之,骑不胜;或堕地,髻解被发,牛畏之入水。故秦因是置旄头骑。庾信[1]《枯树赋》曰:'白鹿贞松,青牛文梓。'柳宗元《祭纛文》曰:'丰

---

[1] 庾信:南朝梁诗人,后入北朝。

有大特,化为巨梓;秦人凭神,乃建旄头。'即用此事也。"

王德圃言:有县吏夜息松林,闻有泣声。吏故有胆,寻往视之,则男女二人并坐石几上,喁喁絮语,似夫妇相别者。疑为淫奔,诘问其由。男子起应曰:"尔勿近,我鬼也。此女吾爱婢,不幸早逝,虽葬他所,而魂常依此。今被配入转轮,从此一别,茫茫万古,故相悲耳。"问:"生为夫妇,各有配偶,岂死后又颠倒移换耶?"曰:"唯节妇守贞者,其夫在泉下暂留,待死后同生人世,再续前缘,以补其一生之茕苦。余则前因后果,各以罪福受生,或及待,或不及待,不能齐矣。尔宜自去,吾二人一刻千金,不能与尔谈冥事也。"张口嘘气,木叶乱飞。吏悚然反走。后再过其地,知为某氏墓也。德圃为凝斋先生侄。先生作《秋灯丛话》,漏载此事。岂德圃偶未言及,抑先生偶失记耶?

先外祖母曹太恭人尝告先太夫人曰:"沧州一宦家妇,不见容[1]于夫,郁郁将成心疾,性情乖剌,琴瑟愈不调。会有高行尼至,诣问因果。尼曰:'吾非冥吏,不能稽配偶之籍也;亦非佛菩萨,不能照见三生也。然因缘之理,则吾知之矣。夫因缘无无故而合者也,大抵以恩合者必相欢,以怨结者必相忤。又有非恩非怨,亦恩亦怨者,必负欠使相取相偿也。如是而已。尔之夫妇,其以怨结者乎?天所定也,非人也;虽然,天定胜人,人定亦胜天。故释迦立法,许人忏悔。但消尔胜心,戢[2]尔傲气,逆来顺受,以情感而不以理争;修尔内职,事翁姑以孝,处娣姒[3]以和,待妾媵以恩,尽其在我,而不问其在人,庶几可以挽回乎!徒问往因,无益也。'妇用其言,果相睦如初。"先太夫人尝以告诸妇曰:"此尼所说,真闺阁中解冤神咒也。信心行持,无不有验;如或不验,尚是行持未至耳。"

---

[1] 见容:喜欢。
[2] 戢(jí):收敛。
[3] 娣姒(dì sì):妯娌。

蔡太守必昌云：判冥，论者疑之。然朱竹君之先德，（唐人称人故父曰先德，见《北梦琐言》。）蔡君先告以亡期；蔡君之母，亦自预知其亡期，皆日辰不爽。是又何说欤？朱石君抚军，言其他事甚悉。石君非妄语人也。顾郎中德懋亦云判冥。后自言以泄漏阴府事，谪为社公，无可验也。余尝闻其论冥律，已载《滦阳消夏录》中。其论鬼之存亡，亦颇有理。大意谓人之余气为鬼，气久则渐消。其不消者有三：忠孝节义，正气不消；猛将劲卒，刚气不消；鸿材硕学，灵气不消。不遽消者亦三：冤魂恨魄，茹痛黄泉，其怨结则气亦聚也；大富大贵，取多用宏，其精壮则气亦盛也；儿女缠绵，埋忧赍恨，其情专则气亦凝也。至于凶残狠悍，戾气亦不遽消，然堕泥犁者十之九，又不在此数中矣。言之凿凿，或亦有所征耶？

雍正戊申夏，崔庄有大旋风，自北而南，势如潮涌，余家楼堞半揭去。（北方乡居者，率有明楼以防盗，上为城堞。）从伯灿宸公家，有花二盎、水一瓮，并卷置屋上，位置如故，毫不欹侧；而阶前一风炉铜铫，炭火方炽，乃安然不动，莫明其故。次日，询迤北诸村，皆云未见。过村数里，即渐高入云。其风黄色，嗅之有腥气。或地近东瀛，不过百里，海神来往，水怪飞腾，偶然狡狯欤？

从侄虞惇，甲辰闰三月官满城教谕时，其同官戴君，邀游抱阳山。戴携彭、刘二生，从山前往。虞惇偕弟汝侨、子树璟及金、刘二生，由山后观牛角洞、仙人室诸胜。方升山麓，遥见一人岩上立，意戴君遣来迎也。相距尚里许，急往赴之。愈近，其人渐小，至则白石一片，倚岩植立，高尺五六寸，广四五寸耳。绝不类人形，而望之如人，奇矣。凡物远视必小，欧罗巴[1]人所谓视差也。此石远视大而近视小，抑又奇矣。追下山里许，再回视之，仍如初见状。众谓此石有灵，拟上山携取归。彭生及树璟先往觅，不得；汝侨又与二刘生同往，道路依然，物物如旧，

---

[1] 欧罗巴：即欧洲。

石竟不可复睹矣。盖邃谷深崖，神灵所宅，偶然示现，往往有之。是山所谓仙人室者，在峭壁之上，人不能登。土人每遥见洞口人来往，其必炼精羽化之徒矣。

申丈苍巅言：刘智庙有两生应科试，夜行失道。见破屋，权投栖止。院落半圮，亦无门窗，拟就其西厢坐。闻树后语曰："同是士类，不敢相拒。西厢是幼女居，乞勿入；东厢是老夫训徒地，可就坐也。"心知非鬼即狐，然疲极不能再进，姑向树拱揖，相对且坐。忽忆当向之问路，再起致词，则不应矣。暗中摸索，觉有物触手；扪之，乃身畔各有半瓜。谢之，亦不应。质明将行，又闻树后语曰："东去二里，即大路矣。一语奉赠：《周易》互体[1]，究不可废也。"不解所云，叩之又不应。比就试，策果问互体。场中皆用程朱说，唯二生依其语对，并列前茅焉。

乾隆甲子，余在河间应科试。有同学以帕幂首，云堕驴伤额也。既而有同行者知之，曰："是于中途遇少妇，靓妆独立官柳下，忽按辔问途。少妇曰：'南北驿路，车马往来，岂有迷途之患？尔直欺我孤立耳。'忽有飞瓦击之，流血被面。少妇径入秋田去，不知是人是狐是鬼也。但未见举手，而瓦忽横击，疑其非人；鬼又不应白日出，疑其狐矣。"高梅村曰："此不必深问。无论是人是鬼是狐，总之当击耳。"又丁卯秋，闻有京官子，暮过横街东，为娼女诱入室。突其夫半夜归，胁使尽解衣履，裸无寸缕，负置门外丛冢间。京官子无计，乃号呼称遇鬼。有人告其家迎归。姚安公时官户部，闻之笑曰："今乃知鬼能作贼。"此均足为佻薄者戒也。

乌鲁木齐千总柴有伦言：昔征霍集占时，率卒搜山。于珠尔土斯深

---

[1] 互体：《周易》中的卦式。

谷中遇玛哈沁[1]，射中其一，负矢奔去。余七八人亦四窜。夺得其马及行帐。树上缚一回妇，左臂左股，已脔食见骨，嗷嗷作虫鸟鸣。见有伦，屡引其颈，又作叩颡状。有伦知其求速死，刿刃贯其心。瞠目长号而绝。后有伦复经其地，水暴涨，不敢涉，姑憩息以待减退。有旋风来往马前，倏行倏止，若相引者。有伦悟为回妇之鬼，乘骑从之，竟得浅处以渡。

季廉夫言：泰兴有贾生者，食饩[2]于庠，而癖好符箓禁咒事。寻师访友，炼五雷法，竟成。后病笃，恍惚见鬼来摄。举手作诀，鬼不能近。既而家人闻屋上金铁声，奇鬼狰狞，汹涌而入。咸悚惶避出。遥闻若相格斗者，彻夜乃止。比晓视之，已伏于床下死，手掐地成一深坎，莫知何故也。夫死生数也，数已尽矣，犹以小术与天争，何其不知命乎？

廉夫又言：钟太守光豫官江宁时，有幕友二人，表兄弟也。一司号籍，一司批发，恒在一室同榻寝。一夕，一人先睡。一人犹秉烛，忽见案旁一红衣女子坐，骇极，呼其一醒。拭目惊视，则非女子，乃奇形鬼也。直前相搏，二人并昏仆。次日，众怪门不启，破扉入视。其先见者已死，后见者气息仅属，灌治得活。乃具述夜来状。鬼无故扰人，事或有之；至现形索命，则未有无故而来者。幕府宾佐，非官而操官之权，笔墨之间，动关生死，为善易，为恶亦易。是必冤谴相寻，乃有斯变。第不知所缘何事耳。

乌鲁木齐军吏茹大业言：古浪回民，有踞佛殿饮博者，寺僧孤弱，弗能拒也。一夜，饮方酣，一人舒拇指呼曰："一。"突有大拳如五斗栲栳[3]，自门探入，五指齐张，厉声呼曰："六。"举掌一拍，烛灭几碎，十

---

[1] 玛哈沁：新疆称强盗。
[2] 食饩：明清时，考生员试优等者，官府给于廪饩（即廪生的稻米），称食饩。
[3] 栲栳（kǎo lǎo）：一种用竹子或柳条编成的器具，也称巴斗。

余人并惊仆。至晓，乃各渐苏，自是不敢复至矣。佛于众生无计较心，其护法善神之示现乎？

苏州朱生焕，举壬午顺天乡试第二人，余分校所取也。一日，集余阅微草堂，酒间各说异闻。生言：曩乘舟，见一舵工额上恒贴一膏药，纵约寸许，横倍之。云有疮，须避风。行数日，一篙工私语客曰："是大奇事，云有疮者伪也。彼尝为会首，赛水神例应捧香而前。一夕犯不洁，方跪致祝，有风登炉灰扑其面；骨栗神悚，几不成礼。退而拂拭，则额上现一墨画秘戏图，神态生动，宛肖其夫妇。洗濯不去，转更分明，故以膏药掩之也。"众不深信，然既有此言，出入往来，不能不注视其额。舵工觉之，曰："小儿又饶舌耶！"长喟而已。然则其事殆不虚，惜未便揭视之耳。又余乳母李媪言：曩登泰山，见娼女与所欢皆往进香，遇于逆旅，伺隙偶一接唇，竟胶粘不解，擘之则痛彻心髓。众为忏悔，乃开。或曰："庙祝贿娼女作此状，以耸人信心也。"是亦未可知矣。

献县刑房吏王瑾，初作吏时，受贿欲出一杀人罪。方濡笔起草，纸忽飞著承尘上，旋舞不下。自是不敢枉法取钱，恒举以戒其曹偶[1]，不自讳也。后一生温饱，以老寿终。又一吏恒得贿舞文，亦一生无祸，然殁后三女皆为娼。其次女事发当杖，伍伯凤戒其徒曰："此某师傅女，（土俗呼吏曰师傅。）宜从轻。"女受杖讫，语鸨母曰："微我父曾为吏，我今日其殆矣。"嗟乎，乌知其父不为吏，今日原不受杖哉！

交河有姊妹二妓，皆为狐所媚，羸病欲死。其家延道士劾治，狐不受捕。道士怒，趣设坛，牒雷部。狐化形为书生，见道士曰："炼师勿苦相仇也。夫采补杀人，诚干天律，然亦思此二女者何人哉！饰其冶容，蛊惑年少，

---

[1] 曹偶：部属。

无论其破人之家，不知凡几，废人之业，不知凡几，间人之夫妇，不知凡几，罪皆当死。即彼摄人之精，吾摄其精；彼致人之疾，吾致其疾；彼戕人之命，吾戕其命。皆所谓请君入瓮[1]，天道宜然。炼师何必曲庇之？且炼师之劾治，谓人命至重耳。夫人之为人，以有人心也。此辈机械万端，寒暖百变，所谓人面兽心者也。既已兽心，即以兽论。以兽杀兽，事理之常。深山旷野，相食者不啻恒河沙数，可一一上渎雷部耶？"道士乃舍去。论者谓道士不能制狐，造此言也。然其言则深切著明矣。

程鱼门言：朱某昵淮上一妓，金尽，被斥出。一日，有西商过访妓，仆舆奢丽，挥金如土。妓兢兢恐其去，尽谢他客，曲意效媚。日赠金帛珠翠，不可缕数。居两月余，云暂出赴扬州，遂不返。访问亦无知者。资货既饶，拟去北里为良家。检点箧笥，所赠已一物不存，朱某所赠亦不存；唯留二百余金，恰足两月余酒食费，一家迷离惝恍，如梦乍回。或曰，闻朱某有狐友，殆代为报复云。

鱼门又言：游士某，在广陵纳一妾，颇娴文墨。意甚相得，时于闺中倡和。一日，夜饮归，僮婢已睡，室内暗无灯火。入视阒然，唯案上一札曰："妾本狐女，僻处山林。以夙负应偿，从君半载。今业缘已尽，不敢淹留。本拟暂住待君，以展永别之意，恐两相凄恋，弥难为怀。是以茹痛竟行，不敢再面。临风回首，百结柔肠。或以此一念，三生石上，再种后缘[2]，亦未可知耳！诸唯自爱，勿以一女子之故，至损清神。则妾虽去而心

---

[1] 请君入瓮：瓮，大坛子。唐武则天时，周兴与来俊臣俱为酷吏。有人告了周兴，则天命来俊臣审问。来俊臣问周兴："逼供最好用什么刑？"周兴回答说："只要把犯人装进大坛子，架起炭火一烧，他什么都得承认。"来俊臣就说："请兄入瓮。"事见《资治通鉴·唐纪》。
[2] 三生石上，再种后缘：唐代李源与和尚圆观生前友好；圆观与李约定他生后十二年在杭州天竺寺相见，后来果然如是。事见唐袁郊《甘泽谣·圆观》。后诗文中常用三生石作为因缘前定的典故。

稍慰矣。"某得书悲感，以示朋旧，咸相慨叹。以典籍尝有此事，弗致疑也。后月余，妾与所欢北上，舟行被盗，鸣官待捕；稽留淮上者数月，其事乃露。盖其母重鬻于人，伪以狐女自脱也。周书昌曰："是真狐女，何伪之云？吾恐志异诸书所载，始遇仙姬，久而舍去者，其中或不无此类也乎！"

余在翰林日，侍读索公尔逊同斋戒于待诏厅，（厅旧有何义门书"衡山旧署"一匾，又联句一对。今联句尚存，匾则久亡矣。）索公言：前征霍集占时，奉参赞大臣檄调。中途逢大雪，车仗不能至，仅一行帐随，姑支以憩。苦无枕，觅得二三死人首，主仆枕之。夜中并蠕蠕掀动，叱之乃止。余谓此非有鬼，亦非因叱而止也。当断首时，生气未尽，为严寒所束，郁伏于中；得人气温蒸，冻解而气得外发，故能自动。已动则气散，故不再动矣。凡物生性未尽者，以火炙之皆动，是其理也。索公曰："从古战场，不闻逢鬼；吾心恶之，谓吾命衰也。今日乃释此疑。"

崔庄多枣，动辄成林，俗谓之枣行。（户郎切。）余小时，闻有妇女数人，出挑菜，过树下，有小儿坐树杪，摘红熟者掷地下。众竞拾取。小儿急呼曰："吾自喜周二姐娇媚，摘此与食。尔辈黑鬼，何得夺也？"众怒詈，二姐恶其轻薄，亦怒詈，拾块击之。小儿跃过别枝，如飞鸟穿林去。忽悟村中无此儿，必妖魅也。姚安公曰："赖周二姐一詈一击，否则必为所媚矣。凡妖魅媚人，皆自招致。苏东坡《范增论》曰：'物必先腐也而后虫生之。'"

有选人在横街夜饮，步月而归。其寓在珠市口，因从香厂取捷径。一小奴持烛笼行，中路踣而灭。望一家灯未熄，往乞火。有妇应门，邀入茗饮。心知为青楼，姑以遣兴。然妇羞涩低眉，意色惨沮。欲出，又牵袂固留。试调之，亦宛转相就。适携数金，即以赠之。妇谢不受，但祈曰："如念今宵爱，有长随某住某处，渠久闲居，妻亡子女幼，不免饥寒。君肯携之赴任，则九泉感德矣。"选人戏问："卿可相随否？"泫然曰：

"妾实非人,即某妻也。为某不能赡子女,故冒耻相求耳。"选人悚然而出,回视乃一新冢也。后感其意,竟携此人及子女去。求一长随,至鬼亦荐枕,长随之多财可知。财自何来?其蠹官而病民可知矣。

牛犊马驹,或生鳞角,蛟龙之所合,非真麟也。妇女露寝[1],为所合者亦有之。唯外舅马氏家,一佃户年近六旬,独行遇雨,雷电晦冥,有龙探爪按其笠。以为当受天诛,悸而踣,觉龙碎裂其裤,以为褫衣而后施刑也。不意龙捩转其背,据地淫之。稍转侧缩避,辄怒吼,磨牙其顶。惧为吞噬,伏不敢动。移一二刻,始霹雳一声去。呻吟塍上,腥涎满身。幸其子持蓑来迎,乃负以返。初尚讳匿,既而创甚,求医药,始道其实。耘苗之候,镵妇众矣,乃狎一男子;牧竖亦众矣,乃狎一衰翁。此亦不可以理解者。

王方湖言:蒙阴刘生,尝宿其中表家。偶言家有怪物,出没不恒,亦不知其潜何所。但暗中遇之,辄触人倒,觉其身坚如铁石。刘故喜猎,恒以鸟铳随,曰:"若然,当携此自防也。"书斋凡三楹,就其东室寝。方对灯独坐,见西室一物向门立,五官四体,一一似人,而目去眉约二寸,口去鼻仅分许,部位乃无一似人。刘生举铳拟之,即却避。俄手掩一扉,出半面外窥,作欲出不出状。才一举铳,则又藏,似惧出而人袭其后者。刘生亦惧怪袭其后,不敢先出也。如是数回,忽露全面,向刘生摇首吐舌。急发铳一击,则铅丸中扉上,怪已冲烟去矣。盖诱人发铳,使一发不中,不及再发,即乘机遁也。两敌相持,先动者败,此之谓乎!使忍而不发,迟至天晓,此怪既不能透壁穿窗,势必由户出,则必中铳;不出,则必现形矣。然自此知其畏铳。后伏铳窗棂,伺出击之,铮然仆地,如檐瓦堕裂声。视之,乃破瓮一片,儿童就近沿无沏处戏画作人面,笔墨拙涩,随意涂抹,其状一如刘生所见云。

---

[1] 露寝:露天睡觉。

有富室子病危，绝而复苏，谓家人曰："吾魂至冥司矣。吾尝捐金活二命，又尝强夺某女也。今活命者在冥司具保状，而女之父亦诉牒喧辩。尚未决，吾且归也。"越二日，又绝而复苏曰："吾不济矣。冥吏谓夺女大恶，活命大善，可相抵。冥王谓活人之命，而复夺其女，许抵可也。今所夺者此人之女，而所活者彼人之命；彼人活命之德，报此人夺女之仇，以何解之乎？既善业本重，未可全销，莫若冥司不刑赏，注来生恩自报恩，怨自报怨可也。"语讫而绝。案欧罗巴书不取释氏轮回之说，而取其天堂地狱，亦谓善恶不相抵。然谓善恶不抵，是绝恶人为善之路也。大抵善恶可抵，而恩怨不可抵，所谓冤家债主，须得本人是也。寻常善恶可抵，大善大恶不可抵。曹操赎蔡文姬，不得不谓之义举，岂足抵篡弑之罪乎？（曹操虽未篡，然以周文王自比，其志则篡也，特发公议耳。）至未来生中，人未必相遇，事未必相值，故因缘凑合，或在数世以后耳。

宋村厂（从弟东白庄名，土人省语呼厂里。）仓中旧有狐。余家未析箸时，姚安公从王德庵先生读书是庄。仆隶夜入仓院，多被瓦击，而不见其形，唯先生得纳凉其中，不遭扰戏。然时见男女往来，且木榻藤枕，俱无纤尘，若时拂拭者。一日，暗中见人循墙走，似是一翁，呼问之曰："吾闻狐不近正人，吾其不正乎？"翁拱手对曰："凡兴妖作祟之狐，则不敢近正人；若读书知礼之狐，则乐近正人。先生君子也，故虽少妇稚女，亦不相避，信先生无邪心也。先生何反自疑耶？"先生曰："虽然，幽明异路，终不宜相接。请勿见形可乎？"翁磬折曰："诺。"自是不复睹矣。

沈瑞彰寓高庙读书，夏夜就文昌阁廊下睡。人静后，闻阁上语曰："吾曹亦无用钱处，尔积多金何也？"一人答曰："欲以此金铸铜佛，送西山潭柘寺供养，冀仰托福佑，早得解形。"一人作哮声曰："咄咄大错！布施须己财。佛岂不问汝来处，受汝盗来金耶？"再听之，寂矣。善哉野狐，檀越云集之时，倘闻此语，应如霹雳声也。

瑞彰又言：尝偕数友游西山，至林峦深处，风日暄妍，泉石清旷，杂树新绿，野花半开。眺赏间，闻木杪诵书声。仰视无人，因揖而遥呼曰："在此朗吟，定为仙侣。叨同儒业，可请下一谈乎？"诵声忽止，俄琅琅又在隔溪。有欲觅路追寻者，瑞彰曰："世外之人，趁此良辰，尚耽研典籍。我辈身列黉宫[1]，乃在此携酒榼看游女，其鄙而不顾宜矣，何必多此跋涉乎！"众乃止。

沧州有一游方尼，即前为某夫人解说因缘者也，不许妇女至其寺，而肯至人家。虽小家以粗粝为供，亦欣然往。不劝妇女布施，唯劝之存善心，作善事。外祖雪峰张公家，一范姓仆妇，施布一匹。尼合掌谢讫，置几上片刻，仍举付此妇曰："檀越功德，佛已鉴照矣。既蒙见施，布即我布。今已九月，顷见尊姑犹单衫。谨以奉赠，为尊姑制一絮衣可乎？"仆妇踧踖[2]无一词，唯面颊汗下。姚安公曰："此尼乃深得佛心。"惜闺阁多传其轶事，竟无人能举其名。

先太夫人乳母廖媪言：四月二十八日，沧州社会[3]也，妇女进香者如云。有少年于日暮时，见城外一牛车向东去，载二女，皆妙丽，不类村妆。疑为大家内眷，又不应无一婢媪，且不应坐露车。正疑思间，一女遗红帕于地，其中似裹数百钱，女及御者皆不顾。少年素朴愿[4]，恐或追觅为累，亦未敢拾。归以告母，谯诃其痴。越半载，邻村少年为二狐所媚，病瘵死。有知其始末者，曰："正以拾帕索帕，两相调谑媾合也。"母闻之，憬然悟曰："吾乃知痴是不痴，不痴是痴。"

有纳其奴女为媵者，奴弗愿，然无如何也。其人故隶旗籍，亦自有主。

---

[1]黉（hóng）宫：学校。
[2]踧踖（cù jí）：局促不安的样子。
[3]社会：古时社里、乡里举行的演艺集会。
[4]朴愿：忠厚老实。

媵后生一女，年十四五。主闻其姝丽，亦纳为媵。心弗愿，亦无如何也。喟然曰："不生此女，无此事。"其妻曰："不纳某女，自不生此女矣。"乃爽然自失。又亲串中有一女，日构其嫂，使受谯责不聊生。及出嫁，亦为小姑所构，日受谯责如其嫂。归而对嫂挥涕曰："今乃知妇难为也。"天道好还，岂不信哉！又一少年，喜窥妇女，窗罅帘隙，百计潜伺。一日醉寝，或戏以膏药糊其目。醒觉肿痛不可忍，急揭去，眉及睫毛并拔尽；且所糊即所蓄媚药，性至酷烈，目受其熏灼，竟以渐盲。又一友好倾轧，往来播弄，能使胶漆成冰炭。一夜酒渴，饮冷茶。中先堕一蝎，陡螫其舌，溃为疮。虽不致命，然舌短而拗戾，话言不复便捷矣。此亦若或使之，非偶然也。

先师陈文勤公言：有一同乡，不欲著其名，平生亦无大过恶，唯事事欲利归于己，害归于人，是其本志耳。一岁，北上公车，与数友投逆旅。雨暴作，屋尽漏。初觉漏时，唯北壁数尺无渍痕。此人忽称感寒，就是榻蒙被取汗。众知其诈病，而无词以移之也。雨弥甚，众坐屋内如露宿，而此人独酣卧。俄北壁颓圮，众未睡皆急奔出；此人正压其下，额破血流，一足一臂并折伤，竟舁而归。此足为有机心者戒矣。因忆奴子于禄，性至狡。从余往乌鲁木齐，一日早发，阴云四合。度天欲雨，乃尽置其衣装于车箱，以余衣装覆其上。行十余里，天竟放晴，而车陷于淖，水从下入，反尽濡焉。其事亦与此类，信巧者造物之所忌也。

沈淑孙，吴县人，御史芝光先生孙女也。父兄早卒，鞠于祖母。祖母，杨文叔先生妹也，讳芬，字瑶季，工诗文，画花卉尤精。故淑孙亦习词翰，善渲染。幼许余侄汝备，未嫁而卒。病革时，先太夫人往视之。沈夫人泣呼曰："招孙，（其小字也。）尔祖姑来矣，可以相认也。"时已沈迷，犹张目视，泪承睫，举手攀太夫人钏。解而与之，亲为贯于臂，微笑而瞑。始悟其意欲以纪氏物敛也。初病时，自知不起，画一卷，缄封甚固，恒置枕函边，问之不答。至是亦悟其留与太夫人，发之，乃雨兰一幅，上题曰："独坐写幽兰，图成只自看；怜渠空谷里，风雨不胜寒。"盖其家庭之间，有难言者，阻滞嫁期，亦是故也。太夫人悲之，欲买地以葬。姚安公谓于礼不可，乃止。后其柩附漕舶归，太夫人尚恍惚梦其泣拜云。

　　王西侯言：曾与客作都四，夜行淮镇西。倦而少憩，闻一鬼遥呼曰："村中赛神，大有酒食，可共往饮啖。"众鬼曰："神筵那可近？尔勿造次。"呼者曰："是家兄弟相争，叔侄互轧，乖戾之气，充塞门庭，败征已具，神不享矣。尔辈速往，毋使他人先也。"西侯素有胆，且立观其所往。鬼渐近，树上系马皆惊嘶。唯见黑气蒙蒙，转绕从他道去，不知其诣谁氏也。夫福以德基，非可祈也；祸以恶积，非可禳也。苟能为善，虽不祭，神亦助之；败理乱常，而渎祀以冀神佑，神受赇乎？

　　梁豁堂言：有廖太学，悼其宠姬，幽郁不适。姑消夏于别墅，窗俯清溪，时开对月。一夕，闻隔溪搒掠冤楚声，望似缚一女子，伏地受杖。正怀疑凝眺，女子呼曰："君乃在此，忍不相救耶？"谛视，正其宠姬，骇痛欲绝。而崖陡水深，无路可过，问："尔葬某山，何缘在此？"姬泣曰："生前恃宠，造业颇深。殁被谪配于此，犹人世之军流也。社公酷毒，动辄鞭挞。非大放焰口，不能解脱也。"语讫，为众鬼牵曳去。廖爱恋既深，不违所请；乃延僧施食，冀拔沈沦。月余后，声又如前。趋视，则诸鬼益众，姬裸身反接，更摧辱可怜。见廖哀号曰："前者法事未备，而牒神求释，被驳不行。社公以祈灵无验，毒虐更增，必七昼夜水陆道场，始能解此厄也。"廖猛省社公不在，谁此监刑？社公如在，鬼岂敢斥言其恶？且社公有庙，何为来此？毋乃黠鬼幻形，绐求经忏耶？姬见廖凝思，又呼曰："我实是某，君毋过疑。"廖曰："此灼然伪矣。"因诘曰："汝身有红痣，能举其生于何处，则信汝矣。"鬼不能答，斯须间，稍稍散去。自是遂绝。此可悟世情狡狯，虽鬼亦然；又可悟情有所牵，物必抵隙。廖自云有灶婢殁葬此山下，必其知我眷念，教众鬼为之。又可悟外患突来，必有内间矣。

豁堂又言：一粤东举子赴京，过白沟河，在逆旅午餐。见有骡车载妇女住对屋中，饭毕先行。偶步入，见壁上新题一词曰："垂杨袅袅映回汀，作态为谁青？可怜弱絮随风来去，似我飘零。蒙蒙乱点罗衣袂，相送过长亭。丁宁嘱汝：沾泥也好，莫化浮萍。"（按：此调名《秋波媚》，即《眼儿媚》也。）举子曰："此妓语也，有厌倦风尘之意矣。"日日逐之同行，至京，犹遣小奴记其下车处。后宛转物色，竟纳为小星[1]。两不相期，偶然凑合，以一小词为红叶[2]，此真所谓前缘矣。

　　舅祖陈公德音家，有婢恶猫窃食，见则挞之。猫闻其咳笑，即窜避。一日，舅祖母郭太安人使守屋。闭户暂寝，醒则盘中失数梨。旁无他人，猫犬又无食梨理，无以自明，竟大受捶楚。至晚，忽得于灶中，大以为怪。验之，一一有猫爪齿痕。乃悟猫故衔去，使亦以窃食受挞也。"蜂虿有毒"，信哉。婢愤恚，欲再挞猫。郭太安人曰："断无纵汝杀猫理，猫既被杀，恐冤冤相报，不知出何变怪矣。"此婢自此不挞猫，猫见此婢亦不复窜避。

　　桐城耿守愚言：一士子游嵩山，搜剔古碑，不觉日晚。时方盛夏，因藉草眠松下。半夜露零，寒侵衣袖，噤而醒。偃卧看月，遥见数人从小径来，敷席山冈，酌酒环坐。知其非人，惧不敢起，姑侧听所言。一人曰："二公谪限将满，当入转轮，不久重睹白日矣。受生何所，已得消息否？"上坐二人曰："尚不知也。"既而皆起，曰："社公来矣。"俄一老人扶杖至，对二人拱手曰："顷得冥牒，来告喜音：二公前世良朋，来生嘉耦。"指右一人曰："公官人。"指左一人曰："公夫人也。"右者顾笑，左者默不语。社公曰："公何悒悒？阎罗王宁误注哉！此公性刚直，刚则凌物，直则不委曲体人情。平生多所树立，亦多所损伤。故沈沦几二百年，

---

[1] 小星：小妾。
[2] 红叶：红叶题诗。唐诗人卢渥应举京城，偶过御沟，得一片红叶，上有绝句。后来宫廷遣放宫人，猴娶得一姓韩宫人，也就是题诗于红叶上的宫人。事见《全唐诗》"题红叶"诗序。

乃得解脱。然究君子之过，故仍得为达官。公本长者，不肯与人为祸福。然事事养痈不治，亦贻患无穷。故堕鬼趣二百年，谪堕女身。以平生深而不险，柔而不佞，故不失富贵。又以此公多忤，而公始终与相得，故生是因缘。神理分明，公何悒悒哉？"众哗笑曰："渠非悒悒，直初作新妇，未免娇羞耳。有酒有肴，请社公相礼，先为合卺可乎！"酬酢喧杂，不复可辨；晨鸡俄唱，各匆匆散去。不知为前代何许人也。

　　李应弦言：甲与乙邻居世好，幼同嬉戏，长同砚席，相契如兄弟。两家男女时往来，虽隔墙，犹一宅也。或为甲妇造谤，谓私其表弟。甲侦无迹，然疑不释，密以情告乙，祈代侦之。乙故谨密畏事，谢不能。甲私念未侦而谢不能，是知其事而不肯侦也，遂不再问，亦不明言；然由是不答其妇。妇无以自明，竟郁郁死。死而附魂于乙曰："莫亲于夫妇，夫妇之事，乃密祈汝侦，此其信汝何如也。使汝力白我冤，甲疑必释；或阳许伺而徐告以无据，甲疑亦必释。汝乃虑脱侦得实，不告则负甲，告则汝将任怨也。遂置身事外，恝然自全，致我赍恨于泉壤，是杀人而不操兵也。今日诉汝于冥王，汝其往质。"竟颠痫数日死。甲亦曰："所以需朋友，为其缓急相资也。此事可欺我，岂能欺人？人疏者或可欺，岂能欺汝？我以心腹托汝，无则当言无，直词责我勿以浮言间夫妇；有则宜密告我，使善为计，勿以秽声累子孙。乃视若路人，以推诿启疑窦，何贵有此朋友哉！"遂亦与绝，死竟不吊焉。乙岂真欲杀人哉，世故太深，则趋避太巧耳。然畏小怨，致大怨；畏一人之怨，致两人之怨。卒杀人而以身偿，其巧安在乎？故曰，非极聪明人，不能作极懵懂事。

　　窦东皋前辈言：前任浙江学政时，署中一小儿，恒往来供给使。以为役夫之子弟，不为怪也。后遣移一物，对曰："不能。"异而询之，始自言为前学使之僮，殁而魂留于是也。盖有形无质，故能传语而不能举物，于事理为近。然则古书所载，鬼所能为，与生人无异者，又何说欤？

特纳格尔为唐金满县地,尚有残碑。吉木萨有唐北庭都护府故城,则李卫公[1]所筑也。周四十里,皆以土墼[2]垒成;每墼厚一尺,阔一尺五六寸,长二尺七八寸。旧瓦亦广尺余,长一尺五六寸。城中一寺已圮尽,石佛自腰以下陷入土,犹高七八尺。铁钟一,高出人头,四围皆有铭,锈涩模糊,一字不可辨识。唯刮视字棱,相其波磔,似是八分书[3]耳。城中皆黑煤,掘一二尺乃见土。额鲁特云:"此城昔以火攻陷,四面炮台,即攻城时所筑。"其为何代何人,则不能言之。盖在准噶尔前矣。城东南山冈上一小城,与大城若相犄角。额鲁特云:"以此一城阻碍,攻之不克,乃以炮攻也。"庚寅冬,乌鲁木齐提督标增设后营,余与永余斋(名庆,时为迪化城督粮道,后官至湖北布政使。)奉檄筹划驻兵地。万山丛杂,议数日未定。余谓余斋曰:"李卫公相度地形,定胜我辈。其所建城必要隘,盍因之乎?"余斋以为然,议乃定。即今古城营也。(本名破城,大学士温公为改此名。)其城望之似孤悬,然山中千蹊万径,其出也必过此城,乃知古人真不可及矣。褚筠心学士修《西域图志》时,就访古迹,偶忘语此。今附识之。

喀什噶尔山洞中,石壁劖[4]平处有人马像。回人相传云,是汉时画也。颇知护惜,故岁久尚可辨。汉画如武梁祠堂之类,仅见刻本,真迹则莫古于斯矣。后成卒燃火御寒,为烟气所熏,遂模糊都尽。惜初出师时,无画手橐笔摹留一纸也。

次子汝传妇赵氏,性至柔婉,事翁姑尤尽孝。马夫人称其工容言德皆全备,非偏爱之词也。不幸早卒,年仅三十有三。余至今悼之。后汝传官湖北时,买一妾,体态容貌,与妇竟无毫发差,一见骇绝。署中及见其妇者,亦莫不骇绝。计其生时,妇尚未殁,何其相肖至此欤?又同归一夫,尤可

---

[1] 李卫公:唐李靖,封卫国公。
[2] 墼(jī):坯。
[3] 八分书:形似隶书的一种字体。
[4] 劖(chán):凿。

异也。然此妾入门数月,又复夭逝。造物又何必作此幻影,使一见再见乎?

桐城姚别峰,工吟咏,书仿赵吴兴,神骨逼肖。尝摹吴兴体作伪迹,熏暗其纸,赏鉴家弗能辨也。与先外祖雪峰张公善,往来恒主其家,动淹旬月。后闻其观潮没于水,外祖甚悼惜之。余小时多见其笔迹,惜年幼不知留意,竟忘其名矣。舅祖紫衡张公(先祖母与先母为姑侄,凡祖母兄弟,唯雪峰公称外祖,有服之亲从其近也;余则皆称舅祖,统于尊也。)尝延之作书,居宅西小园中。一夕月明,见窗上有女子影,出视则无。四望园内,似有翠裙红袖,隐隐树石花竹间。东就之则在西,南就之则在北,环走半夜,迄不能一睹,倦而憩息。闻窗外语曰:"君为书《金刚经》一部,则妾当相见拜谢。不过七千余字,君肯见许耶?"别峰故好事,急问:"卿为谁?"寂不应矣。适有宣纸素册,次日,尽谢他笔墨,一意写经。写成,炷香供几上,觊其来取。夜中已失之。至夕,徘徊怅望,果见女子冉冉花外来,叩颡至地。别峰方举手引之,挺然起立,双目上视,血淋漓胸臆间,乃自刭鬼也。噭然惊仆。馆僮闻声持烛至,已无睹矣。顿足恨为鬼所卖。雪峰公曰:"鬼云拜谢,已拜谢矣。鬼不卖君,君自生妄念,于鬼何尤?"

于南溟明经曰:"人生苦乐,皆无尽境;人心忧喜,亦无定程。曾经极乐之境,稍不适则觉苦;曾经极苦之境,稍得宽则觉乐矣。尝设帐康宁屯,馆室湫隘,几不可举头。门无帘,床无帐,院落无树。久旱炎郁,如坐炊甑;解衣午憩,蝇扰扰不得交睫。烦躁殆不可耐,自谓此猛火地狱也。久之,倦极睡去。梦乘舟大海中,飓风陡作,天日晦冥,樯断帆摧,心胆碎裂,顷刻覆没。忽似有人提出,掷于岸上,即有人持绳束缚,闭置地窖中。暗不睹物,呼吸亦咽塞不通。恐怖窘急,不可言状。俄闻耳畔唤声,霍然开目,则仍卧三脚木榻上。觉四体舒适,心神开朗,如居蓬莱方丈间也。是夕月明,与弟子散步河干,坐柳下,敷陈此义。微闻草际叹息曰:'斯言中理。我辈沉沦水次,终胜于地狱中人。'"

外舅周篆马公家，有老仆曰门世荣。自言尝渡吴桥钩盘河，日已暮矣，积雨暴涨，沮洳纵横，不知何处可涉。见二人骑马先行，迂回取道，皆得浅处，似熟悉地形者。因逐之行。将至河干，一人忽勒马立，待世荣至，小语曰："君欲渡河，当左绕半里许，对岸有枯树处可行。吾导此人来此，将有所为。君勿与俱毙。"疑为劫盗，悚然返辔，从所指路别行，而时时回顾。见此人策马先行，后一人随至中流，突然灭顶，人马俱没；前一人亦化旋风去。乃知为报冤鬼也。

田丈耕野官凉州镇时，携回万年松一片，性温而活血，煎之，色如琥珀。妇女血枯血闭诸证，服之多验。亲串家递相乞取，久而遂尽。后余至西域，乃见其树，直古松之皮，非别一种也。土人煮以代茶，亦微有香气。其最大者，根在千仞深涧底。枝干亭苕，直出山脊，尚高二三十丈，皮厚者二尺有余。奴子吴玉保，尝取其一片为床。余谓闽广芭蕉叶可容一二人卧，再得一片作席，亦一奇观。又尝见一人家，即树孔施门窗，以梯上下；入之，俨然一屋。余与呼延化州（名华国，长安人，己未进士，前化州知州。）同登视，化州曰："此家以巢居兼穴处矣。"盖天山以北，如乌孙突厥，古多行国，不需梁柱之材，故斧斤不至。意其真盘古时物，万年之名，殆不虚矣。

田白岩曰："名妓月宾，尝来往渔洋山人家，如东坡之于琴操[1]也。"苏斗南因言少时见山东一妓，自云月宾之孙女，尚有渔洋所赠扇。索观之，上画一临水草亭，傍倚二柳，题"庚寅三月道冲写"。不知为谁。左侧有行书一诗曰："烟缕蒙蒙蘸水青，纤腰相对斗娉婷。樽前试问香山老，柳宿新添第几星？"不署名字，一小印已模糊。斗南以为高年耆宿，偶赋闲情，故讳不自著也。余谓诗格风流，是新城宗派。然渔洋以辛卯夏卒，庚寅是其前一岁，是时不当有老友，"香山老"定指何人？如云自指，又不当云"试

---

[1] 琴操：宋苏轼于杭州时所结识的妓女。

问"；且词意轻巧，亦不类老笔。或是维摩丈室，偶留天女散花[1]，他少年代为题扇，以此调之。妓家借托盛名，而不解文义，遂误认颜标[2]耳。

王覿光言：壬午乡试，与数友共租一小宅读书。覿光所居室中，半夜灯光忽黯碧。剪剔复明，见一人首出地中，对炉嘘气。拍案叱之，急缩入。停刻许复出，叱之又缩。如是七八度，几四鼓矣，不胜其扰；又素以胆自负，不欲呼同舍，静坐以观其变。乃唯张目怒视，竟不出地。觉其无能为，熄灯竟睡，亦不知其何时去。然自此不复睹矣。吴惠叔曰："殆冤鬼欲有所诉，惜未一问也。"余谓果为冤鬼，当哀泣不当怒视。粉房琉璃街迤东，皆多年丛冢，民居渐拓，每夷而造屋。此必其骨在屋内，生人阳气熏烁，鬼不能安，故现变怪驱之去。初拍案叱，是不畏也，故不敢出。然见之即叱，是犹有鬼之见存，故亦不肯竟去。至熄灯自睡，则全置此事于度外，鬼知其终不可动，遂亦不虚相恐怖矣。东坡书孟德事一篇，即是此义。小时闻巨盗李金梁曰："凡夜至人家，闻声而嗾者，怯也，可攻也；闻声而启户以待者，怯而示勇也，亦可攻也；寂然无声，莫测动静，此必劲敌，攻之十恒七八败，当量力进退矣。"亦此义也。

《列子》谓蕉鹿[3]之梦，非黄帝孔子不能知。谅哉斯言！余在西域，从办事大臣巴公履视军台。巴公先归，余以未了事暂留，与前副将梁君同宿。二鼓有急递，台兵皆差出，余从睡中呼梁起，令其驰送，约至中途遇台兵则使接递。梁去十余里，相遇即还，仍复酣寝。次日，告余曰：

---

[1] 天女散花：《维摩诘经·观众生品》记维摩诘室有一天女，见诸大人闻所说法，便现其身之事。此句指渔洋山人或许有寻花问柳的弟子。
[2] 颜标：唐王定保《唐摭言》载，有举人颜标参加考试，主考官以为他是颜真卿之后，于是录取他为状元，其实颜标出身寒微。后有用"颜标"为错认的典故。
[3] 蕉（qiáo）鹿之梦：蕉，紫薪。《列子·周穆王》记载，有一个人打死了一只鹿，怕人家看见，就用柴草把它盖起来，但后来竟不知道藏在什么地方，于是就认为自己是在做梦。后用蕉鹿之梦比喻真假掺杂、得失无常。

"昨梦公遣我赍廷寄,恐误时刻,鞭马狂奔。今日髀肉尚作楚。真大奇事!"以真为梦,仆隶皆粲然。余乌鲁木齐杂诗曰:"一笑挥鞭马似飞,梦中驰去梦中归。人生事事无痕过,(东坡诗:"事如春梦了无痕。")蕉鹿何须问是非?"即纪此事也。又有以梦为真者,族兄次辰言:静海一人,就寝后,其妇在别屋夜绩。此人忽梦妇为数人劫去,噩而醒,不自知其梦也,遽携梃出门追之。奔十余里,果见旷野数人携一妇,欲肆强暴。妇号呼震耳。怒焰炽腾,奋力死斗,数人皆被创逸去。近前慰问,乃近村别一人妇,为盗所劫者也。素亦相识,姑送还其家。惘惘自返,妇绩未竟,一灯尚荧然也。此则鬼神或使之,又不以梦论矣。

交河黄俊生言:折伤骨者,以开通元宝钱(此钱唐初所铸,欧阳询所书。其旁微有偃月形,乃进蜡样时,文德皇后误掐一痕,因而未改也。其字当回环读之。俗读为开元通宝,以为玄宗之钱,误之甚矣。)烧而醋淬,研为末,以酒服下,则铜末自结而为圈,周束折处。曾以一折足鸡试之,果接续如故。及烹此鸡,验其骨,铜束宛然。此理之不可解者。铜末不过入肠胃,何以能透膜自到筋骨间也?唯仓促间此钱不易得。后见张鷟《朝野佥载》曰:"定州人崔务,堕马折足。医令取铜末酒服之,遂痊平。及亡后十余年,改葬,视其胫骨折处,铜末束之。"然则此本古方,但云铜末,非定用开通元宝钱也。

招聚博塞,古谓之囊家,见李肇[1]《国史补》,是自唐已然矣。至藏蓄粉黛,以分夜合之资,则明以前无是事。家有家妓,官有官妓故也。教坊既废,此风乃炽,遂为豪猾之利源,而呆痴之陷阱。律虽明禁,终不能断其根株。然利旁倚刀,贪还自贼。余尝见操此业者,花娇柳軃[2],

---

[1] 李肇:唐代学者。
[2] 軃(duǒ):下垂的样子。

近在家庭,遂不能使其子孙皆醉眠之阮籍[1]。两儿皆染淫毒,延及一门,疠疾缠绵,因绝嗣续。若敖氏之鬼,竟至馁而[2]。

临清李名儒言:其乡屠者买一牛,牛知为屠也,绝不肯前,鞭之则横逸。气力殆竭,始强曳以行。牛过一钱肆,忽向门屈两膝跪,泪涔涔下。钱肆悯之,问知价八千,如数乞赎。屠者恨其狞,坚不肯卖,加以子钱亦不许,曰:"此牛可恶,必剚刃而甘心,虽万贯不易也。"牛闻是言,蹶然自起,随之去。屠者煮其肉于釜,然后就寝。五更,自起开釜。妻子怪不回,疑而趋视,则已自投釜中,腰以上与牛俱縻矣。夫凡属含生,无不畏死。不以其畏而悯恻,反以其畏而恚愤,牛之怨毒,加寻常数等矣。厉气所凭,报不旋踵,宜哉。先叔仪南公,尝见屠者许学牵一牛。牛见先叔,跪不起。先叔赎之,以与佃户张存。存豢之数年,其驾未服辕,力作较他牛为倍。然则恩怨之间,物犹如此矣。可不深长思哉!

甲与乙望衡而居,皆宦裔也。其妇皆以姣丽称,二人相契如弟兄,二妇亦相契如姊妹。乙俄卒,甲妇亦卒。乃百计图谋娶乙妇,士论讥焉。纳币之日,厅事有声,登登然如挝叠鼓。却扇之夕,风扑花烛灭者再。人知为乙之灵也。一日,甲妇忌辰,悬画像以祀。像旁忽增一人影,立妇椅侧,左手自后凭其肩,右手戏摩其颊。画像亦侧眸流盼,红晕微生。谛视其形,宛然如乙。似淡墨所渲染,而绝无笔痕,似隐隐隔纸映出,而眉目衣纹,又纤微毕露。心知鬼祟,急裂而焚之。然已众目共睹,万口喧传矣。异哉!岂幽冥恶其薄行,判使取偿于地下,示此变幻,为负死友者戒乎!

---

[1] 醉眠之阮籍:晋人阮籍性不拘礼法,邻家酒店少妇,长得漂亮,阮常去喝酒,喝醉了就在她的酒店里睡。阮籍不避嫌,少妇的丈夫也不在意。见《晋书·阮籍传》。
[2] 若敖氏之鬼,竟至馁而:若敖,楚国君姓。楚子尽灭若敖氏,若敖一支也就绝嗣了。事见《左传·宣公四年》。后用若敖氏之魂,或若敖鬼馁,比喻绝嗣。

卷十四

槐西杂志（四）

　　林教谕清标言：曩馆崇安，传有士人居武夷山麓，闻采茶者言，某岩月夜有歌吹声，遥望皆天女也。士人故佻达，乃借宿山家，月出辄往，数夕无所遇。山家亦言有是事，但恒在月望[1]，岁或一两闻，不常出也。士人托言习静，留待旬余。一夕，隐隐似有声，乃潜踪急往，伏匿丛薄间。果见数女皆殊绝，一女方拈笛欲吹，瞥见人影，以笛指之。遽僵如束缚，然耳目犹能视听。俄清响透云，曼声动魄，不觉自赞曰："虽遭禁制，然妙音媚态，已具赏矣。"语未竟，突一帕飞蒙其首，遂如梦魇，无闻无见，似睡似醒。迷惘约数刻，渐似苏息。诸女叱群婢曳出，谯呵曰："痴儿无状，乃窥伺天上花耶？"趣折修筳，欲行棰楚。士人苦自申理，言性耽音律，冀窃听幔亭法曲[2]，如李謩之傍宫墙[3]，实不敢别有他肠，希彩鸾甲帐。一女微哂曰："悯汝至诚，有小婢亦解横吹，姑以赐汝。"士人匍匐叩谢，举头已杳。回顾其婢，广颡巨目，短发鬅鬙[4]，腰腹彭亨[5]，气咻咻如喘。惊骇懊恼，避欲却走。婢固引与狎，捉搦不释。愤击仆地，化一豕嗥叫去。岩下乐声，自此遂绝。观于是婢，殆是妖，非仙矣。或曰："仙借豕化婢戏之也。"倘或然欤？

　　刘燮甫言：有一学子，年十六七，聪俊韶秀，似是近上一流，甚望

---

[1] 月望：农历十五。
[2] 法曲：道观所奏之曲。据传唐玄宗喜爱法曲，选坐部伎子弟三百，教于梨园。
[3] 李謩之傍宫墙：李謩为唐玄宗时善吹笛者，曾于夜中于天津桥玩月，依傍宫墙窃听唐玄宗新谱曲子。
[4] 鬅鬙（péng sēng）：头发散乱的样子。
[5] 彭亨：胀满。

成立。一日，忽发狂谵语，如见鬼神。俟醒时问之，自云："景城社会观剧，不觉夜深，归途过一家求饮。唯一少妇，取水饮我，留我小坐，言其夫应官外出，须明日方归。流目送盼，似欲相就。爱其婉媚，遂相燕好。临行泣涕，嘱勿再来，以二钏赠我。次日视之，铜青斑斑，微有银色，似多年土中者。心知是鬼，而忆念不忘。昨再至其地，徘徊寻视。突有黑面长髯人，手批我颊。踉跄奔归。彼亦随至。从此时时见之，向我诟厉。我即忽睡忽醒，不知其他也。"父母为诣墓设奠，并埋其钏。俄其子瞑目呼曰："我妇失钏，疑有别故；而未得主名，仅倒悬鞭五百，转鬻远处。今见汝窃来，乃知为汝所诱。此何等事，可以酒食金钱谢耶？"颠痫月余，竟以不起。然则钻穴逾墙，即地下亦尚有祸患矣。

李云举言：东光有熏狐者，每载燧挟罟，来往墟墓间。一夜，伏伺之际，见一方巾襕衫人自墓顶出，䰨䰨（苦侯反。《说文》曰："鬼声也。"）长啸，群狐四集，围绕丛薄，狰狞嗥叫，齐呼捕此恶人，煮以作脯。熏狐者无路可逃，乃攀援上高树。方巾者指挥群狐，令锯树倒。即闻锯声訇然。熏狐者窘急，俯而号曰："如蒙见释，不敢再履此地。"群狐不应，锯声更厉。如是号再三，方巾者曰："果尔，可设誓。"誓讫，鬼狐俱不见。此鬼此狐，均可谓善了事矣。盖侵扰无已，势不得不铤而走险，背城借一。以群狐之力，原不难于杀一人；然杀一人易，杀一人而激众人之怒，不焚巢犁穴不止也。仅使知畏而纵之，姑取和焉，则后患息矣。有力者不尽其力，乃可以养威；屈人者使人易从，乃可以就服。召陵之役，不责以僭王，而责以苞茅，使易从也；屈完来盟即旋师，不尽其力，以养威也[1]。讲学家说《春秋》者，动议齐桓[2]之小就。方城汉水[3]之固，不识可一战胜乎？一战而不胜，

---

[1]"召陵之役"二句：《左传·僖公四年》："夏，楚子使屈完如师，师退，次于召陵。"苞茅，古时祭祀时用以滤酒的青茅草。召陵之役，齐国举兵伐楚国，责以不贡苞茅于天子之罪；楚国派屈完与齐签订盟约，齐师退。
[2]齐桓：春秋时齐国国君，即齐桓公。
[3]方城汉水：方城、汉水均为楚国凭借的天险。

天下事尚可为乎？淮西、符离[1]之事，吾征诸史册矣。

族弟继先，尝宿广宁门内友人家。夜大风雨，有雷火自屋山（近房脊之墙谓之屋山，以形似山也。范石湖诗屡用之。）穿过，如电光一掣然，墙栋皆摇。次日，视其处，东西壁各一小窦如钱大。盖雷神逐精魅，贯而透也。凡击人之雷，从天而下；击怪之雷，则多横飞，以遁逃追捕故耳。若寻常之雷，则地气郁积，奋而上出。余在福宁度岭，曾于山巅见云中之雷；在淮镇遇雨，曾于旷野见出地之雷，皆如烟气上冲，直至天半，其端火光一爆，即訇然有声，与铳炮之发无异。然皆在无人之地。其有人之地，则从无此事。或曰："天心仁爱，恐触之者死。"语殊未然。人为三才之中，人之聚处，则天地气通，通则弗郁，安得有雷乎？塞外苦寒之地，耕种牧养，渐成墟落，则地气渐温，亦此义耳。

王岳芳言：其家有一刀，廷尉公故物也。或夜有盗警，则格格作爆声，挺出鞘外一二寸。后雷逐妖魅穿屋过，刀堕于地，自此不复作声矣。世传刀剑曾渍人血者，有警皆能自响。是不尽然，唯曾杀多人者乃如是尔。每杀一人，刀上必有迹二条，磨之不去。幼年在河间扬威将军哈公元生家，曾以其佩刀求售，云夜亦有声。验之，信然也。或又谓作声之故，乃鬼所凭，是亦不然。战阵所用，往往曾杀千百人，岂有千百鬼长守一刀者哉？饮血既多，取精不少，厉气之所聚也。盗贼凶鸷，亦厉气之所聚也。厉气相感，跃而自鸣，是犹抚琴者鼓宫宫应，鼓商商应而已[2]。蕤宾之铁，跃乎池内[3]；黄钟之铎，动乎土中[4]，是岂有物凭之哉？至雷火猛烈，一切

---

[1] 淮西、符离：地名。南宋军队与金兵在此二地方打仗，两次战役均以南宋军队惨败而告终。
[2] 宫、商：各为古代五音之一，即宫调、商调。
[3] 蕤宾之铁，跃乎池内：蕤（ruí）宾，古乐十二律之一。能发出蕤宾音调的铁，当有人鼓奏此曲调时，铁就会在水池中跳跃。典出唐段成式《酉阳杂俎·前集卷六》。
[4] 黄钟之铎，动乎土中：黄钟，古乐十二律之一；铎、形如大铃的古乐器。能发出黄钟音调的大铃，当有人弹奏这音调时，大铃就会在泥土中发出共鸣。典出《唐书·李嗣真传》。

厉气，遇之皆消，故一触焰光，仍为凡铁。亦非丰隆、列缺[1]，专为此物下击也。

余尝惜西域汉画，毁于烟煤；而稍疑一二千年笔迹，何以能在？从侄虞惇曰："朱墨著石，苟风雨所不及，苔藓所不生，则历久能存。易州、满城接壤处，有村曰神星。大河北来，复折而东南，有两峰对峙河南北，相传为落星所结，故以名村。其峰上哆[2]下敛，如云朵之出地，险峻无路。好事者攀踏其孔穴，可至山腰。多有旧人题名，最古者有北魏人、五代人，皆手迹宛然可辨。然则洞中汉画之存于今，不为怪矣。"惜其姓名虞惇未暇一一记也。易州、满城皆近地，当访其土人问之。

虞惇又言：落星石北有渔梁[3]，土人世擅其利，岁时以特牲祀梁神。偶有人教以毒鱼法，用芫花于上流授渍，则下流鱼虾皆自死浮出，所得十倍于网罟。试之良验。因结团焦于上流，日施此术。一日，天方午，黑云自龙潭暴涌出，狂风骤雨，雷火赫然，燔其庐为烬。众惧，乃止。夫佃渔之法，肇自庖羲[4]；然数罟不入，仁政存焉。绝流而渔，圣人尚恶；况残忍暴殄，聚族而坑哉！干神怒也宜矣。

周书昌曰："昔游鹊华，借宿民舍。窗外老树森罄，直接冈顶。主人言时闻鬼语，不辨所说何事也。是夜月黑，果隐隐闻之，不甚了了。恐惊之散去，乃启窗潜出，匍匐草际，渐近窃听。乃讲论韩、柳、欧、

---

[1] 丰隆、列缺：雷、闪电。
[2] 哆（chǐ）：张开。
[3] 渔梁：渔场。
[4] 庖羲：古代传说中的部落酋长。也称伏羲等。

苏文，各标举其佳处。一人曰：'如此乃是中声，何前后七子[1]，必排斥不数，而务言秦汉，遂启门户之争？'一人曰：'质文递变，原不一途。宋末文格猥琐，元末文格纤秾，故宋景濂[2]诸公力追韩、欧，救以春容大雅[3]。三杨[4]以后，流为台阁之体，日就肤廓，故李崆峒[5]诸公又力追秦汉，救以奇伟博丽。隆、万[6]以后，流为伪体，故长沙一派[7]，又反唇焉。大抵能挺然自为宗派者，其初必各有根柢，是以能传；其后亦必各有流弊，是以互诋。然董江都[8]、司马文园[9]文格不同，同时而不相攻也。李、杜、王、孟诗格不同，亦同时而不相攻也。彼所得者深焉耳。后之学者，论甘则忌辛，是丹则非素，所得者浅焉耳。'语未竟，我忽作嗽声，遂乃寂然。惜不尽闻其说也。"余曰："此与李词畹记饴山事[10]均以平心之论托诸鬼魅，语已尽，无庸赘后矣。"书昌微愠曰："永年百无一长，然一生不能作妄语。先生不信，亦不敢固争。"

董曲江言：一儒生颇讲学，平日亦循谨无过失，然崖岸太甚，动以

---

[1] 前后七子：明代的文学家。李梦阳、何景明、徐祯卿、边贡、康海、王九思、王廷相，为弘治年间人，称前七子；李攀龙、谢榛、宗臣、王世贞、梁有誉、徐中行、吴国伦为嘉靖年间人，称后七子。
[2] 宋景濂：明代开国文臣宋濂。
[3] 春容大雅：宏大雅正。
[4] 三杨：明代的杨士奇、杨荣、杨溥，俱为馆阁大臣。他们的文学作品，形式典雅工丽，但内容空虚，多为点缀升平的歌功颂德之词。其文风流行于永乐、成化年间，世称台阁体。
[5] 李崆峒：明李梦阳，自号崆峒子。
[6] 隆、万：明穆宗年号隆庆、神宗年号万历。
[7] 长沙一派：明李东阳为湖南茶陵人。以李东阳为首的诗派称茶陵诗派；由于茶陵属长沙，故又称长沙派。
[8] 董江都：西汉董仲舒，曾任江都相。
[9] 司马文园：西汉司马相如，曾拜孝文园令。
[10] 李词畹记饴山事：饴山，清代赵执信号。李词畹记赵执信与木魅答论之事见本书《滦阳消夏录》卷三。

不情之论责人。友人于五月释服,七月欲纳妾。此生抵以书曰:"终制未三月而纳妾,知其蓄志久矣。《春秋》诛心,鲁文公虽不丧娶,犹丧娶也[1]。朋友规过之义,不敢不以告。其何以教我?"其持论大抵类此。一日,其妇归宁,约某日返,乃先期一日。怪而诘之。曰:"吾误以为月小也。"亦不为讶。次日,又一妇至。大骇愕,觅昨妇,已失所在矣。然自是日渐尪羸,因以成瘵。盖狐女假形摄其精,一夕所耗已多也。前纳妾者闻之,亦抵以书曰:"夫妇居室,不能谓之不正也;狐魅假形,亦非意料之所及也。然一夕而大损真元,非恣情纵欲不至是。无乃燕昵之私,尚有不节以礼者乎?且妖不胜德,古之训也。周、张、程、朱,不闻曾有遇魅事。而此魅公然犯函丈[2],无乃先生之德尚有所不足乎?先生贤者也,责备贤者,《春秋》法也。朋友规过之义,不敢不以告。先生其何以教我?"此生得书,但力辩实无此事,里人造言而已。宋清远先生闻之曰:"此所谓以子之矛,陷子之盾。"

袁愚谷制府,(讳守侗,长山人,官至直隶总督,谥清悫。)少与余同砚席,又为姻家。自言三四岁时,尚了了记前生。五六岁时,即恍惚不甚记。今则但记是一岁贡生,家去长山不远;姓名籍贯,家世事迹,全忘之矣。余四五岁时,夜中能见物,与昼无异。七八岁后,渐昏暗。十岁后,遂全无睹;或夜半睡醒,偶然能见,片刻则如故。十六七后以至今,则一两年或一见,如电光石火,弹指即过。盖嗜欲日增,则神明日减耳。

景州李西崖言:其家一佃户,最有胆。种瓜亩余,地在丛冢侧。熟时恒自守护,独宿草屋中,或偶有形声,亦恬不为惧。一夕,闻鬼语嘈杂,

---

[1] 鲁文公虽不丧娶,犹丧娶也:鲁文公虽然不在丧期内婚娶,但等于在丧期婚娶。见《公羊传·文公二年》。
[2] 函丈:旧时学子对老师的尊称。

似相喧诟。出视,则二鬼冢上格斗,一女鬼痴立于旁。呼问其故。一人曰:"君来大佳,一事乞君断曲直:天下有对其本夫调其定婚之妻者耶?"其一人语亦同。佃户呼女鬼曰:"究竟汝与谁定婚?"女鬼觍觍良久,曰:"我本妓女。妓家之例,凡多钱者皆密订相嫁娶。今在冥途,仍操旧术,实不能一一记姓名,不敢言谁有约,亦不敢言谁无约也。"佃户笑且唾曰:"何处得此二痴物!"举首则三鬼皆逝矣。又小时闻舅祖陈公(讳颖孙,岁久失记其字号。德音公之弟,庚子进士,仙居知县秋亭之祖也。)说亲见一事曰:"亲串中有殁后妾改适者,魂附病婢灵语曰:'我昔问尔,尔自言不嫁。今何负心?'妾殊不惧,从容对曰:'天下有夫尚未亡,自言必改适者乎?公此问先愤愤,何怪我如是答乎?'"二事可互相发明也。

有讲学者论无鬼,众难之曰:"今方酷暑,能往墟墓中独宿纳凉一夜乎?"是翁毅然竟往,果无所见。归益自得,曰:"朱文公岂欺我哉!"余曰:"重赏千里,路不逢盗,未可云路无盗也;纵猎终日,野不遇兽,未可云野无兽也。以一地无鬼,遂断天下皆无鬼;以一夜无鬼,遂断万古皆无鬼,举一废百矣。且无鬼之论,创自阮瞻[1],非朱子也。朱子特谓魂升魄降为常理,而一切灵怪非常理耳,未言无也。故金去伪录曰:'二程初不说无鬼神,但无如今世俗所谓鬼神耳。'杨道夫录曰:'雨风露雷,日月昼夜,此鬼神之迹也,此是白日公平正直之鬼神。若所谓有啸于梁,触于胸,此则所谓不正邪暗、或有或无、或来或去、或聚或散者。又有所谓祷之而应,祈之而获,此亦所谓鬼神同一理也。'包扬录曰:'鬼神死生之理,定不如释家所云,世俗所见;然又有其事昭昭,不可以理推者,且莫要理会。'又曰:'南轩亦只是硬不信。如禹鼎魑魅魍魉[2]之属,便是有此物,深山大泽,是彼所居。人往占之,岂不为祟。豫章刘道人,居一山顶结庵。一日,众蜥蜴入来,尽吃庵中水。少顷,庵外皆堆雹。明日,山下果雹。

---

[1] 阮瞻:晋代人,曾著无鬼论。事迹见《晋书·阮瞻传》。
[2] 魑魅魍魉(chī mèi wǎng liǎng):比喻各种各样的坏人。魑魅:传说中山林里能害人的妖怪。魍魉:传说中的怪物。

有一妻伯刘文,人甚朴实,不能妄语。言过一岭,闻溪边林中响,乃无数蜥蜴,各抱一物如水晶,未去数里下雹。此理又不知如何。旧有一邑,泥塑一大佛,一方尊信之。后被一无状宗子断其首。民聚哭之,佛颈泥木出舍利。泥木岂有此物,只是人心所致。'吴必大录曰:'因论薛士龙家见鬼,曰:世之信鬼神者,皆谓实有在天地间;其不信者,断然以为无鬼。然却又有真个见者,郑景望遂以薛氏所见为实。不知此特虹霓之类耳。问:虹霓只是气,还有形质?曰:既能啜水,亦必有肠肚。只才散便无,如雷部神亦此类。'林赐录曰:'世之见鬼神者甚多,不审有无如何?曰:世间人见者极多,如何谓无,但非正理耳。如伯有为厉[1],伊川谓别是一理。盖其人气未当尽而强死,魂魄无所归,自是如此。昔有人在淮上夜行,见无数形象,似人非人,出没于两水之间。此人明知其鬼,不得已冲之而过。询之,此地乃昔人战场也。彼皆死于非命,衔冤抱恨,固宜未散。坐间或云:乡间有李三者,死而为厉。乡曲凡有祭祀佛事,必设此人一分。后因为人放爆仗,焚其所依之树,自是遂绝。曰:是他柱死气未散,被爆仗惊散。'沈侗录曰:'人有不伏其死者,所以既死而此气不散,为妖为怪。如人之凶死及僧道既死多不散。(原注:僧道务养精神,所以凝聚不散。)'万人杰录曰:'死而气散,泯然无迹者,是其常道理。恁地有托生者,是偶然聚得气不散,又恁生去凑着那生气便再生。'叶贺孙录曰:'潭州一件公事:妇杀夫,密埋之。后为祟。事已发觉,当时便不为祟。以是知刑狱里面,这般事若不与决罪,则死者之冤必不解。'李壮祖录曰:'或问:世有庙食之神,绵历数百年,又何理也?曰:寖[2]久亦散。昔守南康,久旱,不免遍祷于神。忽到一庙,但有三间敞屋,狼藉之甚。彼人言三五十年前,其灵如响,有人来而帷中之神与之言者。昔之灵如彼,今之灵如此,亦自可见。'叶贺孙录曰:'论鬼神之事,谓蜀中灌口二郎庙是李冰,因开离堆立庙。今来现许多灵怪,乃是他第二儿子出来,初间封为王;后来徽宗好道,遂改封为真君。张魏公[3]用兵,

---

[1]伯有为厉:伯有,春秋郑国大夫良霄的字。传说他死后变为厉鬼。事见《左传·襄公三十年》。
[2]寖(jìn):逐渐。
[3]张魏公:南宋爱国将领张浚,封魏国公。

祷于其庙,夜梦神语曰:我向来封为王,有血食之奉,故威福得行。今号为真君虽尊,人以素食祭我,无血食之养,故无威福之灵。今须复封我为王,当有威灵。魏公遂乞复其封。不知魏公是有此梦,是一时用兵,托为此说。又有梓潼神,极灵。此二神似乎割据两川。大抵鬼神用生物祭者,皆是假此生气为灵。古人衅钟衅龟皆此意。汉卿云,李通说有人射虎,见虎后数人随之,乃是为虎伤死之人。生气未散,故结成此形。'黄义刚录曰:'论及请紫姑神吟诗之事,曰:亦有请得正身出现,其家小女子见,不知此是何物。且如衢州有一人事一神,只开所录事目于纸,而封之祠前。少间开封,而纸中自有答语。此不知是如何。'凡此诸说,黎靖德[1]所编语类班班具载,先生何竟诬朱子乎?"此翁索书观之,良久,怃然曰:"朱子尚有此书耶!"悒默而散。然余犹有所疑者:朱子大旨,谓人秉天地之气生,死则散还于天地。叶贺孙录所谓"如鱼在水,外面水便是肚里水,鳜鱼肚里水与鲤鱼肚里水只是一般",其理精矣;而无如祭祀之理,制于圣人,载于经典,遂不得不云子孙一气相感,复聚而受祭;受祭既毕,仍散入虚无。不识此气散还以后,与元气浑合为一欤?抑参杂于元气之内欤?如混合为一,则如众水归海,共为一水,不能使江淮河汉,复各聚一处也。如五味和羹,共成一味,不能使姜盐醯酱,复各聚一处也。又安能于中犁出某某之气,使各与子孙相通耶?如参杂于元气之内,则如飞尘四散,不知析为几万亿处,如游丝乱飞,不知相去几万亿里。遇子孙享荐,乃星星点点,条条缕缕,复合为一,于事理毋乃不近耶?即以能聚而论,此气如无知,又安能感格?安能歆享?此气如有知,知于何起?当必有心;心于何附?当必有身。既已有身,则仍一鬼矣。且未聚以前,此亿万微尘,亿万缕缕,尘尘缕缕,各有所知,则不止一鬼矣。不过释氏之鬼,地下潜藏;儒者之鬼,空中旋转。释氏之鬼,平日常存;儒家之鬼,临时凑合耳。又何以相胜耶?此诚非末学所知也。

乌鲁木齐千总某,患寒疾。有道士踵门求诊,云有夙缘,特相拯也。

---

[1] 黎靖德:宋代学者,辑有《朱子语类》140卷。

会一流人高某妇,颇能医,见其方,骇曰:"桂枝下咽,阳盛乃亡。药病相反,乌可轻试?"力阻之。道士叹息曰:"命也夫!"振衣竟去。然高妇用承气汤,竟愈。皆以道士为妄。余归以后,偶阅邸抄[1],忽见某以侵蚀屯粮伏法。乃悟道士非常人,欲以药毙之,全其首领也。此与旧所记兵部书吏事相类,岂非孽由自作,非智力所可挽回欤?

姚安公云,人家有奇器妙迹,终非佳事。因言癸巳同年牟丈瀜家(不知即牟丈,不知或牟丈之伯叔,幼年听之未审也。)有一砚,天然作鹅卵形,色正紫,一鸲鹆[2]眼如豆大,突出墨池中心,旋螺纹理分明,瞳子炯炯有神气。抚之,腻不留物。叩之,坚如金铁。呵之,水出如露珠。下墨无声,数磨即成浓瀋。无款识铭语,似爱其浑成,不欲椎凿。匣亦紫檀根所雕,出入无滞,而包裹无纤隙,摇之无声。背有"紫桃轩"三字,小仅如豆,知为李太仆日华[3]故物也。(太仆有说部名《紫桃轩杂缀》。)平生所见宋砚,此为第一。然后以珍惜此砚忤上官,几罹不测,竟恚而撞碎。祸将作时,夜闻砚若呻吟云。

余在乌鲁木齐日,城守营都司朱君馈新菌,守备徐君(与朱均偶忘其名。盖日相接见,唯以官称,转不问其名字耳。)因言:昔未达时,偶见卖新菌者,欲买。一老翁在旁,呵卖者曰:"渠尚有数任官,汝何敢为此!"卖者逡巡去。此老翁不相识,旋亦不知其何往。次日,闻里有食菌死者。疑老翁是社公。卖者后亦不再见,疑为鬼求代也。《吕氏春秋》称味之美者越骆之菌,本无毒,其毒皆蛇虺之故,中者使人笑不止。陈仁玉《菌谱》载水调苦茗白矾解毒法,张华《博物志》、陶宏景[4]《名医别录》并载地浆解毒法,盖以此也。(以黄泥调水,澄而饮之,曰地浆。)

---

[1] 邸抄:古代官府用以传知朝廷政事的文书抄本。也称邸报。
[2] 鸲鹆(qú yù):鸟名,即八哥。
[3] 李太仆日华:明代李日华,官至太仆,写有《南调西厢记》。
[4] 陶宏景:南朝梁学者。"宏"也作"弘"。

亲串家厅事之侧有别院，屋三楹。一门客每宿其中，则梦见男女裸逐，粉黛杂沓，四围环绕，备诸媟状。初甚乐观，久而夜夜如是，自疑心病也。然移住他室则不梦，又疑为妖。然未睡时寂无影响，秉烛至旦，亦无见闻。其人亦自相狎戏，如不睹旁尚有人，又似非魅，终莫能明。一日，忽悟书橱贮牙镂石琢横陈像凡十余事，秘戏册卷大小亦十余事，必此物为祟。乃密白主人尽焚之。有知其事者曰："是物何能为祟哉！此主人征歌选妓之所也，气机所感，而淫鬼应之。此君亦青楼之狎客也，精神所注，而妖梦通之。水腐而后蠛蠓[1]生，酒酸而后醯鸡[2]集，理之自然也。市肆鬻杂货者，是物不少，何不一一为祟？宿是室者非一人，何不一一入梦哉？此可思其本矣。徒焚此物，无益也。某氏其衰乎！"不十岁，而屋易主。

　　明公恕斋，尝为献县令，良吏也。官太平府时，有疑狱，易服自察访之。偶憩小庵，僧年八十余矣，见公合掌肃立，呼其徒具茶。徒遥应曰："太守且至，可引客权坐别室。"僧应曰："太守已至，可速来献。"公大骇曰："尔何以知我来？"曰："公一郡之主也，一举一动，通国皆知之，宁独老僧！"又问："尔何以识我？"曰："太守不能识一郡之人，一郡之人则孰不识太守。"问："尔知我何事出？"曰："某案之事，两造[3]皆遣其党，布散道路间久矣，彼皆阳[4]不识公耳。"公怃然自失，因问："尔何独不阳不识？"僧投地膜拜曰："死罪死罪！欲得公此问也。公为郡不减龚、黄[5]，然微不慊于众心者，曰好访。此不特神奸巨蠹，能预为蛊惑计也；即乡里小民，孰无亲党，孰无恩怨乎哉？访甲之党，则甲直而乙曲；访乙之党，则甲曲而乙直。访其有仇者，则有仇者必曲；访其有恩者，则有恩者必直。至于妇人孺子，闻见不真；病媪衰翁，语言昏聩，又可

---

[1] 蠛蠓（miè měng）：小虫名。
[2] 醯（xī）鸡：小虫名，酒坛里的蠛蠓。
[3] 两造：双方，即原告和被告。
[4] 阳：假装，通"佯"。
[5] 龚、黄：汉代龚遂、黄霸。两人都是有名的循吏，在政期间，做了不少有益人民的好事。

据为信谳乎？公亲访犹如此，再寄耳目于他人，庸有幸乎？且夫访之为害，非仅听讼为然也，闾阎利病，访亦为害，而河渠堤堰为尤甚。小民各私其身家，水有利则遏以自肥，水有患则邻国为壑，是其胜算矣。孰肯揆地形之大局，为永远安澜之计哉？老僧方外人也，本不应预世间事，况官家事耶。第佛法慈悲，舍身济众，苟利于物，固应冒死言之耳。唯公俯察焉。"公沉思其语，竟不访而归。次日，遣役送钱米。归报曰："公返之后，僧谓其徒曰：'吾心事已毕。'竟泊然逝矣。"此事杨丈汶川尝言之，姚安公曰："凡狱情虚心研察，情伪乃明，信人信己皆非也。信人之弊，僧言是也；信己之弊，亦有不可胜言者。安得再一老僧，亦为说法乎！"

舅氏健亭张公言：读书野云亭时，诸同学修禊佟氏园。偶扶乩召仙，共请姓名。乩题曰："偶携女伴偶闲行，词客何劳问姓名？记否瑶台明月夜，有人嗔唤许飞琼[1]。"再请下坛诗。乩又题曰："三面纱窗对水开，佟园还是旧楼台。东风吹绿池塘草，我到人间又一回。"众窃议诗情凄婉，恐是才女香魂；然近地无此闺秀，无乃炼形拜月之仙姬乎。众情颠倒，或凝思伫立，或微谑通词。乩忽奋迅大书曰："衰翁憔悴雪盈颠，傅粉熏香看少年。偶遣诸郎作痴梦，可怜真拜小婵娟。"复大书一"笑"字而去。此不知何代诗魂，作此狡狯；要亦轻薄之意，有以召之。

胡厚庵先生言：有书生昵一狐女，初遇时，以二寸许壶卢授生，使佩于衣带，而自入其中。欲与晤，则拔其楔，便出嫣婉，去则仍入而楔之。一日，行市中，壶卢为偷儿剪去。从此遂绝，意恒怅怅。偶散步郊外，以消郁结，闻丛翳中有相呼者，其声狐女也。就往与语，匿不肯出，曰："妾已变形，不能复与君见矣。"怪诘其故。泣诉曰："采补炼形，狐之常理。近不知何处一道士，又搜索我辈，供其采补。捕得禁以神咒，即僵如木偶，一听其所为。或有道力稍坚，吸之不吐者，则蒸以为脯。血肉

---

[1]许飞琼：古仙女名。事迹见《汉武帝内传》。

既唼,精气亦为所收。妾入壶卢盖避此难,不意仍为所物色,攫之以归。妾畏镬汤镋,已献其丹,幸留残喘。然失丹以后,遂复兽形,从此炼形又须二三百年,始能变化。天荒地老,后会无期;感念旧恩,故呼君一诀。努力自爱,毋更相思也。"生愤恚曰:"何不诉于神?"曰:"诉者多矣。神以为悖入悖出,自作之愆;杀人人杀,相酬之道,置不为理也。乃知百计巧取,适以自戕。自今以往,当专心吐纳,不复更操此术矣。"此事在乾隆丁巳、戊午间,厚庵先生曾亲见此生。后数年,闻山东雷击一道士,或即此道士淫杀过度,又伏天诛欤?螳螂捕蝉,黄雀在后,挟弹者又在其后,此之谓矣。

从弟东白宅,在村西井畔。从前未为宅时,缭以周垣,环筑土屋。其中有屋数间,夜中辄有叩门声。虽无他故,而居者恒病不安。一日,门旁墙圮,出一木人,作张手叩门状,上有符箓。乃知工匠有嗛主人,作是镇魇也。故小人不可与轻作缘,亦不可与轻作难。

何子山先生言:雍正初,一道士善符箓。尝至西山极深处,爱其林泉,拟结庵习静。土人言是鬼魅之巢窟,伐木采薪,非结队不敢入,乃至狼虎不能居,先生宜审。弗听也。俄而鬼魅并作,或窃其屋材,或魇其工匠,或毁其器物,或污其饮食。如行荆棘中,步步挂碍。如野火四起,风叶乱飞,千手千目,应接不暇也。道士怒,结坛召雷将。神降则妖已先遁,大索空山无所得。神去,则数日复集。如是数回,神恶其渎,不复应。乃一手结印,一手持剑,独与战,竟为妖所蹍,拔须败面,裸而倒悬。遇樵者得解,狼狈逃去。道士盖恃其术耳。夫势之所在,虽圣人不能逆;党之已成,虽帝王不能破。久则难变,众则不胜诛也。故唐去牛、李之倾轧,难于河北之藩镇[1]。道士昧众寡之形,客主之局,不量力而撄其锋,取败也宜矣。

小人之计万变,每乘机而肆其巧。小时,闻村民夜中闻履声,以为盗,秉炬搜捕,了无形迹。知为魅也,不复问。既而胠箧[2]者知其事,乘夜而往。家人仍以为魅,偃息弗省。遂饱所欲去。此犹因而用之也。邑有令,颇讲学,恶僧如仇。一日,僧以被盗告。庭斥之曰:"尔佛无灵,何以庙食?尔佛有灵,岂不能示报于盗,而转渎官长耶?"挥之使去,语人曰:"使天下守令用此法,僧不沙汰而自散也。"僧固黠甚,乃阳与其徒修忏祝佛,而阴赂丐者,使捧衣物跪门外,状若痴者。皆曰佛有灵,檀施转盛。此更反而用之,使厄我者助我也。人情如是,而区区执一理与之角,乌有幸哉!

张某、瞿某,幼同学,长相善也。瞿与人讼,张受金,刺得其阴谋,泄于其敌。瞿大受窘辱,衔之次骨;然事密无左证,外则未相绝也。俄张死,瞿百计娶得其妇。虽事事成礼,而家庭共语,则仍呼曰张几嫂。妇故朴愿,以为相怜相戏,亦不较也。一日,与妇对食,忽跃起自呼其名曰:"瞿某,尔何太甚耶?我诚负心,我妇归汝,足偿矣。尔必仍呼嫂何耶?妇再嫁常事,娶再嫁妇亦常事。我既死,不能禁妇嫁,即不能禁汝娶也。我已失朋友义,亦不能责汝娶朋友妇也。今尔不以为妇,仍系我姓呼为嫂,是尔非娶我妇,乃淫我妇也。淫我妇者,我得而诛之矣。"竟颠狂数日死。夫以直报怨,圣人不禁。张固小人之常态,非不共之仇也。计娶其妇,报之已甚矣;而又视若倚门妇,玷其家声,是已甚之中又已甚焉。何怪其愤激为厉哉!

---

[1]"故唐去牛、李"句:唐代中期朝中大臣李德裕和牛僧孺各结成朋党,互相争斗,史称牛李党争。藩镇指安史之乱后,在河北的三个藩镇:卢龙、成德、魏博。他们拥兵自重,不服朝廷管辖,唐末之乱由此而起。
[2]胠箧(qū qiè):撬开箱子,指盗窃。

一恶少感寒疾,昏瞶中魂已出舍,怅怅无所适。见有人来往,随之同行。不觉至冥司,遇一吏,其故人也。为检籍良久,蹙额曰:"君多忤父母,于法当付镬汤狱。今寿尚未终,可且反,寿终再来受报可也。"恶少惶怖,叩首求解脱。吏摇首曰:"此罪至重,微我难解脱,即释迦牟尼亦无能为力也。"恶少泣涕求不已。吏沉思曰:"有一故事,君知乎?一禅师登座,问:'虎颔下铃,何人能解?'众未及对,一沙弥曰:'何不令系铃人解。'得罪父母,还向父母忏悔,或希冀可免乎!"少年虑罪业深重,非一时所可忏悔。吏笑曰:"又有一故事,君不闻杀猪王屠,放下屠刀,立地成佛乎?"遣一鬼送之归,霍然遂愈。自是洗心涤虑,转为父母所爱怜。后年七十余乃终。虽不知其果免地狱否,然观其得寿如是,似已许忏悔矣。

许文木言:老僧澄止,有道行。临殁,谓其徒曰:"我持律精进,自谓是四禅天[1]人。世尊嗔我平生议论,好尊佛而斥儒,我相未化,不免仍入轮回矣。"其徒曰:"崇奉世尊,世尊反嗔乎?"曰:"此世尊所以为世尊也。若党同而伐异,扬己而抑人,何以为世尊乎?我今乃悟,尔见犹左耳。"因忆杨槐亭言:乙丑上公车时,偕同年数人行。适一僧同宿逆旅,偶与闲谈。一同年目止之曰:"君奈何与异端语?"僧不平曰:"释家诚与儒家异,然彼此均各有品地。果为孔子,可以辟佛;颜、曾[2]以下弗能也。果为颜、曾,可以辟菩萨;郑、贾[3]以下弗能也。果为郑、贾,可以辟阿罗汉;程、朱以下弗能也。果为程、朱,可以辟诸方祖师;其依草附木,自托讲学者弗能也。何也?其分量不相及也。先生而辟佛,毋乃高自位置乎?"同年怒且笑曰:"唯各有品地,故我辈儒可辟汝辈僧也。"几于相哄而散。余谓各以本教而论,譬如居家,三王以来,儒道之持世久矣,虽再有圣人弗能易,犹主人也。佛自西域而来,其空虚清净之义,可使驰骛者息营求,忧愁者得排遣;其因果报应之说,亦足警戒下愚,使回心向善,于世不为无补。故其说得行于中国。犹挟技之食客也,食客不修其本技,而欲变更主人之家政,使主人退而受教,此佛者之过也。

---

[1] 四禅天:佛教把色界诸天分为四禅;四禅天为最高境界。
[2] 颜、曾:孔子弟子颜回、曾参。
[3] 郑、贾:汉代经学家郑兴、郑众、贾逵等。

各以末流而论,譬如种田,儒犹耕耘者也。佛家失其初旨,不以善恶为罪福,而以施舍不施舍为罪福。于是惑众蠹财,往往而有,犹侵越疆畔,攘窃禾稼者也。儒者舍其未耜,荒其阡陌,而皇皇持梃荷戈,日寻侵越攘窃者与之格斗;即格斗全胜,不知己之稼穑如何也。是又非儒者之颠耶?夫佛自汉明帝后,蔓延已二千年,虽尧、舜、周、孔复生,亦不能驱之去。儒者父子君臣兵刑礼乐,舍之则无以治天下,虽释迦出世,亦不能行彼法于中土。本可以无争,徒以缁徒不胜其利心,妄冀儒绌佛伸,归佛者檀施当益富。讲学者不胜其名心,著作中苟无辟佛数条,则不足见卫道之功。故两家语录,如水中泡影,旋生旋灭,旋灭旋生,互相诟厉而不止。然两家相争,千百年后,并存如故;两家不争,千百年后,亦并存如故也。各修其本业可矣。

陈瑞庵言:献县城外诸丘阜,相传皆汉冢也。有耕者误犁一冢,归而寒热谵语,责以触犯。时瑞庵偶至,问:"汝何人?"曰:"汉朝人。"又问:"汉朝何处人?"曰:"我即汉朝献县人,故冢在此,何必问也?"又问:"此地汉即名献县耶?"曰:"然。"问:"此地汉为河间国,县曰乐成。金始改献州。明乃改献县。汉朝安得有此名?"鬼不语。再问之,则耕者苏矣。盖传为汉冢,鬼亦习闻,故依托以求食。而不虞适以是败也。

毛其人言:有耿某者,勇而悍。山行遇虎,奋一梃与斗,虎竟避去,自以为中黄、伉飞[1]之流也。偶闻某寺后多鬼,时魇醉人,愤往驱逐。有好事数人随之往。至则日薄暮,乃纵饮至夜,坐后垣上待其来。二鼓后,隐隐闻啸声,乃大呼曰:"耿某在此。"倏人影无数,涌至,皆吃吃笑:"是尔耶,易与耳。"耿怒跃下,则鸟兽散去,遥呼其名而詈之。东逐则在西,西逐则在东,此没彼出,倏忽千变。耿旋转如风轮,终不见一鬼,疲极欲返,则嘲笑以激之。渐引渐远,突一奇鬼当路立,锯牙电目,张爪欲搏,

---

[1] 中黄、伉(cì)飞:中黄,古代指勇力之士;伉飞,春秋楚国勇士。

急奋拳一击，忽嗷然自仆，指已折，掌已裂矣，乃误击墓碑上也。群鬼合声曰："勇哉！"謷然俱杳。诸壁上观者闻耿呼痛，共持炬异归。卧数日，乃能起，右手遂废。从此猛气都尽，竟唾面自乾焉。夫能与虓虎敌，而不能不为鬼所困，虎斗力，鬼斗智也。以有限之力，欲胜无穷之变幻，非天下之痴人乎？然一惩即戒，毅然自返，虽谓之大智慧人，亦可也。

张桂岩自扬州还，携一琴砚见赠。斑驳剥落，古色黝然。右侧近下，镌"西涯"二篆字，盖怀麓堂[1]故物也。中镌行书一诗曰："如以文章论，公原胜谢、刘[2]。玉堂挥翰手，对此忆风流。"款曰"稚绳"，高阳孙相国字也。左侧镌小楷一诗曰："草绿湘江叫子规，茶陵青史有微词。流传此砚人犹惜，应为高阳五字诗。"款曰"不凋"，乃太仓崔华之字。华，渔洋山人之门人。渔洋论诗绝句曰："溪水碧于前渡日，桃花红似去年时。江南肠断何人会？只有崔郎七字诗。"即其人也。二诗本集皆不载，岂以诋诃前辈，微涉评直，编集时自删之欤？后以赠庆大司马丹年，刘石庵参知颇疑其伪。然古人多有集外诗，终弗能明也。又杨丈汶川（讳可镜，杨忠烈公曾孙也。以拔贡官户部郎中，与先姚安公同事。）赠姚安公一小砚，背有铭曰："自渡辽，携汝伴。草军书，恒夜半。余之心，唯汝见。"款题："芝冈铭"。盖熊公廷弼军中砚，云得之于其亲串家。又家藏一小砚，左侧有"白谷手琢"四字，当是孙公传庭所亲制。二砚大小相近，姚安公以皆前代名臣，合为一匣。后在长儿汝佶处。汝佶夭逝，二砚为婢媪所窃卖。今不可物色矣。

余十七岁时，自京师归应童子试，宿文安孙氏。（土语呼若巡诗，音之转也。）室庐皆新建，而土炕下钉一桃杙[3]。上下颇碍，呼主人去之。主人颇笃实，摇手曰："是不可去，去则怪作矣。"诘问其故。曰："吾买

---

[1] 怀麓堂：明李东阳，撰《怀麓堂集》100卷。
[2] 谢、刘：与李东阳同时的朝臣谢迁、刘健。
[3] 杙（yì）：小木桩。

隙地构此店，宿者恒夜见炕前一女子立，不言不动，亦无他害。有胆者以手引之，乃虚无所触。道士咒桃杙钉之，乃不复见。"余曰："其下必古冢，人在上，鬼不安耳。何不掘出其骨，具棺迁葬？"主人曰："然。"然不知其果迁否也。又辛巳春，余乞假养疴北仓。姻家赵氏请余题主，先姚安公命之往。归宿杨村，夜已深，余先就枕，仆隶秣马尚未睡。忽见彩衣女子揭帘入，甫露面，即退出。疑为趁座妓女，呼仆隶遣去，皆云外户已闭，无一人也。主人曰："四日前，有宦家子妇宿此卒，昨移柩去。岂其回煞耶？"归告姚安公。公曰："我童子时，读书陈氏舅家。值仆妇夜回煞，月明如昼，我独坐其室外，欲视回煞作何状，迄无见也。何尔乃有见耶？然则尔不如我多矣。"至今深愧此训也。

河豚唯天津至多，土人食之如园蔬；然亦恒有死者，不必家家皆善烹治也。姨丈惕园牛公言：有一人嗜河豚，卒中毒死。死后见梦于妻子曰："祀我何不以河豚耶？"此真死而无悔也。又姚安公言：里有人粗温饱，后以博破家。临殁，语其子曰："必以博具置棺中。如无鬼，与白骨同为土耳，于事何害？如有鬼，荒榛蔓草之间，非此何以消遣耶！"比大殓，金曰："死葬之以礼，乱命不可从也。"其子曰："独不云事死如事生乎？生不能几谏，殁乃违之乎？我不讲学，诸公勿干预人家事。"卒从其命。姚安公曰："非礼也，然亦孝子无已之心也。吾恶夫事事遵古礼，而思亲之心则漠然者也。"

一奴子业针工，其父母鬻身时未鬻此子，故独别居于外。其妇年二十余，为狐所媚，岁余病瘵死。初不肯自言，病甚，乃言狐初来时为女形，自言新来邻舍也。留与语，渐涉谑，既而渐相逼，邂前拥抱，遂昏昏如魇。自是每夜辄来，来必换一形，忽男忽女，忽老忽少，忽丑忽好，忽僧忽道，忽鬼忽神，忽今衣冠忽古衣冠，岁余无一重复者。至则四肢缓纵，口噤不能言，唯心目中了了而已。狐亦不交一言，不知为一狐所化，抑众狐更番而来也。其尤怪者，妇小姑偶入其室，突遇狐出，一跃即逝。

小姑所见,是方巾道袍人,白须鬖鬖;妇所见则黬黑垢腻,一卖煤人耳。同时异状,更不可思议耳。

及孺爱先生言:(先生于余为疏从表侄,然幼时为余开蒙,故始终待以师礼。)交河有人田在丛冢旁,去家远,乃筑室就之。夜恒闻鬼语,习见不怪也。一夕,闻冢间呼曰:"尔狼狈何至是?"一人应曰:"适路遇一女,携一童子行。见其面有衰气,死期已近,未之避也。不虞女忽一嚏,其气中人,如巨杵舂撞,(平声。)伤而仆地。苏息良久,乃得归。今胸鬲尚作楚也。"此人默记其语。次日,耘者聚集,具述其异,因问:"昨日谁家女子傍晚行,致中途遇鬼?"中一宋姓者曰:"我女昨晚同我子自外家归,无遇鬼事也。"众以为妄语。数日后,宋女为强暴所执,捍刃抗节死。乃知贞烈之气,虽届衰绝,尚刚劲如是也。鬼魅畏正人,殆以此夫。

张完质舍人言:有与狐为友者,将商于外,以家事托狐。凡火烛盗贼,皆为警卫;僮婢或作奸,皆摘发无遗。家政井井,逾于商未出时。唯其妇与邻人昵,狐若弗知。越两岁,商归,甚德狐。久而微闻邻人事,又甚咎狐。狐谢曰:"此神所判,吾不敢违也。"商不服曰:"鬼神祸淫,乃反导淫哉?"狐曰:"是有故。邻人前世为巨室,君为司出纳,因其倚信,侵蚀其多金。冥判以妇偿负,一夕准宿妓之价销金五星^[1],今所欠只七十余金矣。销尽自绝,君何躁焉!君傥未信,试以所负偿之,观其如何耳。"商乃诣邻人家曰:"闻君贫甚,仆此次幸多赢,谨以八十金奉助。"邻人感且愧,自是遂与妇绝。岁暮,馈肴品示谢,甚精腆。计其所值,正合七十余金所赢数。乃知夙生债负,受者毫厘不能增,与者毫厘不能减也。是亦可畏也已。

---

[1] 星:秤杆上刻度的点。

族侄竹汀言：有农家妇少寡，矢志不嫁，养姑抚子数年矣。一日，见华服少年，从墙缺窥伺。以为过客误入，詈之去。次日复来。念近村无此少年，土人亦无此华服，心知是魅，持梃驱逐。乃复抛掷砖石，损坏器物。自是日日来，登墙自道相悦意。妇无计，哭诉于社公祠，亦无验。越七八日，白昼晦冥，雷击裂村南一古墓，魅乃绝。不知是狐是鬼也。以妖媚人，已干天律，况媚及柏舟[1]之妇，其受殛也固宜。顾必迟久而后应，岂天人一理，事关诛死，亦待奏请而后刑，由社公辗转上闻，稍稽时日乎？然匹妇一哭，遽达天听，亦足见孝弟之通神明矣。

沧州一带海滨煮盐之地，谓之灶泡。袤延数百里，并斥卤不可耕种，荒草粘天，略如塞外，故狼多窟穴于其中。捕之者掘地为阱，深数尺，广三四尺，以板覆其上，中凿圆孔如盂大，略如柙状。人蹲阱中，携犬子或豚子，击使嗥叫。狼闻声而至，必以足探孔中攫之。人即握其足立起，肩以归。狼隔一板，爪牙无所施其利也。然或遇其群行，则亦能搏噬。故见人则以喙据地嗥，众狼毕集，若号令然，亦颇为行客道途患。有富室偶得二小狼，与家犬杂畜，亦与犬相安。稍长，亦颇驯，竟忘其为狼。一日，主人昼寝厅事，闻群犬呜呜作怒声，惊起周视，无一人。再就枕将寐，犬又如前。乃伪睡以俟，则二狼伺其未觉，将啮其喉，犬阻之不使前也。乃杀而取其革。此事从侄虞惇言。狼子野心，信不诬哉！然野心不过遁逸耳；阳为亲昵，而阴怀不测，更不止于野心矣。兽不足道，此人何取而自贻患耶！

田村一农妇，甚贞静。一日馌饷，有书生遇于野，从乞瓶中水。妇不应。出金一锭投其袖。妇掷且詈，书生惶恐遁。晚告其夫，物色之，无是人，疑其魅也。数日后，其夫外出，阻雨不得归。魅乃幻其夫形，作冒雨归者，入与寝处，草草熄灯，遽相媟戏。忽电光射窗，照见乃向书生。妇恚甚，

---

[1] 柏舟：《诗经·国风》的篇名，为贞女节妇之诗。

爪败其面。魅甫跃出窗，闻呦然一声，莫知所往。次早夫归，则门外一猴脑裂死，如刃所中也。盖妖之媚人，皆因其怀春而媾和。若本无是心，而乘其不意，变幻以败其节，则罪当与强污等。揆诸神理，自必不容，而较前记竹汀所说事，其报更速。或社公权微，不能即断；此遇天神立殛之？抑彼尚未成，此则已玷，可以不请而诛欤？

同年邹道峰言：有韩生者，丁卯夏读书山中。窗外为悬崖，崖下为涧。涧绝陡，两岸虽近，然可望而不可至也。月明之夕，每见对岸有人影，虽知为鬼，度其不能越，亦不甚怖。久而见惯，试呼与语。亦响应，自言是堕涧鬼，在此待替。戏以余酒凭窗洒涧内，鬼下就饮，亦极感谢。自此遂为谈友，诵肄之暇，颇消岑寂。一日试问："人言鬼前知。吾今岁应举，汝知我得失否？"鬼曰："神不检籍，亦不能前知，何况于鬼。鬼但能以阳气之盛衰，知人年运；以神光之明晦，知人邪正耳。若夫禄命，则冥官执役之鬼，或旁窥窃听而知之；城市之鬼，或辗转相传而闻之；山野之鬼弗能也。城市之中，亦必捷巧之鬼乃闻之，钝鬼亦弗能也。譬君静坐此山，即官府之事不得知，况朝廷之机密乎！"一夕，闻隔涧呼曰："与君送喜。顷城隍巡山，与社公相语，似言今科解元是君也。"生亦窃自贺。及榜发，解元乃韩作霖，鬼但闻其姓同耳。生叹息曰："乡中人传官里事，果若斯乎！"

王史亭编修言：有崔生者，以罪戍广东。恐携孥有意外，乃留其妻妾，只身行。到戍后，穷愁抑郁，殊不自聊；且回思"少妇登楼"，弥增忉怛[1]。偶遇一叟，自云姓董，字无念。言颇契，愍其流落，延为子师，亦甚相得。一夕，宾主夜酌，楼高月满，忽动离怀，把酒倚栏，都忘酬酢。叟笑曰："君其有'云鬟玉臂'[2]之感乎？托在契末，已早为经纪，但至

---

[1] 忉怛（dāo dá）：悲痛。
[2] "云鬟玉臂"：用杜甫《月夜》："香雾云鬟湿，清辉玉臂寒"典。

否未可知，故先不奉告；旬月后当有耗耳。"又半载，叟忽戒僮婢扫治别室，意甚匆遽。顷之，则三小肩舆至，妻妾及一婢揭帘出矣。惊喜怪问。皆曰："得君信相迓，嘱随某官眷属至。急不能久待，故草草来；家事托几房几兄代治，约岁得租米，岁岁鬻金寄至矣。"问："婢何来？"曰："即某官之媵，嫡不能容，以贱价就舟中鬻得也。"生感激拜叟，至于涕零。从此完聚成家，无复故园之梦。越数月，叟谓生曰："此婢中途邂逅，患难相从，当亦是有缘。似当共侍巾栉，无独使向隅也。"又数载，遇赦得归。生喜跃不能寐，而妻妾及婢俱惨惨有离别之色。生慰之曰："尔辈恋主人恩耶？倘不死，会有日相报耳。"皆不答，唯趣为生治装。濒行，翁治酒作饯，并呼三女出曰："今日事须明言矣。"因拱手对生曰："老夫地仙也。过去生中，与君为同官。殁后，君百计营求，归吾妻子，恒耿耿不忘。今君别鹤离鸾，自合为君料理；但山川绵邈，二孱弱女子，何以能来？因摄召花妖，俾先至君家中半年，窥尊室容貌语言，摹拟俱似；并刺知家中旧事，使君有证不疑。渠本三姊妹，故多增一婢耳。渠皆幻相，君勿复思，到家相对旧人，仍与此间无异矣。"生请与三女俱归。叟曰："鬼神各有地界，可暂出不可久越也。"三女握手作别，洒泪沾衣，俯仰间已俱不见。登舟时，遥见立岸上，招之不至矣。归后，妻子具言家日落，赖君岁岁寄金来，得活至今。盖亦此叟所为也。使世间离别人皆逢此叟，则无复牛女银河之恨矣。史亭曰："信然。然粤东有地仙，他处亦必有地仙；董叟有此术，他仙亦必有此术。所以无人再逢者，当由过去生中原未受恩，故不肯竭尽心力缩地补天耳。"

有客在泊镇宿妓，与以金。妓反复审谛，就灯铄之，微笑曰："莫纸铤否？"怪问其故。云数日前粮艘演剧赛神，往看至夜深归。遇少年与以金，就河干草屋野合。至家，探怀觉太轻，取出乃一纸铤。盖遇鬼也。因言相近一妓家，有客赠衣饰甚厚。去后，皆已箧中物，钥故未启，疑为狐所给矣。客戏曰："天道好还。"又瞽者刘君瑞言：青县有人与狐友，时共饮甚昵。忽久不见，偶过丛莽，闻有呻吟声，视之，此狐也。问："何狼狈乃尔？"狐愧沮良久，曰："顷见小妓颇壮盛，因化形往宿，冀采其精。

不虞妓已有恶疮，采得之后，毒渗命门，与平生所采混合为一，如油入面，不可复分。遂溃裂蔓延，达于面部。耻见故人，故久疏来往耳。"此又狐之败于妓者。机械相乘，得失倚伏，胶胶扰扰，将伊于胡底[1]乎？

李千之侍御言：某公子美丰姿，有卫玠璧人[2]之目。雍正末，值秋试，于丰宜门内租僧舍过夏。以一室设榻，一室读书。每晨兴，书室几榻笔墨之类，皆拂拭无纤尘；乃至瓶插花，砚池注水，亦皆整顿如法，非粗材所办。忽悟北地多狐女，或藉通情愫，亦未可知，于意亦良得。既而盘中稍稍置果饵，皆精品。虽不敢食，然益以美人之贻，拭目以待佳遇。一夕月明，潜至北牖外穴纸窃窥，冀睹艳质。夜半，闻器具有声，果一人在室料理。谛视，则修髯伟丈夫也，怖而却走。次日，即移寓。移时，承尘上似有叹声。

康师，杜林镇僧也。北俗呼僧多以姓，故名号不传焉。工疡医。余小时曾及见之。言其乡人家一婢，怀春死。魂不散，时出祟人。然不现形，不作声，亦不附人语，不使人病。唯时与少年梦中接，稍尪瘦，则别媚他少年，亦不至杀人。故为祟而不以为祟。即尝为所祟者，亦梦境恍惚，莫能确执。如是数十年，不为人所畏，亦不为人所劾治。真黠鬼哉！可谓善藏其用，善遁于虚，善留其不尽，善得老氏之旨矣。然终有人知之，有人传之，则黠巧终无不败也。

相传康熙中，瓜子店火，（在正阳门之南而偏东。）有少年病瘵不能出，并屋焚焉。火熄，掘之，尸已焦，而有一狐与俱死，知其病为狐媚也。然不知狐何以亦死。或曰："狐情重，救之不出，守之不去也。"或曰："狐

---

[1] 伊于胡底：走到哪里去。不堪设想的意思。
[2] 璧人：仪容美如璧玉。《世说新语·容止》载卫玠容貌姣好，被人称为璧人。

媚人至死，神所殛也。"是皆不然。狐鬼皆能变幻，而鬼能穿屋透壁出。（罗两峰云尔。）鬼有形无质，纯乎气也；气无所不达，故莫能碍。狐能大能小与龙等，然有形有质，质能缩而小，不能化而无。故有隙即遁，而无隙则碍不能出。虽至灵之狐，往来亦必由户牖。此少年未死间，狐尚来媚，猝遇火发，户牖俱焰，故并为烬焉耳。

门人徐通判敬儒言：其乡有富室，昵一婢，宠眷甚至。婢亦倾意向其主，誓不更适。嫡心妒之而无如何。会富室以事他出，嫡密召女侩鬻诸人。待富室归，则以窃逃报。家人知主归事必有变也，伪向女侩买出，而匿诸尼庵。婢自到女侩家，即直视不语，提之立则立，扶之行则行，捺之卧则卧，否则如木偶，终日不动。与之食则食，与之饮则饮，不与亦不索也。到尼庵亦然。医以为愤恚痰迷，然药之不效，至尼庵仍不苏。如是不死不生者月余。富室归，果与嫡操刃斗，屠一羊沥血告神，誓不与俱生。家人度不可隐，乃以实告。急往尼庵迎归，痴如故。富室附耳呼其名，乃霍然如梦觉。自言初到女侩家，念此特主母意，主人当必不见弃，因自奔归；虑为主母见，恒藏匿隐处，以待主人之来。今闻主人呼，喜而出也。因言家中某日见某人，某人某日作某事，历历不爽。乃知其形去而魂归也。因是推之，知所谓离魂倩女，其事当不过如斯，特小说家点缀成文，以作佳话。至云魂归后衣皆重著，尤为诞谩。着衣者乃其本形，顷刻之间，襟带不解，岂能层层挽入？何不云衣如委蜕，尚稍近事理乎。

客作[1]田不满，（初以其取不自满假之义，称其命名有古意。既乃知以饕餮得此名，取田填同音也。）夜行失道，误经墟墓间，足踏一髑髅。髑髅作声曰："毋败我面！且祸尔。"不满憨且悍，叱曰："谁遣尔当路！"髑髅曰："人移我于此，非我当路也。"不满又叱曰："尔何不祸移尔者？"髑髅曰："彼运方盛，无如何也。"不满笑且怒曰："岂我衰耶？畏盛而凌衰，

---

[1] 客作：雇工。

是何理耶？"髑髅作泣声曰："君气亦盛，故我不敢祟，徒以虚词恫喝也。畏盛凌衰，人情皆尔，君乃责鬼乎！哀而拨入土窟中，公之惠也。"不满冲之竟过，唯闻背后呜呜声，卒无他异。余谓不满无仁心。然遇莽卤之人而以大言激其怒，鬼亦有过焉。

蒋苕生编修言：一士人北上，泊舟北仓、杨柳青之间。（北仓去天津二十里，杨柳青距天津四十里。）时已黄昏，四顾渺漫。去人家稍远，独一小童倚树立，姣丽特甚；然衣裳华洁，而神意不似大家儿。士故轻薄，自上岸与语。口操南音，自云流落至此，已有人相约携归，待尚未至。渐相款洽，因挑以微词，解扇上汉玉佩为赠。赧颜谢曰："君是解人，亦不能自讳。然故人情重，实不忍别抱琵琶。"置佩而去。士人意未已，欲觇其居停，蹑迹从之。数十步外，倏已灭迹，唯丛莽中一小坟，方悟为鬼也。女子事夫，大义也，从一则为贞，野合乃为荡耳。男子而抱衾裯，已失身矣，犹言从一，非不揣本而齐末乎？然较反面负心，则终为差胜也。

先师陈白崖先生言：业师某先生，（忘其姓字，似是姓周。）笃信洛、闽，而不骛讲学名，故穷老以终，声华阒寂。然内行醇至，粹然古君子也。尝税居空屋数楹，一夜，闻窗外语曰："有事奉白，虑君恐怖，奈何？"先生曰："第入无碍。"入则一人戴首于项，两手扶之；首中无巾而身襕衫，血渍其半。先生拱之坐，亦谦逊如礼。先生问："何语？"曰："仆不幸，明末戕于盗，魂滞此屋内。向有居者，虽不欲为祟，然阴气阳光，互相激薄，人多惊悸，仆亦不安。今有一策：邻家一宅，可容君眷属。仆至彼多作变怪，彼必避去；有来居者，扰之如前，必弃为废宅。君以贱价售之，迁居于彼。仆仍安居于此。不两得乎？"先生曰："吾平生不作机械事，况役鬼以病人乎？义不忍为。吾读书此室，图少静耳。君既在此，即改以贮杂物，日扃锁之可乎？"鬼愧谢曰："徒见君案上有性理，故敢以此策进。不知君竟真道学，仆失言矣。既荷见容，即托宇下可也。"后居之四年，寂无他异。盖正气足以慑之矣。

凡物太肖人形者，岁久多能幻化。族兄中涵言：官旌德时，一同官好戏剧，命匠造一女子，长短如人，周身形体以及隐微之处，亦一一如人；手足与目与舌，皆施关捩，能屈伸运动；衣裙簪珥，可以按时更易。所费百金，殆夺偃师[1]之巧。或植立书室案侧，或坐于床凳，以资笑噱。一夜，童仆闻书室格格声。时已锸闭，穴纸窃视，月光在牖，乃此偶人来往自行。急告主人自觇之，信然。焚之，嘤嘤作痛声。又先祖母言：舅祖蝶庄张公家，有空屋数间，贮杂物。媪婢或夜见院中有女子，容色姣好，而颔下修髯如戟，两颊亦磔如猬毛，携四五小儿游戏。小儿或跛或盲，或头面破损，或无耳鼻。人至则倏隐，莫知何妖。然不为人害，亦不外出。或曰目眩，或曰妄语，均不甚留意。后检点此屋，见破裂虎丘泥孩一床，状如所见，其女子之须，则儿童嬉戏以墨笔所画云。

景州方夔典言：少尝患心气不宁，稍作劳则似簌簌动。服枣仁、远志之属，时作时止，不甚验也。偶遇友人家扶乩，云是纯阳真人。因拜乞方。乩判曰："此证现于心，而其原出于脾，脾虚则子食母气故也。可炒白术常服之。"试之果验。夔曲又言：尝向乩仙问科第。乩判曰："场屋文字，只笔酣墨饱，书味盎然，即中式矣，何必预问乎！"后至乾隆丙辰登进士，本房同考官出阅卷簿视之，所注批词即此八字也。然则科名前定，并批词亦前定乎？

高梅村言：有二村民同行，一人偶便旋，蹴起片瓦，下有一罂。瓦上刻一字，则同行者姓也。惧为所见，托故自返，而潜伏荟翳中；望其去远，乃往私取，则满罂皆清水矣。不胜其恚，举而尽饮之。时日已暮，无可栖止，忆同行者家尚近，径往借宿。夜中忽患霍乱，呕泄并作，秽其床席几遍；愧不自容，竟宵遁。质明，其家视之，则皆精银，如镕汁泻地成片然。余谓此语特供谐笑，未必真有。而梅村坚执谓不诬。然则物各有主，非人力可强求，凿然信矣。

---

[1]偃师：传说周穆王时的巧匠。见《列子·汤问》。

梅村又言：有姜挺者，以贩布为业，恒携一花犬自随。一日独行，途遇一叟呼之住。问："不相识，何见招？"叟遽叩首有声曰："我狐也。夙生负君命，三日后君当嗾花犬断我喉。冥数已定，不敢逃死。然窃念事隔百余年，君转生人道，我堕为狐，必追杀一狐，与君何益？且君已不记被杀事，偶杀一狐，亦无所快于心。愿纳女自赎，可乎？"姜曰："我不敢引狐入室，亦不欲乘危劫人女。贳[1]则贳汝，然何以防犬终不噬也？"曰："君但手批一帖曰：'某人夙负，自愿销除。'我持以告神，则犬自不噬。冤家债主，解释须在本人，神不违也。"适携记簿纸笔，即批帖予之。叟喜跃去。后七八载，姜贩布渡大江，突遇暴风，帆不能落，舟将覆。见一人直上樯竿杪，掣断其索，骑帆俱落。望之似是此叟，转瞬已失所在矣。皆曰："此狐能报恩。"余曰："此狐无术自救，能数千里外救人乎？此神以好生延其寿，遣此狐耳。"

周泰宇言：有刘哲者，先与一狐女狎，因以为继妻。操作如常人，孝舅姑，睦娣姒，抚前妻子女如己出，尤人所难能。老而死，其尸亦不变狐形。或曰："是本奔女，讳其事，托言狐也。"或曰："实狐也，炼成人道，未得仙，故有老有死；已解形，故死而尸如人。"余曰："皆非也，其心足以持之也。凡人之形，可以随心化。郗皇后之为蟒[2]，封使君之为虎[3]，其心先蟒先虎，故其形亦蟒亦虎也。旧说狐本淫妇阿紫所化，其人而狐心也，则人可为狐。其狐而人心也，则狐亦可为人。缁衣黄冠，或坐蜕不仆；忠臣烈女，或骸存不腐，皆神足以持其形耳。此狐死不变形，其类是夫！"泰宇曰："信然。相传刘初纳狐，不能无疑惮。狐曰：'妇欲宜家耳，苟宜家，狐何异于人？且人徒知畏狐，而不知往往与狐侣。彼妇之容止无度，生疾损寿，何异狐之采补乎？彼妇之逾墙钻穴，密会幽欢，何异狐之冶荡乎？彼妇之长舌离间，生衅家庭，何异狐之媚惑乎？

---

[1] 贳（shì）：宽纵，赦免。
[2] 郗皇后之为蟒：郗皇后，梁武帝萧衍皇后。事见《梁书·后妃传》。
[3] 封使君之为虎：《太平御览·述异记》载汉宣城郡守封邵，一日忽化为虎，吃郡民事。

彼妇之隐盗资产,私给亲爱,何异狐之攘窃乎?彼妇之嚣凌诟谇,六亲不宁,何异狐之祟扰乎?君何不畏彼而反畏我哉?'是狐之立志,欲在人上久矣,宜其以人始以人终也。若所说种种类狐者,六道轮回,唯心所造,正恐眼光落地,不免堕入彼中耳。"

古者世禄世官,故宗子必立后,支子不祭,则礼无必立后之文。孟皮不闻有后,亦不闻孔子为立后,非嫡故也。支子之立后,其为茕嫠守志,不忍节妇之无祀乎?譬诸士本无谏,而县贲父[1]则始谏,死职故也。童子本应殇,而汪锜[2]则不殇,卫社稷故也。礼以义起,遂不可废。凡支子之无后者,亦遂沿为例不可废,而家庭之难,即往往由是作焉。董曲江言:东昌有兄弟三人,仲先死无后。兄欲以其子继,弟亦欲以其子继。兄曰,弟当让兄。弟曰,兄子幼而其子长,弟又当让兄。讼经年,卒为兄夺。弟恚甚,郁结成疾。疾甚时,语其子曰:"吾必求直于地下。"既而昏眩,经半日复苏,曰:"岂特阳官悖哉,阴官之誖乃更甚。顷魂游冥司,陈诉此事。一阴官诘我曰:'汝为汝兄无后耶?汝兄已有后矣,汝特为资产争耳。见兽于野,两人并逐,捷足者先得。汝何讼焉?'竟不理也。夫争继原为资产,乃瞑目与我讲宗祀,何不解事至此耶?多置纸笔我棺中,我且诉诸上帝也。"此真至死不悟者欤?曲江曰:"吾犹取其不自讳也。"

己卯典试山西时,陶序东以乐平令充同考官。卷未入时,共闲话仙鬼事。序东言有友尝游南岳,至林壑深处,见女子倚石坐花下。稔闻智琼、兰香事,遽往就之。女子以纨扇障面曰:"与君无缘,不宜相近。"曰:"缘自因生,不可从此种因乎?"女子曰:"因须夙造,缘须两合,非一人欲种即种也。"翳然灭迹,疑为仙也。余谓情欲之因缘,此女所说是也。至恩怨之恩缘,则一人欲种即种,又当别论矣。

---

[1] 县贲父:春秋鲁庄公的臣子。
[2] 汪锜:春秋时鲁国童子。

大同宋中书瑞言：昔在家中戏扶乩，乩动，请问仙号。即书曰："我本住深山，来往白云里。天风忽飒然，云动如流水。我偶随之游，飘飘因至此。荒村茅舍静，小坐亦可喜。莫问我姓名，我忘已久矣。且问此门前，去山凡几里？"书讫，乩遂不动。或者此乃真仙欤？

和和呼通诺尔之战[1]，兵士有没蕃者。乙亥平定伊犁，望大兵旗帜，投出宥死，安置乌鲁木齐，群呼之曰"小李陵[2]"。此人不知李陵为谁，亦漫应之。久而竟迷其本名。己丑、庚寅间，余在乌鲁木齐，犹见其人，已老矣。言在准噶尔转鬻数主，皆司牧羊。大兵将至前一岁八月中旬，夜栖山谷，望见沙碛有火光。西域诸部，每互相钞掠，疑是劫盗。登冈眺望，乃见一巨人，长丈许，衣冠华整，侍从秉炬前导，约七八十人。俄列队分立，巨人端拱向东拜，意甚虔肃，知为山灵。时适准噶尔乱，已微闻阿睦尔撒纳款塞请兵事[3]，窃意或此地当内属，故鬼神预东向耶？既而果然。时尚不知八月中旬为圣节，归正后乃悟天声震叠，为遥祝万寿云。

甘肃李参将名璇，精康节观梅[4]之术，占事多验。平定西域时，从大学士温公在军营。有兵士遗火，焚辕前枯草，阔丈许。公使占何祥。曰："此无他，公数日内当有密奏耳。火得枯草行最速，急递之象也；烟气上升，上达之象也。知为密奏。凡密奏，当焚草也。"公曰："我无当密奏事。"曰："遗火亦无心，非预定也。"既而果然。其占人终身，则使随手拈一物。或同拈一物，而所断又不同。至京师时，一翰林拈烟筒。曰："贮火而其烟呼吸通于内，公非冷局官也；然位不甚通显，尚待人吹嘘故也。"问："历

---

[1] 和和呼通诺尔之战：发生于雍正九年（1731年）。
[2] 李陵：汉武帝时将领，带兵出征匈奴，兵败被俘，不得已投降。
[3] 阿睦尔撒纳款塞请兵事：乾隆十九年（1754年），阿睦尔撒纳与准噶尔汗达瓦齐战，战败后举关依附清廷。
[4] 观梅：占卜术数的一种。

官当几年？"曰："公毋怪直言。火本无多，一熄则为灰烬，热不久也。"问："寿几何？"摇首曰："铜器原可经久，然未见百年烟筒也。"其人愠去。后岁余，竟如所言。又一郎官同在座，亦拈此烟筒，观其复何所云。曰："烟筒火已熄，公必冷官也。已置于床，是曾经停顿也；然再拈于手，是又遇提携复起矣。将来尚有热时，但热又占与前同耳。"后亦如所言。

吴惠叔携一小幅挂轴，纸色似百年外物，云得之长椿寺市上。笔墨草略，半以淡墨扫烟霭，半作水纹，中唯一小舟，一女子坐篷下，一女子摇橹而已。右角浓墨写一诗曰："沙鸥同住水云乡，不记荷花几度香。颇怪麻姑[1]太多事，犹知人世有沧桑。"款曰："画中人自画并题。"无年月，无印记。或以为仙笔，然女仙手迹，人何自得之？或以为游女，又不应作此世外语。疑是明末女冠[2]，避兵于渔庄蟹舍，自作此图。无旧人跋语，亦难确信。惠叔索题，余无从著笔，置数日还之。惠叔殁于蜀中，此画不知今在否也？

舅氏实斋安公言：程老，村夫子也。女颇韶秀，偶门前买脂粉，为里中少年所挑，泣告父母。惮其暴横，弗敢较，然恚愤不可释，居恒郁郁。故与一狐友，每至辄对饮。一日，狐怪其惨沮。以实告，狐默然去。后此少年复过其门，见女倚门笑，渐相软语，遂野合于小圃空屋中。临别，女涕泣不舍，相约私奔。少年因夜至门外，引以归。防程老追索，以刃拟妇曰："敢泄者死！"越数日，无所闻；知程老讳其事，意甚得，益狎昵无度。后此女渐露妖迹，乃知为魅；然相悦甚，弗能遣也。岁余病瘵，唯一息仅存，此女乃去。百计医药，幸得不死，资产已荡然。夫妇露栖，又尪弱不任力作，竟食妇夜合之资，非复从前之悍气矣。程老不知其由，向狐述说。狐曰：

---
[1] 麻姑：传说中的女仙。《神仙传》载，麻姑自言按待以来，已见东海三为桑田。其手指纤细如鸟爪。
[2] 女冠：女道士。

"是吾遣黠婢戏之耳。必假君女形,非是不足饵之也;必使知为我辈,防败君女之名也;濒危而舍之,其罪不至死也。报之已足,君无更怏怏矣。"此狐中之朱家、郭解欤?其不为已甚,则又非朱家、郭解所能也。

从孙树宝言:辛亥冬,与从兄道原访戈孝廉仲坊,见案上新诗数十纸,中有二绝句云:"到手良缘事又违,春风空自锁双扉。人间果有乘龙婿,夜半居然破壁飞[1]。""岂但蛾眉斗尹、邢[2],仙家亦自妒娉婷。请看搔背麻姑爪,变相分明是巨灵[3]。"皆不省所云,询其本事。仲坊曰:"昨见沧州张君辅言:南皮某甲,年二十余,未娶。忽二艳女夜相就。诘所从来,自云:'是狐,以凤命当为夫妇。虽不能为君福,亦不至祸君。'某甲耽眈其色,为之不婚。有规戒之者,某甲谢曰:'狐遇我厚,相处日久无疾病,非相魅者。且言当为我生子,于嗣续亦无害,实不忍负心也。'后族众强为纳妇,甲闻其女甚姣丽,遂顿负旧盟。迨洞房停烛之时,突声若风霆,震撼檐宇,一手破窗而入,其大如箕,攫某甲以去。次日,四出觅访,杳然无迹。七八日后,有数小儿言,某神祠中有声如牛喘。北方之俗,凡神祠无庙祝者,虑流丐栖息,多以土墼墐其户,而留一穴置香炉。自穴窥之,似有一人裸体卧,不辨为谁。启户视之,则某甲在焉,已昏昏不知人矣。多方疗治,仅得不死。自是狐女不至。而妇家畏狐女之报,亦竟离婚。此二诗记此事也。"夫狐已通灵,事与人异。某甲虽娶,何碍倏忽之往来?乃逞厥凶锋,几戕其命,狐可谓妒且悍矣。然本无凤约,则曲在狐;既不慎于始而与约,又不善其终而背之,则激而为祟,亦自有词。是固未可罪狐也。

北方之桥,施栏楯以防失足而已。闽中多雨,皆于桥上覆以屋,以

---

[1]"人间"二句:用"画龙点睛"典故。张僧繇在壁上画龙而不点睛;点上睛则雷电破壁,龙飞而去。见晋王浮《神异记》。
[2]尹、邢:汉武帝的两位宠姬。
[3]巨灵:指河神。

庇行人。邱二田言：有人夜中遇雨，趋桥屋。先有一吏携案牍，与军役押数人避屋下，枷锁琅然。知为官府录囚，惧不敢近，但畏缩于一隅。中一囚号哭不止，吏叱曰："此时知惧，何如当日勿作耶？"囚泣曰："吾为吾师所误也。吾师日讲学，凡鬼神报应之说，皆斥为佛氏之妄语。吾信其言，窃以为机械能深，弥缝能巧，则种种唯所欲为，可以终身不败露；百年之后，气反太虚，冥冥漠漠，并毁誉不闻，何惮而不恣吾意乎！不虞地狱非诬，冥王果有。始知为其所卖，故悔而自悲也。"又一囚曰："尔之堕落由信儒，我则以信佛误也。佛家之说，谓虽造恶业，功德即可以消灭；虽堕地狱，经忏即可以超度。吾以为生前焚香布施，殁后延僧持诵，皆非吾力所不能。既有佛法护持，则无所不为，亦非地府所能治。不虞所谓罪福，乃论作事之善恶，非论舍财之多少。金钱虚耗，春煮难逃。向非恃佛之故，又安敢纵恣至此耶？"语讫长号。诸囚亦皆痛哭。乃知其非人也。夫《六经》具在，不谓无鬼神；三藏所谈，非以敛财赂。自儒者沽名，佛者渔利，其流弊遂至此极。佛本异教，缁徒藉是以谋生，是未足为责。儒者亦何必乃尔乎？

倪媪，武清人，年未三十而寡。舅姑欲嫁之，以死自誓。舅姑怒，逐诸门外，使自谋生。流离艰苦，抚二子一女，皆婚嫁，而皆不才。茕茕无倚，唯一女孙度为尼，乃寄食佛寺，仅以自存，今七十八岁矣。所谓青年矢志，白首完贞者欤！余悯其节，时亦周之。马夫人尝从容谓曰："君为宗伯[1]，主天下节烈之旌典。而此媪失诸目睫前，其故何欤？"余曰："国家典制，具有条格。节妇烈女，学校同举于州郡，州郡条上于台司，乃具奏请旨，下礼曹议，从公论也。礼曹得察核之、进退之，而不得自搜罗之，防私防滥也。譬司文柄者，棘闱墨牍，得握权衡，而不能取未试遗材，登诸榜上。此媪久去其乡，既无举者；京师人海，又谁知流寓之内，有此孤嫠？沧海遗珠，盖由于此。岂余能为而不为欤？"念古来潜德，往往藉稗官小说，以发幽光。因撮厥大凡，附诸琐录。虽书原志怪，未免为例不纯；于表章风教之旨，则未始不一耳。

---

[1] 宗伯：即礼部尚书。

卷十五

姑妄听之（一）

余性耽孤寂，而不能自闲。卷轴笔砚，自束发至今，无数十日相离也。三十以前，讲考证之学，所坐之处，典籍环绕如獭祭[1]。三十以后，以文章与天下相驰骤，抽黄对白，恒彻夜构思。五十以后，领修秘籍，复折而讲考证。今老矣，无复当年之意兴，唯时拈纸墨，追录旧闻，姑以消遣岁月而已。故已成《滦阳消夏录》等三书，复有此集。缅昔作者，如王仲任、应仲远[2]，引经据古，博辨宏通；陶渊明、刘敬叔、刘义庆[3]，简淡数言，自然妙远。诚不敢妄拟前修，然大旨期不乖于风教。若怀挟恩怨，颠倒是非，如魏泰、陈善[4]之所为，则自信无是矣。适盛子松云欲为剞劂[5]，因率书数行弁于首。以多得诸传闻也，遂采庄子之语名曰《姑妄听之》。乾隆癸丑七月二十五日，观弈道人自题。

冯御史静山家，一仆忽发狂自挝，口作谵语云："我虽落拓以死，究是衣冠。何物小人，傲不避路？今惩尔使知。"静山自往视之，曰："君白昼现形耶？幽明异路，恐于理不宜。君隐形耶？则君能见此辈，此辈不能见君，又何从而相避？"其仆俄如昏睡，稍顷而醒，则已复常矣。

---

[1] 獭祭：水獭捕得鱼，陈列于水边，状如陈物设祭。后在诗文中常作堆砌典故的代称。
[2] 王仲任、应仲远：汉代王充、应劭。王撰《论衡》，应撰《风俗通义》。
[3] 刘敬叔、刘义庆：均南朝宋宗室。敬叔撰《异苑》，义庆撰《世说新语》。
[4] 魏泰、陈善：宋代人。魏撰《东轩笔录》，多有妄评古人之语；陈撰《扪虱新话》，对"三苏"、韩愈、孟子，多加贬低。
[5] 剞劂（jī jué）：雕刻书版，即刻印书籍。

门人桐城耿守愚,狷介自好,而喜与人争礼数。余尝与论此事,曰:"儒者每盛气凌轹,以邀人敬,谓之自重。不知重与不重,视所自为。苟道德无愧于圣贤,虽王侯拥篲[1]不能荣,虽胥靡版筑[2]不能辱。可贵者在我,则在外者不足计耳。如必以在外为重轻,是待人敬我我乃荣,人不敬我我即辱,舆台[3]仆妾皆可操我之荣辱,毋乃自视太轻欤?"守愚曰:"公生长富贵,故持论如斯。寒士不贫贱骄人[4],则崖岸不立,益为人所贱矣。"余曰:"此田子方之言,朱子已驳之,其为客气不待辨。即就其说而论,亦谓道德本重,不以贫贱而自屈;非毫无道德,但贫贱即可骄人也。信如君言,则乞丐较君为更贫,奴隶较君为更贱,群起而骄君,君亦谓之能立品乎?先师陈白崖先生,尝手题一联于书室曰:'事能知足心常惬,人到无求品自高。'斯真探本之论,七字可以千古矣!"

龚集生言:乾隆己未,在京师,寓灵佑宫,与一道士相识,时共杯酌。一日观剧,邀同往,亦欣然相随。薄暮归,道士拱揖曰:"承诸君雅意,无以为酬,今夜一观傀儡可乎?"入夜,至所居室中,唯一大方几,近边略具酒果,中央则陈一棋局。呼童子闭外门,请宾四面围几坐。酒一再行,道士拍界尺一声,即有数小人长八九寸,落局上,合声演剧。呦呦嘤嘤,音如四五岁童子;而男女装饰,音调关目,一一与戏场无异。一齣终,(传奇以一折为一出。古无是字,始见吴任臣《字汇补注》,曰读如尺。相沿已久,遂不能废。今亦从俗体书之。)瞥然不见。又数人落下,别演一齣。众且骇且喜。畅饮至夜分,道士命童子于门外几上置鸡卵数百,白酒数罂。戛然乐止,唯闻铺啜之声矣。诘其何术。道士曰:"凡得五雷

---

[1] 拥篲:篲,扫帚。《史记·孟子传》载,驺子到燕国,燕昭王拥篲而迎,即打扫道路迎接他。
[2] 胥靡版筑:胥靡,古代服劳役的犯人。版筑,古代建房子,筑墙用两板相夹,上面填土泥,用杵捣实。《孟子·告子》记载,商王武丁选拔傅说于版筑之中。
[3] 舆台:舆与台都是古代奴仆的等级。
[4]《史记·魏世家》载,战国魏世子遇士子田子方,田子方昂然而过。世子问:"富贵者骄人乎?贫贱者骄人乎?"田子方回答:"亦贫贱者骄人。"

法者，皆可以役狐。狐能大能小，故遣作此戏，为一宵之娱。然唯供驱使则可，若或役之盗物，役之祟人，或摄召狐女荐枕席，则天谴立至矣。"众见所未见，乞后夜再观，道士诺之。次夕诣所居，则早起已携童子去。

卜者童西硐言：尝见有二人对弈，一客预点一弈图，如黑九三白六五之类，封置笥中。弈毕发视，一路不差。竟不知其操何术。按《前定录》[1]载：开元中，宣平坊王生，为李揆卜进取。授以一缄，可数十纸，曰："君除拾遗日发此。"后揆以李璆荐，命宰臣试文词：一题为《紫丝盛露囊赋》，一题为《答吐蕃书》，一题为《代南越献白孔雀表》。揆自午至酉而成，凡涂八字，旁注两句。翌日，授左拾遗。旬余，乃发王生之缄视之，三篇皆在其中，涂注者亦如之。是古有此术，此人偶得别传耳。夫操管运思，临枰布子，虽当局之人，有不能预自主持者，而卜者乃能先知之。是任我自为之事，尚莫逃定数；巧取强求，营营然日以心斗者，是亦不可以已乎！

乌鲁木齐遣犯刚朝荣言：有二人诣西藏贸易，各乘一骡，山行失路，不辨东西。忽十余人自悬崖跃下，疑为夹坝。（西番以劫盗为夹坝，犹额鲁特之玛哈沁也。）渐近，则长皆七八尺，身毵毵有毛，或黄或绿，面目似人非人，语啁哳不可辨。知为妖魅，度必死，皆战栗伏地。十余人乃相向而笑，无搏噬之状，唯挟人于胁下，而驱其骡行。至一山坳，置人于地，二骡一推堕坎中，一抽刃屠割，吹火燔熟，环坐吞啖。亦提二人就坐，各置肉于前。察其似无恶意，方饥困，亦姑食之。既饱之后，十余人皆扪腹仰啸，声类马嘶。中二人仍各挟一人，飞越峻岭三四重，捷如猿鸟，送至官路旁，各予以一石，瞥然竟去。石巨如瓜，皆绿松也。携归货之，得价倍于所丧。事在乙酉、丙戌间。朝荣曾见其一人，言之甚悉。此未知为山精，为木魅，观其行事，似非妖物。殆幽岩穹谷之中，自有此一种野人，从古未与世通耳。

---

[1]《前定录》：唐代钟辂撰。

漳州产水晶，云五色皆备，然赤者未尝见，故所贵唯紫。别有所谓金晶者，与黄晶迥殊，最不易得；或偶得之，亦大如豇豆如瓜种止矣。唯海澄公家有一三足蟾，可为扇坠，视之如精金熔液，洞彻空明，为稀有之宝。杨制府景素官汀漳龙道时，尝为余言，然亦相传如是，未目睹也。姑录之以广异闻。

陈来章先生，余姻家也。尝得一古砚，上刻云中仪凤形。梁瑶峰相国为之铭曰："其鸣将将，乘云翱翔。有妫[1]之祥，其鸣归昌[2]。云行四方，以发德光。"时癸巳闰三月也。（按：原题唯作闰月，盖古例如斯。）至庚子，为人盗去。丁未，先生仲子闻之，多方购得。癸丑六月，复乞铭于余。余又为之铭曰："失而复得，如宝玉大弓。孰使之然？故物适逢。譬威凤之翀[3]云，翩没影于遥空；及其归也，必仍止于梧桐。"故家子孙，于祖宗手泽，零落弃掷者多矣。余尝见媒媪携玉佩数事，云某公家求售。外裹残纸，乃北宋椠[4]《公羊传》四页，为怅惘久之。闻之于先人已失之器，越八载购得，又乞人铭以求其传。人之用心，盖相去远矣。

董家庄佃户丁锦，生一子曰二牛。又一女赘曹宁为婿，相助工作，甚相得也。二牛生一子曰三宝。女亦生一女，因住母家，遂联名曰四宝。其生也同年同月，差数日耳。姑嫂互相抱携，互相乳哺，襁褓中已结婚姻。三宝四宝又甚相爱，稍长，即跬步不离。小家不知别嫌疑，于二儿嬉戏时，每指曰："此汝夫，此汝妇也。"二儿虽不知为何语，然闻之则已稔矣。七八岁外，稍稍解事，然俱随二牛之母同卧起，不相避忌。会康熙辛丑至雍正癸卯岁屡歉，锦夫妇并殁。曹宁先流转至京师，贫不自存，质四宝于陈郎中家。（不知其名，唯知为江南人。）二牛继至，会郎中求

---

[1] 妫（guī）：春秋时陈国之姓。
[2] 归昌：凤凰集鸣声。
[3] 翀（chōng）：直往上飞。
[4] 椠（qiàn）：刻版。

馆僮，亦质三宝于其家，而诫勿言与四宝为夫妇。郎中家法严，每笞四宝，三宝必暗泣；笞三宝，四宝亦然。郎中疑之，转质四宝于郑氏，（或云，即貂皮郑也。）而逐三宝。三宝仍投旧媒媪，又引与一家为馆僮。久而微闻四宝所在，乃夤缘入郑氏家。数日后，得见四宝，相持痛哭，时已十三四矣。郑氏怪之，则诡以兄妹相逢对。郑氏以其名行第相连，遂不疑。然内外隔绝，仅出入时相与目成而已。后岁稔，二牛、曹宁并赴京赎子女，辗转寻访至郑氏。郑氏始知其本夫妇，意甚悯恻，欲助之合卺，而仍留服役。其馆师严某，讲学家也，不知古今事异，昌言排斥曰："中表[1]为婚礼所禁，亦律所禁，违之且有天诛。主人意虽善，然我辈读书人，当以风化为己任，见悖理乱伦而不沮，是成人之恶，非君子也。"以去就力争。郑氏故良懦，二牛、曹宁亦乡愚，闻违法罪重，皆慑而止。后四宝鬻为选人妾，不数月病卒。三宝发狂走出，莫知所终。或曰："四宝虽被迫胁去，然毁容哭泣，实未与选人共房帏。惜不知其详耳。"果其如是，则是二人者，天上人间，会当相见，定非一瞑不视者矣。唯严某作此恶业，不知何心，亦不知其究竟。然神理昭昭，当无善报。或又曰："是非泥古，亦非好名，殆觊觎四宝，欲以自侍耳。"若然，则地狱之设，正为斯人矣。

乾隆戊午，运河水浅，粮艘衔尾不能进。共演剧赛神，运官皆在。方演《荆钗记》[2]投江一出，忽扮钱玉莲者长跪哀号，泪随声下，口喃喃诉不止，语作闽音，咿唽无一字可辨。知为鬼附，诘问其故。鬼又不能解人语。或投以纸笔，摇首似道不识字，唯指天画地，叩额痛哭而已。无可如何，掖于岸上，尚呜咽跳掷，至人散乃已。久而稍苏，自云突见一女子，手携其头自水出。骇极失魂，昏然如醉，以后事皆不知也。此必水底羁魂，见诸官会集，故出鸣冤。然形影不睹，言语不通。遣善泅者求尸，亦无迹。旗丁又无新失女子者，莫可究诘。乃连衔具牒，焚于城隍祠。越四五日，有水手无故自刭死。或即杀此女子者，神谴之欤？

---

[1] 中表：表兄弟姐妹。
[2]《荆钗记》：元代柯丹丘作的南戏剧本。

郑太守慎人言：尝有数友论闽诗，于林子羽[1]颇致不满。夜分就寝，闻笔砚格格有声，以为鼠也。次日，见几上有字二行，曰："如'橄雨古潭暝，礼星寒殿开'，似钱、郎[2]诸公都未道及，可尽以为唐摹晋帖乎？"时同寝数人，书皆不类；数人以外，又无人能作此语者。知文士争名，死尚未已。郑康成为厉之事[3]，殆不虚乎？

黄小华言：西城有扶乩者，下坛诗曰："策策西风木叶飞，断肠花谢雁来稀。吴娘日暮幽房冷，犹着玲珑白苎衣。"皆不解所云。乩又书曰："顷过某家，见新来稚妾，锁闭空房。流落仳离，自其定命；但饥寒可念，振触人心，遂恻然咏此。敬告诸公，苟无驯狮[4]、调象[5]之才，勿轻举此念，亦阴功也。"请问仙号。书曰："无尘。"再问之，遂不答。按李无尘，明末名妓，祥符人。开封城陷，殁于水。有诗集，语颇秀拔。其哭王烈女诗曰："自嫌予有泪，敢谓世无人！"措词得体，尤为作者所称也。

"遗秉""滞穗"[6]，寡妇之利，其事远见于周雅[7]。乡村麦熟时，妇孺数十为群，随刈者之后，收所残剩，谓之拾麦。农家习以为俗，亦不复

---

[1] 林子羽：明代福建人，工诗，为闽中十才子之冠，但其诗竭力仿唐人，为后世所诟病。
[2] 钱、郎：唐代中期诗人钱起、郎士元，诗名并称。
[3] 郑康成为厉之事：《幽冥录》载，王辅嗣注《易》，嘲笑了郑玄（康成）。夜里来了一老丈，骂了王辅嗣一顿，说你竟敢随便讥笑老子。王辅嗣不久便死了。
[4] 驯狮：北宋大文豪苏轼之友陈慥好谈佛，他的妻柳氏凶妒，苏轼写诗借佛家"狮子吼"典故来嘲笑陈慥。诗句中有"忽闻河东狮子吼，拄杖落手心茫然"之句。事见宋洪迈《容斋三笔·陈季常》。
[5] 调象：佛问驯象师调教象的方法，驯象师回答，一是用钢钩钩口，二是饿，三是打。事见《法苑珠林》。
[6] "遗秉""滞穗"：《诗经·小雅》："彼有遗秉，有滞穗，伊寡妇之利。"秉，禾稻一把。
[7] 周雅：周代的《小雅》。

回顾，犹古风也。人情渐薄，趋利若鹜，所残剩者不足给，遂颇有盗窃攘夺，又浸淫而失其初意者矣。故四五月间，妇女露宿者遍野。有数人在静海之东，日暮后趁凉夜行，遥见一处有灯火，往就乞饮。至则门庭华焕，童仆皆鲜衣；堂上张灯设乐，似乎燕宾。遥望三贵人据榻坐，方进酒行炙。众陈投止意，阍者为白主人，颔之。俄又呼回，似附耳有所嘱。阍者出，引一媪悄语曰："此去城市稍远，仓促不能致妓女。主人欲于同来女伴中，择端正者三人侑酒荐寝，每人赠百金；其余亦各有犒赏。媪为通词，犒赏当加倍。"媪密告众。众利得资，怂恿幼妇应其请。遂引三人入，沐浴妆饰，更衣裙侍客；诸妇女皆置别室，亦大有酒食。至夜分，三贵人各拥一妇入别院，阖家皆灭烛就眠。诸妇女行路疲困，亦酣卧不知晓。比日高睡醒，则第宅人物，一无所睹，唯野草芃芃[1]，一望无际而已。寻觅三妇，皆裸露在草间，所更衣裙已不见，唯旧衣抛十余步外，幸尚存。视所与金，皆纸锭。疑为鬼，而饮食皆真物，又疑为狐。或地近海滨，蛟螭水怪所为欤？贪利失身，乃只博一饱。想其惘然相对，忆此一宵，亦大似邯郸枕上[2]矣。先兄晴湖则曰："舞衫歌扇，仪态万方，弹指繁华，总随逝水。鸳鸯社散之日，茫茫回首，旧事皆空，亦与三女子裸露草间，同一梦醒耳。岂但海市蜃楼，为顷刻幻景哉！"

乌鲁木齐参将德君楞额言：向在甘州，见互控于张掖令者，甲云造言污蔑，乙云事有实证。讯其事，则二人本中表。甲携妻出塞，乙亦同行。至甘州东数十里，夜失道。遇一人似贵家仆，言此僻径少人，我主人去此不远，不如投止一宿，明日指路上官道。随行三四里，果有小堡。其人入，良久出，招手曰："官唤汝等入。"进门数重，见一人坐堂上，问姓名籍贯，指挥曰："夜深无宿饭，只可留宿。门侧小屋，可容二人；女子令与媪婢睡可也。"二人就寝后，似隐隐闻妇唤声。暗中出视，摸索不

---

[1] 芃芃（péng）：草茂密的样子。
[2] 邯郸枕上：唐沈既济《枕中记》，记卢生路经邯郸，寄住客店，同店的吕翁给他一个枕头，告诉他枕着睡觉可得富贵荣华。在梦中，卢生果然享尽荣华富贵，睡醒时店家的黄粱饭还没煮熟。这就是黄粱梦的故事。

得门,唤声亦寂,误以为耳偶鸣也。比睡醒,则在旷野中。急觅妇,则在半里外树下,裸体反接,鬓乱钗横,衣裳挂在高枝上。言一婢持灯导至此,有华屋数楹,婢媪数人。俄主人随至,逼同坐。拒不肯,则婢媪合手抱持,解衣缚臂置榻上。大呼无应者,遂受其污。天欲明,主人以二物置颈旁,屋宇顿失,身已卧沙石上矣。视颈旁物,乃银二铤,各镌重五十两;其年号则崇祯,其县名则榆次。土蚀黑黯,真百年以外铸也。甲戒乙勿言,约均分。后违约,乙怒诟争,其事乃泄。甲夫妇虽坚不承,然诘银所自,则云拾得;又诘妇缚伤,则云搔破。其词闪烁,疑乙语未必诳也。令笑遣甲曰:"于律得遗失物当入官。姑念尔贫,可将去。"又瞋视乙曰:"尔所告如虚,则同拾得,当同送官,于尔无分;所告如实,则此为鬼以酬甲妇,于尔更无分。再多言,且笞尔。"并驱之出。以不理理之,可谓善矣。此与拾麦妇女事相类:一以巧诱而以财移其心,一以强胁而以财消其怒;其揣度人情,投其所好,伎俩亦略相等也。

金重牛鱼,即沈阳鲟鳇鱼,今尚重之。又重天鹅,今则不重矣。辽重毗离,亦曰毗令邦,即宣化黄鼠,明人尚重之,今亦不重矣。明重消熊栈鹿,栈鹿当是以栈饲养,今尚重之;消熊则不知为何物,虽极富贵家,问此名亦云未睹。盖物之轻重,各以其时之好尚,无定准也。记余幼时,人参、珊瑚、青金石[1]价皆不贵,今则日昂。绿松石、碧鸦犀价皆至贵,今则日减。云南翡翠玉,当时不以玉视之,不过如蓝田乾黄,强名以玉耳;今则以为珍玩,价远出真玉上矣。又灰鼠旧贵白,今贵黑。貂旧贵长毳,故曰丰貂,今贵短毳。银鼠旧比灰鼠价略贵,远不及天马[2],今则贵几如貂。珊瑚旧贵鲜红如榴花,今则贵淡红如樱桃,且有以白类车渠[3]为至贵者。盖相距五六十年,物价不同已如此,况隔越数百年乎!儒者读《周礼》蚳[4]酱,窃窃疑之,由未达古今异尚耳。

---

[1] 青金石:一种似玉的石头。清官员四品者以此石作顶饰。
[2] 天马:即沙狐。
[3] 车渠:海中蚌类。壳内色白如玉,清代切磨后为顶珠。
[4] 蚳(chí):蚁卵。

八珍[1]唯熊掌、鹿尾为常见，驼峰出塞外，已罕觐矣。（此野驼之单峰，非常驼之双峰也。语详《槐西杂志》。）猩唇则仅闻其名。乾隆乙未，闵抚军少仪馈余二枚，贮以锦函，似甚珍重。乃自额至颏全剥而腊之，口鼻眉目，一一宛然，如戏场面具，不仅两唇。庖人不能治，转赠他友。其庖人亦未识，又复别赠。不知转落谁氏，迄未晓其烹饪法也。

李又聃先生言：东光毕公（偶忘其名，官贵州通判，征苗时运饷遇寇，血战阵亡者也。）尝奉檄勘苗峒地界，土官盛宴款接。宾主各一瓷盖杯置面前，土官手捧启视，则贮一虫如蜈蚣，蠕蠕旋动。译者云，此虫兰开则生，兰谢则死，唯以兰蕊为食，至不易得。今喜值兰时，搜岩剔穴，得其二。故必献生，表至敬也。旋以盐末少许洒杯中，覆之以盖。须臾启视，已化为水，湛然净绿，莹澈如琉璃，兰气扑鼻。用以代醯，香沁齿颊，半日后尚留余味。惜未问其何名也。

西域之果，蒲桃[2]莫盛于土鲁番，瓜莫盛于哈密。蒲桃京师贵绿者，取其色耳。实则绿色乃微熟，不能甚甘；渐熟则黄，再熟则红，熟十分则紫，甘亦十分矣。此福松岩额驸（名福增格，怡府婿也。）镇辟展时为余言。瓜则充贡品者，真出哈密。馈赠之瓜，皆金塔寺产。然贡品亦只熟至六分有奇，途间封闭包束，瓜气自相郁蒸，至京可熟至八分。如以熟八九分者贮运，则蒸而霉烂矣。余尝问哈密国王苏来满（额敏和卓之子。）："京师园户，以瓜子种殖者，一年形味并存；二年味已改，唯形粗近；三年则形味俱变尽。岂地气不同欤？"苏来满曰："此地上暖泉甘而无雨，故瓜味浓厚。种于内地，固应少减，然亦养子不得法。如以今年瓜子，明年种之，虽此地味亦不美，得气薄也。其法当以灰培瓜子，贮于不湿不燥之空仓，三五年后乃可用。年愈久则愈佳，得气足也。若培

---

[1] 八珍：指熊掌、豹胎、白鹦胸、猩唇、紫驼峰、蝎髓、素麟脂、金鲤尾。
[2] 蒲桃：即葡萄。

至十四五年者，国王之圃乃有之，民间不能待，亦不能久而不坏也。"其语似为近理。然其灰培之法，必有节度，亦必有宜忌，恐中国以意为之，亦未必能如所说耳。

裘超然编修言：杨勤悫公年幼时，往来乡塾，有绿衫女子时乘墙缺窥之。或偶避入，亦必回眸一笑，若与目成。公始终不侧视。一日，拾块掷公曰："如此妍皮，乃裹痴骨！"公拱手对曰："钻穴逾墙，实所不解。别觅不痴者何如？"女子忽瞠目直视曰："汝狡黠如是，安能从尔索命乎？且待来生耳。"散发吐舌而去。自此不复见矣。此足见立心端正，虽冤鬼亦无如何；又足见一代名臣，在童稚之年，已自树立如此也。

河间王仲颖先生，（安溪李文贞公为先生改字曰仲退。然原字行已久，无人称其改字也。）名之锐，李文贞公之高弟。经术湛深，而行谊方正，粹然古君子也。乙卯、丙辰间，余随姚安公在京师，先生犹官国子监助教，未能一见，至今怅然。相传先生夜偶至邸后空院，拔所种莱菔下酒，似恍惚见人影，疑为盗。倏已不见，知为鬼魅，因以幽明异路之理厉声责之。闻丛竹中人语曰："先生邃于《易》，一阴一阳，天之道也。人出以昼，鬼出以夜，是即幽明之分。人居无鬼之地，鬼居无人之地，是即异路焉耳。故天地间无处无人，亦无处无鬼，但不相干，即不妨并育。使鬼昼入先生室，先生责之是也。今时已深更，地为空隙，以鬼出之时，入鬼居之地，既不炳烛，又不扬声，猝不及防，突然相遇，是先生犯鬼，非鬼犯先生。敬避似已足矣，先生何责之深乎？"先生笑曰："汝词直，姑置勿论。"自拔莱菔而返。后以语门人，门人谓："鬼既能言，先生又不畏怖，何不叩其姓字，暂假词色，问冥司之说为妄为真，或亦格物之一道。"先生曰："是又人与鬼狎矣，何幽明异路之云乎？"

郑慎人言：曩与数友往九鲤湖，宿仙游山家。夜凉未寝，出门步月。

忽轻风泠然，穿林而过，木叶簌簌，栖鸟惊飞。觉有种种花香，沁人心骨，出林后沿溪而去。水禽亦磔格乱鸣，似有所见。然凝睇无睹也，心知为仙灵来往。次日，寻视林内，微雨新晴，绿苔如罽，步步皆印弓弯；又有跣足之迹，然总无及三寸者。溪边泥迹亦然。数之，约二十余人。指点俳徊，相与叹异，不知是何神女也。慎人有四诗纪之，忘留其稿，不能追忆矣。

慎人又言：一日，庭花盛开，闻婢妪惊相呼唤。推窗视之，竞以手指桂树杪，乃一蛱蝶大如掌，背上坐一红衫女子，大如拇指，翩翩翔舞。斯须过墙去，邻家儿女又惊相呼唤矣。此不知为何怪，殆所谓花月之妖欤？说此事时，在刘景南家，景南曰："安知非闺阁游戏，以蓪[1]草花朵中人物，缚于蝶背而纵之耶？"是亦一说。慎人曰："实见小人在蝶背，有磬控驾驭之状，俯仰顾盼，意态生动，殊不类偶人也。"是又不可知矣。

舅氏安公介然言：曩随高阳刘伯丝先生官瑞州，闻城西土神祠有一泥鬼忽仆地，又一青面赤发鬼，衣装面貌与泥鬼相同，压于其下。视之，则里中少年某，伪为鬼状也，已断脊死矣。众相骇怪，莫明其故。久而有知其事者曰："某邻妇少艾，挑之，为所詈。妇是日往母家，度必夜归过祠前。祠去人稍远，乃伪为鬼状伏像后，待其至而突掩之，将乘其惊怖昏仆，以图一逞。不虞神之见谴也。"盖其妇弟预是谋，初不敢告人，事定后，乃稍稍泄之云。介然公又言：有狂童荡妇，相遇于河间文庙前，调谑无所避忌。忽飞瓦破其脑，莫知所自来也。夫圣人道德侔乎天地，岂如二氏之教，必假灵异而始信，必待护法而始尊哉！然神鬼扐呵[2]，则理所应有。必谓朱锦作会元[3]，由于前世修文庙，视圣人太小矣；必谓数仞宫墙，竟无灵卫，是又儒者之迂也。

━━━━━━━━━━━━

[1] 蓪（tōng）：草木，即木通。
[2] 扐呵：制止、执法。
[3] 朱锦作会元：明代上海人朱锦修文庙；清代顺治年间乡试，会元为上海人朱锦。人们说这两人是前后世人。

三座塔（蒙古名古尔板苏巴尔，汉唐之营州柳城县，辽之兴中府也。今为喀剌沁右翼地。）金巡检言：（裘文达公之侄婿，偶忘其名。）有樵者山行遇虎，避入石穴中，虎亦随入。穴故嵌空而缭曲，辗转内避，渐不容虎。而虎必欲搏樵者，努力强入。樵者窘迫，见旁一小窦，尚足容身，遂蛇行而入；不意蜿蜒数步，忽睹天光，竟反出穴外。乃力运数石，窒虎退路，两穴并聚柴以焚之。虎被熏灼，吼震岩谷，不食顷，死矣。此事亦足为当止不止之戒也。

金巡检又言：巡检署中一太湖石，高出檐际，皱皱斑驳，孔窍玲珑，望之势如飞动。云辽金旧物也。考金尝拆艮岳奇石，运之北行，此殆所谓"卿云万态奇峰"耶？然金以大定府为北京，今大宁城是也。辽兴中府，金降为州，不应置石于州治，是又疑不能明矣。又相传京师兔儿山石，皆艮岳故物，余幼时尚见之。余虎坊桥宅，为威信公故第，厅事东偏，一石高七八尺，云是雍正中初造宅时所赐，亦移自兔儿山者。南城所有太湖石，此为第一。余又号"孤石老人"，盖以此云。

京师花木最古者，首给孤寺吕氏藤花，次则余家之青桐，皆数百年物也。桐身横径尺五寸，耸峙高秀，夏月庭院皆碧色。惜虫蚀一孔，雨渍其内，久而中朽至根，竟以枯槁。吕氏宅后售与高太守兆煌，又转售程主事振甲。藤今犹在，其架用梁栋之材，始能支拄。其阴覆厅事一院，其蔓旁引，又覆西偏书室一院。花时如紫云垂地，香气袭衣。慕堂孝廉在日，（慕堂名元龙，庚午举人，朱石君之妹婿也。与余同受业于董文恪公。）或自宴客，或友人借宴客，觞咏殆无虚夕。迄今四十余年，再到曾游，已非旧主，殊深邻笛之悲[1]。倪穟畴年丈尝为题一联曰："一庭芳草围新绿，

---

[1] 邻笛之悲：晋向秀与嵇康、吕臣友善。嵇、吕后来为司马氏所杀，向秀经过他的旧舍时，听到邻人吹笛，因而追思往昔游宴之好，感慨万分，作了《思旧赋》。

十亩藤花落古香。"书法精妙,如渴骥怒猊[1],今亦不知所在矣。

陈句山前辈移居一宅,搬运家具时,先置书十余箧于庭。似闻树后小语曰:"三十余年,此间不见此物也。"视之阒如。或曰:"必狐也。"句山掉首曰:"解作此语,狐亦大佳。"

先祖光禄公,康熙中于崔庄设质库,司事者沈玉伯也。尝有提傀儡者,质木偶二箱,高皆尺余,制作颇精巧。逾期未赎,又无可转售,遂为弃物,久置废屋中。一夕月明,玉伯见木偶跳舞院中,作演剧之状。听之,亦咿嘤似度曲。玉伯故有胆,厉声叱之。一时迸散。次日,举火焚之,了无他异。盖物久为妖,焚之则精气烁散,不复能聚。或有所凭亦为妖,焚之则失所依附,亦不能灵。固物理之自然耳。

献县一令,待吏役至有恩。殁后,眷属尚在署,吏役无一存问者。强呼数人至,皆狰狞相向,非复曩时。夫人愤恚,恸哭柩前,倦而假寐。恍惚见令语曰:"此辈无良,是其本分。吾望其感德已大误,汝责其负德,不又误乎?"霍然忽醒,遂无复怨尤。

康熙末,张歌桥(河间县地。)有刘横者,(横读去声,以其强悍得此称,非其本名也。)居河侧。会河水暴涨,小舟重载者往往漂没。偶见中流一妇,抱断橹浮沉波浪间,号呼求救。众莫敢援,横独奋然曰:"汝曹非丈夫哉,乌有见死不救者!"自棹舴艋追三四里,几覆没者数,竟拯出之。越日,生一子。月余,横忽病,即命妻子治后事。时尚能行立,众皆怪之。横叹息曰:"吾不起也。吾援溺之夕,恍惚梦至一官府。吏卒导入,官持簿示吾曰:

---

[1] 渴骥怒猊:形容草书的奔放遒劲。

'汝平生积恶种种，当以今岁某日死，堕豕身，五世受屠割之刑。幸汝一日活二命，作大阴功，于冥律当延二纪。今销除寿籍，用抵业报，仍以原注死日死。缘期限已迫，恐世人昧昧，疑有是善事，反促其生。故召尔证明，使知其故。今生因果并完矣，来生努力可也。'醒而心恶之，未以告人。今届期果病，尚望活乎？"既而竟如其言。此见神理分明，毫厘不爽。乘除进退，恒合数世而计之。勿以偶然不验，遂谓天道无知也。

郑苏仙言：有约邻妇私会，而病其妻在家者，夙负妻家钱数千，乃遣妻赍还。妻欣然往。不意邻妇失期，而其妻乃途遇强暴，尽夺衣裙簪珥，缚置秫丛。皆客作流民，莫可追诘。其夫唯俯首叹息，无复一言。人亦不知邻妇事也。后数年，有村媪之子挑人妇女，为媪所觉，反复戒饬，举此事以明因果。人乃稍知。盖此人与邻妇相闻，实此媪通词，故知之审；唯邻妇姓名，则媪始终不肯泄，幸不败焉。

狐所幻化，不知其自视如何，其互相视又如何。尝于《滦阳消夏录》论之。然狐本善为妖惑者也。至鬼则人之余气，其灵不过如人耳。人不能化无为有，化小为大，化丑为妍。而诸书载遇鬼者，其棺化为宫室，可延人入；其墓化为庭院，可留人居。其凶终之鬼，备诸恶状者，可化为美丽。岂一为鬼而即能欤？抑有教之者欤？此视狐之幻，尤不可解。忆在凉州路中，御者指一山坳曰："曩与车数十辆露宿此山，月明之下，遥见山半有人家，土垣周络，屋角一一可数。明日过之，则数家而已。"是无人之地，亦能自现此象矣。明器[1]之作，圣人其知此情状乎？

吴僧慧贞言：有浙僧立志精进，誓愿坚苦，胁未尝至席。一夜，有艳女窥户。心知魔至，如不见闻。女蛊惑万状，终不能近禅榻。后夜夜必

---

[1] 明器：送丧的器具。

至，亦终不能使起一念。女技穷，遥语曰："师定力如斯，我固宜断绝妄想。虽然，师切利天中人也，知近我则必败道，故畏我如虎狼。即努力得到非非想天[1]，亦不过柔肌著体，如抱冰雪；媚姿到眼，如见尘壒[2]，不能离乎色相也。如心到四禅天，则花自照镜，镜不知花；月自映水，水不知月，乃离色相矣。再到诸菩萨天，则花亦无花，镜亦无镜，月亦无月，水亦无水，乃无色无相，无离不离，为自在神通，不可思议。师如敢容我一近，而真空不染，则摩登伽一意皈依，不复再扰阿难[3]矣。"僧自揣道力足以胜魔，坦然许之。偎倚抚摩，竟毁戒体。懊丧失志，侘傺[4]以终。夫"磨而不磷，涅而不缁[5]"，唯圣人能之，大贤以下弗能也。此僧中于一激，遂开门揖盗。天下自恃可为，遂为人所不敢为，卒至溃败决裂者，皆此僧也哉！

德春斋扶乩，其仙降坛不作诗，自署名曰刘仲甫。众不知为谁，有一国手在侧，曰："是南宋国手，著有《棋诀》四篇者也。"因请对弈。乩判曰："弈则我必负。"固请，乃许。乩果负半子。众曰："大仙谦挹，欲奖成后进之名耶？"乩判曰："不然，后人事事不及古，唯推步与弈棋则皆胜古。或谓因古人所及，更复精思，故已到竿头，又能进步，是为推步言，非为弈棋言也。盖风气日薄，人情日巧，其倾轧攻取之术，两机激薄，变幻万端，吊诡出奇，不留余地。古人不肯为之事，往往肯为；古人不敢冒之险，往往敢冒；古人不忍出之策，往往忍出。故一切世事心计，皆出古人上。弈棋亦心计之一，故宋元国手，至明已差一路，今则差一路半矣。然古之国手，极败不过一路耳；今之国手，或败至两路三路，是则踏实蹈虚之辨也。"问："弈竟无常胜法乎？"又判曰："无常

---

[1] 非非想天：无色界第四天，指非一般想象所可理解的境界。
[2] 尘壒（ài）：尘埃。
[3] 阿难：阿难讨乞过淫室，大幻术摩登伽女用咒把他摄入，将毁掉他的戒体。事见《楞严经》。
[4] 侘傺（chà chì）：失意不遇的样子。
[5] 磨而不磷，涅而不缁：《论语·阳货》："不曰坚乎？磨而不磷；不曰白乎？涅而不缁。"屡经磨砺而不损坏，屡经熏染也不黑。

胜法，而有常不负法。不弈则常不负矣。仆猥以凤慧，得作鬼仙，世外闲身，名心都尽，逢场作戏，胜败何关。若当局者角争得失，尚慎旃哉！"四座有经历世故者，多喟然叹息。

季沧洲言：有狐居某氏书楼中数十年矣，为整理卷轴，驱除虫鼠，善藏弆者不及也。能与人语，而终不见其形。宾客宴集，或虚置一席，亦出相酬酢，词气恬雅，而谈言微中，往往倾其座人。一日，酒纠[1]宣觥政[2]，约各言所畏，无理者罚，非所独畏者亦罚。有云畏讲学者，有云畏名士者，有云畏富人者，有云畏贵官者，有云畏善谀者，有云畏过谦者，有云畏礼法周密者，有云畏缄默慎重、欲言不言者。最后问狐，则曰："吾畏狐。"众哗笑曰："人畏狐可也，君为同类，何所畏？请浮大白[3]。"狐哂曰："天下唯同类可畏也。夫瓯、越之人，与奚、霫[4]不争地；江海之人，与车马不争路。类不同也。凡争产者，必同父之子；凡争宠者，必同夫之妻；凡争权者，必同官之士；凡争利者，必同市之贾。势近则相碍，相碍则相轧耳。且射雉者媒以雉，不媒以鸡鹜；捕鹿者由以鹿，不由以羊豕。凡反间内应，亦必以同类；非其同类，不能投其好而入，伺其隙而抵也。由是以思，狐安得不畏狐乎？"座有经历险阻者，多称其中理。独一客酌酒狐前曰："君言诚确。然此天下所同畏，非君所独畏。仍宜浮大白。"乃一笑而散。余谓狐之罚觥，应减其半。盖相碍相轧，天下皆知之；至伏肘腋之间，而为心腹之大患，托水乳之契，而藏钩距[5]之深谋，则不知者或多矣。

---

[1] 酒纠：指侑酒的伎人。
[2] 觥政：酒令。
[3] 大白：指酒。
[4] 奚、霫（xí）：我国古族名。南北朝时奚称库莫奚，居今饶乐水流域，从事游牧。霫，隋唐时居潢水，以射猎为生。
[5] 钩距：盘问人的一种方法。辗转究问，核其实情。

沧州李媪，余乳母也。其子曰柱儿，言昔往海上放青时，（海滨空旷之地，茂草丛生。土人驱牛马往牧，谓之放青。）有灶丁夜方寝，（海上煮盐之户，谓之灶丁。）闻室内窸窣有声。时月明穿牖，谛视无人，以为虫鼠类也。俄闻人语嘈杂，自远而至，有人连呼曰："窜入此屋矣。"疑讶间已到窗外，扣窗问曰："某在此乎？"室内泣应曰："在。"又问："留汝乎？"泣应曰："留。"又问："汝同床乎？别宿乎？"泣良久，乃应曰："不同床谁肯留也！"窗外顿足曰："败矣。"忽一妇大笑曰："我度其出投他所，人必不相饶。汝以为未必，今竟何如？尚有面目携归乎？"此语之后，唯闻索索人行声，不闻再语。既而妇又大笑曰："此尚不决，汝为何物乎？"扣窗呼灶丁曰："我家逃婢投汝家，既已留宿，义无归理。此非尔胁诱，老奴无词以仇汝；即或仇汝，有我在，老奴无能为也。尔等且寝，我去矣。"穴纸私窥，阒然无影；回顾枕畔，则一艳女横陈。且喜且骇，问所自来。言："身本狐女，为此家狐买作妾。大妇妒甚，日日加捶楚。度不可住，逃出求生。所以不先告君者，虑恐怖不留，必为所执。故跧伏床角，俟其追至，始冒死言已失身，冀或相舍。今幸得脱，愿生死随君。"灶丁虑无故得妻，或为人物色，致有他虞。女言："能自隐形，不为人见，顷缩身为数寸，君顿忘耶！"遂留为夫妇，亲操井臼，不异贫家，灶丁竟以小康。柱儿于灶丁为外兄，故知其审。李媪说此事时，云女尚在。今四十余年，不知如何矣。此婢遭逢患难，不辞诡语以自污，可谓铤而走险。然既已自污，则其夫留之为无理，其嫡去之为有词，此冒险之计，实亦决胜之计也，婢亦黠矣哉。唯其夫初既不顾其后，后又不为之所，使此婢援绝路穷，至一决而横溃，又何如度德量力，早省此一举欤！

老儒周懋官，口操南音，不记为何许人。久困名场，流离困顿，尝往来于周西擎、何华峰家。华峰本亦姓周，或二君之族欤？乾隆初，余尚及见之，迂拘拙钝，古君子也。每应试，或以笔画小误被贴，或已售而以一二字被落。亦有过遭吹索，如题目写曰字偶稍狭，即以误作日字贴；写己字末笔偶锋尖上出，即以误作已字贴。尤抑郁不平。一日，焚牒文昌祠，诉平生未作过恶，横见沮抑。数日后，梦朱衣吏引至一殿，神据案语曰：

"尔功名坎坷,遭渎明神,徒挟怨尤,不知因果。尔前身本部院吏也,以尔狡黠舞文,故罚尔今生为书痴,毫不解事。以尔好指摘文牒,虽明知不误,而巧词锻炼,以挟制取财,故罚尔今生处处以字画见斥。"因指簿示之曰:"尔以日字见贴者,此官前世乃福建驻防音德布之妻,老节妇也,因咨文写音为殷,译语谐声,本无定字。尔反复驳诘,来往再三,使穷困孤孀所得建坊之金,不足供路费。尔以已字见贴者,此官前世以知县起服,本历俸三年零一月。尔需索不遂,改其文三字为五,一字为十,又以五年零十月核计,应得别案处分。比及辨白,坐原文错误,已沉滞年余。业报牵缠,今生相遇,尔何冤之可鸣欤?其他种种,皆有夙因,不能为尔备陈,亦不可为尔预泄。尔宜委顺,无更哓哓。傥其不信,则缁袍黄冠,行且有与尔为难者,可了然悟矣。"语讫,挥出。霍然而醒,殊不解缁袍黄冠之语。时方寓佛寺,因迁徙避之。至乙卯乡试,闱中已拟第十三。二场僧道拜父母判中,有"长揖君亲"字,盖用傅奕[1]表"不忠不孝,削发而揖君亲"语也。考官以为疵累,竟斥落。方知神语不诬。此其馆步丈陈谟家(名登廷,枣强人,官制造库郎中。)自详述于步丈者。后不知所终,殆坎壈以殁矣。

虞倚帆待诏言:有选人张某,携一妻一婢至京师,僦居海丰寺街。岁余,妻病殁。又岁余,婢亦暴卒。方治槥[2],忽似有呼吸,既而目睛转动,已复苏,呼选人执手泣曰:"一别年余,不意又相见。"选人骇愕。则曰:"君勿疑谵语,我是君妇,借婢尸再生也。此婢虽侍君巾栉,恒郁郁不欲居我下。商于妖尼,以术魇我。我遂发病死,魂为术者收瓶中,镇以符咒,埋尼庵墙下。局促昏暗,苦状难言。会尼庵墙圮,掘地重筑,圬者劚土破瓶,我乃得出。茫茫昧昧,莫知所往,伽蓝神[3]指我诉城隍。而行魇法者皆有邪神为城社,辗转撑拄,狱不能成。达于东岳,乃捕逮术者,鞫治得状,

---

[1] 傅奕:唐相州邺人、官太史令,屡次上疏弹劾佛法,请求让僧尼还俗。
[2] 槥(huì):棺材。
[3] 伽蓝神:佛教的护法神。

拘婢付泥犁。我寿未尽，尸已久朽，故判借婢尸再生也。"阖家悲喜，仍以主母事之。而所指作魇之尼，则谓选人欲以婢为妻，故诈死片时，造作斯语。不顾陷人于重辟，汹汹欲讦讼。事无实证，惧干妖妄罪，遂讳不敢言。然倚帆尝私叩其童仆，具道妇再生后，述旧事无纤毫差，其语音行步，亦与妇无纤毫异。又婢拙女红，而妇善刺绣，有旧所制履未竟，补成其半，宛然一手，则似非伪托矣。此雍正末年事也。

范衡洲（山阴人，名家相，甲戌进士，官柳州府知府。）之侄女，未婚殉节，吞金环不死，卒自投于河。曾太守（嘉祥人，曾子裔也，偶忘其名字。）之女，以救母并焚死。其事迹始末，当时皆了了知之。今四十余年，不能举其详矣。奇闻易记，庸行易忘，固事理之常欤！附存姓氏，冀不泯幽光。《孔子家语》[1]载弟子七十二人，固不必一一皆具行实尔。

衡洲言：其乡某甲甚朴愿，一生无妄为。一日昼寝，梦数役持牒摄之去。至一公署，则冥王坐堂上，鞫以谋财杀某乙。某乙至，亦执甚坚。盖某乙自外索逋归，天未曙，趁凉早发。遇数人，见腰缠累然，共击杀之，携资遁，弃尸岸旁。某甲适棹舴艋过，见尸大骇，视之，识为某乙，尚微有气。因属邻里，抱置舟上，欲送之归。某乙垂绝，忽稍苏，张目见某甲，以为众夺财去，某甲独载尸弃诸江也。故魂至冥司，独讼某甲。冥王检籍，云盗为某某，非某甲。某乙以亲见固争。冥吏又以冥籍无误理，与某乙固争。冥王曰："冥籍无误，论其常也。然安知千百万年不误者，不偶此一误乎？我断之不如人质之也，吏言之不如因证之也。"故拘某甲。某甲具述载送意。照以业镜，如所言。某乙乃悟。某甲初窃怪误拘，冥王告以故，某甲亦悟。遂别治某乙狱，而送某甲归。夫折狱之明决，至冥司止矣；案牍之详确，至冥司亦止矣。而冥王若是不自信也，又若是不惮烦也，斯冥王所以为冥王欤！

---

[1]《孔子家语》：三国魏王肃注，十卷。

"仲尼不为已甚"[1],岂仅防矫枉过直哉,圣人之所虑远也。老子曰:"民不畏死,奈何以死畏之!"夫民未尝不畏死,至知必死乃不畏。至不畏死,则无事不可为矣。小时闻某大姓为盗劫,悬赏格购捕。半岁余,悉就执,亦俱引伏。而大姓恨盗甚,以多金赂狱卒,百计苦之:至足不蹋地,胁不到席,束缚不使如厕,裈中蛆虫蠕蠕最股髀,唯不绝饮食,使勿速死而已。盗恨大姓甚,私计强劫得财,律不分首从斩;轮奸妇女,律亦不分首从斩。二罪从一科断,均归一斩,万无加至磔裂理。乃于庭鞫时,自供遍污其妇女。官虽不据以录供,而众口坚执,众耳共闻,迄不能灭此语。不善大姓者又从而附会,谓盗已论死足蔽罪,而不惜多金又百计苦之,其衔恨次骨正以此。人言籍籍,亦无从而辨此疑,遂大为门户玷,悔已无及。夫劫盗骈戮,不能怨主人;即拷掠追讯,桎梏幽系,亦不能怨主人,法所应受也。至虐以法外,则其志不甘。掷石击石,力过猛必激而反。取一时之快,受百世之污,岂非已甚之故乎?然则圣人之所虑远矣。

霍养仲言:雍正初,东光有农家,粗具中人产。一夕,有劫盗,不甚搜财物,唯就衾中曳其女,掖入后圃,仰缚曲项老树上,盖其意本不在劫也。女哭詈。客作高斗,睡圃中,闻之跃起,挺刃出与斗。盗尽披靡,女以免。女惭愤泣涕,不语不食。父母宽譬终不解,穷诘再三,始出一语曰:"我身裸露,可令高斗见乎?"父母喻意,竟以妻斗。此与楚钟建事适相类。然斗始愿不及此,徒以其父病,主为医药;及死为棺敛,葬以隙地,而招其母司炊煮,故感激出死力耳。罗大经[2]《鹤林玉露》载咏朱亥诗曰:"高论唐虞儒者事,负君卖友岂胜言。凭君莫笑金椎陋,却是屠沽解报恩[3]。"至哉言乎!

---

[1] "仲尼不为已甚":孔子不做过分的事。语出《孟子·离娄》下。
[2] 罗大经:南宋学者。
[3] 战国时,秦围赵,魏王令大将晋鄙带兵救赵,晋鄙迟疑不进。信陵君窃出兵符,假魏王令替代晋鄙带兵,晋鄙不予理睬。信陵君随身带去的屠户朱亥用铁椎把晋鄙击死,遂解了赵国之围。事见《史记·信陵君传》。

太白诗曰:"徘徊映歌扇,似月云中见;相见不相亲,不如不相见。"此为冶游言也。人家夫妇有睽离[1]阻隔,而日日相见者,则不知是何因果矣。郭石洲言:中州有李生者,娶妇旬余而母病,夫妇更番守侍,衣不解结者七八月。母殁后,谨守礼法,三载不内宿。后贫甚,同依外家。外家亦仅仅温饱,屋宇无多,扫一室留居。未匝月,外姑之弟远就馆,送母来依姊。无室可容,乃以母与女共一室,而李生别榻书斋,仅早晚同案食耳。阅两载,李生入京规进取,外舅亦携家就幕江西。后得信,云妇已卒。李生意气懊丧,益落拓不自存,仍附舟南下觅外舅。外舅已别易主人,随往他所。无所栖托,姑卖字糊口。一日,市中遇雄伟丈夫,取视其字曰:"君书大好。能一岁三四十金,为人书记乎?"李生喜出望外,即同登舟。烟水渺茫,不知何处。至家,供张亦甚盛。及观所属笔札,则绿林豪客也。无可如何,姑且依止。虑有后患,因诡易里籍姓名。主人性豪侈,声伎满前,不甚避客。每张乐,必召李生。偶见一姬,酷肖其妇,疑为鬼。姬亦时时目李生,似曾相识。然彼此不敢通一语。盖其外舅江行,适为此盗所劫,见妇有姿首,并掠以去。外舅以为大辱,急市薄槥,诡言女中伤死,伪为哭敛,载以归。妇惮死失身,已充盗后房。故于是相遇,然李生信妇已死,妇又不知李生改姓名,疑为貌似,故两相失。大抵三五日必一见,见惯亦不复相目矣。如是六七年,一日,主人呼李生曰:"吾事且败,君文士不必与此难。此黄金五十两,君可怀之,藏某处丛获间。候兵退,速觅渔舟返。此地人皆识君,不虑其不相送也。"语讫,挥手使急去伏匿。未几,闻哄然格斗声。既而闻传呼曰:"盗已全队扬帆去,且籍其金帛妇女。"时已曛黑,火光中窥见诸乐伎皆披发肉袒,反接系颈,以鞭杖驱之行,此姬亦在内,惊怖战栗,使人心恻。明日,岛上无一人,痴立水次。良久,忽一人棹小舟呼曰:"某先生耶?大王故无恙,且送先生返。"行一日夜,至岸。惧遭物色,乃怀金北归。至则外舅已先返。仍住其家,货所携,渐丰裕。念夫妇至相爱,而结褵[2]十载,始终无一月共枕席。今物力稍充,不忍终以薄槥葬。拟易佳木,且欲一睹其遗骨,

---

[1] 睽(kuí)离:阔别。
[2] 结褵(lí):女子出嫁时所系佩巾。此指结婚。

亦夙昔之情。外舅力沮不能止，词穷吐实。急兼程至豫章，冀合乐昌之镜[1]。则所俘乐伎，分赏已久，不知流落何所矣。每回忆六七年中，咫尺千里，辄惘然如失。又回忆被俘时，缧绁鞭笞之状，不知以后摧折，更复若何，又辄肠断也。从此不娶。闻后竟为僧。戈芥舟前辈曰："此事竟可作传奇，惜末无结束，与《桃花扇》[2]相等。虽曲终不见，江上峰青[3]，绵邈含情，正在烟波不尽，究未免增人怊怅耳。"

金可亭（此浙江金孝廉，名嘉炎。与金大司农同姓同号，各自一人。）言：有赵公者，官监司。晚岁家居，得一婢曰紫桃，宠专房，他姬莫当夕。紫桃亦婉娈善奉事，呼之必在侧，百不一失。赵公固聪察，疑有异，于枕畔固诘。紫桃自承为狐，然夙缘当侍公，与公无害。昵爱久，亦弗言。家有园亭，一日立两室间，呼紫桃。则两室各一紫桃出。乃大骇。紫桃谢曰："妾分形也。"偶春日策杖郊外，逢道士与语，甚有理致。情颇洽，问所自来。曰："为公来。公本谪仙，限满当归三岛。今金丹已为狐所盗，不可复归。再不治，虑寿限亦减。仆公旧侣，故来视公。"赵公心知紫桃事，邀同归。道士踞坐厅事，索笔书一符，曼声长啸。邸中纷纷扰扰，有数十紫桃，容色衣饰，无毫发差，跪庭院皆满。道士呼真紫桃出。众相顾曰："无真也。"又呼最先紫桃出。一女叩额曰："婢子是。"道士叱曰："尔盗赵公丹已非，又呼朋引类，务败其道，何也？"女对曰："是有二故：赵公前生，炼精四五百年，元关坚固，非更番迭取不能得。然赵公非碌碌者，见众美逞进，必觉为蛊惑，断不肯纳。故终始共幻一形，匿其迹也。今事已露，愿散去。"道士挥手令出，顾赵公叹息曰："小人献媚旅进，君子弗受也。一小人伺君子之隙，投其所尚，众小人从而阴佐之，则君子弗觉矣。《易·姤卦》

---

[1] 合乐昌之镜：指南朝陈太子舍人徐德言与乐昌公主破镜重圆的故事。参见卷二第14则注。

[2] 《桃花扇》：清代孔尚任所撰传奇戏剧。以南明兴亡为背景，写江南名妓李香君与文士侯方域的爱情故事。

[3] 曲终不见，江上峰青：中唐诗人钱起《湘灵鼓瑟》诗有"曲终人不见，江上数峰青"之句。

之初六，一阴始生，其象为系于金柅。柅以止车，示当止也。不止则履霜之初，即坚冰之渐[1]。浸假而《剥卦》六五至矣[2]。今日之事，是之谓乎？然苟无其隙，虽小人不能伺；苟无所好，虽小人不能投。千金之堤，溃于蚁漏，有罅故也。公先误涉旁门，欲讲容成[3]之术；既而耽玩艳冶，失其初心。嗜欲日深，故妖物乘之而麇集。衅因自起，于彼何尤？此始此终，固亦其理。驱之而不遣，盖以是耳。吾来稍晚，于公事已无益。然从此摄心清静，犹不失作九十翁。"再三珍重，瞥然而去。赵公后果寿八十余。

哈密屯军，多牧马西北深山中。屯弁或往考牧，中途恒憩一民家。主翁或具瓜果，意甚恭谨。久渐款洽，然窃怪其无邻无里，不圃不农，寂历空山，作何生计。一日，偶诘其故。翁无词自解，云实蜕形之狐。问："狐喜近人，何以僻处？狐多聚族，何以独居？"曰："修道必世外幽栖，始精神坚定。如往来城市，则嗜欲日生，难以炼形服气，不免于媚人采补，摄取外丹。傥所害过多，终干天律。至往来墟墓，种类太繁，则踪迹彰明，易招弋猎，尤非远害之方。故均不为也。"屯弁喜其朴诚，亦不猜惧，约为兄弟。翁亦欣然。因出便旋，循墙环视。翁笑曰："凡变形之狐，其室皆幻；蜕形之狐，其室皆真。老夫尸解以来，久归人道，此并葺茅伐木，手自经营，公毋疑如海市也。"他日再往，屯军告月明之夕，不睹人形，而石壁时现二人影，高并丈余，疑为鬼物，欲改牧厂。屯弁以问，此翁曰："此所谓木石之怪夔罔两也。山川精气，翕合而生，其始如泡露，久而渐如烟雾，久而凝聚成形，尚空虚无质，故月下唯见其影；再百余年，则气足而有质矣。二物吾亦尝见之，不为人害，无庸避也。"后屯弁泄其事，狐遂徙去。唯二影今尚存焉。此哈密徐守备所说。徐云久拟同屯弁往观，以往返须数日，尚未暇也。

---

[1] "《易·姤卦》之初六"三句：柅（nǐ），塞于车轮下的制动木块。《易》中姤卦初六的卦形为一阴始生；它的卦象是与"柅"联系在一起的。"柅"表示停止，不停止就踩上霜，也即是踏上坚冰的始步。
[2] "浸假"句：渐渐地，《剥卦》六五就来了。《周易》剥卦六五曰："剥之为害，小人得宠，以消君子者也。"
[3] 容成：容成公，古代仙人。《汉书·艺文志》录容成《阴道》二十六卷，言房中术。

乌鲁木齐牧厂一夕大风雨，马惊逸者数十匹，追寻无迹。七八日后，乃自哈密山中出。知为乌鲁木齐马者，马有火印故也。是地距哈密二十余程，何以不十日即至？知穹谷幽岩，人迹未到之处，别有捷径矣。大学士温公，遣台军数辈，裹粮往探。皆粮尽空返，终不得路。或曰："台军惮路远，在近山逗留旬日，诡云已往。"或曰："台军惮伐山开路劳，又惮移台搬运费，故讳不言。"或曰："自哈密辟展至迪化，（即乌鲁木齐之城名，今因为州名。）人烟相接，村落市廛，邮传馆舍如内地，又沙平如掌。改而山行，则路既险阻，地亦荒凉，事事皆不适。故不愿。"或曰："道途既减大半，则台军之额，驿马之数，以及一切转运之费，皆应减大半，于官吏颇有损。故阴掣肘。"是皆不可知。然七八日得马之事，终不可解。或又为之说曰："失马谴重，司牧者以牢醴祷山神。神驱之故马速出，非别有路也。"然神能驱之行，何不驱之返乎？

奴子王廷佑之母言：幼时家在卫河侧，一日晨起，闻两岸呼噪声。时水暴涨，疑河决，踉跄出视，则河中一羊头昂出水上，巨如五斗栲栳，急如激箭，顺流向北去。皆曰羊神过。余谓此蛟螭之类，首似羊也。《埤雅》[1]载龙九似，亦称首似牛云。

居卫河侧者言：河之将决，中流之水必凸起，高于两岸；然不知其在何处也。至棒槌鱼集于一处，则所集之处不一两日溃矣。父老相传，验之百不失一。棒槌鱼者，象其形而名，平时不知在何所，网钓亦未见得之者，至河暴涨乃麇至。护堤者见其以首触岸，如万杵齐筑，则决在斯须间矣，岂非数哉！然唐尧洪水，天数也；神禹随刊，则人事也。唯圣人能知天，唯圣人不委过于天。先事而绸缪，后事而补救，虽不能消弭，亦必有所挽回。

---

[1]《埤雅》：宋代学者陆佃撰。

先曾祖母王太夫人八旬时，宾客满堂。奴子李荣司茶酒，窃沧酒半罂，匿房内。夜归将寝，闻罂中有鼾声，怪而撼之。罂中忽语曰："我醉欲眠，尔勿扰。"知为狐魅，怒而极撼之。鼾益甚。探手引之，则一人首出罂口，渐巨如斗，渐巨如栲栳。荣批其颊，则掉首一摇，连罂旋转，硑然有声，触瓮而碎，已涓滴不遗矣。荣顿足极骂，闻梁上语曰："长孙无礼！（长孙，荣之小名也。）许尔盗不许我盗耶？尔既惜酒，我亦不胜酒。今还尔。"据其项而呕。自顶至踵，淋漓殆遍。此与余所记西城狐事相似而更恶作剧。然小人贪冒，无一事不作奸，稍料理之，未为过也。

安州陈大宗伯，宅在孙公园。（其后废墟即孙退谷之别业。）后有楼贮杂物，云有狐居，然不甚露形声也。一日，闻似相诟谇；忽乱掷牙牌于楼下，玱玱如雹。数之，得三十一扇，唯阙二四一扇耳。二四幺二，牌家谓之至尊，（以合为九数故也。）得者为大捷。疑其争此二扇，怒而抛弃欤？余儿时曾亲见之。杜工部大呼五白[1]，韩昌黎博塞争财[2]，李习之作《五木经》[3]，杨大年[4]喜叶子戏，偶然寄兴，借此消闲，名士风流，往往不免。乃至"元邱校尉"[5]亦复沿波，余性迂疏，终以为非雅戏也。

蒋心余言：有客赴人游湖约，至则画船箫鼓，红裙而侑酒者，谛视乃其妇也。去家二千里，不知何流落到此，惧为辱，噤不敢言。妇乃若不相识，无恐怖意，亦无惭愧意，调丝度曲，引袖飞觞，恬如也。唯声音不相似。又妇笑好掩口，此妓不然，亦不相似。而右腕红痣如粟颗，

---

[1] "杜工部"句：杜工部，唐杜甫，其诗《今夕行》："冯陵大叫呼五白，袒跣不肯成枭卢。"五白，古代一种赌具。
[2] "韩昌黎"句：韩昌黎，唐韩愈。韩愈赌博争胜。韩愈有"五白气争呼，六奇心运度"的联句。
[3] "李习之"句：李习之，唐李翱。李翱著《五木经》，"五木"即"五白"。
[4] "杨大年"句：杨大年，宋代杨亿。叶子戏，即纸牌游戏。
[5] 元邱校尉：唐张读《宣室志》记张铤回蜀路遇狐狸，自称"元邱校尉"。

乃复宛然。大惑不解，草草终筵，将治装为归计。俄得家书，妇半载前死矣。疑为见鬼，亦不复深求。所亲见其意态殊常，密诘再三，始知其故，咸以为貌偶同也。后闻一游士来往吴越间，不事干谒，不通交游，亦无所经营贸易，唯携姬媵数辈闭门居；或时出一二人，属媒媪卖之而已。以为贩鬻妇女者，无与人事，莫或过问也。一日，意甚匆遽，急买舟欲赴天目山，求高行僧作道场。僧以其疏语掩抑支离，不知何事；又有"本是佛徒，当求佛佑，仰藉慈云之庇，庶宽雷部之刑"语，疑有别故，还其衬施，谢遣之。至中途，果殒于雷。后从者微泄其事，曰："此人从一红衣番僧受异术，能持咒摄取新殇女子尸，又摄取妖狐淫鬼，附其尸以生，即以自侍。再有新者，即以旧者转售人，获利无算。因梦神责以恶贯将满，当伏天诛，故忏悔以求免，竟不能也。"疑此客之妇，即为此人所摄矣。理藩院尚书留公亦言红教喇嘛有摄召妇女术，故黄教斥以为魔云。

外祖安公，前母安太夫人父也。殁时，家尚盛，诸舅多以金宝殉。或陈"璠玙"[1]之戒，不省。又筑室墓垣外，以数壮夫逻守，柝声铃声，彻夜相答。或曰："是树帜招盗也。"亦不省。既而果被发。盖盗乘守者昼寝，衣青蓑，逾垣伏草间，故未觉其入。至夜，以椎凿破棺。柝二击则亦二椎，柝三击则亦三椎，故转以击柝不闻声。伏至天欲晓，铃柝皆息，乃逾垣遁，故未觉其出。一含珠巨如龙眼核，亦裂颏取去。先闻之也，告官。大索未得间，诸舅同梦外祖曰："吾夙生负此三人财，今取偿，捕亦不获。唯我未尝屠割彼，而横见酷虐，刃劙断我颐，是当受报，吾得直于冥司矣。"后月余，获一盗，果取珠者。珠为尸气所蚀，已青黯不值一钱。其二盗灼知姓名，而千金购捕不能得，则梦语不诬矣。

表叔王月阡言：近村某甲买一妾，两月余，逃去。其父反以妒杀焚

---

[1] 璠玙（fán yú）：美玉。

尸讼。会县官在京需次[1]时，逃妾构讼，事与此类，触其旧愤，穷治得诬状。计不得逞，然坚不承转鬻。盖无诱逃实证，难于究诘，妾卒无踪。某甲妇弟住隔县。妇归宁，闻弟新纳妾，欲见之。妾闭户不肯出，其弟自曳之来。一见即投地叩额，称死罪，正所失妾也。妇弟以某甲旧妾，不肯纳。某甲以曾侍女妇弟，亦不肯纳。鞭之百，以配老奴，竟以爨婢终焉。夫富室构讼，词连帷薄，此不能旦夕结也，而适值是县官。女子转鬻，深匿闺帏，此不易物色求也，而适值其妇弟。机械百端，可云至巧，乌知造物更巧哉！

门人葛观察正华，吉州人。言其乡有数商，驱骡纲行山间。见樵径上立一道士，青袍棕笠，以麈尾招其中一人曰："尔何姓名？"具以对。又问籍何县，曰："是尔矣，尔本谪仙，今限满当归紫府。吾是尔本师，故来导尔。尔宜随我行。"此人私念平生不能识一字，鲁钝如是，不应为仙人转生；且父母年已高，亦无弃之求仙理，坚谢不往。道士叹息，又招众人曰："彼既堕落，当有一人补其位。诸君相遇，即是有缘，有能随我行者乎？千载一遇，不可失也。"众亦疑骇无应者，道士哂然去。众至逆旅，以此事告人。或云仙人接引，不去可惜。或云恐或妖物，不去是。有好事者，次日循樵径探之，甫登一岭，见草间残骸狼藉，乃新被虎食者也。惶遽而返。此道士殆虎伥欤？故无故而致非常之福，贪冒者所喜，明哲者所惧也。无故而作非分之想，侥幸者其偶，颠越者其常也。谓此人之鲁钝，正此人之聪明可矣。

宋人咏蟹诗曰："水清讵免双螯黑，秋老难逃一背红。"借寓朱勔[2]之贪婪必败也。然他物供庖厨，一死焉而已。唯蟹则生投釜甑，徐受蒸煮，由初沸至熟，至速亦逾数刻，其楚毒有求死不得者。意非夙业深重，

---

[1] 需次：按次序补官。也即补缺。
[2] 朱勔：宋徽宗时主管苏杭应奉局及花石纲官员，因贪赃钦宗时被诛。

不堕是中。相传赵公宏燮官直隶巡抚时，（时直隶尚未设总督。）一夜梦家中已死童仆媪婢数十人，环跪阶下，皆叩额乞命，曰："奴辈生受豢养恩，而互结朋党，蒙蔽主人，久而枝蔓牵缠，根柢胶固，成牢不可破之局。即稍有败露，亦众口一音，巧为解结，使心知之而无如何。又久而阴相掣肘，使不如众人之意，则不能行一事。坐是罪恶，堕入水族，使世世罹汤镬之苦。明日主人供膳蟹，即奴辈后身，乞见赦宥。"公故仁慈，天曙，以梦告司庖，饬举蟹投水，且为礼忏作功德。时霜蟹肥美，使宅所供，尤精选膏腴。奴辈皆窃笑曰："老翁狡狯，造此语怖人耶！吾辈岂受汝绐者。"竟效校人[1]之烹，而以已放告；又乾没其功德钱，而以佛事已毕告。赵公竟终不知也。此辈作奸，固其常态；要亦此数十童仆婢媪者，留此锢习，适以自戕。请君入瓮，此之谓欤！

魂与魄交而成梦，究不能明其所以然。先兄晴湖，尝咏高唐神女事曰："他人梦见我，我固不得知；我梦见他人，人又乌知之？孱王自幻想，神女宁幽期？如何巫山上，云雨今犹疑。"足为瑶姬雪谤。然实有见人之梦者。奴子李星，尝月夜村外纳凉，遥见邻家少妇掩映枣林间，以为守圃防盗，恐其翁姑及夫或同在，不敢呼与语。俄见其循塍西行半里许，入秫丛中。疑其有所期会，益不敢近，仅远望之。俄见穿秫丛出行数步，阻水而返，痴立良久，又循水北行百余步，阻泥泞又返，折而东北入豆田。诘屈行，颠踬者再。知其迷路，乃遥呼曰："几嫂深夜往何处？迤北更无路，且陷淖中矣。"妇回顾应曰："我不能出，几郎可领我还。"急赴之，已无睹矣。知为遇鬼，心惊骨栗，狂奔归家。乃见妇与其母坐门外墙下，言适纺倦睡去，梦至林野中，迷不能出，闻几郎在后唤我，乃霍然醒。与星所见，一一相符。盖疲苶[2]之极，神不守舍，真阳飞越，遂至离魂。魄与形离，是即鬼类，

---

[1] 校人：管理池沼的小官。《孟子·万章》中记载，有人送给子产一条活鱼，子产嘱校人放在池塘里养；校人把鱼烹吃了，回来却告诉子产说，鱼在池里游走了。
[2] 疲苶（nié）：疲倦的样子。

与神识起灭自生幻象者不同,故人或得而见之。独孤生之梦游[1],正此类耳。

有州牧以贪横伏诛。既死之后,州民喧传其种种冥报,至不可殚书。余谓此怨毒未平,造作讹言耳。先兄晴湖则曰:"天地无心,视听在民;民言如是,是亦可危也已。"

里媪遇饭食凝滞者,即以其物烧灰存性,调水服之。余初斥其妄,然亦往往验。审思其故,此皆油腻凝滞者也。盖油腻先凝,物稍过多,则遇之必滞。凡药物入胃,必凑其同气。故某物之灰,能自到某物凝滞处。凡油腻得灰即解散,故灰到其处,滞者自行,犹之以灰浣垢而已。若脾弱之凝滞,胃满之凝滞,气郁之凝滞,血瘀痰结之凝滞,则非灰所能除矣。

乌鲁木齐军校王福言:曩在西宁,与同队数人入山射生。遥见山腰一番妇独行,有四狼随其后。以为狼将搏噬,番妇未见也,共相呼噪。番妇如不闻。一人引满射狼,乃误中番妇,倒掷堕山下。众方惊悔,视之,亦一狼也。四狼则已逸去矣。盖妖兽幻形,诱人而唊,不幸遭殪也。岂恶贯已盈,若或使之欤!

---

[1] 独孤生之梦游:《河东记》记载,独孤遐叔外出游历,两年后回家途中,在佛堂见一群男女在宴饮,其妻也在里面。独孤遐叔用石头向这群人砸去,却什么也没有了。回家后,妻子告诉他所做的梦与他所见的相同。

卷十六

姑妄听之（二）

天下事，情理而已，然情理有时而互妨。里有姑虐其养媳者，惨酷无人理，遁归母家。母怜而匿别所，诡云未见，因涉讼。姑以朱老与比邻，当见其来往，引为证。朱私念言女已归，则驱人就死；言女未归，则助人离婚。疑不能决，乞签于神。举筒屡摇，签不出。奋力再摇，签乃全出。是神亦不能决也。辛彤甫先生闻之曰："神殊愦愦！十岁幼女，而日日加炮烙，恩义绝矣。听其逃死不为过。"

戈孝廉仲坊，丁酉乡试后，梦至一处，见屏上书绝句数首。醒而记其两句曰："知是蓬莱第一仙，因何清浅几多年？"壬子春，在河间见景州李生，偶话其事。李骇曰："此余族弟屏上近人题梅花作也。句殊不工，不知何以入君梦？前无因缘，后无征验，《周官》六梦[1]，竟何所属乎？"

《新齐谐》（即《子不语》之改名。）载雄鸡卵事，今乃知竟实有之。其大如指顶，形似闽中落花生，不能正圆，外有斑点，向日映之，其中深红如琥珀，以点目告，甚效。德少司空成、汪副宪承需皆尝以是物合药。然不易得，一枚可以值十金。阿少司农迪斯曰："是虽罕睹，实亦人力所为。以肥壮雄鸡闭笼中，纵群雌绕笼外，使相近而不能相接。久而精气抟结，自能成卵。"此亦理所宜然。然鸡秉巽风[2]之气，故食之发疮毒。其卵以盛阳不泄，郁积而成，自必蕴热，不知何以反明目？又《本草》之所不载，

---

[1] 六梦：指正、噩、思、寤、善、惧等六梦。
[2] 鸡秉巽（xùn）风：八卦名。《易·说卦》，巽为鸡为风。

医经之所未言，何以知其能明目？此则莫明其故矣。汪副宪曰："有以蛇卵售欺者，但映日不红，即为伪托。"亦不可不知也。

沈媪言：里有赵三者，与母俱佣于郭氏。母殁后年余，一夕，似梦非梦，闻母语曰："明日大雪，墙头当冻死一鸡，主人必与尔。尔慎勿食。我尝盗主人三百钱，冥司判为鸡以偿。今生卵足数而去也。"次日，果如所言。赵三不肯食，泣而埋之。反复究诘，始吐其实。此数年内事也。然则世之供车骑受刲煮者，必有前因焉，人不知耳。此辈之狡黠攘窃者，亦必有后果焉，人不思耳。

余十一二岁时，闻从叔灿若公言：里有齐某者，以罪戍黑龙江，殁数年矣。其子稍长，欲归其骨，而贫不能往，恒蹙然如抱深忧。一日，偶得豆数升，乃屑以为末，水抟成丸；衣以赭土，诈为卖药者以往，姑以给取数文钱供口食耳。乃沿途买其药者，虽危证亦立愈。转相告语，颇得善价，竟藉是达戍所，得父骨，以箧负归。归途于窝集遇三盗，急弃其资斧，负箧奔。盗追及，开箧见骨，怪问其故。涕泣陈述。共悯而释之，转赠以金。方拜谢间，一盗忽擗踊大恸曰："此人孱弱如是，尚数千里外求父骨。我堂堂丈夫，自命豪杰，顾乃不能耶？诸君好住，吾今往肃州矣。"语讫，挥手西行。其徒呼使别妻子，终不反顾。盖所感者深矣。惜人往风微，无传于世。余作《滦阳消夏录》诸书，亦竟忘之。癸丑三月三日，宿海淀直庐，偶然忆及，因录以补志乘之遗。倘亦潜德未彰，幽灵不泯，有以默启余衷乎！

李蟠木言：其乡有灌园叟，年六十余矣。与客作数人同屋寝，忽闻其哑哑作鹯[1]声，又呢呢作媚语，呼之不应。一夕，灯未尽，见其布衾蠕蠕掀簸，

---

[1] 鹯（zhān）：古书上所说的一种猛禽。

如有人交接者,问之亦不言。既而白昼或忽趋僻处,或无故闭门。怪而觇之,辄有瓦石飞击。人方知其为魅所据。久之不能自讳,言初见一少年至园中,似曾相识,而不能记忆;邀之坐,问所自来。少年言:"有一事告君,祈君勿拒。君四世前与我为密友,后忽藉胥魁势豪夺我田。我诉官,反遭笞。郁结以死,诉于冥官。主者以契交隙末,当以欢喜解冤。判君为我妇二十年。不意我以业重,遽堕狐身,尚有四年未了。比我炼形成道,君已再入轮回,转生今世。前因虽昧,旧债难消;夙命牵缠,遇于此地。业缘凑合,不能待君再堕女身,便乞相偿,完此因果。"我方骇怪,彼遽嘘我以气,惘惘然如醉如梦,已受其污。自是日必一两至,去后亦自悔恨,然来时又帖然意肯,竟自忘为老翁,不知其何以故也。一夜,初闻狎昵声,渐闻呻吟声,渐闻悄悄乞缓声,渐闻切切求免声;至鸡鸣后,乃嗷然失声。突梁上大笑曰:"此足抵笞三十矣。"自是遂不至。后葺治草屋,见梁上皆白粉所画圈,十圈为一行。数之,得一千四百四十,正合四年之日数。乃知为所记淫筹。计其来去,不满四年,殆以一度抵一日矣。或曰:"是狐欲媚此叟,故造斯言。"然狐之媚人,悦其色,摄其精耳。鸡皮鹤发,有何色之可悦?有何精之可摄?其非相媚也明甚。且以扶杖之年,讲分桃之好[1],逆来顺受,亦太不情。其为身异性存,夙根未泯,自然相就,如磁引针,亦明甚。狐之所云,殆非虚语。然则怨毒纠结,变端百出,至三生之后而未已,其亦慎勿造因哉!

文水李秀升言:其乡有少年山行,遇少妇独骑一驴,红裙蓝帔,貌颇娴雅,屡以目侧睨。少年故谨厚,虑或招嫌,恒在其后数十步,俯首未尝一视。至林谷深处,妇忽按辔不行,待其追及,语之曰:"君秉心端正,大不易得。我不欲害君,此非往某处路,君误随行。可于某树下绕向某方,斜行三四里即得路矣。"语讫,自驴背一跃,直上木杪,其身渐渐长丈余,俄风起叶飞,瞥然已逝。再视其驴,乃一狐也。少年悸几失魂。殆飞天夜叉之类欤?使稍与狎昵,不知作何变怪矣。

---

[1] 分桃之好:弥之瑕为卫灵公之幸臣,尝以食桃之甘,分其半奉卫灵公。事见《左传·定公六年》。此处指以男色事人。

癸丑会试，陕西一举子于号舍遇鬼，骤发狂疾。众掖出归寓，鬼亦随出，自以首触壁，皮骨皆破。避至外城，鬼又随至，卒以刃自刺死。未死间，手书片纸付其友，乃"天网恢恢，疏而不漏"八字。虽不知所为何事，其为冤报则凿凿矣。

南皮郝子明言：有士人读书僧寺，偶便旋于空院，忽有飞瓦击其背。俄闻屋中语曰："汝辈能见人，人则不能见汝辈。不自引避，反喷人耶？"方骇愕间，屋内又语曰："小婢无礼，当即笞之，先生勿介意。然空屋多我辈所居，先生凡遇此等处，宜面墙便旋，勿对门窗，则两无触忤矣。"此狐可谓能克己。余尝谓童仆吏役与人争角而不胜，其长恒引以为辱，世态类然。夫天下至可耻者，莫过于悖理。不问理之曲直，而务求我所隶属人不能犯以为荣，果足为荣也耶？昔有属官私其胥魁，百计袒护。余戏语之曰："吾侪身后，当各有碑志一篇，使盖棺论定，撰文者奋笔书曰：'公秉正不阿，于所属吏役，犯法者一无假借。'人必以为荣，谅君亦以为荣也。又或奋笔书曰：'公平生喜庇吏役，虽受赇骫法[1]，亦一一曲为讳匿。'人必以为辱，谅君亦以为辱也。何此时乃以辱为荣，以荣为辱耶？"先师董文恪曰："凡事不可载入行状，即断断不可为。"斯言谅矣。

侍鹭川言：（侍氏未详所出，疑本侍其氏，明洪武中，凡复姓皆令去一字，因为侍氏也。）有贾于淮上者，偶行曲巷，见一女姿色明艳，殆类天人。私访其近邻。曰："新来未匝月，只老母携婢数人同居，未知为何许人也。"贾因赂媒媪觇之。其母言："杭州金姓，同一子一女往依其婿。不幸子遘疾，卒于舟；二仆又乘隙窃资逃。茕茕孤嫠，惧遭强暴，不得已税屋权住此，待亲属来迎。尚未知其肯来否？"语讫，泣下。媒舚以既无所归，又无地主，将来作何究竟，有女如是，何不于此地求佳婿，暮年亦有所依。母言："甚善，我亦不求多聘币。但弱女娇养久，亦不欲草草。有能

---

[1] 骫（wěi）法：骨不正，引申为枉曲，枉法。

制衣饰奁具约值千金者,我即许之。所办仍是渠家物,我唯至彼一阅视,不取纤芥归也。"媒以告贾,贾私计良得。旬日内,趣办金珠锦绣,殚极华美;一切器用,亦事事精好。先亲迎一日,邀母来观,意甚惬足。次日,箫鼓至门,乃坚闭不启。候至数刻,呼亦不应。询问邻舍,又未见其移居。不得已逾墙入视,则阒无一人。偏索诸室,唯破床堆髑髅数具,乃知其非人。回视家中,一物不失,然无所用之,重鬻仅能得半价。懊丧不出者数月,竟莫测此魅何所取。或曰:"魅本无意惑贾。贾妄生窥伺,反往觇魅,魅故因而戏弄之。"是于理当然。或又曰:"贾富而悭,心计可以析秋毫。犯鬼神之忌,故魅以美色颠倒之。"是亦理所宜有也。

《宣室志》[1]载陇西李生左乳患痛,一日痈溃,有雉自乳飞出,不知所之。《闻奇录》[2]载崔尧封外甥李言吉左目患瘤,剖之有黄雀鸣噪而去。其事皆不可以理解。札阁学郎阿亲见其亲串家小婢项上生疮,疮中出一白蝙蝠。知唐人记二事非虚。岂但"六合之外,存而不论"[3]哉?

曹慕堂宗丞有乩仙所画《醉钟馗图》,余题以二绝句曰:"一梦荒唐事有无,吴生[4]粉本几临摹;纷纷画手多新样,又道先生是酒徒。""午日家家蒲酒香,终南进士[5]亦壶觞;太平时节无妖厉,任尔闲游到醉乡。"画者题者,均弄笔狡狯而已。一日,午睡初醒,听窗外婢媪悄语说鬼:有王媪家在西山,言曾月夕守瓜田,遥见双灯自林外冉冉来,人语嘈杂,乃一大鬼醉欲倒,诸小鬼掖之踉跄行。安知非醉钟馗乎?天地之大,无所不有。随意画一人,往往遇一人与之肖;随意命一名,往往有一人与之同。无心暗合,是即化工之自然也。

---

[1]《宣室志》:唐张读撰的笔记小说。
[2]《闻奇录》:唐末于逖撰的笔记小说。
[3] 语出《庄子·齐物论》。六合,指大地四方。
[4] 吴生:指唐画家吴道子,曾画钟馗像。
[5] 终南进士:指钟馗。

相传魏环极[1]先生尝读书山寺，凡笔墨几榻之类，不待拂拭，自然无尘。初不为意，后稍稍怪之。一日晚归，门尚未启，闻室中窸窣有声；从隙窃觇，见一人方整饬书案。骤入掩之，其人瞥穿后窗去。急呼令近，其人遂拱立窗外，意甚恭谨。问："汝何怪？"磬折对曰："某狐之习儒者也。以公正人，不敢近，然私敬公，故日日窃执仆隶役。幸公勿讶。"先生隔窗与语，甚有理致。自是虽不敢入室，然遇先生不甚避，先生亦时时与言。一日，偶问："汝视我能作圣贤乎？"曰："公所讲者道学，与圣贤各一事也。圣贤依乎中庸，以实心励实行，以实学求实用。道学则务语精微，先理气，后彝伦，尊性命，薄事功，其用意已稍别。圣贤之于人，有是非心，无彼我心；有诱导心，无苛刻心。道学则各立门户，不能不争；既已相争，不能不巧诋以求胜。以是意见，生种种作用，遂不尽可令孔孟见矣。公刚大之气，正直之情，实可质鬼神而不愧，所以敬公者在此。公率其本性，为圣为贤亦在此。若公所讲，则固各自一事，非下愚之所知也。"公默然遣之。后以语门人曰："是盖因明季党祸[2]，有激而言，非笃论也。然其抉摘情伪，固可警世之讲学者。"

沧州南一寺临河干，山门圮于河，二石兽并沈焉。阅十余岁，僧募金重修，求二石兽于水中，竟不可得，以为顺流下矣。棹数小舟，曳铁钯，寻十余里无迹。一讲学家设帐寺中，闻之笑曰："尔辈不能究物理。是非木杮，岂能为暴涨携之去？乃石性坚重，沙性松浮，湮于沙上，渐沈渐深耳。沿河求之，不亦颠乎？"众服为确论。一老河兵闻之，又笑曰："凡河中失石，当求之于上流。盖石性坚重，沙性松浮，水不能冲石，其反激之力，必于石下迎水处啮沙为坎穴。渐激渐深，至石之半，石必倒掷坎穴中。如是再啮，石又再转。转转不已，遂反溯流逆上矣。求之下流，固颠；求之地中，不更颠乎？"如其言，果得于数里外。然则天下之事，但知其一，不知其二者多矣，可据理臆断欤！

---

[1] 魏环极：清代魏象枢，官至刑部尚书。
[2] 明季党祸：指明末东林党人为阉党迫害事。

交河及友声言：有农家子，颇轻佻。路逢邻村一妇，伫目睇视。方微笑挑之，适有偕者同行，遂各散去。阅日，又遇诸涂，妇骑一乌牸牛[1]，似相顾盼。农家子大喜，随之。时霖雨之后，野水纵横，牛行沮洳中甚速。沾体濡足，颠踬者屡，比至其门，气殆不属。及妇下牛，觉形忽不类；谛视之，乃一老翁。恍惚惊疑，有如梦寐。翁讶其痴立，问："到此何为？"无可置词，诡以迷路对，踉跄而归。次日，门前老柳削去木皮三尺余，大书其上曰："私窥贞妇，罚行泥泞十里。"乃知为魅所戏也。邻里怪问，不能自掩，为其父捶几殆。自是愧悔，竟以改行。此魅虽恶作剧，即谓之善知识可矣。友声又言：一人见狐睡树下，以片瓦掷之。不中，瓦碎有声，狐惊跃去。归甫入门，突见其妇缢树上，大骇呼救。其妇狂奔而出，树上缢者已不见。但闻檐际大笑曰："亦还汝一惊。"此亦足为佻达者戒也。

同年陈半江言：有道士善符箓，驱鬼缚魅，具有灵应。所至唯蔬食茗饮而已，不受铢金寸帛也。久而术渐不验，十每失四五。后竟为群魅所遮，大见窘辱，狼狈遁走。诉于其师。师至，登坛召将，执群魅鞫状。乃知道士虽不取一物，而其徒往往索人财，乃为行法；又窃其符箓，摄狐女媟狎。狐女因窃污其法器，故神怒不降，而仇之者得以逞也。师拊髀叹曰："此非魅败尔，尔徒之败尔也；亦非尔徒之败尔，尔不察尔徒，适以自败也。赖尔持戒清苦，得免幸矣，于魅乎何尤！"拂衣竟去。夫天君泰然，百体从令，此儒者之常谈也。然奸黠之徒，岂能以主人廉介，遂辍贪谋哉！半江此言，盖其官直隶时，与某令相遇于余家，微以相讽。此令不悟，故清风两袖，而卒被恶声，其可惜也已。

里有少年，无故自掘其妻墓，几见棺矣。时耕者满野，见其且詈且掘，疑为颠痫，群起阻之。诘其故，坚不肯吐；然为众手所牵制，不能复掘，

---

[1] 牸（zì）牛：雌性的牛。

荷锸恨恨去。皆莫测其所以然也。越日,一牧者忽至墓下,发狂自挝曰:"汝播弄是非,间人骨肉多矣。今乃诬及黄泉耶?吾得请于神,不汝贷也。"因缕陈始末,自啮其舌死。盖少年恃其刚悍,顾盼自雄,视乡党如无物。牧者惎[1]焉,因为造谤曰:"或谓某帷薄不修[2],吾固未信也。昨偶夜行,过其妻墓,闻林中呜呜有声,惧不敢前,伏草间窃视。月明之下,见七八黑影,至墓前与其妻杂坐调谑,媒声艳语,一一分明。人言其殆不诬耶?"有闻之者,以告少年。少年为其所中,遽有是举。方窃幸得计,不虞鬼之有灵也。小人狙诈,自及也宜哉。然亦少年意气凭陵,乃招是忌。故曰"君子不欲多上人"。

从孙树宝,盐山刘氏甥也。言其外祖有至戚,生七女,皆已嫁。中一婿,夜梦与僚婿六人,以红绳连系,疑为不祥。会其妇翁殁,七婿皆赴吊。此人忆是噩梦,不敢与六人同眠食;偶或相聚,亦稍坐即避出。怪诘之,具述其故。皆疑其别有所嗛,托是言也。一夕,置酒邀共饮,而私键其外户,使不得遁。突殡宫火发,竟七人俱烬。乃悟此人无是梦则不避六人,不避六人则主人不键户,不键户则七人未必尽焚。神特以一梦诱之,使无一得脱也。此不知是何夙因?同为此家之婿,同时而死,又不知是何夙因?七女同生于此家,同时而寡,殆必非偶然矣。

周密庵言:其族有孀妇,抚一子,十五六矣。偶见老父携幼女,饥寒困惫,踣不能行,言愿与人为养媳。女故端丽,孀妇以千钱聘之。手书婚帖,留一宿而去。女虽孱弱,而善操作,井臼皆能任;又工针黹,家藉以小康。事姑先意承志,无所不至,饮食起居,皆经营周至,一夜往往三四起。遇疾病,日侍榻旁,经旬月目不交睫。姑爱之乃过于子。姑病卒,出数十金与其夫使治棺衾。夫诘所自来,女低回良久曰:"实告君,

---

[1] 惎(jì):忌恨。
[2] 帷薄不修:古代称家庭生活淫乱者。

我狐之避雷劫者也。凡狐遇雷劫,唯德重禄重者庇之可免。然猝不易逢,逢之又皆为鬼神所呵护,猝不能近。此外唯早修善业,亦可以免。然善业不易修,修小善业亦不足度大劫。因化身为君妇,黾勉事姑。今藉姑之庇,得免天刑,故厚营葬礼以申报,君何疑焉!"子故孱弱,闻之惊怖,竟不敢同居。女乃泣涕别去。后遇祭扫之期,其姑墓上必先有焚楮酹酒迹,疑亦女所为也。是特巧于逭[1]死,非真有爱于其姑。然有为为之,犹邀神福,信孝为德之至矣。

闻有村女,年十三四,为狐所媚。每夜同寝处,笑语嗫嗫,宛如伉俪。然女不狂惑,亦不疾病,饮食起居如常人,女甚安之。狐恒给钱米布帛,足一家之用。又为女制簪珥衣裳,及衾枕茵褥之类,所值逾数百金。女父亦甚安之。如是岁余,狐忽呼女父语曰:"我将还山,汝女奁具亦略备,可急为觅一佳婿,吾不再来矣。汝女犹完璧,无疑我始乱终弃也。"女故无母,倩邻妇验之,果然。此余乡近年事,婢媪辈言之凿凿,竟与乖崖还婢[2]其事略同。狐之媚人,从未闻有如是者。其亦夙缘应了,夙债应偿耶?

杨雨亭言:登莱间有木工,其子年十四五,甚姣丽。课之读书,亦颇慧。一日,自乡塾独归,遇道士对之诵咒,即惘惘不自主,随之俱行。至山坳一草庵,四无居人,道士引入室,复相对诵咒。心顿明了,然口噤不能声,四肢缓亸[3]不能举。又诵咒,衣皆自脱。道士掖伏榻上,抚摩偎倚,调以媟词,方露体近之,忽蹶起却坐曰:"修道二百余年,乃为此狡童败乎?"沉思良久,复偃卧其侧,周身玩视,慨然曰:"如此佳儿,千载难遇。纵败吾道,不过再炼气二百年,亦何足惜!"奋身相逼,势已万万无免

---

[1] 逭(huàn):逃、避。
[2] 乖崖还婢:宋代张咏,自号乖崖。治益州时,属官没人敢畜侍婢。张咏为了不绝人之情,自畜一婢,属官遂敢效仿。张咏回朝时,婢女嫁人,还是处女。事见《宋史·张咏传》。
[3] 亸(duǒ):下垂的样子。

理。间不容发之际，又掉头自语曰："二百年辛苦，亦大不易。"掣身下榻，立若木鸡；俄绕屋旋行如转磨。突抽壁上短剑，自刺其臂，血如涌泉。欹倚呻吟，约一食顷，掷剑呼此子曰："尔几败，吾亦几败，今幸俱免矣。"更对之诵咒。此子觉如解束缚，急起披衣。道士引出门外，指以归路。口吐火焰，自焚草庵，转瞬已失所在，不知其为妖为仙也。余谓妖魅纵淫，断无顾虑。此殆谷饮岩栖，多年胎息[1]，偶差一念，魔障遂生；幸道力原深，故忽迷忽悟，能勒马悬崖耳。老子称不见可欲，使心不乱；若已见已乱，则非大智慧不能猛省，非大神通不能痛割。此道士于欲海横流，势不能遏，竟毅然一决，以楚毒断绝爱根，可谓地狱劫中证天堂果矣。其转念可师，其前事可勿论也。

朱秋厓初入翰林时，租横街一小宅，最后有破屋数楹，用贮杂物。一日，偶入检视，见尘壁仿佛有字迹。拂拭谛观，乃细楷书二绝句，其一曰："红蕊几枝斜，春深道韫[2]家。枝枝都看遍，原少并头花。"其二曰："向夕对银缸，含情坐绮窗。未须怜寂寞，我与影成双。"墨迹黯淡，殆已多年。又有行书一段，剥落残缺。玩其句格，似是一词，唯末二句可辨，曰："天孙[3]莫怅阻银河，汝尚有牵牛相忆。"不知是谁家娇女，寄感摽梅[4]。然不畏人知，濡毫题壁，亦太放诞风流矣。余曰："《摽梅》三章，非女子自赋耶？"秋厓曰："旧说如是，于心终有所格格。忆先儒有一说，云是女子父母所作，（按：此宋戴岷隐之说。）是或近之。"倪余疆闻之曰："详词末二语，是殆思妇之作，遘脱辐之变[5]者也。二公其皆失之乎！"既而秋厓揭换壁纸，又得数诗，其一曰："门掩花空落，梁空燕不来[6]。唯余双小婢，鞋印在青苔。"其二曰："久已梳妆懒，香奁偶一开。

---

[1] 胎息：道家一种练功方法。《内传》："习闭气而吞之，名曰胎息。"
[2] 道韫：谢道韫，晋谢安之侄女，古代有名的才女。
[3] 天孙：星名，织女星。《史记·天官书》："织女，天女孙也。"
[4] 摽梅：《摽有梅》，《诗经·召南》篇名之一。内容写女子求偶。
[5] 遘脱辐之变：遭受离别的变异。
[6] 梁空燕不来：化用隋薛道衡"空梁落燕泥"句。

自持明镜看,原让赵阳台[1]。"又一首曰:"咫尺楼窗夜见灯,云山似阻几千层。居家翻作无家客,隔院真成退院僧。镜里容华空若许,梦中晤对亦何曾?侍儿劝织回文锦[2],懒惰心情病未能。"则余疆之说信矣。后为程文恭公诵之。公俯思良久,曰:"吾知之,吾不言。"既而曰:"语语负气,不见答也亦宜。"

季漱六言:有佃户所居枕旷野。一夕,闻兵仗格斗声,阖家惊骇,登墙视之,无所睹。而战声如故,至鸡鸣乃息。知为鬼也。次日复然,病其聒不已,共谋伏铳击之,果应声啾啾奔散。既而屋上屋下,众声合噪曰:"彼劫我妇女,我亦劫彼妇女为质,互控于社公。社公愤愤,劝以互抵息事。俱不肯伏,故在此决胜负,何预汝事?汝以铳击我,今共至汝家,汝举铳则我去,汝置铳则我又来,汝能夜夜自昏至晓,发铳不止耶?"思其言中理,乃跪拜谢过,大具酒食纸钱送之去。然战声亦自此息矣。夫不能不为之事,不出任之,是失几也;不能不除之害,不力争之,是养痈也。鬼不干人,人反干鬼,鬼有词矣,非开门揖盗乎!孟子有言,乡邻有斗者,披发缨冠[3]而往救之。则惑也,虽闭户可也。

伊松林舍人言:有赵延洪者,性伉直,嫉恶至严,每面责人过,无所避忌。偶见邻妇与少年语,遽告其夫。夫侦之有迹,因伺其私会骈斩之,携首鸣官。官已依律勿论[4]矣。越半载,赵忽发狂自挝,作邻妇语,与索命,竟啮断其舌死。夫荡妇逾闲,诚为有罪。然唯其亲属得执之,唯其夫得杀之,非乱臣贼子,人人得而诛者也。且所失者一身之名节,所玷者一家之门户,亦非神奸巨蠹,弱肉强食,虐焰横煽,沉冤莫雪,使人人公愤者也。律

---

[1] 赵阳台:前秦秦州刺史窦滔的爱妾,善于歌舞。
[2] 回文锦:窦滔镇守襄阳时,与爱妾赵阳台两情缱绻,久不给其妻苏若兰音信。苏若兰于锦上写了回文诗寄去。见《晋书·窦滔妻传》。
[3] 披发缨冠:语出《孟子·离娄》。披发缨冠,形容情况急迫,来不及穿戴好衣饰。
[4] 依律勿论:清律规定妻妾与人私通被丈夫当场捉住杀死,以无罪论。

以隐恶扬善之义，即转语他人，已伤盛德。倪伯仁由我而死[1]，尚不免罪有所归；况直告其夫，是诚何意，岂非激以必杀哉！游魂为厉，固不为无词。观事经半载，始得取偿，其必得请于神，乃奉行天罚矣。然则以讦为直，固非忠厚之道，抑亦非养福之道也。

御史佛公伦，姚安公老友也。言贵家一佣奴，以游荡为主人所逐。衔恨次骨，乃造作蜚语，诬主人帷薄不修，缕述其下烝上报状，言之凿凿，一时传布。主人亦稍闻之，然无以箝其口，又无从而与辩；妇女辈唯爇香吁神而已。一日，奴与其党坐茶肆，方抵掌纵谈，四座耸听，忽嗷然一声，已仆于几上死。无由检验，以痰厥具报。官为敛埋，棺薄土浅，竟为群犬捐食，残骸狼藉。始知为负心之报矣。佛公天性和易，不喜闻人过，凡童仆婢媪，有言旧主之失者，必善遣使去，鉴此奴也。尝语昀曰："宋党进闻平话说韩信，（优人演说故实，谓之平话。《永乐大典》所载，尚数十部。）即行斥逐。或请其故。曰：'对我说韩信，必对韩信亦说我，是乌可听？'千古笑其愦愦，不知实绝大聪明。彼但喜对我说韩信，不思对韩信说我者，乃真愦愦耳。"真通人之论也。

福建泉州试院，故海防道署也，室宇宏壮。而明季兵燹，署中多攫杀戮；又三年之中，学使按临仅两次。空闭日久，鬼物遂多。阿雨斋侍郎言：尝于黄昏以后，隐隐见古衣冠人，暗中来往。既而视之，则无睹。余按临是郡，时幕友孙介亭亦曾见纱帽红袍人入奴子室中，奴子即梦魇。介亭故有胆，对窗唾曰："生为贵官，死乃为童仆辈作祟，何不自重乃尔耶？"奴子忽醒，此后遂不复见。意其魂即栖是室，故欲驱奴子出；一经斥责，自知理屈而止欤！

---

[1] 伯仁：东晋周𫖮的字。周为王敦所杀，王敦的堂弟为王导，王导后来哭着说："吾虽不杀伯仁，伯仁由我而死。"事见《晋书·周𫖮传》。

里俗遇人病笃时，私剪其着体衣襟一片，炽火焚之。其灰有白文，斑驳如篆籀者，则必死；无字迹者，即生。又或联纸为衾，其缝不以糊粘，但以秤锤就捣衣砧上捶之。其缝缀合者必死，不合者即生。试之，十有八九验。此均不测其何理。

莆田林生霈言：闻泉州有人，忽灯下自顾其影，觉不类己形。谛审之，运动转侧，虽一一与形相应，而首巨如斗，发鬑鬑如羽葆[1]，手足皆钩曲如鸟爪，宛然一奇鬼也。大骇，呼妻子来视，所见亦同。自是每夕皆然，莫喻其故，惶怖不知所为。邻有塾师闻之，曰："妖不自兴，因人而兴。子其阴有恶念，致罗刹感而现形欤？"其人悚然具服，曰："实与某氏有积仇，拟手刃其一门，使无遗种，而跳身以从鸭母。（康熙末，台湾逆寇朱一贵结党煽乱。一贵以养鸭为业，闽人皆呼为鸭母云。）今变怪如是，毋乃神果警予乎！且辍是谋，观子言验否？"是夕鬼影即不见。此真一念转移，立分祸福矣。

丁御史芷溪言：曩在天津，遇上元[2]，有少年观灯夜归，遇少妇甚妍丽，徘徊歧路，若有所待，衣香鬓影，楚楚动人。初以为失侣之游女，挑与语，不答。问姓氏里居，亦不答。乃疑为幽期密约迟所欢而未至者，计可以挟制留也，邀至家少憩。坚不肯。强迫之同归。柏酒粉团[3]，时犹未彻，遂使杂坐妻妹间，联袂共饮。初甚觍觍，既而渐相调谑，媚态横生，与其妻妹互劝酬。少年狂喜，稍露留宿之意。则微笑曰："缘蒙不弃，故暂借君家一卸妆。恐伙伴相待，不能久住。"起解衣饰卷束之，长揖径行，乃社会中拉花者也。（秋歌队中作女妆者，俗谓之拉花。）少年愤恚，追

---

[1] 羽葆（bǎo）：古代用羽毛制成，形如盖的仪仗。
[2] 上元：农历正月十五，即元宵节。
[3] 柏酒粉团：柏酒，柏叶浸的酒。粉团，古代一种节日游戏。据五代王仁裕《开元天宝遗事》载，每到端阳节，宫中做粉团角黍，盛于金盘，游戏时用小角弓架箭射盘中粉团，中者得食。

至门外，欲与斗。邻里聚问，有亲见其强邀者，不能责以夜入人家；有亲见其唱歌者，不能责以改妆戏妇女，竟哄笑而散。此真侮人反自侮矣。

老仆卢泰言：其舅氏某，月夜坐院中枣树下，见邻女在墙上露半身，向之索枣。扑数十枚与之。女言今日始归宁，兄嫂皆往守瓜，父母已睡。因以手指墙下梯，斜盼而去。其舅会意，蹑梯而登。料女甫下，必有几凳在墙内，伸足试踏，乃踏空堕溷中。女父兄闻声趋视，大受捶楚。众为哀恳乃免。然邻女是日实未归，方知为魅所戏也。前所记骑牛妇，尚农家子先挑之；此则无因而至，可云无妄之灾。然使招之不往，魅亦何所施其技？仍谓之自取可矣。

李芍亭言：有友尝避暑一僧寺，禅室甚洁，而以板室其后窗。友置榻其下。一夕，月明，枕旁有隙如指顶，似透微光。疑后为僧密室，穴纸觇之，乃一空园，为厝棺之所。意其间必有鬼，因侧卧枕上，以一目就窥。夜半，果有黑影，仿佛如人，来往树下。谛视粗能别男女，但眉目不了了。以耳就隙窃听，终不闻语声。厝棺约数十，然所见鬼少仅三五，多不过十余。或久而渐散，或已入转轮欤？如是者月余，不以告人，鬼亦竟未觉。一夕，见二鬼媟狎于树后，距窗下才七八尺，冶荡之态，更甚于人。不觉失声笑，乃阒然灭迹。次夜再窥，不见一鬼矣。越数日，寒热大作，疑鬼为祟，乃徙居他寺。变幻如鬼，不免于意想之外，使人得见其阴私。十目十手，殆非虚语。然智出鬼上，而卒不免为鬼驱。察见渊鱼者不祥[1]，又是之谓矣。

大学士温公镇乌鲁木齐日，军屯报遣犯王某逃，缉捕无迹。久而微

---

[1] 察见渊鱼者不祥：语出《史记·吴王濞列传》。即俗语"水至清则无鱼，人至察则无徒"之意。

闻其本与一吴某皆闽人，同押解至哈密辟展间，王某道死。监送台军不通闽语，不能别孰吴孰王。吴某因言死者为吴，而自冒王某之名。来至配所数月，伺隙潜遁。官府据哈密文牒，缉王不缉吴，故吴幸跳免。然事无左证，疑不能明，竟无从究诘。军吏巴哈布因言：有卖丝者妇，甚有姿首。忽得奇疾，终日唯昏昏卧，而食则兼数人。如是两载余。一日，噭然长号，僵如尸厥。灌治竟夜，稍稍能言。自云魂为城隍判官所摄，逼为妾媵，而别摄一饿鬼附其形。至某日寿尽之期，冥牒拘召，判官又嘱鬼役别摄一饿鬼抵。饿鬼亦喜得转生，愿为之代。追城隍庭讯，乃察知伪状，以判官鬼役付狱，遣我归也。后判官塑像无故自碎，此妇又两年余乃终。计其复生至再死，与其得疾至复生，日数恰符。知以枉被掠夺，仍还其应得之寿矣。然则移甲代乙，冥司亦有，所惜者此少城隍一讯耳。

李阿亭言：滦州民家，有狐据其仓中居，不甚为祟；或偶然抛掷砖瓦，盗窃饮食耳。后延术士劾治，殪数狐；且留符曰："再至则焚之。"狐果移去。然时时幻形为其家妇女，夜出与邻舍少年狎；甚乃幻其幼子形，与诸无赖同卧起。大播丑声，民固弗知。一日，至佛寺，闻禅室嬉笑声。穴纸窃窥，乃其女与僧杂坐。愤甚，归取刃。其女乃自内室出。始悟为狐复仇，再延术士。术士曰："是已窜逸，莫知所之矣。"夫狐魅小小扰人，事所恒有，可以不必治，即治亦罪不至死。遽骈诛之，实为已甚，其衔冤也固宜。虽有符可恃，狐不能再逞，而相报之巧，乃卒生于所备外。然则君子于小人，力不足胜，固遭反噬；即力足胜之，而机械潜伏，变端百出，其亦深可怖已。

嵩辅堂阁学言：海淀有贵家守墓者，偶见数犬逐一狐，毛血狼藉。意甚悯之，持杖击犬散，提狐置室中，俟其苏息，送至旷野，纵之去。越数日，夜有女子款扉入，容华绝代。骇问所自来。再拜曰："身是狐女，昨遘大难，蒙君再生，今来为君拊枕席。"守墓者度无恶意，因纳之。往来狎昵，两月余，日渐瘵瘦，然爱之不疑也。一日，方共寝，闻窗外呼曰："阿六贱婢！我养创甫愈，未即报恩，尔何得冒托我名，魅郎君使病？脱有不讳，族党中谓我负义，我何以自明？即知事出于尔，而郎君救我，我坐视其死，又何以自安？今偕姑姊来诛尔。"女子惊起欲遁，业有数女排闼入，搒击立毙。守墓者惑溺已久，痛惜恚忿，反斥此女无良，夺其所爱。此女反复自陈，终不见省，且拔刃跃起，欲为彼女报冤。此女乃痛哭越墙去。守墓者后为人言之，犹恨恨也。此所谓"忠而见谤，信而见疑"[1]也欤！

董曲江前辈言：有讲学者，性乖僻，好以苛礼绳生徒。生徒苦之，然其人颇负端方名，不能诋其非也。塾后有小圃，一夕，散步月下，见花间隐隐有人影。时积雨初晴，土垣微圮，疑为邻里窃蔬者。迫而诘之，则一丽人匿树后，跪答曰："身是狐女，畏公正人不敢近，故夜来折花。不虞为公所见，乞曲恕。"言词柔婉，顾盼间百媚俱生。讲学者惑之，挑与语。宛转相就，且云妾能隐形，往来无迹，即有人在侧亦不睹，不至为生徒知也。因相燕昵。比天欲晓，讲学者促之行。曰："外有人声，我自能从窗隙去，公无虑。"俄晓日满窗，执经者麇至，女仍垂帐偃卧。讲学者心摇摇，然尚冀人不见。忽外言某媪来迓女。女披衣径出，坐皋比[2]上，理鬟讫，敛衽谢曰："未携妆具，且归梳沐。暇日再来访，索昨夕缠头锦[3]耳。"乃里中新来角妓，诸生徒赂使为此也。讲学者大沮，生徒课毕归早餐，已自负衣装遁矣。外有余必中不足，岂不信乎！

曲江又言：济南有贵公子，妾与妻相继殁。一日，独坐荷亭，似睡非睡，恍惚若见其亡姬。素所怜爱，即亦不畏，问："何以能返？"曰："鬼有地界，土神禁不许阑入。今日明日，值娘子诵经期，连放焰口，得来领法食也。"问："娘子已来否？"曰："娘子狱事未竟，安得自来！"问："施食无益于亡者，作焰口何益？"曰："天心仁爱，佛法慈悲，赈人者佛天喜，赈鬼者佛天

---

[1] "忠而见谤，信而见疑"：语出《史记·屈原列传》。原文为"信而见疑，忠而被谤，能无怨乎？"
[2] 皋比：指座椅。
[3] 缠头锦：指陪睡的酬金。

亦喜。是为亡者资冥福，非为其自来食也。"问："泉下况味何似？"曰："堕女身者妾凤业，充下陈者君凤缘。业缘俱满，静待转轮，亦无大苦乐。但乏一小婢供驱使，君能为焚一偶人乎？"憬腾而醒，姑信其有，为作偶人焚之。次夕见梦，则一小婢相随矣。夫束刍缚竹，剪纸裂缯，假合成质，何亦通灵？盖精气抟结，万物成形；形不虚立，秉气含精。虽久而腐朽，犹蜎蠕[1]以化，芝菌以蒸。故人之精气未散者为鬼，布帛之精气，鬼之衣服，亦如生。其于物也，既有其质，精气斯凝，以质为范，像肖以成。火化其渣滓，不化其菁英，故体为灰烬，而神聚幽冥。如人殂谢，魄降而魂升。夏作明器[2]，殷周相承，圣人所以知鬼神之情也。若夫金缸、春条[3]，未闷佳城，殡宫阒寂，彳亍夜行，投畀炎火，微闻咿嘤。是则衰气所召，妖以人兴，抑或他物之所凭矣。（有樊媪者，在东光见有是事。）

朱子颖运使言：昔官叙永同知时，由成都回署，偶遇茂林，停舆小憩。遥见万峰之顶，似有人家；而削立千仞，实非人迹所到。适携西洋远镜，试以窥之，见草屋三楹，向阳启户，有老翁倚松立，一幼女坐檐下，手有所持，似俯首缝补；屋柱似有对联，望不了了。俄云气滃郁[4]，遂不复睹。后重过其地，林麓依然，再以远镜窥之，空山而已。其仙灵之宅，误为人见，遂更移居欤？

潘南田画有逸气，而性情孤峭，使酒骂座，落落然不合于时。偶为余作梅花横幅，余题一绝曰："水边篱落影横斜，曾在孤山处士家[5]。只怪虬枝蟠似铁，风流毕竟让桃花。"盖戏之也。后余从军塞外，侍姬辈嫌其敝黯，竟以桃花一幅易之。然则细琐之事，亦似皆前定矣。

---

[1] 蜎蠕（yuān rú）：指小幼虫。
[2] 明器：送葬用的器具。
[3] 金缸、春条：笔记小说《灵怪集》《博异记》两女子名，为明器变化而成。
[4] 滃（wěng）郁：云烟迷漫。
[5] "水边"两句：北宋诗人林逋隐居西湖孤山，养鹤植梅以自娱。

青县王恩溥,先祖母张太夫人乳母孙也。一日,自兴济夜归,月明如昼,见大树下数人聚饮,杯盘狼藉。一少年邀之入座,一老翁嗔语少年曰:"素不相知,勿恶作剧。"又正色谓恩溥曰:"君宜速去,我辈非人,恐小儿等于君不利。"恩溥大怖,狼狈奔走,得至家,殆无气以动。后于亲串家作吊,突见是翁,惊仆欲绝,唯连呼:"鬼!鬼!"老翁笑掖之起,曰:"仆耽曲蘖[1],日恒不足。前值月夜,荷邻里相邀,酒已无多。遇君适至,恐增一客则不满枯肠,故诡语遣君。君乃竟以为真耶?"宾客满堂,莫不绝倒。中一客目击此事,恒向人说之。偶夜过废祠,见数人轰饮,亦邀入座。觉酒味有异,心方疑讶,乃为群鬼挤入深淖,化磷火荧荧散。东方渐白,有耕者救之,乃出。缘此胆破,翻疑恩溥所见为真鬼。后途遇此翁,竟不敢接谈。此表兄张自修所说。戴君恩诏则曰实有此事,而所传殊倒置。乃此客先遇鬼,而恩溥闻之。偶夜过某村,值一多年未晤之友,邀之共饮。疑其已死,绝裾奔逃。后相晤于姻家,大遭诟谇也。二说未审孰是。然由张所说,知不可偶经一事,遂谓事事皆然,致失于误信;由戴所说,知亦不可偶经一事,遂谓事事皆然,反败于多疑也。

李秋崖言:一老儒家,有狐居其空仓中,三四十年未尝为祟。恒与人对语,亦颇知书;或邀之饮,亦肯出,但不见其形耳。老儒殁后,其子亦诸生,与狐酬酢如其父。狐不甚答,久乃渐肆扰。生故设帐于家,而兼为人作讼牒。凡所批课文,皆不遗失;凡作讼牒,则甫具草辄碎裂,或从手中掣其笔。凡修脯所入,毫厘不失;凡刀笔所得,虽扃锁严密,辄盗去。凡学子出入,皆无所见;凡讼者至,或瓦石击头面流血,或檐际作人语,对众发其阴谋。生苦之,延道士劾治。登坛召将,摄狐至。狐侃侃辩曰:"其父不以异类视我,与我交至厚。我亦不以异类自外,视其父如弟兄。今其子自堕家声,作种种恶业,不陨身不止。我不忍坐视,故挠之使改图;所攫金皆埋其父墓中,将待其倾覆,周其妻子,实无他肠。不虞炼师之见谴,生死唯命。"道士蹴然下座,三揖而握其手曰:"使我

---

[1] 曲蘖(niè):指酒。

亡友有此子，吾不能也；微我不能，恐能者千百无一二。此举乃出尔曹乎！"不别主人，叹息径去。其子愧不自容，誓辍是业，竟得考终。

乾隆丙辰、丁巳间，户部员外郎长公泰有仆妇，年二十余，中风昏眩，气奄奄如缕，至夜而绝。次日，方为营棺敛，手足忽动，渐能屈伸。俄起坐，问："此何处？"众以为犹谵语也。既而环视室中，意若省悟，喟然者数四，默默无语，从此病顿愈。然察其语音行步，皆似男子；亦不能自梳沐，见其夫若不相识。觉有异，细诘其由。始自言本男子，数日前死。魂至冥司，主者检算未尽，然当谪为女身，命借此妇尸复生。觉倏如睡去，倏如梦醒，则已卧板榻上矣。问其姓名里贯，坚不肯言，唯曰事已至此，何必更为前世辱。遂不穷究。初不肯与仆同寝，后无词可拒，乃曲从；然每一荐枕，辄饮泣至晓。或窃闻其自语曰："读书二十年，作官三十余年，乃忍耻受奴子辱耶？"其夫又尝闻呓语曰："积金徒供儿辈乐，多亦何为？"呼醒问之，则曰未言。知其深讳，亦姑置之。长公恶言神怪事，禁家人勿传，故事不甚彰，然亦颇有知之者。越三载余，终郁郁病死。讫不知其为谁也。

先师裘文达公言：有郭生，刚直负气。偶中秋燕集，与朋友论鬼神，自云不畏。众请宿某凶宅以验之，郭慨然仗剑往。宅约数十间，秋草满庭，荒芜蒙翳。扃户独坐，寂无见闻。四鼓后，有人当户立。郭奋剑欲起，其人挥袖一拂，觉口噤体僵，有如梦魇，然心目仍了了。其人磬折致词曰："君固豪士，为人所激，因至此。好胜者常情，亦不怪君。既蒙枉顾，本应稍尽宾主意。然今日佳节，眷属皆出赏月，礼别内外，实不欲公见。公又夜深无所归。今筹一策，拟请君入瓮，幸君勿嗔；觞酒豆肉，聊以破闷，亦幸勿见弃。"遂有数人舁郭置大荷缸中，上覆方桌，压以巨石。俄隔缸笑语杂遝，约男女数十，呼酒行炙，一一可辨。忽觉酒香触鼻，暗中摸索，有壶一、杯一、小盘四，横阁象箸二。方苦饥渴，且姑饮啖。复有数童子绕缸唱艳歌，有人扣缸语曰："主人命娱宾也。"亦靡靡可听。良久，又扣缸语曰："郭君勿罪，大众皆醉，不能举巨石。君且姑耐，贵友行至矣。"语讫,遂寂。次日,众见门不启,疑有变,逾垣而入。郭闻人声,在缸内大号。众竭力移石,乃閛然出,述所见闻,莫不抚掌。视缸中器具,似皆己物。还家讯问,则昨夕家燕,并酒肴失之,方诟谇大索也。此魅可云狡狯矣。然闻之使人笑不使人怒,当出瓮时,虽郭生亦自哑然也,真恶作剧哉。余容若曰:"是犹玩弄为戏也。曩客秦陇间,闻有少年随塾师读书山寺。相传寺楼有魅,时出媚人。私念狐女必绝艳,每夕诣楼外,祷以媟词,冀有所遇。一夜,徘徊树下,见小环招手。心知狐女至,跃然相就。小环悄语曰:'君是解人,不烦絮说。娘子甚悦君,然此何等事,乃公然致祝!主人怒君甚,以君贵人,不敢祟;唯约束娘子颇严。今夜幸他出,娘子使来私招君。君宜速往。'少年随之行,觉深闺曲弄,都非寺内旧门径。至一房,朱扉半开,虽无灯,隐隐见床帐。小环曰:'娘子初会,觉觍觍,已卧帐内。君第解衣,径登榻,无出一言,恐他婢闻也。'语讫,径去。少年喜不自禁,遽揭其被,拥于怀而接唇。忽其人惊起大呼。却立愕视,则室庐皆不见,乃塾师睡檐下乘凉也。塾师怒,大施夏楚。不得已吐实,竟遭斥逐。此乃真恶作剧矣。"文达公曰:"郭生恃客气,故仅为魅侮;此生怀邪心,故竟为魅陷。二生各自取耳,岂魅有善恶哉!"

李村有农家妇,每早晚出馈,辄见女子随左右。问同行者,则不见。意大恐怖。后乃渐随至家,然恒在院中,或在墙隅,不入寝室。妇逼视,即却走;妇返,即仍前。知为冤对,因遥问之。女子曰:"汝前生与我并贵家妾,汝妒我宠,以奸盗诬我致幽死。今来取偿,讵汝今生事姑孝,恒为善神所护,我不能近,故日日相随。揆度事势,万万无可相报理。汝傥作道场度我,我得转轮,即亦解冤矣。"妇辞以贫。女子曰:"汝贫非虚语,能发念诵佛号万声,亦可度我。"问:"此安能得度鬼?"曰:"常人诵佛号,佛不闻也,特念念如对佛,自摄此心而已。若忠臣孝子,诚感神明,一诵佛号,则声闻三界,故其力与经忏等。汝是孝妇,知必应也。"妇如所说,发念持诵。每诵一声,则见女子一拜。至满万声,女子不见矣。此事故老时说之,知笃志事亲,胜信心礼佛。

又闻洼东有刘某者,母爱其幼弟,刘爱弟更甚于母。弟婴痼疾,母忧之,废寝食。刘经营疗治,至鬻其子供医药。尝语妻曰:"弟不救,则母可虑,毋宁我死耳!"妻感之,鬻及衭衣,无怨言。弟病笃,刘夫妇昼夜泣守。有丐者夜栖土神祠,闻鬼语曰:"刘某夫妇轮守其弟,神光照烁,猝不能入,有违冥限,奈何?"土神曰:"兵家声东而击西,汝知之乎?"次日,其母灶下卒中恶。夫妇奔视,母苏而弟已绝矣。盖鬼以计取之也。后夫妇并年八十余乃卒。奴子刘琪之女,嫁于洼东,言闻诸故老曰,刘自奉母以外,诸事蠢蠢如一牛。有告以某忤其母者,刘掉头曰:"世宁有是人?人宁有是事?汝毋造言。"其痴多类此,传以为笑。不知乃天性纯挚,直以尽孝为自然,故有是疑耳。元人《王彦章墓》诗曰:"谁信人间有冯道[1]?"即此意矣。

景少司马介兹官翰林时,斋宿清秘堂。(此因乾隆甲子御题"集贤清秘"额,因相沿称之,实无此堂名。)积雨初晴,微月未上,独坐廊下。闻瀛洲亭中语曰:"今日楼上看西山,知杜紫微[2]'雨余山态活'句,真神来之笔。"一人曰:"此句佳在活字,又佳在态字烘出活字。若作山色山翠,则兴象俱减矣。"疑为博晰之等尚未睡,纳凉池上,呼之不应;推户视之,阒无人迹。次日,以告晰之。晰之笑曰:"翰林院鬼,故应作是语。"

释家能夺舍,道家能换形。夺舍者托孕妇而转生;换形者血气已衰,大丹未就,则借一壮盛之躯,与之互易也。狐亦能之。族兄次辰云,有张仲深者,与狐友,偶问其修道之术。狐言:"初炼幻形,道渐深则炼蜕形,蜕形之后,则可以换形。凡人痴者忽黠,黠者忽颠,与初不学仙而忽好服饵导引,人怪其性情变常,不知皆魂气已离,狐附其体而生也。

---

[1] 冯道:五代人,历任后唐、后晋、后汉、后周四朝十二君,视丧君亡国毫不在意。新旧《五代史》有传。
[2] 杜紫微:唐杜牧,号紫微太守。

然既换人形,即归人道,不复能幻化飞腾。由是而精进,则与人之修仙同,其证果较易。或声色货利,嗜欲牵缠,则与人之惑溺同,其堕轮回亦易。故非道力坚定,多不敢轻涉世缘,恐浸淫而不自觉也。"其言似亦近理。然则人欲之险,其可畏也哉。

朱介如言:尝因中暑眩瞀,觉忽至旷野中,凉风飒然,意甚爽适。然四顾无行迹,莫知所向。遥见数十人前行,姑往随之。至一公署,亦姑随入。见殿阁宏敞,左右皆长廊;吏役奔走,如大官将坐衙状。中一吏突握其手曰:"君何到此?"视之,乃亡友张恒照。悟为冥司,因告以失路状。张曰:"生魂误至,往往有此,王见之亦不罪;然未免多一诘问。不如且坐我廊屋,俟放衙,送君返;我亦欲略问家事也。"入坐未几,王已升座。自窗隙窃窥,见同来数十人,以次庭讯。语不甚了了,唯一人昂首争辩,似不服罪。王举袂一挥,殿左忽现大圆镜,围约丈余。镜中现一女子反缚受鞭像。俄似电光一瞥,又现一女子忍泪横陈像。其人叩颡曰:"伏矣。"即曳去。良久放衙,张就问子孙近状。朱略道一二,张挥手曰:"勿再言,徒乱人意。"因问:"顷所见者业镜耶?"曰:"是也。"问:"影必肖形,今无形而现影,何也?"曰:"人镜照形,神镜照心。人作一事,心皆自知;既已自知,即心有此事;心有此事,即心有此事之象,故一照而毕现也。若无心作过,本不自知,则照亦不见。心无是事,即无是象耳。冥司断狱,唯以有心无心别善恶,君其识之。"又问:"神镜何以能照心?"曰:"心不可见,缘物以形。体魄已离,存者性灵。神识不灭,如灯荧荧。外光无翳,内光虚明,内外莹澈,故纤芥必呈也。"语讫,遽曳之行。觉此身忽高忽下,如随风败箨。倏然惊醒,则已卧榻上矣。此事在甲子七月。怪其乡试后期至,乃具道之。

东光马节妇,余妻党也。年未二十而寡,无翁姑兄弟,亦无子女。艰难困苦,坐卧一破屋中,以浣濯缝纫自给,至鬻釜以易粟,而拾破瓦盆以代釜。年八十余,乃终。余尝序马氏家乘,然其夫之名字,与母之族氏,则忘之久矣。相传其十一二时,随母至外家。故有狐,夜掷瓦石击其窗。闻屋上厉声曰:"此有贵人,汝辈勿取死。"然竟以民妇终,殆孟子所谓"天爵"[1]欤?先师李又聃先生与同里,尝为作诗曰:"早岁吟黄鹄[2],颠连四十春。怀贞心比铁,完节鬓如银。慷慨期千古,凋零剩一身。几番经坎坷,此念未缁磷[3]。(原注:节妇初寡时,尚存薄田数亩。有欲迫之嫁者,侵凌至尽。)震撼惊风雨,扶呵赖鬼神。(原注:一岁霖雨经旬,邻屋新造者皆圮,节妇一破屋,支柱欹斜,竟得无恙。)天原常佑善,人竟不怜贫。稍觉亲朋少,羞为乞索频。一家徒四壁,九食度三旬。绝粒肠空转,佣针手尽皴。有薪皆扫叶,无甑可生尘。黧面真如鹄,悬衣半似鹑[4]。遮门才破荐,(原注:屋扉破碎不能葺,以破荐代扉者十余年。)藉草是华茵。只自甘饥冻,翻嫌话苦辛。偷儿嗤饿鬼,(原注:夜有盗过节妇屋上,节妇呼问,盗大笑曰:"吾何至进汝饿鬼家!")女伴笑痴人。(原注:有同巷贫妇,再醮富室。归宁时华服过节妇曰:"看我享用,汝岂非大痴耶!")生死心无改,存亡理亦均。喧阗凭燕雀,坚劲自松筠。伊我钦贤淑,多年共里阒[5]。不辞歌咏拙,取表性情真。公议存乡校[6],廷评待史臣。他时邀紫诰,光映九河滨。"盖先生壬申公车[7]主余家时所作,故仅云"颠连四十春"。诗格绝类香山。敬录于此,一以昭节妇之贤,一以存先师之遗墨也。后外舅周篆马公见此诗,遂割腴田三百亩为节妇立嗣[8],且为请旌。或亦讽谕之力欤!

---

[1] 天爵:《孟子·告子》:"仁义、忠、信,乐善不倦,此天爵也。"
[2] 黄鹄:《黄鹄歌》。《烈女传》载,陶婴夫死,守义作《黄鹄歌》:"黄鹄早寡矣,七年不双飞。"
[3] 缁磷:《论语·阳货》:"不曰坚乎,磨而不磷;不曰白乎,涅而不缁。"磷,不损坏,不薄;涅,染;缁,黑。
[4] "黧面"句:黧(lí),色黑而黄。鹑(chún),鸟名,秃尾,故衣衫破旧,称鹑衣。
[5] 阒(yīn):城门。
[6] 乡校:乡村的公共场所。
[7] 公车:指举人入京参加会试。
[8] 立嗣:无子之人,以同宗辈分相当的人为嗣子。

余从军西域时，草奏草檄，日不暇给，遂不复吟咏。或得一联一句，亦境过辄忘。乌鲁木齐杂诗百六十首，皆归途追忆而成，非当日作也。一日，功加毛副戎自述生平，怅怀今昔，偶为赋一绝句曰："雄心老去渐颓唐，醉卧将军古战场；半夜醒来吹铁笛，满天明月满林霜。"毛不解诗，余亦不复存稿。后同年杨君逢元过访，偶话及之。不知何日杨君登城北关帝祠楼，戏书于壁，不署姓名。适有道士经过，遂传为仙笔。余畏人乞诗，杨君畏人乞书，皆不肯自言。人又微知余能诗不能书，杨君能书不能诗，亦遂不疑及，竟几于流为丹青。迨余辛卯还京祖饯，于是始对众言之。乃爽然若失。昔南宋闽人林外题词[1]于西湖，误传仙笔。元（按：元当作金。王庭筠，字子端，金河东人，自号黄华老人。）王黄华诗刻于山西者，后摹刻于滇南，亦误传仙笔。然则诸书所谓仙诗者，此类多矣。

图裕斋前辈言：有选人游钓鱼台。时西顶社会，游女如织。薄暮，车马渐稀，一女子左抱小儿，右持鼗[2]鼓，袅袅来。见选人，举鼗一遥。选人一笑，女子亦一笑。选人故狡黠，揣女子装束类贵家，而抱子独行，又似村妇，踪迹诡异，疑为狐魅，因逐之絮谈。女子微露夫亡子幼意。选人笑语之曰："毋多言，我知尔，亦不惧尔。然我贫，闻尔辈能致财。若能赡我，我即从尔去。"女子亦笑曰："然则同归耳。"至其家，屋不甚宏壮，而颇华洁；亦有父母姑姊妹。彼此意会，不复话氏族，唯献酬款洽而已。酒阑就宿，备极嬿婉。次日入城，携小奴及襥被往，颇相安。唯女子冶荡无度，奔命殆疲。又渐使拂枕簟，侍梳沐，理衣裳，司洒扫，至于烟筒茗碗之役，亦遣执之。久而其姑若姊妹，皆调谑指挥，视如僮婢。选人耽其色，利其财，不能拒也。一旦，使涤厕牏[3]，选人不肯。女子愠曰："事事随汝意，此乃不随我意耶？"诸女亦助之诮责。由此渐相忤。既而每夜出不归，云亲戚留宿。又时有客至，皆曰中表，日嬉笑燕饮，

---

[1] 林外之诗曰："药炉丹灶旧生涯，白云深处是吾家。江城恋酒不归去，老却碧桃无限花。"
[2] 鼗（táo）：小鼓。
[3] 厕牏（yú）：筑墙短板。厕所。

或琵琶度曲,而禁选人勿至前。选人恚愤,女子亦怒,且笑曰:"不如是,金帛从何来?使我谢客易,然一家三十口,须汝供给,汝能之耶?"选人知不可留,携小奴入京,僦住屋。次日再至,则荒烟蔓草,无复人居,并衣装不知所往矣。选人本携数百金,善治生,衣颇褴褛。忽被服华楚,皆怪之。具言赘婿状,人亦不疑。俄又褴褛,讳不自言。后小奴私泄其事,人乃知之。曹慕堂宗丞曰:"此魅窃逃,犹有人理。吾所见有甚于此者矣。"

武强张公令誉,康熙丁酉举人,刘景南之妇翁也。言有选人纳一姬,聘币颇轻,唯言其母爱女甚,每月当十五日在寓,十五日归宁。悦其色美而值廉,竟曲从之。后一选人纳姬,约亦如是。选人初不肯,则举此选人为例。询访信然,亦曲从之。二人本同年[1],一日话及,前选人忽省曰:"君家阿娇[2]归宁上半月耶?下半月耶?"曰:"下半月。"前选人大悟,急引入内室视之,果一人也。盖其初鬻之时,已预留再鬻地矣。张公淳实君子,度必无妄言。唯是京师鬻女之家,虽变幻万状,亦必欺以其方,故其术一时不遽败。若月月克日归宁,已不近事理;又不时往来于两家,岂人不能闻。是必败之道,狡黠者断不出此。或传闻失实,张公误听之欤?然紫陌看花[3],动多迷路。其造作是语,固亦不为无因耳。

朱青雷言:李华麓在京,以五百金纳一姬。会以他事诣天津,还京之日,途遇一友,下车为礼。遥见姬与二媒媪同车驰过,大骇愕。而姬若弗见华麓者。恐误认,思所衣绣衫又己所新制,益怀疑,草草话别。至家,则姬故在。一见,即问:"尔先至耶?媒媪又将尔嫁何处?"姬仓皇不知所对。乃怒,遣家童呼其父母来领女。父母狼狈至。其妹闻姊有变,亦同来。入门则宛然车中女,其绣衫乃借于姊者,尚未脱。盖少其姊一岁,

---

[1] 同年:旧指同科考中的人。
[2] 阿娇:"金屋藏娇"熟语。此指娇妾。
[3] 紫陌看花:唐刘禹锡《戏赠看花诸君子》诗:"紫陌红尘拂面来,无人不道看花回。"

容貌略相似也。华麓方跳踉如虓虎,见之省悟,嗒然无一语。父母固诘相召意。乃述误认之故,深自引慝。父母亦具述方鬻次女,借衣随媒媪同往事。问价几何,曰:"三百金,未允也。"华麓辄然,急开箧取五百金置几上曰:"与其姊同价可乎?"顷刻议定,留不遣归,即是夕同衾焉。风水相遭,无心凑合。此亦可为佳话矣。

刘东堂言:狂生某者,性悖妄,诋訾今古,高自位置。有指摘其诗文一字者,衔之次骨,或至相殴。值河间岁试,同寓十数人,或相识,或不相识。夏夜散坐庭院纳凉,狂生纵意高谈。众畏其唇吻,皆缄口不答。唯树后坐一人,抗词与辩,连抵其隙。理屈词穷,怒问:"子为谁?"暗中应曰:"仆焦王相也。"(河间之宿儒。)骇问:"子不久死耶?"笑应曰:"仆如不死,敢捋虎须耶?"狂生跳掷叫号,绕墙寻觅。唯闻笑声吃吃,或在木杪,或在檐端而已。

王洪绪言:郑州筑堤时,有少妇抱衣袱行堤上,力若不胜,就柳下暂息。时佣作数十人,亦散憩树下。少妇言归自母家,幼弟控一驴相送。驴惊坠地,弟入秫田追驴,自辰至午尚未返。不得已沿堤自行。家去此西北四五里。谁能抱袱送我,当谢百钱。一少年私念此可挑,不然亦得谢,乃随往。一路与调谑,不甚答亦不甚拒。行三四里,突七八人要于路曰:"何物狂且,敢觊觎我家妇女?"共执缚捶楚,皆曰:"送官徒涉讼,不如埋之。"少妇又述其谑语。益无可辩,唯再三哀祈。一人曰:"姑贳尔。然须罚掘开此塍,尽泄其积水。"授以一锸,坐守促之。掘至夜半,水道乃通,诸人亦不见。环视四面,芦苇丛生,杳无村落。疑狐穴被水,诱此人浚治云。

卷十七

姑妄听之（三）

族侄竹汀言：文安有佣工古北口外者，久无音问。其父母值岁荒，亦就食口外，且觅子。亦久无音问。后乃有人见之泰山下。言昔至密云东北，日已暮，风云并作。遥见山谷有灯光，漫往投止。至则土屋数楹，围以秫篱，有老妪应门，问其里贯，入以告。又遣问姓名年岁，并问："曾有子出口否？子何名？年几何岁？"具以实对。忽有女子整衣出，延入上坐，拜而侍立；促老妪督婢治酒肴，意甚亲昵。莫测其由，起而固诘。则失声伏地曰："儿不敢欺翁姑。儿狐女也，尝与翁姑之子为夫妇。本出相悦，无相媚意。不虞其爱恋过度，竟以瘵亡。心恒愧悔，故誓不别适，依其墓以居。今无意与翁姑遇，幸勿他往，儿尚能养翁姑。"初甚骇怖，既而见其意真切，相持涕泣，留共居。狐女奉事无不至，转胜于有子。如是六七年，狐女忽遣老妪市一棺，且具锸畚。怪问其故，欣然曰："翁姑宜贺儿。儿奉事翁姑，自追念逝者，聊尽寸心耳。不期感动土地，闻于岳帝。岳帝悯之，许不待丹成，解形证果。今以遗蜕合窆，表同穴意也。"引至侧室，果一黑狐卧榻上，毛光如漆；举之轻如叶，扣之乃作金石声。信其真仙矣。葬事毕，又启曰："今隶碧霞元君[1]为女官，当往泰山。请共往。"故相偕至此，僦屋与土人杂居。狐女唯不使人见形，其供养仍如初也。后不知其所终。此与前所记狐女略相近，然彼有所为而为，故仅得道诛；此无所为而为，故竟能成道。天上无不忠不孝之神仙，斯言谅哉。

竹汀又言：有夜宿城隍庙廊者，闻殿中鬼语曰："奉牒拘某妇。某妇恋其病姑，不肯死，念念固结，神不离舍，不能摄取，奈何？"城隍曰：

---

[1]碧霞元君：神名。传说为岳帝之女。

"愚忠愚孝，多不计成败。与命数争，徒自苦者，固不少；精诚之至，鬼神所不能夺者，挽回一二，间亦有之。与强魂捍拒，其事迥殊，此宜申岳帝取进止，毋遽以厉鬼往也。"语讫，遂寂。后不知究竟能摄否。然足知人定胜天，确有是理矣。

顾郎中德懋，世所称判冥者也。尝自言平反一狱，颇自喜。其姓名不敢泄，其事则有姑出其妇者，以小姑之谗，非其罪也。姑性卞[1]，仓促度无挽回理；而母家亲党无一人，遂披缁尼庵，待姑意转。其夫怜之，时往视妇。亦不能无情。庵旁有废园，每约以夜伏破屋，而自逾墙缺私就之。来往岁余，为其师所觉。师持戒严，以为污佛地，斥其夫勿来，来且逐妇。夫遂绝迹。妇竟郁郁死。冥官谓既入空门，宜遵佛法，乃耽淫犯戒，当从僧律科断，议付泥犁。顾驳之曰："尼犯淫戒，固有明刑。然必初念皈依，中违誓愿，科以僧律，百喙无词。此妇则无罪仳离，冀收覆水[2]，恩非断绝，志且坚贞。徒以孤苦无归，托身荒刹。其为尼也，但可谓之毁容，未可谓之奉法；其在庵也，但可谓之借榻，不可谓之安禅。若据其浮踪，执为恶业，则瑶光夺婿[3]，更以何罪相加？至其感念故夫，逾墙幽会，迹似'赠以芍药'，事均'采彼蘼芜'[4]。人本同衾，理殊失节。阳律于未婚私媾，仅拟杖刑，犹容纳赎。兹之违礼，恐视彼为轻。况已抑郁捐生，纵有微愆，足以蔽罪。自应宽其薄罚，径付转轮。准理酌情，似乎两协。"事上，冥王竟从其议。此语真妄，无可证验。然据其所议，固持平之论矣。又顾临殁，自云以多泄阴事，谪为社公。姑存其说，亦足为轻谈温室[5]者箴也。

---

[1] 卞：急躁。
[2] 覆水：比喻夫妻离异。
[3] 瑶光夺婿：北魏永安三年（530年）尔朱兆在洛阳纵兵掠劫，当时洛阳有"洛阳男儿急作髻，瑶光寺尼夺作婿"之语。事见杨衒之《洛阳伽蓝记·瑶光寺》。
[4] "采彼蘼芜"：古诗《上山采蘼芜》："上山采蘼芜，下山逢故夫。"
[5] 谈温室：汉代孔光为人谨慎寡言，回家从不言朝廷中事，有人问他温室省里栽种有什么树，他也避而不谈。事见《汉书·孔光传》。

库尔喀喇乌苏（库尔喀喇，译言黑；乌苏，译言水也。）台军李印，尝随都司刘德行山中。见悬崖老松贯一矢，莫测其由。晚宿邮舍，印乃言昔过是地，遥见一骑飞驰来，疑为玛哈沁，伏深草伺之。渐近，则一物似人非人，据马上，马乃野马也。知为怪，发一矢，中之。嗡然如钟声，化黑烟去；野马亦惊逸。今此矢在树，知为木妖也。问："顷见之何不言？"曰："射时彼原未见我。彼既有灵，恐闻之或报复，故宁默也。"其机警多类此。一日，塔尔巴哈台押逋寇满答尔至，命印接解。以铁钮贯手，以铁鍊从马腹横锁其足。时已病，奄奄仅一息。与之食，亦不甚咽；在马上每欲倒掷下，赖鞶足得不堕。但虑其死，不虑其逃也。至戈壁，两马相并，又作欲堕状。印举手引之。突挺然而起，以钮击印马下，即旋辔驰入戈壁去。戈壁东北连科布多（北路定边副将军所属。）绵亘数百里，古无人迹，竟莫能追。始知其病者伪也。参将岳济，坐是获重谴；印亦长枷。既而伊犁复捕得满答尔。盖额鲁特来降者，赏赉最厚。满答尔贪饵而出，因就擒。讯其何以敢再至。则曰："我罪至重，谅必不料我来；我随众而来，亦必不疑其中有我。"其所计良是，而不虞识其顶上箭瘢也。以印之巧密，而卒为术愚；以满答尔之深险，而卒以诈败。日以心斗，诚不知其所穷。然任智终遇其敌，未有千虑不一失者，则定理也。

李义山[1]诗"空闻子夜鬼悲歌"，用晋时鬼歌子夜事也。李昌谷[2]诗"秋坟鬼唱鲍家诗"，则以鲍参军[3]有《蒿里行》，幻窅其词耳。然世固往往有是事。田香沚言：尝读书别业。一夕，风静月明，闻有度昆曲者，亮折清圆，凄心动魄。谛审之，乃《牡丹亭》叫画一出也。忘其所以，静听至终。忽省墙外皆断港荒陂，人迹罕至，此曲自何而来？开户视之，唯芦荻瑟瑟而已。

---

[1] 李义山：唐诗人李商隐，字义山。
[2] 李昌谷：唐诗人李贺，出生于河南昌谷。
[3] 鲍参军：南朝宋诗人鲍照，曾任临海王参军。

香泲又言：有老儒授徒野寺。寺外多荒冢，暮夜或见鬼形，或闻鬼语。老儒有胆，殊不怖。其童仆习惯，亦不怖也。一夕，隔墙语曰："邻君已久，知先生不讶。尝闻吟咏，案上当有温庭筠诗，乞录其《达摩支曲》一首焚之。"又小语曰："末句'邺城风雨连天草'，祈写'连'为'粘'，则感极矣。顷争此一字，与人赌小酒食也。"老儒适有温集，遂举投墙外。约一食顷，忽木叶乱飞，旋飚怒卷，泥沙洒窗户如急雨。老儒笑且叱曰："尔辈勿劣相。我筹之已熟：两相角赌，必有一负；负者必怨，事理之常。然因改字以招怨，则吾词曲；因其本书以招怨，则吾词直。听尔辈狡狯，吾不愧也。"语讫而风止。褚鹤汀曰："究是读书鬼，故虽负气求胜，而能为理屈。然老儒不出此集，不更两全乎？"王縠原曰："君论世法也，老儒解世法，不老儒矣。"

司爨王媪言：（即见醉钟馗者。）有樵者伐木山冈，力倦小憩。遥见一人持衣数袭，沿路弃之，不省其何故。谛视之，履险阻如坦途，其行甚速，非人可及；貌亦惨淡不似人，疑为妖魅。登高树瞰之，人已不见。由其弃衣之路，宛转至山坳，则一虎伏焉。知人为伥鬼，衣所食者之遗也。急弃柴自冈后遁。次日，闻某村某甲于是地死于虎矣。路非人径所必经，知其以衣为饵，导之至是也。物莫灵于人，人恒以饵取物。今物乃以饵取人，岂人弗灵哉！利汩其灵，故智出物下耳。然是事一传，猎者因循衣所在，得虎窟，合铳群击，殪其三焉。则虎又以智败矣。辗转倚伏，机械又安有穷欤？或又曰："虎至悍而至愚，心计万万不到此。闻伥役于虎，必得代乃转生。是殆伥诱人自代，因引人捕虎报冤也。"伥者人所化，揆诸人事，固亦有之。又惜虎知伥助己，不知即伥害己矣。

梁豁堂言：有粤东大商，喜学仙，招纳方士数十人，转相神圣，皆曰冲举[1]可坐致。所费不资，然亦时时有小验，故信之益笃。一日，有

---

[1] 冲举：上天。指成仙。

道士来访，虽敝衣破笠，而神意落落，如独鹤孤松。与之言，微妙玄远，多出意表。试其法，则驱役鬼神，呼召风雨，如操券也；松鲈、台菌，吴橙、闽荔，如取携也；星娥琴筝，玉女歌舞，犹仆隶也。握其符，十洲三岛，可以梦游。出黍颗之丹，点瓦石为黄金，百炼不耗。粤商大骇服。诸方士自顾不及，亦稽首称圣师，皆愿为弟子，求传道。道士曰："然则择日设坛，当一一授汝。"至期，道士登座，众拜讫。道士问："尔辈何求？"曰："求仙。"问："求仙何以求诸我？"曰："如是灵异，非真仙而何？"道士轩渠[1]良久，曰："此术也，非道也。夫道者冲漠自然，与元气为一，乌有如是种种哉！盖三教之放失久矣。儒之本旨，明体达用而已。文章记诵，非也；谈天说性，亦非也，佛之本旨，无生无灭而已。布施供养，非也；机锋语录，亦非也。道之本旨，清净冲虚而已。章咒符箓，非也；炉火服饵，亦非也。尔所见种种，是皆章咒符箓事，去炉火服饵，尚隔几尘，况长生乎？然无所征验，遽斥其非，尔必谓誉其所能，而毁其所不能，徒大言耳。今示以种种能为，而告以种种不可为，尔庶几知返乎！儒家释家，情伪日增，门径各别，可勿与辩也。吾疾夫道家之滋伪，故因汝好道，姑一正之。"因指诸方士曰："尔之不食，辟谷丸也。尔之前知，桃偶人也。尔之烧丹，房中药也。尔之点金，缩银法也。尔之入冥，茉莉根[2]也。尔之召仙，摄灵鬼也。尔之返魂，役狐魅也，尔之搬运，五鬼术也。尔之辟兵，铁布衫也。尔之飞跃，鹿卢[3]跷也。名曰道流，皆妖人耳。不速解散，雷部且至矣。"振衣欲起。众牵衣叩额曰："下士沈迷，已知其罪；幸逢仙驾，是亦前缘。忍不一度脱乎？"道士却坐，顾粤商曰："尔曾闻笙歌锦绣之中，有一人挥手飞升者乎？"顾诸方士曰："尔曾闻炫术鬻财之辈，有一人脱屣羽化者乎？夫修道者须谢绝万缘，坚持一念，使此心寂寂如死，而后可不死；使此气绵绵不停，而后可长停。然亦非枯坐事也。仙有仙骨，亦有仙缘。骨非药物所能换，缘亦非情好所能结。必积功累德，而后列名于仙籍，仙骨以生；仙骨既成，真灵自尔感通，仙缘乃凑。此

---

[1] 轩渠：欣悦的样子。
[2] 茉莉根：据说以茉莉花根磨汁喝，一寸可以使人暂时尸蹶一日。
[3] 鹿卢：滑轮。

在尔辈之自度，仙家安有度人法乎？"因索纸大书十六字曰："内绝世缘，外积阴骘[1]；无怪无奇，是真秘密。"投笔于案，声如霹雳，已失所在矣。

表伯王洪生家，有狐居仓中，不甚为祟；然小儿女或近仓游戏，辄被瓦击。一日，厨下得一小狐，众欲捶杀以泄愤。洪生曰："是挑衅也。人与妖斗，宁有胜乎？"乃引至榻上，哺以果饵，亲送至仓外。自是儿女辈往来其地，不复击矣。此不战而屈人也。

又舅氏安公五占，居县东留福庄。其邻家二犬，一夕吠甚急。邻妇出视无一人，唯闻屋上语曰："汝家犬太恶，我不敢下。有逃婢匿汝家灶内，烦以烟熏之，当自出。"妇大骇，入视灶内，果嘤嘤有泣声。问是何物，何以至此？灶内小语曰："我名绿云，狐家婢也。不胜鞭捶，逃匿于此，冀少缓须臾死，唯娘子哀之。"妇故长斋礼佛，意颇怜悯，向屋仰语曰："渠畏怖不出，我亦实不忍火攻。苟无大罪，乞仙家舍之。"（里俗呼狐曰仙家。）屋上应曰："我二千钱新买得，哪能即舍？"妇曰："二千钱赎之，可乎？"良久，乃应曰："是或尚可。"妇以钱掷于屋上，遂不闻声。妇扣灶呼曰："绿云可出，我已赎得汝。汝主去矣。"灶内应曰："感活命恩，今便随娘子驱使。"妇曰："人哪可蓄狐婢，汝且自去；恐惊骇小儿女，亦慎勿露形。"果似有黑物瞥然逝。后每逢元旦，辄闻窗外呼曰："绿云叩头。"

蒙古以羊骨卜，烧而观其坼兆，犹蛮峒[2]鸡卜也。霍丈易书在葵苏图军台时，有老妇解此术。使卜归期。妇侧睨良久，曰："马未鞍，人未冠，是不行也；然鞍与冠皆已具，行有兆矣。"越数月，又使卜。妇一视即拜曰：

---

[1] 骘（zhì）：安排；定数。
[2] 峒（dòng）：旧时对我国贵州、广西少数民族的泛称。

"马已鞍,人已冠矣,公不久其归乎?"既而果赐环[1]。又大学士温公言:曩征乌什,俘回部十余人,禁地窖中。一日,指口诉饥。投以杏。众分食讫,一年老者握其核,喃喃密祝,掷于地上,观其纵横奇偶,忽失声哭。其党环视,亦皆哭。既而骈诛之牒至。疑其法如火珠林[2]钱卜也。是与蓍龟虽不同,然以骨取像者,龟之变;以物取数者,蓍之变。其藉人精神以有灵,理则一耳。

康熙癸巳秋,宋村厂佃户周甲,不胜其妇之捶楚,夜伺妇寝,逃匿破庙,将待晓,介邻里乞怜。妇觉之,追迹至庙,对神像数其罪,叱使伏受鞭。庙故有狐。鞭甫十余,方哀呼,群狐合噪而出,曰:"世乃有此不平事!"齐夺甲置墙隅,执其妇,裭无寸缕,即以其鞭鞭之,至流血未释。突狐妇又合噪而出,曰:"男子但解护男子。渠背妻私昵某家女,不应死耶?"亦夺其妇置墙隅,而相率执甲。群狐格斗争救,喧哄良久。守田者疑为劫盗,大呼鸣铳为声援。狐乃各散。妇已委顿,甲竭蹶负以归。王德庵先生时设帐于是,见妇在途中犹喃喃骂也。先生尝曰:"快哉诸狐!可谓礼失而求野。狐妇乃恶伤其类,又别执一理,操同室之戈。盖门户分而朋党起,朋党盛而公论淆,轇轕[3]纷纭,是非蜂起,其相轧也久矣。"

张铉耳先生家,一夕觅一婢不见,意其逋逃。次日,乃醉卧宅后积薪下。空房锁闭,不知其何从入也。沃发渍面,至午乃苏。言昨晚闻后院嬉笑声,稔知狐魅,习惯不惧,窃从门隙窥之。见酒炙罗列,数少年方聚饮。俄为所觉,遽跃起拥我逾墙入。恍惚间如睡如梦,噤不能言,遂被逼入坐。陈酿醇酽,加以苛罚,遂至沉酣,不记几时眠,亦不知其几时去也。铉耳先生素刚正,自往数之曰:"相处多年,除日日取柴外,两无干犯。

---

[1] 赐环:古时官员有罪,待于其境三年,朝廷赐环则复,赐玦则去。
[2] 火珠林:疑为署名麻衣道人撰的占卜之书。
[3] 轇轕(jiāo gé):纠葛,纵横交杂的样子。

何突然越礼,以良家婢子作倡女侑觞?子弟猖狂,父兄安在?为家长者宁不愧乎?"至夜半,窗外语曰:"儿辈冶荡,业已笞之。然其间有一线乞原者:此婢先探手入门,作谑词乞肉,非出强牵。且其月下花前,采兰赠芍,阅人非一,碎璧多年,故儿辈敢通款曲。不然,则某婢某婢色岂不佳,何终不敢犯乎?防范之疏,仆与先生似当两分其过,唯俯察之。"先生曰:"君既笞儿,此婢吾亦当痛笞。"狐哂曰:"过摽梅之年[1],而不为之择配偶,郁而横决,罪岂独在此婢乎?"先生默然。次日,呼媒媪至,凡年长数婢尽嫁之。

邱县丞天锦言:西商有杜奎者,不知其乡贯,其语似泽、潞人也。刚劲有胆,不畏鬼神,空宅荒祠,所至恒襆被独宿,亦无所见闻。偶行经六盘山麓,日已曛黑,遂投止。废堡破屋,荒烟蔓草,四无人踪。度万万无寇盗,解装绊马,拾枯枝爇火御寒竟,展衾安卧。方欲睡间,闻有哭声。谛听之,似在屋后,似出地下。时榾柮[2]方燃,室明如昼,因侧眠握刀以待之。俄声渐近,已在窗外黑处,呜呜不已;然终不露形。杜叱问曰:"平生未曾见尔辈。是何鬼物?可出面言。"暗中有应者曰:"身是女子,裸无寸缕,愧难相见。如不见弃,许入被中,则有物蔽形,可以对语。"杜知其欲相媚惑,亦不惧之,微哂曰:"欲入即入。"阴风飒然,已一好女共枕矣。羞容靦觍,掩面泣曰:"一语才通,遽相偎倚。人虽冶荡,何至于斯?缘有苦情,迫于陈诉,虽嫌造次,勿讶淫奔。此堡故群盗所居,妾偶独行,为其所劫,尽褫衣裳簪珥,缚弃涧中。夏浸寒泉,冬埋积雪,沈阴沍冻,万苦难名。后恶党伏诛,废为墟莽。无人可告,茹痛至今。幸空谷足音,得见君子,机缘难再,千载一时。故忍耻相投,不辞自献,拟以一宵之爱,乞市薄椟,移骨平原。庶地气少温,得安营魄。倘更作佛事,超拔转轮,则再造之恩,誓世世长执巾栉。"语讫拭泪,纵体入怀。杜慨然曰:"本谓尔为妖,乃沈冤如是!吾虽耽花柳,然乘人窘急,挟制求欢,

---

[1] 摽梅之年:摽梅,《诗经·召南》篇名。指已届婚姻之年。
[2] 榾柮(gǔ duò):木块,木头。

则落落丈夫,义不出此。汝既畏冷,无妨就我取温;如讲幽期,则不如径去。"女伏枕叩额,亦不再言。杜拥之酣眠,帖然就抱。天晓,已失所在。乃留数日,为营葬营斋。越数载归里,有邻家小女,见杜辄恋恋相随。后老而无子,求为侧室。父母不肯。女自请相从,竟得一男。知其事者,皆疑为此鬼后身也。

《宋书·符瑞志》曰:珊瑚钩,王者恭信则见。然不言其形状,盖自然之宝也。杜工部诗曰:"飘飘青琐[1]郎,文采珊瑚钩。"似即指此。萧诠诗曰:"珠帘半上珊瑚钩。"则以珊瑚为钩耳。余见故大学士杨公一带钩,长约四寸余,围约一寸六七分。其钩就倒垂桠杈,截去附枝,作一螭头。其系绦缳柱,亦就一横出之瘿瘤,作一芝草。其干天然弯曲,脉理分明,无一毫斧凿迹,色亦纯作樱桃红,殆为奇绝。其挂钩之环,则以交柯连理之枝,去其外歧,而存其周围相属者,亦似天成。然珊瑚连理者多,佩环似此者亦多,不为异也。云以千四百金得诸洋舶。此在壬午、癸未间,其时珊瑚易致,价尚未昂云。

又余在乌鲁木齐时,见故大学士温公有玉一片,如掌大,可作臂阁。质理莹白,面有红斑四点,皆大如指顶,鲜活如花片,非血浸、非油炼、非琥珀烫,深入腠理,而晕脚四散,渐远渐淡,以至于无,盖天成也。公恒以自随。木果木之战[2],公埋轮絷马[3],慷慨捐生。此物想流落蛮烟瘴雨间矣。

又尝见贾人持一玉簪,长五寸余,圆如画笔之管,上半纯白,下半

---

[1] 青琐:刻镂成格的窗户。
[2] 木果木之战:发生在乾隆三十九年(1774年)。
[3] 埋轮絷马:屈原《国殇》:"埋两轮兮絷四马"。

莹澈如琥珀，为目所未睹。有酬以九百金者，坚不肯售。余终疑为药炼也。

五十年前，见董文恪公一玉蟹，质不甚巨，而纯白无点瑕。独视之亦常玉，以他白玉相比，则非隐青即隐黄隐赭，无一正白者，乃知其可贵。顷与柘林司农话及，司农曰："公在日，偶值匮乏，以六百金转售之矣。"

益都有书生，才气飙发，颇为隽上。一日，晚凉散步，与村女目成。密遣仆妇通词，约某夕虚掩后门待。生潜踪匿影，方暗中扪壁窃行，突火光一掣，朗若月明，见一厉鬼当户立。狼狈奔回，几失魂魄。次日至塾，塾师忽端坐大言曰："吾辛苦积得小阴骘，当有一孙登第。何逾墙钻穴，自败成功？幸我变形阻之，未至削籍，然亦殿两举矣。尔受人修脯，教人子弟，何无约束至此耶？"自批其颊十余，昏然仆地。方灌治间，宅内仆妇亦自批其颊曰："尔我家三世奴，岂朝秦暮楚者耶？幼主妄行当劝戒，不从则当告主人。乃献媚希赏，几误其终身，岂非负心耶？后再不悛，且褫尔魄！"语讫，亦昏仆。并久之，乃苏。门人李南涧曾亲见之。盖祖父之积累如是其难，子孙之败坏如是其易也，祖父之于子孙如是其死尚不忘也，人可不深长思乎！然南涧言此生终身不第，颓颜以终。殆流荡不返，其祖亦无如何欤？抑或附形于塾师，附形于仆妇，而不附形于其孙，亦不附形于其子，犹有溺爱者存，故终不知惩欤？

狐魅，人之所畏也，而有罗生者，读小说杂记，稔闻狐女之姣丽，恨不一遇。近郊古冢，人云有狐，又云时或有人与狎昵。乃诣其窟穴，具贽币牲醴，投书求婚姻，且云或香闺娇女，并已乘龙，或鄙弃樗材[1]，不堪倚玉，则乞赐一艳婢，用充贵媵，衔感亦均。再拜置之而返，数日寂然。一夕，独坐凝思，忽有好女出灯下，嫣然笑曰："主人感君盛意，

---

[1] 樗（chū）材：臭椿。比喻蠢材或劣材。

卜今吉日，遣小婢三秀来充下陈，幸见收录。"因叩谒如礼，凝眸侧立，妖媚横生。生大欣慰，即于是夜定情。自以为彩鸾[1]甲帐，不是过也。婢善隐形，人不能见；虽远行别宿，亦复相随，益惬生所愿。唯性饕餮，家中食物，多被窃。食物不足，则盗衣裳器具，鬻钱以买，亦不知谁为料理，意有徒党同来也。以是稍谯责之，然媚态柔情，摇魂动魄，低眉一盼，亦复回嗔。又冶荡殊常，蛊惑万状，卜夜卜昼，靡有已时，尚嗛嗛不足。以是家为之凋，体亦为之敝。久而疲于奔命，怨詈时闻，渐起衅端，遂成仇隙。呼朋引类，妖祟大兴，日不聊生。延正一真人劾治，婢现形抗辩曰："始缘祈请，本异私奔；继奉主命，不为苟合。手札具存，非无故为魅也。至于盗窃淫佚，狐之本性，振古如是，彼岂不知？既以耽色之故，舍人而求狐；乃又责狐以人理，毋乃悖欤？即以人理而论，图声色之娱者，不能惜蓄养之费。既充妾媵，即当仰食于主人；所给不敷，即不免私有所取。家庭之内，似此者多。较攘窃他人，终为有间。若夫闺房燕昵，何所不有？圣人制礼，亦不能立以程限；帝王定律，亦不能设以科条。在嫡配尚属常情，在姬侍尤其本分。录以为罪，窃有未甘。"真人曰："鸠众肆扰，又何理乎？"曰："嫁女与人，意图求取。不满所欲，聚党喧哄者，不知凡几，未闻有人科其罪，乃科罪于狐欤？"真人俯思良久，顾罗生笑曰："君所谓求仁得仁，亦复何怨。老夫耄矣，不能驱役鬼神，预人家儿女事。"后罗生家贫如洗，竟以瘵终。

从侄秀山言：奴子吴士俊尝与人斗，不胜，恚而求自尽。欲于村外觅僻地，甫出栅，即有二鬼邀之。一鬼言投井佳，一鬼言自缢更佳，左右牵掣，莫知所适。俄有旧识丁文奎者从北来，挥拳击二鬼遁去，而自送士俊归。士俊惘惘如梦醒，自尽之心顿息。文奎亦先以缢死者，盖二人同役于叔父栗甫公家。文奎殁后，其母撄疾困卧。士俊尝助以钱五百，故以是报之。此余家近岁事，与《新齐谐》[2]所记针工遇鬼略相似，信凿

---

[1] 彩鸾：传说中的仙女，与书生文箫相恋，归钟陵为夫妇。见元林坤《诚斋杂记》。
[2]《新齐谐》：清袁枚撰，一名《子不语》。

然有之。而文奎之求代而来，报恩而去，尤足以激薄俗矣。

周景垣前辈言：有巨室眷属，连舻之任，晚泊大江中。俄一大舰来同泊，门灯樯帜，亦官舫也。日欲没时，舱中二十余人露刃跃过，尽驱妇女出舱外。有靓妆女子隔窗指一少妇曰："此即是矣。"群盗应声曳之去。一盗大呼曰："我即尔家某婢父。尔女酷虐我女，鞭捶炮烙无人理。幸逃出遇我。尔追捕未获。衔冤次骨，今来复仇也。"言讫，扬帆顺流去，斯须灭影。缉寻无迹，女竟不知其所终，然情状可想矣。夫贫至鬻女，岂复有所能为？而不虑其能为盗也。婢受惨毒，岂复能报？而不虑其父能为盗也。此所谓蜂虿有毒欤！又李受公言：有御婢残忍者，偶以小过闭空房，冻饿死，然无伤痕。其父讼不得直，反受笞。冤愤莫释，夜逾垣入，并其母女手刃之。海捕多年，竟终漏网。是不为盗亦能报矣。又言京师某家火，夫妇子女并焚，亦群婢怨毒之所为。事无显证，遂无可追求。是不必有父亦自能报矣。余有亲串，鞭笞婢妾，嬉笑如儿戏，间有死者。一夕，有黑气如车轮，自檐堕下，旋转如风，啾啾然有声，直入内室而隐。次日，疽发于项如粟颗，渐以四溃，首断如斩。是人所不能报，鬼亦报之矣。人之爱子，谁不如我？其强者衔冤茹痛，郁结莫申，一决横流，势所必至。其弱者横遭荼毒，赍恨黄泉，哀感三灵，岂无神理！不有人祸，必有天刑，固亦理之自然耳。

世谓古玉皆昆吾[1]刀刻，不尽然也。魏文帝《典论》已不信世有昆吾刀，是汉时已无此器。李义山诗："玉集胡沙割。"是唐已沙碾矣。今琢玉之巧，以痕都斯坦[2]为第一，其地即佛经之印度、《汉书》之身毒[3]。精是技者，相传犹汉武时玉工之裔，故所雕物象，颇有中国花草，非西域所有者，

---

[1] 昆吾：刀名。据《十洲记》，周穆王时西胡献昆召刀，长一尺，切玉如泥。
[2] 痕都斯坦：地名，在今印度。
[3] 身毒：即印度。

沿旧谱也。又云别有奇药能软玉，故细入毫芒，曲折如意。余尝见玛少宰兴阿自西域买来梅花一枝，虬干夭矫，殆可以插瓶；而开之则上盖下底成一盒，虽细条碎瓣，亦皆空中。又尝见一钵，内外两重，可以转而不可出，中间隙缝，仅如一发。摇之无声，断无容刀之理；刀亦断无屈曲三折，透至钵底之理。疑其又有黏合无迹之药，不但能软也。此在前代，偶然一见，谓之鬼工。今则纳赆输琛[1]，有如域内，亦寻常视之矣。

闽人有女未嫁卒，已葬矣。阅岁余，有亲串见之别县。初疑貌相似，然声音体态，无相似至此者。出其不意，从后试呼其小名。女忽回顾。知不谬，又疑为鬼。归告其父母，开冢验视，果空棺。共往踪迹。初阳不相识。父母举其胸胁瘢痣，呼邻妇密视，乃具伏。觅其夫，则已遁矣。盖闽中茉莉花根，以酒磨汁饮之，一寸可尸蹶一日，服至六寸尚可苏，至七寸乃真死。女已有婿，而私与邻子狎，故磨此根使诈死，待其葬而发墓共逃也。婿家鸣官，捕得邻子，供词与女同。时吴林塘官闽县，亲鞫是狱。欲引开棺见尸律[2]，则人实未死，事异图财；欲引药迷子女例[3]，则女本同谋，情殊掠卖。无正条可以拟罪，乃仍以奸拐本律断。人情变幻，亦何所不有乎！

唐宋人最重通犀[4]，所云"种种人物，形至奇巧者。唐武后之简，作双龙对立状。宋孝宗之带，作南极老人扶杖像"。见于诸书者不一，当非妄语。今唯有黑白二色，未闻有肖人物形者，此何以故欤？唯大理石往往似画，至今尚然。尝见梁少司马铁幢家一插屏，作一鹰立老树斜柯上，

---

[1] 纳赆（jìn）输琛：赆、琛，玉名。指外国进贡的珍宝。
[2] 尸律：清刑律定，凡发掘坟墓、开棺见尸者，处绞刑。
[3] 药迷子女例：清刑律定，以迷药或邪术，诱拐幼小儿童者，为首的处以绞刑，立决。
[4] 通犀：指犀牛角中央色白通两额者。李商隐《无题》诗中有"心有灵犀一点通"之句。

嘴距翼尾,一一酷似;侧身旁睨,似欲下搏,神气亦极生动。朱运使子颖,尝以大理石镇纸赠亡儿汝佶,长约二寸,广约一寸,厚约五六分。一面悬崖对峙,中有二人乘一舟顺流下;一面作双松欹立;针鬣分明,下有水纹,一月在松梢,一月在水。宛然两水墨小幅。上有刻字,一题曰"轻舟出峡",一题曰"松溪印月",左侧题"十岳山人"。字皆八分书。盖明王寅[1]故物也。汝佶以献余,余于器玩不甚留意,后为人取去。烟云过眼矣,偶然忆及,因并记之。

旧蓄北宋苑画八幅,不题名氏,绢丝如布,笔墨沈著,工密中有浑浑穆穆之气,疑为真迹。所画皆故事,而中有三幅不可考。一幅下作甲仗隐现状,上作一月衔树杪,一女子衣带飘舞,翩如飞鸟,似御风而行。一幅作旷野之中,一中使背诏立;一人衣巾褴褛自右来,二小儿迎拜于左,其人作引手援之状。中使若不见三人,三人亦若不见中使。一幅作一堂甚华敞,阶下列酒罂五,左侧作艳女数人,靓妆彩服,若贵家姬;右侧作媪婢携抱小儿女,皆侍立甚肃。中一人常服据榻坐,自抱一酒罂,持钻钻之。后前一幅辨为红线[2],后二幅则终不知为谁。姑记于此,俟博雅者考之。

张石邻先生,姚安公同年老友也。性伉直,每面折人过;然慷慨尚义,视朋友之事如己事,劳与怨皆不避也。尝梦其亡友某公盛气相诘曰:"君两为县令,凡故人子孙零替者,无不收恤。独我子数千里相投,视如陌路,何也?"先生梦中怒且笑曰:"君忘之欤?夫所谓朋友,岂势利相攀援,酒食相征逐哉?为缓急可恃,而休戚相关也。我视君如弟兄,吾家奴结党以蛊我,其势蟠固。我无可如何。我常密托君察某某。君目睹其奸状,而恐招嫌怨,讳不肯言。及某某贯盈自败,君又博忠厚之名,百端为之解脱。

---

[1] 王寅:号十岳山人,中年入禅。
[2] 红线:唐传奇小说《甘泽谣》中的女侠。

我事之偿不偿，我财之给不给，君皆弗问，第求若辈感激，称长者而已。是非厚其所薄，薄其所厚乎？君先陌路视我，而怪我视君如陌路，君忘之欤？"其人瑟缩而去。此五十年前事也。大抵士大夫之习气，类以不谈人过为君子，而不计其人之亲疏，事之利害。余尝见胡牧亭为群仆剥削，至衣食不给。同年朱学士竹君奋然代为驱逐，牧亭生计乃稍苏。又尝见陈裕斋殁后，孀妾孤儿，为其婿所凌逼。同年曹宗丞慕堂亦奋然鸠率旧好，代为驱逐，其子乃得以自存。一时清议，称古道者百不一二，称多事者十恒八九也。又尝见崔总宪应阶娶孙妇，赁彩轿亲迎。其家奴互相钩贯，非三百金不能得，众喙一音。至前期一两日，价更倍昂。崔公恚愤，自求朋友代赁。朋友皆避怨不肯应，甚有谓彩轿无定价，贫富贵贱，各随其人为消长，非他人所可代赁，以巧为调停者。不得已，以己所乘轿结彩缯用之。一时清议，谓坐视非理者亦百不一二，谓善体下情者亦十恒八九也。彼一是非，此一是非，将乌乎质之哉？

朱青雷言：尝谒椒山[1]祠，见数人结伴入，众皆叩拜，中一人独长揖。或诘其故。曰："杨公员外郎，我亦员外郎，品秩相等，无庭参[2]礼也。"或又曰："杨公忠臣。"哂然曰："我奸臣乎？"于大羽因言：聂松岩尝骑驴，遇一治磨者，嗔不让路。治磨者曰："石工遇石工，（松岩安丘张卯君之弟子，以篆刻名一时。）何让之有？"余亦言：交河一塾师与张晴岚论文相诋。塾师怒曰："我与汝同岁入泮，同至今日皆不第，汝何处胜我耶？"三事相类，虽善辩者无如何也。田白岩曰："天地之大，何所不有？遇此种人，唯当以不治治之，亦于事无害；必欲其解悟，弥出葛藤。尝见两生同寓佛寺，一詈紫阳[3]，一詈象山[4]，喧诟至夜半。僧从旁解纷，又谓异端害正，共与僧斗。次日，三人破额，诣讼庭。非天下本无事，庸人自扰之乎？"

---

[1] 椒山：明杨继盛号椒山，官兵部员外郎，为严嵩所陷害，处斩。
[2] 庭参：古时官场礼节，称属员于公堂上谒见长官。
[3] 紫阳：指宋代朱熹。
[4] 象山：指宋代陆九渊。

昌平有老妪，蓄鸡至多，唯卖其卵。有买鸡充馔者，虽十倍其价不肯售。所居依山麓，日久滋衍，殆以谷量。将曙时，唱声竞作，如传呼之相应也。会刈麦曝于门外，群鸡忽千百齐至，围绕啄食。妪持杖驱之不开，遍呼男女，交手扑击，东散西聚，莫可如何。方喧呶间，住屋五楹，訇然摧圮，鸡乃俱惊飞入山去。此与《宣室志》所载李甲家鼠报恩事相类。夫鹤知夜半，鸡知将旦，气之相感而精神动焉，非其能自知时也。故邵子曰："禽鸟得气之先。"至万物成毁之数，断非禽鸟所先知，何以聚族而来，脱主人于厄乎？此必有凭之者矣！

从侄汝夔言：甲乙并以捕狐为业，所居相距十余里。一日，伺得一冢有狐迹，拟共往，约日落后会于某所。乙至，甲已先在，同至冢侧，相其穴，可容人。甲令乙伏穴内，而自匿冢畔丛薄中；待狐归穴，甲御其出路，而乙在内禽絷之。乙暗坐至夜分，寂无音响，欲出与甲商进止。呼良久，不应；试出寻之，则二墓碑横压穴口，仅隙光一线，阔寸许，重不可举。乃知为甲所卖。次日，闻外有叱牛声，极力号叫。牧者始闻，报其家往视。鸠人移石，已幽闭一昼夜矣。疑甲谋杀，率子弟诣甲，将执讼官。至半途，乃见甲裸体反缚柳树上。众围而唾詈，或鞭扑之。盖甲赴约时，路遇妇相调谑，因私狎于秫丛。时盛暑，各解衣置地。甫脱手，妇跃起掣其衣走，莫知所向。幸无人见，狼狈潜归。未至家，遇明火持械者，见之呼曰："奴在此。"则邻家少妇三四，睡于院中，忽见甲解衣就同卧；惊唤众起，已弃衣逾墙遁。方共里党追捕也。甲无以自白，唯呼天而已。乙述昨事，乃知皆为狐所卖。然伺其穴而掩袭，此戕杀之仇也。戕杀之仇，以游戏报之：一闭使不出，而留隙使不死；一褫其衣使受缚无辨，而人觉即遁，使其罪亦不至死。犹可谓善留余地矣。

天下有极细之事，而皋陶[1]亦不能断者。门人折生遇兰，健令也。

---

[1]皋陶：相传上古舜时执法官。

官安定日，有两家争一坟山，讼四五十年，阅两世矣。其地广阔不盈亩，中有二冢，两家各以为祖茔。问邻证，则万山之中，裹粮挈水乃能至，四无居人。问契券，则皆称前明兵燹已不存。问地粮串票，则两造具在。其词皆曰："此地万不足耕，无锱铢之利，而有地丁之额[1]。所以百控不已者，徒以祖宗丘陇，不欲为他人占耳。"又皆曰："苟非先人之体魄，谁肯涉讼数十年，认他人为祖宗者。"或疑为谋占吉地，则又皆曰："秦陇素不讲此事，实无此心，亦彼此不疑有此心；且四围皆石，不能再容一棺，如得地之后，掘而别葬，是反授不得者以间。谁敢为之？"竟无以折服，又无均分理，无入官理，亦莫能判定。大抵每祭必斗，每斗必讼官。唯就斗论斗，更不问其所因矣。后蔡西斋为甘肃藩司，闻之曰："此争祭非争产也，盍以理喻之。"曰："尔既自以为祖墓，应听尔祭。其来争祭者既愿以尔祖为祖，于尔祖无损，于尔亦无损也，听其享荐亦大佳，何必拒乎？"亦不得已之权词，然迄不知其遵否也。

胡牧亭言：其乡一富室，厚自奉养，闭门不与外事，人罕得识其面。不善治生，而财终不耗；不善调摄，而终无疾病。或有祸患，亦意外得解。尝一婢自缢死，里胥大喜，张其事报官。官亦欣然即日来。比陈尸检验，忽手足蠕蠕动。方共骇怪，俄欠伸，俄转侧，俄起坐，已复苏矣。官尚欲以逼污投缳，锻炼罗织，微以语导之。婢叩首曰："主人妾媵如神仙，宁有情到我？设其到我，方欢喜不暇，宁肯自戕？实闻父不知何故为官所杖杀，悲痛难释，愤恚求死耳，无他故也。"官乃大沮去。其他往往多类此。乡人皆言其蠢然一物，乃有此福，理不可明。偶扶乩召仙，以此叩之。乩判曰："诸君误矣，其福正以其蠢也。此翁过去生中，乃一村叟，其人淳淳闷闷，无计较心；悠悠忽忽，无得失心；落落漠漠，无爱憎心；坦坦平平，无偏私心；人或凌侮，无争竞心；人或欺绐，无机械心；人或谤詈，无嗔怒心；人或构害，无报复心。故虽槁死牖下，无大功德，而独以是心为神所福，使之食报于今生。其蠢无知识，正其身异性存，

---

[1] 地丁之额：即按地多寡征收的税。

未昧前世善根也。诸君乃以为疑，不亦误耶！"时在侧者，信不信参半。吾窃有味斯言也，余曰："此先生自作传赞，托诸斯人耳。然理固有之。"

刘约斋舍人言：刘生名寅，（此在刘景南家酒间话及。南北乡音各异，不知是此寅字否也？）家酷贫。其父早年与一友订婚姻，一诺为定，无媒妁，无婚书庚帖，亦无聘币；然子女则并知之也。刘生父卒，友亦卒。刘生少不更事，窭[1]益甚，至寄食僧寮。友妻谋悔婚，刘生无如之何。女竟郁郁死，刘生知之，痛悼而已。是夕，灯下独坐，悒悒不宁。忽闻窗外啜泣声，问之不应，而泣不已。固问之，仿佛似答一我字。刘生顿悟，曰："是子也耶？吾知之矣。事已至此，来生相聚可也。"语讫，遂寂。后刘生亦夭死，惜无人好事，竟不能合葬华山[2]。《长恨歌》曰："天长地久有时尽，此恨绵绵无了期。"此之谓乎！虽悔婚无迹，不能名以贞；又以病终，不能名以烈。然其志则贞烈兼矣。说是事时，满座叹息，而忘问刘生里贯。约斋家在苏州，意其乡里欤？

河间有游僧，卖药于市。以一铜佛置案上，而盘贮药丸，佛作引手取物状。有买者，先祷于佛，而捧盘进之。病可治者，则丸跃入佛手；其难治者，则丸不跃。举国信之。后有人于所寓寺内，见其闭户研铁屑。乃悟其盘中之丸，必半有铁屑，半无铁屑；其佛手必磁石为之，而装金于外。验之信然，其术乃败。会有讲学者，阴作讼牒，为人所讦。到官昂然不介意，侃侃而争。取所批《性理大全》[3]核对，笔迹皆相符，乃叩额服罪。太守徐公，讳景曾，通儒也。闻之笑曰："吾平生信佛不信僧，信圣贤不信道学。今日观之，灼然不谬。"

---

[1] 窭（jù）：贫穷。
[2] 华山：即"华山畿"故事。参见卷五第26则注。
[3] 《性理大全》：明代胡广等奉敕编撰，共七十卷。

杨槐亭前辈有族叔,夏日读书山寺中。至夜半,弟子皆睡,独秉烛咿唔。倦极假寐,闻叩窗语曰:"敢敬问先生,此往某村当从何路?"怪问为谁?曰:"吾鬼也。溪谷重复,独行失路。空山中鬼本稀疏,偶一二无赖贱鬼,不欲与言;即问之,亦未必肯相告。与君幽明虽隔,气类原同,故闻书声而至也。"具以告之,谢而去。后以语槐亭,槐亭怃然曰:"吾乃知孤介寡合,即作鬼亦难。"

李秋崖与金谷村尝秋夜坐济南历下亭,时微雨新霁,片月初生。秋崖曰:"韦苏州[1]'流云吐华月'句兴象天然,觉张子野[2]'云破月来花弄影'句便多少著力。"谷村未答,忽暗中人语曰:"岂但著力不著力,意境迥殊。一是诗语,一是词语,格调亦迥殊也。即如《花间集》[3]'细雨湿流光'句,在词家为妙语,在诗家则靡靡矣。"愕然惊顾,寂无一人。

胶州法南墅,尝偕一友登日观。先有一道士倚石坐,傲不为礼。二人亦弗与言。俄丹曦欲吐,海天混耀,千汇万状,不可端倪。南墅吟元人诗曰:"'万古齐州烟九点,五更沧海日三竿。[4]不信然乎!"道士忽哂曰:"昌谷用作梦天[5]诗,故为奇语。用之泰山,不太假借乎?"南墅回顾,道士即不再言。既而踆乌[6]涌上,南墅谓其友曰:"太阳真火,故入水不濡也。"道士又哂曰:"公谓日自海出乎?此由不知天形,故不知地形;不知地形,故不知水形也。盖天椭圆如鸡卵,地浑圆如弹丸,水则附地而流,如核桃之皱皴。椭圆者东西远而上下近,凡有九重,最上曰宗动,元气之表,无象可窥。次为恒星,高不可测。次七重,则日月

---

[1] 韦苏州:唐代诗人韦应物,曾任苏州刺史。
[2] 张子野:宋代词人张先,字子野。
[3] 《花间集》:词总集。五代后蜀赵承祚编。选录唐、五代温庭筠、韦庄等词五百余首。
[4] 此为元代诗人张养浩《登泰山诗》句。
[5] 梦天:唐诗人李贺《梦天》中有"遥望齐州九点烟"之句。
[6] 踆(cūn)乌:《淮南子·精神》中有"日中有踆乌,而月中有蟾蜍"之说。即三足乌,传说太阳中的乌鸦。

五星各占一重，随大气旋转，去地且二百余万里，无论海也。浑圆者地无正顶，身所立处皆为顶；地无正平，目所见处皆为平。至广漠之野，四望天地相接处，其圆中规，中高而四隤[1]之证也，是为地平。圆规以外，目所不见者，则地平下矣。湖海之中，四望天水相合处，亦圆中规，是又水随地形，中高四隤之证也。然江河之水狭且浅，夹以两岸，行于地中，故日出地上始受日光。唯海至广至深，附于地面，无所障蔽，故中高四隤之处，如水晶球之半。日未至地平，倒影上射，则初见如一线；日将近地平，则斜影横穿，未明先睹。今所见者是日之影，非日之形。是天上之日影隔水而映，非海中之日影浴水而出也。至日出地平，则影斜落海底，转不能见矣。儒家盖尝见此景，故以为天包水，水浮地，日出入于水中。而不知日自附天，水自附地。佛家未见此景，故以须弥山[2]四面为四州，日环绕此山，南昼则北夜，东暮则西朝，是日常旋转，平行竟不入地。证以今日所见，其谬更无庸辩矣。"南墅惊其博辩，欲与再言。道士笑曰："更竟其说。子不知九万里之围圆，以渐而迤，以渐而转，渐迤渐转，遂至周环，必以为人能正立，不能倒立，拾杨光先[3]之说，苦相诘难。老夫慵惰，不能与子到大郎山上看南斗，（大郎山在亚禄国，与中国上下反对。其地南极出地三十五度，北极入地三十五度。）不如其已也。"振衣径去，竟莫测其何许人。

大学士温公言：征乌什时，有骁骑校腹中数刃，医不能缝。适生俘数回妇，医曰："得之矣。"择一年壮肥白者，生刳腹皮，幂于创上，以匹帛缠束，竟获无恙。创愈后，浑合为一，痛痒亦如一。公谓非战阵无此病，非战阵亦无此药。信然。然叛徒逆党，法本应诛；即不剥肤，亦即断脰。用救忠义之士，固异于杀人以活人尔。

---

[1] 隤（tuí）：倾斜。
[2] 须弥山：即现称喜马拉雅山。
[3] 杨光先：清代康熙年间人，因攻击西洋（日耳曼）人汤若望新法而下狱。

周化源言：有二士游黄山，留连松石，日暮忘归。夜色苍茫，草深苔滑，乃共坐于悬崖之下，仰视峭壁，猿鸟路穷，中间片石斜敧，如云出岫。缺月微升，见有二人坐其上，知非仙即鬼，屏息静听。右一人曰："顷游岳麓，闻此翁又作何语？"左一人曰："去时方聚众讲《西铭》[1]，归时又讲《大学衍义》[2]也。"右一人曰："《西铭》论万物一体，理原如是。然岂徒心知此理，即道济天下乎？父母之于子，可云爱之深矣，子有疾病，何以不能疗？子有患难，何以不能救？无术焉而已。此犹非一身也。人之一身，虑无不深自爱者，己之疾病，何以不能疗？己之患难，何以不能救？亦无术焉而已。今不讲体国经野之政，捍灾御变之方，而曰吾仁爱之心，同于天地之生物。果此心一举，万物即可以生乎？吾不知之矣。至《大学》条目，自格致[3]以至治平，节节相因，而节节各有其功力。譬如土生苗，苗成禾，禾成谷，谷成米，米成饭，本节节相因。然土不耕则不生苗，苗不灌则不得禾，禾不刈则不得谷，谷不舂则不得米，米不炊则不得饭，亦节节各有其功力。西山作《大学衍义》，列目至齐家而止，谓治国平天下可举而措之。不知虞舜之时，果瞽瞍允若[4]而洪水即平，三苗[5]即格乎？抑犹有治法在乎？又不知周文之世，果太姒徽音而江汉即化[6]，崇侯[7]即服乎？抑犹有政典存乎？今一切弃置，而归本于齐家，毋亦如土可生苗，即炊土为饭乎？吾又不知之矣。"左一人曰："琼山[8]所补，治平之道其备乎？"右一人曰："真氏过于泥其本，丘氏又过于逐其末，不究古今之时势，不揆南北之情形，琐琐屑屑，缕陈多法，且一一疏请施行，是乱天下也。即其海运一议，胪列历年漂失之数，谓所省转运之费，足以相抵。不知一舟人命，讵止数十；合数十舟即逾

---

[1]《西铭》：宋代张载撰。
[2]《大学衍义》：宋代真德秀撰。
[3] 格致：古代哲学名词，即格物致知（探究事物的原理而获得知识）。
[4] 瞽瞍允若：瞽瞍，舜父亲的别名。允若，顺从、答应。
[5] 三苗：我国古代部族名。居住在今长江中游以南一带。
[6] 太姒徽音而江汉即化：太姒，周文王之妻。徽音，即德音，有德行的话。江汉，江汉地区，即长江流域一带。
[7] 崇侯：即崇侯虎，周代崇国国君。崇侯虎叛乱，事见《史记·周本记》。
[8] 琼山：明代丘浚，琼山（今属海南省）人。著有《大学衍义补》等。

千百，又何为抵乎？亦妄谈而已矣。"左一人曰："是则然矣。诸儒所述封建井田，皆先王之大法，有太平之实验，究何如乎？"右一人曰："封建井田，断不可行，驳者众矣。然讲学家持是说者，意别有在，驳者未得其要领也。夫封建井田不可行，微驳者知之，讲学者本自知之。知之而必持是说，其意固欲借一必不行之事，以藏其身也。盖言理言气，言性言心，皆恍惚无可质，谁能考未开天地之前，作何形状；幽微暧昧之中，作何情态乎？至于实事，则有凭矣。试之而不效，则人人见其短长矣。故必持一不可行之说，使人必不能试，必不肯试，必不敢试，而后可号于众曰：'吾所传先王之法，吾之法可为万世致太平，而无如人不用何也！'人莫得而究诘，则亦相率而叹曰：'先生王佐之才[1]，惜哉不竟其用'云尔。以棘刺之端为母猴，而要以三月斋戒乃能观[2]，是即此术。第彼犹有棘刺，犹有母猴，故人得以求其削。此更托之空言，并无削之可求矣。天下之至巧，莫过于是。驳者乃以迂阔议之，乌识其用意哉！"相与叹息者久之，划然长啸而去。二士窃记其语，颇为人述之。有讲学者闻之，曰："学求闻道而已。所谓道者，曰天曰性曰心而已。忠孝节义，犹为末务；礼乐刑政，更末之末矣。为是说者，其必永嘉[3]之徒也夫！"

刘香畹寓斋扶乩，邀余未赴。或传其二诗曰："是处春山长药苗，闲随蝴蝶过溪桥；林中借得樵童斧，自斫槐根木瘿[4]瓢。""飞岩倒挂万年藤，猿狖攀缘到未能。记得随身棕拂子[5]，前年遗在最高层。"虽意境微狭，亦楚楚有致。

---

[1] 王佐之才：辅助帝王的才能。
[2] 以棘刺之端为母猴，而要以三月斋戒乃能观：《韩非子·外储》"宋人有请为燕王以棘刺之端为母猴者，必三月斋，然后能观之"的寓言故事。
[3] 永嘉：晋怀帝年号。永嘉期间，崇尚玄学、清谈，以司徒王衍为代表。
[4] 瘿（yīng）：树木上隆起如瘤状者。
[5] 棕拂子：用棕木作柄的拂尘。

《春秋》有原心[1]之法，有诛心[2]之法。青县有人陷大辟，县令好外宠。其子年十四五，颇秀丽。乘其赴省宿馆舍，邀之于途，托言牒诉而自献焉。狱竟解。实为娈童，人不以娈童贱之，原其心也。里有少妇与其夫狎昵无度，夫病瘵死。姑察其性佚荡，恒自监之，眠食必共，出入必偕，五六年未常离一步。竟郁郁以终。实为节妇，人不以节妇许之，诛其心也。余谓此童与郭六事相类，唯欠一死耳。（语详《滦阳消夏录》。）此妇心不可知，而身则无玷。《大车》[3]之诗所谓"畏子不奔，畏子不敢"者，在上犹为有刑政，则在下犹为守礼法。君子与人为善，盖棺之后，固应仍以节许之。

啄木能禹步[4]劾禁，竟实有之。奴子李福，性顽劣，尝登高木之杪，以杙塞其穴口，而锯平其外，伏草间伺之。啄木返，果翩然下树，以喙画沙若符箓，画毕，以翼拂之，其穴口之稷，铮然拔出如激矢。此岂可以理解欤？余在书局，销毁妖书，见《万法归宗》[5]中载有是符，其画纵横交贯，略如小篆两无字相并之形。不知何以得之，亦不知其信否也。

李福又尝于月黑之夜，出村南丛冢间，呜呜作鬼声，以恐行人。俄燐火四起，皆呜呜来赴。福乃狼狈逃归。此以类相召也。故人家子弟，于交游当慎其所召。

壬午顺天乡试，与安溪李延彬前辈同分校[6]。偶然说虎，延彬曰："里有入山樵采者，见一美妇隔涧行，衣饰华丽，不似村妆。心知为魅，伏

---

[1]原心：追究初意。《汉书·薛宣传》："《春秋》之义，原心定罪。"
[2]诛心：责备人动机不善。
[3]《大车》：《诗经》中的篇目。
[4]禹步：道士作法时行走的一种步伐。
[5]《万法归宗》：书已佚。
[6]分校：科举时校阅试卷的各房官。此指主考官。

丛薄中觇所往。适一鹿引麑下涧饮,妇见之,突扑地化为虎,衣饰委地如蝉蜕,径搏二鹿食之。斯须仍化美妇,整顿衣饰,款款循山去。临流照影,妖媚横生,几忘其曾为虎也。"秦涧泉前辈曰:"妖媚蛊惑,但不变虎形耳,搏噬之性则一也。偶露本质,遽相惊讶,此樵何少见多怪乎!"

大学士伍公镇乌鲁木齐日,颇喜吟咏,而未睹其稿。唯于驿壁见一诗曰:"极目孤城上,苍茫见四郊。斜阳高树顶,残雪乱山坳。牧马嘶归枥,啼乌倦返巢。秦兵真耐冷,薄暮尚鸣骹。"殊有中唐气韵。

束州佃户邵仁我言:有李氏妇,自母家归。日薄暮,风雨大作,避入废庙中。入夜稍止,已暗不能行。适客作(俗谓之短工。为人锄田刈禾,计日受值,去来无定者也。)数人荷锄入。惧遭强暴,又避入庙后破屋。客作暗中见影,相呼追迹。妇窘急无计,乃呜呜作鬼声。既而墙内外并呜呜有声,如相应答。数人怖而反。夜半雨晴,竟潜踪得脱。此与李福事相类,而一出偶相追逐,一似来相救援。虽谓秉心贞正,感动幽灵,亦未必不然也。

仁我又言:有盗劫一富室,攻楼门垂破。其党手炬露刃,迫胁家众曰:"敢号呼者死!且大风,号呼亦不闻,死何益!"皆噤不出声。一灶婢年十五六,睡厨下,乃密持火种,黑暗中伏地蛇行,潜至后院,乘风纵火,焚其积柴。烟焰烛天,阖村惊起,数里内邻村亦救视。大众既集,火光下明如白昼,群盗格斗不能脱,竟骈首就擒。主人深感此婢,欲留为子妇。其子亦首肯,曰:"具此智略,必能作家,虽灶婢何害。"主人大喜,趣取衣饰,即是夜成礼。曰:"迟则讲尊卑,论良贱,是非不一,恐有变局矣。"亦奇女子哉!

边秋厓前辈言：一宦家夜至书斋，突见案上一人首，大骇，以为咎征。里有道士能符箓，时预人丧葬事。急召占之。亦骇曰："大凶！然可禳解，斋醮之费，不过百余金耳。"正拟议间，窗外有人语曰："身不幸伏法就终，幽魂无首，则不可转生，故恒自提携，累如疣赘。顷见公棐[1]几滑净，偶置其上。适公猝至，仓皇忘取，以致相惊。此自仆之粗疏，无关公之祸福。术士妄语，慎不可听。"道士乃丧气而去。又言：一宦家患狐祟，延术士劾治。法不验，反为狐所窘。走投其师，更乞符箓至。方登坛檄将，已闻楼上搬移声、呼应声，汹汹然相率而去。术士顾盼有德色。宦家亦深感谢。忽举首见壁土一帖曰："公衰运将临，故吾辈得相扰。昨公捐金九百建育婴堂，德感明神，又增福泽，故吾辈举族而去。术士行法，适值其时；据以为功，深为忝窃。赐以觞豆[2]，为稍障羞颜，庶几或可；若有所酬赠，则小人太徼幸矣。"字径寸余，墨痕犹湿。术士惭沮，竟嗫不敢言。梁简文帝与湘东王[3]书引谚曰："山川而能语，葬师食无所；肺腑而能语，医师面如土。"此二事者，可谓鬼魅能语矣，术士其知之。

朱导江言：有妻服已释忽为礼忏者，意甚哀切，过于初丧。问之，初不言。所亲或私叩之，乃泫然曰："亡妇相聚半生，初未觉其有显过。顷忽梦至冥司，见女子数百人，锁以锒铛，驱以骨朵[4]，入一大官署中。俄闻号呼凄惨，栗魄动魂。既而一一引出，并流血被骭，匍匐膝行，如牵羊豕。中一人见我招手，视即亡妇。惊问：'何罪至此？'曰：'坐事事与君怀二意。初谓为家庭常态，不意阴律至严，与欺父欺君竟同一理，故堕落如斯。'问：'二意者何事？'曰：'不过骨肉之中私庇子女，奴隶之中私庇婢媪，亲串之中私庇母党，均使君不知而已。今每至月朔，必受铁杖三十，未知何日得脱。此累累者皆是也。'尚欲再言，已为鬼卒曳去。

---

[1] 棐（fěi）：一种木材，可以制几。
[2] 觞豆：饮食的器具，泛指饮食。
[3] 湘东王：梁简文帝之弟萧绎，即后来的梁元帝。
[4] 骨朵：古代棍棒类的武器。

多年伉俪,未免有情,故为营斋造福耳。"夫同牢之礼[1],于情最亲,亲则非疏者所能间;敌体[2]之义,于分本尊,尊则非卑者所能违。故二人同心,则家庭之纤微曲折,男子所不能知、与知而不能自为者,皆足以弥缝其阙。苟徇其私爱,意有所偏,则机械百出,亦可于耳目所不及者无所不为,种种衅端,种种败坏,皆从是起。所关者大,则其罪自不得轻。况信之者至深,托之者至重,而欺其不觉,为所欲为,在朋友犹属负心,应干神谴;则人原一体,分属三纲[3]者,其负心之罪不更加倍蓰[4]乎?寻常细故,断以严刑,固不得谓之深文矣。

人情狙诈,无过于京师。余常买罗小华[5]墨十六铤,漆匣黯敝,真旧物也。试之,乃抟泥而染以黑色,其上白霜,亦罨[6]于湿地所生。又丁卯乡试,在小寓买烛,爇之不燃。乃泥质而幂以羊脂。又灯下有唱卖炉鸭者,从兄万周买之。乃尽食其肉,而完其全骨,内傅以泥,外糊以纸,染为炙煿[7]之色,涂以油,唯两掌头颈为真。又奴子赵平以二千钱买得皮靴,甚自喜。一日骤雨,著以出,徒跣而归。盖靿则乌油高丽纸揉作绉纹,底则糊粘败絮,缘之以布。其他作伪多类此,然犹小物也。有选人见对门少妇甚端丽,问之,乃其夫游幕[8],寄家于京师,与母同居。越数月,忽白纸糊门,合家号哭,则其夫讣音至矣。设位祭奠,诵经追荐,亦颇有吊者。既而渐鬻衣物,云乏食,且议嫁。选人因赘其家。又数月,突其夫生还。始知为误传凶问。夫怒甚,将讼官。母女哀吁,乃尽留其囊箧,驱选人出。越半载,选人在巡城御史处,见此妇对簿。则先归者

---

[1] 同牢之礼:古代结婚仪式中的一种礼节。即新婚夫妇同吃一份牲牢,表示新家庭从此开始。
[2] 敌体:地位相当,难分上下。
[3] 三纲:封建伦理,即君为臣纲、父为子纲、夫为妻纲。
[4] 蓰(xǐ):五倍为蓰。
[5] 罗小华:明代人。
[6] 罨(ǎn):原古器物名。此处指装在器物中埋进地里。
[7] 煿(bó):煎炒食物。
[8] 游幕:作官员幕僚。

乃妇所欢,合谋挟取选人财,后其夫真归而败也。黎丘之技[1],不愈出愈奇乎!又西城有一宅,约四五十楹,月租二十余金。有一人住半载余,恒先期纳租,因不过问。一日,忽闭门去,不告主人。主人往视,则纵横瓦砾,无复寸椽,唯前后临街屋仅在。盖是宅前后有门,居者于后门设木肆,贩鬻屋材,而阴拆宅内之梁柱门窗,间杂卖之。各居一巷,故人不能觉。累栋连甍,搬运无迹,尤神乎技矣。然是五六事,或以取贱值,或以取便易,因贪受饵,其咎亦不尽在人。钱文敏公曰:"与京师人作缘,斤斤自守,不入陷阱已幸矣。稍见便宜,必藏机械,神奸巨蠹,百怪千奇,岂有便宜到我辈。"诚哉是言也。

王青士言:有弟谋夺兄产者,招讼师至密室,篝灯筹划。讼师为设机布阱,一一周详,并反间内应之术,无不曲到。谋既定,讼师掀髯曰:"令兄虽猛如虎豹,亦难出铁网矣。然何以酬我乎?"弟感谢曰:"与君至交,情同骨肉,岂敢忘大德。"时两人对据一方几,忽几下一人突出,绕室翘一足而跳舞,目光如炬,长毛毵毵如蓑衣,指讼师曰:"先生斟酌:此君视先生如骨肉,先生其危乎?"且笑且舞,跃上屋檐而去。二人与侍侧童子并惊仆。家人觉声息有异,相呼入视,已昏不知人。灌治至夜半,童子先苏,具述所闻见。二人至晓乃能动。事机已泄,人言籍籍,竟寝其谋,闭门不出者数月。相传有狎一妓者,相爱甚。然欲为脱籍,则拒不从;许以别宅自居,礼数如嫡,拒益力。怪诘其故,喟然曰:"君弃其结发而昵我,此岂可托终身者乎?"与此鬼之言,可云所见略同矣。

张夫人,先祖母之妹,先叔之外姑也。病革时,顾侍者曰:"不起矣。闻将死者见先亡,今见之矣。"既而环顾病榻,若有所觅,喟然曰:"错矣!"俄又拊枕曰:"大错矣!"俄又瞑目啮齿、掐掌有痕曰:"真大错矣!"

---

[1] 黎丘之技:《吕氏春秋·疑似》记载,黎丘之处有鬼,常变化为人家亲属模样,以此作弄人。

疑为谵语，不敢问。良久，尽呼女媳至榻前，告之曰："吾向以为夫族疏而母族亲，今来导者皆夫族，无母族也；吾向以为媳疏而女亲，今亡媳在左右而亡女不见也。非一气者相关，异派者不属乎？回思平日之存心，非厚其所薄，薄其所厚乎？吾一误矣，尔曹勿再误也。"此三叔母张太宜人所亲闻。妇女偏私，至死不悟者多矣。此犹是大智慧人，能回头猛省也。

孔子有言：谏有五，吾从其讽。圣人之究悉物情也。亲串中一妇，无子而阴枝其庶子；侄若婿又媒糵短长[1]，私党胶固，殆不可以理喻。妇有老乳母，年八十余矣。闻之，匍匐入谒，一拜，辄痛哭曰："老奴三日不食矣。"妇问："曷不依尔侄？"曰："老奴初有所蓄积，侄事我如事母，诱我财尽。今如不相识，求一盂饭不得矣。"又问："曷不依尔女若婿？"曰："婿诱我财如我侄，我财尽后，弃我亦如我侄，虽我女无如何也。"又问："至亲相负，曷不讼之？"曰："讼之矣，官以为我已出嫁，于本宗为异姓；女已出嫁，又于我为异姓。其收养为格外情，其不收养律无罪，弗能直也。"又问："尔将来奈何？"曰："亡夫昔随某官在外，娶妇生一子，今长成矣。吾讼侄与婿时，官以为既有此子，当养嫡母，不养则律当重诛。已移牒拘唤，但不知何日至耳。"妇爽然若失，自是所为遂渐改。此亲戚族党唇焦舌敝不能争者，而此妪以数言回其意。现身说法，言之者无罪，闻之者足以戒耳。触龙之于赵太后[2]，盖用此术矣。

---

[1] 媒糵短长：媒，酒母；糵，曲。媒糵，酝酿的意思。指播弄是非，构陷诬蔑。
[2] 触龙之于赵太后：故事见《战国策·赵策》。

卷十八

姑妄听之（四）

马德重言：沧州城南，盗劫一富室，已破扉入，主人夫妇并被执，众莫敢谁何。有妾居东厢，变服逃匿厨下，私语灶婢曰："主人在盗手，是不敢与斗。渠辈屋脊各有人，以防救应；然不能见檐下。汝抉后窗循檐出，密告诸仆：各乘马执械，四面伏三五里外。盗四更后必出，——四更不出，则天晓不能归巢也。——出必挟主人送；苟无人阻，则行一二里必释，不释恐见其去向也。俟其释主人，急负还而相率随其后，相去务在半里内。彼如返斗即奔还，彼止亦止，彼行又随行。再返斗仍奔，再止仍止，再行仍随行。如此数四，彼不返斗则随之得其巢，彼返斗则既不得战，又不得遁，逮至天明，无一人得脱矣。"婢冒死出告，众以为中理，如其言，果并就擒。重赏灶婢。妾与嫡故不甚协，至是亦相睦。后问妾何以办此？泫然曰："吾故盗魁某甲女，父在时，尝言行劫所畏唯此法，然未见有用之者。今事急姑试，竟侥幸验也。"故曰，用兵者务得敌之情。又曰，以贼攻贼。

戴东原言：有狐居人家空屋中，与主人通言语，致馈遗，或互假器物，相安若比邻。一日，狐告主人曰："君别院空屋，有缢鬼多年矣。君近拆是屋，鬼无所栖，乃来与我争屋。时时现恶状，恐怖小儿女，已自可憎；又作祟使患寒热，尤不堪忍。某观道士能劾鬼，君盍求之除此害。"主人果求得一符，焚于院中。俄暴风骤起，声轰然如雷霆。方骇愕间，闻屋瓦格格乱鸣，如数十人奔走践踏者，屋上呼曰："吾计大左，悔不及。顷神将下击，鬼缚而吾亦被驱，今别君去矣。"盖不忍其愤，急于一逞，未有不两败俱伤者。观于此狐，可为炯鉴。又吕氏表兄言：（忘其名字，先姑之长子也。）有人患狐祟，延术士禁咒。狐去而术士需索无厌，时遣木人纸虎之类至其家扰人，貂之，暂止。越旬日复然，其祟更甚于狐。携家至京师避之，乃免。锐于求胜，借助小人，未有不遭反噬者。此亦一征矣。

乌鲁木齐参将海起云言：昔征乌什时，战罢还营，见崖下树桠间一人探首外窥。疑为间谍，奋矛刺之。（军中呼矛曰苗子，盖声之转。）中石上，火光激迸，矛折，臂几损。疑为目眩，然矛上地上皆有血迹，不知何怪。余谓此必山精也。深山大泽，何所不育。《白泽图》[1]所载，虽多附会，殆亦有之。又言：有一游兵，见黑物蹲石上。疑为熊，引满射之。三发皆中，而此物夷然如不知。骇极，驰回呼伙伴，携铳往，则已去矣。余谓此亦山精耳。

常山峪道中加班轿夫刘福言：（九卿肩舆，以八人更番，出京则加四人，谓之加班。）长姐者，忘其姓，山东流民之女。年十五六，随父母就食于赤峰，（即乌蓝哈达。乌蓝译言红，哈达译言峰也。今建为赤峰州。）租田以耕。一日，入山采樵，遇风雨，避岩下。雨止已昏黑，畏虎不敢行，匿草间。遥见双炬，疑为虎目。至前，则官役数人，衣冠不古不今，叱问何人。以实告。官坐石上，令曳出。众呼跪，长姐以为山神，匍匐听命。官曰："汝夙孽应充我食。今就擒，当啖尔。速解衣伏石上，无留寸缕，致挂碍齿牙。"知为虎王，觳觫祈免。官曰："视尔貌尚可，肯侍我寝，当赦尔。后当来往于尔家，且福尔。"长姐愤怒跃起曰："岂有神灵肯作此语？必邪魅也。啖则啖耳，长姐良家女，不能蒙面作此事。"拾石块奋击，一时奔散。此非其力足胜之，其气足胜之，其贞烈之心足以帅其气也。故曰："其为气也，至大至刚。"

---

[1]《白泽图》：宋张君房撰《云笈七签》篇目。记载黄帝得白泽神，问以鬼神之事，白泽神一共举出一万一千五百二十种。黄帝令绘为图。

张太守墨谷言：德、景间有富室，恒积谷而不积金，防劫盗也。康熙、雍正间，岁频歉，米价昂。闭廪不肯粜升合，冀价再增。乡人病之，而无如何。有角妓号玉面狐者曰："是易与，第备钱以待可耳。"乃自诣其家曰："我为鸨母钱树，鸨母顾虐我。昨与勃谿，约我以千金自赎。我亦厌倦风尘，愿得一忠厚长者托终身，念无如公者。公能捐千金，则终身执巾栉。闻公不喜积金，即钱二千贯亦足抵。昨有木商闻此事，已回天津取资。计其到，当在半月外。我不愿随此庸奴。公能于十日内先定，则受德多矣。"张故惑此妓，闻之惊喜，急出谷贱售。廪已开，买者坌至，不能复闭，遂空其所积，米价大平。谷尽之日，妓遣谢富室曰："鸨母养我久，一时负气相诉，致有是议。今悔过挽留，义不可负心。所言姑俟诸异日。"富室原与私约，无媒无证，无一钱聘定，竟无如何也。此事李露园亦言之，当非虚谬。闻此妓年甫十六七，遽能办此，亦女侠哉！

丁药园言：有孝廉四十无子，买一妾，甚明慧。嫡不能相安，旦夕诟谇。越岁，生一子。益不能容，竟转鬻于远处。孝廉惘惘如有失。独宿书斋，夜分未寐，妾忽褰帷入。惊问："何来？"曰："逃归耳。"孝廉沉思曰："逃归虑来追捕，妒妇岂肯匿？且事已至此，归何所容？"妾笑曰："不欺君，我实狐也。前以人来，人有人理，不敢不忍诟；今以狐来，变幻无端，出入无迹，彼乌得而知之？"因嬿婉如初。久而渐为僮婢泄，嫡大恚，多金募术士劾治。一术士檄将拘妾至，妾不服罪，攘臂与术士争曰："无子纳妾，则纳为有理；生子遣妾，则夫为负心。无故见出，罪不在我。"术士曰："既见出矣，岂可私归？"妾曰："出母未嫁，与子未绝；出妇未嫁，于夫亦未绝。况鬻我者妒妇，非见出于夫。夫仍纳我，是未出也，何不可归？"术士怒曰："尔本兽类，何敢据人理争？"妾曰："人变兽心，阴律阳律皆有刑。兽变人心，反以为罪，法师据何宪典耶？"术士益怒曰："吾持五雷法，知诛妖耳，不知其他。"妾大笑曰："妖亦天地之一物，苟其无罪，天地未尝不并育。上帝所不诛，法师乃欲尽诛乎？"术士拍案曰："媚惑男子，非尔罪耶？"妾曰："我以礼纳，不得为媚惑；倘其媚惑，则摄精吸气，此生久槁矣。今在家两年，复归又五六年，康强无恙，所谓媚惑者安在？法师受妒妇多金，锻炼周内[1]，以酷济贪耳，吾岂服耶！"问答之顷，术士顾所召神将，已失所在。无可如何。瞋目曰："今不与尔争，明日会当召雷部。"明日，嫡再促设坛，则宵遁矣。盖所持之法虽正，而法以贿行，故魅亦不畏，神将亦不满也。相传刘念台[2]先生官总宪时，题御史台一联曰："无欲常教心似水，有言自觉气如霜。"可谓知本矣。

莫雪崖言：有乡人患疫，困卧草榻，魂忽已出门外，觉顿离热恼，意殊自适。然道路都非所曾经，信步所之。偶遇一故友，相见悲喜。忆其已死，忽自悟曰："我其入冥耶？"友曰："君未合死，离魂到此耳。此境非人所可到，盍同游览，以广见闻。"因随之行，所经城市墟落，都不异人世；往来扰扰，亦各有所营。见乡人皆目送之，然无人交一语也。乡人曰："闻有地狱，可一观乎？"友曰："地狱如囚牢，非冥官不能启，非冥吏不能导，吾不能至也。有三数奇鬼，近乎地狱，君可以往观。"因改循歧路，行半里许，至一地，空旷如墟墓。见一鬼，状貌如人，而鼻下则无口。问："此何故？"曰："是人生时，巧于应对，谀词颂语，媚世悦人，故受此报，使不能语；或遇焰口浆水，则饮以鼻。"又见一鬼，尻耸向上，首折向下，面著于腹，以两手支拄而行。问："此何故？"曰："是人生时，妄自尊大，故受此报，使不能仰面傲人。"又见一鬼，自胸至腹，裂罅数寸，五脏六腑，虚无一物。问："此何故？"曰："是人生时，城府深隐，人不能测，故受是报，使中无匿形。"又见一鬼，足长二尺，指巨如椎，踵巨如斗，重如千斛之舟，努力半刻，始移一寸。问："此何故？"曰："此人生时，高材捷足，事事务居人先，故受是报，使不能行。"又见一鬼，两耳拖地，如曳双翼，而混沌无窍。问："此何故？"曰："此人生时，怀忌多疑，喜闻蜚语，故受此报，使不能听。是皆按恶业浅深，待受报期满，始入转轮。其罪减地狱一等，如阳律之徒流也。"俄见车骑

---

[1] 锻炼周内：指罗织罪名进行构陷。
[2] 刘念台：明末刘宗周，官至左都御史，明亡绝食而死。宗周字起东，学者称念台先生。

杂遝,一冥官经过,见乡人,惊曰:"此是生魂,误游至此,恐迷不得归。谁识其家,可导使去。"友跪启是旧交。官即令送返。将至门,大汗而醒,自是病愈。雪崖天性爽朗,胸中落落无宿物;与朋友谐戏,每俊辩横生。此当是其寓言,未必真有。然庄生、列子,半属寓言,义足劝惩,固不必刻舟求剑尔。

陈半江言:有书生月夕遇一妇,色颇姣丽,挑以微词,欣然相就。自云家在邻近,而不肯言姓名。又云夫恒数日一外出,家有后窗可开,有墙缺可逾,遇隙即来,不能预定期也。如是五六年,情好甚至。一岁,书生将远行,妇夜来话别。书生言随人作计,后会无期。凄恋万状,哽咽至不成语。妇忽嬉笑曰:"君如此情痴,必相思致疾,非我初来相就意。实与君言,我鬼之待替者也。凡人与鬼狎,无不病且死,阴剥阳也。唯我以爱君韶秀,不忍玉折兰摧,故必越七八日后,待君阳复,乃肯再来。有剥有复,故君能无恙。使遇他鬼,则纵情恣荡,不出半载,索君于枯鱼之肆[1]矣。我辈至多,求如我者则至少,君其宜慎。感君义重,此所以报也。"语讫,散发吐舌作鬼形,长啸而去。书生震栗几失魂,自是虽遇冶容,曾不侧视。

王梅序言:交河有为盗诬引者,乡民朴愿,无以自明,以赂求援于县吏。吏闻盗之诬引,由私调其妇,致为所殴,意其妇必美,却赂而微示以意曰:"此事秘密,须其妇潜身自来,乃可授方略。"居间者以告乡民。乡民惮死失志,呼妇母至狱,私语以故。母告妇,咈然不应也。越两三日,吏家有人夜叩门。启视,则一丐妇,布帕裹首,衣百结破衫,闯然入。问之不答,且行且解衫与帕,则鲜妆华服艳妇也。惊问所自,红潮晕颊,俯首无言,唯袖出片纸。就所持灯视之,某人妻三字而已。吏喜

---

[1] 枯鱼之肆:《庄子·外物》:"吾得斗升之水然活耳,君乃言此,曾不如早索我于枯鱼之肆。"枯鱼,干鱼;肆,鱼店。比喻处境困难。此处指精力耗尽而亡。

过望，引入内室，故问其来意。妇掩泪曰："不喻君语，何以夜来？既已来此，不必问矣，唯祈毋失信耳。"吏发洪誓，遂相嬿婉。潜留数日，大为妇所蛊惑，神志颠倒，唯恐不得当妇意。妇暂辞去，言村中日日受侮，难于久住，如城中近君租数楹，便可托庇荫，免无赖凌藉，亦可朝夕相往来。吏益喜，竟百计白其冤。狱解之后，遇乡民，意甚索漠。以为狎昵其妇，愧相见也。后因事到乡，诣其家，亦拒不见。知其相绝，乃大恨。会有挟妓诱博者讼于官，官断妓押归原籍。吏视之，乡民妇也，就与语。妇言苦为夫禁制，愧相负，相忆殊深。今幸相逢，乞念旧时数日欢，免杖免解。吏又惑之，因告官曰："妓所供乃母家籍，实县民某妻。宜究其夫。"盖觊觎恿官卖，自买之也。遣拘乡民，乡民携妻至，乃别一人。问乡里皆云不伪。问吏何以诬乡民？吏不能对，第曰风闻。问闻之何人？则嗫无语。呼妓问之，妓乃言吏初欲挟污乡民妻，妻念从则失身，不从则夫死，值妓新来，乃尽脱簪珥，赂妓冒名往，故与吏狎识。今当受杖，适与相逢，因仍诳托乡民妻，冀脱棰楚。不虞其又有他谋，致两败也。官复勘乡民，果被诬。姑念其计出救死，又出于其妻，释不究，而严惩此吏焉。神奸巨蠹，莫吏若矣，而为村妇所笼络，如玩弄婴孩。盖愚者恒为智者败，而物极必反，亦往往于所备之外，有智出其上者，突起而胜之。无往不复，天之道也。使智者终不败，则天地间唯智者存，愚者断绝矣，有是理哉！

鬼魇人至死，不知何意。倪余疆曰："吾闻诸施亮生矣，取唼其生魂耳。盖鬼为余气，渐消渐减，以至于无；得生魂之气以益之，则又可再延。故女鬼恒欲与人狎，摄其精也。男鬼不能摄人精，则杀人而吸其生气，均犹狐之采补耳。"因忆刘挺生言：康熙庚子，有五举子晚遇雨，栖破寺中。四人已眠，唯一人眠未稳，觉阴风飒然，有数黑影自牖入，向四人嘘气，四人即梦魇。又向一人嘘气，心虽了了，而亦渐昏瞀，觉似有拖曳之者。及稍醒，已离故处，似被絷缚，欲呼则嗫不能声；视四人亦纵横偃卧。众鬼共举一人唼之，斯须而尽；又以次食二人。至第四人，忽有老翁自外入，厉声叱曰："野鬼无造次！此二人有禄相，不可犯也。"众鬼骇散。二人倏然自醒，述所见相同。后一终于教谕，一终于训导。鲍敬亭先生闻之，笑曰:"平生自薄此官,不料为鬼神所重也。"观其所言,似亮生之说不虚矣。

李庆子言:朱生立园,辛酉北应顺天试。晚过羊留之北,因绕避泥泞,遂迂回失道,无逆旅可栖。遥见林外有人家,试往投止。至则土垣瓦舍,凡六七楹,一童子出应门。朱具道乞宿意。一翁衣冠朴雅,延宾入,止旁舍中。呼灯至,黯黯无光。翁曰:"岁歉油不佳,殊令人闷,然无如何也。"又曰:"夜深不能具肴馔,村酒小饮,勿以为亵。"意甚款洽。朱问:"家中有何人?"曰:"零丁孤苦,唯老妻与僮婢同居耳。"问朱何适,朱告以北上。曰:"有一札及少物欲致京中,僻路苦无书邮。今遇君甚幸。"朱问:"四无邻里,独居不怖乎?"曰:"薄田数亩,课奴辈耕作,因就之卜居。贫无储蓄,不畏盗也。"朱曰:"谓旷野多鬼魅耳。"翁曰:"鬼魅即未见,君如怖是,陪坐至天曙,可乎?"因借朱红笔,入作书札;又以杂物封函内,以旧布裹束,密缝其外。付朱曰:"居址已写于函上,君至京拆视自知。"天曙作别,又切嘱信物勿遗失,始殷勤分手。朱至京,拆视布裹,则函题"朱立园先生启"字,其物乃金簪银钏各一双。其札称:"仆老无子息,误惑妇言,以婿为嗣。至外孙犹间一祭扫,后则视为异姓,纸钱麦饭,久已阙如;三尺孤坟,亦就倾圮。九泉茹痛,百悔难追。谨以殉棺薄物,祈君货鬻,归途以所得之直,修治荒茔,并稍浚冢南水道,庶淫潦不浸幽窀。如允所祈,定如杜回结草[1]。知君畏鬼,当暗中稽首,不敢见形,勿滋疑虑。亡人杨宁顿首。"朱骇汗浃背,方知遇鬼;以书中归途之语,知必不售,既而果然。还至羊留,以所卖簪钏钱遣仆往治其墓,竟不敢再至焉。

吴云岩言:有秦生者,不畏鬼,恒以未一见为歉。一夕,散步别业,闻树外朗吟唐人诗曰:"自去自来人不知,归时唯对空山月。"其声哀厉而长。隔叶窥之,一古衣冠人倚石坐。确知为鬼,遽前掩之。鬼亦不避。

---

[1] 杜回结草:参见卷二第13则注。

秦生长揖曰："与君路异幽明，人殊今古，邂逅相遇，无可寒温。所以来者，欲一问鬼神情状耳。敢问为鬼时何似？"曰："一脱形骸，即已为鬼，如茧成蝶，亦不自知。"问："果魂升魄降，还入太虚乎？"曰："自我为鬼，即在此间。今我全身现与君对，未尝随缊缊[1]元气，升降飞扬。子孙祭时始一聚，子孙祭毕则散也。"问："果有神乎？"曰："鬼既不虚，神自不妄。譬有百姓，必有官师。"问："先儒称雷神之类，皆旋生旋化，果不诬乎？"曰："作措大[2]时，饱闻是说。然窃疑霹雳击格，轰然交作，如一雷一神，则神之数多于蚊蚋；如雷止神灭，则神之寿促于蜉蝣[3]。以质先生，率遭呵斥。为鬼之后，乃知百神奉职，如世建官，皆非顷刻之幻影。恨不能以所闻见，再质先生。然尔时拥皋比[4]者，计为鬼已久，当自知之，无庸再诘矣。大抵无鬼之说，圣人未有。诸大儒恐人谄渎，故强造斯言。然禁沈湎可，并废酒醴则不可；禁淫荡可，并废夫妇则不可；禁贪婪可，并废财货则不可；禁斗争可，并废五兵则不可。故以一代盛名，挟百千万亿朋党之助，能使人噤不敢语，而终不能慑服其心，职是故耳。传其教者，虽心知不然，然不持是论，即不得称为精义之学，亦违心而和之曰，理必如是云尔。君不察先儒矫枉之意，生于相激，非其本心；后儒辟邪之说，压于所畏，亦非其本心。竟信儒者，真谓无鬼神，皇皇质问，则君之受绐久矣。泉下之人，不欲久与生人接；君亦不宜久与鬼狎。言尽于此，余可类推。"曼声长啸而去。案此谓儒者明知有鬼，故言无鬼，与黄山二鬼谓儒者明知井田封建不可行，故言可行，皆洞见症结之论。仅目以迂阔，犹堕五里雾中矣。

汪主事厚石言：有在西湖扶乩者，下坛诗曰："旧埋香处草离离，只有西陵[5]夜月知。词客情多来吊古，幽魂肠断看题诗。沧桑几劫湖仍绿，

---

[1] 缊缊（yīn yūn）：古代指天地间阴阳二气交互作用的状态。
[2] 措大：旧指贫穷的读书人。
[3] 蜉蝣（fú yóu）：水边生长的一种朝生暮死的小昆虫。
[4] 皋比：虎皮坐席。后指学师的坐席。
[5] 西陵：古驿名，在浙江萧山县西。

云雨千年梦尚疑。谁信灵山散花女，如今佛火对琉璃。"众知为苏小小[1]也。客或请曰："仙姬生在南齐，何以亦能七律？"乩判曰："阅历岁时，幽明一理。性灵不昧，即与世推移。宣圣唯识大篆，祝词何写以隶书？释迦不解华言，疏文何行以骈体？是知千载前人，其性识至今犹在，即能解今之语，通今之文。江文通[2]、谢玄晖（按：谢玄晖当系谢希逸之误。爱妾换马事见《纂异记》。）能作爱妾换马八韵律赋，沈休文[3]子青箱能作《金陵怀古》五言律诗，古有其事，又何疑于今乎？"又问："尚能作永明体[4]否？"即书四诗曰："欢来不得来，侬去不得去。懊恼石尤风，一夜断人渡。""欢从何处来？今日大风雨，湿尽杏子衫，辛苦皆因汝。""结束蛱蝶裙，为欢棹舴艋。宛转沿大堤，绿波双照影。""莫泊荷花汀，且泊杨柳岸。花外有人行，柳深人不见。"盖《子夜歌》[5]也。虽才鬼依托，亦可云俊辩矣。

　　表兄安伊在言：河城秋获时，有少妇抱子行塍上，忽失足仆地，卧不复起。获者遥见之，疑有故；趋视，则已死，子亦触瓦角脑裂死。骇报田主，田主报里胥。辨验死者，数十里内无此妇；且衣饰华洁，子亦银钏红绫衫，不类贫家。大惑不解，且覆以苇箔[6]，更番守视，而急闻于官。河城去县近，官次日晡时至，启箔检视，则中置稿秸一束，二尸已不见；压箔之砖固未动，守者亦未顷刻离也。官大怒，尽拘田主及守者去，多方鞫治，无丝毫谋杀弃尸状。纠结缴绕至年余，乃以疑案上。上官以案情恍惚，往返驳诘。又岁余，乃姑俟访，而是家已荡然矣。此康熙癸巳、甲午间事。相传村南墟墓间，有黑狐夜夜拜月，人多见之。是家一子好

---

[1] 苏小小：南齐时钱塘（现杭州）名妓。杭州现有苏小小墓。
[2] 江文通：南朝梁代文学家江淹。
[3] 沈休文：南朝梁代文学家沈约。
[4] 永明体：永明为南齐武帝年号。此时期诗歌创作讲究音律声调、注重炼字炼句。形成了有异以前的诗风，时称永明体，又称新诗体。
[5]《子夜歌》：乐府《吴声歌曲》名。
[6] 苇箔：芦苇席。

弋猎,潜往伏伺,彀弩中其股。嗷然长号,化火光西去。搜其穴,得二小狐,縶以返。旋逸去,月余而有是事。疑狐变幻来报冤。然荒怪无据,人不敢以入供,官亦不敢入案牍,不能不以匿尸论,故纷扰至斯也。又言:城西某村有丐妇,为姑所虐,缢于土神祠。亦箔覆待检,更番守视。官至,则尸与守者俱不见。亦穷治如河城。后七八年,乃得之于安平。(深州属县。)盖妇颇白皙,一少年轮守时,褫下裳而淫其尸。尸得人气复生,竟相携以逃也。此康熙末事。或疑河城之事当类此,是未可知。或并为一事,则传闻误矣。

同年龚肖夫言:有人四十余无子,妇悍妒,万无纳妾理,恒郁郁不适。偶至道观,有道士招之曰:"君气色凝滞,似有重忧。道家以济物为念,盍言其实,或一效铅刀之用[1]乎!"异其言,具以告。道士曰:"固闻之,姑问君耳。君为制鬼卒衣装十许具,当有以报命。如不能制,即假诸伶官亦可也。"心益怪之,然度其诳取无所用,当必有故,姑试其所为。是夕,妇梦魇,呼不醒,且呻吟号叫声甚惨。次日,两股皆青黯。问之,秘不言,吁嗟而已。三日后复然。自是每三日后皆复然。半月后,忽遣奴唤媒媪,云将买妾。人皆弗信;其夫亦虑后患,殊持疑。既而妇昏瞀累日,醒而促买妾愈急,布金于案,与童仆约:三日不得必重挞[2],得而不佳亦重挞。观其状,似非诡语。觅二女以应,并留之。是夕,即整饰衾枕,促其夫入房。举家骇愕,莫喻其意;夫亦惘惘如梦境。后复见道士,始知其有术能摄魂:夜使观中道众为鬼装,而道士星冠羽衣坐堂上,焚符摄妇魂,言其祖宗翁姑,以斩祀不孝,具牒诉冥府,用桃杖决一百;遣归,克期令纳妾。妇初以为噩梦,尚未肯。俄三日一摄,如征比[3]然。其昏瞀累日,则倒悬其魂,灌鼻以醋,约三日不得好女子,即付泥犁也。摄魂小术,本非正法。然法无邪正,唯人所用,如同一戈矛,用以掠杀则劫盗,用

---

[1] 铅刀之用:铅刀,以铅为刀;钝刀。自谦才能薄弱,但尽其所能。
[2] 挞(chì):鞭打。
[3] 征比:古时指征用人力和考核役夫成绩。

以征讨则王师耳。术无大小,亦唯人所用,如不龟手之药,可以洴澼絖,亦可以大败越师耳[1]。道士所谓善用其术欤!至嚚顽悍妇,情理不能喻,法令不能禁,而道士能以术制之。尧牵一羊,舜从而鞭,羊不行,一牧竖驱之则群行。物各有所制,药各有所畏。神道设教,以驯天下之强梗,圣人之意深矣。讲学家乌乎识之?

褚鹤汀言:有太学生,资巨万。妻生一子死。再娶,丰于色,太学惑之,托言家政无佐理,迎其母至。母又携二妹来。不一载,其一兄二弟亦挈家来。久而童仆婢媪皆妻党,太学父子反茕茕若寄食。又久而管钥簿籍、钱粟出入,皆不与闻;残杯冷炙,反遭厌薄矣。稍不能堪,欲还夺所侵权,则妻兄弟哄于外,妻母妹等诉于内。尝为众所聚殴,至落须败面,呼救无应者。其子狂奔至,一捆仆地,唯叩额乞缓死而已。恚不自胜,诣后圃将自经。忽一老人止之曰:"君勿尔,君家之事,神人共愤久矣。我居君家久,不平尤甚。君但焚牒土神祠,云乞遣后圃狐驱逐,神必许君。"如其言。是夕,果屋瓦乱鸣,窗扉震撼,妻党皆为砖石所击,破额流血。俄而妻党妇女并为狐媚,虽其母不免。昼则发狂裸走,丑词亵状,无所不至;夜则每室垒集数十狐,更番嬲戏,不胜其创,哀乞声相闻。厨中肴馔,俱摄置太学父子前;妻党所食,皆杂以秽物。知不可住,皆窜归。太学乃稍稍招集旧仆,复理家政,始可以自存。妻党觊觎未息,恒来探视,入门辄被击。或私有所携,归家则囊已空矣。其妻或私馈亦然。由是遂绝迹。然核计资产,损耗已甚,微狐力,则太学父子饿殍矣。此至亲密友所不能代谋,此狐百计代谋之,岂狐之果胜人哉?人于世故深,故远嫌畏怨,趋易避难,坐视而不救;狐则未谙世故,故不巧博忠厚长者名,义所当为,奋然而起也。虽狐也,为之执鞭,所欣慕焉。

---

[1]"术无大小"句:龟(jūn),同"皲",皮肤因寒冷或干燥而裂开。洴澼絖(píng pì kuàng),在水上漂洗棉絮。不龟手药之故事,见《庄子·逍遥游》。

瞽者刘君瑞言：一瞽者年三十余，恒往来卫河旁，遇泊舟者，必问："此有殷桐乎？"又必申之曰："夏殷之殷，梧桐之桐也。"有与之同宿者，其梦中呓语，亦唯此二字。问其姓名，则旬日必一变，亦无深诘之者。如是十余年，人多识之，或逢其欲问，辄呼曰："此无殷桐，别觅可也。"一日，粮艘泊河干，瞽者问如初。一人挺身上岸曰："是尔耶，殷桐在此，尔何能为？"瞽者狂吼如虩虎，扑抱其颈，口啮其鼻，血淋漓满地。众前拆解，牢不可开，竟共堕河中，随流而没。后得尸于天妃宫前，（海口不受尸，凡河中求尸不得，至天妃宫前必浮出。）桐捶其左胁骨尽断，终不释手；十指抠桐肩背，深入寸余；两颧两颊，啮肉几尽。迄不知其何仇，疑必父母之冤也。夫以无目之人，侦有目之人，其不得决也；以僝弱之人，搏强横之人，其不敌亦决也。此较伍胥之仇楚，其报更难矣。乃十余年坚意不回，竟卒得而食其肉，岂非精诚之至，天地亦不能违乎！宋高宗之歌舞湖山，究未可以势弱解也。

王昆霞作《雁宕游记》一卷，朱导江为余书挂幅，摘其中一条云：四月十七日，晚出小石门，至北砬，耽玩忘返，坐树下待月上。倦欲微眠，山风吹衣，栗然忽醒。微闻人语曰："夜气澄清，尤为幽绝，胜鼋画图中看金碧山水。"以为同游者夜至也。俄又曰："古琴铭云：'山虚水深，万籁萧萧。古无人踪，唯石嶣峣。'真妙写难状之景。尝乞洪谷子[1]画此意，竟不能下笔。"窃讶斯是何人，乃见荆浩？起坐听之。又曰："顷东坡为画竹半壁，分柯布叶，如春云出岫，疏疏密密，意态自然，无杈枒怒张之状。"又一人曰："近见其西天目诗，如空江秋净，烟水渺然，老鹤长唳，清飚远引，亦消尽纵横之气。缘才子之笔，务殚心巧；飞仙之笔，妙出天然，境界故不同耳。"知为仙人，立起仰视。忽扑簌一声，山花乱落，有二鸟

---

[1] 洪谷子：即后文荆浩。五代人，字浩然，善画，自号洪谷子。

冲云去。其诗有"蹑屐颇笑谢康乐[1],化鹤亲见徐佐卿"句[2],即记此事也。

刘拟山家失金钏,掠问小女奴,具承卖与打鼓者。(京师无赖游民,多妇女在家倚门,其夫白昼避出,担二荆筐,操短柄小鼓击之,收买杂物,谓之打鼓。凡僮婢幼孩窃出之物,多以贱价取之。盖虽不为盗,实盗之羽翼。然赃物细碎,所值不多,又踪迹诡秘,无可究诘,故王法亦不能禁也。)又掠问打鼓者衣服形状,求之不获。仍复掠问,忽承尘上微嗽曰:"我居君家四十年,不肯一露形声,故不知有我。今则实不能忍矣。此钏非夫人检点杂物,误置漆奁中耶?"如言求之,果不谬,然小女奴已无完肤矣。拟山终身愧悔,恒自道之曰:"时时不免有此事,安能处处有此狐!"故仕宦二十余载,鞫狱未尝以刑求。

多小山言:尝于景州见扶乩者,召仙不至。再焚符,乩摇撼良久,书一诗曰:"薄命轻如叶,残魂转似蓬[3]。练拖三尺白,花谢一枝红。云雨期虽久,烟波路不通。秋坟空鬼唱,遗恨宋家东[4]。"知为缢鬼,姑问姓名。又书曰:"妾系本吴门,家侨楚泽。偶业缘之相凑,宛转通词;讵好梦之未成,仓皇就死。律以圣贤之礼,君子应讥;谅其儿女之情,才人或悯。聊抒哀怨,莫问姓名。"此才不减李清照;其圣贤儿女一联,自评亦确也。

---

[1] 谢康乐:即南朝宋人谢灵运,爱穿木屐游览山水。事见《宋书·谢灵运传》。
[2] "化鹤"句:《广德神异录》记载,唐明皇出猎,箭中云鹤,鹤带箭飞走。益州城西道观自称青城道士的徐佐卿,一天外出归来,言自己为箭所射,但不碍事,并言此箭当留归射箭主人。徐佐卿即为中箭之鹤。
[3] 蓬:蓬草。蓬草因风吹而转,故也常称转蓬。
[4] 宋家东:用宋玉《登徒子好色赋》东邻之女登墙窥宋三年典。

《新齐谐》载冥司榜吕留良[1]之罪曰："辟佛太过。"此必非事实也。留良之罪,在明亡以后,既不能首阳一饿,追迹夷齐[2];又不能戢影逃名,鸿冥世外,如真山民[3]之比。乃青衿[4]应试,身列胶庠[5];其子葆中,亦高掇科名,以第二人入翰苑。则久食周粟,断不能自比殷顽。何得肆作谤书,荧惑黔首[6]?诡托于桀犬之吠尧[7],是首鼠两端,进退无据,实狡黠反复之尤。核其生平,实与钱谦益[8]相等。殁罹阴谴,自必由斯。至其讲学辟佛,则以尊朱之故,不得不辟陆、王[9]为禅。既已辟禅,自不得不牵连辟佛,非其本志,亦非其本罪也。金人入梦[10]以来,辟佛者多,辟佛太过者亦多。以是为罪,恐留良转有词矣。抑尝闻五台僧明玉之言曰:辟佛之说,宋儒深而昌黎浅,宋儒精而昌黎粗。然而披缁之徒,畏昌黎不畏宋儒,衔昌黎不衔宋儒也。盖昌黎所辟,檀施供养之佛也,为愚夫妇言之也。宋儒所辟,明心见性之佛也,为士大夫言之也。天下士大夫少而愚夫妇多;僧徒之所取给,亦资于士大夫者少,资于愚夫妇者多。使昌黎之说胜,则香积无烟,祇园无地,虽有大善知识,能率恒河沙众,枵腹[11]露宿而说法哉!此如用兵者先断粮道,不攻而自溃。故畏昌黎甚,衔昌黎亦甚。使宋儒之说胜,不过尔儒理如是,儒法如是,尔不必从我;我佛理如是,佛法如是,我亦不必从尔。各尊所闻,各行所知,两相枝拄,未有害也。故不畏宋儒,亦不甚衔宋儒。然则唐以前之儒,语语有实用;宋以后之儒,

---

[1] 吕留良:明末清初思想家。明亡以后不仕,图谋复兴。雍正时,吕留良已死,然因曾静案,被清廷开棺戮尸。
[2] 夷齐:伯夷、叔齐,商代孤竹君之子。武王灭商,二人逃到首阳山,不食周粟而死。事见《史记·伯夷、叔齐列传》。
[3] 真山民:宋末隐士,真名不详。宋元动乱之际,深自湮没,有《真山民集》。
[4] 青衿:青色衣领,周代学子所穿戴,后为读书人代称。
[5] 胶庠:周代学校,胶为大学,庠为小学。后作学校代称。
[6] 黔首:古代称平民百姓。
[7] 桀犬之吠尧:夏桀之狗吠尧,比喻走狗为主子效劳。
[8] 钱谦益:明末礼部尚书,后降清,诗文在当时极负盛名。
[9] 陆、王:陆,代陆九渊;王,明代王守仁。陆、王两家学说观点相似,故常并称。
[10] 金人入梦:汉明帝夜梦金人,不知为何;傅毅释梦说,金人即是佛,于是明帝遣使往天竺访佛。事见明王圻撰《续文献通考》。
[11] 枵(xiāo)腹:空腹,指饥饿。

事事皆空谈。讲学家之辟佛,于释氏毫无所加损,徒喧哄耳。录以为功,固为谩论;录以为罪,亦未免重视留良耳。

奴子王发,夜猎归。月明之下,见一人为二人各捉一臂,东西牵曳,而寂不闻声。疑为昏夜之中,剥夺衣物,乃向空虚鸣一铳。二人奔迸散去,一人返奔归,倏皆不见,方知为鬼。比及村口,则一家灯火出入,人语嘈嘈,云:"新妇缢死复苏矣。"妇云:"姑命晚餐作饼,为犬衔去两三枚。姑疑窃食,痛批其颊。冤抑莫白,痴立树下。俄一妇来劝:'如此负屈,不如死。'犹豫未决,又一妇来恧恿之。恍惚迷瞀,若不自知,遂解带就缢,二妇助之。闷塞痛苦,殆难言状,渐似睡去,不觉身已出门外。一妇曰:'我先劝,当代我。'一妇曰:'非我后至不能决,当代我。'方争夺间,忽霹雳一声,火光四照,二妇惊走,我乃得归也。"后发夜归,辄遥闻哭詈,言破坏我事,誓必相杀。发亦不畏。一夕,又闻哭詈。发诃曰:"尔杀人,我救人,即告于神,我亦理直。敢杀即杀,何必虚相恐怖!"自是遂绝。然则救人于死,亦招欲杀者之怨,宜袖手者多欤?此奴亦可云小异矣。

宋清远先生言:昔在王坦斋先生学幕时,一友言梦游至冥司,见衣冠数十人累累入;冥王诘责良久,又累累出,各有愧恨之色。偶见一吏,似相识,而不记姓名,试揖之,亦相答。因问:"此并何人,作此形状?"吏笑曰:"君亦居幕府,其中岂无一故交耶?"曰:"仆但两次佐学幕,未入有司署也。"吏曰:"然则真不知矣。此所谓四救先生者。"问:"四救何义?"曰:"佐幕者有相传口诀,曰救生不救死,救官不救民,救大不救小,救旧不救新。救生不救死者,死者已死,断无可救;生者尚生,又杀以抵命,是多死一人也,故宁委曲以出之。而死者衔冤与否,则非所计也。救官不救民者,上控之案,使冤得申,则官之祸福不可测;使不得申,即反坐不过军流耳。而官之枉断与否,则非所计也。救大不救小者,罪归上官,则权位重者谴愈重,且牵累必多;罪归微官,则责任轻者罚可轻,且归结较易。而小官之当罪与否,则非所计也。救旧不救新者，旧官已去，有未了，羁留之恐不能偿；新官方来，有所委卸，强抑之尚可以办。其新官之能堪与否，则非所计也。是皆以君子之心，行忠厚长者之事，非有所求取巧为舞文，亦非有所恩仇私相报复。然人情百态，事变万端，原不能执一而论。苟坚持此例，则矫枉过直，顾此失彼，本造福而反造孽，本弭事而反酿事，亦往往有之。今日所鞫，即以此贻祸者。"问："其果报何如乎？"曰："种瓜得瓜，种豆得豆。夙业牵缠，因缘终凑。未来生中，不过亦遇四救先生，列诸四不救而已矣。"俯仰之间，霍然忽醒，莫明其入梦之故，岂神明或假以告人欤？

乾隆癸丑春夏间，京中多疫。以张景岳[1]法治之，十死八九；以吴又可[2]法治之，亦不甚验。有桐城一医，以重剂石膏治冯鸿胪星实之姬，人见者骇异。然呼吸将绝，应手辄痊。踵其法者，活人无算。有一剂用至八两，一人服至四斤者。虽刘守真[3]之《原病式》、张子和[4]之《儒门事亲》，专用寒凉，亦未敢至是，实自古所未闻矣。考喜用石膏，莫过于明缪仲淳，（名希雍，天、崇间人，与张景岳同时，而所传各别。）本非中道，故王懋竑[5]《白田集》有《石膏论》一篇，力辩其非。不知何以取效如此。此亦五运六气[6]，适值是年，未可执为定例也。

从伯君章公言：中表某丈，月夕纳凉于村外。遇一人似是书生，长揖曰："仆不幸获谴于社公，自祷弗解也。一社之中，唯君祀社公最丰，而数十年一无所祈请。社公甚德君，亦甚重君。君为一祷，必见从。"表丈曰："尔

---

[1] 张景岳：明代医学家。
[2] 吴又可：明代医学家，《瘟疫论》一书作者。
[3] 刘守真：金代医学家，《素问元机原病式》一书作者。
[4] 张子和：金代医学家，《儒门事亲》一书作者。
[5] 王懋竑：清代经史学家，著《白田草堂林集》二十四卷。
[6] 五运六气：五运，即金、木、水、火、土五行的岁运；六气，即阴、阳、风、雨、晦、明。

何人？"曰："某故诸生，与君先人亦相识，今下世三十余年矣。昨偶向某家索食，为所诉也。"表丈曰："己事不祈请，乃祈请人事乎？人事不祈请，乃祈请鬼事乎？仆无能为役，先生休矣。"其人掉臂去曰："自了汉[1]耳，不足谋也。"夫肴酒必丰，敬鬼神也；无所祈请，远之也。敬鬼神而远之，即民之义也。视流俗之谄渎，迂儒之傲侮，为得其中矣。说此事时，余甫八九岁，此表丈偶忘姓名。其时乡风淳厚，大抵必端谨笃实之家，始相与为婚姻，行谊似此者多，不能揣度为谁也。"高山仰止，景行行止"[2]，俯仰七十年间，能勿睪[3]然远想哉！

黄叶道人潘班，尝与一林下巨公连坐，屡呼巨公为兄。巨公怒且笑曰："老夫今七十余矣。"时潘已被酒，昂首曰："兄前朝年岁，当与前朝人序齿[4]，不应阑入本朝。若本朝年岁，则仆以顺治二年九月生，兄以顺治元年五月入大清，仅差十余月耳。唐诗曰：'与兄行年较一岁。'称兄自是古礼，君何过责耶？"满座为之咋舌。论者谓潘生狂士，此语太伤忠厚，宜其坎壈终身，然不能谓其无理也。余作《四库全书总目》，明代集部以练子宁[5]至金川门卒龚诩[6]八人列解缙、胡广[7]诸人前，并附案语曰："谨案练子宁以下八人，皆惠宗旧臣也。考其通籍之年，盖有在解缙等后者。然一则效死于故君，一则邀恩于新主，枭鸾异性，未可同居，故分别编之，使各从其类。至龚诩卒于成化辛丑，更远在缙等后，今亦升列于前，用以昭名教是非。"千秋论定，纡青拖紫[8]之荣，竟不能与荷戟老兵争此一

---

[1] 自了汉：不问他人，只顾自己的人。即自私自利的人。
[2] "高山仰止，景行行止"：语出《诗经·车辖》，意为向着高山仰望，沿着大路行进。后用此典指对德行高尚者的仰慕。
[3] 睪（gāo）：高远的样子。
[4] 序齿：按年龄大小定前后次序。
[5] 练子宁：明代人，为建文帝左副都御史，燕王朱棣起兵入京，练子宁为建文殉节而死。
[6] 龚诩：明代人，为金川门守备，燕王篡位，龚诩终生不仕。
[7] 解缙、胡广：明建文帝在位时官员，后依附燕王。
[8] 纡青拖紫：指官居高位的士大夫。

纸之先后也。黄泉易逝，青史难诬。潘生是言，又安可以佻薄废乎？

曾映华言：有数书生赴乡试，长夏溽暑，趁月夜行。倦投一废祠之前，就阶小憩，或睡或醒。一生闻祠后有人声，疑为守瓜枣者，又疑为盗，屏息细听。一人曰："先生何来？"一人曰："顷与邻冢争地界，讼于社公。先生老于幕府者，请揣其胜负。"一人笑曰："先生真书痴耶！夫胜负乌有常也？此事可使后讼者胜，诘先讼者曰：'彼不讼而尔讼，是尔兴戎侵彼也。'可使先讼者胜，诘后讼者曰：'彼讼而尔不讼，是尔先侵彼，知理曲也。'可使后至者胜，诘先至者曰：'尔乘其未来，早占之也。'可使先至者胜，诘后至者曰：'久定之界，尔忽翻旧局，是尔无故生衅也。'可使富者胜，诘贫者曰：'尔贫无赖，欲使畏讼赂尔也。'可使贫者胜，诘富者曰：'尔为富不仁，兼并不已，欲以财势压孤茕也。'可使强者胜，诘弱者曰：'人情抑强而扶弱，尔欲以肤受之诉耸听也。'可使弱者胜，诘强者曰：'天下有强凌弱，无弱凌强。彼非真枉，不敢冒险撄尔锋也。'可以使两胜，曰：'无券无证，纠结安穷？中分以息讼，亦可以已也。'可以使两败，曰：'人有阡陌，鬼宁有疆畔？一棺之外，皆人所有，非尔辈所有，让为闲田可也。以是种种胜负，乌有常乎？"一人曰："然则究竟当何如？"一人曰："是十说者，各有词可执，又各有词以解，纷纭反复，终古不能已也。城隍社公不可知，若夫冥吏鬼卒，则长拥两美庄[1]矣。"语讫遂寂。此真老于幕府之言也。

蛇能报冤，古记有之，他毒物则不能也。然闻故老之言曰："凡遇毒物，无杀害心，则终不遭螫；或见即杀害，必有一日受其毒。"验之颇信。是非物之知报，气机相感耳。狗见屠狗者群吠，非识其人，亦感其气也。

---

[1]美庄：唐李冗《独异志》载，崔群为相时，夫人常劝其树庄田，以为子孙计。崔群回答说，我有三十所美庄，良田遍天下。夫人表示不解，崔群接着说，我前岁放春榜三十人，岂不是良田吗？

又有生啖毒虫者,云能益力。毒虫中人或至死,全贮其毒于腹中,乃反无恙,此又何理欤?崔庄一无赖少年习此术,尝见其握一赤练蛇,断其首而生啖,如有余味。殆其刚悍鸷忍之气足以胜之乎?力何必益?即益力,方药亦颇多,又何必是也?

贾公霖言:有贸易来往于樊屯者,与一狐友。狐每邀之至所居,房舍一如人家,但出门后,回顾则不见耳。一夕,饮狐家。妇出行酒,色甚妍丽。此人醉后心荡,戏挼其腕。妇目狐,狐侧睨笑曰:"弟乃欲作陈平耶?"亦殊不怒,笑谑如平时。此人归后,一日忽家中客作控一驴送其妇来,云得急信,君暴中风,故借驴仓皇连夜至。此人大骇,以为同伴相戏也。旅舍无地容眷属,呼客作送归。客作已自去。距家不一日程,时甫辰巳,乃自控送归。中途遇少年与妇摩肩过,手触妇足。妇怒詈,少年唯笑谢,语涉轻薄。此人愤与相搏,致驴惊逸入歧路,蜀黍方茂,斯须不见。此人舍少年追妇,寻蹄迹行一二里,驴陷淖中,妇则不知所往矣。野田连陌,四无人踪,彻夜奔驰,傍徨至晓。姑骑驴且返,再商觅妇。未及数里,闻路旁大呼曰:"贼得矣。"则邻村驴昨夜被窃,方四出缉捕也。众相执缚,大受搒楚。赖遇素识多方辩说,始得免。懊丧至家,则纺车铮然,妇方引线。问以昨事,茫然不知。始悟妇与客作及少年皆狐所幻,唯驴为真耳。狐之报复恶矣,然衅则此人自启也。

壬子春,滦阳采木者数十人夜宿山坳,见隔涧坡上有数鹿散游,又有二人往来林下,相对泣。共诧人入鹿群,鹿何不惊?疑为仙鬼,又不应对泣。虽崖高水急,人径不通,然月明如昼,了然可见,有微辨其中一人似旧木商某者。俄山风陡作,木叶乱鸣,一虎自林突出,搏二鹿殪焉。知顷所见,乃其生魂矣。东坡诗曰:"未死神先泣",是之谓乎!闻此木商亦无大恶,但心计深密,事事务得便宜耳。阴谋者道家所忌,良有以夫。

又闻巴公彦弼言：征乌什时，一日攻城急，一人方奋力酣战，忽有飞矢自旁来，不及见也；一人在侧见之，急举刀代格，反自贯颅死。此人感而哭奠之。夜梦死者曰："尔我前世为同官，凡任劳任怨之事，吾皆卸尔；凡见功见长之事，则抑尔不得前。以是因缘，冥司注今生代尔死。自今以往，两无恩仇。我自有赏恤，毋庸尔祭也。"此与木商事相近。木商阴谋，故谴重；此人小智，故谴轻耳。然则所谓巧者，非正其拙欤！

门人郝瑗，孟县人，余己卯典试所取士也。成进士，授进贤令。菲衣恶食[1]，视民事如家事。仓库出入，月月造一册。预储归途舟车费，扃一笥中，虽窘急不用铢两。囊箧皆结束室中，如治装状，盖无日不为去官计。人见其日日可去官，亦无如之何。后患病乞归，不名一钱，以授徒终于家。闻其少时，值春社，游人如织。见一妪将二女，村妆野服，而姿致天然。瑗与同行，未尝侧盼。忽见妪与二女，踏乱石横行至绝涧，鹄立树下。怪其不由人径，若有所避，转凝睇视之。妪从容前致词曰："节物暄妍，率儿辈踏青，各觅眷属。以公正人不敢近，亦乞公毋近儿辈，使刺促不宁。"瑗悟为狐魅，掉臂去之。然则花月之妖，为人心自召明矣。

木兰伐官木者，遥见对山有数虎。悬崖削壁，非迂回数里不能至；人不畏虎，虎亦不畏人也。俄见别队伐木者，冲虎径过。众顿足危栗。然人如不见虎，虎如不见人也。数日后，相晤话及。别队者曰："是日亦遥见众人，亦似遥闻呼噪声。然所见乃数巨石，无一虎也。"是殆命不遭咥乎？然命何能使虎化石，其必有司命者矣。司命者空虚无朕，冥漠无知，又何能使虎化石？其必天与鬼神矣。天与鬼神能司命，而顾谓天即理也，鬼神二气之良能[2]也。然则理气浑沦，一屈一伸，偶遇斯人，怒而搏者，遂峙而嶙峋乎？吾无以测之矣。

---

[1] 菲衣恶食：穿戴平常，以粗茶淡饭为食。
[2] 良能：天赋为善的能力。《孟子·尽心》："人之所不学而能者，其良能也。"

景州高冠瀛,以梦高江村[1]而生,故亦名士奇。笃学能文,小试必第一,而省闱辄北,竟坎壈以终。年二十余时,日者[2]推其命,谓天官、文昌、魁星贵人皆集于一宫,于法当以鼎甲入翰林。而是岁只得食饩[3]。计其一生遭遇,亦无更得志于食饩者。盖其赋命本薄,故虽极盛之运,所得不过如是也。田白岩曰:"张文和[4]公八字,日者以其一生仕履,较量星度,其开坊仅抵一衿[5]耳。此与冠瀛之命,可以互勘。术家宜以此消息,不可徒据星度,遽断休咎也。"又尝见一术士云,凡阵亡将士,推其死绥之岁月,运必极盛。盖尽节一时,垂名千古,馨香百世,荣逮子孙,所得有在王侯将相之上者故也。立论极奇,而实有至理。此又法外之意,不在李虚中[6]等格局中矣。

冠瀛久困名场,意殊抑郁,尝语余及雪崖曰:"闻旧家一宅,留宿者夜辄遭魇,或鬼或狐,莫能明也。一生有胆力,欲伺为祟者何物,故寝其中。二更后,果有黑影瞥落地,似前似却,闻生转侧,即伏不动。知其畏人,佯睡以俟之,渐作鼾声。俄觉自足而上,稍及胸腹,即觉昏沉,急奋右手搏之,执得其尾,即以左手扼其项。嗷然一声,作人言求释。急呼灯视之,乃一黑狐。众共捽制,刃穿其髀,贯以索而自系于左臂。度不能幻化,乃持刀问其作祟意。狐哀鸣曰:'凡狐之灵者,皆修炼求仙:最上者调息炼神,讲坎离龙虎[7]之旨,吸精服气,饵日月星斗之华,用以内结金丹,蜕形羽化。是须仙授,亦须仙才。若是者吾不能。次则

---

[1] 高江村:名士奇,清代人,官至礼部侍郎。
[2] 日者:星卜先生。
[3] 食饩:明清时,生员试优等者,官给廪饩,此处指授廪生。
[4] 张文和:清代人,名廷玉,官至保和殿大学士。
[5] 开坊仅抵一衿:意谓在仕途上只能得中秀才而已。开坊,指参加科举考试;衿,学子的代称。
[6] 李虚中:唐代人,官至殿中侍御史,创设推命法,为星命说之祖。
[7] 坎离龙虎:宋朱熹《考异》:"坎离、水火、龙虎、铅汞之属,只是互换其名,其实只是精气二者而已。"此指天地日月精华。

修容成[1]素女之术[2],妖媚蛊惑,摄精补益,内外配合,亦可成丹。然所采少则道不成,所采多则戕人利己,不干冥谪,必有天刑。若是者吾不敢。故以剽窃之功,为猎取之计,乘人酣睡,仰鼻息以收余气,如蜂采蕊,无损于花,凑合渐多,融结为一,亦可元神不散,岁久通灵。即我辈是也。虽道浅术疏,积功亦苦。如不见释,则百年精力,尽付东流,唯君子哀而恕之。'生悯其词切,竟纵之使去。此事在雍正末年,相传已久。吾因是以思,科场上者鸿才硕学,吾亦不能;次者行险徼幸,吾亦不敢;下者剽窃猎取,庶几能之,而吾又有所不肯,吾道穷矣。二君皆早掇科第,其何以教我乎?"雪崖戏曰:"以君作江村后身,如香山之为白老矣[3]。唯此一念,当是身异性存。此病至深,仆辈实无药相救也。"相与一笑而罢。盖冠瀛为文,喜戛戛生造,硬语盘空,屡踬有司,率多坐是。故雪崖用以为戏。《贾长江集》[4]有"独行潭底影,数息树边身"一联,句下夹注一诗曰:"两句三年得,一吟双泪流;知音如不赏,归卧故山秋。"千古畸人,其意见略相似矣。

吉木萨台军言:尝逐雉入深山中,见有悬崖之上,似有人立。越涧往视,去地不四五丈,一人衣紫氍毹[5],面及手足皆黑毛,茸茸长寸许;一女子甚姣丽,作蒙古装,唯跣足不靴,衣则绿氍毹也,方对坐共炙肉。旁侍黑毛人四五,皆如小儿,身不着寸缕,见人嘻笑。其语非蒙古、非额鲁特、非回部、非西番,啁哳如鸟不可辨。观其情状,似非妖物,乃跪拜之。忽掷一物于崖下,乃熟野骡肉半肘也。又拜谢之,皆摇手。乃携以归,足三四日食。再与牧马者往迹,不复见矣。意其山神欤?

---

[1] 容成:道家术士。《汉书·艺术志》著容成阴道二十六卷,言房中术。
[2] 素女之术:道家房中术。有《素女秘道经》《素女经》等。
[3] 如香山之为白老矣:唐白居易晚年很喜爱李商隐诗,说死后要转为李的儿子;李商隐生了儿子,就命名"白老"。事见宋蔡启撰《蔡宽夫诗话》。
[4] 《贾长江集》:唐代诗人贾岛,有《长江集》十卷。
[5] 氍毹:丝麻织品。此指织绒衣。

世言虹见则雨止,此倒置也,乃雨止则虹见耳。盖云破日露,则回光返照,射对面之云。天体浑圆,上覆如笠,在顶上则仰视,在四垂则侧视,故敛为一线。其形随下垂,两面之势,屈曲如弓。又侧视之中,斜对目者近,平对目者远。以渐而远,故重重云气,皆见其边际,叠为重重红绿色;非真有一物如带,横亘天半也。其能下涧饮水,或见其首如驴者,(见朱子语录。)并有能狎昵妇女者,(见《太平广记》。)当是别一妖气,其形似虹;或别一妖物,化形为虹耳。

及孺爱先生言:尝亲见一蝇,飞入人耳中为祟,能作人言,唯病者闻之。或谓蝇之蠢蠢,岂能成魅?或魅化蝇形耳。此语近之。青衣童子之宣赦[1],浑家门客之吟诗[2],皆小说妄言,不足据也。

辟尘之珠,外舅马公周箓曾遇之,确有其物,而惜未睹其形也。初,隆福寺鬻杂珠宝者,布茵于地,(俗谓之摆摊。)罗诸小箧于其上。虽大风霾,无点尘。或戏以囊有辟尘珠。其人椎鲁,漫笑应之。弗信也。如是半载,一日,顿足大呼曰:"吾真误卖至宝矣!"盖是日飞尘忽集,始知从前果珠所辟也。按医书有服响豆法。响豆者,槐实之夜中爆响者也。一树只一颗,不可辨识。其法槐始花时,即以丝网幂树上,防鸟鹊啄食。结子熟后,多缝布囊贮之,夜以为枕,听无声者即弃去。如是递枕,必有一囊作爆声者。取此一囊,又多分小囊贮之,枕听,初得一响者则又分。如二枕渐分至仅存二颗,再分枕之,则响豆得矣。此人所鬻之珠,谅亦

---

[1] 青衣童子之宣赦:前秦苻坚的赦令还没有宣布,外面的人已经知道了,并说是一青衣童子告知大家的。苻坚想起自己在写赦令时只有一只大青蝇在飞来飞去,青衣童子应该是青蝇变化的。
[2] 浑家门客之吟诗:姓滕的人到洛阳,住宿在一户人家中。主人不在,家中有一人自称是浑家的门客,姓麻。两人吟诗谈对,十分投机。当主人回来喊滕某之时,滕某发觉自己在厕所中,而所谓姓麻的门客,乃是一条大麻绳。事见唐牛僧孺撰传奇小说《幽怪录》。

无几。如以此法分试，不数刻得矣，至交臂失之乎？乃漫然不省，卒以轻弃，当缘禄相原薄耳。

乾隆甲辰，济南多火灾。四月杪[1]，南门内西横街又火，自东而西，巷狭风猛，夹路皆烈焰。有张某者，草屋三楹在路北，火未及时，原可挈妻孥出；以有母柩，筹所以移避，既势不可出，夫妇与子女四人，抱棺悲号，誓以身殉。时抚标[2]参将方督军扑救，隐隐闻哭声，令标军升后巷屋寻声至所居，垂绠使缒出。张夫妇并呼曰："母柩在此，安可弃也？"其子女亦呼曰："父母殉父母，我不当殉父母乎？"亦不肯上。俄火及，标军越屋避去，仅以身免。以为阖门并煨烬，遥望叹息而已。乃火熄巡视，其屋岿然独存。盖回飙忽作，火转而北，绕其屋后，焚邻居一质库，始复西也。非鬼神呵护，何以能然！此事在癸丑七月，德州山长张君庆源录以寄余，与余《滦阳消夏录》载孀妇事相类。而夫妇子女，齐心同愿，则尤难之难。夫"二人同心，其利断金"[3]，况六人乎！庶女一呼，雷霆下击[4]，况六人并纯孝乎！精诚之至，哀感三灵，虽有命数，亦不能不为之挽回。人定胜天，此亦其一。事虽异闻，即谓之常理可也。余于张君不相识，而张君间关邮致，务使有传，则张君之志趣可知矣。因为点定字句，录之此编。

吕太常含晖言：京师有一民家，停柩遇火，无路可出，亦无人肯助舁。乃阖家男女，锹镢刀铲，合手于室内掘一坎，置棺于中，上覆以土。坎甫掩而火及，屋虽被焚，棺在坎中，竟无恙。火性炎上故也。此亦应变之急智，因张孝子事附录之。

---

[1] 杪（miǎo）：树梢，引申为底、末。
[2] 抚标：清代指巡抚直属的绿营兵。
[3] 二人同心，其利断金：语出《易·系辞上》。比喻同心同德，办事就容易成功。
[4] 庶女一呼，雷霆下击：《淮南子·览冥》记载，有寡妇不嫁，侍奉婆婆；小姑贪图财礼，杀母诬陷寡妇，"庶女（寡妇）叫天，雹电下击"。

交河泊镇有王某,善技击,所谓王飞爵者是也。(爵俗作腿,相沿已久,然非正字也。)一夕,偶过墟墓间,见十余小儿当路戏,约皆四五岁,叱使避,如不闻。怒摑其一,群儿共噪詈。王愈怒,蹴以足。群儿坌涌,各持砖瓦击其骽,捷若猿猱,执之不得;拒左则右来,御前则后至,盘旋撑拄,竟以颠陨;头目亦被伤,屡起屡仆,至于夜半,竟无气以动。次日,家人觅之归,两足青紫,卧半月乃能起。小儿盖狐也。以王之力,平时敌数十壮夫,尚挥霍自如;而遇此小魅,乃一败涂地。《淮南子》引尧诫曰:"战战栗栗,日慎一日,人莫踬于山而踬于垤。"《左传》曰:"蜂虿有毒。"信夫!

郭彤纶言:阜城有人外出,数载无音问。一日,仓皇夜归,曰:"我流落无藉,误落群盗中,所劫杀非一。今事败,幸跳身免;然闻他被执者已供我姓名居址,计已飞檄拘眷属。汝曹宜自为计,俱死无益也。"挥泪竟去,更无一言。阖家震骇,一夜星散尽,所居竟废为虚。人亦不明其故也。越数载,此人至其故宅,访父母妻子移居何处。邻人告以久逃匿,亦茫然不测所由。稍稍踪迹,知其妻在彤纶家佣作。叩门寻访,乃知其故。然在外实无为盗事,后亦实无夜归事;彤纶为稽官牍,亦并无缉捕事。久而忆耕作八沟时,(汉右北平之故地也。)筑室山冈。冈后有狐,时或窃物,又或夜中噑叫搅人睡。乃聚徒劚破其穴,薰之以烟,狐乃尽去。疑或其为魅以报欤?

奴子史锦文,尝往沧州延医。暑月未携襆被,乘一马而行。至张家沟西,痁[1]忽作,乃系马于树,倚树小憩。渐懵腾睡去,梦至一处,草屋数楹,一翁一妪坐门外,见锦文邀坐,问姓名;自言姓李行六,曾在崔庄住两载,与其父史成德有交,锦文幼时亦相见,今如是长成耶。感念存殁,意颇凄怆。妪又问:"五魁无恙否?(五魁,史锦彩之乳名。)三黑尚相随否?"

---

[1] 痁(shān):疟疾。

（三黑李姓，锦文异父弟，随继母同来者也。）亦颇周至。翁因言今年水潦，由某路至某处水虽深，然沙底不陷；由某路至某处水虽浅，然皆红土胶泥，粘马足难行。雨且至，日已过午，尔宜速往，不留汝坐矣。霍然而醒，遥见四五丈外，有一孤冢，意即李六所葬欤？如所指路，晚至常家砖河，果遇雨。归告其继母，继母曰："是尝在崔庄卖瓜果，与尔父日游醉乡者也。"殂谢黄泉，尚惓惓故人之子，亦小人之有意识者矣。

奴子傅显，喜读书，颇知文义，亦稍知医药。性情迂缓，望之如偃蹇老儒。一日，雅步行市上，逢人辄问："见魏三兄否？"（奴子魏藻，行三也。）或指所在，复雅步以往。比相见，喘息良久。魏问相见何意？曰："适在苦水井前，遇见三嫂在树下作针黹[1]，倦而假寐。小儿嬉戏井旁，相距三五尺耳，似乎可虑。男女有别，不便呼三嫂使醒，故走觅兄。"魏大骇，奔往，则妇已俯井哭子矣。夫童仆读书，可云佳事。然读书以明理，明理以致用也。食而不化，至昏聩僻谬，贻害无穷，亦何贵此儒者哉！

武强一大姓，夜有劫盗，群起捕逐。盗逸去，众合力穷追。盗奔其祖茔松柏中，林深月黑，人不敢入，盗亦不敢出。相持之际，树内旋飚四起，沙砾乱飞，人皆眯目不相见，盗乘间突围得脱。众相诧异，先灵何反助盗耶？主人夜梦其祖曰："盗劫财不能不捕，官捕得而伏法，盗亦不能怨主人。若未得财，可勿追也；追而及，盗还斗伤人，所失不大乎？即众力足殪盗，盗殪则必告官，官或不谅，坐以擅杀，所失不更大乎？且我众乌合，盗皆死党；盗可夜夜伺我，我不能夜夜备盗也。一与为仇，隐忧方大，可不深长思乎？旋风我所为解此结也，尔又何尤焉！"主人醒而喟然曰："吾乃知老成远虑，胜少年盛气多矣。"

---

[1] 黹（zhǐ）：缝纫、刺绣等针线活。

沧州城守尉永公宁与舅氏张公梦征友善。余幼在外家,闻其告舅氏一事曰:"某前锋有女曰平姐,年十八九,未许人。一日,门外买脂粉,有少年挑之,怒詈而入。父母出视,路无是人,邻里亦未见是人也。夜扃户寝,少年乃出于灯下。知为魅,亦不惊呼,亦不与语,操利剪伪睡以俟之。少年不敢近,唯立于床下,诱说百端。平姐如不见闻。少年倏去,越片时复来,握金珠簪珥数十事,值约千金,陈于床上。平姐仍如不见闻。少年又去,而其物则未收。至天欲曙,少年突出曰:'吾伺尔彻夜,尔竟未一取视也!人至不可以利动,意所不可,鬼神不能争,况我曹乎?吾误会尔私祝一言,妄谓托词于父母,故有是举,尔勿嗔也。'敛其物自去。盖女家素贫,母又老且病,父所支饷不足赡,曾私祝佛前,愿早得一婿养父母,为魅所窃闻也。"然则一语之出,一念之萌,暧昧中俱有伺察矣。耳目之前,可涂饰假借乎!

瑶泾有好博者,贫至无甑,夫妇寒夜相对泣,悔不可追。夫言:"此时但有钱三五千,即可挑贩给朝夕,虽死不入囊家矣。顾安所从得乎?"忽闻扣窗语曰:"尔果悔,是亦易得,即多于是亦易得,但恐故智复萌耳。"以为同院尊长悯恻相周,遂饮泣设誓,词甚坚苦。随开门出视,月明如昼,寂无一人,惘惘莫测其所以。次夕,又闻扣窗曰:"钱已尽返,可自取。"秉火起视,则数百千钱累累然皆在屋内,计与所负适相当。夫妇狂喜,以为梦寐,彼此掐腕皆觉痛,知灼然是真。(俗传梦中自疑是梦者,但自掐腕觉痛者是真,不痛者是梦也。)以为鬼神佑助,市牲醴祭谢。途遇旧博徒曰:"尔术进耶?运转耶?何数年所负,昨一日尽复也?"罔知所对,唯诺而已。归甫设祭,闻檐上语曰:"尔勿妄祭,致招邪鬼。昨代博者是我也。我居附近尔父墓,以尔父愤尔游荡,夜夜悲啸,我不忍闻,故幻尔形往囊家取钱归。尔父寄语:事可一不可再也。"语讫,遂寂。此人亦自此改行,温饱以终。呜呼!不肖之子,自以为为所欲为矣,其亦念黄泉之下,有夜夜悲啸者乎!

李秀升言：山西有富室，老唯一子。子病瘵，子妇亦病瘵，势皆不救，父母甚忧之。子妇先卒，其父乃趣为子纳妾。其母骇曰："是病至此，不速之死乎？"其父曰："吾固知其必不起。然未生是子以前，吾尝祈嗣于灵隐，梦大士言：'汝本无后，以捐金助赈活千人，特予一孙送汝老。'不趁其未死，早为纳妾，孙自何来乎？"促成其事。不三四月而子卒，遗腹果生一子，竟延其祀。山谷诗曰："能与贫人共年谷，必有明月生蚌胎。"信不诬矣。

宝坻王泗和，余姻家也。尝示余《书艾孝子事》一篇，曰："艾子诚，宁河之艾邻村人。父文仲，以木工自给。偶与人斗，击之踣，误以为死，惧而逃，虽其妻莫知所往，第仿佛传闻似出山海关尔。是时妻方娠，越两月，始生子诚。文仲不知已有子；子诚幼鞠于母，亦不知有父也。迨稍有知，乃问母父所在，母泣语以故。子诚自是惘惘如有失，恒絮问其父之年齿状貌，及先世之名字，姻娅之姓氏里居。亦莫测其意，姑一一告之。比长，或欲妻以女，子诚固辞曰：'乌有其父流离，而其子安处室家者？'始知其有志于寻父，徒以孀母在堂，不欲远离耳。然文仲久无音耗，子诚又生未出里闬，天地茫茫，何从踪迹？皆未信其果能往。子诚亦未尝议及斯事，唯力作以养母。越二十年，母以疾卒。营葬毕，遂治装裹粮赴辽东，有沮以存亡难定者，子诚泫然曰：'苟相遇，生则共返，殁则负骨归。苟不相遇，宁老死道路间，不生还矣。'众挥涕而送之。子诚出关后，念父避罪亡命，必潜踪于僻地。凡深山穷谷，险阻幽隐之处，无不物色。久而资斧既竭，行乞以糊口。凡二十载，终无悔心。一日，于马家城山中遇老父，哀其穷饿，呼与语。询得其故，为之感泣，引至家，款以酒食。俄有梓人携具入，计其年与父相等。子诚心动，谛审其貌，与母所说略相似。因牵裾泣涕，具述其父出亡年月，且缕述家世及戚党，冀其或是。是人且骇且悲，似欲相认，而自疑在家未有子。子诚具陈始末，乃嗷然相持哭。盖文仲辗转逃避，乃至是地，已阅四十余年；又变姓名为王友义。故寻访无迹，至是始偶相遇也。老父感其孝，为谋归计。而文仲流落久，多逋负，滞不能行。子诚乃踉跄奔还，质田宅，贷亲党，得百金再往，竟奉以归。归七年,以寿终。子诚得父之后,始娶妻。今有四子,皆勤俭能治生。昔文安王原寻亲万里之外,子孙至今为望族。子诚事与相似,天殆将昌其家乎?子诚佃种余田,所居距余别业仅二里。余重其为人,因就问其详而书其大略如右,俾学士大夫,知陇亩间有是人也。时癸丑重阳后二日。"案子诚求父多年,无心忽遇,与宋朱寿昌寻母事同[1],皆若有神助,非人力所能为。然精诚之至,故哀感幽明,虽谓之人力亦可也。

引据古义,宜征经典;其余杂说,参酌而已,不能一一执为定论也。《汉书·五行志》(按:《汉书》疑《元史》之误。《元史·五行志》:"中统二年九月,河南民王四妻邹氏一产三男。")以一产三男列于人痾[2],其说以为母气盛也,故谓之咎征。然成周八士,四乳而生[3],圣人不以为妖异,抑又何欤?夫天地氤氲,万物化醇,非地之自能生也。男女构精,万物化生,非女之自能生也。使三男不夫而孕,谓之人痾可矣;既为有父之子,则父气亦盛可知,何独以为阴盛阳衰乎?循是以推,则嘉禾专车,异亩同颖[4],见于《书序》者,亦将谓地气太盛乎?大抵《洪范五行》[5],说多穿凿,而此条之难通为尤甚,不得以源出伏胜,遂以传为经。国家典制,凡一产三男,皆予赏赍。一扫曲学之陋说,真千古定议矣。余修《续文献通考》,于祥异考中,变马氏[6]之例,削去此门,遵功令也。癸丑七月草此书成,适仪曹以题赏一产三男本稿请署。偶与论此,因附记于书末。

---

[1] 朱寿昌寻母事见《宋史·朱寿昌传》。
[2] 人痾:指怪胎。旧时迷信附会人事,认为是一种妖孽。
[3] 成周八士,四乳而生:周朝八个有本领的人。具体说法不一。据《论语·微子》释义为伯达、伯适、仲突、仲忽、叔夜、叔夏、季随、季弱。前人认为这是四对双生子(即四乳而生)。
[4] 嘉禾专车,异亩同颖:嘉禾,一禾多穗;异亩同颖,不同一垄而共结一穗。古人认为这都是吉祥的征兆。
[5] 《洪范五行》:洪范为《尚书》篇名,汉代伏生作《尚书大传》解释尚书。后人于中抽于洪范部分,定名为《洪范五行》。
[6] 马氏:元代马端临,《文献通考》作者。

盛 跋

　　河间先生典校秘书廿余年,学问文章,名满天下。而天性孤峭,不甚喜交游。退食之余,焚香扫地,杜门著述而已。年近七十,不复以词赋经心,唯时时追录旧闻,以消闲送老。初作《滦阳消夏录》,又作《如是我闻》,又作《槐西杂志》,皆已为坊贾刊行。今岁夏秋之间,又笔记四卷,取庄子语题曰《姑妄听之》。以前三书,甫经脱稿,即为抄胥[1]私写去。脱文误字,往往而有。故此书特付时彦校之。时彦尝谓先生诸书,虽托诸小说,而义存劝戒,无一非典型之言,此天下之所知也。至于辨析名理,妙极精微;引据古义,具有根柢,则学问见焉。叙述剪裁,贯穿映带,如云容水态,迥出天机,则文章亦见焉。读者或未必尽知也,第曰:"先生出其余技,以笔墨游戏耳。"然则视先生之书去小说几何哉?夫著书必取熔经义,而后宗旨正;必参酌史裁,而后条理明;必博涉诸子百家,而后变化尽。譬大匠之造宫室,千楹广厦,与数椽小筑,其结构一也。故不明著书之理者,虽诂经评史,不杂则陋;明著书之理者,虽稗官脞记[2],亦具有体例。先生尝曰:"《聊斋志异》盛行一时,然才子之笔,非著书者之笔也。虞初[3]以下,干宝[4]以上,古书多佚矣。其可见完帙者,刘敬叔[5]《异苑》、陶潜《续搜神记》,小说类也;《飞燕外传》[6]《会真记》[7],传记类也。《太平广记》,事以类聚,故可并收。今一书而兼二体,

---

[1] 抄胥:抄写的小官吏。
[2] 稗官脞(cuǒ)记:稗官,小官,引申称野史小说;脞记,琐细的记载。
[3] 虞初:西汉武帝时人,为方士侍郎,曾据《周书》改成《周说》九百四十三篇。
[4] 干宝:晋元帝时人,以佐著作郎领修国史,撰有《搜神记》二十卷。
[5] 刘敬叔:南朝宋学者。
[6] 《飞燕外传》:旧题汉伶元撰,其实为后人依托。写汉成帝后赵飞燕等宫中逸事。
[7] 《会真记》:唐元稹撰,亦名《崔莺莺传》。

所未解也。小说既述见闻,即属叙事,不比戏场关目,随意装点。伶玄之传,得诸樊嬺[1],故猥琐具详;元稹之记,出于自述,故约略梗概。杨升庵[2]伪撰《秘辛》,尚知此意,升庵多见古书故也。今燕昵之词、媟狎之态,细微曲折,摹绘如生。使出自言,似无此理;使出作者代言,则何从而闻见之?又所未解也。留仙[3]之才,余诚莫逮其万一;唯此二事,则夏虫不免疑冰[4]。刘舍人[5]云:'滔滔前世,既洗予闻;渺渺来修,谅尘彼观。'心知其意,傥有人乎?"因先生之言,以读先生之书,如叠矩重规,毫厘不失,灼然与才子之笔,分路而扬镳。自喜区区私议,尚得窥先生涯涘也。因附记于末,以告世之读先生之书者。乾隆癸丑十一月,门人盛时彦谨跋。

---

[1] 伶玄之传,得诸樊嬺:伶玄,即伶元。樊嬺,汉成帝后赵飞燕的姑妹。
[2] 杨升庵:明代诗人杨慎。
[3] 留仙:蒲留仙,即蒲松龄,《聊斋志异》作者。
[4] 夏虫不免疑冰:语出《庄子·秋水》:"夏虫不可以语于冰者,笃于时也。"比喻见识短浅,不通世务的人。
[5] 刘舍人:即南朝梁著名文学批评家刘勰。刘勰于武帝时曾任东宫通事舍人,故称刘舍人。

卷十九

滦阳续录（一）

  景薄桑榆[1]，精神日减，无复著书之志，唯时作杂记，聊以消闲。《滦阳消夏录》等四种，皆弄笔遣日者也。年来并此懒为，或时有异闻，偶题片纸；或忽忆旧事，拟补前编。又率不甚收拾，如云烟之过眼，故久未成书。今岁五月，扈从[2]滦阳。退直[3]之余，昼长多暇，乃连缀成书，命曰《滦阳续录》。缮写既完，因题数语，以志缘起。若夫立言之意，则前四书之序详矣，兹不复衍焉。

  嘉庆戊午七夕后三日，观弈道人书于礼部直庐，时年七十有五。

  嘉庆戊午五月，余扈从滦阳。将行之前，赵鹿泉前辈云：有瞽者郝生，主彭芸楣参知家，以揣骨[4]游士大夫间，语多奇验。唯揣胡祭酒长龄，知其四品，不知其状元耳。在江湖术士中，其艺差精。郝自称河间人。余询乡里无知者，殆久游于外欤？郝又称其师乃一僧，操术弥高，与人接一两言，即知其官禄；久住深山，立意不出。其事太神，则余不敢信矣。案相人之法，见于《左传》，其书汉志亦著录；唯太素脉、揣骨二家，前古未闻。太素脉至北宋始出，其授受渊源，皆支离附会，依托显然。余于《四库全书总目》已详论之。揣骨亦莫明所自起。考《太平广记》一百三十六引《三国·典略》称：北齐神武与刘贵、贾智等射猎，遇盲妪，遍扪诸人，云并富贵；及扪神武，云皆由此人。似此术南北朝已有。又

---
[1] 景薄桑榆：景，通影，日影；薄，接近；桑榆，日落之处。意谓接近暮年。
[2] 扈从：随从护驾。
[3] 退直：直通值。下班时间，即公务之余。
[4] 揣骨：星相命卜之一种，以揣摸人的骨骼而定人运命的穷通贫富。也称相骨。

《定命录》[1]称：天宝十四载，东阳县瞽者马生，捏赵自勤头骨，知其官禄。刘公《嘉话录》[2]称：贞元末，有相骨山人，瞽双目。人求相，以手扪之，必知贵贱。《剧谈录》[3]称：开成中，有龙复本者，无目，善听声揣骨。是此术至唐乃盛行也。流传既古，当有所受。故一知半解，往往或中，较太素脉稍有据耳。

诚谋英勇公阿公（文成公之子，袭封。）言：灯市口东有二郎神庙。其庙面西，而晓日初出，辄有金光射室中，似乎返照。其邻屋则不然，莫喻其故。或曰："是庙基址与中和殿东西相直，殿上火珠（宫殿金顶，古谓之火珠。唐崔曙有明堂火珠诗是也。）映日回光耳。"其或然欤？

阿公偶问余刑天干戚[4]事，余举《山海经》以对。阿公曰："君勿谓古记荒唐，是诚有也。昔科尔沁台吉达尔玛达都尝猎于漠北深山，遇一鹿负箭而奔，因引弧殪之。方欲收取，忽一骑驰而至，鞍上人有身无首，其目在两乳，其口在脐，语啁哳自脐出。虽不可辨，然观其手所指画，似言鹿其所射，不应夺之也。从骑皆震慑失次。台吉素有胆，亦指画示以彼射未仆，此射乃获，当剖而均分。其人会意，亦似首肯，竟持半鹿而去。不知其是何部族，居于何地。据其形状，岂非刑天之遗类欤！天地之大，何所不有，儒者自拘于见闻耳。"案《史记》称：《山海经》[5]《禹本纪》所有怪物，余不敢信。是其书本在汉以前。《列子》[6]称大禹行而见之，

---

[1]《定命录》：十七则，唐吕道生撰。
[2]《嘉话录》：全称《刘宾客嘉话录》，唐韦绚撰。
[3]《剧谈录》：唐康骈撰。
[4] 刑天干戚：神话传说中的人物。《山海经·海外西经》称"刑天与帝争神……操干戚以舞。"干戚，古兵器，盾与斧。
[5]《山海经》：约成书于战国时期。书中杂记各地山川、物产、原始风俗，参杂怪异，保存了很多远古的神话传说和史地文献。
[6]《列子》：旧题战国列御寇撰，很可能为魏晋间人托名伪作。

伯益知而名之，夷坚闻而志之。其言必有所受，特后人不免附益又窜乱之，故往往悠谬太甚；且杂以秦汉之地名，分别观之，可矣。必谓本依附《天问》[1]作《山海经》，不应引《山海经》反注《天问》，则太过也。

胡中丞太初、罗山人两峰，皆能视鬼。恒阁学兰台，亦能见之，但不能常见耳。戊午五月在避暑山庄直庐，偶然话及。兰台言：鬼之形状仍如人，唯目直视。衣纹则似片片挂身上，而束之下垂，与人稍殊。质如烟雾，望之依稀似人影。侧视之，全体皆见；正视之，则似半身入墙中，半身凸出。其色或黑或苍，去人恒在一二丈外，不敢逼近。偶猝不及避，则或瑟缩匿墙隅，或隐入坎井，人过乃徐徐出。盖灯昏月黑、日暮云阴，往往遇之，不为讶也。所言与胡、罗二君略相类，而形状较详。知幽明之理，不过如斯。其或黑或苍者，鬼本生人之余，气渐久渐散，以至于无。故《左传》称新鬼大，故鬼小。殆由气有厚薄，斯色有浓淡欤？

兰台又言：尝晴昼仰视，见一龙自西而东，头角略与画图同，唯四足开张，摇撼如一舟之鼓四棹；尾扁而阔，至末渐纤，在似蛇似鱼之间；腹下正白如匹练。夫阴雨见龙，或露首尾鳞爪耳，未有天无纤翳，不风不雨，不电不雷，视之如此其明者。录之亦足资博物也。

赵鹿泉前辈言：孙虚船先生未第时，馆于某家。主人之母适病危。馆童具晚餐至。以有他事，尚未食，命置别室几上。俄见一白衣人入室内，方恍惚错愕，又一黑衣短人逡巡入。先生入室寻视，则二人方相对大嚼。厉声叱之。白衣者遁去，黑衣者以先生当门，不得出，匿于墙隅。先生乃坐于户外观其变。俄主人踉跄出，曰："顷病者作鬼语，称冥使奉牒来拘。其一为先生所扼，不得出。恐误程限，使亡人获大咎。未审真伪，

---

[1]《天问》：战国屈原作楚辞体诗歌。对自然现象、神话、历史故事提出了许多疑问。

故出视之。"先生乃移坐他处,仿佛见黑衣短人狼狈去,而内寝哭声如沸矣。先生笃实君子,一生未尝有妄语,此事当实有也。唯是阴律至严,神听至聪,而摄魂吏卒不免攘夺病家酒食。然则人世之吏卒,其可不严察乎!

门人伊比部秉绶言:有书生赴京应试,寓西河沿旅舍中。壁悬仕女一轴,风姿艳逸,意态如生。每独坐,辄注视凝思,客至或不觉。一夕,忽翩然自画下,宛一好女子也。书生虽知为魅,而结念既久,意不自持,遂相与笑语嬿婉。比下第南归,竟买此画去。至家悬之书斋,寂无灵响,然真真之唤弗辍也。三四月后,忽又翩然下。与话旧事,不甚答。亦不暇致诘,但相悲喜。自此狎媟无间,遂患羸疾。其父召茅山道士劾治。道士熟视壁上,曰:"画无妖气,为祟者非此也。"结坛作法。次日,有一狐殪坛下。知先有邪心,以邪召邪,狐故得而假借。其京师之所遇,当亦别一狐也。

断天下之是非,据礼据律而已矣。然有于礼不合,于律必禁,而介然孤行其志者。亲党家有婢名柳青,七八岁时,主人即指与小奴益寿为妇。迨年十六七,合婚有日。益寿忽以博负逃,久而无耗。主人将以配他奴,誓死不肯。婢颇有姿,主人乘间挑之,许以侧室。亦誓死不肯。乃使一媪说之曰:"汝既不肯负益寿,且暂从主人,当多方觅益寿,仍以配汝。如不从,即鬻诸远方,无见益寿之期矣。"婢暗泣数日,竟俯首荐枕席,唯时时促觅益寿。越三四载,益寿自投归。主人如约为合卺。合卺[1]之后,执役如故,然不复与主人交一语。稍近之,辄避去。加以鞭笞,并挞益寿,使逼胁,讫不肯从。无可如何,乃善遣之。临行以小箧置主母前,叩拜而去。发之,皆主人数年所私给,纤毫不缺。后益寿负贩,婢缝纫,拮据自活,终无悔心。余乙酉家居,益寿尚持铜瓷器数事来售,头已白矣。问其妇,

---

[1] 合卺(jǐn):古代结婚仪式,新娘新郎各执一瓢分饮瓠中之酒,称合卺。后因代称结婚。

云久死。异哉,此婢不贞不淫,亦贞亦淫,竟无可位置,录以待君子论定之。

吴茂邻,姚安公门客也。见二童互詈,因举一事曰:交河有人尝于途中遇一叟泥滑失足,挤此人几仆。此人故暴横,遂辱詈叟母。叟怒,欲与角,忽俯首沉思,揖而谢罪,且叩其名姓居址,至歧路别去。此人至家,其母白昼闭房门。呼之不应,而喘息声颇异。疑有他故,穴窗窥之。则其母裸无寸丝,昏昏如醉,一人据而淫之。谛视,即所遇叟也。愤激叫呶,欲入捕捉,而门窗俱坚固不可破。乃急取鸟铳自棂外击之,嗷然而仆,乃一老狐也。邻里聚观,莫不骇笑。此人詈狐之母,特托空言,竟致此狐实报之,可以为善詈者戒。此狐快一朝之愤,反以陨身,亦足为睚眦必报[1]者戒也。

诚谋英勇公言:畅春苑前有小溪,直夜内侍,每云阴月黑,辄见空中朗然悬一星。共相诧异,辗转寻视,乃见光自溪中出。知为宝气,画计取之。得一蚌,横径四五寸。剖视得二珠,缀合为一,一大一稍小,巨似枣,形似壶卢。不敢私匿,遂以进御,至今用为朝冠之顶。此乾隆初事也。小溪不能产巨蚌,蚌珠未闻有合欢,斯由天命。圣人因地呈符瑞,寿跻[2]九旬,康强[3]如昔,岂偶然也哉。

莲以夏开,唯避暑山庄之莲至秋乃开,较长城以内迟一月有余。然花虽晚开,亦复晚谢,至九月初旬,翠盖红衣,宛然尚在。苑中每与菊花同瓶对插,屡见于圣制诗中。盖塞外地寒,春来较晚,故夏亦花迟。至秋早寒而不早凋,则莫明其理。今岁恭读圣制诗注,乃知苑中池沼汇

---

[1] 睚眦(yá zì)必报:睚眦,怒目而视。指小恨小怨而必定报复。
[2] 跻:达到。
[3] 康强:即康健。

武列水[1]之三源，又引温泉以注之，暖气内涵，故花能耐冷也。

戴遂堂先生讳亨，姚安公癸巳同年也。罢齐河令归，尝馆余家。言其先德本浙江人，心思巧密，好与西洋人争胜。在钦天监，与南怀仁忤，（怀仁西洋人，官钦天监正。）遂徙铁岭。故先生为铁岭人。言少时见先人造一鸟铳，形若琵琶，凡火药铅丸皆贮于铳脊，以机轮开闭。其机有二，相衔如牝牡，扳一机则火药铅丸自落筒中，第二机随之并动，石激火出而铳发矣。计二十八发，火药铅丸乃尽，始需重贮。拟献于军营，夜梦一人诃责曰："上帝好生，汝如献此器使流布人间，汝子孙无噍类[2]矣。"乃惧而不献。说此事时，顾其侄秉瑛（乾隆乙丑进士，官甘肃高台知县。）曰："今尚在汝家乎？可取来一观。"其侄曰："在户部学习时，五弟之子窃以质钱，已莫可究诘矣。"其为实已亡失，或爱惜不出，盖不可知。然此器亦奇矣。诚谋英勇公因言：征乌什时，文成公与勇毅公明公犄角为营，距寇垒约里许。每相往来，辄有铅丸落马前后，幸不为所中耳。度鸟铳之力不过三十余步，必不相及，疑沟中有伏。搜之无见，皆莫明其故。破敌之后，执俘讯之，乃知其国宝器有二铳，力皆可及一里外。搜索得之，试验不虚，与勇毅公各分其一。勇毅公征缅甸，殁于阵，铳不知所在。文成公所得，今尚藏于家。究不知何术制作也。

宋代有神臂弓，实巨弩也。立于地而踏其机，可三百步外贯铁甲。亦曰克敌弓，洪容斋[3]试词科，有《克敌弓铭》是也。宋军拒金，多倚此为利器。军法不得遗失一具，或败不能携，则宁碎之，防敌得其机轮仿制也。元世祖灭宋，得其式，曾用以制胜。至明乃不得其传，唯《永乐大典》尚全载其图说。然其机轮一事一图，但有短长宽窄之度与其牝

---

[1] 武列水：古水名，旧名热河，今名武烈河，在河北省。水有三源，南流经过承德。
[2] 噍（jiào）类：指能饮食的动物。此指活着的人。
[3] 洪容斋：南宋学者洪迈，著有《容斋随笔》。

牡凸凹之形，无一全图。余与邹念乔侍郎穷数日之力，审谛逗合，讫无端绪。余欲钩摹其样，使西洋人料理之。先师刘文正公曰："西洋人用意至深，如算术借根法，本中法流入西域，故彼国谓之东来法。今从学算，反秘密不肯尽言。此弩既相传利器，安知不阴图以去，而以不解谢我乎[1]？《永乐大典》贮在翰苑，未必后来无解者，何必求之于异国？"余与念乔乃止。"维此老成，瞻言[2]百里"。信乎所见者大也。

贝勒春晖主人言：热河碧霞元君庙（俗谓之娘娘庙。）两厢，塑地狱变相。西厢一鬼卒，惨淡可畏，俗所谓地方鬼也。有人见其出买杂物，如柴炭之类，往往堆积于庙内。问之土人，信然。然不为人害，亦习而相忘。或曰："鬼不烹饪，是安用此？《左传》曰：'石不能言，物或凭焉。'其他精怪欤？恐久且为患，当早图之。"余谓天地之大，一气化生。深山大泽，何所不有。热河穹岩巨壑，密迩民居，人本近彼，彼遂近人，于理当有之。抑或草木之妖，依其本质；狐狸之属，原其故居，借形幻化，托诸土偶，于理当亦有之。要皆造物所并育也。圣人以魑魅魍魉铸于禹鼎，庭氏方相列于周官[3]，去其害民者而已，原未尝尽除异类。既不为害，自可听其去来。海客狎鸥，忽翔不下。（鸥字《列子》本作沤，盖古字假借。然古今行用。从无书作沤鸟者，故今以通行字书之。）机心一起，机心应之，或反胶胶扰扰矣。

宛平陈鹤龄，名永年，本富室，后稍落。其弟永泰，先亡。弟妇求析箸，不得已从之。弟妇又曰："兄公男子能经理，我一孀妇，子女又幼，乞与产三分之二。"亲族皆曰不可。鹤龄曰："弟妇言是，当从之。"弟妇又以孤寡不能征逋负，欲以资财当二分，而以积年未偿借券，并利息计

---

[1]"安知"句：意谓哪里不知道他们暗地里把图拿去，而用不明白来搪塞我们呢？
[2]瞻言：高瞻远瞩的意见。
[3]"庭氏方"句：庭氏，周代官名，掌射杀都城附近的鸱鸮、狼、狐之类夜间鸣叫的鸟兽。《周礼》把其列入《秋官》之属。

算,当鹤龄之一分。亦曲从之。后借券皆索取无着,鹤龄遂大贫。此乾隆丙午事也。陈氏先无登科者,是年鹤龄之子三立,竟举于乡。放榜之日,余同年李步玉居与相近,闻之喟然曰:"天道固终不负人。"

南皮张浮槎,名景运,即著《秋坪新语》者也。有一子,早亡,其妇缢以殉。缢处壁上,有其子小像,高尺余,眉目如生。其迹似画非画,似墨非墨。妇固不解画,又无人能为追写;且寝室亦非人所能到。是时亲党毕集,均莫测所自来。张氏纪氏为世姻,纪氏之女适张者数十人,张氏之女适纪者亦数十人。众目同观,咸诧为异。余谓此烈妇精诚之至极,不为异也。盖神之所注,气即聚焉。气之所聚,神亦凝焉。神气凝聚,像即生焉。像之所丽,迹即著焉。生者之神气动乎此,亡者之神气应乎彼,两相禽合,遂结此形。故曰缘心生像,又曰至诚则金石为开也。浮槎录其事迹,征士大夫之歌咏。余拟为一诗,而其理精微,笔力不足以阐发,凡数易稿,皆不自惬。至今耿耿于心,姑录于此以昭幽明之感,诗则期诸异日焉。

神仙服饵,见于杂书者不一,或亦偶遇其人;然不得其法,则反能为害。戴遂堂先生言:尝见一人服松脂十余年,肌肤充溢,精神强固,自以为得力。然久而觉腹中小不适,又久而病燥结,润以麻仁之类,不应。攻以硝黄之类,所遗者细仅一线。乃悟松脂粘挂于肠中,积渐凝结愈厚,则其窍愈窄,故束而至是也。无药可医,竟困顿至死。又见一服硫磺者,肤裂如礫,置冰上,痛乃稍减。古诗"服药求神仙,多为药所误",岂不信哉!

长城以外,万山环抱,然皆坡陀如冈阜。至王家营迤东,则嵚崎秀拔,皱皱皆含画意。盖天开地献,灵气之所钟故也。有罗汉峰[1],宛似一僧趺坐,

---

[1] 罗汉峰:在今河北承德市避暑山庄前,也称弥勒峰。

头项胸腹臂肘,历历可数。有磬锤峰[1],即《水经注》所称武列水侧有孤石云举者也,上丰下锐,屹若削成。余修《热河志》时,曾蹑梯挽绠至其下,乃无数石卵与碎砂凝结而成,亘古不圮,莫明其故。有双塔峰,亭亭对立,远望如两浮图,拔地涌出。无路可上,或夜闻上有钟磬经呗声[2],昼亦时有片云往来。乾隆庚戌,命守吏构木为梯,遣人登视。一峰周围一百六步,上有小屋。屋中一几一香炉,中供片石,镌"王仙生"三字。一峰周围六十二步,上种韭二畦;塍珍[3]方正,如园圃之所筑。是决非人力所到,不谓之仙踪灵迹不得矣。耳目之前,惝恍莫测尚如此,讲学家执其私见,动曰此理之所无,不亦颠乎。(距双塔峰里许有关帝庙,住持僧悟真云:乾隆壬寅,一夜大雷雨,双塔峰坠下一石佛,今尚供庙中。然仅粗石一片,其一面略似佛形而已。此事在庚戌前八年。毋乃以此峰尚有灵异,欲引而归诸彼法欤。疑以传疑,并附著之。)

同年蔡芳三言:尝与诸友游西山,至深处,见有微径,试缘而登,寂无居人,只破屋数间,苔侵草没。视壁上大书一我字,笔力险劲。因入观之,复有字迹,谛审乃二诗。其一曰:"溪头散步遇邻家,邀我同尝嫩蕨芽。携手贪论南渡事[4],不知触折亚枝花。"其二曰:"酒酣醉卧老松前,露下空山夜悄然。野鹿经年相见熟,也来分我绿苔眠。"不著年月姓名。味其词意,似前代遗民。或以为仙笔,非也。又表弟安中宽,昔随木商出古北口,因访友至古尔板苏巴尔汉。(俗称三座塔,即唐之营州,辽之兴中府也。)居停主人云:山家尝捕得一鹿,方缚就涧边屠割,忽绳寸寸断,蹶然逸去。遥见对山一戴笠人,似举手指画,疑其以术禁制之。是山陡立,古无人踪,或者其仙欤?

---

[1] 磬锤峰:在承德市东北十六里,俗称棒槌峰。
[2] 经呗声:和尚的赞偈声。
[3] 塍珍(chéng zhěn):田界。
[4] 南渡事:北宋为金所亡,宋王朝渡江建立南宋事。

先师何励庵先生，讳琇，雍正癸丑进士，官至宗人府主事。宦途坎坷，贫病以终。著有《樵香小记》，多考证经史疑义，今著录《四库全书》中。为诗颇喜陆放翁。一日，作《咏怀》诗曰："冷署萧条早放衙，闲官风味似山家。偶来旧友寻棋局，绝少余钱落画叉[1]。浅碧好储消夏酒，嫣红已到殿春花。镜中频看头如雪，爱惜流光倍有加。"为余书于扇上。姚安公见之，沉吟曰："何摧抑哀怨乃尔，殆神志已颓乎？"果以是年夏秋间谢世。古云诗谶，理或有之。

赵鹿泉前辈言：吕城，吴吕蒙所筑也。夹河两岸，有二土神祠。其一为唐汾阳王郭子仪，已不可解。其一为袁绍部将颜良，更不省其所自来。土人祈祷，颇有灵应。所属境周十五里，不许置一关帝祠，置则为祸。有一县令不信，值颜祠社会，亲往观之，故令伶人演《三国志》杂剧。狂风忽起，卷芦棚苫盖至空中，斗掷而下，伶人有死者；所属十五里内，瘟疫大作，人畜死亡；令亦大病几殆。余谓两军相敌，各为其主，此胜彼败，势不并存。此以公义杀人，非以私恨杀人也。其间以智勇之略，败于意外者，其数在天，不得而尤人。以驽下之才，败于胜己者，其过在己，亦不得而尤人。张睢阳[2]厉鬼杀贼，以社稷安危，争是一郡，是为君国而然，非为一己而然也。使功成事定之后，殁于战阵者皆挟以为仇，则古来名将，无不为鬼所殛矣，有是理乎！且颜良受歼已久，越一二千年，曾无灵响，何忽今日而为神？何忽今日而报怨？揆以天理，殆必不然。是盖庙祝师巫，造为诡语，山妖水怪，因民听荧惑而依托之。刘敬叔[3]《异苑》曰："丹阳县有袁双庙，真第四子也。真为桓宣武诛，便失所在[4]。太元中，形见于丹阳，求立庙。未即就功，大有虎灾。被害之家，辄梦双至，催功甚急。

---

[1] 画叉：张挂画幅用的长柄叉。
[2] 张睢阳：唐代张巡。安禄山叛乱，张坚守睢阳城，以拒叛军，城陷被杀。据说死后化为厉鬼。
[3] 刘敬叔：南朝宋人，其《异苑》十卷，多记怪异、佚闻之事。
[4] "丹阳县"句：晋袁真被桓温废为庶人，在寿阳造反后病死。部将拥立其子袁瑾，后也被桓温生擒、灭族。事见《晋书·桓温传》。

百姓立祠，于是猛暴用息。常以二月晦，鼓舞祈祠，其日恒风雨。至元嘉五年，设奠讫，村人邱都于庙后见一物，人面鼍[1]身，葛巾，七孔端正而有酒气。未知为双之神，为是物凭也。"余谓来必风雨，其为水怪无疑，然则是事古有之矣。

舅氏张公梦征（亦字尚文，讳景说。）言：沧州吴家庄东一小庵，岁久无僧，恒为往来憩息地。有月作人，每于庵前遇一人招之坐谈，颇相投契。渐与赴市沽饮，情益款洽。偶询其乡贯居址，其人愧谢曰："与君交厚，不敢欺，实此庵中老狐也。"月作人亦不怖畏，来往如初。一日复遇，挈鸟铳相授曰："余狎一妇，余弟亦私与狎，是盗嫂也。禁之不止，殴之则余力不敌。愤不可忍，将今夜伺之于路歧，与决生死。闻君善用铳，俟交斗时，乞发以击彼，感且不朽。月明如昼，君望之易辨也。"月作人诺之，即所指处伏草间。既而私念曰："其弟无礼，诚当死。然究所媚之外妇，彼自有夫，非嫂也。骨肉之间，宜善处置，必致之死，不太忍乎？彼兄弟犹如此，吾时与往来，傥有睚眦，虑且及我矣。"因乘其纠结不解，发一铳而两杀之。《棠棣》[2]之诗曰："兄弟阋[3]于墙，外御其侮。"家庭交构，未有不归于两伤者。舅氏恒举此事为子侄戒，盖是人负两狐归，尝目睹也。

司庖杨媪言：其乡某甲将死，嘱其妇曰："我生无余资，身后汝母子必冻饿。四世单传，存此幼子。今与汝约：不拘何人，能为我抚孤则嫁之，亦不限服制月日，食尽则行。"嘱讫，闭目不更言，唯呻吟待尽。越半日，乃绝。有某乙闻其有色，遣媒妁请如约。妇虽许婚，以尚足自活，不忍行。数月后，不能举火，乃成礼。合卺之夜，已灭烛就枕，忽闻窗外叹息声。妇识其磬[4]咳，知为故夫之魂，隔窗呜咽，语之曰："君之遗言，非我私

---

[1] 鼍（tuó）：动物名，又名猪婆龙，或称扬子鳄。
[2] 《棠棣》：《诗经》篇名。
[3] 阋（xì）：吵架。
[4] 磬（qìng）：咳嗽。

嫁。今夕之事，于势不得不然，君何以为祟？"魂亦呜咽曰："吾自来视儿，非来祟汝。因闻汝啜泣卸妆，念贫故使汝至于此，心脾凄动，不觉喟然耳。"某乙悸甚，急披衣起曰："自今以往，所不视君子如子者，有如日。"灵语遂寂。后某乙耽玩艳妻，足不出户。而妇恒惘惘如有失。某乙倍爱其子以媚之，乃稍稍笑语。七八载后，某乙病死，无子，亦别无亲属。妇据其资，延师教子，竟得游泮[1]。又为纳妇，生两孙。至妇年四十余，忽梦故夫曰："我自随汝来，未曾离此。因吾子事事得所，汝虽日与彼狎昵，而念念不忘我，灯前月下，背人弹泪。我皆见之，故不欲稍露形声，惊尔母子。今彼已转轮，汝寿亦尽，余情未断，当随我同归也。"数日果微疾，以梦告其子，不肯服药，荏苒遂卒。其子奉棺合葬于故夫，从其志也。程子谓饿死事小，失节事大。是诚千古之正理，然为一身言之耳。此妇甘辱一身，以延宗祀，所全者大，似又当别论矣。杨媪能举其姓氏里居，以碎璧归赵，究非完美，隐而不书。悯其遇，悲其志，为贤者讳也。又吾乡有再醮故夫之三从表弟者，两家所居，距一牛鸣地。嫁后仍以亲串礼回视其姑，三数日必一来问起居，且时有赡助，姑赖以活。殁后，出资敛葬，岁恒遣人祀其墓。又京师一妇，少寡，虽颇有姿首，而针黹烹饪，皆非所能。乃谋于翁姑，伪称己女，鬻为宦家妾，竟养翁姑终身。是皆堕节之妇，原不足称；然不忘旧恩，亦足励薄俗。君子与人为善，固应不没其寸长。讲学家持论务严，遂使一时失足者，无路自赎，反甘心于自弃，非教人补过之道也。

慧灯和尚言：有举子于丰宜门外租小庵过夏，地甚幽僻。一日，得揣摩秘本，于灯下手钞。闻窗外似窸窣有人，试问为谁。外应曰："身是幽魂，沉滞于此，不闻书声者百余年矣。连日听君讽诵，怅触凡心，思一晤谈，以消郁结。与君气类，幸勿相惊。"语讫，揭帘径入，举止温雅，甚有士风。举子惶怖，呼寺僧。僧至，鬼亦不畏，指一椅曰："师且坐，我故识师。师素朴野，无丛林市井气，可共语也。"僧及举子俱踧踖不能答。

---

[1] 游泮：泮，泮宫，古时讲学之处。指入学。

鬼乃探取所录书，才阅数行，遽掷之于地，奄然而灭。

杨雨亭言：莱州深山，有童子牧羊，日恒亡一二，大为主人扑责。留意侦之，乃二大蛇从山罅出，吸之吞食。其巨如瓮，莫敢撄也。童子恨甚，乃谋于其父，设犁刀于山罅，果一蛇裂腹死。惧其偶之报复，不敢复牧于是地。时往潜伺，寂无形迹，意其他徙矣。半载以后，贪是地水草胜他处，仍驱羊往牧。牧未三日，而童子为蛇吞矣。盖潜匿不出，以诱童子之来也。童子之父有心计，阳不搜索，而阴祈营弁[1]藏一炮于深草中，时密往伺察。两月以外，见石上有蜿蜒痕，乃载燧夜伏其旁。蛇果下饮于涧，簌簌有声。遂一发而糜碎焉。还家之后，忽发狂自挝曰："汝计杀我夫，我计杀汝子，适相当也。我已深藏不出，汝又百计以杀我，则我为枉死矣，今必不舍汝。"越数日而卒。俚谚有之曰："角力不解，必同仆地；角饮不解，必同沉醉。"斯言虽小，可以喻大矣。

孟鹭洲自记巡视台湾事曰："乾隆丁酉，偶与友人扶乩，乩赠余以诗曰：'乘槎万里渡沧溟，风雨鱼龙会百灵。海气粘天迷岛屿，潮声簸地走雷霆。鲸波不阻三神岛[2]，鲛室争看二使星[3]。记取白云飘渺处，有人同望蜀山青。'时将有巡视台湾之役，余疑当往。数日，果命下。六月启行，八月至厦门，渡海，驻半载始归。归时风利，一昼夜即登岸。去时飘荡十七日，险阻异常。初出厦门，即雷雨交作，云雾晦冥。信帆而往，莫知所适。忽腥风触鼻，舟人曰：'黑水洋也。'其水比海水凹下数十丈，阔数十里，

---

[1] 营弁：军营中的士兵。
[2] 三神岛：蓬莱、方丈、瀛洲三岛于渤海中，传说为仙人居住之处。
[3] "鲛室"句：鲛室，指传说中鲛人所居之室。二使星，二位使者。东汉和帝派二位使者到益州微服私访。益州牧李郃问他们："二位从京师来，知道朝廷派遣二位使者的事吗？"二人问李郃怎么知道。李郃指着星星说："有二使星向益州上空而来，所以知道。"

长不知其所极。黝然而深,视如泼墨。舟中摇手戒勿语,云其下即龙宫,为第一险处,度此可无虞矣。至白水洋,遇巨鱼鼓鬣而来,举其首如危峰障日,每一拨刺,浪涌如山,声砰訇如霹雳,移数刻始过尽。计其长,当数百里。舟人云来迎天使,理或然欤?既而飓风四起,舟几覆没。忽有小鸟数十,环绕樯竿。舟人喜跃,称天后来拯。风果顿止,遂得泊澎湖。圣人在上,百神效职,不诬也。遐思所历,一一与诗语相符,非鬼神能前知欤!时先大夫尚在堂,闻余有过海之役,命兄到赤嵌来视余。遂同登望海楼,并末二句亦巧合。益信数皆前定,非人力所能为矣。戊午秋,扈从滦阳,与晓岚宗伯话及。宗伯方草《滦阳续录》,因书其大略付之,或亦足资谈柄耶。"(以上皆鹭洲自序。)考唐钟辂[1]作《定命录》,大旨在戒人躁竞,毋涉妄求。此乩仙预告未来,其语皆验,可使人知无关祸福之惊恐,与无心聚散之踪迹,皆非偶然,亦足消趋避之机械[2]矣。

高密单作虞言:山东一巨室,无故家中廥自焚,以为偶遗火也。俄怪变数作,阖家大扰。一日,厅事上砰磕有声,所陈设玩器俱碎。主人性素刚劲,厉声叱问曰:"青天白日之下,是何妖魅,敢来为祟?吾行诉尔于神矣!"梁上朗然应曰:"尔好射猎,多杀我子孙。衔尔次骨,至尔家伺隙八年矣。尔祖宗泽厚,福运未艾,中霤神[3]、灶君、门尉禁我弗使动,我无如何也。今尔家兄弟外争,妻妾内讧,一门各分朋党,俨若寇仇。败征已见,戾气应之,诸神不歆尔祀,邪鬼已阚尔室,故我得而甘心焉。尔尚愦愦哉!"其声愤厉,家众共闻。主人悚然有思,抚膺叹息曰:"妖不胜德,古之训也。德之不修,于妖乎何尤?"乃呼弟及妻妾曰:"祸不远矣,幸未及也。如能共释宿憾,各逐私党,翻然一改其所为,犹可以救。今日之事,当自我始。尔等听我,祖宗之灵,子孙之福也;如不听我,我披发入山矣。"反复开陈,引咎自责,泪浡浡渍衣袂。众心感动,并伏

---

[1] 钟辂:唐太和中人,官至崇文馆校书郎。
[2] 消趋避之机械:即消除进退之心计。
[3] 中霤神:迷信称宅神。

几哀号,立逐离间奴婢十余人。凡彼此相轧之事,并一时顿改。执豕于牢,歃血盟神曰:"自今以往,怀二心者如此豕!"方彼此谢罪,闻梁上顿足曰:"我复仇而自漏言,我之过也夫!"叹诧而去。此乾隆八九年间事。

  侍姬明玕,粗知文义,亦能以常言成韵语。尝夏夜月明,窗外夹竹桃盛开,影落枕上。因作花影诗曰:"绛桃映月数枝斜,影落窗纱透帐纱。三处婆娑花一样,只怜两处是空花。"意颇自喜。次年竟病殁。其婢玉台,侍余二年余,年甫十八,亦相继夭逝。两处空花,遂成诗谶。气机所动,作者殊不自知也。

  一庖人随余数年矣,今岁扈从滦阳,忽无故束装去,借住于附近巷中。盖挟余无人烹饪,故居奇以索高价也。同人皆为不平,余亦不能无愤恚。既而忽忆武强刘景南官中书时,极贫窭,一家奴偃蹇求去。景南送之以诗曰:"饥寒迫汝各谋生,送汝依依尚有情。留取他年相见地,临阶唯叹两三声。"忠厚之言,溢于言表。再三吟诵,觉褊急之气都消。

卷二十

滦阳续录（二）

一馆吏议叙得经历[1]，需次[2]会城，久不得差遣，困顿殊甚。上官有怜之者，权令署典史。乃大作威福，复以气焰轹同僚，缘是以他事落职。邵二云学士偶话及此，因言其乡有人方夜读，闻窗棂有声，谛视之，纸裂一罅，有两小手擘之，大才如瓜子。即有一小人跃而入，彩衣红履，头作双髻，眉目如画，高仅二寸余。掣案头笔举而旋舞，往来腾踏于砚上，拖带墨沈，书卷俱污。此人初甚错愕，坐观良久，觉似无他技，乃举手扑之，嗷然就执。踡蹐掌握之中，音呦呦如虫鸟，似言乞命。此人恨甚，径于灯上烧杀之，满室作枯柳木气，迄无他变。炼形甫成，毫无幻术，而肆然侮人以取祸，其此吏之类欤！此不知实有其事，抑二云所戏造，然闻之亦足以戒也。

昌吉守备刘德言：昔征回部时，因有急檄，取珠尔士斯路驰往。阴晦失道，十余骑皆迷，裹粮垂尽，又无水泉，姑坐树根，冀天晴辨南北。见厓下有人马骨数具，虽风雪剥蚀，衣械并朽，察其形制，似是我兵。因对之慨叹曰："再两日不晴，与君辈在此为侣矣。"顷之，旋风起林外，忽来忽去，似若相招。试纵马随之，风即前导；试暂憩息，风亦不行。晓然知为斯骨之灵。随之返行三四十里，又度岭两重，始得旧路，风亦欻然息矣。众哭拜之而去。嗟乎！生既捐躯，魂犹报国；精灵长在，而名氏翳如。是亦可悲也已。

---

[1] 经历：官名。清代于宗人府、通政司、都察院均有设置，掌管公文出纳。
[2] 需次：候补官员按序以进，称需次。

谓无神仙，或云遇之；谓有神仙，又不恒遇。刘向、葛洪、陶宏景以来，记神仙之书，不啻百家；所记神仙之名姓，不啻千人。然后世皆不复言及。后世所遇，又自有后世之神仙。岂保固精气，虽得久延，而究亦终归迁化耶？又神仙清净，方士幻化，本各自一途。诸书所记，凡幻化者皆曰神仙，殊为无别。有王媪者，房山人，家在深山。尝告先母张太夫人曰：山有道人，年约六七十，居一小庵，拾山果为粮，掬泉而饮，日夜击木鱼诵经，从未一至人家。有就其庵与语者，不甚酬答，馈遗亦不受。王媪之侄佣于外，一夕，归省母，过其庵前。道人大骇曰："夜深虎出，尔安得行！须我送尔往。"乃琅琅击木鱼前道。未半里，果一虎突出。道人以身障之，虎自去，道人不别亦自去。后忽失所在。此或似仙欤？从叔梅庵公言：尝见有人使童子登三层明楼上，（北方以覆瓦者为暗楼，上层作雉堞形以备御寇者为明楼。）以手招之。翩然而下，一无所损。又以铜盂投溪中，呼之，徐徐自浮出。此皆方士禁制之术，非神仙也。舅氏张公健亭言：砖河农家，牧数牛于野，忽一时皆暴死。有道士过之，曰："此非真死，为妖鬼所摄耳。急灌以吾药，使脏腑勿坏。吾为尔劾治，召其魂。"因延至家，禹步作法。约半刻，牛果蹶然起。留之饭，不顾而去。有知其事者曰："此先以毒草置草中，后以药解之耳。不肯受谢，示不图财，为再来荧惑地也。吾在山东，见此人行此术矣。"此语一传，道士遂不复至。是方士之中，又有真伪，何概曰神仙哉！

李南涧言：其邻县一生，故家子也。少年佻达，颇渔猎男色。一日，自亲串宴饮归，距城稍远，云阴路黑，度不及入，微雪又簌簌下。方踌躇间，见十许步外有灯光，遣仆往视，则茅屋数间，四无居人，屋中唯一童一妪。问："有栖止处否？"妪曰："子久出外，唯一孙与我住此。尚有空屋两间，不嫌湫隘[1]，可权宿也。"遂呼童系二马树上，而邀生入坐。妪言老病须早睡，嘱童应客。童年约十四五，衣履破敝，而眉目极姣好。试挑与言，自吹火煮茗不甚答。渐与谐笑，微似解意，忽乘间悄语曰："此地密迩祖

---
[1] 湫隘：低矮狭小。

母房，雪晴当亲至公家乞赏也。"生大喜慰，解绣囊玦赠之。亦羞涩而受。软语良久，乃掩门持灯去。生与仆倚壁倦憩，不觉昏睡。比醒，则屋已不见，乃坐人家墓柏下，狐裘貂冠，衣裤靴袜，俱已褫无寸缕矣。裸露雪中，寒不可忍。二马亦不知所在。幸仆衣未褫，乃脱其敝裘蔽上体，鳖蹩[1]而归，诡言遇盗。俄二马识路自归，已尽剪其尾鬣。衣冠则得于溷中，并狼藉污秽，灼然非盗。无可置词，仆始具泄其情状。乃知轻薄招侮，为狐所戏也。

戊子昌吉之乱，先未有萌也。屯官以八月十五夜，犒诸流人，置酒山坡，男女杂坐。屯官醉后逼诸流妇使唱歌，遂顷刻激变，戕杀屯官，劫军装库，据其城。十六日晓，报至乌鲁木齐。大学士温公促聚兵。时班兵散在诸屯，城中仅一百四十七人，然皆百战劲卒，视贼蔑如也。温公率之即行，至红山口，守备刘德叩马曰："此去昌吉九十里，我驰一日至城下，是彼逸而我劳，彼坐守而我仰攻，非百余人所能办也。且此去昌吉皆平原，玛纳斯河虽稍阔，然处处策马可渡，无险可扼，所可扼者此山口一线路耳。贼得城必不株守，其势当即来。公莫如驻兵于此，借陡崖遮蔽。贼不知多寡，俟其至而扼险下击，是反攻为守，反劳为逸，贼可破也。"温公从之。及贼将至，德左势红旗，右执利刃，令于众曰："望其尘气，虽不过千人，然皆亡命之徒，必以死斗，亦不易当。幸所乘皆屯马，未经战阵，受创必反走。尔等各擎枪屈一膝跪，但伏而击马，马逸则人乱矣。"又令曰："望影鸣枪，则枪不及贼，火药先尽，贼至反无可用。尔等视我旗动，乃许鸣枪；敢先鸣者，手刃之。"俄而贼众枪争发，砰訇动地。德曰："此皆虚发，无能为也。"迨铅丸击前队一人伤，德曰："彼枪及我，我枪必及彼矣。"举旗一挥，众枪齐发。贼马果皆横逸，自相冲击。我兵噪而乘之，贼遂歼焉。温公叹曰："刘德状貌如村翁，而临阵镇定乃尔。参将都司，徒善应对趋跄[2]耳。"故是役以德为首功。然捷报不能缕述曲折，今详著之，

---

[1] 蹩蹩（bié xiè）：尽力行进的样子。
[2] 趋跄：步履有节奏的样子。此句意谓参将都司等将官，只是善于应对上司，平日装装将官的样子罢了。

庶不湮没焉。

由乌鲁木齐至昌吉，南界天山，无路可上；北界苇湖，连天无际，淤泥深丈许，入者辄灭顶。贼之败也，不西还据昌吉，而南北横奔，悉入绝地，以为惶遽迷瞀也。后执俘讯之，皆曰惊溃之时，本欲西走。忽见关帝立马云中，断其归路，故不得已而旁行，冀或匿免也。神之威灵，乃及于二万里外。国家之福祚，又能致神助于二万里外。蝟锋螗斧，潢池盗弄[1]何为哉！

昌吉未乱以前，通判赫尔喜奉檄调至乌鲁木齐，核检仓库。及闻城陷，愤不欲生，请于温公曰："屯官激变，其反未必本心。愿单骑迎贼于中途，谕以利害。如其缚献渠魁，可勿劳征讨；如其枭獍成群，不肯反正，则必手刃其帅，不与俱生。"温公阻之不可，竟櫜鞬[2]驰去，直入贼中，以大义再三开导。贼皆曰："公是好官，此无与公事。事已至此，势不可回。"遂拥至路旁，置之去。知事不济，乃掣刀奋力杀数贼，格斗而死。当时公论惜之曰："屯官非其所属，流人非其所治，无所谓徇纵也。猝起一时，非预谋不轨，无所谓失察也。奉调他出，身不在署，无所谓守御不坚与弃城逃遁也。所劫者军装库，营弁所掌，无所谓疏防也。于理于法，皆可以无死。而终执城存与存，城亡与亡之一言，甘以身殉。推是志也，虽为常山、睢阳[3]可矣。"故于其柩归，罔不哭奠。而于屯官之残骸归，（屯官为贼以铁刷自踵寸寸剚至顶。乱定后，始掇拾之。）无焚一陌纸钱者。

---

[1] 蝟锋螗斧，潢池盗弄：像刺猬毛、蝉翅做成的兵器；像小孩子盗窃兵器在池塘里戏弄。全句意谓叛军乌合之众，不堪一击。
[2] 櫜鞬（tuó jiān）：盛弓箭的袋。此指弓箭等兵器。
[3] 常山、睢阳：唐颜杲卿为常山太守，张巡守睢阳，二人在"安史之乱"中一被俘不屈而死，一战死。

朱青雷言：曾见一长卷，字大如杯，怪伟极似张二水。首题纪梦十首，而蠹蚀破烂，唯二首尚完整可读。其一曰："梦到蓬莱顶，琼楼碧玉山。波浮天半壁，日涌海中间。遥望仙官立，翻输野老闲。云帆三十丈，高挂径西还。"其二曰："郁郁长生树，层层太古苔。空山未开凿，元气尚胚胎。灵境在何处？梦游今几回？最怜鱼鸟意，相见不惊猜。"年月姓名，皆已损失，不知谁作也。尝为李玉典书扇，并附以跋。或曰："此青雷自作，托之古人。"然青雷诗格婉秀如秦少游[1]小石调，与二诗笔意不近。或又曰："诗字皆似张东海。"东海集余昔曾见，不记有此二诗否，待更考之。（青雷跋谓，前诗后四句，未经人道。然昌黎诗："我能屈曲自世间，安能从汝求神仙？"即是此意，特袭取无痕耳。）

同郡有富室子，形状臃肿，步履蹒跚；又不修边幅，垢腻恒满面。然好游狭斜，遇妇女必注视。一日独行，遇幼妇，风韵绝佳。时新雨泥泞，遽前调之曰："路滑如是，嫂莫要扶持否？"幼妇正色曰："尔勿愦愦，我是狐女，平生唯拜月炼形，从不作媚人采补事。尔自顾何物，乃敢作是言，行且祸尔。"遂掬沙屑洒其面。惊而却步，忽堕沟中，努力踊出，幼妇已不知所往矣。自是心恒惴惴，虑其为祟，亦竟无患。数日后，友人邀饮，有新出小妓侑酒。谛视，即前幼妇也。疑似惶惑，罔知所措，强试问之曰："某日雨后，曾往东村乎？"妓漫应曰："姊是日往东村视阿姨，吾未往也。姊与吾貌相似，公当相见耶？"语殊恍惚，竟莫决是怪是人，是一是二，乃托故逃席去。去后，妓述其事曰："实憎其丑态，且惧行强暴，姑诳以伪词，冀求解免。幸其自仆，遂匿于麦场积柴后。不虞其以为真也。"席中莫不绝倒。一客曰："既入青楼，焉能择客？彼固能千金买笑者也，盍挈尔诣彼乎！"遂偕之同往，具述妓翁姑及夫名氏，其疑乃释。（妓姊妹即所谓大杨、二杨者，当时名士多作《杨柳枝词》，皆借寓其姓也。）妓复谢以小时固识君，昨喜见怜，故答以戏谑，何期反致唐突，深为歉仄，敢抱衾枕以自赎。吐词娴雅，姿态横生。遂大为所惑，留连数夕。召其夫至，

---

[1] 秦少游：北宋词人秦观，字少游。

计月给夜合之资。狎昵经年，竟殒于消渴。先兄晴湖曰："狐而人，则畏之，畏死也。人而狐，则非唯不畏，且不畏死，是尚为能充其类也乎！行且祸汝，彼固先言。是子也死于妓，仍谓之死于狐可也。"

郭大椿、郭双桂、郭三槐，兄弟也。三槐屡侮其兄，且诣县讼之。归憩一寺，见缁袍[1]满座，梵呗[2]竞作。主人虽吉服，而容色惨沮，宣疏通诚之时，泪随声下。叩之，寺僧曰："某公之兄病危，为叩佛祈福也。"三槐痴立良久，忽发癫狂，顿足搥胸而呼曰："人家兄弟如是耶？"如是一语，反复不已。掖至家，不寝不食，仍顿足搥胸，诵此一语，两三日不止。大椿、双桂故别住，闻信俱来，持其手哭曰："弟何至是？"三槐又痴立良久，突抱两兄曰："兄固如是耶！"长号数声，一踊而绝。咸曰神殛之，非也。三槐愧而自咎，此圣贤所谓改过，释氏所谓忏悔也。苟充是志，虽田荆[3]、姜被[4]，均所能为。神方许之，安得殛之？其一恸立殒，直由感动于中，天良激发，自觉不可立于世，故一瞑不视，戢影黄泉，岂神之褫其魄哉？惜知过而不知补过，气质用事，一往莫收；无学问以济之，无明师益友以导之，无贤妻子以辅之，遂不能恶始美终，以图晚盖，是则其不幸焉耳。昔田氏姊买一小婢，倡家女也。闻人诮邻妇淫乱，瞿然惊曰："是不可为耶？吾以为当如是也。"后嫁为农家妻，终身贞洁。然则三槐悖理，正坐不知。故子弟当先使知礼。

朝鲜使臣郑思贤，以棋子两奁赠予，皆天然圆润，不似人工。云黑

---

[1] 缁袍：黑色的袍服。此指和尚。
[2] 梵呗：和尚诵经、赞偈之声。
[3] 田荆：田真兄弟三人分家，堂前一紫荆树也将剖为三均分。次日砍伐时树已枯死，田真兄弟等受了感动，决定不分家，树又繁茂如初。事见南朝梁吴均撰《续齐谐记》。
[4] 姜被：形容兄弟友爱。汉姜肱与弟友爱，常同被而眠。事见《后汉书·姜肱传》。

者海滩碎石,年久为潮水冲激而成;白者为小车渠壳,亦海水所磨莹,皆非难得。唯检寻其厚薄均,轮廓正,色泽均者,日积月累,比较抽换,非一朝一夕之力耳。置之书斋,颇为雅玩。后为范大司农取去。司农殁后,家计萧然,今不知在何所矣。

　　海中三岛十洲[1],昆仑五城十二楼[2],词赋家沿用久矣。朝鲜、琉球[3]、日本诸国,皆能读华书。日本余见其五京地志及山川全图,疆界袤延数千里,无所谓仙山灵境也。朝鲜、琉球之贡使,则余尝数数与谈,以是询之,皆曰东洋自日本以外,大小国土凡数十,大小岛屿不知几千百,中朝人所必不能至者,每帆樯万里,商舶往来,均不闻有是说。唯琉球之落漈[4],似乎三千弱水[5]。然落漈之舟,偶值潮平之岁,时或得还,亦不闻有白银宫阙,可望而不可即也。然则三岛十洲,岂非纯构虚词乎!《尔雅》《史记》,皆称河出昆仑。考河源有二:一出和阗[6],一出葱岭[7]。或曰葱岭其正源,和阗之水入之。或曰和阗其正源,葱岭之水入之。双流既合,亦莫辨谁主谁宾。然葱岭、和阗,则皆在今版图内,开屯列戍四十余年,即深岩穷谷,亦通耕牧。不论两山之水,孰为正源,两山之中,必有一昆仑确矣。而所谓瑶池、悬圃、珠树、芝田[8],概乎未见,亦概乎未闻。然则五城十二楼,不又荒唐矣乎!不但此也,灵鹫山在今拔达克善[9],诸佛菩萨,骨塔具存,题记梵书,一一与经典相合。尚有石室六百余间,即所谓大雷音寺,回部游牧者居之。我兵追剿波罗泥都、

---

[1] 三岛十洲:传说中仙人居住之地。见汉东方朔《十洲记》。
[2] 五城十二楼:传说中仙人居住之地。《汉书·郊祀志》引应劭语:"昆仑玄圃,五城十二楼,仙人之所常居。"
[3] 琉球:琉球群岛。
[4] 落漈:海水低陷的地方。
[5] 弱水:传说十洲之一凤麟洲四面有弱水围绕,鸿毛不浮,不可逾越。见《十洲记》。
[6] 和阗:地名,在今新疆天山南麓。
[7] 葱岭:山名,在新疆,为葱岭河的发源地。
[8] 瑶池、悬圃、珠树、芝田:均为神话传说中的池、园圃、仙木、田地。
[9] 拔达克善:山名,今属阿富汗。

霍集占[1]，曾至其地，所见不过如斯。种种庄严，似亦藻绘之词矣。相传回部祖国，以铜为城。近西之回部云，铜城在其东万里。近东之回部云，铜城在其西万里。彼此遥拜，迄无人曾到其地。因是以推，恐南怀仁《坤舆图说》所记五大人洲，珍奇灵怪，均此类焉耳。周编修书昌则曰："有佛缘者，然后能见佛界；有仙骨者，然后能见仙境。未可以寻常耳目，断其有无。曾见一道士游昆仑归，所言与旧记不殊也。"是则余不知之矣。

蔡季实殿撰有一仆，京师长随也。狡黠善应对，季实颇喜之。忽一日，二幼子并暴卒，其妻亦自缢于家。莫测其故，姑殓之而已。其家有老妪私语人曰："是私有外遇，欲毒杀其夫，而后携子以嫁。阴市砒制饼饵，待其夫归。不虞二子窃食，竟并死。妇悔恨莫解，亦遂并命。"然妪昏夜之中，窗外窃听，仅粗闻秘谋之语，未辨所遇者为谁，亦无从究诘矣。其仆旋亦发病死。死后，其同侪窃议曰："主人唯信彼，彼乃百计欺主人。他事毋论，即如昨日四鼓诣圆明园侍班，彼故纵驾车骤逸，御者追之复不返。更漏已促，叩门借车必不及。急使雇倩，则曰风雨将来，非五千钱人不往。主人无计，竟委曲从之。不太甚乎！奇祸或以是耶！"季实闻之，曰："是死晚矣，吾误以为解事人也。"

杨槐亭前辈言：其乡有宦成归里者，闭门颐养，不预外事，亦颇得林下之乐，唯以无嗣为忧。晚得一子，珍惜殊甚。患痘甚危，闻崂山有道士能前知，自往叩之。道士辗然曰："贤郎尚有多少事未了，哪能便死！"果遇良医而愈。后其子冶游骄纵，竟破其家，流离寄食，若敖之鬼[2]遂馁。乡党论之曰："此翁无咎无誉，未应遽有此儿。唯萧然寒士，作令不过十年，而宦橐逾数万。毋乃致富之道有不可知者在乎？"

---

[1] 波罗泥都、霍集占：回部二酋长名，乾隆时叛变，被朝廷命兆惠讨平。
[2] 若敖之鬼：若敖，春秋楚国之姓。若敖氏为楚平子剿灭，若敖氏也就绝嗣了。后以若敖之鬼为绝嗣代称。

槐亭又言：有学茅山法者，劾治鬼魅，多有奇验。有一家为狐所祟，请往驱除。整束法器，克日将行。有素识老翁诣之曰："我久与狐友。狐事急，乞我一言。狐非获罪于先生，先生亦非有憾于狐也。不过得其赆币，故为料理耳。狐闻事定之后，彼许馈廿四金。今愿十倍其数，纳于先生，先生能止不行乎？"因出金置案上。此人故贪婪，当即受之。次日，谢遣请者曰："吾法能治凡狐耳。昨召将检查，君家之祟乃天狐，非所能制也。"得金之后，意殊自喜。因念狐既多金，可以术取。遂考召四境之狐，胁以雷斧火狱，俾纳贿焉。征索既频，狐不胜扰，乃共计盗其符印。遂为狐所凭附，癫狂号叫，自投于河。群狐仍摄其金去，铢两不存。人以为如费长房[1]、明崇俨[2]也。后其徒阴泄之，乃知其致败之故。夫操持符印，役使鬼神，以驱除妖厉，此其权与官吏侔矣。受赂纵奸，已为不可；又多方以盈其溪壑，天道神明，岂逃鉴察。微群狐杀之，雷霆之诛，当亦终不免也。

天地高远，鬼神茫昧，似与人无预。而有时其应如响，殚人之智力，不能与争。沧洲上河涯，有某甲女，许字某乙子。两家皆小康，婚期在一二年内矣。有星士过某甲家，阻雨留宿。以女命使推。星士沉思良久曰："未携算书，此命不能推也。"觉有异，穷诘之。始曰："据此八字，侧室命也，君家似不应至此。且闻嫁已有期，而干支无刑克，断不再醮。此所以愈疑也。"有黠者闻此事，欲借以牟利，说某甲曰："君家资几何，加以嫁女必多费，益不支矣。命既如是，不如先诡言女病，次诡言女死，市空棺速葬；而夜携女走京师，改名姓鬻为贵家妾，则多金可坐致矣。"某甲从之。会有达官嫁女，求美媵。以二百金买之。越月余，泛舟送女南行，至天妃闸，阖门俱葬鱼腹，独某甲女遇救得生。以少女无敢收养，闻于所司。所司问其由来。女在是家未久，仅知主人之姓，而不能举其爵里；唯父母姓名居址，言之凿凿。乃移牒至沧州，其事遂败。时某乙子已与表妹

[1]费长房：东汉人，相传道法高深，能驱逐百鬼，善变捉妖。后失其符，为众鬼所杀。载《后汉书·方术传》。
[2]明崇俨：唐代人，跟人学招鬼法术，后在厅堂之中，夜被刺死，有人认为他是被招来的鬼杀了。

结婚，无改盟理。闻某甲之得多金也，愤恚欲讼。某甲窘迫，愿仍以女嫁其子。其表妹家闻之，又欲讼。纷纭轇轕，势且成大狱。两家故旧戚众为调和，使某甲出资往迎女，而为某乙子之侧室，其难乃平。女还家后，某乙子已亲迎。某乙以牛车载女至家，见其姑，苦辩非己意。姑曰："既非尔意，鬻尔时何不言有夫？"女无词以应。引使拜嫡，女稍趑趄。姑曰："尔买为媵时，亦不拜耶？"又无词以应，遂拜如礼。姑终身以奴隶畜之。此雍正末年事。先祖母张太夫人，时避暑水明楼，知之最悉。尝语侍婢曰："其父不过欲多金，其女不过欲富贵，故生是谋耳。乌知非徒无益，反失所本有哉！汝辈视此，可消诸妄念矣。"

先四叔母李安人，有婢曰文鸾，最怜爱之。会余寄书觅侍女，叔母于诸侄中最喜余，拟以文鸾赠。私问文鸾，亦殊不拒。叔母为制衣裳簪珥，已戒日脂车[1]。有妒之者嗾其父多所要求，事遂沮格[2]。文鸾竟郁郁发病死。余不知也。数年后稍稍闻之，亦如雁过长空，影沉秋水矣。今岁五月，将扈从启行，摒挡小倦，坐而假寐。忽梦一女翩然来。初不相识，惊问："为谁？"凝立无语。余亦遽醒，莫喻其故也。适家人会食，余偶道之。第三子妇，余甥女也，幼在外家与文鸾嬉戏，又稔知其赍恨事，瞿然曰："其文鸾也耶？"因具道其容貌形体，与梦中所见合。是耶非耶？何二十年来久置度外，忽无因而入梦也？询其葬处，拟将来为树片石。皆曰丘陇已平，久埋没于荒榛蔓草，不可识矣。姑录于此，以慰黄泉。忆乾隆辛卯九月，余题秋海棠诗曰："憔悴幽花剧可怜，斜阳院落晚秋天。词人老大风情减，犹对残红一怅然。"宛似为斯人咏也。

宗室敬亭先生，英郡王五世孙也。著《四松堂集》五卷，中有《拙

---

[1] 戒日脂车：意谓选择好日子，准备好送亲的车马。戒日，选择成亲日子；脂车，香车。
[2] 沮格：阻止，停止。

鹊亭记》曰:"鹊巢鸠居,谓鹊巧而鸠拙也。小园之鹊,乃十百其侣,唯林是栖。窥其意,非故厌乎巢居,亦非畏鸠夺之也。盖其性拙,视鸠为甚,殆不善于为巢者。故雨雪霜霰,毛羽褵褷[1];而朝阳一晞,乃复群噪于木杪,其音怡然,似不以露栖为苦。且飞不高矗[2],去不远扬,唯饮啄于园之左右。或时入主人之堂,值主人食,弃其余,便就而置其喙;主人之客来,亦不惊起,若视客与主人皆无机心[3]者然。辛丑初冬,作一亭于堂之北,冻林四合,鹊环而栖之,因名曰拙鹊亭。夫鸠拙宜也,鹊何拙?然不拙不足为吾园之鹊也。"案此记借鹊寓意,其事近在目前,定非虚构,是亦异闻也。先生之弟仓场侍郎宜公,刻先生集竟,余为校雠,因掇而录之,以资谈柄。

疡医殷赞庵,自深州病家归,主人遣杨姓仆送之。杨素暴戾,众名之曰横(去声)虎,沿途寻衅,无一日不与人竞也。一日,昏夜至一村,旅舍皆满。乃投一寺,僧曰:"唯佛殿后空屋三楹。然有物为祟,不敢欺也。"杨怒曰:"何物敢祟杨横虎!正欲寻之耳。"促僧扫榻,共赞庵寝。赞庵心怯,近壁眠;横虎卧于外,明烛以待。人定后,果有声呜呜自外入,乃一丽妇也。渐逼近榻,杨突起拥抱之,即与接唇狎戏。妇忽现缢鬼形,恶状可畏。赞庵战栗,齿相击。杨徐笑曰:"汝貌虽可憎,下体当不异人,且一行乐耳。"左手揽其背,右手遽褪其裤,将按置榻上。鬼大号逃去,杨追呼之,竟不返矣。遂安寝至晓。临行,语寺僧曰:"此屋大有佳处,吾某日还,当再宿,勿留他客也。"赞庵尝以语沧州王友三曰:"世乃有逼奸缢鬼者,横虎之名,定非虚得。"

科场为国家取人材,非为试官取门生也。后以诸房额数有定,而分

---

[1] 褵褷(lí shī):毛羽初生的样子。
[2] 矗(zhù):高飞的样子。
[3] 机心:图谋之心。

卷之美恶则无定,于是有拨房之例。雍正癸丑会试,杨丈农先房,(杨丈讳椿,先姚安公之同年。)拨入者十之七。杨丈不以介意,曰:"诸卷实胜我房卷,不敢心畛域[1],使黑白倒置也。"(此闻之座师介野园先生,先生即拨入杨丈房者也。)乾隆壬戌会试,诸襄七前辈不受拨,一房仅中七卷,总裁亦听之。闻静儒前辈,本房第一,为第二十名。王铭锡竟无魁选。任钧台前辈,乃一房两魁。戊辰会试,朱石君前辈为汤药冈前辈之房首,实从金雨叔前辈房拨入,是雨叔亦一房两魁矣。当时均未有异词。所刻同门卷,余皆尝亲见也。庚辰会试,钱箨石前辈以蓝笔画牡丹,遍赠同事,遂递相题咏。时顾晴沙员外拨出卷最多,朱石君拨入卷最多,余题晴沙画曰:"深浇春水细培沙,养出人间富贵花。好是艳阳三四月,余香风送到邻家。"边秋崖前辈和余韵曰:"一番好雨净尘沙,春色全归上苑花。此是沈香亭畔种(上声),莫教移到野人家。"又题石君画曰:"乞得仙园花几茎,嫣红姹紫不知名。何须问是谁家种,到手相看便有情。"石君自和之曰:"春风春雨剩枯茎,倾国何曾一问名。心似维摩老居士,天花来去不关情[2]。"张镜壑前辈继和曰:"墨捣青泥砚浣沙,浓蓝写出洛阳花。云何不著胭脂染,拟把因缘问画家。""黛为花片翠为茎,《欧谱》[3]知居第几名?却怪玉盘承露冷,香山居士[4]太关情。"盖皆多年密友,脱略形骸,互以虐谑为笑乐,初无成见于其间也。蒋文恪公时为总裁,见之曰:"诸君子跌宕风流,自是佳话。然古人嫌隙,多起于俳谐。不如并此无之,更全交之道耳。"皆深佩其言。盖老成之所见远矣。录之以志少年绮语之过,后来英俊,慎勿效焉。

科场填榜完时,必卷而横置于案。总裁、主考,具朝服九拜,然后捧出,堂吏谓之拜榜。此误也。以公事论,一榜皆举子,试官何以拜举子?以私谊

---

[1] 畛域:界限。
[2] 此二句用"天女散花"典故。《维摩诘经·观众生品》载,有一天女,见诸大人闻所说法,即以天花散诸菩萨大弟子上。
[3] 《欧谱》:宋代欧阳修撰有《牡丹谱》一卷,后代也称《欧谱》。
[4] 香山居士:指白居易,白有《白牡丹》诗。

论，一榜皆门生，座主何以拜门生哉？或证以《周礼》拜受民数之文，殊为附会。盖放榜之日，当即以题名录进呈。录不能先写，必拆卷唱一名，榜填一名，然后付以填榜之纸条，写录一名。今纸条犹谓之录条，以此故也。必拜而送之，犹拜摺之礼也。榜不放，录不出；录不成，榜不放。故录与榜必并陈于案，始拜。榜大录小，灯光晃耀之下，人见榜而不见录，故误认为拜榜也。厥后，或缮录未完，天已将晓；或试官急于复命，先拜而行。遂有拜时不陈录于案者，久而视为固然。堂吏或因可无录而拜，遂竟不陈录。又因录既不陈，可暂缓写而追送，遂至写榜竣后，无录可陈，而拜遂潜移于榜矣。尝以问先师阿文勤公，公述李文贞公之言如此。文贞即公己丑座主也。

翰林院堂不启中门，云启则掌院不利。癸巳，开四库全书馆，质郡王临视，司事者启之。俄而掌院刘文正公、觉罗奉公相继逝。又门前沙堤中，有土凝结成丸，儿或误碎，必损翰林。癸未，雨水冲激，露其一，为儿童掷裂。吴云岩前辈旋殁。又原心亭之西南隅，翰林有父母者，不可设坐，坐则有刑克。陆耳山时为学士，毅然不信，竟丁外艰[1]。至左角门久闭不启，启则司事者有谴谪，无人敢试，不知果验否也。其余部院，亦各有禁忌。如礼部甬道屏门，旧不加搭渡。（搭渡以夹木二方，夹于门限，坡陀如桥状，使堂官乘车者可从中入，以免于旁绕。）钱箨石前辈不听，旋有天坛灯杆之事者，亦往往有应。此必有理存焉，但莫详其理安在耳。

相传翰林院宝善亭，有狐女曰二姑娘，然未睹其形迹。唯褚筠心学士斋宿时，梦一丽人携之行，逾越墙壁，如踏云雾。至城根高丽馆，遇一老叟，惊曰："此褚学士，二姑娘何造次乃尔？速送之归。"遂霍然醒。筠心在清秘堂，曾自言之。

---

[1] 丁外艰：指遭受父丧或承重（父亲已逝）祖父丧。

神奸机巧，有时败也；多财恣横，亦有时败也。以神奸用其财，以多财济其奸，斯莫可究诘矣。景州李露园言：燕、齐间有富室失偶，见里人新妇而艳之。阴遣一媪，税屋与邻，百计游说，厚赂其舅姑，使以不孝出其妇，约勿使其子知。又别遣一媪与妇家素往来者，以厚赂游说其父母，伪送妇还。舅姑亦伪作悔意，留之饭，已呼妇入室矣。俄彼此语相侵，仍互诟，逐妇归，亦不使妇知。于是买休卖休，与母家同谋之事，俱无迹可寻矣。既而二媪诈为媒，与两家议婚。富室以惮其不孝辞，妇家又以贫富非偶辞，于是谋娶之计亦无迹可寻矣。迟之又久，复有亲友为作合，乃委禽[1]焉。其夫虽贫，然故士族，以迫于父母，无罪弃妇，已怏怏成疾，犹冀破镜再合；闻嫁有期，遂愤郁死。死而其魂为厉于富室，合卺之夕，灯下见形，挠乱不使同衾枕，如是者数夜。改卜其昼，妇又恚曰："岂有故夫在旁，而与新夫如是者？又岂有三日新妇，而白日闭门如是者？"大泣不从。无如之何，乃延术士劾治。术士登坛焚符，指挥叱咤，似有所睹，遽起谢去，曰："吾能驱邪魅，不能驱冤魄也。"延僧礼忏，亦无验。忽忆其人素颇孝，故出妇不敢阻。乃再赂妇之舅姑，使谕遣其子。舅姑虽痛子，然利其金，姑共来怒詈。鬼泣曰："父母见逐，无复住理，且讼诸地下耳。"从此遂绝。不半载，富室竟死。殆讼得直欤？富室是举，使邓思贤[2]不能讼，使包龙图不能察。且恃其钱神，至能驱鬼，心计可谓巧矣，而卒不能逃幽冥之业镜。闻所费不下数千金，为欢无几，反以殒生。虽谓之至拙可也，巧安在哉！

京师有张相公庙，其缘起无考，亦不知张相公为谁。土人或以为河神。然河神宜在沽水、潮县间，京师非所治也。又密云亦有张相公庙，是实山区，并非水国，去河更远乎！委巷之谈，殊未足征信。余谓唐张守珪[3]、张

---

[1] 委禽：致送聘定的礼物。此指答应婚事。
[2] 邓思贤：宋代民间流行的诉讼书。据传邓思贤为一著名讼师，人传其术，遂以人名书。
[3] 张守珪：唐开元、天宝时人。任河北节度副大使，屡次战胜契丹，后被贬为括州刺史。

仲武[1]皆曾镇平卢[2],考高适[3]《燕歌行》序,是诗实为守珪作。一则曰:"战士军前半死生,美人帐下犹歌舞。"再则曰:"君不见边庭征战苦,至今犹忆李将军。"于守珪大有微词。仲武则摧破奚寇[4],有捍御保障之功,其露布[5]今尚载《文苑英华》。以理推之,或士人立庙祀仲武,未可知也。行箧无书可检,俟扈从回銮后,当更考之。

---

[1] 张仲武:唐武宗时人,累官检校司徒,官至兵部尚书同中书门下平章事。
[2] 平卢:唐方镇名,于今山东省东部,唐时于此设置平卢军节度使。
[3] 高适:唐代著名诗人。官至谏议大夫,其边塞诗昂扬奋发,在文学史上一直享有盛名。
[4] 奚寇:奚,隋唐时西北少数民族东胡族称奚族。寇,蔑称。
[5] 露布:不缄封的文书。多指捷报、檄文等。

卷二十一

滦阳续录（三）

轮回之说，凿然有之。恒兰台之叔父，生数岁，即自言前身为城西万寿寺僧。从未一至其地，取笔粗画其殿廊门径，庄严陈设，花树行列。往验之，一一相合。然平生不肯至此寺，不知何意。此真轮回也。朱子所谓轮回虽有，乃是生气未尽，偶然与生气凑合者，亦实有之。余崔庄佃户商龙之子，甫死，即生于邻家。未弥月，能言。元旦父母偶出，独此儿在襁褓。有同村人叩门，云贺新岁。儿识其语音，遽应曰："是某丈耶？父母俱出，房门未锁，请入室小憩可也。"闻者骇笑。然不久夭逝。朱子所云，殆指此类矣。天下之理无穷，天下之事亦无穷，未可据其所见，执一端论之。

德州李秋崖言：尝与数友赴济南秋试，宿旅舍中，屋颇敝陋。而旁一院，屋二楹，稍整洁，乃锁闭之。怪主人不以留客，将待富贵者居耶？主人曰："是屋有魅，不知其狐与鬼，久无人居，故稍洁。非敢择客也。"一友强使开之，展襆被独卧，临睡大言曰："是男魅耶，吾与尔角力；是女魅耶，尔与吾荐枕。勿瑟缩不出也。"闭户灭烛，殊无他异。人定后，闻窗外小语曰："荐枕者来矣。"方欲起视，突一巨物压身上，重若磐石，几不可胜。扪之，长毛鬖鬖，喘如牛吼。此友素多力，因抱持搏击。此物亦多力，牵拽起仆，滚室中几遍。诸友闻声往视，门闭不得入，但听其砰訇而已。约二三刻许，魅要害中拳，欻然遁。此友开户出，见众人环立，指天画地，说顷时状，意殊自得也。时甫交三鼓，仍各归寝。此友将睡未睡，闻窗外又小语曰："荐枕者真来矣。顷欲相就，家兄急欲先角力，因尔唐突。今渠已愧沮不敢出，妾敬来寻盟也。"语讫，已至榻前，探手抚其面，指纤如春葱，滑泽如玉，脂香粉气，馥馥袭人。心知其意不良，爱其柔媚，且共寝以观其变。遂引之入衾，备极缱绻[1]。至欢畅极时，忽觉此女腹中气一吸，即心神恍惚，百脉沸涌，昏昏然竟不知人。比晓，门不启，呼之不应，急与主人破窗入，噀水喷之，乃醒，已儽[2]然如病夫。送归其家，医药半载，乃杖而行。自此豪气都尽，无复轩昂意兴矣。力能胜强暴，而不能不败于妖冶。欧阳公[3]曰："祸患常生于忽微，智勇多困于所溺。"岂不然哉！

余家水明楼与外祖张氏家度帆楼，皆俯临卫河。一日，正乙真人舟泊度帆楼下。先祖母与先母，姑侄也，适同归宁。闻真人能役鬼神，共登楼自窗隙窥视。见三人跪岸上，若陈诉者；俄见真人若持笔判断者。度必邪魅事，遣仆侦之。仆还报曰：对岸即青县境。青县有三村妇，因拾麦，俱僵于野。以为中暑，舁之归。乃口俱喃喃作谵语，至今不死不生，知为邪魅。闻天师舟至，并来陈诉。天师亦莫省何怪，为书一符，钤印其上，使持归焚于拾麦处，云姑召神将勘之。数日后，喧传三妇为鬼所劫，天师劾治得复生。久之，乃得其详曰：三妇魂为众鬼摄去，拥至空林，欲迭为无礼。一妇俯首先受污。一妇初撑拒，鬼揶揄曰："某日某地，汝与某幽会秫丛内。我辈环视嬉笑，汝不知耳，遽诈为贞妇耶！"妇猝为所中，无可置辩，亦受污。十余鬼以次媟亵[4]，狼藉困顿，殆不可支。次牵拽一妇，妇怒詈曰："我未曾作无耻事。为汝辈所挟，妖鬼何敢尔！"举手批其颊。其鬼奔仆数步外，众鬼亦皆辟易，相顾曰："是有正气，不可近，误取之矣。"乃共拥二妇入深林，而弃此妇于田塍，遥语曰："勿相怨，稍迟遣阿姥送汝归。"正傍徨寻路，忽一神持戟自天下，直入林中。即闻呼号乞命声，顷刻而寂。神携二妇出曰："鬼尽诛矣。汝等随我返。"恍惚如梦，已回生矣。往询二妇，皆呻吟不能起。其一本倚市门，叹息而已；其一度此妇必泄其语，数日，移家去。余常疑妇烈如是，鬼安敢摄。

---

[1] 缱绻（qiǎn quǎn）：情意缠绵，感情好得分不开。
[2] 儽（lěi）：颓丧的样子。
[3] 欧阳公：北宋文学家欧阳修。"祸患"句出欧阳修撰《新五代史·伶官传序》。
[4] 媟亵：侮辱、猥亵。

先兄晴湖曰:"是本一庸人妇,未遘患难,无从见其烈也。迨观两妇之贱辱,义愤一激,烈心陡发,刚直之气,鬼遂不得不避之。故初误触而终不敢干也。夫何疑焉!"

刘书台言:其乡有导引求仙者,坐而运气,致手足拘挛,然行之不辍。有闻其说而悦之者,礼为师,日从受法,久之亦手足拘挛。妻孥患其闲废至郁结,乃各制一椅,恒舁于一室,使对谈丹诀。二人促膝共语,寒暑无间,恒以为神仙奥妙,天下唯尔知我知,无第三人能解也。人或窃笑,二人闻之,叹息曰:"朝菌不知晦朔,蟪蛄不知春秋[1],信哉是言,神仙岂以形骸论乎!"至死不悔,犹嘱子孙秘藏其书,待五百年后有缘者。或曰:"是有道之士,托废疾以自晦也。"余于杂书稍涉猎,独未一阅丹经。然欤否欤?非门外人所知矣。

安公介然言:束州有贫而鬻妻者,已受币,而其妻逃。鬻者将讼,其人曰:"卖休买休,厥罪均,币且归官,君何利焉?今以妹偿,是君失一再婚妇,而得一室女也,君何不利焉。"鬻者从之。或曰:"妇逃以全贞也。"或曰:"是欲鬻其妹而畏人言,故托诸不得已也。"既而其妻归,复从人逃。皆曰:"天也"。

程编修鱼门言:有士人与狐女狎,初相遇即不自讳,曰:"非以采补祸君,亦不欲托词有夙缘,特悦君美秀,意不自持耳。然一见即恋恋不能去,傥亦夙缘耶?"不数数至,曰:"恐君以耽色致疾也。"至或遇其读书作文,则去,曰:"恐妨君正务也。"如是近十年,情若夫妇。士子久无子,尝戏问曰:"能为我诞育否耶?"曰:"是不可知也。夫胎者,两精相抟,

---

[1] "朝菌"句:出自《庄子·逍遥游》。朝菌,指朝生暮死的小虫;晦,黑夜;朔,天明时;蟪蛄,一名寒蝉。寒蝉春生夏死,夏生秋死,故不知春秋。

翕合[1]而成者也。媾和之际，阳精至而阴精不至，阴精至而阳精不至，皆不能成。皆至矣，时有先后，则先至者气散不摄，亦不能成。不先不后，两精并至，阳先冲而阴包之，则阳居中为主而成男；阴先冲而阳包之，则阴居中为主而成女。此化生自然之妙，非人力所能为。故有一合即成者，有千百合而终不成者。故曰不可知也。"问："孪生何也？"曰："两气并盛，遇而相冲，正冲则歧而二，偏冲则其一阳多而阴少，阳即包阴；其一阴多而阳少，阴即包阳。故二男二女多，亦或一男一女也。"问："精必欢畅而后至。幼女新婚，畏缩不暇，乃有一合而成者，阴精何以至耶？"曰："燕尔之际，两心同悦，或先难而后易，或貌瘁而神怡。其情既洽，其精亦至，故亦偶一遇之也。"问："既由精合，必成于月信落红以后，何也？"曰："精如谷种，血如土膏。旧血败气，新血生气，乘生气乃可养胎也。吾曾侍仙妃，窃闻讲生化之源，故粗知其概。'愚夫妇所知能，圣人有所不知能'，此之谓矣。"后士人年过三十，须暴长。狐忽叹曰："是鬑鬑[2]者如芒刺，人何以堪！见辄生畏，岂夙缘尽耶！"初谓其戏语，后竟不再来。鱼门多髯，任子田因其纳姬，说此事以戏之。鱼门素闻此事，亦为失笑。既而曰："此狐实大有词辩，君言之未详。"遂具述其论如右。以其颇有理致，因追忆而录存之。

《吕览》[3]称黎丘之鬼，善幻人形。是诚有之。余在乌鲁木齐，军吏巴哈布曰：甘肃有杜翁者，饶于资。所居故旷野，相近多狐獾穴。翁恶其夜中嘷呼，悉熏而驱之。俄而其家人见内室坐一翁，厅事又坐一翁，凡行坐之处，又处处有一翁来往，殆不下十余。形状声音衣服如一，擗挡指挥家事，亦复如一。阖门大扰，妻妾皆闭门自守。妾言翁腰有绣囊可辨，视之无有，盖先盗之矣。有教之者曰："至夜必入寝，不纳即返者翁也，坚欲入者即妖也。"已而皆不纳即返。又有教之者曰："使坐于厅事，

---

[1] 翕（xī）合：和合。
[2] 鬑鬑（lián）：须发稀疏的样子。
[3] 《吕览》：即《吕氏春秋》。黎丘之鬼事见《吕氏春秋·疑似》。

而舁器物以过，诈仆碎之。嗟惜怒叱者翁也，漠然者即妖也。"已而皆嗟惜怒叱。喧呶一昼夜，无如之何。有一妓，翁所昵也，十日恒三四宿其家。闻之，诣门曰："妖有党羽，凡可以言传者必先知，凡可以物验者必幻化。盍使至我家，我故乐籍，无所顾惜。使壮士执巨斧立榻旁，我裸而登榻，以次交接，其间反侧曲伸，疾徐进退，与夫抚摩偎倚，口舌所不能传，耳目所不能到者，纤芥异同，我自意会，虽翁不自知，妖决不能知也。我呼曰：'斫！'即速斫，妖必败矣。"众从其言，一翁启衾甫入，妓呼曰："斫！"斧落，果一狐脑裂死。再一翁稍趑趄，妓呼曰："斫！"果惊窜去。至第三翁，妓抱而喜曰："真翁在此，余并杀之可也。"刀杖并举，殪其大半，皆狐与獾也。其逃者遂不复再至。禽兽夜鸣，何与人事？此翁必扫其穴，其扰实自取。狐獾既解化形，何难见翁陈诉，求免播迁？邅遄妖惑，其死亦自取也。计其智数，盖均出此妓下矣。

吴青纡前辈言：横街一宅，旧云有祟，居者多不安。宅主病之，延僧作佛事。入夜放焰口时，忽二女鬼现灯下，向僧作礼曰："师等皆饮酒食肉，诵经礼忏殊无益；即焰口施食，亦皆虚抛米谷，无佛法点化，鬼弗能得。烦师传语主人，别延道德高者为之，则幸得超生矣。"僧怖且愧，不觉失足落座下，不终事，灭烛去。后先师程文恭公居之，别延僧禅诵，音响遂绝。此宅文恭公殁后，今归沧州李臬使随轩。

表兄安伊在言：县人有与狐女昵者，多以其妇夜合之资，买簪珥脂粉赠狐女。狐女常往来其家，唯此人见之，他人不见也。一日，妇诟其夫曰："尔财自何来，乃如此用？"狐女忽暗中应曰："汝财自何来，乃独责我？"闻者皆绝倒。余谓此自伊在之寓言，然亦足见唯无瑕者可以责人。赛商鞅者，不欲著其名氏里贯，老诸生也。挈家寓京师。天资刻薄，凡善人善事，必推求其疵颣，故得此名。钱敦堂编修殁，其门生为经纪棺衾，赡恤妻子，事事得所。赛商鞅曰："世间无如此好人。此欲博古道之名，使要津闻之，易于攀援奔竞耳。"一贫民母死于路，跪乞钱买棺，形容枯槁，声音酸楚。人竞以钱投之。赛商鞅曰："此指尸敛财，尸亦未必其母。他人可欺，不能欺我也。"过一旌表节妇坊下，仰视微哂曰："是家富贵，仆从如云，岂少秦宫[1]、冯子都[2]耶！此事须核，不敢遽言非，亦不敢遽言是也。"平生操论皆类此。人皆畏而避之，无敢延以教读者，竟困顿以殁。殁后，妻孥流落，不可言状。有人于酒筵遇一妓，举止尚有士风。讶其不类倚门者，问之，即其小女也。亦可哀矣。先姚安公曰："此老生平亦无大过，但务欲其识加人一等，故不觉至是耳。可不戒哉！"

乾隆壬午九月，门人吴惠叔邀一扶乩者至，降仙于余绿意轩中。下坛诗曰："沉香亭畔艳阳天，斗酒曾题诗百篇[3]。二八娇娆[4]亲捧砚，至今身带御炉烟。""满城风叶蓟门[5]秋，五百年前感旧游。偶与蓬莱仙子遇，相携便上酒家楼。"余曰："然则青莲居士[6]耶？"批曰："然。"赵春涧突起问曰："大仙斗酒百篇，似不在沉香亭上。杨贵妃马嵬[7]陨玉，年已三十有八，似尔时不止十六岁。大仙平生足迹，未至渔阳，何以忽感旧游？天宝至今，亦不止五百年，何以大仙误记？"乩唯批"我醉欲眠"四字。再叩之，不动矣。大抵乩仙多灵鬼所托，然尚实有所凭附。此扶乩者，则似粗解吟咏之人，炼手法而为之，故必此人与一人共扶，乃能成字，易一人则不能书。其诗亦皆流连光景，处处可用。知决非古人降坛也。尔日猝为春涧所中，窘迫之状可掬。后偶与戴庶常东原[8]议及，东原骇曰："尝见别一扶乩人，太白降坛，亦是此二诗，但改满城为满林，蓟门为大江耳。"知江湖游士，自有此种稿本，转相授受，固不足深诘矣。（宋蒙

---

[1] 秦宫：东汉大将军梁冀宠奴，与梁之妻孙寿私通，因而内外兼宠，威权大加，官至太仓令。事见《后汉书·梁冀传》。
[2] 冯子都：汉大将军霍光家奴，以男色邀宠，遂得作威作福。事见《汉书·霍光传》。
[3] 唐杜甫《饮中八仙歌》有"李白斗酒诗百篇"句。
[4] 娇娆：妩媚柔美。此处指美女。
[5] 蓟门：在今北京市西北角。
[6] 青莲居士：唐李白号。
[7] 马嵬：马嵬驿。唐玄宗赐杨贵妃自尽的地方。在今陕西省兴平县西。
[8] 戴庶常东原：清学者戴震，字东原，曾官庶吉士。

泉前辈亦曰：有一扶乩者至德州，诗顷刻即成。后检之，皆村书诗学大成中句也。）

田丈耕野，统兵驻巴尔库尔时，（即巴里坤。坤字以吹唇声读之，即库尔之合声。）军士凿井得一镜，制作精妙。铭字非隶非八分，（隶即今之楷书，八分即今之隶书。）似景龙[1]钟铭；唯土蚀多剥损。田丈甚宝惜之，常以自随。殁于广西戎幕时，以授余姊婿田香谷。传至香谷之孙，忽失所在。后有亲串戈氏于市上得之，以还田氏。昨岁欲制为镜屏，寄京师乞余考定。余付翁检讨树培，推寻铭文，知为唐物。余为镌其释文于屏趺，而题三诗于屏背曰："曾逐毡车出玉门，中唐铭字半犹存。几回反复分明看，恐有崇徽[2]旧手痕。""黄鹄无由返故乡，空留鸾镜[3]没沙场。谁知土蚀千年后，又照将军鬓上霜。""暂别仍归旧主人，居然宝剑会延津[4]。何如揩尽珍珠粉，满匣龙吟送紫珍[5]。"香谷孙自有题识，亦镌屏背，叙其始末甚详。《夜灯随录》载威信公岳公钟琪[6]西征时，有裨将得古镜。岳公求之不得，其人遂遭祸。正与田丈同时同地，疑即此镜传讹也。

门人邱人龙言：有赴任官，舟泊滩河。夜半，有数盗执炬露刃入。众皆慑伏。一盗拽其妻起，半跪启曰："乞夫人一物，夫人勿惊。"即割一左耳，敷以药末，曰："数日勿洗，自结痂愈也。"遂相率呼啸去。怖几失魂，其创果不出血，亦不甚痛，旋即平复。以为仇耶，不杀不淫；

---

[1] 景龙：唐中宗李显的年号（707—710年）。
[2] 崇徽：贵重的标记。
[3] 鸾镜：梳妆镜，因上刻鸾凤等，故称。
[4] 宝剑会延津：晋雷焕为丰城令，掘狱室屋基，得龙泉、太阿二宝剑。后二剑于延平津中，化龙飞腾而去。事见《晋书·张华传》。
[5] "何如揩尽"二句：隋时王度得宝镜，以玉水洗之、以珠粉拭之，虽久藏泥中不晦。事见《异闻集》。比喻唐镜之宝贵。
[6] 岳公钟琪：岳钟琪，清康熙时官至川陕总督，任宁远大将军。

以为盗耶,未劫一物。既不劫不杀不淫矣,而又戕其耳;既戕其耳矣,而又赠以良药。是专为取耳来也。取此耳又何意耶?千思万索,终不得其所以然,天下真有理外事也。邱生曰:"苟得此盗,自必有其所以然;其所以然亦必在理中,但定非我所见之理耳。"然则论天下事,可据理以断有无哉!(恒兰台曰:"此或采补折割之党,取以炼药。"似为近之。)

董天士先生,前明高士,以画自给,一介不妄取,先高祖厚斋公老友也。厚斋公多与唱和,今载于《花王阁剩稿》者,尚可想见其为人。故老或言其有狐妾,或曰天士孤僻,必无之。伯祖湛元公曰:"是有之,而别有说也。吾闻诸董空如曰:天士居老屋两楹,终身不娶;亦无仆婢,井臼皆自操。一日晨兴,见衣履之当著者,皆整顿置手下;再视则盥漱俱已陈。天士曰:'是必有异,其妖将媚我乎?'窗外小语应曰:'非敢媚公,欲有求于公。难于自献,故作是以待公问也。'天士素有胆,命之入。入辄跪拜,则娟静好女也。问其名,曰:'温玉。'问何求,曰:'狐所畏者五:曰凶暴,避其盛气也;曰术士,避其劾治也;曰神灵,避其稽察也;曰有福,避其旺运也;曰有德,避其正气也。然凶暴不恒有,亦究自败。术士与神灵,吾不为非,皆无如我何。有福者运衰亦复玩之。唯有德者则畏而且敬。得自附于德者,则族党以为荣,其品格即高出侪类上。公虽贫贱,而非义弗取,非礼弗为。傥准奔则为妾之礼,许侍巾栉,三生之幸也;如不见纳,则乞假以虚名,为画一扇,题曰某年月日为姬人温玉作,亦叨公之末光矣。'即出精扇置几上,濡墨调色,拱立以俟。天士笑从之。女自取天士小印印扇上,曰:'此姬人事,不敢劳公也。'再拜而去。次日晨兴,觉足下有物,视之,则温玉。笑而起曰:'诚不敢以贱体玷公,然非共榻一宵,非亲执媵御之役,则姬人字终为假托。'遂捧衣履侍洗漱讫,再拜曰:'妾从此逝矣。'瞥然不见,遂不再来。岂明季山人声价最重,此狐女亦移于风气乎?然襟怀散朗,有王夫人林下风[1],宜天士之不拒也。"

---

[1] 王夫人林下风:《世说新语·贤媛》:"王夫人神情散朗,故有林下风气。"王夫人,晋王凝妻子谢道韫。后因称妇女超逸之致为林下风。

先姚安公曰:"子弟读书之余,亦当使略知家事,略知世事,而后可以治家,可以涉世。明之季年,道学弥尊,科甲弥重。于是黠者坐讲心学,以攀援声气;朴者株守课册,以求取功名。致读书之人,十无二三能解事。崇祯壬午,厚斋公携家居河间,避孟村土寇。厚斋公卒后,闻大兵将至河间,又拟乡居。濒行时,比邻一叟顾门神叹曰:'使今日有一人如尉迟敬德、秦琼[1],当不至此。'汝两曾伯祖,一讳景星,一讳景辰,皆名诸生也。方在门外束襆被,闻之,与辩曰:'此神荼、郁垒[2]像,非尉迟敬德、秦琼也。'叟不服,检邱处机《西游记》[3]为证。二公谓委巷小说不足据,又入室取东方朔《神异经》[4]与争。时已薄暮,检寻既移时,反复讲论又移时,城门已阖,遂不能出。次日将行,而大兵已合围矣。城破,遂全家遇难。唯汝曾祖光禄公、曾伯祖镇番公及叔祖云台公存耳。死生呼吸,间不容发之时,尚考证古书之真伪,岂非唯知读书不预外事之故哉!"姚安公此论,余初作各种笔记,皆未敢载,为涉及两曾伯祖也。今再思之,书痴尚非不佳事,古来大儒似此者不一,因补书于此。

奴子刘福荣,善制网罟弓弩,凡弋禽猎兽之事,无不能也。析炊时分属于余,无所用其技,颇郁郁不自得。年八十余,尚健饭,唯时一携鸟铳,散步野外而已。其铳发无不中。一日,见两狐卧陇上,再击之不中,狐亦不惊。心知为灵物,惕然而返,后亦无他。外祖张公水明楼,有值更者范玉,夜每闻瓦上有声,疑为盗;起视则无有,潜踪侦之,见一黑影从屋上过。乃设机瓦沟,仰卧以听。半夜闻机发,有女子呼痛声。登屋寻视,一黑狐折股死矣。是夕闻屋上詈曰:"范玉何故杀我妾?"时邻

---

[1] 尉迟敬德、秦琼:尉迟敬德,尉迟恭;秦琼,字叔宝,二人俱为唐代名将。旧时人家门扉上多绘有其肖像,据称能拒邪鬼妖怪入门作祟。
[2] 神荼、郁垒:二神名。传说能善治鬼,旧时奉为门神,门户多绘有其像。
[3] 邱处机:元代人。道教全真派的创始人,字通密,号长春子。其弟子李志常据其生平写成《长春真人西游记》。
[4] 东方朔:汉代辞赋家。《神异经》旧题为其所作,所记皆荒诞无稽的事物,但文采华丽。

有刘氏子为妖所媚,玉私度必是狐,亦还詈曰:"汝纵妾私奔,不知自愧,反詈吾。吾为刘氏子除患也。"遂寂无语。然自是觉夜夜有人以石灰渗其目,交睫即来,旋洗拭,旋又如是。渐肿痛溃裂,竟至双瞽,盖狐之报也。其所见逊刘福荣远矣,一老成经事,一少年喜事故也。

门人有作令云南者,家本苦寒,仅携一子一僮,拮据往,需次会城。久之,得补一县,在滇中,尚为膏腴地。然距省窎远,其家又在荒村,书不易寄。偶得鱼雁,亦不免浮沉,故与妻子几断音问。唯于坊本搢绅中,检得官某县而已。偶一狡仆舞弊,杖而遣之。此仆衔次骨。其家事故所备知,因伪造其僮书云,主人父子先后卒,二棺今浮厝[1]佛寺,当借资来迎。并述遗命,处分家事甚悉。初,令赴滇时,亲友以其朴讷,意未必得缺;即得缺,亦必恶。后闻官是县,始稍稍亲近,并有周恤其家者,有时相馈问者。其子或有所称贷,人亦辄应,且有以子女结婚者。乡人有宴会,其子无不与也。及得是书,皆大沮,有来唁者,有不来唁者。渐有索逋者,渐有道途相遇似不相识者。僮奴婢媪皆散,不半载,门可罗雀矣。既而令托入觐官寄千二百金至家迎妻子,始知前书之伪。举家破涕为笑,如在梦中。亲友稍稍复集,避不敢见者,颇亦有焉。后令与所亲书曰:"一贵一贱之态,身历者多矣;一贫一富之态,身历者亦多矣。若夫生而忽死,死逾半载而复生,中间情事,能以一身亲历者,仆殆第一人矣。"

门人福安陈坊言:闽有人深山夜行,仓促失路。恐愈迷愈远,遂坐厓下,待天晓。忽闻有人语,时缺月微升,略辨形色,似二三十人坐厓上,又十余人出没丛薄间。顾视左右皆乱冢,心知为鬼物,伏不敢动。俄闻互语社公[2]来,窃睨之,衣冠文雅,年约三十余,颇类书生,殊不作剧场白须布袍状。先至厓上,不知作何事。次至丛薄,对十余鬼叹息曰:"汝

---

[1] 浮厝:指择地未葬,暂时停柩。
[2] 社公:即土地神。

辈何故自取横亡,使众鬼不以为伍?饥寒可念,今有少物哺汝。"遂撮饭散草间。十余鬼争取,或笑或泣。社公又叹息曰:"此邦之俗,大抵胜负之念太盛,恩怨之见太明。其弱者力不能敌,则思自戕以累人。不知自尽之案,律无抵法,徒自陨其生也。其强者妄意两家各杀一命,即足相抵,则械斗以泄愤。不知律凡杀二命,各别以生者抵,不以死者抵。死者方知悔之已晚,生者不知为之弥甚,不亦悲乎!"十余鬼皆哭。俄远寺钟动,一时俱寂。此人尝以告陈生,陈生曰:"社公言之,不如令长言之也。然神道设教,或挽回一二,亦未可知耳。"

嘉庆丙辰冬,余以兵部尚书出德胜门监射。营官以什刹海为馆会,前明古寺也。殿宇门径,与刘侗[1]《帝京景物略》所说全殊,非复僧住一房佛亦住一房之旧矣。寺僧居寺门一小屋,余所居则在寺之后殿,室亦精洁。而封闭者多,验之,有乾隆三十一年封者,知旷废已久。余住东廊室内,气冷如冰,爇数炉不热,数灯皆黯黯作绿色。知非佳处,然业已入居,姑宿一夕,竟安然无恙。奴辈住西廊,皆不敢睡,列炬彻夜坐廊下,亦幸无恙。唯闻封闭室中,喁喁有人语,听之不甚了了耳。轿夫九人,入室酣眠。天晓,已死其一矣。饬别觅居停,乃移住真武祠。祠中道士云,闻有什刹海老僧,尝见二鬼相遇,其一曰:"汝何来?"曰:"我转轮期未至,偶此闲游。汝何来?"其一曰:"我缢魂之求代者也。"问:"居此几年?"曰:"十余年矣。"又问:"何以不得代?"曰:"人见我皆惊走,无如何也。"其一曰:"善攻人者藏其机,匕首将出袖而神色怡然,乃有济也。汝以怪状惊之,彼奚为不走耶?汝盍脂香粉气以媚之,抱衾荐枕以悦之,必得当矣。"老僧素严正,厉声叱之,欻然入地。数夕后,寺果有缢者。此鬼可谓阴险矣。然寺中所封闭,似其鬼尚多,不止此一二也。

----

[1]刘侗:明代学者。《帝京景物略》为其与于奕正合著,杂记北京风土名胜、人物故事。

汪阁学晓园言：有一老僧过屠市，泫然流涕。或讶之。曰："其说长矣。吾能记两世事：吾初世为屠人，年三十余死，魂为数人执缚去。冥官责以杀业至重，押赴转轮受恶报。觉恍惚迷离，如醉如梦，唯恼热不可忍。忽似清凉，则已在豕栏矣。断乳后，见食不洁，心知其秽；然饥火燔烧，五脏皆如焦裂，不得已食之。后渐通猪语，时与同类相问讯，能记前身者颇多，特不能与人言耳。大抵皆自知当屠割，其时作呻吟声者，愁也；目睫往往有湿痕者，自悲也。躯干痴重，夏极苦热，唯泪没泥水中少可，然不常得。毛疏而劲，冬极苦寒，视犬羊软毳厚毨[1]，有如仙兽。遇捕执时，自知不免，姑跳踉奔避，冀缓须臾。追得后，蹴踏头项，拗捩蹄肘，绳勒四足深至骨，痛若刀刲。或载以舟车，则重叠相压，肋如欲折，百脉涌塞，腹如欲裂。或贯以竿而扛之，更痛甚三木矣。至屠市，提掷于地，心脾皆震动欲碎。或即日死，或缚至数日，弥难忍受。时见刀俎在左，汤镬在右，不知着我身时，作何痛楚，辄簌簌战栗不止。又时自顾己身，念将来不知磔裂分散，作谁家杯中羹，又凄惨欲绝。比受戮时，屠人一牵拽，即惶怖昏瞀，四体皆软，觉心如左右震荡，魂如自顶飞出，又复落下。见刀光晃耀，不敢正视，唯瞑目以待刲剔。屠人先事刃于喉，摇撼摆拨，泻血盆盎中。其苦非口所能道，求死不得，唯有长号。血尽始刺心，大痛，遂不能作声，渐恍惚迷离，如醉如梦，如初转生时。良久稍醒，自视已为人形矣。冥官以夙生尚有善业，仍许为人，是为今身。顷见此猪，哀其荼毒，因念昔受此荼毒时，又惜此持刀人将来亦必受此荼毒，三念交萦，故不知涕泪之何从也。"屠人闻之，遽掷刀于地，竟改业为卖菜佣。

晓园说此事时，李汇川亦举二事曰：有屠人死，其邻村人家生一猪，距屠人家四五里。此猪恒至屠人家中卧，驱逐不去。其主人捉去，仍自来；縻以锁，乃已。疑为屠人后身也。又一屠人死，越一载余，其妻将嫁。方彩服登舟，忽一猪突至，怒目眈眈，径裂妇裙，啮其胫。众急救护，共挤猪落水，始得鼓棹行。猪自水跃出，仍沿岸急追。适风利扬帆

---

[1] 毨（rǒng）：（毛）细而软。

去，猪乃懊丧自归。亦疑屠人后身，怒其妻之琵琶别抱也。此可为屠人作猪之旁证。又言：有屠人杀猪甫死，适其妻有孕，即生一女，落蓐即作猪号声，号三四日死。此亦可证猪还为人。余谓此即朱子所谓生气未尽，与生气偶然凑合者，别自一理，又不以轮回论也。

汪编修守和为诸生时，梦其外祖史主事珥携一人同至其家，指示之曰："此我同年纪晓岚，将来汝师也。"因窃记其衣冠形貌。后以己酉拔贡应廷试，值余阅卷，擢高等。授官来谒时，具述其事，且云衣冠形貌，与今毫发不差，以为应梦。迨嘉庆丙辰会试，余为总裁，其卷适送余先阅，（凡房官荐卷，皆由监试御史先送一主考阅定，而复转轮公阅。）复得中式，殿试以第二人及第。乃知梦为是作也。按人之有梦，其故难明。《世说》载卫瑜问乐令梦，乐云是想，又云是因[1]。而未深明其所以然。戊午夏，扈从滦阳，与伊子墨卿以理推求。有念所专注，凝神生像，是为意识所造之梦，孔子梦周公是也[2]。有祸福将至，朕兆先萌，与见乎蓍龟，动乎四体相同，是为气机所感之梦，孔子梦奠两楹[3]是也。其或心绪瞀乱，精神恍惚，心无定主，遂现种种幻形，如病者之见鬼，眩者之生花，此意想之歧出者也。或吉凶未著，鬼神前知，以象显示，以言微寓，此气机之旁召者也。虽变化杳冥，千态万状，其大端似不外此。至占梦之说，见于《周礼》，事近祈禳，礼参巫觋，颇为攻《周礼》者所疑。然其文亦见于《小雅》"大人占之"，固凿然古经载籍所传，虽不免多所附会，要亦实有此术也。唯是男女之爱，骨肉之情，有凝思结念，终不一梦者，则意识有时不能造。仓促之患，意外之福，有忽至而不知者，则气机有时不必感。且天下之人，如恒河沙数，鬼神何独示梦于此人？此人一生得失，亦必不一，何独示梦于此事？且事不可泄，何必示之？既示之矣，

---

[1]"《世说》"句：《世说》，即《世说新语》。其《文学》篇记载，晋卫瑜小时候问乐令梦的事情，乐令回答："就是想。"
[2]孔子梦周公：语见《论语·述而》："甚矣吾衰也，久矣吾不复梦见周公！"
[3]孔子梦奠两楹：《礼记·檀弓上》"予（即孔子）畴昔之夜，梦坐奠于两楹之间……予殆将死也。"两楹，殿堂的中间。楹为堂前直柱。

而又隐以不可知之像，疑以不可解之语，（如《酉阳杂俎》载梦得棗者，谓棗字似两来字，重来者，呼魄之像，其人果死。《朝野佥载》崔提梦座下听讲而照镜，谓座下听讲法从上来，镜字，金旁竟也。小说所说梦事如此迂曲者不一。）是鬼神日日造谜语，不已劳乎？事关重大，示以梦可也；而猥琐小事，亦相告语，（如《敦煌实录》载宋补梦人坐桶中，以两杖极打之，占桶中人为肉食，两杖象两箸，果得饱肉食之类。）不亦亵乎？大抵通其所可通，其不可通者，置而不论可矣。至于《谢小娥传》[1]，其父夫之魂既告以为人劫杀矣，自应告以申春、申兰。乃以"田中走，一日夫"隐申春，以"车中猴，东门草"隐申兰，使寻索数年而后解，不又颠乎？此类由于记录者欲神其说，不必实有是事。凡诸家所占梦事，皆可以是观之，其法非大人之旧也。

何纯斋舍人，何恭惠公之孙也。言恭惠公官浙江海防同知时，尝于肩舆中见有道士跪献一物。似梦非梦，涣然而醒，道士不知所在，物则宛然在手中，乃一墨晶印章也。辨验其文，镌"青宫太保"四字，殊不解其故。后官河南总督，卒于任，（官制有河东总督，无河南总督。时公以河南巡抚加总督衔，故当日有是称。）特赠太子太保。始悟印章为神预告也。案仕路升沈，改移不一，唯身后饰终之典，乃为一生之结局。《定命录》[2]载李回秀自知当为侍中，而终于兵部尚书，身后乃赠侍中。又载张守自[3]自知当为凉州都督，而终于括州刺史，身后乃赠凉州都督。知神注录籍，追赠与实授等也。恭惠公官至总督，而神以赠官告，其亦此意矣。

高冠瀛言：有人宅后空屋住一狐，不见其形，而能对面与人语。其

---

[1]《谢小娥传》：唐人李公佐传奇小说。叙谢小娥父、夫为水上强盗所杀，后托梦于谢，擒获强盗、报仇雪恨之事。
[2]《定命录》：唐吕道生撰，十七则。
[3] 张守自：唐开元、天宝时人，官至河北节度副大使。

家小康，或以为狐所助也。有信其说者，因此人以求交于狐。狐亦与款洽。一日，欲设筵飨狐。狐言老而饕餮。乃多设酒肴以待。比至日暮，有数狐醉倒现形，始知其呼朋引类来也。如是数四，疲于供给，衣物典质一空，乃微露求助意。狐大笑曰："吾唯无钱供酒食，故数就君也。使我多财，我当自醉自饱，何所取而与君友乎？"从此遂绝。此狐可谓无赖矣，然余谓非狐之过也。

卷二十二

滦阳续录（四）

刘香畹言：有老儒宿于亲串家，俄主人之婿至，无赖子也。彼此气味不相入，皆不愿同住一屋，乃移老儒于别室。其婿睨之而笑，莫喻其故也。室亦雅洁，笔砚书籍皆具。老儒于灯下写书寄家，忽一女子立灯下，色不甚丽，而风致颇娴雅。老儒知其为鬼，然殊不畏，举手指灯曰："既来此，不可闲立，可剪烛。"女子遽灭其灯，逼而对立。老儒怒，急以手摩砚上墨沈，掴其面而涂之，曰："以此为识，明日寻汝尸，锉而焚之！"鬼"呀"然一声去。次日，以告主人。主人曰："原有婢死于此室，夜每出扰人；故唯白昼与客坐，夜无人宿。昨无地安置君，揣君耆德硕学，鬼必不出。不虞其仍现形也。"乃悟其婿窃笑之故。此鬼多以月下行院中，后家人或有偶遇者，即掩面急走。他日留心伺之，面上仍墨污狼藉。鬼有形无质，不知何以能受色？当仍是有质之物，久成精魅，借物幻形耳。《酉阳杂俎》[1]曰："郭元振[2]尝山居，中夜，有人面如盘，瞚[3]目出于灯下。元振染翰题其颊曰：'久戍人偏老，长征马不肥。'其物遂灭。后随樵闲步，见巨木上有白耳，大数斗，所题句在焉。"是亦一证也。

乌鲁木齐农家多就水灌田，就田起屋，故不能比闾而居。往往有自筑数椽，四无邻舍，如杜工部[4]诗所谓"一家村"者。且人无徭役，地无丈量，纳三十亩之税，即可坐耕数百亩之产。故深岩穷谷，此类尤多。有吉木萨军士入山行猎，望见一家，门户坚闭，而院中似有十余马，鞍

---

[1]《酉阳杂俎》：唐代段成式撰。杂记山川异物、仙佛人鬼、秘录异闻等。
[2] 郭元振：唐代魏州贵乡（今河北大名县）人，名震，曾封代国公。
[3] 瞚（shùn）：眨眼。
[4] 杜工部：唐代诗人杜甫。

辔悉具。度必玛哈沁所据,噪而围之。玛哈沁见势众,弃锅帐突围去。众惮其死斗,亦遂不追。入门,见骸骨狼藉,寂无一人,唯隐隐有泣声。寻视,见幼童约十三四,裸体悬窗棂上。解缚问之,曰:"玛哈沁[1]四日前来,父兄与斗不胜,即一家并被缚。率一日牵二人至山溪洗濯,曳归,共胾割炙食,男妇七八人并尽矣。今日临行,洗濯我毕,将就食,中一人摇手止之。虽不解额鲁特语,观其指画,似欲支解为数段,各携于马上为粮。幸兵至,弃去,今得更生。"泣絮絮不止。悯其孤苦,引归营中,姑使执杂役。童子因言其家尚有物埋窖中。营弁使导往发掘,则银币衣物甚多。细询童子,乃知其父兄并劫盗。其行劫必于驿路近山处,瞭见一二车孤行,前后十里无援者,突起杀其人,即以车载尸入深山;至车不能通,则合手以巨斧碎之,与尸及襆被并投于绝涧,唯以马驮货去。再至马不能通,则又投羁绁于绝涧,纵马任其所往,共负之由鸟道归,计去行劫处数百里矣。归而窖藏一两年,乃使人伪为商贩,绕道至辟展诸处卖于市,故多年无觉者。而不虞玛哈沁之灭其门也。童子以幼免连坐,后亦牧马坠崖死,遂无遗种。此事余在军幕所经理,以盗已死,置之无论。由今思之,此盗踪迹诡秘,猝不易缉;乃有玛哈沁来,以报其惨杀之罪。玛哈沁食人无餍,乃留一童子,以明其召祸之由。此中似有神理,非偶然也。盗姓名久忘,唯童子坠崖时,所司牒报记名秋儿云。

佃户刘破车妇云:尝一日早起乘凉扫院,见屋后草棚中有二人裸卧。惊呼其夫来,则邻人之女与其月作人[2]也,并僵卧,似已死。俄邻人亦至,心知其故,而不知何以至此。以姜汤灌苏,不能自讳,云:"久相约,而逼仄无隙地。乘雨后墙缺,天又阴晦,知破车草棚无人,遂藉草私会。倦而憩,尚相恋未起。忽云破月来,皎然如昼。回顾棚中,坐有七八鬼,指点揶揄。遂惊怖失魂,至今始醒。"众以为奇。破车妇云:"我家故无鬼,是鬼欲观戏剧,随之而来。"先从兄懋园曰:"何处无鬼?何处无鬼观戏剧?

---

[1] 玛哈沁:额鲁特语称强盗。
[2] 月作人:短工,或称月工。

但人有见有不见耳。此事不奇也。"因忆福建闽关公馆,(俗谓之水口。)大学士杨公督浙闽时所重建。值余出巡,语余曰:"公至水口公馆,夜有所见,慎勿怖,不为害也。"余尝宿是地,已下键睡。因天暑,移床近窗,隔纱幌视天晴阴。时虽月黑,而檐挂六灯尚未烬。见院中黑影,略似人形,在阶前或坐或卧,或行或立,而寂然无一声。夜半再视之,仍在。至鸡鸣,乃渐渐缩入地。试问驿吏,均不知也。余曰:"公为使相,当有鬼神为阴从。余焉有是?"公曰:"不然。仙霞关内,此地为水陆要冲,用兵者所必争。明季唐王,国初郑氏、耿氏,战斗杀伤,不知其几。此其沉沦之魄,乘室宇空虚而窃据;有大官来,则避而出耳。"此亦足证无处无鬼之说。

老仆施祥尝曰:"天下唯鬼最痴。鬼据之室,人多不住。偶然有客来宿,不过暂居耳,暂让之何害?而必出扰之。遇禄命重、血气刚者,多自败;甚或符箓劾治,更蹈不测。即不然,而人既不居,屋必不葺,久而自圮,汝又何归耶?"老仆刘文斗曰:"此语诚有理,然谁能传与鬼知?汝毋乃更痴于鬼!"姚安公闻之,曰:"刘文斗正患不痴耳。"祥小字举儿,与姚安公同庚,八岁即为公伴读。数年,始能暗诵《千字文》;开卷乃不识一字。然天性忠直,视主人之事如己事,虽嫌怨不避。尔时家中外倚祥,内倚廖媪,故百事皆井井。雍正甲寅,余年十一,元夜偶买玩物。祥启张太夫人曰:"四官今日游灯市,买杂物若干。钱固不足惜,先生明日即开馆,不知顾戏弄耶?顾读书耶?"太夫人首肯曰:"汝言是。"即收而键诸箧。此虽细事,实言人所难言也。今眼中遂无此人,徘徊四顾,远想慨然。

先兄晴湖第四子汝来,幼韶秀,余最爱之;亦颇知读书。娶妇生子后,忽患颠狂。如无人料理,即发不薙,面不盥;夏或衣絮,冬或衣葛,不自知也。然亦无疾病,似寒暑不侵者。呼之食即食,不呼之食亦不索。或自取市中饼饵,呼儿童共食,不问其价,所残剩亦不顾惜。或一两日觅之不得,忽自归。一日,遍索无迹。或云村外柳林内,似仿佛有人。

趋视，已端坐僵矣。其为迷惑而死，未可知也。其或自有所得，托以混迹，缘尽而化去，亦未可知也。忆余从福建归里时，见余犹跪拜如礼，拜讫，卒然曰："叔大辛苦。"余曰："是无奈何。"又卒然曰："叔不觉辛苦耶？"默默退去。后思其言，似若有意，故至今终莫能测之。

姚安公言：庐江孙起山先生谒选[1]时，贫无资斧，沿途雇驴而行，北方所谓短盘也。一日，至河间南门外，雇驴未得。大雨骤来，避民家屋檐下。主人见之，怒曰："造屋时汝未出钱，筑地时汝未出力，何无故坐此？"推之立雨中。时河间犹未改题缺[2]，起山入都，不数月竟擘得是县。赴任时，此人识之，惶愧自悔，谋卖屋移家。起山闻之，召来笑而语之曰："吾何至与汝辈较。今既经此，后无复然，亦忠厚养福之道也。"因举一事曰："吾乡有爱莳花者，一夜偶起，见数女子立花下，皆非素识。知为狐魅，遽掷以块，曰：'妖物何得偷看花！'一女子笑而答曰：'君自昼赏，我自夜游，于君何碍？夜夜来此，花不损一茎一叶，于花又何碍？遽见声色，何鄙吝至此耶？吾非不能揉碎君花，恐人谓我辈所见，亦与君等，故不为耳。'飘然共去。后亦无他。狐尚不与此辈较，我乃不及狐耶？"后此人终不自安，移家莫知所往。起山叹曰："小人之心，竟谓天下皆小人。"

太原申铁蟾，好以香奁艳体[3]寓不遇之感。尝谒某公未见，戏为无题诗曰："垩[4]粉围墙垩画楼，隔窗闻拨钿筝篌[5]；分（去声）无信使通青

---
[1]谒选：官员至部中应选称谒选。
[2]题缺：厅、州、县之缺，有拣、有题、有调、有留，其余则为选。见《清会典》。
[3]香奁艳体：即香奁体。指专以写妇女身边琐事为题材的诗。唐韩偓有《香奁集》，据沈括《梦溪笔谈·艺文》考辨，认为是和凝所作，假托韩偓。
[4]垩（è）：涂，用白色的土粉饰。
[5]钿筝篌：嵌金以装饰的筝篌。筝篌，古代乐器名。

鸟[1]，枉遣游人驻紫骝[2]。月姊[3]定应随顾兔，星娥可止待牵牛？垂杨疏处雕栊近，只恨珠帘不上钩。"殊有玉溪生[4]风致。王近光曰："似不应疑及织女，诬蔑仙灵。"余曰："'已矣哉，织女别黄姑[5]，一年一度一相见，彼此隔河何事无？'元微之[6]诗也。'海客乘槎上紫氛[7]，星娥罢织一相闻。只应不惮牵牛妒，故把支机石赠君[8]，'李义山诗也。微之之意，在于双文[9]；义山之意，在于令狐[10]。文士掉弄笔墨，借为比喻，初与织女无涉。铁蟾此语，亦犹元、李之志云尔，未为诬蔑仙灵也。至于纯构虚词，宛如实事；指其时地，撰以姓名，《灵怪集》所载郭翰遇织女事，（《灵怪集》今佚。此条见《太平广记》六十八。）则悖妄之甚矣。夫词人引用，渔猎百家，原不能一一核实；然过于诬罔，亦不可不知。盖自庄、列寓言，借以抒意，战国诸子，杂说弥多，谶纬稗官，递相祖述，遂有肆无忌惮之时。如李冘[11]《独异志》诬伏羲兄妹为夫妇，已属丧心；张华《博物志》更诬及尼山[12]，尤为狂吠。【按：张华不应悖妄至此，殆后人依托。】如是者不一而足。今尚流传，可为痛恨。又有依傍史文，穿凿锻炼。如《汉书·贾谊传》，有太守吴公爱幸之之语，《骈语雕龙》（此书明人所撰，陈枚刻之，

---

[1] 青鸟：神话故事中西王母的信使。见《山海经·大荒西经》。
[2] 紫骝：古良马名，又名枣骝。
[3] 月姊：指嫦娥。
[4] 玉溪生：唐代诗人李商隐，字义山，号玉溪生。也作玉谿生。
[5] 黄姑：星名，即河鼓星。乐府诗《东飞伯劳歌》："东飞伯劳西飞燕，黄姑织女时相见。"
[6] 元微之：唐代诗人元稹，字微之。
[7] 海客乘槎上紫氛：神话故事称天河通海，有个住在海边的人就登上木筏（槎）到达天河，看见牛郎、织女。见晋张华《博物志》。紫氛，代指天上。
[8] 支机石赠君：《集林》载，有人寻河源，见妇人浣纱。问之，曰："此天河也。"乃与一石而归。问严君平，君平曰："此织女支机石也。"
[9] 双文：即崔莺莺，名双文。元稹有传意小说写张生与崔莺莺相恋事。
[10] 令狐：令狐绹，为唐代牛、李党争中牛党的中坚人物。李商隐得力于令狐绹的提携，后作了李党的王茂之女婿。故多次受到令狐绹的排挤。
[11] 李冘：唐代人，一名李元，官至明州刺史。
[12] 尼山：即孔子。

不著作者姓名。)遂列长沙[1]于娈童类中。注曰:'大儒为龙阳[2]。'《史记•高帝本纪》称母媪在大泽中,太公往视,见有蛟龙其上。晁以道[3]诗遂有'杀翁分我一杯羹,龙种由来事杳冥'句,以高帝乃龙交所生,非太公子。《左传》有成风私事季友、敬嬴私事襄仲之文。私事云者,密相交结,以谋立其子而已。后儒拘泥'私'字,虽朱子亦有'却是大恶'之言。如是者亦不一而足。学者当考校真妄,均不可炫博矜奇,遽执为谈柄也。"

从叔梅庵公言:族中有二少年,(此余小时闻公所说,忘其字号,大概是伯叔行也。)闻某墓中有狐迹,夜携铳往;共伏草中伺之,以背相倚而睡。醒则二人之发交结为一,贯穿缭绕,猝不可解;互相牵掣,不能行,亦不能立;稍稍转动,即彼此呼痛。胶扰彻晓,望见行路者,始呼至,断以佩刀,狼狈而返。愤欲往报,父老曰:"彼无形声,非力所胜;且无故而侵彼,理亦不直。侮实自召,又何仇焉?仇必败滋甚。"二人乃止。此狐小虐之使警,不深创之以激其必报,亦可谓善自全矣。然小虐亦足以激怒,不如敛戢勿动,使伺之无迹弥善也。

太和门丹墀下有石匮,莫知何名,亦莫知所贮何物。德耆斋前辈(耆斋名德保,与定圃前辈同名。乾隆壬戌进士,官至翰林院侍读。故当时以大德保小德保别之云。)云:图裕斋之先德,昔督理殿工时,曾开视之。以问裕斋,曰:"信然。其中皆黄色细屑,仅半匮不能满,凝结如土坯。谛审似是米谷岁久所化也。"余谓丹墀左之石阙,既贮嘉种,则此为五谷,于理较近。且大驾卤部[4]中,象背宝瓶[5],亦贮五谷。盖稼穑维宝,古训相传;

---

[1] 长沙:称汉代贾谊。贾谊曾贬长沙,故后来诗文中也称其为贾长沙。
[2] 龙阳:战国魏有宠臣封于龙阳,称龙阳君。后以此称男色。
[3] 晁以道:宋晁说之,字以道,官至徽猷阁待制。
[4] 大驾卤部:大驾,皇帝的车驾;卤部,帝王外出时前后的仪仗队。
[5] 象背宝瓶:大驾卤部仪式之一。

八政首食[1],见于《洪范》。定制之意,诚渊乎远矣。

宣武门子城内,如培塿[2]者五,砌之以砖,土人云五火神墓。明成祖北征时,用火仁、火义、火礼、火智、火信制飞炮,破元兵于乱柴沟。后以其术太精,恐或为变,杀而葬于是。立五竿于丽谯[3]侧,岁时祭之,使鬼有所归,不为厉焉。后成祖转生为庄烈帝[4],五人转生为李自成、张献忠诸贼,乃复仇也。此齐东之语[5],非唯正史无此文,即明一代稗官小说,充栋汗牛,亦从未言及斯人斯事也。戊子秋,余见汉军步校董某,言闻之京营旧卒云:"此水平也。京城地势,唯宣武门最低,衢巷之水,遇雨皆泄于子城。每夜雨太骤,守卒即起,视此培塿,水将及顶,则呼开门以泄之;没顶则门扉为水所壅,不能启矣。今日久渐忘,故或有时阻碍也。其城上五竿,则与白塔信炮相表里。设闻信炮,则昼悬旗、夜悬灯耳。与五火神何与哉!"此言似乎近理,当有所受之。

科场拨卷[6],受拨者意多不惬,此亦人情;然亦视其卷何如耳。壬午顺天乡试,余充同考官。(时阅卷尚不回避本省。)得一合字卷[7],文甚工而诗不佳。因甫改试诗之制,可以恕论,遂呈荐主考梁文庄公,已取中矣。临填草榜,梁公病其"何不改乎此度"句侵下文"改"字,(题为"始吾于人也"四句。)驳落。别拨一合字备卷与余。先视其诗,第六联曰:"素娥寒对影,顾兔夜眠香。"(题为《月中桂》。)已喜其秀逸。及观其第七联曰:

---
[1] 八政首食:八政,食、货、祀、司空、司徒、司寇、宾、师;八政之中食为首。见《尚书·洪范》。
[2] 培塿:小土丘。
[3] 丽谯:壮美的高楼。
[4] 庄烈帝:明崇祯皇帝,清兵入关,谥怀宗,后改庄烈帝。
[5] 齐东之语:齐国东边界野人之语,指不足征信的言语。《孟子·万章上》:"此非君子之言,齐东野人之语也。"
[6] 拨卷:清时科场各房考官初取或复取的试卷,送他房复评;送出的卷子称拨卷。
[7] 合字卷:合字号舍的卷子。

"倚树思吴质,吟诗忆许棠。"遂跃然曰:"吴刚字质,故李贺《李凭箜篌引》曰:'吴质不眠倚桂树,露脚斜飞湿寒兔。'此诗选本皆不录,非曾见《昌谷集》者不知也。华州试《月中桂》诗[1],举许棠为第一人。棠诗今不传,非曾见王定保[2]《摭言》、计敏夫[3]《唐诗纪事》者不知也。中彼卷之'开花临上界,持斧有仙郎',何如中此诗乎!微公拨入,亦自愿易之。"即朱子颖也。放榜后,时已九月,贫无絮衣。蒋心余素与唱和,借衣与之。乃来见,以所作诗为贽。余丙子扈从古北口时,车马壅塞,就旅舍小憩。见壁上一诗,剥残过半,唯三四句可辨。最爱其"一水涨喧人语外,万山青到马蹄前"二语,以为"云中路绕巴山色,树里河流汉水声"不是过也,惜不得姓名。及展其卷,此诗在焉。乃知针芥契合[4],已在六七年前,相与叹息者久之。子颖待余最尽礼,殁后,其二子承父之志,见余尚依依有情。翰墨因缘,良非偶尔,何尝以拨房为亲疏哉!(余严江舟中诗曰:"山色空蒙淡似烟,参差绿到大江边。斜阳流水推篷坐,处处随人欲上船。"实从"万山"句夺胎。尝以语子颖曰:"人言青出于蓝,今日乃蓝出于青。"子疑虽逊谢,意似默可。此亦诗坛之佳话,并附录于此。)

先师介野园先生,官礼部侍郎。扈从南巡,卒于路。卒前一夕,有星陨于舟前。卒后,京师尚未知,施夫人梦公乘马至门前,骑从甚都,然伫立不肯入;但遣人传语曰:"家中好自料理,吾去矣。"匆匆竟过。梦中以为时方扈从,疑或有急差遣,故不暇入。觉后,乃惊怛。比凶问至,即公卒之夜也。公屡掌文柄[5],凡四主会试,四主乡试,其他杂试殆不可缕数。尝有恩荣宴诗曰:"鹦鹉新班宴御园,(按:"鹦鹉新班"不知出典,

---

[1] "华州试"句:唐代华州乡试以《月中桂》为题作诗,许棠中了第一。
[2] 王定保:唐末五代人,南汉时官至中书侍郎同平章事。
[3] 计敏夫:宋代计有功,字敏夫,自号灌园居士。宣和间曾官右承议郎、知州等。
[4] 针芥契合:磁铁吸针,琥珀吸芥。此指彼此投合。
[5] 文柄:考选文士的职权。指任主考官。

当时拟问公,竟因循忘之。)摧颓老鹤也乘轩[1]。龙津[2]桥上黄金榜,四见门生作状元。"丁丑年作也。(按:此诗为金吏部尚书张大节之作,题为《同新进士吕子成辈宴集状元楼》,见《中州集》。唯御园作杏园,摧颓作不妨,四见作三见,作状元作是状元。)于文襄公亦赠以联曰:"天下文章同轨辙,门墙桃李半公卿。"可谓儒者之至荣。然日者推公之命云:"终于一品武阶,他日或以将军出镇耶!"公笑曰:"信如君言,则将军不好武矣。"及公卒,圣心悼惜,特赠都统。盖公虽官礼曹,而兼摄副都统。其扈从也,以副都统班行,故即武秩进一阶。日者[3]之术,亦可云有验矣。

乩仙多伪托古人,然亦时有小验。温铁山前辈(名温敏,乙丑进士,官至盛京侍郎。)尝遇扶乩者,问寿几何。乩判曰:"甲子年华有二秋。"以为当六十二。后二年卒,乃知二秋为二年。盖灵鬼时亦能前知也。又闻山东巡抚国公,扶乩问寿。乩判曰:"不知。"问:"仙人岂有所不知?"判曰:"他人可知,公则不可知。修短有数,常人尽其所禀而已。若封疆重镇,操生杀予夺之权,一政善,则千百万人受其福,寿可以增;一政不善,则千百万人受其祸,寿亦可以减。此即司命之神不能预为注定,何况于吾?岂不闻苏颋[4]误杀二人,减二年寿;娄师德[5]亦误杀二人,减十年寿耶?然则年命之事,公当自问,不必问吾也。"此言乃凿然中理,恐所遇竟真仙矣。

族叔育万言:张歌桥之北,有人见黑狐醉卧场屋中。(场中守视谷麦

---

[1] "摧颓"句:《左传·闵公二年》载,卫懿公好鹤,鹤出入都坐着大夫的车(乘轩)。后把得到禄位为鹤轩。
[2] 龙津:犹指龙门。
[3] 日者:算命的人。
[4] 苏颋:唐代武则天至玄宗时人,字廷硕,以文章与张说同名,时人号为燕许大手笔(苏封为许国公,张封为燕国公)。
[5] 娄师德:唐代武则天时人,字宗仁,官至同凤阁鸾台平章事。

小屋，俗谓之场屋。）初欲擒捕，既而念狐能致财，乃覆以衣而坐守之。狐睡醒，伸缩数四，即成人形。甚感其护视，遂相与为友。狐亦时有所馈赠。一日，问狐曰："设有人匿君家，君能隐蔽弗露乎？"曰："能。"又问："君能凭附人身狂走乎？"曰："亦能。"此人即恳乞曰："吾家酷贫，君所惠不足以赡，而又愧于数渎君。今里中某甲甚富，而甚畏讼。顷闻觅一妇司庖，吾欲使妇往应。居数日，伺隙逃出，藏君家；而吾以失妇，阳[1]欲讼。妇尚粗有姿首，可诬以蛊语，胁多金。得金之后，公凭附使奔至某甲别墅中，然后使人觅得，则承惠多矣。"狐如所言，果得多金。觅妇返后，某甲以在其别墅，亦不敢复问。然此妇狂疾竟不愈，恒自妆饰，夜似与人共嬉笑，而禁其夫勿使前。急往问狐，狐言无是理，试往侦之。俄归而顿足曰："败矣！是某甲家楼上狐，悦君妇之色，乘吾出而彼入也。此狐非我所能敌，无如何矣！"此人固恳不已。狐正色曰："譬如君里中某，暴横如虎，使彼强据人妇，君能代争乎？"后其妇颠痫日甚，且具发其夫之阴谋。针灸劾治皆无效，卒以瘵死。里人皆曰："此人狡黠如鬼，而又济以狐之幻，宜无患矣。不虞以狐召狐，如螳螂黄雀[2]之相伺也。古诗曰：'利旁有倚刀，贪人还自戕。'信矣！"

　　门人王廷绍言：忻州有以贫鬻妇者，去几二载。忽自归，云初被买时，引至一人家。旋有一道士至，携之入山，意甚疑惧。然业已卖与，无如何。道士令闭目，即闻两耳风飕飕。俄令开目，已在一高峰上。室庐华洁，有妇女二十余人，共来问讯，云此是仙府，无苦也。因问："到此何事？"曰："更番侍祖师寝耳。此间金银如山积，珠翠锦绣、嘉肴珍果，皆役使鬼神，随呼立至。服食日用，皆比拟王侯。唯每月一回小痛楚，亦不害耳。"因指曰："此处仓库，此处庖厨，此我辈居处，此祖师居处。"指最高处两室曰："此祖师拜月拜斗处，此祖师炼银处。"亦有给使之人，然无一男子也。

---

[1] 阳：同"佯"。假装。
[2] 螳螂黄雀：成语"螳螂捕蝉，黄雀在后"。螳螂捕知了，却不知黄雀在后面等着啄自己。比喻目光短浅，一心想图谋侵害他人，却不知道有人正在算计他。语出《吴越春秋》："螳螂捕蝉，志在有利，不知黄雀在后啄之。"

自是每白昼则呼入荐枕席,至夜则祖师升坛礼拜,始各归寝。唯月信落红[1]后,则净〔尽〕褫内外衣,以红绒为巨绠,缚大木上,手足不能丝毫动;并以绵丸窒口,喑不能声。祖师持金管如箸,寻视脉穴,刺入两臂两股肉内,吮吸其血,颇为酷毒。吮吸后,以药末糁创孔,即不觉痛,顷刻结痂。次日,痂落如初矣。其地极高,俯视云雨皆在下。忽一日狂飚陡起,黑云如墨压山顶,雷电激射,势极可怖。祖师惶遽,呼二十余女,并环抱其身,如肉屏风。火光入室者数次,皆一掣即返。俄一龙爪大如箕,于人丛中攫祖师去。霹雳一声,山谷震动,天地晦冥。觉昏瞢如睡梦,稍醒,则已卧道旁。询问居人,知去家仅数百里。乃以臂钏易敝衣遮体,乞食得归也。忻州人尚有及见此妇者,面色枯槁,不久患瘵而卒。盖精血为道士采尽矣。据其所言,盖即烧金御女之士。其术灵幻如是,尚不免于天诛;况不得其传,徒受妄人之蛊惑,而冀得神仙,不亦颠哉!

江南吴孝廉,朱石君之门生也。美才夭逝,其妇誓以身殉,而屡缢不能死。忽灯下孝廉形见,曰:"易彩服则死矣。"从其言,果绝。孝廉乡人录其事征诗,作者甚众。余亦为题二律。而石君为作墓志,于孝廉之坎坷、烈妇之慷慨,皆深致悼惜,而此事一字不及。或疑其乡人之粉饰,余曰:"非也。文章流别,各有体裁。郭璞[2]注《山海经》《穆天子传》,于西王母事铺叙綦详[3]。其注《尔雅·释地》,于'西至西王母'句,不过曰'西方昏荒之国'而已,不更益一语也。盖注经之体裁,当如是耳。金石之文,与史传相表里,不可与稗官杂记比,亦不可与词赋比。石君博极群书,深知著作之流别,其不著此事于墓志,古文法也,岂以其伪而削之哉!"余老多遗忘,记孝廉名承绂,烈妇之姓氏,竟不能忆。姑存其略于此,俟扈跸[4]回銮,当更求其事状,详著之焉。

----

[1] 月信落红:即女人月经期间。
[2] 郭璞:晋代人,字景纯,曾为王敦记室参军。
[3] 綦(qí)详:极详;甚详。
[4] 扈跸:泛指帝王的车驾。

老仆施祥，尝乘马夜行至张白。四野空旷，黑暗中有数人掷沙泥，马惊嘶不进。祥知是鬼，叱之曰："我不至尔墟墓间，何为犯我？"群鬼揶揄曰："自作剧耳，谁与尔论理。"祥怒曰："既不论理，是寻斗也。"即下马，以鞭横击之。喧哄良久，力且不敌；马又跳踉掣其肘。意方窘急，忽遥见一鬼狂奔来，厉声呼曰："此吾好友，尔等毋造次！"群鬼遂散。祥上马驰归，亦不及问其为谁。次日，携酒于昨处奠之，祈示灵响，寂然不应矣。祥之所友，不过厮养屠沽耳。而九泉之下，故人之情乃如是。

　　门人吴钟侨，尝作《如愿小传》，寓言滑稽，以文为戏也。后作蜀中一令，值金川之役[1]，以监运火药殁于路。诗文皆散佚，唯此篇偶得于故纸中，附录于此。其词曰：如愿者，水府之女神，昔彭泽清洪君以赠庐陵欧明[2]者是也。以事事能给人之求，故有是名。水府在在皆有之，其遇与不遇，则系人之禄命耳。有四人同访道，涉历江海，遇龙神召之，曰："鉴汝等精进，今各赐如愿一。"即有四女子随行。其一人求无不获，意极适。不数月病且死，女子曰："今世之所享，皆前生之所积；君夙生所积，今数月销尽矣。请归报命。"是人果不起。又一人求无不获，意犹未已。至冬月，求鲜荔巨如瓜者。女子曰："溪壑可盈，是不可餍，非神道所能给。"亦辞去。又一人所求有获有不获，以咎女子。女子曰："神道之力，亦有差等，吾有能致不能致也。然日中必昃[3]，月盈必亏。有所不足，正君之福。不见彼先逝者乎？"是人惕然，女子遂随之不去。又一人虽得如愿，未尝有求。如愿时为自致之，亦蹙然不自安。女子曰："君道高矣，君福厚矣，天地鉴之，鬼神佑之。无求之获，十倍有求，可无待乎我；我唯阴左右之而已矣。"他日相遇，各道其事，或喜或怅。曰："惜哉！逝者之不闻也。"

---

[1] 金川之役：乾隆十一年（1746年），四川土司金川按抚司莎罗奔叛变，云贵总督张广泗平叛不果，后傅恒、岳钟琪等奉命平之，莎罗奔投降。
[2] 彭泽清洪君以赠庐陵欧明：庐陵欧明路过彭泽湖，清洪君邀请并重赏他；庐陵欧明得到了其赏赐的如愿一人，以后果然事事如愿，几年大富。事见晋干宝《搜神记》。
[3] 昃（zè）：日西斜。

此钟侨弄笔狡狯之文,偶一为之,以资惩劝,亦无所不可;如累牍连篇,动成卷帙,则非著书之体矣。

郭石洲言:河南一巨室,宦成归里,年六十余矣。强健如少壮,恒蓄幼妾三四人;至二十岁,则治奁具而嫁之,皆宛然完璧。娶者多阴颂其德,人亦多乐以女鬻之。然在其家时,枕衾狎昵,与常人同。或以为但取红铅[1]供药饵,或以为徒悦耳目,实老不能男,莫知其审也。后其家婢媪私泄之,实使女而男淫耳。有老友密叩虚实,殊不自讳,曰:"吾血气尚盛,不能绝嗜欲。御女犹可以生子,实惧为身后累;欲渔男色,又惧艾豭[2]之事,为子孙羞。是以出此间道也。"此事奇创,古所未闻。夫闺房之内,何所不有?床笫事可勿深论。唯岁岁转易,使良家女得再嫁名,似于人有损;而不稽其婚期,不损其贞体,又似于人有恩。此种公案,竟无以断其是非。戈芥舟前辈曰:"是不难断,直恃其多财,法外纵淫耳。昔窦二东[3]之行劫,必留其御寒之衣衾、还乡之资斧,自以为德。此老之有恩,亦若是而已矣。"

里有丁一士者,矫捷多力,兼习技击、超距之术。两三丈之高,可翩然上;两三丈之阔,可翩然越也。余幼时犹及见之,尝求睹其技。使余立一过厅中,余面向前门,则立前门外面相对;余转面后门,则立后门外面相对。如是者七八度,盖一跃即飞过屋脊耳。后过杜林镇,遇一友,邀饮桥畔酒肆中。酒酣,共立河岸。友曰:"能越此乎?"一士应声耸身过。友招使还,应声又至。足甫及岸,不虞岸已将圮,近水陡立处开裂有纹。一士未见,误踏其上,岸崩二尺许。遂随之坠河,顺流而去。素不习水,但从波心踊起数尺,能直上而不能旁近岸,仍坠水中。如是数四,力尽,竟溺焉。盖天下之患,莫大于有所恃。恃财者终以财败,恃势者终以势败,

---

[1] 红铅:旧时术士称妇人的月经。
[2] 艾豭(jiā):老公猪。
[3] 窦二东:作者家乡巨盗,其兄称大东,都是乳名。

恃智者终以智败，恃力者终以力败。有所恃，则敢于蹈险故也。田侯松岩于滦阳买一劳山杖，自题诗曰："月夕花晨伴我行，路当坦处亦防倾。敢因恃尔心无虑，便向崎岖步不平！"斯真阅历之言，可贯而佩者矣。

沧州甜水井有老尼，曰慧师父，不知其为名为号，亦不知是此"慧"字否，但相沿呼之云尔。余幼时，尝见其出入外祖张公家。戒律谨严，并糖不食，曰："糖亦猪脂所点成也。"不衣裘，曰："寝皮与食肉同也。"不衣绸绢，曰："一尺之帛，千蚕之命也。"供佛面筋必自制，曰："市中皆以足踏也。"焚香必敲石取火，曰："灶火不洁也。"清斋一食，取足自给，不营营募化。外祖家一仆妇，以一布为施。尼熟视识之，曰："布施须用己财，方为功德。宅中为失此布，笞小婢数人，佛岂受如此物耶？"妇以情告曰："初谓布有数十疋，未必一一细检，故偶取其一。不料累人受搒楚，日相诅咒，心实不安。故布施求忏罪耳。"尼掷还之曰："然则何不密送原处，人亦得白，汝亦自安耶！"后妇死数年，其弟子乃泄其事，故人得知之。乾隆甲戌、乙亥间，年已七八十矣，忽过余家，云将诣潭柘寺礼佛，为小尼受戒。余偶话前事，摇首曰："实无此事，小妖尼饶舌耳。"相与叹其忠厚。临行，索余题佛殿一额。余属赵春硐代书。合掌曰："谁书即乞题谁名，佛前勿作诳语。"为易赵名，乃持去，后不再来。近问沧州人，无识之者矣。又景城天齐庙一僧，住持果成之第三弟子。士人敬之，无不称曰三师父，遂佚其名。果成弟子颇不肖，多散而托钵四方。唯此僧不坠宗风，无大刹知客[1]市井气，亦无法座禅师骄贵气；戒律精苦，虽千里亦打包徒步，从不乘车马。先兄晴湖尝遇之中途，苦邀同车，终不肯也。官吏至庙，待之礼无加；田夫、野老至庙，待之礼不减。多布施、少布施、无布施，待之礼如一。禅诵之余，唯端坐一室，入其庙如无人者。其行事如是焉而已。然里之男妇，无不曰三师父道行清高。及问其道行安在，清高安在，则茫然不能应。其所以感动人心，正不知何故矣。尝以问姚安公，公曰："据尔所见，有不清不高处耶？无不清不高，即清高矣。

---

[1] 大刹知客：大寺庙中主管接待宾客的僧人。

尔必欲锡飞、杯渡[1],乃为善知识耶?"此一尼一僧,亦彼法中之独行者矣。(三师父涅槃不久,其名当有人知,俟见乡试诸孙辈,使归而询之庙中。)

九州之大,奸盗事无地无之,亦无日无之,均不为异也。至盗而稍别于盗,而不能不谓之盗;奸而稍别于奸,究不能不谓之奸,斯为异矣。盗而人许遂其盗,奸而人许遂其奸,斯更异矣。乃又相触立发,相牵立息,发如鼎沸,息如电掣,不尤异之异乎!舅氏安公五章言:有中年失偶者,已有子矣,复买一有夫之妇。幸控制有术,犹可相安。既而是人死,平日私蓄,悉在此妇手。其子微闻而索之,事无佐证,妇弗承也。后侦知其藏贮处,乃夜中穴壁入室。方开箧携出,妇觉,大号有贼,家众惊起,各持械入。其子仓皇从穴出。迎击之,立踣。即从穴入搜余盗,闻床下喘息有声,群呼尚有一贼,共曳出絷缚。比灯至审视,则破额昏仆者其子,床下乃其故夫也。其子苏后,与妇各执一词:子云"子取父财,不为盗"。妇云"妻归前夫,不为奸"。子云"前夫可再合,而不可私会"。妇云"父财可索取,而不可穿窬[2]"。互相诟谇,势不相下。次日,族党密议,谓涉讼两败,徒玷门风。乃阴为调停,使尽留金与其子,而听妇自归故夫,其难乃平。然已"鼓钟于宫,声闻于外"矣。先叔仪南公曰:"此事巧于相值,天也;所以致有此事,则人也。不纳此有夫之妇,子何由而盗、妇何由而奸哉?彼所恃者,力能驾驭耳。不知能驾驭于生前,不能驾驭于身后也。"

---

[1] 锡飞、杯渡:驾驭锡杖飞腾,用木杯渡水。指僧尼的道行法术。
[2] 窬(yú):从墙上爬过去。

卷二十三

滦阳续录（五）

戴东原言：其族祖某，尝僦僻巷一空宅。久无人居，或言有鬼。某厉声曰："吾不畏也。"入夜，果灯下见形，阴惨之气，砭人肌骨。一巨鬼怒叱曰："汝果不畏耶？"某应曰："然。"遂作种种恶状，良久，又问曰："仍不畏耶？"又应曰："然。"鬼色稍和，曰："吾亦不必定驱汝，怪汝大言耳。汝但言一'畏'字，吾即去矣。"某怒曰："实不畏汝，安可诈言畏？任汝所为可矣！"鬼言之再四，某终不答。鬼乃叹息曰："吾住此三十余年，从未见强项似汝者。如此蠢物，岂可与同居！"奄然灭矣。或咎之曰："畏鬼者常情，非辱也。谬答以畏，可息事宁人。彼此相激，伊于胡底乎[1]？"某曰："道力深者，以定静祛魔，吾非其人也。以气凌之，则气盛而鬼不逼；稍有牵就，则气馁而鬼乘之矣。彼多方以饵吾，幸未中其机械[2]也。"论者以其说为然。

饮食男女，人生之大欲存焉。干名义，渎伦常，败风俗，皆王法之所必禁也。若痴儿呆女，情有所钟，实非大悖于礼者，似不必苛以深文[3]。余幼闻某公在郎署时，以气节严正自任。尝指小婢配小奴，非一年矣，往来出入，不相避也。一日，相遇于庭。某公亦适至，见二人笑容犹未敛，怒曰："是淫奔也！于律奸未婚妻者，杖。"遂亟呼杖。众言："儿女嬉戏，实无所染，婢眉与乳可验也。"某公曰："于律谋而未行，仅减一等。减则可，免则不可。"卒并杖之，创几殆。自以为河东柳氏之家法，不是

---

[1] 伊于胡底乎：意思为哪个究竟是为什么呢？
[2] 机械：圈套。
[3] 苛以深文：指援引苛刻严峻的法律条文来定罪。

过也。自此恶其无礼，故稽其婚期。二人遂同役之际，举足趑趄；无事之时，望影藏匿。跋前疐后[1]，日不聊生。渐郁悒成疾，不半载内，先后死。其父母哀之，乞合葬。某公仍怒曰："嫁殇非礼，岂不闻耶？"亦不听。后某公殁时，口喃喃似与人语，不甚可辨。唯"非我不可""于礼不可"二语，言之十余度，了了分明。咸疑其有所见矣。夫男女非有行媒，不相知名，古礼也。某公于孩稚之时，即先定婚姻，使明知为他日之夫妇。朝夕聚处，而欲其无情，必不能也。"内言不出于阃[2]，外言不入于阃"，古礼也。某公僮婢无多，不能使各治其事；时时亲相授受，而欲其不通一语，又必不能也。其本不正，故其末不端。是二人之越礼，实主人有以成之。乃操之已蹙，处之过当，死者之心能甘乎？冤魄为厉，犹以"于礼不可"为词，其斯以为讲学家乎？

山西人多商于外，十余岁辄从人学贸易。俟蓄积有资，始归纳妇。纳妇后仍出营利，率二三年一归省，其常例也。或命途蹇剥[3]，或事故萦牵，一二十载不得归。甚或金尽裘敝，耻还乡里，萍飘蓬转，不通音问者，亦往往有之。有李甲者，转徙为乡人靳乙养子，因冒其姓。家中不得其踪迹，遂传为死。俄其父母并逝，妇无所依，寄食于母族舅氏家。其舅本住邻县，又挈家逐什一，商舶南北，岁无定居。甲久不得家书，亦以为死。靳乙谋为甲娶妇。会妇舅旅卒，家属流寓于天津；念妇少寡，非长计，亦谋嫁于山西人，他时尚可归乡里。惧人嫌其无母家，因诡称己女。众为媒合，遂成其事。合卺之夕，以别已八年，两怀疑而不敢问。宵分私语，乃始了然。甲怒其未得实据而遽嫁，且诟且殴。阖家惊起，靳乙隔窗呼之曰："汝之再娶，有妇亡之实据乎？且流离播迁，待汝八年而后嫁，亦可谅其非得

---

[1] 跋前疐（zhì）后：《诗经·狼跋》："狼跋其胡，载疐其尾。"老狼前进就会踩着它的胡（兽类颔下下垂的肉），后退就会被尾巴绊倒。比喻进退两难。也作"跋前踬后"。

[2] 阃（kǔn）：内室。

[3] 蹇剥：蹇和剥都是《易》的卦名，卦的内容不吉利。后以蹇剥代指不顺利、不好。

已矣。"甲无以应，遂为夫妇如初。破镜重合，古有其事。若夫再娶而仍元配，妇再嫁而未失节，载籍以来，未之闻也。姨丈卫公可亭，曾亲见之。

沧州酒，阮亭先生[1]谓之"麻姑酒"，然土人实无此称。著名已久，而论者颇有异同。盖舟行来往，皆沽于岸上肆中，村酿薄醨，殊不足辱杯斝[2]；又土人防征求无餍，相戒不以真酒应官，虽笞捶不肯出，十倍其价亦不肯出，保阳制府，尚不能得一滴，他可知也。其酒非市井所能酿，必旧家世族，代相授受，始能得其水火之节候。水虽取于卫河，而黄流不可以为酒，必于南川楼下，如金山取江心泉法，以锡罂沈至河底，取其地涌之清泉，始有冲虚[3]之致。其收贮畏寒畏暑，畏湿畏蒸，犯之则味败。其新者不甚佳，必庋[4]阁至十年以外，乃为上品，一罂可值四五金。然互相馈赠者多，耻于贩鬻。又大姓若戴、吕、刘、王，若张、卫，率多零替[5]，酿者亦稀，故尤难得。或运于他处，无论肩运、车运、舟运，一摇动即味变。运到之后，必安静处澄半月，其味乃复。取饮注壶时，当以杓平挹；数摆拨则味亦变，再澄数日乃复。姚安公尝言：饮沧酒禁忌百端，劳苦万状，始能得花前月下之一酌，实功不补患；不如遣小竖[6]随意行沽，反陶然自适，盖以此也。其验真伪法：南川楼水所酿者，虽极醉，膈不作恶，次日亦不病酒，不过四肢畅适，恬然高卧而已。其但以卫河水酿者则否。验新陈法：凡庋阁二年者，可再温一次；十年者，温十次如故，十一次则味变矣。一年者再温即变，二年者三温即变，毫厘不能假借，莫知其所以然也。董曲江前辈之叔名思任，最嗜饮。牧沧州时，知佳酒不应官，百计劝谕，人终不肯破禁约。罢官后，再至沧州，

---

[1] 阮亭先生：清代文学家王士禛，号阮亭，官至刑部尚书。
[2] 斝（jiǎ）：古代盛酒的器皿。
[3] 冲虚：冲淡、无杂质。
[4] 庋（guǐ）：搁置。
[5] 零替：衰亡、迭替。
[6] 小竖：小童仆。

寓李进士锐巅家,乃尽倾其家酿。语锐巅曰:"吾深悔不早罢官。"此虽一时之戏谑,亦足见沧酒之佳者不易得矣。

先师李又聃先生言:东光有赵氏者,(先生曾举其字,今不能记,似尚是先生之尊行。)尝过清风店,招一小妓侑酒。偶语及某年宿此,曾招一丽人留连两夕,计其年今未满四十。因举其小名,妓骇曰:"是我姑也,今尚在。"明日,同至其家,宛然旧识。方握手寒温,其祖姑闻客出视,又大骇曰:"是东光赵君耶?三十余年不相见,今鬓虽欲白,形状声音,尚可略辨。君号非某耶?"问之,亦少年过此所狎也。三世一堂,都无避忌,传杯话旧,惘惘然如在梦中。又住其家两夕而别。别时言祖籍本东光,自其翁始迁此,今四世矣。不知祖墓犹存否?因举其翁之名,乞为访问。赵至家后,偶以问乡之耆旧。一人愕然良久,曰:"吾今乃始信天道。是翁即君家门客,君之曾祖与人讼,此翁受怨家金,阴为反间,讼因不得直。日久事露,愧而挈家逃。以为在海角天涯矣,不意竟与君遇,使三世之妇,偿其业债也。吁,可畏哉!"

又聃先生又言:有安生者,颇聪颖。忽为众狐女摄入承尘上,吹竹调丝,行炙劝酒,极媟狎冶荡之致。隔纸听之,甚了了,而承尘初无微隙,不知何以入也。燕乐既终,则自空掷下,头面皆伤损,或至破骨流血。调治稍愈,又摄去如初。毁其承尘,则摄置屋顶,其掷下亦如初。然生殊不自言苦也。生父购得一符,悬壁上。生见之,即战栗伏地,魅亦随绝。问生符上何所见。云初不见符,但见兵将狰狞,戈甲晃耀而已。此狐以为仇耶?不应有燕昵之欢;以为媚耶?不应有扑掷之酷。忽喜忽怒,均莫测其何心。或曰:"是仇也,媚之乃死而不悟。"然媚即足以致其死,又何必多此一掷耶?

李汇川言：有严先生，忘其名与字。值乡试期近，学子散后，自灯下夜读。一馆童送茶入，忽失声仆地，碗碎玮然。严惊起视，则一鬼披发瞪目立灯前。严笑曰："世安有鬼，尔必黠盗饰此状，欲我走避耳。我无长物，唯一枕一席。尔可别往。"鬼仍不动。严怒曰："尚欲给人耶？"举界尺击之，瞥然而灭。严周视无迹，沈吟曰："竟有鬼耶？"既而曰："魂升于天，魄降于地，此理甚明。世安有鬼，殆狐魅耳。"仍挑灯琅琅诵不辍。此生崛强，可谓至极，然鬼亦竟避之。盖执拗之气，百折不回，亦足以胜之也。又闻一儒生，夜步廊下。忽见一鬼，呼而语之曰："尔亦曾为人，何一作鬼，便无人理？岂有深更昏黑，不分内外，竟入庭院者哉？"鬼遂不见。此则心不惊怖，故神不瞀乱，鬼亦不得而侵之。又故城沈丈丰功，（讳鼎勋，姚安公之同年。）尝夜归遇雨，泥潦纵横，与一奴扶掖而行，不能辨路。经一废寺，旧云多鬼。沈丈曰："无人可问，且寺中觅鬼问之。"径入，绕殿廊呼曰："鬼兄鬼兄，借问前途水深浅？"寂然无声。沈丈笑曰："想鬼俱睡，吾亦且小憩。"遂偕奴倚柱睡至晓。此则襟怀洒落，故作游戏耳。

阿文成公平定伊犁时，于空山捕得一玛哈沁。诘其何以得活，曰："打牲为粮耳。"问："潜伏已久，安得如许火药？"曰："蜣螂曝干为末，以鹿血调之，曝干，亦可以代火药。但比硝磺力少弱耳。"又一蒙古台吉云："鸟铳贮火药铅丸后，再取一干蜣螂，以细杖送入，则比寻常可远出一二十步。"此物理之不可解者，然试之均验。又疡医殷赞庵云："水银能蚀五金，金遇之则白，铅遇之则化。凡战阵铅丸陷入骨肉者，割取至为楚毒，但以水银自创口灌满，其铅自化为水，随水银而出。"此不知验否，然于理可信。

田白岩言：有士人僦居僧舍，壁悬美人一轴，眉目如生，衣褶飘扬如动。士人曰："上人不畏扰禅心耶？"僧曰："此天女散花图，堵芬木画也。在寺百余年矣，亦未暇细观。"一夕，灯下注目，见画中人似凸起一二寸。士人曰："此西洋界画，故视之若低昂，何堵芬木也。"画中忽有声曰："此妾欲下,君勿讶也。"士人素刚直,厉声叱曰:"何物妖鬼敢媚我!"遽掣其轴,欲就灯烧之。轴中絮泣曰:"我炼形将成,一付祝融[1],则形消神散,前功付流水矣。乞赐哀悯,感且不朽。"僧闻俶扰,亟来视。士人告以故。僧憬然曰:"我弟子居此室,患瘵而死,非汝之故耶?"画不应,既而曰:"佛门广大,何所不容。和尚慈悲,宜见救度。"士怒曰:"汝杀一人矣,今再纵汝,不知当更杀几人。是惜一妖之命,而戕无算人命也。小慈是大慈之贼,上人勿吝。"遂投之炉中。烟焰一炽,血腥之气满室,疑所杀不止一僧矣。后入夜,或嘤嘤有泣声。士人曰:"妖之余气未尽,恐久且复聚成形。破阴邪者唯阳刚。"乃市爆竹之成串者十余,(京师谓之火鞭。)总结其信线为一,闻声时骤然爇之,如雷霆砰磕,窗扉皆震,自是遂寂。除恶务本,此士人有焉。

有与狐为友者,天狐[2]也,有大神术,能摄此人于千万里外。凡名山胜境,恣其游眺,弹指而去,弹指而还,如一室也。尝云,唯贤圣所居不敢至,真灵所驻不敢至,余则披图按籍,唯意所如耳。一日,此人祈狐曰:"君能携我于九州之外,能置我于人闺阁中乎?"狐问何意。曰:"吾尝出入某友家,预后庭丝竹之宴。其爱妾与吾目成,虽一语未通,而两心互照。但门庭深邃,盈盈一水[3],徒怅望耳。君能于夜深人静,摄我至其绣闼,吾事必济。"狐沈思良久,曰:"是无不可。如主人在何?"曰:"吾侦其宿他姬所而往也。"后果侦得实,祈狐偕往。狐不俟其衣冠,遽携之飞行。至一处,曰:"是矣。"瞥然自去。此人暗中摸索,不闻人声,唯觉触手皆卷轴,乃主人之书楼也。知为狐所弄,仓皇失措,误触一几倒,器玩落板上,碎声砰然。守者呼:"有盗!"童仆坌至,启锁明烛,执械入。见有人瑟缩屏风后,共前击仆,以绳急缚。就灯下视之,识为此人,均大骇愕。此人故狡黠,诡言偶与狐友忤,被提至此。主人故稔知之,拊

---

[1] 祝融:火神名。
[2] 天狐:据说狐至10岁即能通天,称为天狐。
[3] 盈盈一水:《古诗十九首》:"盈盈一水间,脉脉不得语。"

掌揶揄曰:"此狐恶作剧,欲我痛窘君耳。姑免笞,逐出!"因遣奴送归。他日,与所亲密言之,且詈曰:"狐果非人,与我相交十余年,乃卖我至此。"所亲怒曰:"君与某交,已不止十余年,乃借狐之力,欲乱其闺闼,此谁非人耶?狐虽愤君无义,以游戏儆君,而仍留君自解之路,忠厚多矣。使待君华服盛饰,潜挈置主人卧榻下,君将何词以自文?由此观之,彼狐而人,君人而狐者也。尚不自反耶?"此人愧沮而去。狐自此不至,所亲亦遂与绝。郭彤纶与所亲有瓜葛,故得其详。

老儒刘泰宇,名定光,以舌耕[1]为活。有浙江医者某,携一幼子流寓,二人甚相得,因卜邻。子亦韶秀,礼泰宇为师。医者别无亲属,濒死托孤于泰宇。泰宇视之如子。适寒冬,夜与共被。有杨甲为泰宇所不礼,因造谤曰:"泰宇以故人之子为娈童。"泰宇愤恚,问此子知尚有一叔,为粮艘旗丁掌书算。因携至沧州河干,借小屋以居;见浙江粮艘,一一遥呼,问有某先生否。数日,竟得之,乃付以侄。其叔泣曰:"夜梦兄云,侄当归。故日日独坐舵楼望。兄又云:'杨其之事,吾得直于神矣。'则不知所云也。"泰宇亦不明言,悒悒自归。迂儒拘谨,恒念此事无以自明,因郁结发病死。灯前月下,杨恒见其怒目视。杨故犷悍,不以为意。数载亦死。妻别嫁,遗一子,亦韶秀。有宦室轻薄子,诱为娈童,招摇过市,见者皆叹息。泰宇,或云肃宁人,或云任丘人,或云高阳人。不知其审,大抵住间之西也。迹其平生,所谓殁而可祀于社者欤!此事在康熙中年,三从伯灿宸公喜谈因果,尝举以为戒。久而忘之。戊午五月十二日,住密云行帐,夜半睡醒,忽然忆及,悲其名氏翳如。至滦阳后,为录大略如右。

常守福,镇番人。康熙初,随众剽掠,捕得当斩。曾伯祖光吉公时

---

[1] 舌耕:指教书。

官镇番守备,奇其状貌,请于副将韩公免之,且补以名粮,收为亲随。光吉公罢官归,送公至家,因留不返。从伯祖钟秀公尝曰:"尝守福矫捷绝伦,少时尝见其以两足挂明楼雉堞上,倒悬而扫砖线之雪,四围皆净。(巨盗多能以足向上,手向下,倒抱楼角而登。近雉堞处以砖凸出三寸,四围镶之,则不能登,以足不能悬空也。俗谓之砖线。)持帚翩然而下,如飞鸟落地,真健儿也。"后光吉公为娶妻生子。闻今尚有后人,为四房佃种云。

门联唐末已有之,蜀辛寅逊为孟昶题桃符[1],"新年纳余庆,嘉节号长春"二语是也。但今以朱笺书之为异耳。余乡张明经晴岚,除夕前自题门联曰:"三间东倒西歪屋,一个千锤百炼人。"适有锻铁者求彭信甫书门联,信甫戏书此二句与之。两家望衡对宇,见者无不失笑。二人本辛酉拔贡同年,颇契厚,坐此竟成嫌隙。凡戏无益,此亦一端。又董曲江前辈喜谐谑,其乡有演剧送葬者,乞曲江于台上题一额。曲江为书"吊者大悦"四字,一邑传为口实,致此人终身切齿,几为其所构陷。后曲江自悔,尝举以戒友朋云。

董秋原言:有张某者,少游州县幕。中年度足自赡,即闲居以莳花种竹自娱。偶外出数日,其妇暴卒。不及临诀,心恒怅怅如有失。一夕,灯下形见,悲喜相持。妇曰:"自被摄后,有小罪过待发遣,遂羁绊至今。今幸勘结,得入轮回,以距期尚数载,感君忆念,祈于冥官,来视君,亦夙缘之未尽也。"遂相缱绻如平生。自此人定恒来,鸡鸣辄去。嫌婉之意有加,然不一语及家事,亦不甚问儿女,曰:"人世嚣杂,泉下人得离

---

[1] 辛寅逊为孟昶题桃符:孟昶,字仁贤,五代后蜀主。桃符,古时习俗,元旦用桃木板写神荼、郁垒二神名,悬挂于门旁,认为能辟邪。后蜀时宫廷始在桃符上题联语。孟胆命学士辛寅逊撰词,事见《宋史·蜀世家》。后代以桃符为春联的别名。

苦海，不欲闻之矣。"一夕，先数刻至，与语不甚答，曰："少迟君自悟耳。"俄又一妇搴帘入，形容无二，唯衣饰差别，见前妇惊却。前妇叱曰："淫鬼假形媚人，神明不汝容也！"后妇狼狈出门去。此妇乃握张泣。张惝恍莫知所为。妇曰："凡饿鬼多托名以求食，淫鬼多假形以行媚，世间灵语，往往非真。此鬼本西市娼女，乘君思忆，投隙而来，以盗君之阳气。适有他鬼告我，故投诉社公，来为君驱除。彼此时谅已受笞矣。"问："今在何所？"曰："与君本有再世缘，因奉事翁姑，外执礼而心怨望，遇有疾病，虽不冀幸其死，亦不迫切求其生。为神道所录，降为君妾。又因怀挟私愤，以语激君，致君兄弟不甚睦，再降为媵婢。须后公二十余年生，今尚浮游墟墓间也。"张牵引入帏。曰："幽明路隔，恐干阴谴，来生会了此愿耳。"呜咽数声而灭。时张父母已故，唯兄别居。乃诣兄具述其事，友爱如初焉。

有嫠妇年未二十，唯一子，甫三四岁。家徒四壁，又鲜族属，乃议嫁。妇色颇艳。其表戚某甲，密遣一妪说之曰："我于礼无娶汝理，然思汝至废眠食。汝能托言守志，而私昵于我，每月给资若干，足以赡母子。两家虽各巷，后屋则仅隔一墙，梯而来往，人莫能窥也。"妇惑其言，遂出入如夫妇。外人疑妇何以自活，然无迹可见，姑以为尚有蓄积而已。久而某甲奴婢泄其事。其子幼，即遣就外塾宿。至十七八，亦稍闻繁言。每泣谏，妇不从；狎昵杂坐，反故使见闻，冀杜其口。子恚甚，遂白昼入某甲家，刺刃于心，出于背，而以"借贷不遂，遭其轻薄，怒激致杀"首于官。官廉得其情，百计开导，卒不吐实，竟以故杀论抵。乡邻哀之，好事者欲以片石表其墓，乞文于朱梅崖前辈。梅崖先一夕梦是子，容色惨沮，对而拱立。至是憬然曰："是可毋作也。不书其实，则一凶徒耳，乌乎表？书其实，则彰孝子之名，适以伤孝子之心，非所以妥其灵也。"遂力沮罢其事。是夕，又梦其拜而去。是子也，甘殒其身以报父仇，复不彰母过以为父辱，可谓善处人伦之变矣。或曰："斩其宗祀，祖宗恫焉。盍待生子而为之乎？"是则讲学之家，责人无已，非余之所敢闻也。

小人之谋,无往不福君子也。此言似迂而实信。李云举言其兄宪威官广东时,闻一游士性迂僻,过岭干谒亲旧,颇有所获。归装襆被衣履之外,独有二巨箧,其重四人乃能异,不知其何所携也。一日,至一换舟处,两舷相接,束以巨绳,扛而过。忽四绳皆断如刃截,訇然堕板上。两箧皆破裂,顿足悼惜。急开检视,则一贮新端砚,一贮英德石也。石箧中白金一封,约六七十两,纸裹亦绽。方拈起审视,失手落水中。倩渔户没水求之,仅得小半。方懊丧间,同来舟子遽贺曰:"盗为此二箧,相随已数日,以岸上有人家,不敢发。吾惴惴不敢言。今见非财物,已唾而散矣。君真福人哉!抑阴功得神祐也?"同舟一客私语曰:"渠有何阴功,但新有一痴事耳。渠在粤日,尝以百二十金托逆旅主人买一妾,云是一年余新妇,贫不举火,故鬻以自活。到门之日,其翁姑及婿俱来送,皆羸病如乞丐。临入房,互相抱持,痛哭诀别。已分手,犹追数步,更絮语。媒妪强曳妇入,其翁抱数月小儿向渠叩首曰:'此儿失乳,生死未可知。乞容其母暂一乳,且延今日,明日再作计。'渠忽跃然起曰:'吾谓妇见出耳。今见情状,凄动心脾,即引汝妇去,金亦不必偿也。古今人相去不远,冯京之父[1],吾岂不能为哉!'竟对众焚其券。不知乃主人窥其忠厚,伪饰己女以绐之,傥其竟纳,又别有狡谋也。同寓皆知,渠至今未悟,岂鬼神即录为阴功耶?"又一客曰:"是阴功也。其事虽痴,其心则实出于恻隐。鬼神鉴察,亦鉴察其心而已矣。今日免祸,即谓缘此事可也。彼逆旅主人,尚不知究竟何如耳。"先师又聃先生,云举兄也。谓云举曰:"吾以此客之论为然。"余又忆姚安公言:田丈耕野西征时,遣平鲁路守备李虎偕二千总将三百兵出游徼,猝遇额鲁特自间道来。二千总启虎曰:"贼马健,退走必为所及。请公率前队扼山口,我二人率后队助之。贼不知我多寡,犹可以守。"虎以为然,率众力斗。二千总已先遁,盖绐虎与战,以稽时刻;虎败,则去已远也。虎遂战殁。后荫其子先捷如父官。此虽受绐而败,然受绐适以成其忠。故曰,小人之谋,无往不福君子也。此言似迂而实确。

---

[1] 冯京之父:冯京,北宋人。其父买妾得知女子为被迫卖身,即放其回家,也不要原先所付钱财。事见宋罗大经《鹤林玉露》。

云举又言：有人富甲一乡，积粟千余石。遇岁歉，闭不肯粜。忽一日，征集仆隶，陈设概[1]量，手书一红笺，榜于门曰："岁歉人饥，何心独饱？今拟以历年积粟，尽贷乡邻，每人以一石为律。即日各具囊箧赴领，迟则粟尽矣。"附近居民，闻声云合，不一日而粟尽。有请见主人申谢者，则主人不知所往矣。惶遽大索，乃得于久镝敝屋中，酣眠方熟，人至始欠伸。众惊愕掖起，于身畔得一纸曰："积而不散，怨之府也；怨之所归，祸之丛也。千家饥而一家饱，剽劫为势所必至，不名实两亡乎？感君旧恩，为君市德。希恕专擅，是所深祷。"不省所言者何事。询知始末，叹息而已。然是时人情汹汹，实有焚掠之谋。得是博施，乃转祸为福。此幻形之妖，可谓爱人以德矣。所云"旧恩"，则不知其故。或曰："其家园中有老屋，狐居之数十年，屋圮乃移去。意即其事欤？"

小时闻乳母李氏言：一人家与佛寺邻。偶寺廊跃下一小狐，儿童捕得，絷缚鞭捶，皆巨盗不动。放之则来往于院中，绝不他往。与之食则食，不与亦不敢盗；饥则向人摇尾而已。呼之似解人语，指挥之亦似解人意。举家怜之，恒禁儿童勿凌虐。一日，忽作人语曰："我名小香，是钟楼上狐家婢。偶嬉戏误事，因汝家儿童顽劣，罚受其蹂躏一月。今限满当归，故此告别。"问："何故不逃避？"曰："主人养育多年，岂有逃避之理？"语讫，作叩额状，翩然越墙而去。时余家一小奴窃物远扬，乳母因说此事，喟然曰："此奴乃不及此狐。"

陈云亭舍人言：其乡深山中有废兰若[2]，云鬼物据之，莫能修复。一僧道行清高，径往卓锡[3]。初一两夕，似有物窥伺。僧不闻不见，亦遂无形声。三五日后，夜有夜叉排闼入，狰狞跳掷，吐火嘘烟。僧

---

[1] 概：古时量米麦时刮平斗斛的木板。又称平斗斛木。
[2] 兰若：指寺院。
[3] 卓锡：卓，植立；锡，锡杖，僧人用具。此指僧人的居止、停留。

禅定自若。扑及蒲团者数四,然终不近身;比晓,长啸去。次夕,一好女至,合十作礼,请问法要。僧不答。又对僧琅琅诵《金刚经》,每一分讫,辄问此何解。僧又不答。女子忽旋舞,良久,振其双袖,有物簌簌落满地,曰:"此比散花[1]何如?"且舞且退,瞥眼无迹。满地皆寸许小儿,蠕蠕几千百,争缘肩登顶,穿襟入袖。或龁啮,或搔爬,如蚊虻蚍虱之攒唼;或抉剔耳目,擘裂口鼻,如蛇蝎之毒螫。撮之投地,爆然有声,一辄分形为数十,弥添弥众。左支右绌,困不可忍,遂委顿于禅榻下。久之苏息,寂无一物矣。僧慨然曰:"此魔也,非迷也。唯佛力足以伏魔,非吾所及。浮屠不三宿桑下[2],何必恋恋此土乎?"天明,竟打包返。余曰:"此公自作寓言,譬正人之愠于群小耳。然亦足为轻尝者戒。"云亭曰:"仆百无一长,唯平生不能作妄语。此僧归路过仆家,面上血痕细如乱发,实曾目睹之。"

老仆刘廷宣言:雍正初,佃户张璜于褚寺东架团焦[3](俗谓之团瓢,焦字音转也。二字出《北齐书》本纪。)守瓜,夜恒见一人,行步迟重,徐徐向西北去。一夕,偶窃随之,视所往,见至一丛冢处,有十余女鬼出迓,即共狎笑媒戏。知为妖物,然似是蠢蠢无所能,乃藏火铳于团焦,夜夜伺之。一夜,又见其过。发铳猝击,訇然仆地。秉火趋视,乃一翁仲[4]也。次日,积柴燔为灰,亦无他异。至夜,梦十余妇女罗拜,曰:"此怪不知自何来,力猛如黑虎。凡新葬女鬼,无老少皆遭胁污;有枝拒者,登其坟顶,踊跃数四,即土陷棺裂,无可栖身。故不敢不从,然饮恨则久矣。今蒙驱除,故来谢也。"后有从高川来者,云石人洼冯道墓前,(冯道,景城人,所居今犹名相国庄,距景城二三里。墓则在今石人洼。余幼时见残缺石兽、

---

[1] 散花:指天女散花。
[2] 浮屠不三宿桑下:语出《后汉书·襄楷传》。三宿,歇息三夜。佛不在桑树下歇息三夜,意谓不要因久生情。
[3] 团焦:小草棚。
[4] 翁仲:传说为秦朝时巨人,后指铜像或墓道石像。此处指石像。

石翁仲尚有存者，县志云不知道墓所在，盖承旧志之误也。）忽失一石人，乃知即是物也。是物自五代至今，始炼成形，岁月不为不久；乃甫能幻化，即纵凶淫，卒自取焚如之祸。与邵二云所言木偶，其事略同，均可为小器易盈者鉴也。

外叔祖张公蝶庄家有书室，颇轩敞。周以回廊，中植芍药三四十本，花时香过邻墙。门客闵姓者，携一仆下榻其中。一夕就枕后，忽外有女子声曰："姑娘致意先生。今日花开，又值好月，邀三五女伴借一赏玩，不致有祸于先生。幸勿开门唐突，足见雅量矣。"闵噤不敢答，亦不复再言。俄微闻衣裳縩䌨[1]声，穴窗纸视之，无一人影；侧耳谛听时，似喁喁私语，若有若无，都不辨一字。蹋踏枕席，睡不交睫。三鼓以后，似又闻步履声。俄而隔院犬吠，俄而邻家犬亦吠，俄而巷中犬相接而吠。近处吠止，远处又吠，其声迢递向东北，疑其去矣。恐忤之招祟，不敢启户。天晓出视，了无痕迹，唯西廊尘上似略有弓弯[2]印，亦不分明，盖狐女也。外祖雪峰公曰："如此看花，何必更问主人？殆闵公莽莽有伧气，恐其偶然冲出，致败人意耳。"

沧州有董华者，读书不成，流落为市肆司书算。复不能善事其长，为所排挤。出以卖药卜卦自给，遂贫无立锥。一母一妻，以缝纴浣濯佐之，犹日不举火。会岁饥，枵腹[3]杜门，势且俱毙。闻邻村富翁方买妾，乃谋于母，将鬻妇以求活。妇初不从。华告以失节事大，致母饿死事尤大，乃涕泗曲从，唯约以傥得生还，乞仍为夫妇。华亦诺之。妇故有姿，富翁颇宠眷，然枕席时有泪痕。富翁固问，毅然对曰："身已属君，事事可听君所为。至感忆旧恩，则虽刀锯在前，亦不能断此念也。"适岁再饥，

---

[1] 縩䌨（cuì cài）：象声词，衣服摩擦的声音。
[2] 弓弯：弓鞋。
[3] 枵（xiāo）腹：空腹、饥饿。

华与母并为饿殍。富翁虑有变,匿不使知。有一邻妪偶泄之,妇殊不哭,痴坐良久,告其婢媪曰:"吾所以隐忍受玷者,一以活姑与夫之命;一以主人年已七十余,度不数年,即当就木;吾年尚少,计其子必不留我,我犹冀缺月再圆也。今则已矣!"突起开楼窗,踊身倒坠而死。此与前录所载福建学院妾相类。然彼以儿女情深,互以身殉,彼此均可以无恨。此则以养姑养夫之故,万不得已而失身,乃卒无救于姑与夫,事与愿违,徒遭玷污,痛而一决,其赍恨尤可悲矣。

余十岁时,闻槐镇一僧,(槐镇即《金史》之槐家镇,今作淮镇,误也。)农家子也,好饮酒食肉。庙有田数十亩,自种自食,牧牛耕田外,百无所知。非唯经卷法器,皆所不蓄,毗卢[1]袈裟,皆所不具;即佛龛香火,亦在若有若无间也。特首无发,室无妻子,与常人小异耳。一日,忽呼集邻里,而自端坐破几上,合掌语曰:"同居三十余年,今长别矣。以遗蜕奉托可乎?"温然而逝,合掌端坐仍如故,鼻垂两玉箸,长尺余。众大惊异,共为募木造龛。舅氏安公实斋居丁家庄,与相近,知其平日无道行,闻之不信。自往视之,以造龛[2]未竟,二日尚未敛,面色如生,抚之肌肤如铁石。时方六月,蝇蚋不集,亦了无尸气,竟莫测其何理也。

喀喇沁公丹公(号益亭,名丹巴多尔济,姓乌梁汗氏,蒙古王孙也。)言:内廷都领侍萧得禄,幼尝给事其邸第。偶见一黑物如猫,卧树下,戏击以弹丸。其物甫一转身,即巨如犬。再击。又一转身,遂巨如驴。惧不敢复击。物亦自去。俄而飞瓦掷砖,变怪陡作。知为狐魅,惴惴不自安。或教以绘像事之,其祟乃止。后忽于几上得钱数十,知为狐所酬,始试收之,秘不肯语。次日,增至百文。自是日有所增,渐至盈千。旋又改为银一铤,

---

[1] 毗卢:佛名。毗卢舍那的略称。此处指佛。
[2] 龛(kān):盛着佛像或神主的小阁。

重约一两。亦日有所增,渐至一铤五十两。巨金不能密藏,遂为管领者所觉。疑盗诸官库,搒掠讯问,几不能自白。然后知为狐所陷也。夫飞土逐肉,("断竹续竹,飞土逐肉",《吴越春秋》载陈音所诵古歌,即弹弓之始也。)儿戏之常。主人知之,亦未必遽加深责;狐不能畅其志也。饵之以利,使盈其贪壑,触彼祸罗,狐乃得适所愿矣。此其设阱伏机,原为易见;徒以利之所在,遂令智昏。反以为我礼即虔,彼心故悦。委曲自解,致不觉堕其彀中[1]。昔夫差贪勾践之服事,卒败于越[2];楚怀贪商于之六百,卒败于秦[3];北宋贪灭辽之割地,卒败于金[4];南宋贪伐金之助兵,卒败于元[5]。军国大计,将相同谋,尚不免于受饵。况区区童稚,乌能出老魅之阴谋哉,其败宜矣!又举一近事曰:有刑曹某官之仆夫,睡中觉有舌舐其面。举石击之,踣而毙。烛视,乃一黑狐。剥之,腹中有一小人首,眉目宛然,盖所炼婴儿未成也。翼日,为主人御车归。狐凭附其身,举凳击主人,且厉声陈其枉死状。盖欲报之而不能,欲假手主人以鞭笞泄其愤耳。此二狐同一复仇,余谓此狐之悍而直,胜彼狐之阴而险也。

丹公又言:科尔沁达尔汗王一仆,尝行路拾得二毡囊,其一满贮人牙,其一满贮人指爪。心颇诧异,因掷之水中。旋一老妪仓皇至,左顾右盼,似有所觅,问仆曾见二囊否?仆答以未见。妪知为所毁弃,遽大愤怒,折一木枝奋击仆。仆徒手与搏,觉其衣裳柔脆,如通草之心;肌肉虚松,似莲房之穰。指所抠处辄破裂,然放手即长合如故,又如抽刀

---

[1] 彀(gòu)中:圈套中。
[2] "昔夫差"句:春秋吴越之战,越败,越王勾践向吴王夫差求和,并亲到吴国服事吴王。后经卧薪尝胆,越国力量壮大,终于消灭了吴国。事见《国语》。
[3] "楚怀贪商于"句:楚怀王贪图秦地商于,竟和盟国齐国断交,终于为秦所败。事见《史记·屈原列传》。
[4] "北宋贪灭辽"句:宋徽宗之时,与金议定共同灭辽,事成之后,以辽蓟景十七州与宋。后金背约,并兴兵南侵,遂掳徽、钦二帝,北宋被灭,宋政权南迁。
[5] "南宋贪伐金之助兵"句:宋理宗时,蒙古与宋议共同灭金,事成,以河南地归宋。及金亡,宋欲乘势收复中原,蒙古却引兵南下,大败宋军。

之断水。互斗良久,妪不能胜,乃舍去。临去顾仆詈曰:"少则三月,多则三年,必褫汝魄!"然至今已逾三年,不能为祟,知特大言相恐而已。此当是炼形之鬼,取精未足,不能凝结成质,故仍聚气而为形。其蓄人牙爪者,牙者骨之余,爪者筋之余,殆欲合炼服饵,以坚固其质耳。

田侯松岩言:今岁六月,有扈从侍卫和升,卒于滦阳。马兰镇总兵爱公星阿,与和亲旧,为经理棺敛,送其骨归葬。一夕如厕,缺月微明。见一人如立烟雾中,问之不言,叱之不动。爱公故能视鬼,凝神谛审,乃和之魂也。因拱而祝曰:"昔敛君时,物多不备,我力绵薄,君所深知。今形见,岂有所责耶?"不言不动如故。又祝曰:"闻殁于塞外者,不焚路引[1],其鬼不得入关。曩偶忘此,君毋乃为此来耶?"魂即稽首至地,倏然而隐。爱公为具牒于城隍,后不复见。又扈从南巡时,与爱公同寓江宁承天寺,规模宏壮,楼阁袤延,所住亦颇轩敞。一日,方共坐,忽楼窗六扇无风自开,俄又自阖。爱公视之,曰:"有一僧坐北牖上,其面横阔,须鬑鬑如久未剃,目瞪视而项微偻,盖缢鬼也。"以问寺僧,僧不能讳,唯怪何以识其貌,疑有人泄之。不知爱公之自能视也。又偶在船头,戏拈篙刺水。忽掷篙却避,面有惊色。怪诘其故。曰:"有溺鬼缘篙欲上也。"戊午八月,宴蒙古外藩于清音阁,爱公与余连席。余以松岩所语叩之,云皆不妄。然则随处有鬼,亦复如人。此求归之鬼,有系恋心;开窗之鬼,有争据心;缘篙之鬼,有竞斗心。其得失胜负、喜怒哀乐,更当一一如人。是胶胶扰扰,地下尚无了期。释氏讲忏悔解脱,圣人之法,亦使有所归而不为厉,其深知鬼神之情状矣。子贡曰:"大哉死乎,君子息焉!"[2]庄周曰:"嗟来桑扈乎,而已反其真。"[3]特就耳目所及言之耳。

---

[1] 路引:道路通行的凭证。
[2] 子贡所言,不详出处。
[3] "庄周曰"句:桑扈,先古隐士名。《庄子·山木》作"子桑雽",其"嗟来桑扈乎,而已反其真"未详出处。

卷二十四

滦阳续录（六）

狐能诗者，见于传记颇多；狐善画则不概见。海阳李丈硕亭言：顺治、康熙间，周处士球薄游楚豫[1]。周以画松名，有士人倩画书室一壁。松根起于西壁之隅，盘拏夭矫，横径北壁，而纤末犹扫及东壁一二尺；觉浓荫入座，长风欲来。置酒邀社友共赏。方攒立壁下，指点赞叹，忽一友拊掌绝倒，众友俄亦哄堂。盖松下画一秘戏图，有大木榻布长簟，一男一妇，裸而好合；流目送盼，媚态宛然。旁二侍婢亦裸立，一挥扇驱蝇，一以两手承妇枕，防躁躏坠地。乃士人及妇与媵婢小像也。哗然趋视，眉目逼真，虽童仆亦辨识其面貌，莫不掩口。士人恚甚，望空指划，詈妖狐。忽檐际大笑曰：“君太伤雅。曩闻周处士画松，未尝目睹。昨夕得观妙迹，坐卧其下不能去，致失避君，未尝抛砖掷瓦相忤也。君遽毒詈，心实不平，是以与君小作剧。君尚不自反，乖戾如初，行且绘此像于君家白板扉，博途人一粲矣。君其图之。”盖士人先一夕设供客具，与奴子秉烛至书室，突一黑物冲门去。士人知为狐魅，曾诟厉也。众为慰解，请入座；设一虚席于上。不见其形，而语音琅然；行酒至前辄尽，唯不食肴馔，曰："不茹荤四百余年矣。"濒散，语士人曰："君太聪明，故往往以气凌物。此非养德之道，亦非全身之道也。今日之事，幸而遇我；傥遇负气如君者，则难从此作矣。唯学问变化气质，愿留意焉。"叮咛郑重而别。回视所画，净如洗矣。次日，书室东壁忽见设色桃花数枝，衬以青苔碧草。花不甚密，有已开者，有半开者，有已落者，有未落者；有落未至地随风飞舞者八九片，反侧横斜，势如飘动，尤非笔墨所能到。上题二句曰："芳草无行径，空山正落花。"（按：此二句，初唐杨师道之诗。）不署姓名。知狐以答昨夕之酒也。后周处士见之，叹曰："都无笔墨之痕。

---

[1] 楚豫：湖北、河南一带。

觉吾画犹努力出棱，有心作态。"

景城北冈有玄帝庙，明末所建也。岁久，壁上霉迹隐隐成峰峦起伏之形，望似远山笼雾。余幼时尚及见之。庙祝棋道士病其晦昧，使画工以墨勾勒，遂似削圆方竹。今庙已圮尽矣。棋道士不知其姓，以癖于象戏，故得此名。或以为齐姓误也。棋至劣而至好胜，终日丁丁然不休。对局者或倦求去，至长跪留之。尝有人指对局者一著，衔之次骨，遂拜绿章，诅其速死。又一少年偶误一著，道士幸胜。少年欲改著，喧争不许。少年粗暴，起欲想殴。唯笑而却避曰："任君击折我肱，终不能谓我今日不胜也。"亦可云痴物矣。

酒有别肠[1]，信然。八九十年来，余所闻者，顾侠君前辈称第一，缪文子前辈次之。余所见者，先师孙端人先生亦入当时酒社。先生自云："我去二公中间，犹可著十余人。"次则陈句山前辈与相敌，然不以酒名。近时路晋清前辈称第一，吴云岩前辈亦骎骎争胜。晋清曰："云岩酒后弥温克，是即不胜酒力，作意矜持也。"验之不谬。同年朱竹君学士、周稚圭观察，皆以酒自雄。云岩曰："二公徒豪举耳。拇阵喧呶，泼酒几半，使坐而静酌则败矣。"验之亦不谬。后辈则以葛临溪为第一，不与之酒，从不自呼一杯；与之酒，虽盆盎无难色，长鲸一吸，涓滴不遗。尝饮余家，与诸桐屿、吴惠叔等五六人角至夜漏将阑，众皆酩酊，或失足颠仆。临溪一一指挥童仆扶掖登榻，然后从容登舆去，神志湛然，如未饮者。其仆曰："吾相随七八年，从未见其独酌，亦未见其偶醉也。"唯饮不择酒，使尝酒亦不甚知美恶，故其同年以登徒好色[2]戏之。然亦罕有矣。惜不及见顾、缪二前辈，一决胜负也。端人先生恒病余不能饮，曰："东坡长处，学之可也；

---

[1] 酒有别肠：指善饮酒的人。
[2] 登徒好色：典出宋玉《登徒子好色赋》。登徒子其妻奇丑，而登徒子与其妻生下五个孩子。此喻葛临溪对酒不选择，优劣兼收。

何并其短处亦刻画求似！"及余典试得临溪，以书报先生。先生复札曰：
"吾再传有此君，闻之起舞。但终恨君是蜂腰[1]耳。"前辈风流，可云佳话。
今老矣，久不预少年文酒之会，后来居上，又不知为谁？

高官农家畜一牛，其子幼时，日与牛嬉戏，攀角捋尾皆不动。牛或
嗅儿顶、舐儿掌，儿亦不惧。稍长，使之牧。儿出即出，儿归即归，儿
行即行，儿止即止，儿睡则卧于侧，有年矣。一日往牧，牛忽狂奔至家，
头颈皆浴血，跳踉哮吼，以角触门。儿父出视，即掉头回旧路。知必有变，
尽力追之。至野外，则儿已破颅死；又一人横卧道左，腹裂肠出，一枣
棍弃于地。审视，乃三果庄盗牛者。（三果庄回民所聚，沧州盗薮也。）
始知儿为盗杀，牛又触盗死也。是牛也，有人心焉。又西商李盛庭买一马，
极驯良。唯路逢白马，必立而注视，鞭策不肯前。或望见白马，必驰而追及，
衔勒不能止。后与原主谈及，原主曰："是本白马所生，时时觅其母也。"
是马也，亦有人心焉。

余八岁时，闻保母丁媪言：某家有牸牛，跛不任耕，乃鬻诸比邻屠
肆。其犊甫离乳，视宰割其母，牟牟鸣数日。后见屠者即奔避，奔避不及，
则伏地战栗，若乞命状。屠者或故逐之，以资笑噱，不以为意也。犊渐长，
甚壮健，畏屠者如初。及角既坚利，乃伺屠者侧卧凳上，一触而贯其心，
遽驰去。屠者妇大号捕牛。众悯其为母复仇，故缓追，逸之，竟莫知所往。
时丁媪之亲串杀人，遇赦获免，仍与其子同里闬[2]。丁媪故窃举是事为之
忧危，明仇不可狎也。余则取犊有复仇之心，知力弗胜，故匿其锋，隐
忍以求一当。非徒孝也，抑亦智焉。黄帝《巾机铭》曰：（机是本字，校
者或以为破体俗书，改为機字，反误。）"日中必彗，（按《汉书·贾谊传》

---

[1] 蜂腰：蜂之腰中间细，比喻居中者最差。此指作者居于孙端人与葛临溪之间而不会喝酒。
[2] 里闬（hàn）：里巷。

引此句,作鬟。《六韬》引此句,作彗。音义并同。)操刀必割。"言机之不可失也。《越绝书》[1]子贡谓越王曰:"夫有谋人之心,使人知之者,危也。"言机之不可泄也。《孙子》[2]曰:"善用兵者,闭门如处女,出门如脱兔。"斯言当矣。

姜慎思言:乾隆己卯夏,有江南举子以京师逆旅多湫隘,乃税西直门外一大家坟院读书。偶晚凉树下散步,遇一女子,年十五六,颇白皙。挑与语,不嗔不答,转墙角自去。夜半睡醒,似门上了鸟[3]微有声,疑为盗。呼僮不应,自起隔门罅窥之,乃日间所见女子也。知其就,急启户拥以入。女子自言:"为守坟人女,家酷贫,父母并拙钝,恒恐嫁为农家妇。顷蒙顾盼,意不自持,故从墙缺至君处。君富贵人,自必有妇,傥能措百金与父母,则为妾媵无悔。父母嗜利,亦必从也。"举子诺之,遂相缱绻,至鸡鸣乃去。自是夜半恒至,妖媚冶荡,百态横生。举子以为巫山洛水[4]不是过也。一夜来稍迟,举子自步月候之。乃忽从树杪飞下。举子顿悟,曰:"汝毋乃狐耶?"女子殊不自讳,笑而应曰:"初恐君骇怖,故托虚词。今情意已深,不妨明告。将来游宦四方,有一隐形随侍之妾,不烦车马,不择居停,不需衣食;昼可携于怀袖,夜即出而荐枕席,不愈于千金买笑耶?"举子思之,计良得。自是潜住书室,不待夜度矣。然每夕秉烛,则外出,夜半乃返;或微露鬓乱钗横状。举子疑之而未决。既而与其娈童乱;旋为二仆所窥,亦并与乱。庖人知之,亦续狎焉。一日,昼与娈童寝。举子潜扼杀之,遂现狐形,因埋于墙外。半月后,有老翁诣举子曰:"吾女托身为君妾,何忽见杀?"举子愤然曰:"汝知汝女为吾妾,则易言矣。夫两雄共雌,争而相戕,是为妒奸,于律当议抵。汝女既为我妾,明知非人而我不改盟,则夫妇之名分定矣。而既淫于他人,又淫我仆,我为本夫,例得捕奸。杀之,又何罪耶?"翁曰:"然则何不杀君仆?"举子曰:"汝女死

---

[1]《越绝书》:传为东汉袁康撰。记吴越二国及伍子胥等人物历史、活动。
[2]《孙子》:《孙子兵法》,春秋时孙武撰。
[3]了鸟:门窗搭扣。
[4]巫山洛水:巫山与洛水之女神。事见宋玉《高唐赋》及曹植《洛神赋》。

则形见，此则皆人也。手刃四人，而执一死狐为罪案，使汝为刑官，能据以定谳乎？"翁俯首良久，以手拊膝曰："汝自取也夫！吾诚不料汝至此。"振衣自去。举子旋移居准提庵，与慎思邻房。其娈童与狐尤昵，衔主人之太忍，具泄其事于慎思，故得其详。

吉木萨（乌鲁木齐所属也。）屯兵张鸣凤调守卡伦，（军营瞭望之名。）与一菜园近。灌园叟年六十余，每遇风雨，辄借宿于卡伦。一夕，鸣凤醉以酒而淫之。叟醒大恚，控于营弁。验所创，尚未平。申上官，除鸣凤粮。时鸣凤年甫二十，众以为必无此理；或疑叟或曾窃污鸣凤，故此相报。然复鞫两造[1]，皆不承，咸云怪事。有官奴玉保曰："是固有之，不为怪也。曩牧马南山，为射雉者惊，马逸。惧遭责罚，入深山追觅。仓皇失道，愈转愈迷，经一昼夜不得出。遥见林内屋角，急往投之；又虑是盗巢，或见戕害，且伏草间觇情状。良久，有二老翁携手笑语出，坐磐石上，拥抱偎倚，意殊亵狎。俄左一翁牵右一翁伏石畔，恣为淫媟。我方以窥见阴私，惧杀我灭口，惴惴蜷缩不敢动。乃彼望见我，了无愧怍，共呼使出，询问何来；取二饼与食，指归路曰：'从某处见某树转至某处，见深涧沿之行，一日可至家。'又指最高一峰曰：'此是正南，迷即望此知方向。'又曰：'空山无草，汝马已饥而自归。此间熊与狼至多，勿再来也。'比归家，马果先返。今张鸣凤爱六十之叟，非此老翁类乎！"据其所言，天下真有理外事矣。唯二翁不知何许人，遁迹深山，似亦修道之士，何以所为乃如此？《因树屋书影》[2]记仙人马绣头事，称其比及顽童，云中有真阴可采。是容成[3]术非但御女，兼亦御男。然采及老翁，有何裨益？即修炼果有此法，亦邪师外道而已，上真定无此也。

---

[1] 两造：即原告与被告。
[2] 《因树屋书影》：明代周亮工撰。周入清官至户部右侍郎。
[3] 容成：古代术士。《汉书·艺文志》载其有《阴道》一书。

张助教潜亭言：昔与一友同北上，夜宿逆旅。闻窣窣有声，或在窗外，或在室之外间。初以为虫鼠，不甚讶；后微闻叹息，乃始栗然，侦之无睹也。至红花埠，偶忘收笔砚，夜分闻有阁笔声。次早，几上有字迹，阴黯惨淡，似有似无。谛审，乃一诗，其词曰："上巳好莺花，寒食多风雨。十年汝忆吾，千里吾随汝。相见不得亲，悄立自凄楚。野水青茫茫，此别终万古。"似香魂怨抑之语。然潜亭自忆无此人，友自忆亦无此人，不知其何以来也。程鱼门曰："君肯诵是诗，定无是事。恐贵友讳言之耳。"众以为然。

同年胡侍御牧亭，人品孤高，学问文章亦具有根柢。然性情疏阔，绝不解家人生产事，古所谓不知马几足者，殆有似之。奴辈玩弄如婴孩。尝留余及曹慕堂、朱竹君、钱辛楣饭，肉三盘，蔬三盘，酒数行耳，闻所费至三四金，他可知也。同年偶谈及，相对叹息。竹君愤尤甚，乃尽发其奸，追逐之。然结习已深，密相授受，不数月，仍故辙。其党类布在士大夫家，为竹君腾谤，反得喜事名。于是人皆坐视，唯以小人有党，君子无党，姑自解嘲云尔。后牧亭终以贫困郁郁死。死后一日，有旧仆来，哭尽哀，出三十金置几上，跪而祝曰："主人不迎妻子，唯一身寄居会馆，月俸本足以温饱。徒以我辈剥削，致薪米不给。彼时以京师长随，连衡成局，有忠于主人者，共排挤之，使无食宿地，故不敢立异同。不虞主人竟以是死。中心愧悔，夜不能眠。今尽献所积助棺敛，冀少赎地狱罪也。"祝讫自去。满堂宾客之仆，皆相顾失色。陈裕斋因举一事曰："有轻薄子见少妇独哭新坟下，走往挑之。少妇正色曰：'实不相欺，我狐女也。墓中人耽我之色，至病瘵而亡。吾感其多情，而愧其由我而殒命，已自誓于神，此生决不再偶。尔无妄念，徒取祸也。'此仆其类此狐欤！"然余谓终贤于掉头竟去者。

田侯松岩言：幼时居易州之神石庄，（土人云，本名神子庄，以尝出一神童故也。后有三巨石陨于庄北，如春秋宋国之事，故改今名。在易州西南二十余里。）偶与僮辈嬉戏马厩中。见煮豆之锅，凸起铁泡十数，并形狭而长。僮辈以石破其一，中有虫长半寸余，形如柳蠹[1]，色微红，唯四短足与其首皆作黑色，而油然有光，取出犹蠕蠕能动。因一一破视，一泡一虫，状皆如一。又言：头等侍卫常君青，（此又别一常君，与常大宗伯同名。）乾隆癸酉戍守西域，卓帐南山之下。（塞外山脉，自西南趋东北，西域三十六国，夹之以居，在山南者呼曰"北山"，在山北者呼曰"南山"，其实一山也。）山半有飞瀑二丈余，其泉甚甘。会冬月冰结，取水于河，其水湍悍而性冷，食之病人。不得已，仍凿瀑泉之水。水窍[2]甫通，即有无数冰丸随而涌出，形皆如橄榄。破之，中有白虫如蚕，其口与足则深红，殆所谓冰蚕者欤？此与铁中之虫，锻而不死，均可谓异闻矣。然天地之气，一动一静，互为其根。极阳之内必伏阴，极阴之内必伏阳。八卦之对待，坎以二阴包一阳，离以二阳包一阴。六十四卦之流行，阳极于乾，即一阴生，下而为姤[3]；阴极于坤，即一阳生，下而为复。其静也伏斯敛，敛斯郁焉；其动也郁斯蒸，蒸斯化焉。至于化则生，生不已矣。特冲和之气，其生有常；偏胜之气，其生不测。冲和之气，无地不生；偏胜之气，或生或不生耳。故沸鼎炎熇、寒泉冱结，其中皆可以生虫也。崔豹[4]《古今注》载，火鼠生炎洲火中，绩其毛为布，入火不燃。今洋舶多有之，先兄晴湖蓄数尺，余尝试之。又《神异经》载，冰鼠生北海冰中，穴冰而居，啮冰而食，岁久大如象，冰破即死。欧罗巴人曾见之。谢梅庄前辈戍乌里雅苏台时，亦曾见之。是兽且生于火与冰矣。其事似异，实则常理也。

　　数皆前定，故鬼神可以前知。然有其事尚未发萌，其人尚未举念，又非吉凶祸福之所关、因果报应之所系，游戏琐屑至不足道，断非冥籍所能预注者，而亦往往能前知。乾隆庚寅，有翰林偶遇乩仙，因问宦途。

---

[1] 蠹（dù）：蛀蚀器物的虫子。
[2] 窍（qiào）：窟窿、孔洞。
[3] 姤（gòu）：《易》卦名。
[4] 崔豹：西晋人，官至太傅丞。

乩判一诗曰："春风一笑手扶筇[1]，桃李花开泼眼浓。好是寻香双蛱蝶，粉墙才过巧相逢。"茫不省为何语。俄御试翰林，以编修改知县。众谓次句隐用河阳一县花事，可云有验；然其余究不能明。比同年往慰，司阍者[2]扶杖蹩躠出。盖朝官仆隶，视外吏更如天上人。司阍者得主人外转信，方立阶上，喜而跃曰："吾今日登仙矣！"不虞失足，遂损其胫，故杖而行也。数日后，微闻一日遣二仆，而罪状不明。旋有泄其事者曰："二仆皆谋为司阍，而无如先已有跛者。乃各阴饰其妇，俟主人燕息，诱而蛊之。至夕，一妇私具饼饵，一妇私煎茶，皆暗中摸索至书斋廊下。猝然相触，所赍俱倾；愧不自容，转怒而相诟。主人不欲深究，故善遣去。"于是诗首句三四句并验。此乩可谓灵鬼矣，然何以能前知此等事，终无理可推也。（马夫人雇一针线人，曾在是家，云二仆谋夺司阍则有之，初无自献其妇意，乃私谋于一黠仆，黠仆为画此策，均与约：是日有暇，可乘隙以进。而不使相知，故致两败。二仆逐后，黠仆又党附于跛者，邀游妓馆。跛者知其有伏机，阳使先往待，而阴告主人往捕，故黠仆亦败。嗟乎！一州县官司阍耳，而此四人者互相倾轧，至辗转多方而不已。黄雀螳螂之喻，兹其明验矣。附记之，以著世情之险。）

余官兵部尚书时，往良乡送征湖北兵，小憩长新店旅舍。见壁上有《归雁诗》二首，其一曰："料峭西风雁字斜，深秋又送汝还家。可怜飞到无多日，二月仍来看杏花。"其二曰："水阔云深伴侣稀，萧条只与燕同归。唯嫌来岁乌衣巷，却向雕梁各自飞[3]。"末题"晴湖"二字，是先兄字也。然语意笔迹皆不似先兄，当别一人。或曰："有郑君名鸿撰，亦字晴湖。"

偶见田侯松岩持画扇，笔墨秀润，大似衡山[4]。云其亲串德君芝麓所

---

[1] 筇（qióng）：古书上说的一种竹子，可以做手杖。
[2] 司阍（hūn）者：阍，门。看门的人。
[3] 此诗用唐刘禹锡《乌衣巷》诗意。刘诗有"旧时王谢堂前燕，飞入寻常百姓家"句。
[4] 衡山：明代画家文征明，号衡山居士。

作也。上有一诗曰:"野水平沙落日遥,半山红树影萧条。酒楼人倚孤樽坐,看我骑驴过板桥。"风味翛然,有尘外之致。复有德君题语,云是卓悟庵作,画即画此诗意。故并录此诗,殆亦爱其语也。田侯云,悟庵名卓礼图,然不能详其始末。大抵沉于下僚者,遥情高韵,而名氏翳如。录而存之,亦郭恕先[1]之远山数角耳。

古人祠宇,俎豆[2]一方,使后人挹想风规,生其效法,是即维风励俗之教也。其间精灵常在,肸蚃[3]如闻者,所在多有;依托假借,凭以猎取血食[4]者,间亦有之。相传有士人宿陈留一村中,因潦暑散步野外。黄昏后,冥色苍茫,忽遇一人相揖。俱坐老树之下,叩其乡里名姓。其人云:"君勿相惊,仆即蔡中郎也。祠墓虽存,享祀多缺;又生叨士流,殁不欲求食于俗辈。以君气类,故敢布下忱。明日赐一野祭可乎?"士人故雅量,亦不恐怖,因询以汉末事。依违酬答,多罗贯中《三国演义》中语,已窃疑之;及询其生平始末,则所述事迹与高则诚[5]《琵琶记》纤悉曲折,一一皆同。因笑语之曰:"资斧匮乏,实无以享君,君宜别求有力者。唯一语嘱君:自今以往,似宜求《后汉书》、《三国志》、中郎文集[6]稍稍一观,于求食之道更近耳。"其人面颊彻耳,跃起现鬼形去。是影射敛财之术,鬼亦能之矣。

梁豁堂言:有客游粤东者,妇死寄柩于山寺。夜梦妇曰:"寺有厉鬼,伽蓝神弗能制也。凡寄柩僧寮者,男率为所役,女率为所污。吾力拒,

---

[1] 郭恕先:宋郭忠恕,字恕先,官至国子监主簿。善于书画,尤擅山水画。
[2] 俎(zǔ)豆:俎和豆都是古代祭祀用的器具。此处指祭祀。
[3] 肸蚃(xī xiǎng):蚃为知声虫。意为知声响。旧时迷信说法,认为神灵感应。
[4] 血食:古时祭祀用的牲牢。此处指受祭祀。
[5] 高则诚:元末明初戏剧作家高明,则诚为其字。传奇剧《琵琶记》写东汉蔡邕事。蔡邕,《后汉书》《三国志》有传。
[6] 中郎文集:蔡中郎文集,蔡邕所撰。

弗能免也。君盍讼于神？"醒而忆之了了，乃爇香祝曰："我梦如是，其春睡迷离耶？意想所造耶？抑汝真有灵耶？果有灵，当三夕来告我。"已而再夕梦皆然。乃牒诉于城隍，数日无胼蚕。一夕，梦妇来曰："讼若得直，则伽蓝为失纠举，山神社公为失约束，于阴律皆获谴，故城隍踌躇未能理。君盍再具牒，称将诣江西诉于正乙真人，则城隍必有处置矣。"如所言，具牒投之。数日，又梦妇来曰："昨城隍召我，谕曰：'此鬼原居此室中，是汝侵彼，非彼摄汝也。男女共居一室，其仆隶往来，形迹嫌疑，或所不免。汝诉亦不为无因。今为汝重笞其仆隶，已足谢汝。何必坚执奸污，自博不贞之名乎？从来有事不如化无事，大事不如化小事。汝速令汝夫移柩去，则此案结矣。再四思之，凡事可已则已，何必定与神道争，反激意外之患。君即移我去可也。"问："城隍既不肯理，何欲诉天师，即作是调停？"曰："天师虽不治幽冥，然遇有控诉，可以奏章于上帝，诸神弗能阻也。城隍亦恐激意外患，故委曲消弭，使两造均可以已耳。"语讫，郑重而去。其夫移柩于他所，遂不复梦。此鬼苟能自救，即无多求，亦可云解事矣。然城隍既为明神，所司何事，毋乃聪明而不正直乎？且养痈不治，终有酿为大狱时；并所谓聪明者，毋乃亦通蔽各半乎？

田白岩言：济南朱子青与一狐友，但闻声而不见形。亦时预文酒之会，词辩纵横，莫能屈也。一日，有请见其形者。狐曰："欲见吾真形耶？真形安可使君见；欲见吾幻形耶？是形既幻，与不见同，又何必见。"众固请之，狐曰："君等意中，觉吾形何似？"一人曰："当庞眉皓首。"应声即现一老人形。又一人曰："当仙风道骨。"应声即现一道士形。又一人曰："当星冠羽衣。"应声即现一仙官形。又一人曰："当貌如童颜。"应声即现一婴儿形。又一人戏曰："庄子言，姑射神人，绰约若处子[1]。君亦当如是。"即应声现一美人形。又一人曰："应声而变，是皆幻耳。究欲一睹真形。"狐曰："天下之大，孰肯以真形示人者，而欲我独示真形乎？"

---

[1]"庄子言"句：《庄子·逍遥游》："藐姑射之山，有神人居焉，肌肤若冰雪，绰约若处子。"

大笑而去。子青曰："此狐自称七百岁，盖阅历深矣。"

舅氏实斋安公曰："讲学家例言无鬼。鬼吾未见，鬼语则吾亲闻之。雍正壬子乡试，返宿白沟河。屋三楹，余住西间，先一南士住东间。交相问讯，因沽酒夜谈。南士称：'与一友为总角交[1]，其家酷贫，亦时周以钱粟。后北上公车[2]，适余在某巨公家司笔墨，悯其飘泊，邀与同居，遂渐为主人所赏识。乃撼余家事，潜造蜚语，挤余出而据余馆。今将托钵山东。天下岂有此无良人耶！'方相与叹息，忽窗外呜呜有泣声，良久语曰：'尔尚责人无良耶？尔家本有妇，见我在门前买花粉，诡言未娶，诳我父母，赘尔于家。尔无良否耶？我父母患疫先后殁，别无亲属，尔据其宅，收其资，而棺衾祭葬俱草草，与死一奴婢同。尔无良否耶？尔妇附粮艘寻至，入门与尔相诟厉，即欲逐我；既而知原是我家，尔衣食于我，乃暂容留。尔巧说百端，降我为妾。我苟求宁静，忍泪曲从。尔无良否耶？既据我宅，索我供给，又虐使我，呼我小名，动使伏地受杖。尔反代彼揿我项背，按我手足，叱我勿转侧。尔无良否耶？越年余，我财产衣饰剥削并尽，乃鬻我于西商。来相我时，我不肯出，又痛挞我，致我途穷自尽。尔无良否耶？我殁后，不与一柳棺，不与一纸钱，复褫我敝衣，仅存一裤，裹以芦席，葬丛冢。尔无良否耶？吾诉于神明，今来取尔，尔尚责人无良耶？'其声哀厉，童仆并闻。南士惊怖瑟缩，莫措一词，遽嗷然仆地。余虑或牵涉，未晓即行。不知其后如何，谅无生理矣。因果分明，了然有据。但不知讲学家见之，又作何遁词耳。"

张浮槎《秋坪新语》载余家二事，其一记先兄晴湖家东楼鬼，（此楼在兄宅之西，以先世未析产时，楼在宅之东，故沿其旧名。）其事不虚，但委曲未详耳。此楼建于明万历乙卯，距今百八十四年矣。楼上楼

---

[1] 总角交：指从小就在一起。总角，男女未成年时结发成两角。
[2] 公车：指举子参加会试。

下，凡缢死七人，故无敢居者。是夕不得已开之，遂有是变。殆形家所谓凶方欤？然其侧一小楼，居者子孙蕃衍，究莫明其故也。其一记余子汝佶临殁事，亦十得六七；唯作西商语索逋事，则野鬼假托以求食。后穷诘其姓名、居址、年月与见闻此事之人，乃词穷而去。汝佶与债家涉讼时，刑部曾细核其积逋数目，具有案牍，亦无此条。盖张氏纪氏为世姻，妇女递相述说，不能无纤毫增减也。嗟乎！所见异词，所闻异词，所传闻异词，鲁史[1]且然，况稗官小说。他人记吾家之事，其异同吾知之，他人不能知也。然则吾记他人家之事，据其所闻，辄为叙述，或虚或实或漏，他人得而知之，吾亦不得知也。刘后村[2]诗曰："斜阳古柳赵家庄，负鼓盲翁正作场。死后是非谁管得，满村听唱蔡中郎[3]。"匪今斯今，振古如兹矣。唯不失忠厚之意，稍存劝惩之旨，不颠倒是非如《碧云䲭》[4]，不怀挟恩怨如《周秦行记》[5]，不描摹才子佳人如《会真记》[6]，不绘画横陈如《秘辛》[7]，冀不见摈于君子云尔。

---

[1] 鲁史：即《春秋》及《左传》《穀梁传》《公羊传》等。此处指正史。
[2] 刘后村：南宋诗人刘克庄，号后村居士。此诗在陆游诗集中，应为陆游所作。
[3] 蔡中郎：即东汉蔡邕。民间传说蔡邕上京赴考，得官而入赘丞相府，其妻赵五娘于家侍奉公婆等事。明人高明据此演为传奇剧《琵琶记》。
[4]《碧云䲭》：宋魏泰撰，一卷。中记有马碧云弱，虽贵但有旋毛，因而不能掩其丑。大意为讽诋朝士如马之丑。
[5]《周秦行记》：唐代韦瓘撰传奇小说，一卷。书中托名牛僧孺遇汉高祖薄太后、元帝宫女王昭君及唐玄宗杨太真等事，以此栽诬牛僧孺。
[6]《会真记》：唐元稹撰传奇小说，叙张生与崔莺莺恋爱事。
[7]《秘辛》：全名《杂事秘辛》，无作者名，三卷，叙汉梁皇后被选册立之事。明人沈德符称明杨慎伪撰，认为"其文淫艳亦类传奇，汉人无是体裁也。"

附：纪汝佶六则

亡儿汝佶，以乾隆甲子生。幼颇聪慧，读书未多，即能作八比。乙酉举于乡，始稍稍治诗，古文尚未识门径也。会余从军西域，乃自从诗社才士游，遂误从公安、竟陵[1]两派入。后依朱子颖于泰安，见《聊斋志异》抄本，（时是书尚未刻。）又误堕其窠臼，竟沉沦不返，以讫于亡。故其遗诗遗文，仅付孙树庭等存乃父手泽，余未一为编次也。唯所作杂记，尚未成书，其间琐事，时或可采。因为简择数条，附此录之末，以不没其篝灯呵冻之劳。又惜其一归彼法，百事无成，徒以此无关著述之词，存其名字也。

花隐老人居平陵城之东，鹊华桥之西，不知何许人，亦不自道真姓字。所居有亭台水石，而莳[2]花尤多。居常不与人交接，然有看花人来，则无弗纳。曳杖伛偻前导，手无停指，口无停语，唯恐人之不及知、不及见也。园无隙地，殊香异色，纷纷拂拂，一往无际；而兰与菊与竹，尤擅天下之奇。兰有红有素，菊有墨有绿，又有丹竹纯赤，玉竹纯白；其他若方若斑，若紫若百节，虽非目所习见，尚为耳所习闻也。异哉，物之聚于所好，固如是哉！

士人某寓岱庙之环咏亭。时已深冬，北风甚劲。拥炉夜坐，冷不可支，

---

[1] 公安、竟陵：明代后期的两个文学派别。公安，以袁宏道及其兄宗道、弟中道，因他们为湖北公安人而得名。竟陵，以钟惺、谭元春为首，两人俱为湖北竟陵人而得名。
[2] 莳（shì）：移栽植物。

乃息烛就寝。既觉，见承尘纸破处有光。异之，披衣潜起，就破处审视。见一美妇，长不满二尺，紫衣青裤，著红履，纤瘦如指，髻作时世妆；方爇火炊饭，灶旁一短足几，几上锡檠[1]荧然。因念此必狐也。正凝视间，忽然一嚏。妇惊，触几灯覆，遂无所见。晓起，破承尘视之。黄泥小灶，光洁异常；铁釜大如碗，饭犹未熟也；小锡檠倒置几下，油痕狼藉。唯爇火处纸不燃，殊可怪耳。

徂徕山有巨蟒二，形不类蟒，顶有角如牛，赤黑色，望之有光。其身长约三四丈，蜿蜒深涧中。涧广可一亩，长可半里，两山夹之，中一隙仅三尺许。游人登其巅，对隙俯窥，则蟒可见。相传数百年前，颇为人害。有异僧禁制，遂不得出。夫深山大泽，实生龙蛇，似此亦无足怪；独怪其蜷伏数百年，而能不饥渴也。

泰安韩生，名鸣岐，旧家子，业医。尝夤夜骑马赴人家，忽见数武之外有巨人，长十余丈。生胆素豪，摇鞚径过，相去咫尺，即挥鞭击之。顿缩至三四尺，短发蓬鬙[2]，状极丑怪，唇吻翕辟[3]，格格有声。生下马执鞭逐之。其行缓涩，蹒跚地上，意颇窘。既而身缩至一尺，而首大如瓮，似不胜载，殆欲颠仆。生且行且逐，至病者家，乃不见，不知何怪也。汶阳范灼亭说。

戊寅五月二十八日，吴林塘年五旬时，居太平馆中。余往为寿。座客有能为烟戏者，年约六十余，口操南音，谈吐风雅，不知其何以戏也。俄有仆携巨烟筒来，中可受烟四两，爇火吸之，且吸且咽，食顷方尽，索巨碗瀹苦茗，饮讫，谓主人曰："为君添鹤算[4]可乎？"其张吻吐鹤二

---

[1] 锡檠：指灯。
[2] 蓬鬙（sēng）：头发散乱的样子。
[3] 翕辟：闭、开。
[4] 鹤算：古人以鹤为长寿之物。后以鹤算、鹤寿为人祝寿之词。

只,飞向屋角;徐吐一圈,大如盘,双鹤穿之而过,往来飞舞,如掷梭然。既而嘎喉有声,吐烟如一线,亭亭直上,散作水波云状。谛视皆寸许小鹤,鸺鹠[1]左右,移时方灭,众皆以为目所未睹也。俄其弟子继至,奉一觞与主人曰:"吾技不如师,为君小作剧可乎?"呼吸间,有朵云飘缈筵前,徐结成小楼阁,雕栏绮窗,历历如画。曰:"此海屋添筹[2]也。"诸客复大惊,以为指上毫光现玲珑塔,亦无以喻是矣。以余所见诸说部,如掷杯化鹤、顷刻开花之类,不可殚述,毋亦实有其事,后之人少所见多所怪乎?如此事非余目睹,亦终不信也。

豫南李某,酷好马。尝于遵化牛市中见一马,通体如墨,映日有光,而腹毛则白于霜雪,所谓乌云托月者也。高六尺余,骏[3]尾鬈[4]然,足生爪,长寸许,双目莹澈如水精,其气昂昂如鸡群之鹤。李以百金得之,爱其神骏,刍秣[5]必身亲。然性至狞劣,每覆障泥[6],须施绊锁,有力者数人左右把持,然后可乘。按辔徐行,不觉其驶,而瞬息已百里。有一处去家五日程,午初就道,比至,则日未衔山也。以此愈爱之。而畏其难控,亦不敢数乘。一日,有伟丈夫碧眼虬髯,款门求见,自云能教此马。引就枥下,马一见即长鸣。此人以掌击左右肋,始弭耳不动。乃牵就空屋中,阖户与马盘旋。李自隙窥之,见其手提马耳,喃喃似有所云,马似首肯。徐又提耳喃喃如前,马亦似首肯。李大惊异,以为真能通马语也。少间,启户,引缰授李,马已汗如濡矣。临行谓李曰:"此马能择主,亦甚可喜。然其性未定,恐或伤人;今则可以无虑矣。"马自是驯良,经二十余载,骨干如初。后李至九十余而终,马忽逸去,莫知所往。

---

[1] 鸺鹠(xié háng):多作颉颃,鸟上下飞翔的样子。
[2] 海屋添筹:添筹,添寿算。祝寿之词。典出苏轼《东坡志林·老语》。
[3] 骏(zōng):马颈上的长毛。
[4] 鬈(quán):毛发漂亮的样子。
[5] 刍秣:饲养牛马的草料。此指饲养。
[6] 障泥:垂于马腹两侧、用以遮挡尘土的东西。